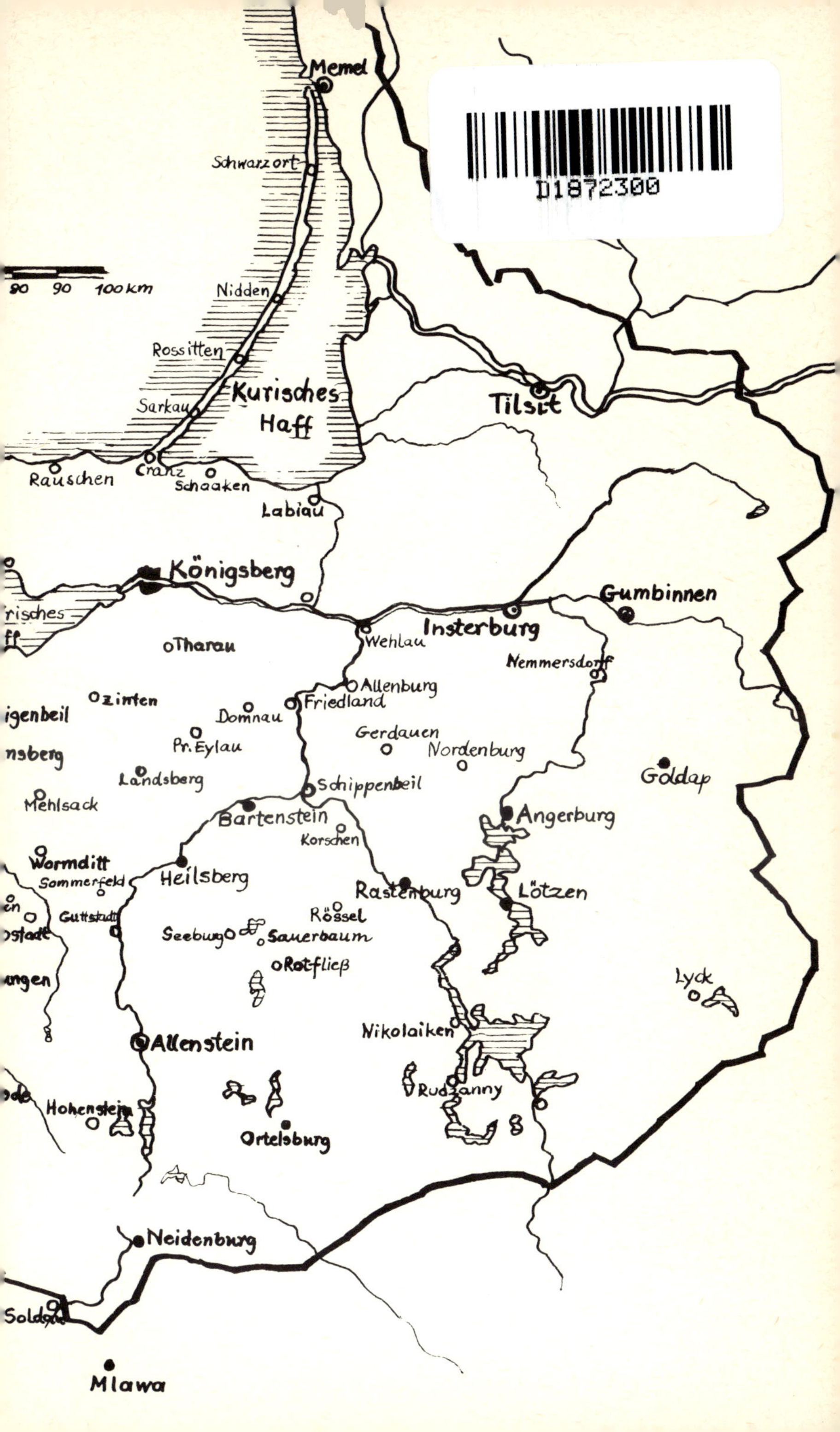
Memel
Schwarzort
80 90 100 km
Nidden
Rossitten
Kurisches Haff
Sarkau
Tilsit
Rauschen
Cranz
Schaaken
Labiau
Königsberg
risches
ff
Gumbinnen
Insterburg
Wehlau
Tharau
Nemmersdorf
Allenburg
Zinten
Friedland
igenbeil
Domnau
Gerdauen
Pr. Eylau
Nordenburg
nsberg
Landsberg
Goldap
Schippenbeil
Mehlsack
Angerburg
Bartenstein
Korschen
Wormditt
Heilsberg
Sommerfeld
Rastenburg
Lötzen
Guttstadt
Rössel
Seeburg
Sauerbaum
stadt
Rotfließ
ungen
Lyck
Nikolaiken
Allenstein
Rudzanny
Hohenstein
Ortelsburg
Neidenburg
Soldau
Mlawa

Ostpreußen im Fegefeuer

Emmerich Vondran

Ostpreußen im Fegefeuer

oder

Die letzten Tage am Frischen Haff

Flüchtlings-Roman

THURM-VERLAG
Osterzell

Lieber Leser!

Alle Namen, die der Autor den Figuren seines Romans zulegte, kamen zwischen Weichsel und Memel zwar nicht selten vor, wurden aber – das sei an dieser Stelle ausdrücklich vermerkt – nach Wohlklang oder auch Gutdünken frei ausgewählt – außer jenen, die mit der Zeitgeschichte untrennbar verbunden sind.

Dritte, verbesserte Auflage
1974 by Thurm Verlag, Osterzell

Gesamtherstellung Mohndruck Reinhard Mohn OHG,
Gütersloh

INHALT

Schlechte Nachricht, Melizkat ...

Es ist Montag – Montag, der fünfzehnte Januar. Das ist der dritte Montag des neuen Jahres – dieses denkwürdigen Neunzehnhundertfünfundvierzig.

Montag in aller Frühe. Noch liegt der neblige Rest der Nacht auf den dunkelroten Dächern der Sanitätskaserne mit ihren verschiedenen Blocks. Alle Fenster sind streng verdunkelt.

Im dritten Stockwerk des Wohnblocks sind die Schulräume der Sanitätsabteilung untergebracht. Dort haben die Neuen ihren ersten Dienst. Vorige Woche wurden sie eingekleidet. Jetzt müssen sie sich anhören, wie es zur Genfer Konvention gekommen ist und daß es noch gar nicht solange Sanitäts-Soldaten gibt.

Das ist Lehrstoff für Anfänger. Die Alten, die vorige Woche zur ersten Kompanie versetzt wurden, die wissen so etwas schon lange. Sie wissen, wie Notverbände anzulegen, wie zertrümmerte Knochen an Armen und Beinen zu schienen, wie zerfetzte Schlagadern abzubinden sind. Sogar wie man bei Lungendurchschüssen Zinkleimverbände anlegen muß, haben sie dort oben im dritten Stockwerk gelernt – in Theorie natürlich. Vor der blutigen Praxis an der Front ist den meisten doch etwas bange. Sie kommen sich vor wie einer, der ins tiefe Wasser springen soll, das Schwimmen aber nur auf dem Trocknen geübt hat.

Auch Ferdi Schwertfeger graut ein bißchen vor diesem Sprung ins Tiefe. Er hat das Buch von Henri Dunant gelesen: »Erinnerungen an Solferino«. Darin ging es nicht zimperlich zu.

Aber heute morgen bastelt Ferdi mit seinem Beifahrer noch an dem klapprigen Auto herum, mit dem er demnächst ausrücken muß. Alle andern, denen man Autos anvertraut hat, tun das gleiche. So kommt es, daß in der Fahrzeughalle emsiger Betrieb herrscht. Und Feldwebel Randband geht von Auto zu Auto und berät die Leute auf seine Weise – vor allem jene, die irgendein Ersatzteil von ihm verlangen – eine Zündkerze, einen Verteilerkopf oder gar eine neue Batterie.

Nur den dort in der Ecke, den Gefreiten Melizkat mit seinem VW-Kübelwagen, den läßt Randband unbehelligt, der gehört noch zur dritten Kompanie.

Melizkat liegt unter seinem Wagen und ist gerade dabei, das höllische Gequietsche zu beseitigen, das den Chef gestern während der Stadtfahrt so sehr verärgert hat.

In diesem Augenblick tritt der UvD in die Halle und ruft Melizkats Namen. Er ruft ihn zwar zu Melizkats Verdruß verkehrt – er betont immer die zweite und letzte Silbe – aber Melizkat weiß, wer gemeint ist, und kriecht unter seinem Wagen hervor.

»Gefreiter Melizkat zum Chef!« sagt der UvD, der zwar nur Stabsgefreiter ist, diesen Unteroffiziersdienst aber immer sehr gern macht.

»Bitte«, sagt Melizkat ärgerlich, »das nächstemal Melizkat mit dem Ton auf der ersten und letzten Silbe. Und nun: was ist denn los? Wo brennt's?«

Melizkat fragt das nicht ganz ahnungslos, denn die Hiobsbotschaften der letzten zwölf Jahre haben ihn jedesmal an einem Montag erreicht. Das hat er genau beobachtet: Im Jahr Dreiunddreißig die Nachricht, daß er im neuen Reich für den Staatsdienst nicht mehr tauge, und Neununddreißig dann die Aufforderung, sich für den Dienst im grauen Rock zu stellen.

Aber nicht nur, daß ihn der Montag argwöhnisch machte. An seinem Kübelwagen war seit Tagen der

Ölwechsel fällig. Und den würde er durch diesen unerwarteten Abruf gewiß ein drittes Mal verschieben müssen.

»Laß doch die Karre stehn und komm!« sagte der UvD. »Der Alte scheint's eilig zu haben. Also komm! Vielleicht will er dich sogar noch in Urlaub schicken. Damit du deine Heimat noch einmal siehst, bevor sie der Iwan kassiert.«

»Laß deine geschmacklosen Witze!« knurrte Melizkat, sichtlich verletzt, und machte Miene, seinen schmutzigen Overall auszuziehen.

»Laß das!« wehrte der andere ab, »der Chef kann ruhig sehen, daß ich dich mitten aus deiner Arbeit geholt habe.«

»Aber die Schmierhandschuhe werde ich doch wenigstens abziehen können und mir eine Zigarette anbrenn' dürfen. Dir eine anzubieten, ist ja verboten, solange du im Dienst bist.«

»Streng verboten sogar«, sagte der mit dem Stahlhelm. »Aber auch dein Rauchen, solange du dich hier in den heil'gen Hallen aufhältst«, setzte er hinzu und verwies auf die vielen Schilder. Dann wendete er sich kurzentschlossen und ging davon, als könnte er sein Opfer so am schnellsten auf den Weg bringen.

Mißmutig folgte Melizkat dem stahlbehelmten Kameraden. Seine Zigarette schmeckte ihm nicht. Vor dem Eingang zum Wohnblock warf er die Hälfte davon auf den feuchten grauen Rasen. Nachdenklich sah er hinter dem glimmenden Ding her.

Auf dem Treppenpodest blieb der UvD ganz unerwartet stehen, drehte sich zu ihm um und zischelte hinter der vorgehaltenen Hand: »Vorhin habe ich dir einen dicken Brief auf dein Bett gelegt. Wenn du ihn abholst, darfst du mir die zugedachte Zigarette unter mein Kopfkissen stecken.«

»Schlechte Nachricht, Melizkat!« empfing ihn

Stabsarzt Doben. »Stehen Sie bequem, Melizkat! Nein, setzen Sie sich besser dort auf den Stuhl – und hören Sie, was ich Ihnen zu eröffnen habe! Es sind Ereignisse eingetreten, Melizkat, die es nicht mehr zulassen, Sie noch länger hier in der Ersatzabteilung zu behalten. Ich muß Sie abstellen, Melizkat, und zwar noch heute und ohne den üblichen Abstellurlaub. Strenge Urlaubssperre seit gestern. Sie werden sich denken können – warum. Sie müssen den Opel-Blitz-Sanka übernehmen. Sein bisheriger Fahrer ist diese Nacht mit Appendizitis ins Lazarett gebracht worden. Und ein Ersatz für ihn ist im ganzen Bau nicht aufzutreiben gewesen, so daß sich sogar der Kommandeur der Sache annehmen und letzten Endes auf Sie, Melizkat, verweisen mußte.«

Der Chef hat mal wieder seinen redseligen Tag, dachte Melizkat und fand sich schnell damit ab, daß er den notwendigen Ölwechsel am Kübelwagen da draußen in der Fahrzeughalle nun seinem Nachfolger werde überlassen müssen. Aber mit seiner plötzlichen Abstellung ohne den ihm zustehenden Urlaub vermochte er sich nicht abzufinden. Er sollte nun ausrücken, ohne vorher Frau und Kinder noch einmal zu sehen? Und vor vier Tagen erst hatte er nach Hause geschrieben, daß er auch weiterhin in der Garnison bleiben werde. Das alles brachte ihn jetzt auf gegen den Mann, der ihm schmackhaft gemacht hatte, ein nahezu komplettes Fotolabor hier in der Kaserne einzurichten. Und jetzt sollte er das womöglich von einer Stunde zur andern abbauen und mit der Bahn nach Hause schicken? Weil Melizkat wußte, daß er seinem Chef gegenüber kein Blatt vor den Mund zu nehmen brauchte, begann er, seinem Herzen unverblümt Luft zu machen.

»Sie wissen, Herr Stabsarzt, daß ich nicht auf mein Betreiben so lange bei der Ersatztruppe geblieben bin. Sie wissen auch, Herr Stabsarzt, daß ich meine Fotogeräte auf dem Wege einer Dienstreise von Ostpreußen hierher über den Rhein gebracht habe. Bis vor wenigen Minuten habe ich damit gerechnet, daß ich meine Sachen auf dieselbe Weise werde wieder nach Hause bringen können, wenn das einmal notwendig werden sollte. Wie sehr mich nun das allzukurz anberaumte Abstellen überraschen muß, werden Sie sich denken können.«

»Aber Melizkat«, entgegnete der Stabsarzt und zog wie immer, wenn er eindringlich sprach, die linke Augenbraue beträchtlich in die Höhe. »Wie stellen Sie sich das denn vor?: Eine Dienstreise hier aus dem Rheinlande, tausend Kilometer bis nach Ostpreußen, durch dutzende von zerbombten Bahnhöfen. Und wer kann wissen, ob der Marschbefehl noch lange auf sich warten läßt. Womöglich kommt er schon Ende dieser oder Anfang nächster Woche. Ja, wenn wir von der russischen Offensive verschont geblieben wären . . . Nein, Melizkat, das schlagen Sie sich mal aus dem Kopf! Und was glauben Sie – was an den Fahrzeugen noch alles zu tun ist? Nichts ist an den Dingern in Ordnung. Können Sie denn Ihre Frau nicht auf eine Woche telegrafisch hierher bitten? Auf das Fahrgeld wird es Ihnen doch gewiß nicht ankommen, soweit ich Ihre Verhältnisse kenne.«

»Herr Stabsarzt, meine Frau hat Zwillinge zu versorgen, zwei vielzufrüh geborene zarte Mädchen. Keinesfalls trennt sie sich von den hilflosen Geschöpfen – und wohl auch nicht von dem Jungen, der ja auch erst sieben ist. Überhaupt – die Frau wird Augen machen, wenn sie erfährt, daß ich ausrücken muß. Denn im letzten Brief habe ich ihr erst geschrieben, daß ich weiterhin hier in der Garnison bleibe.«

»An Ihre kleinen Kinder habe ich nicht gedacht. Aber etwas anderes fällt mir da ein: Es ist doch nicht ausgeschlossen, daß Ihre neue Einheit nach dem Osten geworfen wird. Denken wir doch an die russische Offensive! Vielleicht fahren Sie tatsächlich schon in einigen

Tagen Richtung Heimat. Wenn's so kommt, dann will ich gern Ihretwegen mit Oberarzt Feldmann sprechen. Von dort oben aus könnte er Sie doch sehr leicht auf eine kurze Dienstreise schicken.«

»Herr Stabsarzt«, sagte Melizkat verbittert, »wäre diese Möglichkeit eine Brücke, ich möchte es nicht wagen, über sie hinwegzugehn.«

Und dabei sah er sowjetische Generalstäbler mit Zeigefingern auf einer großen Ostpreußenkarte umherfahren. Die Gegend um das Frische Haff schienen sie besonders ins Auge zu fassen.

»Jetzt packen Sie erst mal Ihre Siebensachen!« Mit diesen Worten zerriß Stabsarzt Doben Melizkats Vision.

»Am besten alles in stabile Kisten«, sagte Doben. »Der Furier – ich sage ihm Bescheid – der soll Ihnen geben, was Sie dafür brauchen. Also nun erst mal packen! Und sehen Sie zu, daß noch heute alles aus der Kaserne kommt!«

»Und wohin nun so schnell mit dem Kram«, sagte Melizkat halblaut. Er fragte mehr sich selbst als den Vorgesetzten. Die Kisten mit den wertvollen Geräten nach Hause zu schicken, will ihm plötzlich nicht ratsam erscheinen.

»Stellen Sie das Zeug doch bei irgendeinem Ihrer Bekannten unter. Wenn ich nicht falsch unterrichtet bin, haben Sie während Ihrer Zeit hier eine ganze Menge Kontakte angeknüpft – mehr womöglich, als Ihrem Gespons daheim am Frischen Haff lieb sein dürfte.«

Doben sah, wie sein Gefreiter den Brocken, den er ihm hingeworfen hatte, hinunterwürgte. Er lenkte begütigend ein: »Glauben Sie mir, Melizkat, ich ahne, was in Ihnen jetzt vorgeht. Keiner wird so mit Ihnen empfinden können wie einer, in dessen Adern auch ostpreußisches Blut fließt.«

Melizkat horchte auf. Doben merkte das und fügte

hinzu: »Mein Großvater – der eine – stammt aus Rastenburg. Und mein eigener Vater liegt gar nicht so weit von dort begraben ...

Aber jetzt packen Sie erst mal! Ihr zukünftiger Beifahrer wird der Gefreite Schamait. Der soll Ihnen helfen, wenn Sie Hilfe brauchen. Dem Namen nach ist der ja auch Ostpreuße. Also ran! In einer Stunde müssen wir fahren. Haben Sie das verdammte Gequietsche am Wagen schon beseitigt?«

Melizkat erhob sich, bejahte militärisch und verschwand. Dann holte er sich den Brief, den ihm der UvD aufs Bett gelegt hatte. Von weitem erkannte er ihn schon als einen von seiner Frau. Sie bevorzugte das längliche Format. Und auch die großzügigen Schriftzüge waren unverkennbar die ihren.

Es war ein schwerer und gewiß auch ein langer Brief, den er da von seinem Bett aufnahm. Er schob ihn in die linke Rocktasche. Denn lesen wollte er ihn in aller Ruhe. Dem Bringer steckte er dafür zwei Zigaretten unters Kopfkissen.

Dann ging er in den Keller – zuerst zum Furier. Der wußte schon Bescheid und hatte ihm drei Kisten bereitgestellt. Der Chef macht schnelle Arbeit, dachte Melizkat. Ihm ist das Kasernen-Fotolabor plötzlich ein Dorn im Auge.

Der jüngste Wehrmachtsbericht spukt Melizkat im Kopf herum. Diese schreckliche Nachricht! Nur sie ist schuld, daß ich so plötzlich ausrücken muß, denkt Melizkat, während er sein Vergrößerungsgerät auseinanderbaut. Und das wagt sogar die Oberste Heeresleitung unumwunden zuzugeben: Schirwindt und Pillkallen in sowjetischer Hand!

Melizkat packt ein. Er packt wie in einem bösen Traum, als seien die Russen schon im Anmarsch auf den Rhein. Was mag im Briefe stehen, den er in seiner Rocktasche trägt.

Wenn Schirwindt und Pillkallen zerschossen und verloren sind, dann ist es doch ganz gewiß auch Willuhnen schon, denkt Melizkat. Das liegt ja auf halbem Wege zwischen Pillkallen und Schirwindt.

Willuhnen . . . Vor Jahren hatte er sich dort einmal eine frei gewordene Stelle angesehen. Ein sauberes Dorf. Wie mochte es jetzt dort aussehen? – wie der Tochter des Kollegen gehen, um deretwillen er sich beinah nach Willuhnen gemeldet hätte?

Nicht auszudenken ist das alles für Melizkat: Wie passen die Namen der Orte des gestrigen Wehrmachtsberichtes zu den Nachrichten, die damals aus dem Kaukasus in alle Welt hinausgeschrien wurden? Ging denn damals nicht das Gerede von Mund zu Mund, das Kaukasus-Unternehmen bedeute den Durchstoß zur türkischen Grenze? Und waren nicht sogar das Afrikakorps Rommels und die Ägypter mit dabei im Gespräch gewesen?

Jetzt fiel Melizkat auch seine Bemerkung wieder ein, die Bemerkung von der Strategie des frevelhaften Übermutes, die er damals seinem Beifahrer gegenüber öfter gebraucht hatte. Und auch das kam ihm jetzt wieder in den Sinn, was der Frevler damals selbst in alle Welt hinausposaunt hatte. Das Fingerknöchel-Klopfen, mit dem es unterstrichen wurde, klingt Melizkat auch heute wieder in den Ohren: »Wo der deutsche Soldatt (ja – Soldatt mit zwei T, so hatte er das gesprochen), wo der deutsche Soldatt einmal steht, da bringt ihn keine Macht der Welt wieder weg!«

Wer hatte ihn denn nun wieder weggebracht aus dem Kaukasus, aus Stalingrad, aus der Ukraine und schließlich aus Schirwind? fragte sich Melizkat, – wenn nicht eine Macht der Welt?

Auch an Willuhnen wird er sich noch einmal festgebissen haben, der deutsche Soldat, denkt Melizkat, – womöglich sogar an Schule und Kirche, sie liegen ja günstig – erhöht. Was aber wird von ihnen übriggeblieben sein, von Kirche, Schule und Soldaten. Gegen zehn kann sich einer auf die Dauer nicht halten.

Aber was hat Willuhnen mit dem Kaukasus zu tun?

Im Geist erlebt Melizkat den Ansturm auf den Kaukasus noch einmal. Seine Division sollte den Übergang über die Meerenge von Kertsch erzwingen. Aber nicht nur der harte sowjetische Widerstand muß da überwunden werden, sondern eine heimtückische endlose Sumpfwüste. In wütendem Abwehrfeuer, das von der jenseitigen Küste herüberkommt, hat sich die Infanterie im Schutze der Nacht weit nach vorn gequält – und das immer in fußhohem Wasser. Dort hatten sie nun im Schlamm gelegen und gewartet – gewartet auf Verstärkung und vor allem auf Munition, ganz zu schweigen von einem Becher heißen Kaffees und davon, daß ihre verwundeten Kameraden zurückgeholt und versorgt werden mußten.

Länger als eine Stunde war Melizkat in jener Nacht mit seinem Sanka nach vorn geholpert, schmatzenden, schwankenden Sumpf unter den Rädern, zuweilen auch mal Faschinen und Knüppel. Die waren gerade erst von Pionieren und russischen Gefangenen verlegt worden.

Und endlich dann – der Morgen hatte schon zu grauen begonnen – war er am ersehnten Ziel gewesen. Auf der Seite des Beifahrers war ein Unteroffizier aufs Trittbrett gesprungen, hatte die Tür zum Fahrerhaus aufgerissen und gefragt: »Was habt ihr uns mitgebracht, Kameraden?« Nach Maschinengewehr- und Granatwerfermunition hatte er verlangt, beileibe nicht nach Verpflegung, die sie aber ebenfalls nötig gehabt hätten.

Wie jämmerlich unkameradschaftlich war er sich da in dieser Minute vorgekommen. Denn überall, wo er damals auch vorbeigekommen war, hatte man ihn bestürmt, doch nicht etwa ganz leer nach vorn zu fahren. Noch heute klingen ihm die fluchenden Worte eines Leutnants im Ohr: »Nehmt den armen Schweinen davorn in der Scheiße doch wenigstens ein paar Kartons voll Tabak und Zigaretten mit!«

Aber streng – wie es ihm sein Stabsarzt immer wieder eingeschärft – hatte er sich an die Genfer Kovention gehalten und nichts getan, was der eigenen Partei hätte kriegerischen Vorteil bingen können, sei es im Angriff oder auch nur in der Verteidigung. Und Tabak und Zigaretten hatte Melizkat eben doch für ebenso wichtig gehalten wie Waffen und Munition.

Nicht daß er sich mit seinem Saniwagen durch die weithin sichtbaren Genfer Kreuze sicher gefühlt hätte vor russischen Geschossen. Mehr als einmal war er darüber belehrt worden. Zum Glück aber lagen an jenem frühen Morgen Nebelschwaden im Vorfelde. Zum andern tarnten ihn zwei zerschossene, schon halb versunkene russische Funkwagen, in deren Schutz er hatte halten können, um die Verwundeten zu übernehmen. Auf leere Munitionskisten gebettet, hatten sie hinter diesen Wagenruinen auf ihr künftiges Schicksal gewartet.

Melizkat fiel jetzt ein Pappkarton vom Tisch. Und dieses Fallen ernüchterte ihn im Nu. Auf dem Fußboden sah er nun die Abfälle umherliegen, die er in diesem Karton gesammelt hatte. Meist waren es verunglückte Fotos. Da eins von diesem, dort eins von jenem Kameraden. Und beim Aufsammeln kamen ihm auch Ausschußfotos der Familie Krollenschulze vom Ochsenberg in die Hände. Ein mittelgroßes landwirtschaftliches Gut, was sie dort oben auf dem Berge bewirtschaftete, die Familie Krollenschulze. Und plötzlich wußte Melizkat, daß keiner von all seinen Bekannten die Fotokisten so gut und so sicher aufbewahren konnte wie eben diese Leute dort oben. Von der Stadt aus wollte er sie telefonisch darum bitten. Mit dem Pappkarton, der vom Tisch gefallen, war Melizkat ein Stein vom Herzen gefallen. –

Kaum daß Melizkat mit seinem Kübelwagen vorgefahren war, trat Stabsarzt Doben auch schon aus der Tür. Er blieb eine Zeitlang auf dem Treppenpodest stehen, streifte, vom Rauche der baumelnden Zigarre behindert, seine Pelzhandschuhe über und blinzelte mit hochgezogener linker Braue in den schneeträchtigen Himmel. Melizkat nahm das schon als sicheres Zeichen dafür, daß er das Wagenverdeck schließen solle. Sobald er aber Hand anlegte, winkte Doben ab: »Offen lassen, Melizkat!« sagte er, »ein bißchen Schnee wird uns nichts schaden. Bilden wir uns ein, wir führen in einem ostpreußischen Schlitten!«

Als sie sich der Gleisüberführung näherten und den Bahnhof zur Rechten vor sich hatten, kroch ein Lazarettzug im Schneckentempo unter der Brücke hindurch. Es war ein Zug von unwahrscheinlicher Länge.

»Merken Sie was, Melizkat? Ausstrahlungen der Ardennenoffensive. Das Kurviertel erhält wieder Zuzug. Sehen Sie! Dort kommen die Krankenwagen schon. Ein Wunder, daß man uns dabei nicht mit einspannt.

Heute fahren wir geradeaus, nicht ins Kurviertel. Über die Nahebrücke hinweg also. Sie wissen ja Bescheid.«

Natürlich kannte Melizkat diese Tour. Und er fuhr ja nur zu gern über die mittelalterliche Nahebrücke mit ihren altertümlichen Häusern.

»Mit solchen Schätzen wie diesen hier können die Ostpreußen nun allerdings nicht aufwarten«, sagte Doben und wies auf die Häuser, die der findige Baumeister wie Puppenhäuser auf eine Märchenbrücke gesetzt hatte.

»Wollen Sie damit etwa sagen, daß wir Ostpreußen den Westeuropäern das Wasser nicht reichen könnten, Herr Stabsarzt?«

»Ach nein, das wollte ich nun eigentlich nicht, Melizkat. Wie sollte ich auch? Man sagt zuweilen etwas so dahin. Ich meinte das ganz anders. Denken wir doch nur an die prachtvollen Ordensritterbauwerke, an den Dom in Ihrem Städtchen und an seinen weltberühmten Domherrn, der den Geist und vor allem den Mut besessen hat, ein Weltbild zum Einsturz zu bringen, das anderthalb Jahrtausende eisern bestanden hat.«

»Und Ihr Großvater, Herr Stabsarzt, war auch Ostpreuße?« nahm Melizkat den angesponnenen Faden wieder auf.

»Ja, er war Ostpreuße, mein Großvater väterlicherseits – aber eben ein abtrünniger, einer, der seiner Heimat untreu wurde. Wie das ein Krieg eben so mit sich bringt: Er wurde siebzig bei Sedan verwundet. Dann kam der junge Soldat in ein Soester Lazarett und lernte dort nicht nur wieder gehen, sondern auch seine spätere Frau kennen. Und an ihrem Rockzipfel, wie man so sagt, ist er dann auch hängengeblieben. Hier im Westen ist der Name Doben kaum zu finden. In Ostpreußen dagegen, da dobt es sich geradezu aus.«

»Bei der Taufe Ihrer Sippe, Herr Stabsarzt, scheinen die Geister über den Wassern Masurens Gevatter gestanden zu haben. Ich denke da an den Doben-See östlich von Rastenburg.«

»Ja, ja, auch das Dorf Doben liegt ja dort. Wie schon gesagt, es dobt sich in Ostpreußen aus: Doben, Dobenicken, – so geht das weiter. Und wissen Sie, Melizkat, was diese zwei Silben ›do-ben‹ zu bedeuten haben? Nichts anderes als Mulde, Loch, tiefe Stelle. Nomen est omen, sagt der Lateiner. Wenn dem so ist und der Name eine tiefere Bedeutung hat, dann käme unsere Sippe nicht sehr gut dabei weg. Dann hätte es die wohl weniger mit den Wassergeistern als vielmehr mit den Weingeistern gehalten haben müssen. Bei uns daheim sagt man nämlich: der säuft ja wie ein Loch. –

Von Rastenburg zum Dobensee – ein herrlicher Weg«, fuhr Doben fort. »Wir sind ihn gewandert, meine Mutter und ich, als wir das erste Mal in Ostpreußen waren – über die Görlitz, das Dorado der Rastenburger. Wissen Sie, dort, wo jetzt die weltbekannte Wolfsschanze ist, dort sind wir damals ahnungslos gewandert. Der unwahrscheinlich große und dicke Wirt des Hotels Thuleweit, der hatte ihn uns empfohlen, diesen schönen Weg . . .

So, Melizkat, wir sind mal wieder da. Lassen Sie mich hier 'raus, und fahren Sie den Wagen dort unter die überdachte Toreinfahrt. Es wird Schnee geben. So brauchen Sie den Wagen nicht zu schließen. Lassen Sie sich von der Lindenwirtin einen Mokkafuck kochen, und zwar auf meine Rechnung. In einer Stunde komme ich und löse Sie aus.«

Melizkat war der einzige Gast im verräucherten Schankraum. Ohne seinen Mantel abzulegen, setzte er sich an den lauwarmen Ofen.

»Mal wieder im Lande, Herr Sanitätsrat?« begrüßte ihn die Wirtin, während sie, einen Wollschal am Halse, in schäbigen Filzschuhen herbeischlurfte.

»Ja«, sagte er verdrossen. »Aber wahrscheinlich auch das letzte Mal. Weiter brauche ihn Ihnen wohl nichts zu sagen. Bringen Sie mir bitte zu meinem Kaffee auch noch einen Briefbogen oder sonst so ein Stück Papier. Ich muß meiner Frau die Neuigkeit gleich schreiben. Auch ich weiß es ja erst seit kaum einer Stunde. Das Telefon darf ich wohl auch mal benutzen – für ein Ortsgespräch nur, zum Ochsenberg hinauf. Und wie steht's mit einem Stück Kuchen oder etwas Ähnlichem fürs Schleckermaul?«

»Ein Stück Gugelhupf, das können Sie haben – fünfzig Gramm Weißbrotmarken, fünf Gramm Butter, fünf Gramm Zucker.«

Melizkat legte über das Doppelte der verlangten

Marken auf den Tisch. Auch dem Stabsarzt sollte die Wirtin so ein Stück Kuchen bringen – stillschweigend – sobald er sich seine Tasse Kaffee bestellen werde.

»Für das Briefpapier zwanzig Gramm Butter extra«, sagte Melizkat und schob der Frau die Marken entgegen.

Sie hatte kaum den Rücken gekehrt, zog er auch schon seinen dicken Brief aus der Rocktasche. Beim Auseinanderfalten der beschriebenen Blätter fiel ihm ein Bogen gelber Butterreisemärkchen in den Schoß. Er legte die kostbaren Abschnitte zur Seite und las seinen Brief.

Lieber Kurt,
der schönste Blumenstrauß hätte mich nicht mehr erfreuen können als Deine Nachricht, daß Du nicht auszurücken brauchst, daß Du in der Garnison bleibst. Dein Brief mit der frohen Botschaft ist auch wieder nur zwei Tage unterwegs gewesen. Ein Glück, daß die Post wenigstens noch so gut funktioniert, trotz der vielen Bomben, die Tag und Nacht auf die Bahnhöfe und Strecken geworfen werden.

Seit einiger Zeit bringt mir Herr Lerbs Deine Briefe ins Haus. Herr Willuhn ist noch eingezogen worden. Er hätte das Briefaustragen sicher gern weiterbesorgt. Nun macht das aber Herr Lerbs, Rudolf Lerbs, der Schwiegervater von Lisa, der früher am Sparkassenschalter saß. Herr Willuhn hat Soldat werden müssen, – auch der noch. Heute morgen, zusammen mit Deinem Briefe, kam eine Karte von ihm aus Zinten. Herzliche Grüße aus dem Ausland, schreibt er – wie ich dann merkte – im Scherz. Du hast es mir einmal erklärt, warum man hier vom Ausland spricht, wenn man Zinten meint. Ich glaube, die Evangelischen, die damals im polnischen Ermland wohnten, die mußten jedesmal erst ins preußische Zinten gehen, wenn sie an einem protestantischen

Gottesdienst teilnehmen wollten, ins Ausland also. Ist das so richtig? Wie lange sich so etwas im Volksmunde hält. Aber warum tische ich Dir denn so banale Dinge auf? Mir ist doch gar nicht zumute danach. Denn pure Angst ist es, die mich zu diesem Briefe treibt. – So schlimm muß sie sein, daß den Zwillingen meine Milch dadurch vergällt wird. Mitten im Stillen lassen sie oft weinend von mir ab. Seit gestern hören wir hier den fernen Kanonendonner wieder, dieses beängstigende Rumoren wie damals, als es losging – mit Polen und auch mit Rußland.

Auch die andern beunruhigt das ferne Donnern natürlich. Anna Gehlhaar hat unseren Ortsgruppenleiter daraufhin angesprochen. Das käme von den neuen Waffen, sagt der – von den neuen Waffen, die nun in der Tucheler Heide ausprobiert werden. Glaubst Du noch an geheime Waffen?

Ach, Liebster, ich will aufhören, Dich zu bedrängen. Ich weiß, Du möchtest viel lieber etwas von unseren Kleinen hören.

Dina und Dorothea schlafen schon lange. Von dem unheimlichen Wummern lassen sie sich nicht stören. Sie schlafen unbeschwert.

Wölfchen, der sonst etwas länger aufbleiben darf, hat heute zur Strafe gleich nach dem Abendessen ins Bett gehen müssen. Ich hatte ihm verboten, das Haffeis zu betreten, ihm dafür aber seinen Poggenteich zum Schorren erlaubt, den Tümpel gleich neben dem Anlegesteg. Aber eine halbe Stunde später sehe ich vom Fenster aus, wie der kleine Lorbaß den großen Karl Gehlhaar mit seinem Schlitten auf dem Haff herumkutschiert.

Nun glaube aber nicht, ich hätte mit Wölfchen nichts als Ärger! Er steckt nur immer voll Tatendrang. Immer hat er von hundert Gänsen Wurst zu machen, wie Du so gern sagst.

Seitdem er nun zur Schule geht . . . Du möchtest

staunen über seine Phantasie, wenn er sich auf unserem Krajebieter wie ein Kapitän benimmt. Hin und wieder erlaube ich ihm jetzt, auf dem Boot zu spielen. Die Kajüte ist ja leicht mit dem elektrischen Ofen zu heizen. Und zu sorgen brauchst Du Dich auch nicht: Die Kombüse ist verschlossen. An Herd und Gasflaschen kann er nicht. Und auch sonst – er betritt das Boot nur mit weichen Hausschuhen. Laß dem Jungchen das Vergnügen! Wer weiß, wie lange noch? Am liebsten möchte der kleine Lorbaß das Boot aus dem Schuppen direkt ins Freie gefahren haben. Aber den Gefallen werde ich ihm natürlich nicht tun. Im Schuppen aber lasse ich ihn darauf spielen. Wie lange wird er's noch können? muß ich mich nicht selten fragen.

Und schon will mich diese schreckliche Angst wieder befallen. Am besten, ich denke nur an Vergangenes.

Weißt du noch, wie wir unser Boot damals vorm Kauf besichtigten? Dir war es viel zu groß. Ich dagegen meinte, wir brauchten es für eine zahlreiche Familie. Wie hast Du damals gelacht. Und nun? Bitte, zähle einmal nach!

Und glaube mir, Liebster, zu guter Stunde sehe ich uns mit noch größerer Kinderschar kreuz und quer über unser geliebtes Haff hinwegsegeln. Einmal geht's dann zur Baumblüte nach Succase, das andere Mal zum Kirschenessen ins Haffschlößchen. Wie komisch, daß ich Dich dort die Kinder belehren höre: Die Hügel um unser Haffschlößchen herum, die sind mindestens ein solches Naturwunder am Frischen Haff, wie die Insel Mainau im Schwäbischen Meer eins ist.

Liebster Kurt, dieses unheimliche Wummern da draußen in der Nacht . . . Ach, wenn ich es doch nur träumte.

Erinnere Dich an die zwei schönen Tage, die wir brauchten, den Krajebieter vom Kurischen Haff auf das

Frische Haff zu bringen. Weißt Du noch, daß Dich der Dieselmotor im Heck anfänglich sehr störte? Am liebsten hättest Du ihn dem früheren Besitzer zurückgelassen. Du wolltest nur Segler sein. Und wie gut kam uns die Maschine schon ein wenig später zustatten. Ohne sie hätten wir von Labiau bis Wehlau treideln müssen. Denn der Wind kam an diesem Tage genau aus dem Süden und drückte uns das Wasser aus dem Pregel unaufhörlich entgegen.

Und dann der schöne Abend ... An einem Sonnabend war es. Erinnerst Du Dich? Am Fährkrug Gauleden machten wir fest. Auf der Lucht des Kuhstalls hatte sich dort schon eine Horde Königsberger Ruderer im Heu eingenistet. Zwei Neugierige begutachteten unseren Krajebieter. Aber mit dem seltsamen Namen wußten sie nichts Rechtes anzufangen. Keiner von beiden hatte schon etwas von dem ungewöhnlichen Handwerk der Krähenbeißer von der Kurischen Nehrung gehört. Es wollte ihnen nicht in den Kopf, daß es dort Fischer gibt, die Krähen totbeißen, die den scharenweise gefangenen Vögeln mit den Zähnen die Köpfe zermalmen – dreißig und mehr in der Viertelstunde.

Auch der Tochter des Fährkrügers mußtest Du das von den Krähenbeißern bald darauf noch einmal erzählen. Die Umgebung von Gauleden zeigte sie uns währenddessen. Wir kamen dabei auch nach Kellermühle. Dort war Musik und Tanz. Wer von all den lustigen Menschen hätte damals an Krieg, Not und Tod gedacht?

Ach, sei mir nicht bös, lieber Kurt, daß ich soviel im Vergangenen krame! Das läßt mich aber noch einmal so recht glücklich sein. Dabei kommt mir auch die erste große Ferienfahrt auf unserem Krajebieter wieder so lebhaft vor das Auge. Bis Deutsch Eylau sind wir damals gekommen – über Elbing, Drausensee und die Geneigten Ebenen.

Auf dem Rückwege verfielen wir auf den Gedanken, Tante Gertrud und Onkel Wilhelm auf ihrem Hofe bei Liebstadt zu besuchen. Bei einem Fischer am Röthlof-See ließen wir unser Boot liegen und wanderten dann mit leichtem Gepäck.

Auf schönen Wiesenpfaden schlenderten wir dahin und lachten über die komischen Namen auf den Wegweisern dieser Gegend: Nach Kuhdiebs – Nach Venedien – Nach Himmelfort. Und was Du mir dabei über die armen Mohrunger erzähltest: Sie hätten nicht wie alle andern einen gewöhnlich-großen Mond. Nein, sie, die Mohrunger, hätten nur einen ganz kleinen, ein – wie Du sagtest – ein Maurunger Maundje. Wie habe ich über diese komische Geschichte lachen müssen.

In Mohrungen hast Du dann das Geburtshaus Herders gezeichnet. Weißt Du noch, daß ich Dich dabei bat, die Inschrift der Gedenktafel deutlich leserlich zu machen und daß Du das aber ablehntest. Weißt Du das noch?

Weißt Du noch, wie Du dann später das Aquarell für Tante Gertrud gemalt hast? Wir wollten es ihr als Angebinde mitbringen. Du saßest auf einem Baumstamm, und ich stand hinter Dir und sah zu, wie das Bild nach und nach auf dem Papier entstand, die Ansicht auf Liebstadt. Es war der Blick von Norden auf die Häuser der Altstadt. Ein paarmal holte ich Dir frisches Wasser aus dem Liebeflüßchen, das in der Schlucht dahinplätscherte – in der Schlucht zwischen uns und der Stadt auf dem Berge.

Bilder über Bilder, die jetzt an meinem Auge vorüberwandern. Bedeutet das etwa schon den Abschied?

Eben ist eins unserer kleinen Mädchen aufgewacht und weint. Dina – Dorothea? – ich erkenne das Stimmchen von hier aus nicht.

Ich bin aus dem Schlafzimmer zurück und sitze

wieder vor dem längsten Briefe meines Lebens. Es war Dina, die da weinte. Sie hat sich aber schnell beruhigen lassen und schläft nun schon weiter.

Ist es nicht zu traurig, daß unsere Kinder ohne Dich, den Vater, aufwachsen müssen? Wie lange soll das noch so weitergehen? Ein Glück, daß sich Herr Lerbs dann und wann einmal eine Minute mit den Kleinen abgibt, sonst bekämen sie ja überhaupt keine Männerstimme zu hören.

Auch wenn er keine Post abzugeben hat, wärmt sich der neue Briefträger hier bei uns etwas auf. Ich sehe das gern – schon allein deshalb, weil ich so manches durch ihn erfahre, was der Rundfunk nicht bringt.

Die Kleinen scheinen seine Zeit schon zu kennen. Sie liegen da meist frisch gebadet und angekleidet auf der Wickelkommode. Und sofort horchen sie auf, wenn er naht. Geht er dann gar mit dem Zeigefinger auf sie los, als wollte er sie damit abwechselnd kitzeln, dann solltest Du sehen, wie sich ihre Gesichtchen zu zahnlosem Lächeln verziehen. Du möchtest Deine Freude daran haben. Manchmal probieren sie dabei auch wie junge Hähne ihre Stimmchen.

Und nun schlafen sie – schlafen sorglos und ahnen nicht, wie ihrer Mutter zumute ist.

Wie ich vorhin entdeckte, bildet sich an Wölfchens Oberlippe wieder ein Spirgel – wie immer, wenn er sich sehr aufgeregt hat. Womöglich trage ich daran sogar die Hauptschuld. Das mit seiner Eisfahrt hätte ich nicht so tragisch nehmen sollen. Dafür habe ich dem Jungchen im stillen etwas versprochen: Morgen soll er sein geliebtes Sauerteigbrot wiederbekommen. Ich schrieb Dir ja schon, wie gern er das ißt. Seit dem vorletzten Mal backe ich es aber ganz flach. Ich mangele es aus wie Blechkuchen, und dann etwas Kümmel drauf. Ich glaube, auch Dir möchte es so schmecken.

So kommt natürlich eine Arbeit zur andern. Und

manchmal komme ich mir schon vor wie ein richtiger Paslak. Aber wie gern wollte ich ein richtiger Paslak sein, ginge nur alles glücklich für uns aus. Und daß Du weiter in der Garnison bleiben kannst, das will mir ein gutes Zeichen dafür sein. Schreib ihr, sooft Du kannst,

Deiner Claudia

Auf diesen Brief sollte er seiner Frau nun schreiben: das Zeichen, das ich Dir gab, war ein Irrlicht. Nein – dazu war er jetzt nicht imstande. Er drückte den Packen beschriebener Bogen auf den leeren, den ihm die Wirtin gebracht hatte. Seine Gedanken liefen ihm durcheinander. Er ging in den kalten Nebenraum, in dem das Telefon war. Nun brauchte er die Nummer. Das Verzeichnis lag neben Claudias Brief. Er ging dorthin zurück, blieb eine Zeitlang stehen und überlegte, was jetzt zu tun war. Im Telefonbuch wollte er nach der Nummer Krollenschulzes suchen. Statt nach dem Buche griff er wieder nach Claudias Brief. Er mußte ihn noch einmal lesen. Einen so langen Brief hatte ihm seine Frau noch niemals geschrieben. Er begann von neuem mit »Lieber Kurt!« Er las, las lange, las jetzt mehr zwischen den Zeilen. Als er seine Zwillinge auf der Wickelkommode liegen und lächeln sah, kamen ihm die Tränen. Er legte den Brief ab, sah nach der Nummer und ging telefonieren.

Als er ins Gastzimmer zurückkam, sah er, daß es schneite. Windböen jagten Unmassen von gehäckselten Eisfedern gegen die Fensterscheiben. In diesem Augenblick trat Doben wie ein Schneemann ein.

»Wir werden etwas warten müssen«, sagte er; »man kann keine drei Schritt weit sehen. Das nennt man echtostpreußisches Stiemwetter.« Das letzte sprach er auf ostpreußische Art aus: Das E in »Echt« mehr wie ein dumpfes Ä; und das »ostpreußisch« klang fast wie »astpreißisch«; wobei er das R nach baltischer Art tüchtig vor den Zähnen rollte.

»Gut! Gut!« zollte Melizkat etwas gezwungen Beifall. Wenn ihm jetzt zum Scherzen auch wenig zumute war, so durfte er sich doch der Gesprächigkeit des Vorgesetzten nicht verschließen. Und der Stabsarzt machte ihm das sehr leicht. Er sprach von seiner Erbmasse, die er seinem Großvater verdanke. Von seinen Studentenjahren in Königsberg war die Rede. All das habe ihm die ostpreußische Mundart so vertraut gemacht.

»Ihr Vater, Herr Stabsarzt, ist in Ostpreußen gefallen?« so nahm Melizkat den Faden wieder auf.

»Ja, August Vierzehn, während Hindenburgs Masurenschlacht. Mitten im Schreiben einer Meldung hat ihm der Tod die Feder aus der Hand genommen. Am Bahndamm der Strecke Angerburg–Kruglanken hat man ihn gefunden. Sein erstes Grab fand er in der Nähe von Klein Strengeln, bis er dann auf den Heldenfriedhof bei Angerburg umgebettet wurde.«

»Meinen Sie den Soldatenfriedhof Jägerhöhe bei Angerburg, Herr Stabsarzt?«

»Ja, auf dem liegt mein Vater – an einer sehr schönen Stelle oberhalb des Schwenzeitsees. Ich möchte sagen: der schönste Soldatenfriedhof in Ostpreußen.«

»Ich kenne ihn sehr gut«, sagte Melizkat. »Vor den vielen Gräbern deutscher und russischer Soldaten habe ich oft genug gestanden. Ein großartiger Blick von dort oben nach Süden auf die Seenlandschaft.«

»Was in aller Welt haben Sie auf dem Schwenzeitsee zu suchen, Melizkat, wo Sie doch die unendlich große Fläche des Frischen Haffs vor der Haustür haben?«

»Die internationalen Eissegelregatten wurden auf dem Schwenzeitsee ausgetragen, nicht auf dem Frischen Haff, Herr Stabsarzt. Wenn ich mir dabei auch keine großen Meriten holen konnte – die Atmosphäre aber, die die Schweden, Dänen, Esten und Finnen auf Jägerhöhe verbreiteten, die hat mich dafür immer reichlich entschädigt.«

»Menschenskind!« platzte Doben heraus, »dann müssen sich ja unsere Wege schon damals gekreuzt haben. Auch ich bin da fast jedes Jahr gewesen – nicht mit dem Segelschlitten, aber mit der Leica. Dutzende von Aufnahmen habe ich da jeden Tag gemacht – für die Zeitung, für die ich damals während meiner Studentenzeit nebenbei fotografierte und schrieb. Dann sind also auch Sie mir ab und zu durch meinen Leicasucher gehuscht. Ist die liebe Welt doch klein!«

»Jedes Jahr haben Sie mich dort finden können«, bestätigte Melizkat noch einmal. »Halt, in einem Winter, da kam das Eis kaum über den Schaktarp hinaus. In diesem Jahr allerdings blieb ich zu Haus.«

»Schaktarp?« fragte Doben, »was heißt Schaktarp?«

»›Schaktarp‹, es kommt, wenn ich nicht irre, aus dem Litauischen; das Wort ist doch in wasserreichen Gegenden gang und gäbe. Man bezeichnet damit jenen Zustand der Wasseroberfläche, der weder das Begehen noch das Kahnfahren zuläßt, Herr Stabsarzt.«

»Komisch«, sagte Doben, »über fünf Jahre in Ostpreußen gelebt und es niemals gehört, dieses verrückte Schaktarp.«

»In Niederungen ist es aber sehr gebräuchlich. Dort, wo die Gehöfte zerstreut liegen und ein großer Teil der Kinder für den Schulweg auf den Kahn oder auf die Schlittschuhe angewiesen ist, da wird wohl kein Jahr vergehen, daß der Lehrer nicht ins Klassenbuch schreibt: Schaktarp – Unterricht fiel aus.

In Königsberger Schulen natürlich, dort ist so etwas nicht vorgekommen.«

»Universität wegen Schaktarp geschlossen, – nein, Melizkat, das wäre mir aufgefallen. Wenn ich aus dem Hause trat, hatte ich Sommer wie Winter festen Boden unter den Füßen, die Tragheimer Kirchenstraße nämlich.

»Dort wohnten Sie, Herr Stabsarzt?«

»All die Jahre meiner Königsberger Zeit«, bestätigte Doben. »Aber ich war dort nicht nur stud. med. Sie werden es kaum glauben, ich war zugleich – oder, wenn Sie wollen, nebenher ein halber Journalist und Bildberichter. Womöglich haben Sie schon Lunte gerochen, vorhin, meine ich, als ich gezwungen war, Ihnen zu erklären, was ich auf Jägerhöhe zu suchen hatte.

Jawohl, auch Ihr Kompaniechef versteht eine Leica zu handhaben. Sie sind neugierig geworden, ich seh es an Ihrem Gesicht. Wenn Sie wissen wollen, auf welch seltsame Weise ich zum Jünger Daguerres geworden bin . . . Ich kann es Ihnen noch erzählen. Bei dem Stiemwetter werden wir nicht fahren.

Wie ich an die Kamera kam? Eigentlich auch durch meines Vaters Grab . . . Einige Jahre nach dem Kriege suchten wir es auf – meine Mutter und ich, zum erstenmal damals –, zuerst besuchten wir natürlich die Metropole, die Stadt der reinen Vernunft, wie man sie so gern nennt. Wir wohnten dort in der Französischen Straße, in dem Hotel Garni, das von zwei reizenden Damen geführt wird, Mutter und Tochter. Sie beide brachten es zuwege, daß wir unsere Meinung über die Ostpreußen änderten, ehe wir die Reise in das unbekannte Land antraten. Das aber nur nebenbei.

Im ›Berliner Hof‹ nahmen wir damals unsere erste Mahlzeit. Ich weiß es noch, als wär es heute. Wir saßen am Fenster zur Straße hin und konnten so das unruhige Gewoge des Verkehrs beobachten. Und da, ganz plötzlich hielt meine Mutter im Essen inne, legte Messer und Gabel ab, starrte wie fasziniert über die Straße hinweg und schwieg so eine ganze Zeit. Dann streckte sie ungeniert den Arm aus, wies auf die großen Schaufenster auf der anderen Seite der Straße und rief mit gepreßter Stimme: ›einen Fotoapparat . . . einen Fotoapparat müssen wir haben! Ob wir uns wohl so ein Ding leisten können, ohne unsere Reise abkürzen zu müssen?‹ So fragte mich meine Mutter. Es klang, als sei sie meine jüngere Schwester.

In dieser Minute sah ich die großen Schaufenster Foto-Schattkes zum erstenmal.

Wir beide, blutige Laien auf dem Gebiet der Lichtbildkunst, wir begannen zu rechnen und zu überschlagen und waren schließlich so klug als wie zuvor. ›Wir werden uns an Ort und Stelle erkundigen müssen‹, schlug ich vor. ›Aber warum sollten wir uns nicht einen Fotoapparat leisten können? Wir werden dafür eben nicht immer in Gaststätten im Range eines Berliner Hofes essen, – ganz einfach.‹

Herr Schattke, ein eher kleiner als mittelgroßer dunkler Mann, bediente uns zum Glück selbst. Und mit einem geschickten Schachzug meiner Mutter begann der Handel. ›Sind wir hier in einem Geschäft‹, begann sie, schelmisch lächelnd, ›in einem Fotogeschäft, in dem wir mit einem Apparat gleichzeitig auch die Kunst seiner Handhabe erwerben können?‹

›Gnädige Frau‹, antwortete Schattke, ›wenn ich meiner Menschenkenntnis nur halbwegs trauen darf, dann möchte ich Ihre Frage mit Ja beantworten.‹

Keine halbe Stunde später verließen wir Foto-Schattke mit einer Leica. Am Riemen einer eleganten Bereitschaftstasche hing sie über meiner linken Schulter, – meine Leica, eine gebrauchte zwar nur und ein Modell, wie es Otto Barnack schon neunzehnhundertdreizehn auf dem Reißbrett konstruiert hatte, präzis wie ein Uhrwerk, erschreckend klein und handlich.

Schattke, von der geschickten Frage meiner Mutter kräftig aufgezogen, hatte mir für diesen historischen Nachmittag einen routinierten Verkäufer zur Seite gegeben. Er sollte mich unbeschriebenes Blatt in die elementare Aufnahmetechnik und Motivsuche einweisen.

Orts- und sachkundig, wie es dieser junge Mann war, führte er uns schnurstracks vom Steindamm zum Überbrettl von Königsberg.

Wenn Sie etwa zweifeln sollten, Melizkat, zweifeln, daß Königsberg ein Überbrettl hat, dann gehen Sie bitte auf den Fischmarkt. Dort haben Sie doch die herrlichste Freilichtbühne, Melizkat. Die Königsberger Fischweiber, sind die nicht die besten Stars? Ohne Gage spielen sie hier täglich ihre volkstümliche Rolle – ohne Gage, obschon sie Ditchen um Ditchen in ihre große Ledertasche klimpern lassen, mit der sie ihren Bauch so geschäftstüchtig dekorieren.

Diese Bilder, Melizkat, diese Motive am Pregel-Kai. Motive! Dort erst und erst an diesem Tage sind mir die Augen für so etwas aufgegangen. Deshalb nenne ich ihn ja auch historisch. Das uralte Speicherviertel mit seinen engen Gassen – Gassen zwischen Hunderten von schmalbrüstigen Fachwerkspeichern. Und jeder von ihnen mit einem putzig überdachten Rollenaufzuge, putzig, wie für die Maler geschaffen, die da zu Dutzenden mit Stift und Pinsel umhersitzen.

Da ein schwedischer Dampfer, dort ein finnischer. Beide wollen sie aus der Lak ins Sackheimer Viertel. Vor der Krämer-Brücke müssen sie aber haltmachen, haltmachen, bis sich die beiden Fahrbahnhälften der gesamten Brücke wie zum Gruße nach beiden Seiten in die Höhe heben, zum Himmel hinaufrecken – samt der Oberleitung für die Straßenbahn. Jetzt erst ist der Weg für sie frei.

Melizkat, Sie müssen anspannen! Die Sonne kommt durch. Wir können fahren.«

Doben bezahlte die kleine Zeche, und Melizkat gab der Wirtin eine Reihe gelber Reisemärkchen für Butter. »Zum Abschied«, sagte er.

»Sind Sie denn so gesegnet mit Lebensmittelmarken«, fragte Doben etwas erstaunt.

»Ich brauche damit nicht zu geizen«, erklärte Melizkat. »Meine Frau schickt mir in jedem ihrer Briefe davon mit. Durch die Kleinen hat sie reichliche Zuteilung. Außerdem wird sie von Verwandten und Bekannten gut versorgt. Ich glaube, auch ohne das, was sie vom Wirtschaftsamt zugeteilt erhält, brauchte sie nicht zu darben. In diesem Punkte hat der Krieg noch keine Opfer von uns gefordert. Aber nun, ich fürchte, nun kommt's faustdick, und zwar von einer ganz anderen Seite.«

In der Stadt kam ihnen Sanka auf Sanka entgegen. Noch immer wurden also Verwundete aus dem Lazarettzuge gebracht, den sie heute morgen so behutsam durch den Wirrwarr der vielen Weichen hatten fahren sehn.

»Herr Stabsarzt«, begann Melizkat kurz vor der Einfahrt zur Kaserne, »ich muß Sie noch einmal an meine leidigen Kisten erinnern. Ich darf sie zum Aufbewahren zum Ochsenberg hinaufbringen. Ich bitte um Fahrbefehl, damit ich meine Sachen nach Dienstschluß im Kübel fortschaffen kann.«

»Im Kübelwagen, warum in dem? Nehmen Sie doch Ihren zukünftigen Sanka, und fahren Sie das Ding bei dieser Gelegenheit gleich einmal probe. Ich spreche dieserhalb mit Oberarzt Feldmann. Urlaub bis zum Wecken wird Ihnen selbstverständlich auch bewilligt. Sie werden wohl Abschied feiern müssen.

Aber nun sag mir einer: wo Sie nicht überall Anschluß gefunden haben in den zwei Jahren. Sogar auf dem Ochsenberge. Ein großer Bauernhof, ein Gut, wenn mich nicht alles täuscht. Wie sind Sie denn an diese Leute gekommen?«

»Wenn ich es recht bedenke: durch die Leica, Herr Stabsarzt. Als ich da oben die Generalprobe zu unserer ersten Besichtigung knipste, riß mir am Ende eines Films das Ding von der Gegenspule ab. Sie wissen, daß man dann eben nicht zurückspulen kann. Und ich hätte aufhören müssen, wäre nicht dort bei Krollenschulze ein dunkler Keller gewesen. Wie das dann so ist: Ich machte natürlich zum Dank für die Gefälligkeit ein paar Aufnahmen von den Kindern. Film und Bilder sind Mangelware. Bietet man sie an, ist man ja immer gern gesehen. Es sind sehr angenehme Leute – auch aus der Gegend von Soest übrigens, wenn Sie mir erlauben, das einmal zu betonen.«

»Na also!« sagte Doben und zog die linke Augenbraue bedeutungsvoll in die Höhe.

Krollenschulze nimmt kein Blatt vor den Mund

Als Melizkat seinen Sanka zum Ochsenberg hinaufquälte, begann es zu dunkeln. Vor der Toreinfahrt des Gutshofes mußte er kurz halten, weil ein fremdes Auto den Hof eben verlassen wollte, – ein Umstand, der dem Verlauf dieses Abends seinen Stempel aufdrücken sollte.

Wie zum Empfang stand Krollenschulze auf dem Treppenpodest und winkte Melizkat zu, – etwas fahrig, wie es Melizkat schien. Zum Winken mußte Krollenschulze die linke Hand nehmen. Sein rechter Arm war in Rußland geblieben. Zwar hatte er schon längst eine Prothese. Sie hatte ihm in den letzten Tagen aber zu schaffen gemacht. Er ließ sie heute dort, wo sie gewöhnlich nur nachts hing: an dem Haken neben dem Nachttisch im Schlafzimmer. So war der Ärmel leer. Und weil er mit seinem unteren Ende aus der rechten Jackettasche gerutscht war, baumelte und wedelte er eben bei jeder Körperbewegung umher.

Versehentlich gab Melizkat Krollenschulze heute zum Gruß die Rechte. So kam es zu einem unharmonischen Handschlag. Um dem Kriegsinvaliden seinen Körperschaden weniger fühlbar zu machen, hatte Melizkat dem Einarmigen sonst immer die Linke gegeben. Krollenschulze spürte die Verlegenheit, in die Melizkat durch seine Ungeschicklichkeit geraten war, und begann deshalb schon außerhalb des Hauses zu schwadronieren: »Haben Sie den Goldfasan gesehen?« fragte er und meinte damit den Braununiformierten von der Politischen Organisation, der im Auto eben den Hof verlassen hatte. »Nur ein paar Minuten früher – und Sie hätten etwas zu hören bekommen. Ich bin mal wieder zum Platzen geladen. Bei Ihnen kann ich hoffentlich etwas Dampf ablassen.

Nun aber erst mal 'rein in die gute Stube! Meine Frau sagt mir, daß Sie uns verlassen wollen. Das ist zwar sehr bedauerlich, aber Ihre Kisten bewahren wir Ihnen natürlich sehr gern auf, bis der Zauber vorbei ist.

Meine Frau werden Sie eine Zeitlang entschuldigen. Sie hat sich etwas legen müssen.«

»Ist Ihrer Gattin etwas zugestoßen?«

»Ja und nein«, sagte Krollenschulze. »Dieser Besuch, den wir eben hatten, der hat sie so furchtbar aufgeregt. Sie muß eine Zeit liegen, dann wird sie gewiß wieder auf ihrem Posten sein und Sie bitten, mit uns zu Abend zu essen. So viel Zeit haben Sie doch hoffentlich mitgebracht, Melizkat.«

»Was in aller Welt hat Ihre Gattin denn in Ihrer Abgeschiedenheit hier oben so sehr aufregen können?«

»Um unsere beiden Ostarbeiter ging's«, erklärte Krollenschulze. »Ostarbeiter – dieses furchtbare Wort, es will mir immer nicht recht über die Zunge. Und doch muß ich Maschenka und Nikolaj amtlich als Ostarbeiter bezeichnen, – ich muß.

Die Sache ist die: Letzten Sonntag sind die beiden, Maschenka und Nikolaj, einmal in die Stadt hinunter und ins Kino gegangen. Mit dem Schandfetzen ›Ost‹ auf der Brust wären sie natürlich nicht eingelassen worden. Für ›Untermenschen‹ schaffen unsere Traumfabriken keine Genüsse. Und was macht Maschenka also? Sie nimmt Schere, Nadel und Garn mit und trennt unterwegs hinter einem Busche das Läppchen mit dem ›Ost‹ von den Kleidern. Ist etwas verständlicher und unschuldiger als das? Nein! Oder etwa doch?

Ohne weiteres werden sie also eingelassen. Sie sehen aus wie jeder zweite Mitteleuropäer. Und gekleidet werden sie von uns, wie sich's gehört. Keinem wäre etwas aufgefallen, wenn Nikolaj in seiner Einfalt Maschenka im Dunkeln nicht ein paar Worte zugeflüstert hätte. Hinter ihnen sitzt aber Goldfasan in Zivil und erkennt die paar Worte sofort als russische. Und nun tanzten eben, wie man so schön sagt, die Puppen.

Sie hätten hören sollen, Melizkat, was ich dem erzählt habe. Er drohte mir doch, die beiden ins KZ zu bringen. Seitdem ich weiß, daß ich meinen rechten Arm unmenschlichen Plänen geopfert habe, seitdem nehme ich kein Blatt mehr vor den Mund.

Eine Stunde später waren Maschenka und Nikolaj wieder hier oben bei uns – mit dem wieder-angenähten Lappen ›Ost‹ auf der Brust natürlich.«

»Was hat die beiden so mächtig angezogen?« fragte Melizkat.

»Sie meinen, welchen Film sie sich ansehen wollten? – ›Das unsterbliche Herz‹ mit Heinrich George als Peter Henlein und Christina Söderbaum als dessen Frau. Und es wäre wohl auch alles gut gegangen, wenn Nikolaj nicht diese Dummheit gemacht hätte.

Ich weiß nicht, ob Sie den Film gesehen haben? An der Stelle, wo sich die nackte Söderbaum auf den Schoß des angekleideten Henlein zu setzen hat – da eben rutschten Nikolaj die paar russischen Worte über die Zunge.

Na ja. Wenn dieser Bonze es doch nun wenigstens bei seinem ärgerlichen Telefongespräch mit mir hätte bewenden lassen. Nein, er mußte heute auch noch Benzin verfahren und persönlich aufkreuzen, parteiamtlich, wie es so schön heißt. Er mußte uns ermahnen, belehren und meine Frau durch seinen Lärm halb krank machen.

Später wird's niemand mehr für möglich halten: Nur weil wir in unseren ausländischen Helfern in erster Linie Menschen sehen, werden wir verdächtigt. Sind wir etwa deshalb Vaterlandsverräter, weil wir ihnen ein richtiges Bett geben und sie nicht auf dem Fußboden schlafen lassen, wie es die Frauenschaftsleiterin empfahl?«

Melizkat erhebt sich, weil die Frau des Hauses ins Zimmer tritt. Er geht ihr entgegen und begrüßt sie durch Handkuß. Von Ostpreußen her ist ihm das geläufig. Könnte diese Frau nicht als Muster aller nordischen Frauen gelten? schießt es ihm durch den Kopf: blauäugig, blond und schlank. Nur ihre Augen kneift sie heute etwas mehr zusammen als sonst. Die Lidränder sind entzündet. Womöglich hat sie geweint.

»Sie hatten sich den letzten Abend hier bei uns gewiß etwas anders vorgestellt, Herr Melizkat. Nun sind Sie enttäuscht, nicht wahr? Solch eine unnötige Aufregung. Aber man kann doch auch nicht alle Ungerechtigkeiten widerspruchslos hinnehmen. Ich meine, es ist an der Zeit, daß man sich bemüht, wenigstens an einzelnen – wenn auch nur etwas – wiedergutzumachen, was wenige Verblendete an Millionen gesündigt haben.

Was Maschenka und ihrem Bruder Stanislaw wirklich alles geschehen ist, das haben wir Ihnen bisher noch nicht einmal zu erzählen gewagt. Aufgelauert, regelrecht aufgelauert hat man ihnen und mit ihnen anderen Tausenden. Die Kirchen der ganzen Gegend dort hatte man umstellt und sie, die ahnungslos nach dem Gottesdienst heimkehren wollten, einfach aufgegriffen, in Güterzüge gepfercht und nach Deutschland verschleppt. Nicht einmal verabschieden durften sie sich von den Ihren daheim.«

Melizkat will entschuldigend einwenden, daß die meisten, die an solchen Aktionen beteiligt gewesen sind, auch schweren Herzens und nur gezwungenermaßen gehandelt haben. Aber Frau Krollenschulze ist in Fahrt; sie läßt ihn nicht zu Worte kommen.

»Und mit welcher Rohheit sie dann die Familienangehörigen auch noch voneinander getrennt haben«, fährt sie fort. »Nie wieder hat Maschenka auch nur irgend etwas von ihrem Bruder gehört. In der Gegend von München hat man ihn plötzlich von ihrer Seite gerissen, und weil er sich mit Händen und Füßen sträubte, ihm im Handgemenge das linke Ohr vollkommen zerfetzt, – mit dem Bajonett – vollkommen zerfetzt, denken Sie, Melizkat. Das Blut ist dem Armen nur so über die Kleider geflossen. Seitdem ist Stanislaw verschwunden.«

»Womöglich im Dachauer KZ untergetaucht«, warf Krollenschulze ein und drückte auf den Klingelknopf, Nikolaj herbeizurufen. Der war auch sofort zur Stelle.

»Nikolaj, bitte zwei Flaschen Einheimischen kalt stellen! Bringen Sie Zweiunddreißiger. Ja, und welchen für unseren Gast, dem unser eigenes Gewächs zu sauer ist? Ach, bringen Sie doch eine von dem weißen Bordeaux! Ganz hinten im obersten Fach. Ist Ihnen der recht, Melizkat?«

»Man kann nicht stets das Fremde meiden«, deklamiert der Gefragte, »das Gute liegt uns oft so fern. Ein echter deutscher Mann mag keinen Franzen leiden, doch ihre Weine trinkt er gern.«

»Das muß aber anders werden, Melizkat, mit Ihnen und unseren Nachbarn, den Franzen, und ihren Weinen. Ich weiß zwar, daß Sie mir das unbedenklich in die Hand versprechen werden. Besser aber ist, wir stoßen noch mal darauf an.«

Maschenka erscheint im weißen frischen Berufskittel. Sie deckt den Abendtisch und trägt auf. Sie ist bedrückt. Der Verdruß, den sie der Herrschaft gemacht hat, tut das seine und auch das große weiße Auto mit den roten Kreuzen an allen Seiten, mit dem der deutsche Soldat heute auf den Berg gekommen ist. Und die Fotos, die schön glänzenden Bilder, auf die sie sich schon lange freut, die hat er auch nicht mitgebracht. Maschenka ist argwöhnisch.

Gerade will sie das Zimmer wieder verlassen, da

gibt ihr die Hausfrau auf, dem Gast zum Nachtisch sein Leibgericht zu bringen. Jetzt zieht ein Lächeln über ihr Gesicht. Sie weiß, daß sie einen Pfannenkuchen backen muß – in frischer Butter. Und mehr Mehl als Ei muß sie dazu nehmen. Als sie aber hört, daß es das Abschiedsmahl ist, das sie bereiten soll, da vergeht ihr das Lächeln. Sie denkt dabei auch an die Bilder, die sie nun wohl nie mehr zu sehen bekommt. Schade, zu gern sieht sie sich mit Nikolaj zusammen auf den glänzenden Bildern, die der Soldat machen kann.

»Auch daß die beiden nicht heiraten dürfen, das ist so eine Sache«, sagte Krollenschulze. »Was habe ich da nicht schon für Schreiberei gehabt. Denn auf mir blieb es letzten Endes doch hängen.

Und keiner wäre es ja zufriedener als ich selbst, wenn diese beiden als verheiratet gelten. Denn stellen Sie sich vor, was es gäbe, bekäme Maschenka ein Kind, ein Kind, ganz offenbar unter unserem Dach gezeugt. Wen anders träfen die parteiamtlichen Vorwürfe als uns. Diese Vorladungen und Vernehmungen die dann kämen! Aber ich denke gar nicht dran, den Tugendwächter zu spielen – auch meine Frau nicht.

Aber die Finger werde ich mir wohl noch wund schreiben müssen, um die beiden zusammenzubringen. Der erste, den ich darum anging, war der Balte Rosenberg, Sie wissen – der mit dem Mythosfimmel. Aber er schrieb mir nach einem Vierteljahr, nicht er, sondern das Reichssicherheitshauptamt sei dafür zuständig. Ich schreibe also nun an das Reichssicherheitshauptamt im Glauben, nun endlich an der richtigen Stelle zu sein. Aber weit gefehlt. Es heißt in der Antwort: Die Heiratserlaubnis könne in solchen Fällen nur der Generalbevollmächtigte für den Arbeitseinsatz erteilen. Ich setze mich also vor meine Schreibmaschine und tippe ein Schreiben an den Herrn Generalbevollmächtigten für den Arbeitseinsatz. Aber auch er stellt nach Monaten in

Abrede, dafür kompetent zu sein. Das sei Sache des Rassenpolitischen Amtes. Und nun ist mein Gesuch tatsächlich schon bei denen, die Rassenpolitik treiben.

Aber nun glaube ich beileibe nicht, nun endlich an die richtige Tür geklopft zu haben. Mich interessiert nur, welche Ämter es außerdem noch gibt, an die ich mich in dieser Sache noch wenden kann. Ämter über Ämter ... Wie Pilze sind sie während der zwölf Jahre aus der Erde geschossen. Und alle helfen sie, psychologischen Krieg zu führen. So heißt das nämlich bei den Herrn da oben.

Psychologisch ... Ob die am Ende gar nicht wissen, daß das auch ein bißchen mit Logik zu tun hat?

Melizkat! Sagen Sie mir! Nein, sagen wir einmal: Sie – Sie selber wären der Oberste Kriegsherr, der sich die Völker Europas gefügig machen will, und nach dessen Wünschen und Befehlen sich alles richtet. Wie würden Sie die Menschen eines großen Volkes behandeln, dessen politisches System untergraben und schließlich abgebaut werden soll? Es soll ein anderes – sagen wir mal: ein menschlicheres an seine Stelle gesetzt werden. Allen Ernstes – bitte, sagen Sie mal, wie Sie die Menschen behandeln würden! Also bitte! Keine Ausflüchte!«

Melizkat fühlte sich durch Krollenschulze etwas in die Enge getrieben. Er brauchte Zeit, um Worte zu finden, die der Sache dienten. Und stockend begann er: »Wir sind uns doch beide darin einig, Krollenschulze, daß wir in diesen Dingen anders fühlen und deshalb auch anders handeln würden. Sie so gut wie ich ließen die geknechteten Menschen merken: unter dem neuen System leben wir freier, besser und vor allem menschlicher. Man hätte also gleich nach dem Einmarsch in Rußland damit anfangen sollen, die Kolchosen aufzulösen, jedem Bauer, der das wollte, ein Stück eigenes Land zuzuteilen. Jeder Bauer träumt doch seit dem Entstehen der Kolchosen den Traum vom eigenen Stück Land, von eigenen Kühen und Pferden. Wer den russischen Landbewohner kennt, weiß das doch.«

»*Richtig*, Melizkat! *So* und nicht anders ... Ja, genauso hätte auch ich das gemacht. Und nun halten Sie sich die Folgen dieser Maßnahme erst mal richtig vor Augen! Denken Sie an den russischen Bauern, der noch auf der Seite der Sowjets kämpfen soll, kämpfen soll gegen einen Feind, der sich aber in der Tat als Freund erweist, der ihm Land schenkt. Stellen Sie sich die Ungeduld dieser Männer vor, ihre Angst, etwa zu spät zur Verteilung zu kommen. Die Haare könnte man sich ausraufen bei dem Gedanken, wie schnell der Krieg zu beenden gewesen wäre. Er wäre dann tatsächlich ein Kreuzzug gewesen, dieser Krieg. Und die Wehrmacht hat ihn doch auch wirklich so zu führen gedacht, als Kreuzzug. Sie hätte ihn sonst wohl nicht »Unternehmen Barbarossa« benannt. Das ist doch kein blöder Zufall, daß dabei Barbarossa ins Spiel gebracht wurde. Und Stalin hat das Unternehmen auch sehr richtig zu deuten gewußt. Er ist darum in den ersten Wochen des deutschen Einmarsches ganz durcheinander gewesen. Mit der Bodenreform durch die Deutschen, der Landgabe an die Bauern, hatte er fest gerechnet und die Wirkung auf die russische Bevölkerung auch richtig eingeschätzt, zumal ihm zu Ohren gekommen war, daß das Volk, *sein* Volk also, die deutsche Wehrmacht beim Einmarsch jubelnd begrüßte. Erst nach vielen Wochen soll sich Väterchen Stalin wieder innerlich gefangen haben – dann nämlich, als ihm klar wurde, daß zwischen Partei und deutscher Wehrmacht eine tiefe Kluft war, und welche Dummheiten die Nazis machten.«

»Jawohl, Krollenschulze, ja, so sehe ich die Sache auch, auch das mit der Kluft zwischen Wehrmacht und Partei«, sagte Melizkat und langte auf den einladenden Wink der Hausfrau nach Brot, Butter und Käse.

»Diese tiefe Kluft zwischen Partei und Wehrmacht

zeigt sich wohl am deutlichsten an der Geschichte, die ich in der Nähe von Kiew miterlebte: Ein alter Major, er war da Ortskommandant, der glaubte damals wohl noch an die politische Sendung der Wehrmacht, an ihren Kreuzzug. Noch hörte man den Kanonendonner der vorrückenden Front. Da ließ er schon das Vieh aus den Ställen der Kolchose holen und an die Landleute verteilen. Er überwachte das Unternehmen aufs genaueste und strahlte, strahlte mit den Russen, die nun Pferde, Kühe, Schweine, Schafe, und was es sonst noch zu verteilen gab, unter ihr eigenes Dach bringen durften. Wie von Sinnen waren die Menschen in dieser Stunde. Es ist nicht zuviel gesagt: wie von Sinnen. Von so viel Menschlichkeit waren sie überwältigt, der Menschlichkeit eines Feindes, den sie hätten hassen müssen, weil er Blut und Tränen in ihr Land gebracht hatte. Aber nein – eine alte Frau fiel vor dem deutschen Offizier auf die Knie und küßte, ehe er sich's versah, dem Wohltäter beide Hände.

Diese glücklichen Menschen angesichts des schrecklichen Kanonendonners zu sehen ... Krollenschulze, mir war das ein Erlebnis. Und das vermochte sogar, mich mit der furchtbaren Härte dieses elenden Krieges zu versöhnen. Es begann der Glaube in mir zu keimen, dem russischen Volke werde durch diesen Krieg am Ende eine glückliche Wiedergeburt geschenkt.

Was aber mußte ich dann schon zwei Tage später erleben? Die Wehrmachtsbesatzung war der vorgehenden Front nachgerückt und hatte der politischen SS das Feld überlassen müssen, der politischen – betone ich – nicht etwa der Waffen-SS. Sie zwang wenige Tage später die russische Bevölkerung, die Tiere wieder in die Ställe der Kolchosen zurückzubringen. Unter Flüchen und Drohungen mußten sich die Armen dabei sogar sehr beeilen. Hie Partei – da Wehrmacht. Ich habe mich geschämt, Krollenschulze.«

»Jawohl – schämen«, sagte Krollenschulze, »schämen könnte man sich, daß man seinen Arm einer so schlechten Sache geopfert hat ...«

»Vergiß in deinem Eifer das Essen nicht!« ermahnte Frau Krollenschulze ihren Mann und schob ihm Gabelbissen auf den Teller, die sie vorher zurechtgemacht hatte.

Melizkat fiel die witzige Geschichte ein, die sich, als es an der Ostfront kriselte, die Verwundeten im Lazarett hinter vorgehaltener Hand erzählten. Er legte Messer und Gabel auf eine Minute ab und gab die Anekdote kurz entschlossen zum besten:

Nachdem sich das Kriegsglück eindeutig auf die Seite der Russen geschlagen hatte, und sich die Kämpfe nun mehr und mehr der Reichsgrenze näherten, befahl Stalin seine Feldherren in den Kreml. Er will ihnen Orden und Ehrenzeichen für ihre Verdienste verleihen. Nach einer vorangegangenen Rede bedauert er an deren Schluß, daß einer der verdienstvollen Männer zur Stunde leider nicht anwesend sein kann, daß man ihm seinen Orden erst am Ende des Krieges anheften werden könne. Er nimmt die Auszeichnung also und legt sie bedeutungsvoll hinter sich auf ein dunkles Sammetkissen.

Nach der Zeremonie, bei Krimsekt, hält es ein Armee-Oberbefehlshaber vor Neugier nicht mehr aus. Und weil er mit Generalissimus Stalin auf sehr vertrautem Fuße steht, fragt er kurzerhand, wer denn jener verdienstvolle Glücksritter sei.

Nachdem Stalin den Neugierigen zum Schweigen verpflichtet hatte, flüsterte er ihm endlich den Namen Erich Kochs zu, Koch, der in der Ukraine für die Russen so überaus kriegswichtige Arbeit geleistet habe.

»Ja, die Geschichte«, sagte Krollenschulze laut lachend, »die trifft den Nagel auf den Kopf. Stalin hat sehr schnell spitz gekriegt, wo er den Hebel ansetzen mußte, wie er sich die Dummheit der deutschen Führung zunutze machen konnte. Mit großem Geschick hat er das sogar gemacht. Wer die sogenannten Feindsender gehört hat, weiß das. Aus der Todesnot des Bolschewismus wurde sogar ein vaterländischer Krieg geboren. Liebe zum Vaterland, von der zwei Jahrzehnte nicht die Rede war, wurde nun zum Schlagwort. Und jene Russen, denen das von einem vaterländischen Krieg nicht in den Kopf wollte, die mußten sich schließlich sagen: Wenn wir uns schon treten lassen müssen, dann aber lieber von unseren Landsleuten als von den Lackstiefeln überheblicher Faschisten.«

»Und was hätten unsere Herren da oben aus dem Unternehmen Barbarossa wirklich machen können?« warf Melizkat ein. »Unter richtiger deutscher Regie hätten die Russen ihre Sachen im Kreml womöglich allein in Ordnung gebracht . . .«

»Jawohl«, so fiel Krollenschulze Melizkat ins Wort, »jawohl, genauso, wie die Deutschen dem russischen Bären damals 1917 mit Lenin eine trächtige Laus in den Pelz setzten und damit schließlich die Oktober-Revolution auslösten . . . genauso wäre das mit General Wlassow gegangen – womöglich noch schneller – hätten unsere das Prager Manifest schon 1942 in Szene gesetzt . . .«

»Prager Manifest . . .?« fragte Melizkat gedehnt, drang mit seiner Frage aber nicht durch, weil Maschenka eintrat und ihm den Pfannkuchen brachte und Krollenschulze auf etwas anderes abzielte. »Einen Augenblick, Melizkat«, sagte er. »Zu Ihrer Frage nachher – jetzt erst mal zu Ihren Kisten. Nikolaj wird bald schlafen gehen wollen. Wenn Ihre Sachen schwer sind, müßte Nikolaj wohl tragen helfen . . .«

»Nein«, entgegnete Melizkat, »die Kisten sind sogar sehr leicht. Die kann ich wirklich allein ins Haus tragen. Herzlichen Dank für Ihr Angebot.«

»In den Keller kommen die Dinger«, sagte Krollenschulze, nachdem Maschenka das Zimmer wieder verlassen hatte. »Dort gebe ich ihnen ein bombensicheres Versteck. In dieser Hinsicht können Sie sich auf Krollenschulze verlassen, Melizkat. Aber nun zurück zu Ihrer Frage: Leben Sie denn auf dem Monde, daß Sie nichts vom Prager Manifest gehört haben, der allerletzten Galavorstellung, die unsere Machthaber gaben?«

»Mir ist«, flocht die Hausfrau ein, »als hätte ich letzten Herbst im Radio etwas über das Prager Manifest gehört. Ja, ich entsinne mich. Aber von General Wlassow, von dem weiß ich nichts.«

»General Wlassow und das Prager Manifest gehören eng zusammen«, erklärte Krollenschulze. »Wer die Geschichte Wlassows nicht kennt, wird nicht verstehen, was das Prager Manifest bedeutet ...«

Melizkat unterbrach. »Von General Wlassow weiß ich«, sagte er, »daß er einer von den wenigen Russen war, die lebend aus dem Wolchowkessel kamen – er und seine Köchin. Einige Zeit nach der Schlacht am Wolchow hörte ich, daß man die beiden aus dem Stall einer elenden Bauernkate heraus verhaftete. ›Nicht schießen! Ich bin General Wlassow!‹ soll er dabei gerufen haben. Ich meinte, hier endete Wlassows Odyssee.«

»Ja«, sagte Krollenschulze, »ja, ihr erster Teil, der endete am Wolchow. In deutscher Gefangenschaft aber begann sofort der zweite. Daß Sie den nicht kennen, Melizkat! Er ist zweifellos der interessantere Teil.

Die Verhöre, die Wlassow nun über sich ergehen lassen mußte, machten deutlich, daß er mit dem Zuendegehen der Wolchowschlacht der Todfeind Stalins geworden war. Wlassow hätte sich und die Reste seiner Divisionen noch aus den Wolchowsümpfen retten können. Stalin aber gab ihm dazu nicht die Erlaubnis. Siegen oder untergehen! lautete Stalins Befehl, den Wlassows Funker bis zum Schluß der Katastrophe empfing. Keine andere Wahl hatte ihm der Rote Zar gelassen. Nur: Sieg oder Untergang. Trotz der Aussichtslosigkeit jedes weiteren Kampfes – Sieg oder Untergang. Stalin schien die Überlebenden der Wolchowhölle zu fürchten. Ein Heer von Helden und Siegern . . . aber keins von Geschlagenen und Gequälten läßt man durch den Triumpfbogen defilieren. Verfuhr unser Oberster Kriegsherr mit seinen Stalingradkämpfern denn etwa anders?

Wlassow wird nun als Glanzstück von einem deutschen Stab zum anderen gereicht und schließlich auch zu jenem, der den seltsamen Namen ›Fremde Heere Ost‹ trägt. Denn schon stehen etwa eine Million Russen im deutschen Heer. Das ist zwar eine Tatsache, aber eben eine, von der Hitler nichts zu hören und zu sehen wünscht. Es ist ihm unbehaglich, ›Untermenschen‹ mit vor seinem stolzen Kriegswagen zu wissen, ohne die das Ding aber vielleicht schon zum Stehen gekommen wäre.

An zuständiger Stelle weiß man das und spricht auch offen und sachlich darüber. Man weiß dort aber auch, daß sich die Anzahl der Hilfskräfte leicht verfünffachen ließe. Nur die Zustimmung der Obersten Heeresleitung fehlt. Aber auch die überragende russische Persönlichkeit, die diese russischen Massen zuverlässig führt, auch sie fehlt noch.«

»Und nun glaubte man natürlich, in Wlassow den richtigen Mann gefunden zu haben«, fiel Melizkat dem Erzähler ins Wort. »Jetzt dämmert's bei mir, Krollenschulze. Wenn ich nicht irre, bemühten sich höhere Offiziere um den General Wlassow. Ich glaube, sogar Graf Stauffenberg wurde auch mit aktiv.«

»Ja«, sagte Krollenschulze, »jene nämlich, die da schon seit langem sahen, daß der Krieg in der alten Sturheit nicht mehr zu gewinnen war.

Eine ganze Reihe verantwortungsbewußter Stabsoffiziere ist sich sehr bald darüber im klaren: der Mann, der dem verfahrenen Unternehmen Barbarossa eine glückliche Wende geben könnte, ist Wlassow. Und er will es auch sein, – aber nur dann, wenn er für ein freies Rußland kämpfen kann. Für eins, das einer neuen Versklavung entgegensehen muß, will er sich nicht hergeben. Zu einem Rußland, das aufs engste mit den Deutschen zusammenarbeitet, dazu will er sich verstehen.

Der russische Generalleutnant wird nun so gut wie auf freien Fuß gesetzt. Man hat seine Not, für den Riesen einen anständigen Zivilanzug zu beschaffen. Hitler eines Tages doch von seinen Wahnsinnsideen abzubringen, das hofft man sehnlich.

Schon hat Wlassow freien Zugang zu allen Lagern seiner gefangenen Landsleute. Dort kommt ihm zwar wenig Erfreuliches zu Ohren. Aber er tröstet und ermuntert. Für jeden Russen ist Wlassow, dieser Hüne von Gestalt, ein Begriff. Er war ja der Verteidiger von Kiew und dann auch der Retter von Moskau. Partei und Zeitungen haben den Mann genug gefeiert. Jeder kennt ihn.

Seinen Stab, mit dem er schließlich eine Riesenarmee auf die Beine zu bringen gedenkt, sucht er sich aus einem großen Offiziers-Gefangenenlager in der Nähe Berlins zusammen. Seine deutschen Gönner stellen ihm und seinen Offizieren eine leere Villa in Berlin-Dahlem zur Verfügung. Hier darf Wlassow auch seine russische Köchin halten. Nach langem Suchen wird sie in irgendeinem Lager gefunden. Einen Roman, Melizkat, einen Film gäbe das Ganze.

Alles läßt sich sehr gut an. Aber noch immer will es in einer bestimmten Richtung nicht vorwärtsgehn mit den Plänen in Dahlem. Hitler bekommt jedesmal Tobsuchtsanfälle, will ihm jemand Wlassow und seine zukünftige Befreiungsarmee schmackhaft machen. Noch wird der Kanonendonner der Front nicht in seiner bombensicheren Wolfsschanze bei Rastenburg vernommen.

Noch träumt er die Träume vom unbesiegbaren größten Feldherrn aller Zeiten.

Inzwischen aber unternimmt Wlassow in Begleitung hoher deutscher Offiziere Fahrten zu verschiedenen Heeresgruppen der Ostfront. Er spricht zu den Männern russischer Einheiten, die dort im Rahmen deutscher Verbände stehen. Er entwickelt ihnen seine Ideen. Er begeistert sie mit dem Gedanken, daß sie bald in ihre Heimat zurückkehren können, in eine Heimat aber, die endlich vom Joch des Bolschewismus befreit sein wird, eine Heimat, die jedem, auch dem kleinsten Bauer ein Stück eigene Scholle bereithalten wird.

Es werden Flugblätter mit verlockenden Versprechungen bedruckt. Sie werden von Wlassow persönlich unterzeichnet und von deutschen Fliegern in Massen über den sowjetischen Linien abgeworfen – Flugblätter, die also ganz offen zum Überlaufen anregen. Die Anzahl der russischen Soldaten, die sich daraufhin in deutsche Kriegsgefangenschaft begeben, ist aber bedeutend geringer, als es die deutschen Stäbe erwartet hatten. Die Überläufer werden von Experten verhört. Übereinstimmend ergibt sich ein negatives Ergebnis: Man traut drüben den deutschen Versprechungen nicht mehr. Zu viel ist schon davon durchgesickert, wie schlecht die russischen Kriegsgefangenen in deutschen Lägern ernährt und behandelt werden. Und zudem glauben die meisten Russen, daß die Deutschen doch besiegt werden können. Die deutsche Front war damals schon beträchtlich ins Wanken geraten.

So vergeht Monat um Monat, ohne daß Wlassow zum Zuge kommt.

Da, endlich, im Sommer vierundvierzig findet sich ein Mann, der sich anheischig macht, die Verbindung zwischen Himmler und Wlassow herzustellen. Denn von ihm, vom Reichsheini, wie Himmler schon damals gern genannt wurde, bis zu Hitler, so meint man, sei der

Schritt nur klein. Das Unternehmen scheint auch vom Glück begleitet. Der Reichsführer der SS läßt sich bewegen, am 22. oder 23. Juli – genau weiß ich das nicht mehr – mit dem sagenhaften Russen in seinem Hauptquartier bei Lötzen zu verhandeln.

Als Wlassow dieser Termin genannt wird, ist er Feuer und Flamme. Er bereitet sich bis ins kleinste auf diese Begegnung vor. Da platzt nun einige Tage vorher die Bombe Graf Stauffenbergs in Hitlers Hauptquartier, in der Wolfsschanze bei Rastenburg.

Himmler, den sein erschrockener Herr und Meister zu Hilfe herbeiruft, vergißt merkwürdigerweise nicht, Wlassow abzusagen und zu vertrösten. Ja, er schickt ihn sogar für die Zeit des Wartens auf seine Kosten nach Ruhpolding. Dort am Feldsee in Oberbayern steht ein SS-Erholungsheim, das einer jungen Kriegerwitwe gehört und wohl auch von ihr geleitet wird.

Während sich Wlassow im Juli und August bei oder auch mit der jungen, sehr musischen Frau amüsiert – Melizkat, die Romanze könnte gewiß zu einem Film herhalten – während sich der Russe also dort amüsiert, nähert sich die sowjetische Front in bedrohlicher Weise der ostpreußischen Grenze.

Da – wie ein Ertrinkender selbst nach Strohhalmen greift – erinnert sich Himmler des russischen Generals. Womöglich ist der am Ende doch imstande, ein zweites Wunder an der Weichsel zu vollbringen. Im September beruft er ihn aus den Armen jener jungen Frau zu sich nach Lötzen.«

Auf ein Klingelzeichen der Hausfrau ist Maschenka eingetreten, um abzutragen. »Maschenka«, sagt Frau Krollenschulze, »bevor ihr zu Bett geht, klopft bitte hier noch einmal an und verabschiedet euch von Herrn Melizkat. In wenigen Tagen muß er ausrücken zur Front. Sag das auch Nikolaj!«

Nachdem Maschenka gegangen ist, bleibt es eine

ganze Zeit bedenklich still im Raum. Dann bricht Melizkat das Schweigen und fragt, was denn die Begegnung Himmler–Wlassow zustande gebracht habe.

»Keineswegs das, was sich Wlassow und seine Gönner davon erhofft hatten, womöglich aber genug Erniedrigendes für Himmler, den Halbgott. Melizkat, stellen Sie sich vor: Himmler, der unnahbare Himmler, verhandelt mit einem gefangenen russischen General, von dem er hofft, der könne den Zusammenbruch des heiligen Dritten Reiches noch verhindern.

Aber immerhin: beide sind einander nähergekommen – soviel ich weiß, konnte Wlassow ganze zwei oder drei Divisionen aushandeln. Drei Divisionen, Melizkat! Fünf oder sechs Armeen hätte Wlassow auf die Beine bringen können.«

»Sind die denn nun wenigstens auch aufgestellt worden, die drei Divisionen?« wollte Melizkat wissen.

»Melizkat, es ist doch nichts mehr da. Der größte Teil unserer Heeresbestände, der wegen der Bombengefahr in Osteuropa gelagert worden ist, ist doch den Russen bei ihren überraschenden Vorstößen schon in die Hände gefallen oder von unseren eigenen Truppen bei ihren überstürzten Rückzügen vernichtet worden. Es ist doch nichts mehr da. Meines Wissens hapert es schon allein an den nötigen Uniformen, um die paar zehntausend Männer einzukleiden. Uniformen der Waffen-SS übrigens, Melizkat. Statt der deutschen Kokarde tragen die Russen ihr Andreaskreuz. Alles sehr gut ausgedacht. Hätte man's nur schon während des stürmischen deutschen Vormarsches getan – auch das mit dem Prager Manifest. Den stärksten Bundesgenossen hätten wir in den Russen selbst finden können.«

»Wo mögen denn die russischen Verbände aufgestellt worden sein?« fragte Melizkat, »doch nicht etwa bei uns in Ostpreußen?«

»Doch«, entgegnete Krollenschulze, »begonnen

hat man damit in Ostpreußen, dann aber das Ganze in das neutralere Südwestdeutschland verlegt: Münsingen und Heuberg auf der Schwäbischen Alb, südlich von Stuttgart, also gar nicht allzuweit von hier. Aber sparen Sie sich die Reise dorthin. Das große Jammern könnte Sie ankommen, wenn Sie sehen, welche Blüten das Prager Manifest getrieben hat. ›Komitee zur Befreiung der russischen Völker.‹ ›Die Botschaft hör' ich wohl, allein, mir fehlt der Glaube‹ und nicht nur mir fehlt er, dieser Glaube, der Berge versetzen soll.

Aber es gab noch einmal eine Galavorstellung in Prag, auf der Prager Burg: Der Riese Wlassow mit seinem Gefolge an russischen Generalen. Sogar die Filmschauspielerin Margot Hilscher und der Schlagerkomponist Peter Kreuder mußten dort noch einmal gute Miene zum bösen Spiel machen.«

Krollenschulze schweigt und starrt dabei lange ins Leere. Mit einem Ruck, als sei er aus einem Traum erwacht, schaut er auf seine Uhr und von der Uhr auf das Radiogerät. »Darf ich die Nachrichten einschalten, damit Sie wissen, was sich dort oben bei Ihnen tut? Oder wollen Sie lieber vom Londoner Soldatensender etwas Genaueres über die allgemeine Kriegslage hören?«

»Danke!« sagte Melizkat, »für heute habe ich genug gehört. In Ostpreußen ist – wie es im Wehrmachtsbericht heißt – den deutschen Truppen nach schweren Kämpfen ein Gebietsteil mit Schloßberg verloren gegangen. Schloßberg ist das frühere Pillkallen.«

Wie einst Lili Marleen

Als Melizkat wieder in seinem Sanka saß und vorsichtig die steile glatte Straße zur Stadt hinabsteuerte, kam es ihm vor, als hätte er an einer geheimen nächtlichen Zusammenkunft teilgenommen. Und bei dem Gedanken, in der Krollenschulzeschen Wohnung könnten Abhörgeräte eingebaut gewesen sein, war es ihm mehr als unbehaglich zumute. Andererseits aber tat das Vertrauen wohl, das ihm die Leute da oben entgegenbrachten. Es gibt also auch noch aufrechte und furchtlose Menschen. Mit solchen Gedanken beschäftigte sich Melizkat, bis er in die Kaserne kam.

Von nun an war ihm darum zu tun, sein neues Nachtlager zu erreichen, ohne daß seine späte Heimkehr den Schlaf der Kameraden störte. Denn jetzt in der Marschkompanie lag er nicht mehr wie vorher nur mit einem Gefreiten auf einer kleinen Stube. Seit heute stand sein Bett mit denen von mindestens elf anderen in einem großen Saal zusammen – neben- und übereinander. Ferdi Schwertfeger hatte das Lager über dem seinen bezogen.

Hoffentlich ist kein Schnarcher unter den Neuen, dachte Melizkat, schlich sich an das erste Bett hinter der Tür, zog sich im Dunkeln aus und kroch unter seine Decken.

Ihm war, als sei er gerade erst eingeschlafen, da weckte ihn schon etwas Abscheuliches: das Aufundabjaulen einer Handsirene: Der UvD lief von Tür zu Tür, knipste in jeder Stube das Licht an und schrie dabei jedesmal: »Fliegeralarm!«

»Jetzt sind die Sauhunde schon wieder da!« fluchte Ferdi Schwertfeger, während er von seinem Hochlager kletterte und dabei auf den Rücken Melizkats stieß. »Während du weg warst, haben uns die Schweine schon mal aus den Betten geholt. Wann hört der Mist bloß auf?«

In der für Melizkat ungewohnten Stube wimmelte es wie in einem aufgescheuchten Ameisenhaufen. Jeder tat, was für solche Fälle befohlen war: kroch in die Kleider, lief zu seinem Spind, holte, was bei Alarm mitzunehmen war, und machte sich auf den Weg zum Keller.

Melizkat mußte umkehren. Er hatte die Gasmaske vergessen. Er griff aber nicht nur nach der lästigen Büchse; sondern auch nach seiner Briefmappe und dem Schreibzeug. Vielleicht brachte er es im Luftschutzkeller übers Herz, seiner Frau zu schreiben, daß er nun doch ausrücken mußte.

Im stickigen Luftschutzraum legten sich die meisten, wie es befohlen worden war, und schliefen weiter. Er spürte keine Lust, sich nach einer Stunde wieder von den schmierigen Strohsäcken aufscheuchen zu lassen. Er setzte sich auf die Sandkiste und begann mit dem Brief an seine Frau. Aber die passenden Worte wollten sich nicht einstellen. Alle klangen ihm barbarisch. Er las ihren langen Brief noch einmal. Auch dann dauerte es immer noch eine ganze Zeit, bis endlich das auf dem Papier stand, was er seiner Frau nicht länger verheimlichen konnte.

Als er das Schlimmste hinter sich hatte, schrieb er tröstend und erleichtert weiter: »Ich glaube, der letzte Akt des Dramas wird über kurz oder lang beginnen. Vor dem vierten habe ich mich drücken können. Der fünfte will mich, wie es scheint, auf der Bühne sehen. Dafür habe ich wenigstens mir sehr vertraute Kameraden um mich. Ich bin jetzt mit ihnen im Luftschutzkeller. Die meisten sind durch nichts zu erschüttern. Sie schlafen auf mit Stroh gefüllten Säcken, Säcken, die aus Papierfäden gewebt und schon sehr schmutzig sind. Dort haben sich drei zu einem stillen Skat zusammengetan. Unser Spieß benimmt sich schon frontmäßig und läßt sie spielen, obschon jeder Mann langliegen und ruhen soll, um den Sauerstoffvorrat im Keller so wenig wie möglich zu beanspruchen. Aber er drückt ein Auge zu, unser Feldweibel, – jawohl: -weibel. So hieß der Betreuer der Kompanie in früherer Zeit tatsächlich – Feldweibel. Er drückt ein Auge zu und läßt Ferdi Schwertfeger sogar auf seiner Mundharmonika spielen. Leise, aber sehr hingegeben spielt er jetzt gerade ›Wo des Haffes Wellen trecken an den Strand‹. Die Skatspieler summen es leise mit – auch jene, die irgendwo herumsitzen und sonst nichts anderes zu tun haben als zu dösen.

Und wie versonnen und hingegeben er das Lied spielt . . . Sogar mir wird reichlich wehmütig ums Herz, obwohl ich sonst für Heimatschnulzen nicht viel übrig habe.

Aber Ferdi ist ja ein Kind des Haffes. Du weißt wohl, daß er aus Tolkemit stammt und dort auch seine Eltern hat. Er erzählte mir heute, daß er mich schon von zu Hause her kennt. Seitdem hält er sich etwas an mich. Mir ist das sehr recht. Ich mag den Jungen gern. Gestern hat er mir anvertraut, daß ihn seine Eltern nach dem großen Vorbild in Cadinen, nach dem Prinzen Louis Ferdinand getauft haben. Das aber verrate er beileibe nicht jedem. Die meisten wüßten ja nicht einmal, daß dort ein Enkel des letzten Deutschen Kaisers lebt. Und wenn er auch nach so berühmtem Manne getauft sei: er nenne sich selber nur schlicht Ferdi.

Und jetzt beginnt Ferdi, sein Lieblingsstück zu spielen. Und ich glaube, die nicht gerade schlafen, singen alle leise mit:

Vor der Kaserne,
vor dem großen Tor,
stand eine Laterne.
Und steht sie noch davor,
so wolln wir uns da wiedersehn.
Bei der Laterne woll'n wir stehn,
wie einst Lili Marleen.

Liebe Claudia, auch wenn mich mein Verstand etwas gegen die Rührseligkeit dieses Liedes eingenommen haben mag, so war mir aber immer, als brächte es mir Grüße von Dir, wenn die Frau das Lied am Sendeschluß im Rundfunk sang. Ob ich da nun in Dnjepropetrowsk war, am Ärmelkanal oder in Pultusk, immer war mir dann, als sängest *Du* es mir, dieses Wie-einst-Lili-Marleen.«

Ein paar Dosen Farbe

Die Sanitäts-Kompanie hat Ausmarschbefehl. Seit drei Stunden stehen ihre Fahrzeuge vor den Hallen. Inzwischen haben die Männer kalte Füße bekommen und warten, daß es losgeht – losgeht zur Verladerampe des Güterbahnhofes erst mal. Denn so viel ist schon durchgesickert. Unteroffizier Prill hat es von Feldwebel Randband: Alle Fahrzeuge werden verladen, kommen auf Loren – alle, nicht nur die flügellahmen, die erst an Ort und Stelle instandgesetzt werden sollen.

»Ganz dicht hinter der Front«, hatte Feldwebel Randband immer wieder seelenruhig geschnurrt, »hinter der Front, da hält der Führer alles bereit, was jeder für den Endsieg braucht.«

Melizkat war außer sich geraten, als er hörte, wie Randband zwei Kameraden mit denselben Worten abspeiste. Sie hatten weiße und rote Farbe verlangt, um damit das Äußere ihrer Fahrzeuge in den Stand der neuesten Genfer Bestimmungen zu bringen.

Kurz bevor die Wagenkolonne den Kasernenhof verließ, wurde noch einmal Post verteilt. Melizkat mußte zweimal zuspringen. Der erste Brief war von seiner Frau. Bei dem zweiten mußte er erst nach dem Absender gucken: Paul Grützmacher, Reservelazarett II, Marienburg (Westpreußen).

Eilig steckt er beide Briefe ein. Denn es soll losgehen. Und Ferdi Schwertfegers Hansa-Lloyd, ein Pritschenwagen mit Plane, will wieder mal nicht anspringen. Melizkat muß ihn ins Schlepptau nehmen. Ferdis Wagen ist voller Verbandmaterial und Drahtschienen für zerschmetterte Arme und Beine. »Mich müßt ihr schon mitnehmen!« sagt Ferdi. »Ich bin kriegswichtig!«

Sie waren kaum einen Kilometer weit gekommen, da gab es schon den ersten Bumser. Auf der abschüssigen Stelle hinter der Gleisüberführung mußte Melizkat bremsen. Und da Ferdi Schwertfegers Hansa-Lloyd schlechte Bremsen hatte, drückte er am Sanka Melizkats das Stopplicht und das Nummernschild ein. »Schlechtes Omen«, sagte Schamait, Melizkats Beifahrer, der sich den Schaden als erster besah.

Über die Rampe des Güterbahnhofes wurden die Fahrzeuge auf offene Loren verladen. Für das Sanitätspersonal standen zwei Dritterklassewagen gleich hinter der Lok.

Schon nach einer Stunde waren die beiden Wagen so überheizt und tabakverqualmt, daß Melizkat sagte: »Ich verbringe die Nacht im Fahrerhause meines Wagens.«

Schamait, der gute Gelegenheit sah, mit seinem Kameraden zu plachandern, ging mit. Sie steckten die Füße in Filzstiefel, die Melizkat im letzten Augenblick noch organisiert hatte. Dann packten sie sich in wollene Dekken und warteten darauf, daß der Zug anruckte.

Als es dämmerte, ertönte der erste Startpfiff. Und während Oberarzt Feldmann und Feldwebel Randband den Transportzug noch einmal abschritten, kam Ferdis Mundharmonikaspiel durchs herabgekurbelte Fenster zu Melizkat und Schamait ins Fahrerhaus: ›Muß i denn, muß i denn . . .‹ und ›Nun ade, du mein lieb' Heimatland . . .‹

»Wohin geht's?« fragte Melizkat Oberarzt Feldmann, indem er seinen Kopf durchs offene Fenster steckte.

»In einer halben Stunde werden wir es alle ganz bestimmt wissen«, gab der zurück.

Schon nach einer Viertelstunde wußten es alle: zur

Westfront. Unverkennbar fuhr der Zug die Strecke ins Saarland. Hin und wieder konnten sie den Namen einer Station entziffern.

»Glaubst du, daß mir das Herz schwer ist, weil unser Zug nicht Richtung Heimat fährt?« sagte Melizkat und schwieg dann lange.

Die Nacht wurde sternklar. Bald ging auch der Mond auf. Melizkat schwieg noch immer. Schamait schwieg deshalb mit. Es könnte der Blick durchs Fenster der Haffuferbahn sein, dachte Melizkat. Der Blick auf die Anhöhen von Trunz bei Groß Steinort. Er denkt an die Briefe in seiner Tasche. Beide sind sie aus jener Gegend gekommen. Aufgerissen hat er sie zwar schon, aber noch keine Gelegenheit gefunden, sie zu lesen. Und Licht machen? Nein, das darf er nicht.

»Mensch«, unterbrach Schamait das lange Schweigen. Es klang etwas mehr nach Mänsch, »was werden meine Leute zu Hause jetzt machen? Ich habe ganz plötzlich so ein komisches Gefühl. Ich glaube, sie wissen vor lauter Angst nicht aus und ein.«

Melizkat hatte im Laufe der letzten Woche, in der er mit Schamait zu tun hatte, die Familienverhältnisse seines Kameraden schon ziemlich genau kennengelernt. Deshalb konnte er ihn auf seine Weise trösten. »Deine Tochter«, sagte er, »die ist doch erwachsen. In dem Mädel findet deine Frau in jeder Lebenslage eine Hilfe. Ich finde, um *die* beiden brauchst du dir keine Sorgen zu machen. Wenn ich dagegen an meine Frau mit den drei Kleinen denke . . .«

»Ja, deine Frau«, sagte Schamait, »die ist doch noch weit weg vom Schuß. Die hat doch auch die Bahn so gut wie vor der Haustür. Ich meine die Bahn nach Berlin und nach dem Westen. Und wenn sie will, fährt sie nach Königsberg oder Pillau und kommt mit irgendeinem Schiff davon. Mütter mit kleinen Kindern werden doch immer bevorzugt. Nach Danzig hat sie's ja noch näher.

Wenn ich den Wehrmachtsbericht lese, sehe ich doch, daß es die Russen auf Allenstein abgesehen haben, womöglich auf das Tannenbergdenkmal. Schließlich wissen sie ja auch, daß Hindenburg dort begraben liegt, und daß *der* ihnen vierzehn die mächtige Schlappe beigebracht hat. Gnade Gott denen, die in der Nähe des Denkmals wohnen und womöglich, wie wir, davon leben. Ich meine: von dem Trubel, der um das Denkmal gemacht wird. Ich glaube nicht, daß sie mit denen glimpflicher umgehen als mit den Nemmersdorfern im Herbst letzten Jahres. Da war die Bande doch schon mal ein Stück reingekommen nach Ostpreußen – im Herbst. Was einem da zu Ohren gekommen ist. Man wagt gar nicht, das über die Lippen zu bringen.

Hoffentlich macht sich auch mein Schwager Josef mit seiner Frau rechtzeitig auf die Socken. In zwei Stunden Bahnfahrt könnte der bei meiner Frau sein. Josef ist ein feiner Kerl. Wenn der meinen Leuten helfen könnte . . .«

»Von deinem Schwager Josef hast du mir noch nichts erzählt. Von *dem* höre ich zum erstenmal«, sagte Melizkat.

»Das stimmt. Man kann nicht alles auf einmal erzählen«, erklärte Schamait.

»Mein armer Schwager«, jammerte er . . . »Wenn *den* die Russen oder die Polen erwischen. Die Polen werden ihre Listen schon heimlich aufgestellt haben; das ist sicher. Denn das Schicksal meines Schwagers ist ja das Schicksal von Hunderttausenden. Immer hin und her wurden die armen Menschen gerissen. Zum Beispiel mein Schwager: Der wurde als Deutscher geboren – fünf- oder sechsundneunzig in Posen. Sein Vater war dort Eisenbahner, mein Schwiegervater also. Josef ist nämlich der Bruder meiner Frau, nur vierzehn Jahr älter, das mußt du ja auch wissen.

Wäre er damals nach dem Kriege vierzehn bis achtzehn zu den Verwandten nach Allenstein gegangen, wie's meine Frau gemacht hat, dann wäre er eben Deutscher geblieben. So aber optierte er für Polen, weil die ihm eine Stelle als Eisenbahner versprachen. Er ist auch Eisenbahner wie sein Vater geworden, damit aber auch Pole. Und abgeschoben hat man ihn auch aus der schönen Stadt Posen, auf ein totes Gleis, sozusagen, in ein dreckiges Nest von Nordpolen in der Nähe von Mlawa, gar nicht so weit von der südostpreußischen Grenze. Und dort hat er denn auch im September neununddreißig die neue deutsche Wehrmacht begrüßen können – frag nur nicht, mit welchen Gefühlen!

Denn in diesen Tagen stand sein Sohn Stanislaus als polnischer Soldat bei Graudenz auf Posten. Daß sein Sohn an diesem Tage schon in deutsche Gefangenschaft geraten war, das wußte Josef aber zu dieser Zeit noch nicht.

Stanislaus wurde bald entlassen, weil er sich wie sein Vater zum Deutschtum bekannte. Sein Vater hatte ihm das wohlweislich geraten.

Daß der Junge dann aber bald deutsche Uniform anziehen mußte, brauche ich wohl gar nicht erst zu sagen. Nachdem er nun mit deutschen Geschützen schießen und mit der deutschen Sprache umzugehen gelernt hatte, bevor er in die Normandie ausrückte, da besuchte er uns mit Vater und Mutter einige Tage. Ich war damals noch zu Hause. Und er hat mir wirklich gut gefallen, der Stanislaus, lernbegierig, überall sah er sich in unseren Geschäftsräumen um, auch in der Druckerei. Ich habe ihm alles erklären müssen. Mit der Mutter aber war kein deutsches Wort zu wechseln. Sie ist waschechte Polin.

Ihr Sohn, der Stanislaus, der hat den ganzen Mist überstanden, der fiel in der Schlacht am Atlantikwall für Führer und Volk. Wie wirds aber seinem Vater gehn und seiner Mutter, wenn sie die erwischen!

Und nun ist die Mutter doch noch so krank geworden, seitdem ihr Stanislaus gefallen ist. Eine heimtückische Blutkrankheit hat sie bekommen. Ihr Mann muß ihr von Zeit zu Zeit von seinem Blut abgeben.«

Die Bremsen des Zuges begannen zu quietschen und brachten Schamait zum Schweigen. Der Zug hielt. Melizkat kurbelte sein Fenster herab und sah, daß Oberarzt Feldmann und Feldwebel Randband wieder Kontrollgang machten.

»Na, Melizkat, wissen Sie nun, wohin es geht?«

»Jawoll, Herr Oberarzt – nach Sibirien. Das Thermometer zeigt's ja an.«

Doktor Feldmann lachte, und Melizkat kurbelte die dick bereifte Scheibe wieder hoch. Die Eiskristalle auf der Motorenhaube glitzerten im Mondenschein.

»Grenzlandschicksal«, sagte Melizkat etwas verspätet. »Das ist immer wieder derselbe Jammer, besonders hart aber im Osten. Mag er sich beeilen, daß er wegkommt, dein Schwager Josef.«

»Und gerade das, fürchte ich, wird er nicht tun, er als alter preußischer Soldat. Freiwillig drei Jahre aktiv, verstehst du – bei den Ersten Jägern in Ortelsburg übrigens. Und dann neunzehnhundertvierzehn, von dort aus sofort in den Ersten Weltkrieg. Vor Verdun das erste, bei Cambrai das zweite Mal verwundet und dann zum Unteroffizier befördert. So einer weicht so leicht nicht, der bleibt, wohin man ihn einmal gestellt hat. Er ist ja schließlich auch deutscher Eisenbahner. Und wie gut könnte er meinen Leuten helfen, wenn er das alles nicht so tierisch ernst nähme.«

Das gleichmäßige Rattern des Zuges hat Melizkat eingeschläfert. Schamait merkt das und schweigt. Bald nickt er ebenfalls ein.

Urplötzlich werden beide Schläfer mit unerhörter Gewalt nach vorn gegen das Armaturenbrett geschleudert. Beide finden sich schmerzhaft zusammengestaucht im Fußraum ihres Wagens wieder. Sie erinnern sich sehr schnell, daß dem Schlag ein ohrenbetäubendes häßliches Ratschen vorausgegangen ist.

Während sich Schamait noch fluchend aus dem Wust seiner Wolldecken aufrappelt, kurbelt Melizkat das Wagenfenster bereits aufgeregt herab: Im Mondlicht erkennt er, daß der Zug auf freier Strecke steht, auf hohem, kahlem Damm. Und zwar ist es ein Damm, der eine tiefe Talsenke überquert. Die Lok da vorn bläst Dampf ab. Unablässig zischt es. Das klingt bösartig und will nicht zu dem Silberzauber der Nacht passen. Ein Durcheinander von Stimmen mischt sich jetzt in das Zischen. Ist da etwa ein Unglück geschehen, weil ein Schrankenwärter vergessen hat seine Schranken zu schließen? Melizkat hat das schon einmal erlebt: Zwischen Tapiau und Groß Lindenau war das, auf der Strecke Insterburg–Königsberg, gleich hinter der Mauer des Schlosses Kapkeim, dort nahm die Schnellzuglok zwei Pferde samt Preschwagen und vier Menschen auf die Hörner – zu mitternächtlicher Stunde – wie heute. Auch damals hatte er geschlafen, als der Blutregen über die Abteilfenster kam. Wie damals, so vernimmt er auch jetzt entsetzliches Schreien.

Er springt aus dem Auto auf die Bodenbretter der Lore und von dort hinab auf den schmalen Pfad neben der Strecke. Noch ehe er sich recht zum Handeln entschlossen hat, tragen ihn seine Beine schon davon. Schamait ist ihm auf den Fersen.

Kaum einen Steinwurf weit sind sie gelaufen, da werden die Schmerzensschreie deutlich. Auf allen Schlachtfeldern sind es die gleichen – die gleichen auch bei Freund und Feind.

Schon sieht Melizkat die geöffneten Wagenabteile. Müde Hindenburglichte flackern darin. Ihr rötliches Licht hebt sich verräterisch vom bläulichen Schimmer des Schnees ab.

Jetzt hört Melizkat die kreischende Stimme des

Gefreiten Kretschmar: »Raus aus den Wagen!« schreit er verzweifelt. »Schnell raus! Der Hund kommt noch mal! Am Bahndamm in Deckung!«

Im gespenstigen Mondlicht huschen Gestalten hin und her – Gestalten, die andere Gestalten schleppen, Gestalten die jammern, und solche, die schweigen.

Die Verwundeten werden gegen das Buschwerk gelegt, damit sie nicht in die Tiefe hinabgleiten. Sie werden in Mulden von Schneewehen gebettet oder auch auf den schmalen Pfad hinter die erhöhten Gleise.

»Licht aus!« schreit irgendwer mitten in dieses Durcheinander hinein. »Licht aus! Verdammt noch mal!«

Schamait und Melizkat, die jetzt heran sind, springen wie die Teufel in die rötlich schimmernden Abteile und schlagen die noch brennenden Lichter aus. Im Dunkel stolpern sie über herabgestürzte Kisten und Koffer, über Ausrüstungsgegenstände. Sogar Skatkarten sieht Melizkat zerstreut umherliegen.

Sie müssen sich höllisch beeilen. Schon hört man, wie sich ein Flieger nähert. Nur schnell weg von dem guten Ziel, das der Transportzug bildet. Da tritt Melizkat auf einen am Boden liegenden Kameraden. Hals über Kopf schafft er ihn mit Schamait ins Freie und erkennt, daß sie da Ferdi Schwertfeger forttragen. An seine Mundharmonika denken sie nicht. Über ihnen pfeift und heult es, bellt und hämmert's. Wirbelwind peitscht Schneemassen auf und wirft sie den Männern ins Gesicht – auch denen, die da verstreut in der Kälte liegen und schreien –, aber auch jenen, die weder Kälte noch Schneesturm mehr spüren.

»Die Krankentragen!« schreit Unterarzt Kurzhals in diese Hölle hinein. »Krankentragen und Decken her, damit uns die Leute nicht noch erfrieren!«

Auch Kurzhals ist verwundet. Ihm ist ein großer Holzsplitter tief in den Bizeps gedrungen. Die stark blutende Wunde wird von Unteroffizier Prill verbunden.

Noch während Prill verbindet, ruft Kurzhals nach Oberarzt Feldmann. Feldmann ist auf die Lok geklettert, und kommt nicht zurück. Gefreiter Kretschmar soll nachsehen, was da los ist.

Kretschmar will gerade loslaufen, da kommt Randband außer Atem zurück. Er kann die Katastrophe schon von weitem melden: Lokführer tot, Oberarzt Feldmann eben, beim zweiten Angriff, schwer verwundet. Als er dem Lokführer helfen wollte, bekam er eins ins Kreuz. Der unverwundete Heizer will den Zug auf der abschüssigen Strecke bis in die nächste Station zurückrollen lassen. Denn auch die Maschine ist getroffen und hält den Dampfdruck nicht mehr. »Alles soll sofort aufsteigen!« schreit Randband.

Der Feldwebel, der das Kommando übernehmen muß, hetzt die Leute mit den Toten und Verwundeten auf die Loren des Zuges. Von neuem geraten die Gestalten in Bewegung. Randband hilft Melizkat und Schamait, den bewußtlosen Ferdi Schwertfeger auf die Lore zu bringen. »Kommt der Sauhund noch mal«, sagt er, »schießt Ihr mit euern Pistolen auf ihn!«

Melizkat kommt dieser unsinnige Befehl wie eine Erlösung vor. Nichts tun zu können, sich jemandem wehrlos ausgeliefert zu sehen, ist niederschmetternd, denkt er, während sie ihre Trage mit dem Verwundeten in den Sanka schieben.

Da fangen die Kameraden auf den Nachbarloren schon an zu schreien: »Er kommt noch mal! Er kommt noch mal!« Melizkat und Schamait hören das Knattern jetzt auch.

Aber der Pilot scheint sein Opfer aus den Augen verloren zu haben. Das Motorengeräusch ist bald stärker, bald wird es schwächer. Schamait hat inzwischen die Koppel mit den Pistolen aus dem Fahrerhaus geholt. Er hält Melizkat das seinige hin und spottet: »Da hast du die neue Jabo-Abwehrwaffe!«

Der Zug setzt sich jetzt langsam rückwärts in Bewegung. Das Rollen der Räder läßt das Flugzeuggeräusch nahezu aus dem Ohr verlieren. Vielleicht sucht der Jabopilot den Zug auf der ansteigenden Strecke und nicht hier unten, denkt Melizkat und hofft, daß es nicht zu einem dritten Angriff kommt.

Plötzlich wird der Motorenlärm wieder deutlich und schwillt sehr schnell zu einem Höllengeheul an. Schon speit es von neuem Feuer und Eisen auf sie herab. Auf einen schnellen Husch wird auch das Flugzeug sichtbar. Schamait und Melizkat schießen ihre Pistolenmagazine auf das Phantom leer. Und während sie in den Höllenlärm hineinballern, noch während ihnen der Propellersturm die Augen mit Schnee zuklebt, hören sie, daß auch die anderen wie besessen schießen. Ein paar Schüsse klacken noch verspätet hinter dem Ungeheuer her. Gerade diese Schüsse tun Melizkats Ohren so gut. Er hätte sich sonst wohl geschämt, mit Schamait allein auf einen Jabo geschossen zu haben.

Noch hat Melizkat diesen Gedanken nicht ganz zu Ende gebracht, da blitzt es drüben am Berghang hell auf. Der auflodernden Flamme folgt ein Donnerschlag. Mehr und mehr frißt sich das Rot der Flamme ins bläuliche Licht der Mondnacht hinein. Und jetzt erst beginnen die Sanitäter zu begreifen. Sie johlen und schreien und machen ihrer Wut dadurch Luft.

»Was soll das bedeuten?« fragt Schamait einfältig.

»Merkst du denn immer noch nicht, wie gut du getroffen hast?« witzelt Melizkat und wechselt das leere Pistolenmagazin gegen das volle aus. »Dein Treffer wird einmalig dastehn in der Luftkriegsgeschichte.«

»Du willst doch nicht etwa glauben, wir hätten den abgeschossen.«

»Abgeschossen oder auch nicht ... Die Hauptsache – daß er erledigt ist. Oder meinst du etwa, die Pfälzer Bauern hätten da ein Freudenfeuer zu unserer Begrüßung entfacht?«

Währenddessen ließ der Heizer den Zug langsam und vorsichtig auf ein Abstellgleis des Bahnhofes zurückrollen. In großer Eile wurden die Verwundeten in den warmen Dienstraum geschafft. Dann mußte der Gefreite Kretschmar mit vier Mann und einer Krankentrage zur Absturzstelle abrücken.

»Das sind wir unserem Verein schuldig!« sagte Kurzhals, als zwei seiner Leute mit Gemurmel protestierten.

Als erster kam Ferdi Schwertfeger auf den Operationstisch. Und während sich Unterarzt Kurzhals der klaffenden Wunde in der Brust Ferdi Schwertfegers annahm, brachte der Bahnhofsvorsteher die telefonische Verbindung mit dem Kommandeur der Sanitäts-Ersatzabteilung zustande. So kam es, daß Oberstabsarzt Katzwein, der Kommandeur, zu mitternächtlicher Stunde aus tiefem Schlafe gerissen wurde, daß er den Hörer mißlaunig abhob und ärgerlich in die Muschel zischte: »Was ist denn nun schon wieder los?«

Der Bahnbeamte hielt nicht damit hinterm Berge, was hier in seinem Dienstraume los war. Auf den linken Ellenbogen gestützt, im warmen Bett liegend, erfuhr der Kommandeur von der Katastrophe und hauchte ein ›Das-ist-ja-entsetzlich‹ in den Draht.

»Wenn der«, sagte Kurzhals, während er das Handtuch hinwarf, mit dem Kinn auf Schwertfeger wies und den Hörer aus der Hand des Bahnhofvorstehers nahm, »wenn der sofort ins Lazarett kommt, kann ihm womöglich noch geholfen werden.«

Nun erst meldete sich Kurzhals mit Dienstgrad und Namen und meldete sozusagen dienstlich, daß die Kompanie bereits auf halbem Wege zur Front vier Tote und neun Verwundete zu verzeichnen hatte.

»Das ist ja entsetzlich, Kurzhals«, hauchte Oberstabsarzt Katzwein noch einmal in den Draht. »Und dabei auch noch Oberarzt Feldmann ausgefallen ... Morgen in aller Frühe werde ich das Vorkommnis Ihrem für Sie nun zuständigen Korpsarzt melden. Und für Ersatz muß auch wieder gesorgt werden.«

Mit halbem Auge sieht Unterarzt Kurzhals, wie Ferdi Schwertfeger noch einmal auf den Operationstisch gelegt wird, sieht, wie Unteroffizier Prill dem Jungen die blonde Locke aus dem fahlen Gesicht streicht, wie er ihm den Puls fühlt und dann Ferdis linkes Augenlid mit dem Daumen hochhebt. Kurzhals versteht das Zeichen, das Prill so nebenbei gibt.

»Herr Oberstabsarzt«, spricht Doktor Kurzhals jetzt ins Telefon: »Die Anzahl der Verwundeten hat sich um einen verringert. Eben hat sich der Sanitätssoldat Schwertfeger zu der anderen Partei geschlagen.

Wir wären besser am hellichten Tag gefahren, Herr Oberstabsarzt – mit vorschriftsmäßigen Genfer Abzeichen natürlich. Sehr wahrscheinlich wäre uns da nichts passiert. Was nützen uns da alle die guten Ausweise und gestempelten Armbinden? Die hat der feindliche Pilot beim besten Willen auch in heller Mondnacht nicht sehen können. Aber weil ein paar Dosen Farbe fehlten, mußten wir uns bei Nacht nach vorn schleichen, wo es solche Kostbarkeiten noch geben soll.«

Schamait öffnet den blutgetränkten Uniformrock des toten Landsmannes und tastet auf dem feucht-warmen Hemd nach der blechernen Erkennungsmarke. Er bricht den unteren Teil davon ab und schiebt die obere Hälfte mit der Schnur wieder auf die blutige warme Brust zurück, von der er weiß, daß sie schon bald zu einem Eisblock gefroren sein wird.

Ferdi Schwertfeger muß nun in den kalten Geräteschuppen, dorthin, wo sonst die blankgeputzten Signallampen stehen, wohin sie auch den toten Lokführer und die drei anderen schafften, die keinen Feldpostbrief mehr schreiben werden.

Als Schamait und Melizkat den Toten über den Bahnsteig schaffen – Schamait geht am Ende der Trage –, da überkommt Schamait jener üble Zustand, der ihn schon dreimal im Leben so mächtig erschreckt hat: Ihm werden die Knie weich. Wie auf Wolken von Bettfedern schreitet er dahin. Und auf der Trage vor sich sieht er jetzt statt des toten Ferdi seinen lebenden Schwager Josef liegen. Ohne Rock, so, als habe er's sich auf ein Viertelstündchen bequem gemacht. Die dunkleren Hosenträger heben sich deutlich vom helleren Hemd ab.

Als Schamait den Mund auftut, um Melizkat zu bitten, die Trage abzusetzen, da richtet sich Schwager Josef ein wenig auf, setzt eine unwillige Miene auf und drückt den ausgestreckten Zeigefinger fest gegen seine Lippen und verschwindet. Daraufhin gehorcht Schamait und schweigt.

Bei den Masuren, so hat ihn seine Frau getröstet, bei ihnen sei die Gabe des Zweiten Gesichtes nichts Seltenes. Damit hatte Schamait sich abgefunden. Der Spuk von dieser Nacht aber, der quält ihn. Im Zustand so vollkommenen Wachseins wie heute hatte sich noch kein Sterbender bei ihm gemeldet. Denn daß Schwager Josef in diesem Augenblick gestorben war, stand für Schamait eisern fest. Und da er erst vor kurzem so ausführlich über Schwager Josef gesprochen, hätte er Melizkat nur gar zu gern ins Vertrauen gezogen.

Wie einer, den man betäubt hat, läd er mit Melizkat die Verwundeten in den Sanka. Teilnahmslos sitzt er dann neben Melizkat im Fahrerhaus und wartet, daß der Befehl zum Abfahren in die Garnison gegeben wird. Schon zweimal mußte ihm Melizkat klarmachen, daß die beiden Sankas erst dann losfahren können, wenn Unterarzt Kurzhals zugestiegen ist.

Als Kurzhals dann endlich kommt, um zuzusteigen, da wird er wiederum aufgehalten. Gefreiter Kretschmar kam da gerade mit seinen vier Männern und der leeren Krankentrage zurück.

»Als wir die Brücke endlich gefunden hatten«, so hörte Melizkat durchs herabgekurbelte Fenster mit, »die Brücke, über die wir erst mußten, um zur Absturzstelle zu kommen, da waren die andern bereits bei der Arbeit: Feuerwehr und Polizei und natürlich die von der Partei. Den Piloten hatten sie schon von einem Baum heruntergeholt – aufgespießt und tot natürlich. Siegfried Hirschfeld – fünfunddreißig Jahre – wollte einer von den Feuerwehrleuten wissen«, fügte Kretschmar seinem Bericht wenig militärisch hinzu, während Unterarzt Kurzhals ins Fahrerhaus stieg.

Auf einen Wink des Arztes fuhr Melizkat endlich los. Schamait beschäftigte sich mit dem seltsamen Erscheinen seines Schwagers Josef und schwieg, schwieg, wie es ihm der Zeigefinger des Schwagers geboten hatte. Doktor Kurzhals machte sich seine Gedanken um den Namen Siegfried Hirschfeld: Womöglich ist Siegfried Hirschfeld in Frankfurt, in Berlin oder in Wien aufgewachsen und hat seine Heimat mit England oder Amerika vertauschen müssen. Melizkat dachte an die paar Dosen Farbe, die Feldwebel Randband nicht auftreiben konnte.

Eisenbahner Kaminskis letzte Fahrt

Nur etwas Ungeheuerliches konnte geschehen sein, sonst hätte sich Schwager Josef Kaminski nicht auf so erschreckende Weise bei mir angemeldet. So und ähnlich sagte sich Schamait immer wieder von neuem während der nächtlichen Rückfahrt in die Garnisonstadt.

Und so war es denn auch gewesen.

Wie schon manches Mal vorher, so mußte der Eisenbahner Kaminski auch zwei Tage vor der Katastrophe einen Zug nach Königsberg begleiten. Wie immer, war auch diesmal alles glatt verlaufen – nur daß der Zug diesmal mit großer Verspätung in der Pregelstadt angekommen war. Und dieser Umstand hatte dazu geführt, daß sich Kaminski die Haare in Königsberg nicht mehr schneiden lassen konnte, wie es ihm seine Frau beim Abschied ans Herz gelegt hatte. Dem Königsberger Friseur, zu dem ihr Mann gelegentlich solcher Dienstfahrt gegangen war, traute sie mehr zu als Meister Romanowski hier in der Kleinstadt.

Bis auf den versäumten Haarschnitt also war, wie schon gesagt, alles glatt verlaufen. Und wahrscheinlich hätte Kaminski gelächelt, wäre ihm angedeutet worden, was ihn schon einige Stunden nach seiner Rückkehr erwarten sollte.

Und der Kanonendonner, den man seit Tagen wieder hörte, . . .? Auch der Kanonendonner konnte Kaminski nicht besorgt oder gar ängstlich stimmen. Kanonendonner gehörte nun einmal zum Krieg. Auch letzten Herbst hatte es ja so mächtig gewummert, als die Sowjets ihren Brückenkopf im Narewbogen bei Pultusk bildeten. Hier im Bezirk Zichenau hatte man sich an derlei gewöhnt. Und keinem wäre eingefallen, etwa unken zu wollen, so etwas könnte das Vorzeichen einer hereinbrechenden Katastrophe sein. Und außerdem stand ja jeder gerade in diesen Tagen noch im Banne der großen Kundgebung in Posen.

Dort in Posen hatte ein Abgesandter des Reichsministers für Volksaufklärung und Propaganda eine große Rede gehalten. Massen von Menschen waren zusammengeströmt, um zu hören, wie es steht. Und alle vernahmen: es steht gut.

Rundfunk und Presse hatten das Kabinettstück des Redners in alle Himmelsrichtungen ausposaunt: Niemals war unsere tapfere Ostfront stärker als gerade jetzt, jetzt da die bolschewistischen Horden wütend gegen sie anrennen ... Am stählernen Willen unseres geliebten Führers werden sie aber jämmerlich verbluten ...

Das und Ähnliches lasen die in den Zeitungen, die zu Hause geblieben waren. Auch in jenem Blatt stand es zu lesen, das sich Kaminski am Zeitungsstand des Königsberger Hauptbahnhofes gekauft hatte.

Kein Wunder, daß der heimkehrende Eisenbahner sein Städtchen so ruhig und so betriebsam wiederfand, wie er es verlassen hatte. Wie in Königsberg, so ging auch hier jeder seinem Gewerbe nach – auch der Friseur Romanowski, bei dem Kaminski einkehrte, um seine Frau mit gestutztem Schopf begrüßen zu können.

Kaminski stellte seine Eisenbahnertasche neben den Stuhl, zog seinen Mantel aus, hängte ihn auf und setzte sich neben einen ältlichen Soldaten, der ebenfalls wartete.

Auch Romanowski und seinen Lehrling störte das ferne Donnern nicht, obwohl es zuweilen so heftig war, daß die Scheiben zitterten. Mit Kamm und klappernder Schere tänzelten sie um ihre weißbemäntelten Kunden. Während der Lehrling zurückhaltend schwieg, erzählte der Meister von seinen Kaninchen. Zwei hätten ihr Nest schon voller Jungen.

Kaminskis Blick fiel auf das Lokalblättchen, das, in eine Stockzwinge geklemmt, neben ihm an der Wand hing. Die Schlagzeile war so groß und fett gedruckt daß er sie von seinem Platz aus entziffern konnte: Kein bewaffneter Bolschewik wird jemals . . .

Also nichts anderes als das, was er schon in der Preußischen gelesen hatte. Und trotzdem stand er auf, holte die drei Blätter vom Haken und studierte in ihnen, bis Romanowski ihn unter die Schere nahm.

Als Kaminski später im Schneedämmer nach Hause ging, war ihm nicht wohl zumute. Es war ihm, als habe er in der Friseurstube Romanowskis nicht nur einen Teil seines Kopfhaares verloren, sondern auch noch etwas Wichtigeres, das er aber nicht zu bestimmen vermochte.

Als er nach Hause kam, wußte er, daß seine Frau dieses andere ausgestrahlt hatte. Sie lag wieder krank zu Bett, und zwar, wie ihm scheinen wollte, heute kränker als je zuvor.

»Ich mußte heute nachmittag Karin Bechthold zu Frau Doktor Gardau schicken«, sagte sie auf polnisch. Das Deutsche hätte ihr heute gar zu große Mühe gemacht. »Es fehlt wieder an frischem Blut. Und du wirst mir von deinem abgeben müssen, wenn du willst, daß ich noch eine Zeit bei dir bleibe.«

Der Mann beugte sich tief zur Kranken hinab, streichelte ihr die Wangen und versicherte flüsternd, jederzeit für sie bereit zu sein.

»Frau Doktor wird bald kommen. Aber geh du doch bitte vorher erst noch schnell einkaufen! Ich konnte das nicht mehr. Ich mußte mich ganz plötzlich legen. Das Mäppchen mit den Lebensmittelkarten liegt in der Einkaufstasche. Am besten, du setzt gleich alle Marken in Ware um. Frau Doktor meint auch, es könnte bald knapp damit werden. Und, bitte, geh gleich, damit du bald wieder bei mir bist. Ich ängstige mich heute allein.«

Mit jeder Stunde, die die Ärztin auf sich warten ließ, wurde die Kranke unruhiger. Kurz vor Mitternacht erst hörte Kaminski einen Personenwagen vorfahren. Weil er sicher war, daß es nur der Arztwagen mit dem Roten Kreuz sein konnte, sprang er zur Haustür, die er auf ausdrücklichen Wunsch seiner Frau verriegelt hatte.

Die Ärztin drückte sich ängstlich in den Flur. Kaminski kam nicht zu Wort. Die Frau erzählte hastig, daß sie verfolgt worden sei – verfolgt von einem großen Militärauto, wie es ihr habe scheinen wollen. »Schon zweimal bin ich hier am Haus vorbeigefahren, weil ich noch nicht sicher war, daß ich das komische Fahrzeug von meiner Spur abgelenkt hatte«, erzählte sie aufgeregt.

»Bitte, beruhigen Sie sich nur erst einen Augenblick, Frau Doktor, damit meine Frau nicht noch aufgeregter wird, als sie es jetzt schon ist! Bitte, machen Sie ihr doch klar, daß der Krieg noch viele Meilen weit von hier entfernt ist, und daß sich das Schießen nur so schlimm anhört, weil der Wind von Osten kommt. Erklären Sie ihr, daß der Evakuierungsbefehl doch längst dasein müsse, wenn ernsthafte Gefahr bestünde.«

Die Ärztin faßte sich und schlug Kaminski beruhigend auf den Oberarm. »Verlassen Sie sich auf mich«, flüsterte sie und schritt ins Zimmer, in dem die Kranke lag.

Der Mann setzte sich auf den Bettrand und ergriff die Hand seiner Frau. »Sieh, Maria«, sagte er zärtlich, »sieh! Nun ist Frau Doktor Gardau doch noch gekommen. Nun wird alles gut werden.«

Während die Ärztin das Blutübertragen vorbereitete, entstand auf der Straße vor den Fenstern außergewöhnliche Unruhe.

»Da ist doch jemand an meinem Wagen«, flüsterte die Doktorin und starrte auf das schwarze Rollo des linken Fensters. Sie setzte ihre Instrumententasche hastig auf die Diele und huschte nach vorn zum Verdunklungsvorhang und versuchte, einen Blick auf die Straße zu werfen.

Zu diesem Blick aber kommt es gar nicht erst. Die Haustür, die Kaminski unverschlossen gelassen hat, kracht gegen die Innenwand, so daß der im Schloß steckende Schlüssel klingend auf die Fliesen fällt. Nach einigem Getrappel wird die Stubentür aufgerissen. Ein scharfer Lichtkegel blitzt durch das müde Licht des Zimmers und bleibt einen Augenblick auf dem hemdärmeligen Kaminski ruhen. Die Ärztin, die wie versteinert am Fenster steht, sieht gerade noch, wie Kaminski den Zeigefinger auf seine Lippen preßt, um der aufkommenden Unruhe zu begegnen. Dann erst erkennt sie, daß die wild um sich schauenden Eindringlinge Russen sind und Maschinenpistolen im Anschlag halten.

Kaminski hat seinen Eisenbahnerrock auf den Haken am rechten Türpfosten gehängt. Der erste Russe sieht das Uniformstück und spießt den Rock auf den Lauf seiner MPi. Während er in diesem grotesken Aufzug zum Bett schleicht, stößt der zweite ein langgezogenen Äääh hervor. »Äääh Partei!« gurgelt er und weist mit dem Pistolenlauf auf den Uniformrock, und schon prasselt eine kurze bellende Salve los und zerfetzt den Eisenbahnerrock und die Blümchentapete der Zimmerwand. Kalkstücke und Staub fliegen aufs Bett. Die Kranke schreit kreischend auf. Da prasselt ein zweiter Feuerstoß und durchsiebt Kaminskis Hals. Wie eine Marionette, der man die Fäden plötzlich kappt, den Zeigefinger auf den Lippen, sinkt Kaminski in sich zusammen.

Die Ärztin schreit laut auf. Da wird sie auch schon

von einer groben Hand gepackt und in den Flur gezerrt. »Du – Doktora!« röchelt der Grobian. »Du Auto Olympia auf Straße!«

»Ich muß doch hier helfen!« verteidigt sich die schmächtige Frau und versucht, sich loszumachen.

»Nix helfen, – da Partei! Wo du Labor? Dawai, dawei!«

Jetzt hört die Ärztin ihre Kranke laut um Hilfe schreien. »Helfen Sie doch der armen Frau!« brüllt sie dem Gewaltmenschen ins Gesicht.

»Nix, Doktora, da Partei. Wo du Labor? Dawei, dawei!«

»Meine Tasche!« schreit die Ärztin, als sie fortgezerrt wird, »meine Instrumente!«

Der Russe, ein Offizier, wie es scheint – hat er verstanden, was die Frau will? Aber er läßt sie nicht etwa los, sondern zieht sie mit sich in das Zimmer, wo die Tasche steht. Dort wird die Frau Zeugin einer widerwärtigen Szene. Den anklagenden Toten hat man unter das Bett geschoben.

»Helfen Sie doch der Kranken!« verlegt sich die Ärztin jetzt aufs Bitten, weil sie sieht, daß der Russe keine Notiz nimmt von dem, was dort geschieht, daß es ihm nur auf die Instrumententasche ankommt. Aber nichts rührt ihn. In der Linken die Tasche, an der Rechten die Frau, so drängt er hinaus auf die Straße.

Jetzt wird der Ärztin deutlich, daß sie eine Gefangene ist. Der Russe läßt sie keinen Augenblick von der Hand. Schon möchte sie den toten Kaminski um seine Ruhe beneiden. Da denkt sie an ihre beiden Mädchen, die zu Hause ahnungslos in ihren warmen Betten liegen. Selbst die zehnjährige Elke wird vor dieser Horde keine Gnade finden – von der fast dreizehnjährigen Brigitte gar nicht zu reden. Sie muß versuchen, die Russen nicht auf die Spur der Mädchen kommen zu lassen.

Während die Klagelaute der Kranken schwächer

und schwächer werden, wird sie selbst ins Freie gezogen.

Zwanzig, dreißig Schritt hinter ihrem Wagen entdeckt die Ärztin die schattenhaften Umrisse eines großen Fahrzeuges. Ähnliche hat sie auch schon bei der Wehrmacht gesehn. Es könnte dasjenige sein, das ihr vor wenigen Minuten auf den Fersen war.

Sie meint zu träumen. Denn wie könnte auf andere Weise ein Russenfahrzeug hierherkommen, hierher – auf einen Boden, der niemals von einem bewaffneten Rotgardisten betreten werden darf. Nur ein böser Traum kann es zulassen, daß hier eine so erschreckend fremde Sprache gesprochen wird, eine Sprache von der sie nichts versteht als dawai, dawei und krank und daß man es auf ihr Auto abgesehen hat.

Da kommt plötzlich eine Welle von einer Art Todesmut auf sie zu. Hart und bestimmt sagt sie: »Nix verstehn, Dolmetsch!« Immer wieder sagt sie nur das eine und betont dabei das Dolmetsch, dieses Wort, von dem sie meint, daß es die Russen verstehen, weil es aus den Sprachen des Nahen Ostens kommt.

Und ihr Peiniger versteht es. Er ruft eine Gestalt von dem schemenhaften Fahrzeug zu sich herab, eine Gestalt, die nicht wie alle andern einen Stahlhelm, sondern einen Pelzbaschlik trägt und im ganzen etwas pummelig wirkt. Aber eine MPi hat auch dieser Russe quer über der Brust hängen.

Der erste spricht schwadronierend auf den Gerufenen ein und drängt zur Eile. So gut er kann, vermittelt der Dolmetscher: »Kapitän krank von venerischer«, sagt er . »Kapitän will werden gesund. Du ihm geben gute Sulfonamid. Wenn du helfen, auch Kapitän helfen dich. Dawai, dawai!«

Im ersten Augenblick findet die Ärztin keine Worte, dann aber zögert sie bewußt mit der Antwort. Sie spürt, daß der kleine Vorrat an diesem begehrten

Heilmittel ihr Retter sein kann – ihr Retter und wohl auch der ihrer Mädchen. Und wie gut der Russe das schwierige Wort Sulfonamid ausspricht, denkt sie obendrein. Vielleicht ist der Pummelige sogar ein Mediziner.

Jetzt läßt sie dem Kranken sagen, sie habe noch Sulfonamide, sie könnte und wollte damit helfen, wenn sich der Kapitän selbst auch erkenntlich erweisen wolle.

Der Handel wird in aller Eile abgeschlossen. Der Kapitän bekräftigt seinen Dank durch Handschlag, befiehlt seinen Leuten, das Kaminskische Haus zu verlassen, aufzusitzen und dem Olympia zu folgen, in den er selbst mit dem Dolmetscher steigt.

Nur er, der Kapitän, und sein Dolmetscher durften das Haus der Ärztin betreten. Immer wieder trieb er zur Eile an; trotzdem sah er sich in den Behandlungsräumen sehr interessiert um. Der Wasserhahn mit dem weißen großen Waschbecken darunter hatte es ihm besonders angetan, die hellen Glasschränke mit den funkelnden Instrumenten. Und während die Ärztin, vor einem Wandschränkchen stehend, acht Röhrchen mit den begehrten Tabletten in ein Pappschächtelchen mit Zellwolle packt, läßt der Russe Wasser durch den Hahn ins blendende Becken rauschen. »Schnell, schnell!« sagt er jetzt ungeduldig auf Deutsch. Womöglich beunruhigte ihn die laute Schießerei, die in allernächster Nähe entstanden war. Die Stimmung der Ärztin jedenfalls wurde nicht besser davon, daß sie einsehen mußte, den Krieg nun so gut wie hinterm Haus zu haben, während sie ihre Praxis noch betrieb.

Sie winkte die Russen zum Schreibtisch. Dort ließ sie unter den Augen der beiden eine narrensichere graphische Darstellung für das Einnehmen der Tabletten entstehen, gab dem pummeligen Dolmetscher auf seine Frage nach Pyramidon zwei Päckchen Aspirin und schließlich auch noch eins mit Pyramidon, steckte jedem ein paar Mullbinden in die Tasche und sagte dann schließlich todesmutig: Dawai, dawai! Ich muß nach Berlin!«

»Berlin?« fragte der Kapitän. »Nix Berlin! Ruski nak Berlin, nix du. Viel, viel Ruski nak Berlin – du Olsztyn und Kniksbärk, nix Berlin, du Olsztyn, verstehn Olsztyn?«

Langsam begriff die Ärztin jetzt: Allenstein war für die Polen Olsztyn, dorthin sollte sie sich wenden, nach Norden – nicht nach Westen, nach Berlin, weil sie da in den russischen Stoßkeil hineingeraten werde. Natürlich: Olsztyn bedeutete Allenstein und Kniksbärk sollte Königsberg heißen.

Als die Russen das Haus verließen, nannten sie Olsztyn und Kniksbärk ausdrücklich noch einmal und warnten in Richtung Berlin zu fliehen.

Dicht hinter dem Rücken der beiden verschloß und verriegelte die Ärztin die Tür, blieb einen Augenblick stehen und atmete auf. Wie einem, der eben aus der Gefangenschaft entlassen wurde, war ihr zumute. Im Augenblick, da sie sich endlich entschließen konnte, zu ihren Kindern in das Obergeschoß zu stürzen, da trommelte es von draußen gegen die Haustür. Sie öffnete und trat hinaus, ohne auch nur eine Spur von Angst zu zeigen.

»Kapitän dein Auto!« sagte der Dolmetscher und führte sie zum Wagen, stieß dort versehentlich mit dem Lauf seiner MPi gegen eine Scheibe und befahl der Besitzerin: »Du zeigen, wie geht!«

Sie werden mich jetzt zwingen, so lange zu fahren, bis sie es selbst können, dachte die Ärztin, und mich dann irgendwo absetzen. Aber es kam etwas anders: Der Kapitän wälzte sich hinter das Steuerrad, der dicke Dolmetscher auf den Platz daneben, dann erst kroch ein dritter über die Schultern der Sitzenden hinweg auf die hintere Bank und leuchtete mit seiner Stablampe abwechselnd auf das Armaturenbrett und auf die Pedale im Fußraum.

»Zeige, wie geht!« befahl der Dolmetscher und wies auf den Tachometer. Man erwartete also ihre Anweisungen durch die offene Wagentür von außen. Sie drückte den Schlüssel ins Zündschloß, langte über den erkrankten Schoß des Kapitäns hinweg zum Gangschalthebel, rückte den Leerlauf ein, trat selbst auf den Starter und wünschte im Augenblick nichts sehnlicher, als daß der Motor anspränge und der Wagen mit Mann und Maus davonrase, damit sie wieder frei atmen könne. Sie lenkte den linken Fuß des Kapitäns auf das Kupplungspedal und ermunterte zum Durchtreten, rückte den ersten Gang ein und dirigierte den rechten Fuß des seltsamen Fahrschülers auf den Gashebel. Daraufhin machte der Wagen einen Bocksprung und blieb mit dem Motor zusammen stehen. Viermal wiederholte die Ärztin ihre Unterrichtsproben. Beim vierten Male machte der Wagen dann statt des einen Sprunges deren drei, drehte sich auf der glatten Straße um neunzig Grad und bleib an der anderen Bordkante wie ein störrischer Esel stehen – und mit ihm auch wieder der Motor.

Der Kapitän zwängte sich aus dem Wagen und befahl den andern, seinem Beispiel zu folgen. Im Laufschritt begaben sich die drei zu ihrem Fahrzeug, das jetzt – wie die Ärztin meinte – mit einem deutschen Panzerspähwagen hätte verwechselt werden können. Das Ungetüm verschwand donnernd in der Nebenstraße.

Die Doktorin atmete auf – zum zweiten Mal in dieser Nacht. Dann fuhr sie ihren Olympia in aller Eile auf den Hof hinters Haus. Denn schon erhob sich in der Stadt erneutes Schießen – beängstigender und lauter als vorhin.

Die Frau läuft ins Haus, verriegelt die Türen und stürzt die Treppe hinauf ins Zimmer der Mädchen, rüttelt sie wach, redet kopflos auf sie ein, daß sie sich fertig machen sollen. Dann holt sie Elkes und Brigittes Koffer von den Schränken, pfropft sie mit Nötigem und Unnötigem voll, redet dabei Unverständliches und treibt die Kinder erneut zur Eile an. Die Mädchen beginnen beide zu weinen. Die Mutter hilft ihnen schließlich in die Kleider – in die, die sie am Tag zuvor am Leibe gehabt haben.

Keine zehn Minuten später stand der Wagen vollbeladen mit Koffern, Betten und Wolldecken zur Abfahrt bereit. Die weinende Elke sitzt warm eingepackt hinten mittendrin und fragt die Mutter unaufhörlich, wohin es denn gehen solle. Brigitte, die, in Wolldecken gewickelt, neben der Mutter sitzt, wartet ergeben darauf, daß es losgeht.

Aber die Mutter springt noch einmal vom Sitz und rennt ins Haus zurück – zum Telefon. Ungeduldig tippert sie auf der Gabel herum. Aber das Ding schweigt. Dafür aber wird das Schießen lauter. Sie legt auf und rennt wieder zum Auto. Dem Eisenbahner Josef Kaminski ist das längst alles gleichgültig, denkt sie unterwegs, und seine Frau Maria wird es sehr wahrscheinlich auch nicht mehr stören.

Ein guter Geist riet der Ärztin, die Hauptstraße zu meiden und vorläufig nur Nebenwege zu benutzen. Die kannte sie zur Genüge. Auf diese Weise kam sie schnell aus der Gefahrenzone und geriet nicht in den Stau der Militärfahrzeuge, den der plötzliche Einbruch der Sowjets verursachte.

»Wohin fährst du denn, Mutti?« fragte Elke – wer weiß – zum wievielsten Male, als sie endlich auf die Hauptchaussee eingebogen waren.

»Natürlich nach Königsberg, Elke, in die Lawskerallee, zu Tante Vera, ganz in der Nähe des Zoo. Du warst doch auch schon ein paarmal dort. Weißt du nicht mehr, wie du auf dem Pony geritten bist?«

»Ich will doch aber gar nicht zu Tante Vera und auch nicht in den Tiergarten«, widersprach Elke und begann von neuem zu weinen. »Ich möchte zu Hause schlafen. Ich bin doch so müde. Warum kommt Vater nicht mit seinen Soldaten und verjagt die Russen?«

Das Fahren auf der schneeglatten Hauptstraße war beschwerlich. Eine Fahrzeugkolonne nach der andern drängte hier nach Süden, sehr wahrscheinlich dorthin, woher noch immer das schreckliche Schießen kam. Das Gewölk war jetzt aufgerissen, und so konnte sich der Mond manchmal in der Schneeglätte der Fahrbahn spiegeln.

»Weiß denn Vati nicht, daß uns die Russen verjagen?« begann Elke wieder zu fragen. »Warum kommt er denn nicht helfen?«

»Ganz gewiß käm Vater gern. Aber er kann doch nicht das tun, was er will. Er muß tun, was sein Hauptmann befiehlt, und der wiederum, was der Major, und der Major muß dem General gehorchen. So ist das bei den Soldaten, Elkelein. Vater gehört zu einer anderen Armee. Uns hier sollte die Armee beschützen, die sich am Narew verschanzt hatte, an dem Flusse, an dem ich mit euch einmal spazieren gegangen bin, als ich mir in Pultusk die Arztpraxis angesehen habe, die ich dort hätte übernehmen können. Ihr werdet euch noch an die neue Holzbrücke erinnern, von der ich euch sagte, daß sie von deutschen Pionieren während des Krieges mit Polen gebaut worden ist ...«

Die Ärztin brach ihre Rede ab, weil das Wehrmachtsauto, das sie schon eine ganze Zeit vor sich hatte, von zwei Feldgendarmen angehalten wurde. Sie mußte ihren Wagen ebenfalls stoppen.

Als die Militärpolizisten den Wehrmachtsfahrer kontrolliert und freie Fahrt gegeben hatten, traten sie auch an die Ärztin heran und fragten nach ihrem Ziel. Jetzt wirst du zurückgeschickt und womöglich auch noch bestraft werden, durchzuckte es die verängstigte Frau. Und sie gab vorsichtshalber nur Neidenburg als ihr Ziel an.

»Seit heute ist die Straße über Soldau nur für Wehrmachtsfahrzeuge erlaubt«, sagte einer der beiden. »Sie müssen gleich in Ilona rechts abbiegen und über Sochy, Bialuty, Wetzenhausen fahren. Zwischen Bialuty und Wetzenhausen liegen zwei Kilometer schlechte Wegestrecke. Dann aber ist sie bis Neidenburg gut.«

Die beiden Kettenhunde, wie Feldgendarmen von den Landsern genannt wurden, wünschten gute Fahrt und traten vom Wagen zurück. Der aufgeregten Frau fiel ein Stein vom Herzen, und sie atmete wieder einmal auf.

Schon lange vor Neidenburg merkte die Mutter, daß Elke und Brigitte schliefen und daß sie selbst nicht mehr weit vom Einschlafen entfernt war. Je mehr sie sich zwang, die Augen offen zu halten, um so mehr verschwamm die Straße. Aber nicht nur die Straße verschwamm, – auch der Zweck ihres unaufhörlichen Fahrens wurde mehr und mehr unklar.

In irgendeinem Dorfe vor Hohenstein ging es nicht mehr. Sie mußte eine Pause machen. Sie stieg aus, um sich die Beine etwas zu vertreten. Dabei entdeckte sie ein Schild, das man kurzerhand an einen Baum genagelt hatte. »Ortsbauernführer« entzifferte sie.

Das Schild wies in eine Nebenstraße und erschien der übermüdeten Frau plötzlich wie der Fingerzeig des Himmels. Sie setzte sich wieder ans Steuer, fuhr dem Hinweis nach und trommelte schließlich einen mürrischen Bauer aus den Federn, der sie, die Hosenträger anknöpfend, wortlos empfing.

»Ortsbauernführer, Sie müssen sofort Ihren Kreisleiter anrufen!« So fiel die übermüdete Frau mit der Tür ins Haus.

»Na na!« entgegnete der Aufgescheuchte brummend, »warum nicht gleich den Führer in der Reichskanzlei?« Er trat aber dennoch zur Seite, die Frau einzulassen.

»Was ist denn los?« fragte er, während er den ungelegenen Gast in ein spärlich beleuchtetes Zimmer führte. »Was wollen Sie denn vom Kreisleiter – ausgerechnet von dem?«

Die Doktorin wurde in eine große Stube geführt. Hier umfing sie die Luft wie eine vorgewärmte leichte Wolldecke. Der Raum war sorgfältig mit eigenartigen Möbeln ausgestattet. Bauernmöbel nach ermländischer Art, schoß es der Eintretenden durch den Kopf. Die Standuhr in dem hohen schmalen Holzgehäuse fiel ihr zuerst ins Auge. Sie tickte laut und bedächtig, als wollte sie dem Eindringlich die späte Stunde seines Kommens deutlich vor Augen führen.

Während der Bauer seinem ungewöhnlichen Gast die warme Ofenbank des Berliner Kachelofens anwies, ging er auf das große Schaff zu, das einem einfachen, glatten Barockschrank nicht unähnlich war, entnahm ihm eine grüne Joppe, zog sie etwas umständlich über und setzte sich in den strengen Sessel neben dem Schreibtisch. Mit seinem linken Fuß schob er einen der hinlänglich bekannten Flickerteppiche zurecht, mit denen die Stube ausgelegt war.

Vom Bauern durch ein stummes Zeichen zum Sprechen ermuntert, begann die verängstigte Frau ihr Abenteuer zu schildern. Trotz mancher Atempause, die sie einlegen mußte, ergriff der Mann niemals das Wort. Was ihm da zu Ohren kam, schien ihm die Sprache zu verschlagen. Erst dann, als die zierliche Frau am Ende war – auch völlig am Ende ihrer Kraft, dann begann er zu warnen.

»Frau Doktor«, sagte er eindringlich, »Sie sind also Ihrer Sinne vollkommen mächtig. Haben Sie das, was Sie mir da erzählen, auch wirklich und wahrhaftig erlebt?

Und wissen Sie auch, was auf Defätismus und Miesmacherei steht?«

»Ortsbauernführer, nur zu gut weiß ich das. Wenn mich aber ein Mann wie Sie so inquisitorisch fragt, dann ist mir, als wäre dies alles tatsächlich gar nicht wahr, als könnte das alles nur ein wüster Traum gewesen sein. Nun aber frage ich Sie, Bauernführer: Verläßt eine Ärztin ihr Haus, packt ein paar Koffer, Decken und ihre Kinder in den Wagen, macht sich auf und davon und läßt ihre Praxis sein, um Ihnen und einem Kreisleiter eine Räubergeschichte zu erzählen? Bitte, gehen Sie doch vor die Tür zu sehen, was ich gerettet habe. Bitte, fragen Sie doch die beiden Mädchen! Die Russen selbst haben meine Kinder freilich nicht gesehen. Von der Schießerei in der Stadt werden sie Ihnen berichten können.

Und daß wir drei so glimpflich davonkamen, das verdanke ich nur dem glücklichen Umstande, daß ich dem russischen Kapitän mit begehrten Medikamenten aus peinlicher Verlegenheit helfen konnte.«

»Damit wollen Sie also sagen«, bohrte der Bauer weiter, »daß das alles bis aufs I-Tüpfelchen wahr ist.«

»Wenn Sie mich so festnageln wollen, dann werde ich in meinen Aussagen etwas genauer sein müssen: Eine ganze russische Armee habe ich natürlich nicht zu Gesicht bekommen. Ich für meinen Teil habe nur mit einem russischen Kapitän und einigen seiner Männer zu tun gehabt. Und der Panzer, von dem ich sprach, der kann natürlich auch ein Panzer-Spähwagen gewesen sein, womöglich sogar einer, den die Russen von den Deutschen erbeutet hatten . . .

Im übrigen bin ich es nun satt, meine Wahrheitsliebe von Ihnen, Ortsbauernführer, anzweifeln zu lassen«, sagte die Ärztin erbost und machte Miene, sich zu erheben.

»Bitte, bitte, Frau Doktor«, verlegte sich der Bauer jetzt nahezu aufs Flehen und gab Handzeichen, die zum

Sitzenbleiben ermunterten. »Bitte, bedenken Sie doch andererseits, Frau Doktor, welche Ungeheuerlichkeit das für mich, für alle Volksgenossen bedeuten würde, die Russen vor unserer Tür zu wissen. Haben Sie nicht wenigstens daran gedacht, Ihr Erlebnis irgendeiner Behörde zu melden – telefonisch meinetwegen. Telefonanschluß haben Sie als Ärztin doch jedenfalls.«

»Eine Behörde zu alarmieren, daran habe ich allerdings im ersten Schrecken nicht gedacht, dafür aber an die Freundin und ihre drei Töchter ... Aber das Versäumte, Ortsbauernführer, das will ich ja gerade hier bei Ihnen nachholen. Sie sind doch gewissermaßen auch eine Amtsperson und können meinen Bericht dem Kreisleiter melden, damit die Bevölkerung der bedrohten Gebiete rechtzeitig evakuiert werden kann.«

»Das mit dem Melden, Frau Doktor, das besorgen Sie gefälligst selber, das können Sie gewiß besser als ich. Auf Ihre Verantwortung versuche ich jetzt, Sie mit dem Kreisleiter zu verbinden. Holen Sie inzwischen Ihre Marjellches 'rein, damit sie sich aufwärmen.«

Während die Doktorin zum Auto ging, sagte der Bauer seiner Frau Bescheid. Die Mutter hatte Not, ihre Mädchen zum Aussteigen zu bewegen. Als ihr das endlich gelungen war und sie mit den weinenden Kindern ins Haus zurückkam, hantierte die Bäuerin bereits in der Küche. Der Ortsbauernführer war noch immer dabei, die Verbindung zur Kreisleitung zustande zu bringen. In seinem Eifer merkte er kaum, wie seine Frau die Fremden willkommen hieß.

Endlich begann der Bauer ins Telefon zu sprechen. Und gleich darauf winkte er der Ärztin, froh, wie es schien, der Frau mit dem Hörer auch die Verantwortung in dieser heiklen Angelegenheit übergeben zu können.

»Bitte, verbinden Sie mich mit dem Kreisleiter!« sagte die Ärztin und wartete. »Es ist sehr dringend«, fuhr sie dann fort. »Bitte, auf meine Verantwortung den Kreisleiter persönlich!«

»Der Kreisleiter ist nicht zu sprechen«, erklärte der wachhabende Kreisamtsleiter am anderen Ende des Drahtes. »Wenn der alle und jeden anhören wollte – noch dazu zu jeder Tages- und Nachtzeit –, er käme weder zum Essen noch zum Schlafen. Und überhaupt – wer sind Sie eigentlich? Was wollen Sie vom Kreisleiter? Und sagen Sie gefälligst, was Sie zu sagen haben, mir. Wenn mir das so dringend zu sein scheint wie Ihnen, dann ist immer noch Zeit, den Kreisleiter aus dem Schlaf zu holen.«

Von neuem beginnt nun die aufgeregte Frau ihr Abenteuer zu schildern, kommt damit aber kaum über den Anfang hinaus. Und schon beginnt sich eine Flut von Schmähungen über sie zu ergießen: »Und damit glauben Sie, sich bei unserem Kreisleiter beliebt machen zu können – Sie Defätist und Miesmacher? Sind Sie denn ganz von Gott und der Welt verlassen? Von unserer Heimat wird keine Fußbreite preisgegeben. Merken Sie sich das! Schreiben Sie sich's hinter die Ohren! Unsere Soldaten sowohl wie unsere zivilen Volksgenossen, jeder hat auf seinem Posten zu bleiben, auf den ihn unser Führer gestellt hat.

Und wissen Sie, was solche Leute wie Sie von unserem Gauleiter und Reichsverteidigungs-Kommissar zu erwarten haben? Ich rate Ihnen sehr, sofort zurückzukehren. Der Posten eines Arztes ist verdammt wichtiger, als Sie ihn zu nehmen scheinen. Kommen von irgendwo dahergefahren und wollen hier, wo jeder pflichtgetreu auf seinem Posten steht, die Pferde scheu machen, die Volksgenossen womöglich aufwiegeln. Nein, nein, so geht das nicht. Jeder hat zu bleiben, wo er steht, auch wenn es – merken Sie sich das! –, auch wenn es am fernen Horizonte etwas blitzt und donnert.

Und den Befehl, Wohnsitz und Posten zu verlassen, den gibt allein unser Gauleiter Erich Koch. Und dem unterstehen Sie doch im Regierungsbezirk Zichenau bekanntlich auch. Ich habe Sie schon einmal gefragt, wer Ihnen die Erlaubnis gegeben hat, sich einfach auf- und davonzumachen? Darauf können Sie natürlich keine stichhaltige Antwort geben – nicht wahr?«

»Doch, doch, Herr Kreisamtsleiter«, entgegnete die Doktorin bissig, »doch, doch, das kann ich sehr wohl: Ein russischer Offizier hat sie mir gegeben, diese Erlaubnis. Leider aber habe ich in meiner Angst nicht daran gedacht, mir das von dem Russen schriftlich geben zu lassen. Aber ich denke, Sie werden dem Herrn Reichsverteidigungs-Kommissar diesen Übergriff in seine Kompetenzen pflichtschuldig melden und den Frevler empfindlich bestrafen lassen.

Im übrigen danke ich Ihnen, Herr Kreisamtsleiter, für Ihre Nachhilfelektion. Denn nun weiß ich wirklich alles, was man über den Nationalsozialismus wissen muß«, sagte die Doktorin, legte den Hörer wütend auf, sah dem bestürzten Bauern einen Augenblick ins starre Gesicht und sagte: »So!« setzte sich zu ihren Mädchen zurück auf die Ofenbank und sprach dort fertig, was sie zu sagen begonnen hatte: »So, nun können wir weiterfahren.«

»Das kommt gar nicht in Frage«, erwiderte die Bäuerin, die damit beschäftigt war, den Tisch zu decken und aufzutragen. »Mit dem Weiterfahren hat es Zeit, bis es Tag geworden ist. Und bis zum Abend kommen Sie noch bequem zu Ihren Freunden in Königsberg.«

Das seltsame Nachtessen beschwor in den Wirtsleuten wie in den Gästen verworrene Gefühle herauf. Ankunft und Abschied klangen darin schrill durcheinander. Man sprach über Dinge, die längst gleichgültig geworden sein mußten, und ließ unberührt, was auf den Nägeln brannte.

Und als die drei Flüchtlinge die Decken und Betten

aus ihrem Olympia holten, um sich für den Rest der Nacht ein Lager in der warmen Bauernstube zu richten, war nichts mehr von Kanonendonner zu hören, und der Orion funkelte am Himmel wie in tiefen Friedenszeiten. Dafür aber klangen der Doktorin die Worte des Kreisamtsleiters vom Pferde-scheu-machen in den Ohren. Der Ärztin wurde unheimlich zumute.

Gegen Morgen begann es etwas zu schneien. Während die Mädchen Betten und Decken wieder in den Wagen stopften, baute die Mutter ihre Batterie wieder ein, die sie wohlweislich mit ins Warme genommen hatte.

Kurz vor Hohenstein tauchten linker Hand die klobigen Türme des Tannenberg-Denkmals aus dem Morgendunst auf. Und die Mutter hielt es für ihre Pflicht, die Mädchen auf das Bauwerk hinzuweisen – diesen anspruchsvollen Klinkerbau, der jedem deutschen Geschichtslehrbuch als Glanzstück zu dienen hatte. Zudem meinte die Ärztin, ihre Kinder am besten dadurch vom traurigen Anlaß ihrer Reise ablenken zu können, daß sie ihnen die fehlende Schule durch Lehrgespräche zu ersetzen versuchte, eine Art Anschauungsunterricht mit ihnen betrieb. So war es also folgerichtig, daß sie die Mädchen anschauen ließ, was es an ihrem Wege zu sehen gab – anschauen im weitesten Sinne, wie sich die Doktorin sagte.

Ihr gelang es, Brigitte die naheliegende Frage zu entlocken, warum denn das Denkmal den Namen Tannenberg trage, wo es doch ganz dicht bei Hohenstein stehe. Die Geschichtslehrerin habe ihnen das zwar schon erklärt, aber gewiß nicht gut genug. Vielleicht könne es die Mutter besser als die Lehrerin.

»Das kleine Dörfchen Tannenberg liegt ungefähr eine Tageswanderung weit im Süden von Hohenstein«, erklärte die Mutter – zwanzig Kilometer südlich etwa. Der Name Tannenberg hat in der deutschen Geschichte über fünfhundert Jahre lang eine bittere Erinnerung geweckt. Bei Tannenberg vernichteten die Polen und die Litauer 1410 das Heer des Deutschen Ritterordens. Erst fünfhundertundvier Jahre nach dieser Unglücksschlacht bot sich die Gelegenheit, dem Namen Tannenberg eine gute Bedeutung für die Deutschen zu geben. Das war im Jahre 1914, im Jahr, in dem der Erste Weltkrieg ausbrach. Da fielen die Russen auch in Südostpreußen ein. Wie wir heute, so mußten die Leute auch damals aus ihrer Heimat fliehen. Es sah aus, als sollte ganz Ostpreußen verlorengehn. Da kam aber ein unverhoffter Retter. Das war der Generalfeldmarschall von Hindenburg. Er verstand es, die gesamte russische Narew-Armee hier bei Hohenstein zu umzingeln und vollständig zu vernichten. Und weil es nicht gar zu weit von Tannenberg geschah, so nannte man auch diese Schlacht: Schlacht bei Tannenberg. Es war also die zweite, die glückliche Schlacht von Tannenberg.«

»Kann denn Hindenburg die Russen nicht wieder umzingeln und besiegen?« fragte Klein Elke.

»Nein, das kann er nicht mehr«, belehrte die große Schwester die kleine; »denn Hindenburg ist schon lange gestorben. Und das hat uns die Lehrerin auch erzählt, daß die Särge von dem General Hindenburg und seiner Frau in einem Turm des Tannenberg-Denkmals stehen – dort drüben in einem von den Türmen, die wir da sehen.«

Die Ärztin hatte es fertiggebracht, ihre Mädchen vom Gestrigen abzulenken und auf das Heutige zu richten. Sie war froh; denn sie spürte selbst, wie wohl es tat, das Auge auf die naheliegenden Dinge zu wenden.

Jetzt fuhren sie in Hohenstein ein. Das Städtchen mit einem langgestreckten Marktplatz schien heute genauso aufgewacht zu sein wie all die Tage vorher. Dort hängte der Friseurlehrling sein blankgeputztes Messingbecken an den rechten Pfosten der Ladentür. Hier vor der Fleischerei begannen sich Hausfrauen zu einer Schlange anzustellen. In den Mülltonnen, die vor der Tür der ›Hohensteiner Zeitung‹ standen, stocherte ein alter Mann umher. Jungen und Mädchen trabten ihrer Schule zu, gehorsam, wie es der Herr Verteidigungskommissar befahl.

Elke hatte sich ein Guckloch in die dicke Rauhreifschicht der Autoscheibe gemacht und sah die Kinder mit den Büchertaschen dahineilen. Sie dachte an ihre eigene Büchertasche. »Nicht mal ein Schulbuch haben wir mitgenommen«, sagte sie.

Die Mutter erschrak, weil sie glaubte, die Kinder würden ins Grübeln kommen. Aber Elke wußte sich bald wieder zu fangen und sagte: »Wenn wir nun nicht mehr zur Schule gehen können, dann muß uns Mutti eben etwas lernen.«

»Lehren!« korrigierte Brigitte herrisch. »Wie oft muß man dir sagen, daß das lehren heißt. Frau Krause ist doch deine Lehrerin aber nicht deine Lernerin.«

»Nun«, lenkte die Mutter ein, »sei nur nicht so streng, Brigitte. Elke wird das schon noch lernen!« Aber sie war doch froh, daß die Kinder nicht trübsinnig waren. Sie schienen sich mit dem Herumzigeunern abfinden zu wollen. Und so nahm sie den Faden wieder auf, den Elke zu spinnen begonnen hatte, den von der Schule. Sie glaubte, das ohne Gefahr tun zu können. Es waren heute morgen bedeutend weniger Fahrzeuge auf der Straße als gestern abend.

»Wir werden bald nach Allenstein kommen«, sagte sie. »Treiben wir also gleich einmal etwas Heimatkunde, Erdkunde wäre vielleicht ein bißchen zu viel. Was könnt ihr wohl alles über diese Stadt sagen. Bitte, laßt hören!«

»Allenstein ist die größte Stadt des Ermlandes«, wußte Brigitte anzuführen. Und Elke: »Allenstein liegt an der Alle.«

»Beides ist richtig«, lobte die Mutter. »Bitte weiter! Daß Allenstein an der Alle liegt, das hat es mit einer ganzen Reihe von anderen Städten gemeinsam. Wer kann sie mir nennen?«

»Allenburg«, sagte Brigitte, während Elke schwieg. Sie wußte nicht weiter.

»Und wo bleiben Friedland, Schippenbeil, Bartenstein und Heilsberg? Auch die liegen an der Alle. Ihre Bedeutung aber kommt bei weitem nicht an die von Allenstein heran. Allenstein ist nämlich Regierungsstadt und dazu ein sehr wichtiger Eisenbahnknotenpunkt.«

»Regierungsstadt?« fragte Elke verwundert. »Ist nicht Berlin Regierungsstadt?«

»Du denkst an die Reichsregierung, Elke. Ja, die sitzt natürlich in Berlin. Da gibt es aber noch viele kleine Regierungen, die der großen Regierung in Berlin helfen. Jede Provinz hat ungefähr drei von solchen kleinen Regierungen. Auch Ostpreußen hatte bis zum Krieg mit Polen drei.«

»Ich weiß jetzt«, sagte Brigitte. »Jede Provinz ist in mehrere Bezirke eingeteilt. Die heißen Regierungsbezirke. Und einer von ihnen ist der Regierungsbezirk Allenstein. Jetzt weiß ich das wieder. Und der andere ist der Regierungsbezirk Königsberg. Wie der dritte heißt, weiß ich nicht mehr.«

»Ostpreußen hatte einmal drei Regierungsbezirke: Königsberg, Gumbinnen und Allenstein«; so stellte die Mutter die Sache richtig. »Und« – so fuhr sie fort – »als die Deutschen Polen besiegt hatten, da bekam Ostpreußen einen vierten Regierungsbezirk dazu, ein Stück von Nordpolen, den Regierungsbezirk Zichenau nämlich, in dem wir bis gestern gewohnt haben . . .«

Sie brach ihre Rede jäh ab, weil sie wieder Bilder sah, denen sie hatte entfliehen wollen.

»In Allenstein werden wir zwanzig Minuten haltmachen. Ich stelle den Wagen vor dem Hohen Tor ab und gehe schnell zur Post, schreibe dem Vater, telefoniere mit Tante Vera, und ihr bleibt beim Wagen und besorgt mir eine Zeitung. Gleich hinter dem Hohen Tor ist so ein Zeitungskiosk.«

»Das soll das Hohe Tor sein?« fragte Elke, als die Mutter den Wagen anhielt. »Das sieht doch eher wie eine Kirche aus aber doch nicht wie ein Tor.«

»So unrecht hast du nicht, Elke. Du mußt aber bedenken, daß dieses Bauwerk schon einhundert Jahre stand, als Doktor Martin Luther in Eisleben geboren wurde. Und in dieser Zeit baute man gern so hoch – am liebsten bis an den Himmel. Von so hoher Warte konnte der Türmer natürlich weit ins Land hinaussehen, entstehende Brände und nahende Heerhaufen frühzeitig melden.

Nun aber besorgt erst mal die Zeitung! Einige Schritte durchs Tor, gleich rechter Hand seht ihr den Kiosk.«

»Der Zeitungskiosk war nicht mehr dort, wo du gemeint hast«, sagte Brigitte, als die Mutter wieder in den Wagen stieg. »Der ist woanders hingebracht worden. Wir mußten die Zeitung auf der anderen Seite des Platzes kaufen. Und in dem Hohen Turm dort ist jetzt eine Jugendherberge. Das haben wir eben gelesen.«

Als sie dann am Neuen Rathaus vorbeifuhren, meldete sich Elke wieder, weil sie meinte, das schöne Gebäude sei das der Regierung.

»Ja«, sagte die Mutter, »so unrecht hat Elke nicht. Eine Art Regierung hat dort schon ihren Sitz – die Regierung nämlich, die die Stadt Allenstein regiert –, nur daß man so etwas nicht Stadtregierung nennt, sondern Stadtverwaltung. Die Regierung, die für den ganzen Regierungsbezirk Allenstein da ist, die hat ihren Sitz in einem ganz anderen Gebäude. Das steht dort hinter den hohen Bäumen. Ich muß jetzt aber hier in die Hindenburg Straße einbiegen, weil wir nach Guttstadt wollen.

Achtet jetzt auf eine Tankstelle! Ich muß Benzin nehmen.«

»Mutti, hier links ist die Kreisleitung, mit der du gestern abend telefoniert hast. Willst du den Kreisleiter nicht mehr sprechen?«

»Kinder, ich werde mich hüten, noch jemand zu warnen oder zu erzählen, was ich erlebt habe. Wir schweigen, bis wir nach Königsberg zu Tante Vera kommen. *Ihr* können wir das erzählen.«

»Mutti, was heißt denn Treudank? An einem schönen großen Hause steht das Wort Treudank«, fragte Brigitte.

»Das ist eine lange Geschichte, Kinder. Ich erzähle sie euch später. Wir müssen erst einmal eine Tankstelle finden.«

»Da oben rechts ist eine«, sagte Brigitte.

Während der alte Tankwart Öl, Benzin und Kühlwasser nachfüllte, stiegen die drei aus und vertraten sich die Beine etwas. Brigitte blieb plötzlich stehen und schaute über die Straße hinweg. »Sieh doch nur, Mutti, was da auf dem Schild steht: *Krahnke und Huster.* Eigentlich müßtest du ja deine Tasche nehmen und den beiden Invaliden helfen. So ein komisches Schild habe ich in meinem Leben noch nicht gelesen. Die beiden haben sich wirklich gesucht und gefunden – *Krahnke und Huster.*«

»Ja«, sagte der Tankwart, »dieses komische Schild dort drüben, das wird von den meisten Fremden, die hier tanken, bewitzelt.«

»Nach Guttstadt sind wir doch auf dem richtigen Wege«, fragte die Ärztin.

»Goldrichtig!« entgegnete der Tankwart. »Dort über die Eisenbahnbrücke, und dann immer geradeaus: Jakobsberg, am Abstimmungsdenkmal vorbei, vorbei am Verwaltungsgebäude der elften Division und dann immer geradeaus.«

»Mutti«, rief Elke plötzlich, »dort steht ja ein kleines Tannenberg-Denkmal!«

»Das ist das sogenannte Abstimmungsdenkmal, Elkelein. Der Tankwart hat es vorhin schon erwähnt. Bei flüchtigem Hinsehn erinnert es tatsächlich an das Tannenbergdenkmal, – an ein bedeutend kleineres natürlich. Und der Teich davor, auf dem die Kinder Schlittschuh laufen, den nennen die Leute Mummelteich, weil im Sommer soviel Mummeln, Teichrosen, auf seiner Oberfläche schwimmen.«

»Aber warum heißt es denn Abstimmungsdenkmal?« wollte Elke erklärt wissen.

»Ich glaube, Mutti, das kann ich Elke erklären. Vor ein paar Tagen haben wir das gerade in der Schule gehabt«, sagte Brigitte und begann auch schon zu erzählen:

»Bald nach dem Ersten Weltkrieg ist das gewesen. Da hat hier in Ostpreußen eine Volksabstimmung stattgefunden. Die Polen hatten nämlich behauptet, die Menschen hier in der Gegend und in ganz Masuren, die sprächen polnisch und wollten deshalb lieber zu Polen gehören als zu Deutschland. Deshalb mußten die Menschen darüber abstimmen, ob sie Polen oder Deutsche sein wollten. Eine richtige geheime Wahl hat es da in ganz Süd-Ostpreußen gegeben. Und damit es dabei friedlich zuging und kein Betrug gemacht werden konnte, mußten englische und französische Soldaten aufpassen. Bei dieser Abstimmung stellte sich dann heraus, daß nur ungefähr zwei Prozent der Wahlberechtigten zu Polen gehören wollten – die übrigen achtundneunzig auf hundert stimmten für Deutschland. Da haben sie aber dumm geguckt, die Polen.«

»Ja, so ist das gewesen«, sagte die Mutter, »vor fünfundzwanzig Jahren. Und zum Dank für die Treue, die jene Menschen ihrem Vaterlande erwiesen, erbaute man in Allenstein ein schönes Theater- und Gesellschaftshaus und nannte es Treudank, Dank für Treue. Damit hast du nun die Antwort, Brigitte, auf deine Frage, was es mit dem Wort Treudank auf sich hat. Und das Abstimmungsdenkmal, das wir eben sahen, das ist um die gleiche Zeit errichtet worden – zur Erinnerung an den überwältigenden Ausgang dieser Volksabstimmung. Ich glaube, manchmal nennt man es auch Treudankdenkmal.«

Kaum eine Stunde später, kurz vor Guttstadt, sahen die drei Gardaus den ersten Flüchtlingstreck – den ersten in ihrem Leben.

Je näher sie an Guttstadt herankamen, um so zahlreicher wurden die Flüchtlingsfuhrwerke, die in nördlicher Richtung dahinzockelten und dem Auto das Vorwärtskommen erschwerten. Zuweilen war das Überholen lange Zeit unmöglich. Die Ärztin mußte dann im kleinsten Gang hinter so einem hochbeladenen Bauernwagen herfahren und warten, bis sich eine Gelegenheit bot, links vorbeizukommen.

Was die Leute da nicht alles aufgepackt hatten: kleine und große Säcke – in den übergroßen wahrscheinlich Betten –, Kinderwagen, Kisten und Kasten, Tonnen jeder Größe – ja, sogar Möbelstücke fehlten nicht. Werkzeuge wie Schaufeln, Hacken, Spaten oder auch Sägen waren fast ausnahmslos außen an den Wagenleitern befestigt. An den Hörnern der Rungen hingen meist Eimer oder sonstwas mit einem Henkel.

Unter dem, hinter dem die Ärztin jetzt her schleichen mußte, unter seinen Bodenbrettern baumelte zwischen Vorder- und Hinterrädern eine große Zinkwanne. Sie war mit allerlei Dingen vollgepfropft. Die armen Pferde . . .

Jetzt erst fand Doktorin Gardau Gelegenheit, sich auszumalen, wie es ihr wahrscheinlich ergangen wäre, wenn der russische Kapitän das Autofahren schnell begriffen hätte.

Kurz hinter Arnsdorf, dort wo die Straße von Heilsberg in die Wormditter Chaussee einmündet, hatte eine Reihe von Flüchtlingswagen haltgemacht. Auf der anderen Straßenseite hielt eine Wagenkolonne der Wehrmacht, eine Nachrichteneinheit, wie sich bald herausstellte. Der sie führende Oberleutnant war von Flüchtlingen umringt. Meist waren es Frauen in Männerhosen, die eine Peitsche in der Hand hatten. Sie starrten den hochaufgeschossenen Offizier an, als könnte er ihnen aus ihrer Not helfen. So machte auch die Ärztin eine Pause, stieg aus und drängte sich an die Gruppe heran, ohne daß ihr Hinzutreten von jemandem zur Kenntnis genommen wurde.

Woher sie denn kämen, fragte der Offizier in diesem Augenblick die Fuhrwerker. »Aus der Gegend von Angerapp!« sagte eine Frau für alle. Zwei andere meldeten aber, aus dem Kreise Rastenburg zu sein. Zweimal seien sie unterwegs von Parteileuten zum Umkehren gezwungen worden, auf Umwegen dann aber immer wieder in westliche Richtung gefahren.

Ob das denn richtig sei, fragte die erste: In Heilsberg habe ihnen ein Wehrmachtsoffizier abgeraten, bei Thorn über die Weichsel zu gehen, dafür aber die Strecke Elbing oder Marienburg über Danziger Gebiet vorgeschlagen.

Das sei vernünftig, sagte der Oberleutnant. Wenn er könnte, wie er wollte, wählte auch er die nördliche Route. Denn Thorn sei gewiß um vieles früher in russischer Hand als die Räume im Weichsel-Delta. Sehr wahrscheinlich stießen die Sowjets von Thorn aus nach Norden und versuchten, ganz Ostpreußen vom Reich abzuschneiden.

Den Raum an der unteren Weichsel aber, den werde die Wehrmacht so schnell nicht preisgeben, weil das die Sacköffnung sei, die solange wie möglich offengehalten werden müsse – für sie, für die Flüchtlinge eben . . .

Ohrenbetäubendes Schweinegequieke machte der Rede ein Ende. Die Gruppe stob auseinander. Die Leute sprangen einem Jungen zu Hilfe, der ein Schwein zu halten versuchte, das sich aus seinem Lattengefängnis unter einem Bauernwagen befreit hatte.

Nun wußte Doktorin Gardau um vieles mehr: Sie war in den Flüchtlingsstrom hineingeraten. Von Stund an bot ihr die Welt ein anderes Gesicht: Trecks, Trecks, überall Trecks.

Hauptverbandplatz

»Das hätten Sie gewiß vorgestern bei Ihrem Ausmarsch nicht für möglich gehalten, Melizkat, daß ich schon zwei Tage später mit Ihnen zusammen in den Krieg werde ziehen müssen«, scherzte Doben, als er zu Melizkat ins Fahrerhaus des Sanka stieg.

»Nein, Herr Stabsarzt, das hätte ich mir nicht träumen lassen, und ganz besonders nicht, daß unsere beiden Krankenwagen schon wenige Stunden nach unserem Ausrücken in einen so traurigen Einsatz hätten kommen können.«

Stabsarzt Doben hatte Befehl, an die Stelle des schwerverwundeten Oberarztes Feldmann zu treten, der, vorgestern erst ausgerückt, schon heute mit acht seiner Leute in einem Reservelazarett der Garnisonstadt lag.

Zur Stunde, da sich die beiden Sanka mit dem Ersatz auf den Rückweg zur Truppe begaben, richteten die andern in der Nähe des Saarstädtchens Neunkirchen bereits den befohlenen Hauptverbandsplatz ein. Dafür hatte man die Schule des Bergarbeiterdorfes Spiesen ausgesucht. Seit der letzten Nacht wehte also auf dem Dach der Spiesener Schule die weiße Flagge mit dem Genfer Kreuz.

Die Spiesener waren froh darüber. Die Jungen und Mädchen versprachen sich davon erholsame und abwechslungsreiche Tage und die Alten von nun an weniger Besuche von feindlichen Jabos. Als ihnen dann aber zu Ohren kam, welche Verluste die Sanitäter allein auf dem Wege hierher nach Spiesen gehabt hatten, machten sie sich ihre eigenen Gedanken über die Genfer Konvention. Und die Mütter ließen ihre Kinder kaum mehr aus dem Haus.

Trotzdem trieben sich genug Neugierige auf dem großen Pausenplatz der Schule umher – der vierzehnjährige Heinz Hesselbarth zum Beispiel. Erna Gutzeit hatte ihn schon eine ganze Zeit von ihrem Fenster aus beobachtet. Dann gelang es auch Erna, der Mutter zu entwischen.

Nun sahen es die beiden aus nächster Nähe, wie die Soldaten die Schulbänke aus den Klassenräumen schleppten und dafür seltsame Gerätschaften hineintrugen: große Leuchten, verchromte Koffer, Kisten und allerlei blinkende und gefährlich aussehende Dinge.

Jetzt schwang sich Heinz auf den Mauervorsprung, klammerte sich an der Fensterbank fest und konnte bequem in den Raum sehen, der gestern noch seine Klasse gewesen war. Auch Erna hätte gern einen Blick dahinein getan. Aber es gelang ihr nicht, auf dem Mauerabsatz Fuß zu fassen.

»Heinz . . .«, sagte Erna bittend.

Schon glitt der Junge herab und packte herzhaft zu, um auch Erna einen Blick in die fremd gewordene Welt tun zu lassen. Damit Erna nicht von dem Mauerabsatz rutschte, mußte er das Mädel gegen die Hauswand drükken.

Die beherzten Griffe des Kameraden und das zweckentfremdete Klassenzimmer brachten Erna ganz durcheinander.

»In den verchromten Metallkoffern«, erklärte Heinz, »da sind Hämmer, Meißel und Sägen.« Erna wurde es nahezu übel. Und die Gummischürzen, die aussahen wie die Schürzen eines Schlachters, sie taten das ihre.

»Was soll das alles bedeuten?« fragte sie ihren Helfer.

»Es wird eine große Schlacht geben«, sagte Heinz, indem er das Mädchen vom Fenster auf den Schulhof zu sich herabgleiten ließ. »Eine sehr große Schlacht wird es geben. Ich weiß das von dem Unteroffizier, der bei uns im Quartier liegt – eine blutige Schlacht.«

Eine Schlacht – denkt Erna. Das Wort hat sie oft genug gehört – zumeist in der Schule, bei Schulfeiern. Da hatte der Rektor sehr oft von Schlachten gesprochen.

Auch das Wort Schlachtfest drängt sich Erna jetzt auf und löst in ihr etwas ganz anderes aus. Nein – gar nichts anderes –, es ist jetzt schon ganz dasselbe in ihrem wirren Köpfchen.

»Wozu denn das viele Stroh in den Klassenräumen?« fragt Erna. »Müssen denn die Geschlachteten auf Stroh liegen?«

»Die Geschlachteten?« fragte Heinz nicht wenig verwundert. »Erna, bist du denn bei Trost? Du meinst wohl die Verwundeten? Ja, wenn du die meinst – die Verwundeten, die müssen zuerst auf Stroh liegen. Aber nicht lange, dann kommen sie in ein richtiges Lazarett mit Betten. Das hier in unserer Schule ist ja nur der Hauptverbandsplatz.«

Erna verstand von alledem nichts. In ihr war alles durcheinandergeraten. Eins aber fühlte sie sicher: das Klassenzimmer, in dem sie noch gestern Gottes Gebote gelernt und schöne Lieder zu seinem Lobe gesungen hatte, in ihm war heute ein widerwärtiges Schlachthaus eingerichtet worden.

»Komm, Erna!« sagte Heinz, »komm, jetzt gehn wir zur Feldküche! Die steht da unten bei unserem Kaufmann im Hofe. Mal sehn, was die Landser zu Mittag bekommen.«

Indessen rollen die beiden Sanka wieder auf Spiesen zu. Sie fahren langsam, denn die Straße ist glatt. Und Zeit haben sie obendrein. »Ob die Sanitätskompanie eine Stunde früher oder später wieder auf volle Stärke gebracht wird, ist einerlei«, hatte Doben beiden Fahrern ans Herz gelegt.

Kurz vor Ottweiler sind sie jetzt. Von dort bis Neunkirchen sind es achtzehn Kilometer, und von Neunkirchen bis Spiesen höchstens zwei.

Melizkat zockelt gemächlich hinter dem Sanka des Kameraden Buchholz her. Und Stabsarzt Doben ist bei seinem Thema Königsberg. Er plaudert wieder aus seiner Studentenzeit.

Bei der Pregelinsel ist Doben jetzt und bei der Alten Universität, in der Kant, der treueste aller Königsberger, die Studenten mit seiner Philosophie vertraut gemacht hat. Melizkat hört es gern. Und Schamait, den es womöglich langweilen könnte, der sitzt bei seinen Kameraden hinten im Krankenraum. Neu ist für Melizkat, daß die Mutter, mit der der Junggeselle Immanuel seine Wohnung teilte, den Herrn Professor nie anders als ›das Mannelche‹ genannt haben soll.

»Seine Grabeskapelle gehörte zu den ersten Motiven, die meinen fotografischen Ehrgeiz anstachelten«, erklärte Doben, »nicht weniger der Dom, an den sich die Kantiana anlehnt – mit Verlaub zu sagen –, etwas stilwidrig anlehnt.«

»Und an das Bronzestandbild des Weltenzermalmers Kant oben im Königsgarten, an das hat Sie also der Sendbote des Herrn Schattke nicht herangeführt?« fragte Melizkat.

»Doch, doch, Melizkat! Auch das hat er nicht vergessen. Aber ich will ehrlich sein: die Aufnahme ist verunglückt – hoffnungslos unterbelichtet –, das dunkle Metall. Aber hingeführt hat er uns schon – natürlich auch an die Universitäts-Buchhandlung ›Gräfe und Unzer‹ am Paradeplatz. Sie hat er uns sogar als die größte ganz Europas innen und außen gezeigt und vorgeführt.«

»Als die größte Europas?« fragte Melizkat. »Dann ist der junge Mann ja sehr bescheiden aufgetreten. Ganz anders da unser Robert Budzinski – Sie kennen den ostpreußischen Maler –, er nennt diese Buchhandlung sogar die größte und schönste des gesamten Planetensystems. Was sagen Sie dazu? In seinem launigen Buche ›Die Entdeckung Ostpreußens‹ können Sie das schwarz auf weiß lesen.«

»Ich kenne 's«, sagte Doben, »und auch seinen witzigen Verfasser. Ich habe ihn oft genug bei ›Gräfe und Unzer‹ angetroffen. Er fühlte sich dort wie zu Hause. Wenn ich mich nicht sehr irre, nannte er seinen Verleger immer nur ›Gräfe und Unzereiner‹.«

»Richtig!« erinnerte sich Melizkat, ›Gräfe und Unzer‹ ist ja auch Verlag und nicht nur Buchhandlung. Bei ihm ist ja auch ›Die Entdeckung Ostpreußens‹ erschienen.«

Nachdem beide eine Zeit geschwiegen hatten, begann Doben aufs neue: »Das Kantdenkmal kommt mir jetzt noch einmal in den Sinn, und zwar im Zusammenhang mit meinen Versuchen, es zu fotografieren. Der erste war, wie ich Ihnen schon gestand, vollkommen danebengegangen, der zweite war ein Bombenerfolg. Er trug der Zeitung, als deren freier Mitarbeiter ich damals galt, sogar einige Leserzuschriften ein. Auch ein empörter Leser meldete sich zu Wort. Von Pietätlosigkeit war in seinem Briefe die Rede und von einem nichtswürdigen Bubenstreich.

Natürlich war's ein Studentenulk, einer, in Weinlaune begangen. Ein bißchen derb mag er auch gewesen sein. Aber die meisten haben doch wohl über ihn gelacht, selbst Agnes Miegel, die damals Mitarbeiterin dieser Zeitung war. Und eisern geschwiegen hat sie auch darüber, wer's verbrochen hatte, dieses seltsame Bild.

Die Geschichte begann mit der Geburtstagsfeier eines Kommilitonen am hellichten Tag, im ›Blutgericht‹.

Sie kennen das berühmte Weinlokal im Keller des Schlosses.

Schon dort, im ›Blutgericht‹, hatte unsere Meute einiges Aufsehen erregt mit ihrem Jo-Jo-Spiel. Sie werden sich entsinnen, Melizkat, wie beliebt dieses billige Spielzeug damals bei allen Kindern war, dieses Bakeliträdchen, das die Geschäftsleute verschenkten, um sich bei den Kindern ihrer Kunden beliebt zu machen, dieses Röllchen mit tiefer Laufrinne an einem Faden, an dem es wie verzaubert auf und ab stieg, wenn man ihm – nur einigermaßen geschickt – den nötigen Schwung dazu gab.

Wir hatten uns an diesem Tage aus irgendeiner Laune heraus reichlich mit diesen Dingern eingedeckt. Einige von uns verstanden es sogar zweihändig zu handhaben.

Vom ›Blutgericht‹ aus begaben wir uns nun – immer jo-jo-spielend – im Gänsemarsch hinüber ins Café Schwermer, dem vornehmen Haus zwischen Münzstraße und Schloßteich Promenade. Dort vollführten wir vor dem gepflegten Kuchenbüffet zur Gaudi der weißbeschürzten und spitzenbekrönten kichernden Mädchen eine stumme Jo-Jo-Parade. Dann zogen wir sang- und klanglos wieder ab, immer Krispin, unserem besten Turner, folgend. Stillschweigend hatten wir ihm Gefolgschaft zugesagt.

Er führte uns nun durch die noch nicht allzu belebte Junkerstraße in das Café Gehlhaar. Hier bestellten wir, um unseren Schwips zu dämpfen, Mokka und zogen schließlich wieder ins Freie, in den Königsgarten nämlich, zum Kantdenkmal. Und hier endete unsere Geburtstagsfeier mit dem Knüller, auf den ich Sie so gespannt gemacht habe.

Wie Krispin auf den Sockel des Denkmals gekommen ist, weiß ich heute noch nicht. Jedenfalls stand er plötzlich neben dem mit Cülotten behosten Professor und hängte ihm ein Jo-Jochen an den lehrhaft vorgestreckten Zeigefinger.

Einige Tage später, ich glaube, am Sonnabend, da konnten's dann die Königsberger in der Zeitung lesen: ›Schon Kant spielte Jo-Jo‹ stand unter meinem Bilde.«

»Sie, Herr Stabsarzt, haben den Schelmenstreich gemacht«, platzte Melizkat heraus. »Auch ich habe das Bild gesehen. Ein mir befreundeter Kollege, ein Königsberger, zeigte es mir. Wie klein doch unsere Welt ist.«

»Es ist mein einziger Zeitungsulk geblieben, Melizkat, wirklich der einzige, obwohl kaum eine Woche verging, in der nicht irgend etwas von mir erschien – etwas Fotografiertes oder auch Gedrucktes. Nicht unter meinem Namen – beileibe nicht. Nur wenige Eingeweihte wußten, daß sich stud. med. Doben auf diese Weise seine Ditchen verdiente, die er monatlich bei Foto-Schattke für seine modernste Leica-Ausrüstung abzuliefern hatte, oder auch bei ›Gräfe und Unzer‹, damit seine Bücherrechnungen nicht unquittiert blieben.«

Melizkat sah die schwarzen Qualmwolken über den Hüttenwerken von Neunkirchen schon sehr deutlich werden – ein ungewöhnliches Bild für ihn, den Ostpreußen. Da bremste Buchholz vor ihm seinen Sanka so plötzlich, daß Melizkat Not hatte, den seinen auf der glatten Straße in der Gewalt zu behalten.

Jetzt gab Buchholz das Zeichen: Fliegergefahr, wie es Stabsarzt Doben befohlen hatte. Ohne erst den Himmel nach Flugzeugen abzusuchen, sprangen Melizkat und Doben aus dem Fahrerhaus. Melizkat lief nach hinten und ließ die Kameraden aus dem Krankenraum. Sie verteilten sich im Nu und warfen sich, wie befohlen, in den Schnee des Straßengrabens. Stabsarzt Doben stand im Schutz eines starken Baumes und wies auf zwei kleine Flugzeuge, die von Neunkirchen her rechts und links der Landstraße heranpreschten. Daß es sich um feindliche Jabos handelte, zog niemand in Zweifel; denn ein deutsches Flugzeug war schon lange zu einem Wunder am Himmel geworden. Jeden Augenblick des Angriffs gewärtig, warfen sich auch Doben und Melizkat in den Graben.

Aber die gefährlichen Vögel prasselten über sie hinweg, an ihnen vorbei, ohne sie zu behelligen. Sie verschwanden.

Stabsarzt Doben gab eine Minute später, als das Motorengeräusch verklungen war, Befehl zum Weiterfahren.

»Vorsicht ist die Mutter der Porzellankiste«, sagte Doben. »Nach unserer bösen Erfahrung von vorgestern nacht möchte ich mich nicht mehr auf die roten Kreuze verlassen. Lieber einmal öfter die Nase in den Dreck als für immer.«

Ohne noch einmal von Fliegern beunruhigt zu werden, kamen sie nach Spiesen. Von weitem schon sahen sie die Rote-Kreuz-Flagge auf dem Dach der hochgelegenen Schule wehen – für keinen zu übersehen, auch nicht für Flieger.

Während Schamait die Autobatterie ausbaute (das Thermometer am Eingang der Schule zeigte schon jetzt elf Grad unter Null), besorgte Melizkat Abendportionen und Quartierscheine für sich und Schamait. Sie kamen in zwei benachbarten Häusern unter – Melizkat bei einem Gruben-Fördermaschinisten namens Falk.

Der Weg dorthin war nicht weit. Sie gingen ihn gemeinsam und schwiegen – jeder im geheimen Erwarten, in nächster Minute Neuland zu betreten. Da war zuerst das Quartier – und nicht eigentlich zuletzt der Brief, den der Hauptfeldwebel jedem von ihnen ausgehändigt hatte, der Brief von der Frau.

Als Melizkat eintrat, saß Familie Falk schon am Abendbrottisch in der Wohnküche. »Wir haben schon den ganzen Tag auf unseren Soldaten gewartet«, empfing Frau Falk den Gefreiten Melizkat, »ganz besonders die Kinder«, und wies dabei auf Horst und Sabine.

Sofort wurde dem Ankömmling ein Platz eingeräumt. Sein empfangenes Abendbrot stellte er auf den Tisch und ermunterte zum Zugreifen. Sabinchen bot ihm daraufhin gleich ihr Lieblingsessen an: eine Saarländer Harzschmeer. Auf Melizkats Frage wurde ihm erklärt, daß das eine mit Rübensirup beschmierte Brotschnitte sei. Was eine Bodderschmeer ist, erfuhr er in einem Atemzuge. Die Kinder aßen von dem dunklen Kommißbrot.

»So sieht der Krieg also jetzt an der Westfront aus«, sagte Melizkat, um etwas zu sagen, während Horst und Sabine nach Butter und Käse griffen, die er mitgebracht hatte.

»Hoffentlich wird es nicht schlimmer«, sagte Falk, der – etwa im Alter Melizkats – als Fördermaschinist aber nicht zum Militär einzurücken brauchte.

»Schlimmer?« fragte Melizkat. »Ist es hier etwa schon schlimm?«

»Glauben Sie etwa, es geht hier bei uns ganz ohne Verluste ab? Bei Fliegerwetter haben wir höllisch unter den verdammten Jabos zu leiden. Erst gestern wieder sind auf der Durchgangsstraße zwei Soldaten und ein alter Mann durch Flieger zu Tode gekommen.

Freilich hat der Ami jetzt an der Nordfront alle Hände voll zu tun und wird sich hüten, jetzt noch einen zweiten Schwerpunkt zu schaffen. In Erinnerung bringt er sich uns aber ständig. Seine nächtliche Schießerei mit Artillerie, die stört uns so gut wie gar nicht mehr. Da schießt er zwar einmal hierhin, einmal dorthin, aber aufwachen tun wir davon kaum einmal – es müßte schon sehr nahe einschlagen. Die Städte und Dörfer in unmittelbarer Nähe der Grenze, die sind ja auch schon lange – wie das so schön heißt – evakuiert.«

Gleich nach dem Abendessen überfiel Melizkat eine

Müdigkeit, die er nicht zu bekämpfen vermochte. Obendrein zog ihn der Brief Claudias. Als die Kinder ins Bett gebracht wurden, ließ auch er sich seine Lagerstatt anweisen: ein Kämmerchen in der Mansarde mit einfachem Bett, einer Waschkommode und einem Nachttisch mit rot-beschirmtem Lämpchen.

Seit langem wieder einmal ein weißbezogenes Bett, – angewärmt, wohlig angewärmt sogar durch drei heiße Ziegelsteine. Die russischen Winter drängten sich ihm auf.

Als erstes nahm er seinen Brief aus der Tasche und legte ihn ins Bett, – ins Bett auf den obersten Wärmestein. So sollte es ihm gelingen, sich einzubilden, sie selbst, seine leibliche Frau, läge dort im Warmen und warte nur darauf, daß er sich auskleide, wasche und sich dann zu ihr lege.

Als er dann soweit war, nahm er die Steine aus dem Bett, legte sich und las den Brief:

Liebster Kurt,
nun mußt Du also doch zur Front ausrücken. Ich war wie vom Schlag gerührt, als Dein Brief mit dieser Botschaft kam. Im vorigen Brief schriebst Du doch das Gegenteil. Wo sollen meine Gedanken Dich nun suchen? Wie und wo wird Dich dieser Brief erreichen? Es ist, als löste nun ein Unglück das andere aus. Wenn Du wüßtest, wie mich die Angst bedrückt.

Unsere liebe Langgasse solltest Du jetzt sehen! Schon seit mehr als einer Woche fährt hier Tag und Nacht ein hochbeladener Bauernwagen hinter dem andern in Richtung Elbing. Es ist kaum auf die andere Straßenseite zu kommen. So gern ich auch unsere Zwillinge im Domwäldchen spazierenfahre . . . Seit Tagen vermeide ich, dieses Elend zu Gesicht zu bekommen, obwohl es Wölfchen immer wieder dorthin zieht, weil er am Domberge besser rodeln kann.

Zu Frau Gropius, die mir jetzt täglich einen Liter Milch abgibt, führt nun aber leider kein anderer Weg. Wohl oder übel muß ich da ein Stück über die Langgasse. Auf diese Weise bin ich denn heute morgen bis zum Domwäldchen neben einer Flüchtlingsfrau und ihren Pferden hergegangen. Aus der Gegend von Gumbinnen kam die Unglückliche mit Kind und Kegel. Schon ihre Vorfahren, so erzählte sie mir, seien vor zweihundertfünfzig Jahren diese Straße als Flüchtlinge gezogen, nur eben in umgekehrter Richtung – vom Salzburgischen her, wo sie wegen ihres Glaubens vertrieben wurden, nach Gumbinnen. Hier hatte ihnen der Preußenkönig eine neue Heimat gegeben. Und nun?

Treibt das Schicksal mit den Menschen zuweilen nicht grausame Spiele? Und wenn man das Radio hört, könnte man meinen, in der Welt sei alles in bester Ordnung ... Eben hieß es da kurz und bündig: ›Im östlichen Grenzgebiet scheiterten heute erneut Durchbruchsversuche der Russen.‹

Südlich Gumbinnen ... Am Kaukasus bist Du damals verwundet worden. Es ist nicht auszudenken. Und doch trinken wir noch immer von dem Kaffee, den Du mir von dort unten mitgebracht hast. Ich röste nur immer kleine Mengen von den olivgrünen Bohnen und brühe sehr sparsam – eigentlich nur, um Besuchern dann und wann damit eine Freude zu machen wie zum Beispiel heute morgen auch unseren Fischersleuten von Narmeln. Gleich nachdem ich vom Milchholen zurück war, kamen sie an – bei über zehn Grad Kälte auf dem Segelschlitten. Du kannst Dir denken, wie gut den Verfrorenen eine Tasse von Deinem Kaffee getan hat.

Ach, das muß ich Dir noch schreiben: Der Fischmeister hat unsere Narmelner mitten auf dem Haff angehalten, und ihnen damit natürlich einen mächtigen Schreck eingejagt. Aber er hat gar nicht kontrollieren, sondern nur sagen wollen, sie sollten bei der Heimfahrt vorsichtig sein. Er hatte gehört, daß Eisbrecher von Elbing bis Pillau eine dreißig Meter breite Rinne auffahren sollen. Da liegen nämlich auf der Elbinger Schichauwerft drei ziemlich fertige Torpedoboote, die man über Pillau aus der Gefahrenzone bringen will.

So haben sich die Narmelner natürlich nicht lange bei uns aufhalten können. Sie sind in die Stadt gerast, um ihre Einkäufe zu machen, und ich habe währenddessen mit dem Fernglas auf der Lauer gelegen. Von einem Eisbrecher aber habe ich nichts zu sehen bekommen. Vielleicht war auch das nur eine Parole wie so manches, was man heutzutage hört. Schlimm wär's, wenn es schon heute so um Elbing stünde.

Ich war auf eine Minute bei den Kindern, weil der Ofen zugeschraubt werden mußte. Alle drei schlafen friedlich und ahnen nichts von den Sorgen ihrer Mutter. Und der unheimliche Kanonendonner stört sie nicht.

Jetzt fällt mein Blick wieder einmal auf das fromme Buch, das mir der gute Herr Lerbs zum Trost mitgebracht hat. Es enthält die vier Bücher des Thomas von Kempen. Ich habe mich noch nicht dazu aufraffen können, von Anfang bis Ende zu lesen. Zuweilen aber – wie gerade jetzt –, wenn mir eine Stimme sagt: nimm und lies! dann schlage ich das Buch aufs Geratewohl auf. Und so sitze ich jetzt vor dem Kapitel ›Vom Nutzen der Trübsal‹. Was dort aber steht, erschüttert mich mehr, als daß es mich tröstet. ›Es ist uns heilsam‹, lese ich, ›daß wir hin und wieder einige Beschwerden und Widerwärtigkeiten haben; denn sie veranlassen den Menschen, den Blick in sein Herz zu lenken, damit er erkenne, er sei hier nur ein Fremdling und dürfe auf nichts in dieser Welt seine Hoffnung gründen . . .‹

Wenn das wirklich so ist, liebster Kurt, dann muß mir angst und bange werden. Denn Trübsal, Beschwerden und Widerwärtigkeiten haben uns doch, solange wir beieinander sind, noch nie heimgesucht. Dem Buch nach

– hätten sie also nun guten Grund, sich wie eine Lawine auf uns herabzustürzen. Was soll dann aus uns werden?

Und unser Söhnchen übt seine neue Zauberformel getrost weiter: ›Oster, Schmackoster! Fief Eier, Stöck Speck, vom Koake de Eck, denn goe'k glieks weg!‹

Er will doch diesmal alle Welt schmackostern, wenn es soweit ist. Was aber wird dann sein – dann – wenn es soweit ist?

Ich bin jetzt untröstlich und sehr müde dazu. Ich muß ins Bett. Könnte ich mich in meiner Angst doch wenigstens an Dich schmiegen, dann wäre ja alles um vieles leichter.

Schreib nur, sooft Du kannst,

Deiner Claudia

PS: Die Narmelner haben mich natürlich wieder reichlich mit Fisch versorgt und deshalb diesen Schreck vor dem Fischmeister bekommen.

Und mir wird richtig schwindlig bei dem Gedanken, es möchte kein Brief von Dir mehr zu mir finden.

Die Haffuferbahn wird beschossen

Bisher war Claudia Melizkat mit ihren Kindern jeden Tag mindestens eine Stunde in der frischen Luft, also draußen im Freien gewesen – selbst bei starker Kälte. Aber in dieser Woche hatte sie das schon zwei Tage hintereinander versäumt. Und so erschrak sie etwas, als Wölfchen sie heute unvermittelt erinnerte an das, was sie sich sozusagen zu einer Pflicht gemacht hatte. »Warum fahren wir nicht mehr ins Domwäldchen?« fragte er. »Ich möchte doch rodeln. Sag, Mutti, warum fahren wir denn gar nicht mehr?«

»Aber Jungchen«, versuchte die Mutter sich zu entschuldigen, »wie wollen wir denn über die Langgasse kommen? Dort fährt doch jetzt ein Treckwagen hinter dem andern.«

»Ich glaube, heute fahren gar keine Wagen mehr«, entgegnete der Junge. »Und am Domberge kann ich doch viel besser rodeln als hier bei uns.«

»Na gut«, sagte die Mutter und gab sich damit einen Ruck. »Gut, wir wollen fahren, damit du siehst, daß wir nicht über die Straße kommen.«

Aber schon bevor sie am Sportplatz waren, machte Claudia halt. Schon von dort konnte man Wagen hinter Wagen dahintrecken sehn.

»Bitte, weiterfahren, Mutti!« sagte Wölfchen. »Ich möchte die Leute ganz nahe sehen.«

Die Frau ließ den Zwillingswagen mit den beiden kleinen Mädchen unter einem dichtbeschneiten Baume stehen, ging vor dem Jungen in die Hocke und umarmte ihn.

»Wie bin ich froh, liebes Jungchen«, sagte sie weinerlich, »wie gut, daß dir dein kleines Herz noch nicht wehtut, wenn du dieses Elend hier an dir vorbeiziehen siehst. Ich kann das nicht mehr mit ansehen. Ich muß umkehren. Diese armen Menschen – aus der Heimat vertrieben – nein – und wir gehen hier in unseren guten Kleidern spazieren. Komm, Jungchen, laß uns zum Hafen hinabfahren! Du darfst auch deinen Schlitten an den Kinderwagen binden und dich von mir ziehen lassen.«

Wölfchen war mit seinen Gedanken jetzt gar nicht beim Schlitten. Mit ausgestrecktem Arm zeigte er auf das verwaiste Storchennest, das auf dem Dachreiter von Sankt Anna thronte. Statt eines Storches hockte jetzt eine dicke Schneehaube darauf.

»Wo sind unsere Störche jetzt, Mutti? Ich habe den Namen vergessen. Und warum ist denn der schwarze Rabe nicht mitgeflogen?« fragte er in einem Atemzuge weiter und zeigte nun auf die Krähe, die auf dem verschneiten Baume saß, unter dem seine Zwillingsschwesterchen im Wagen lagen. »Nun findet er bei dem Schnee nichts zu fressen und muß betteln. In dem Gedicht stehts. Tintenfaß heißt der Rabe da. Zu morgen müssen wir das Gedicht lernen. Mutti, warum ist der Rabe mit den Störchen nicht mitgeflogen?«

»Liebes Jungchen, das kann ich dir doch auch nicht sagen. In der Welt scheint es doch so zu sein: Der eine verläßt seine Heimat, sobald sie ihm Not bringt. Der andere bleibt trotzdem. Der schwarze Vogel dort zum Beispiel bleibt und leidet lieber Hunger und Not. Vielleicht hat er sich dorthin auf den Baum gesetzt und will uns sagen, wir sollen auch in der Heimat bleiben und nicht fortgehen wie die andern. Vielleicht will er das. Wer kann wissen?«

Noch während Claudia das sagte, brach die Abendsonne durch die Wolkenbank am Horizont und überflutete Dächer und Türme des Doms mit schwermütigem Licht. Vom plötzlichen Hellwerden erschreckt, stieß sich der schwarze Vogel vom Baume ab, unter dem die Zwillinge standen. Feiner eisiger Staub fiel dabei von den Zweigen und senkte sich auf die zarten Gesichtchen der Kleinen. Erschreckt verzogen sie die Mienen und blinzelten mit ihren Äuglein.

Auf dem Wege zum Hafen will das Bild mit dem schwarzen Vogel nicht von Claudias Augen weichen.

»Da kommt unser Fräulein«, sagte Wölfchen und zeigte unbefangen auf das junge Mädchen, das ihnen entgegenkam. Es war seine Lehrerin – voriges Jahr noch Arbeitsmaidenführerin, seit einigen Monaten zur Aushilfslehrerin aufgestiegen.

Claudia mochte sie nicht. Vielleicht, weil sie ihr Parteiabzeichen stets sichtbar als Brosche trug. Und den Trägern dieses Zeichens gab Claudia nun einmal die Schuld daran, daß ihr Mann nicht in seinem Amt hatte bleiben können.

»Frau Melizkat!« so sprach die Lehrerin die Mutter ihres Schülers heute schon von weitem an. »Frau Melizkat, ich kann nicht anders, ich muß Ihnen sagen, was ich eben durch den Vorsteher erfahren habe: Unser Nachmittagszug ist von einem russischen Panzer beschossen worden!«

Claudia glaubte, in die Erde versinken zu müssen. Der schwarze Vogel . . . denkt sie. Ich ahnte es ja.

»Stellen Sie sich doch vor, Frau Melizkat, unsere Haffuferbahn wird bei Cadinen von den Russen unter Feuer genommen. Gott sei Dank ist kein Mensch dabei zu Schaden gekommen. Aber russische Panzer hier vor unserer Tür! Halten Sie das für möglich, Frau Melizkat? Und dabei sagt das Radio heute: Die russische Panzerarmee wäre bei Deutsch Eylau zerschlagen worden, die Reste davon auf wilder Flucht in Richtung Warschau. Und nun sieht das so aus. Halten Sie das für möglich, Frau Melizkat?«

Claudia möchte die Lehrerin stehenlassen, möchte fortlaufen, nach Hause oder irgendwohin, um sich zu verkriechen. Aber sie steht wie gebannt und starrt auf den sprudelnden Mund der Lehrerin: Denn der Vorsteher wollte wissen, daß auch in Elbing selbst schon russische Panzer aufgetaucht sind und daß der eine, der den Nachmittagszug beschossen, es auf Cadinen, auf das Gut und die Majolika-Fabrik des letzten deutschen Kaisers abgesehen habe: Womöglich sei da auch ein Handstreich geplant gewesen, Prinz Louis Ferdinand und seine Frau Kira in sowjetische Gewalt zu bringen. Denn Prinzessin Kira sei ja eine Nichte des letzten russischen Zaren und somit russische Großfürstin. Und daß die Russen solch einen Fang sehr gern gemacht hätten, das leuchte doch sehr leicht ein.

Aber die Großfürstin – das wisse die Lehrerin aus dem Munde des Leibkutschers – sei schon seit Wochen mit den Kindern in Colzow in der Neumark. Sie hätten sie in Cadinen also vergeblich gesucht.

Wölfchen blickte nicht wie sonst auf den lebhaften Mund seiner Lehrerin, nein, er sah, er starrte ins Gesicht der Mutter und merkte, wie das totenbleich wurde. So etwas kannte er an der Mutter nicht. Er fing an, laut zu weinen und klammerte sich an ihr fest. Ein großes Unglück mußte geschehen sein, das fühlte er – auch wenn er nicht alles verstand, was sein »Fräulein« da alles hervorstieß.

Im tiefsten Inneren erschreckt, ließ Claudia die Mitteilsame stehen und hastete nach Haus. Gegen ihre Gewohnheit nahm sie heute den Weg durch die Kaplanstraße. Auf niemanden, an dem sie vorbeieilte, den sie aber sonst freundlich gegrüßt hätte, achtete sie. Selbst die alte Frau Gropius, die ihr täglich die Milchkanne füllte, die jetzt aus der Pfarrkirche kam, übersah Claudia in ihrer Verwirrung. Und wie sie über den Marktplatz und durch die Turmstraße gekommen war, das hätte sie niemandem zu sagen vermocht, wäre sie danach gefragt worden.

Erst innerhalb ihrer vier Wände, bei gewohnter Arbeit, beruhigte sie sich wieder einigermaßen. Die Kinder bekamen ihr Abendessen. Die Zwillinge, die durch die kalte Winterluft todmüde geworden waren, brachte sie bald zu Bett. Wölfchen wollte noch, wie er sagte, das Gedicht vom schwarzen Raben, dem Tintenfaß, auswendig lernen.

Die Mutter redete ihm das aus: »Ich weiß genau, daß eure Lehrerin noch heute verreisen wird. Morgen ist keine Schule mehr für dich, mein Wölfchen. Male dem Vater lieber ein Bild! Darüber freut er sich, wenn er es in meinem Briefe findet, den ich ihm nachher schreiben will.«

Die Haustürglocke rief Claudia nach draußen. Dort stand Lerbs, einen Brief in der Hand, einen Eilbrief mit aufgeklebten roten Streifen. Der unerwartete Brief ihres Mannes jagte ihr neuen Schreck ein. Sie bat Lerbs ins Warme, weil sie – wie sie sagte – weder ein noch aus wisse und seinen Rat brauche.

Noch auf dem Weg ins Zimmer riß sie den Brief auf, bot dem Gast hastig Platz, blieb aber selbst stehen und las:

Liebe Claudia,
ob Dich dieser Brief noch erreichen wird, ist sehr fraglich. Wenn Du ihn aber noch bekommst, dann rufe sofort Vetter Albert in Königsberg an. Schon gestern ist ein Brief an ihn abgegangen, der Deinen Hilferuf bei ihm ankündigt. Es war ebenfalls ein Eilbrief.

Ich sehe für Dich keinen anderen Ausweg mehr als den über Königsberg mit Alberts Schiff. Denn – das nehme ich als sicher an – daß man die »Heimat« einsetzen wird, um Kinder und Mütter aus der bedrohten Stadt zu schaffen. Keinesfalls wird man sie ungenutzt zurücklassen. Und Albert wird Dir gern helfen. Rufe ihn nur sofort an. Die Züge nach Königsberg dürften nicht so überfüllt sein wie die in der umgekehrten Richtung.

Wenn du wüßtest, wie mir jetzt beim Schreiben zumute ist. Ich, Dein Mann, treibe Euch aus dem Hause – dem Hause, in dem ich Euch bald wieder in die Arme schließen wollte. Aber Ihr müßt fort, und wenn es noch so schmerzt. Mehr kann ich Dir nicht sagen.

Dein Kurt

»Bitte, lesen Sie selbst!« sagte Claudia und reichte Lerbs den Brief.

»Tun Sie, was Ihr Mann schreibt!« riet Lerbs, indem er vom Brief aufblickte. »Wenn alles gut geht, bringe ich Sie morgen zum ersten Zuge.«

»Und Sie selbst, Herr Lerbs, Sie und Ihre Schwiegertochter? Wollen Sie sich nicht entschließen mitzugehen?«

»Ich für meinen Teil bleibe, wo ich geboren und alt geworden bin. An diesem Entschlusse wird sich nichts ändern. Und auch Lisa will bleiben, – schon allein wegen ihres kränkelnden Kindes. Wir sagen uns: Auch die Russen sind ja Menschen, von liebenden Müttern geboren. Und so werden Sie wohl auch wie Menschen handeln. Zudem sollen sie sehr kinderlieb sein. Wir werden also nicht fortgehen, Frau Melizkat. Aber Sie werden gehen müssen – schon allein, weil es Ihr Mann wünscht. Er wird wissen, warum.«

Claudia zog den schweren Fahrpelz ihres Mannes über und machte sich mit Lerbs zusammen auf den Weg zur Post.

»Herr Lerbs, ich muß Ihnen etwas sagen«, begann Claudia Melizkat, sobald sie die Haustür hinter sich geschlossen hatte. »Ich kann das Schreckliche nicht für mich behalten: In Elbing sind russische Panzer! Und einer ist sogar bis Cadinen vorgestoßen und hat den Nachmittagszug der Haffuferbahn beschossen. Deshalb trafen Sie mich in so schlimmer Verfassung an. Aber es war gut, daß Sie kamen, obwohl mich der Eilbrief anfänglich nicht wenig erschreckte.«

»Wer hat Ihnen die Hiobsbotschaft zugetragen?« fragte Lerbs; und Claudia berichtete vom Zusammentreffen mit Wölfchens Lehrerin.

»Nun hören Sie bitte gut zu, Melizkatchen, und lassen Sie sich von mir beruhigen: Die Panzer, von denen Sie sprechen, sind nicht mehr als fünf gewesen, beileibe kein ganzes Panzer-Korps, wie sich Ihr Bericht anhören könnte. Und vernichtet, gesprengt sind sie auch schon.

Zufällig hatte ich, bevor ich mich mit Ihrem Eilbrief auf den Weg machte, ein Telefongespräch mit dem Pächter des Elbinger Rathauskaffees. Er hat mir die Situation genau schildern können. Denn an seiner Tür sind ja die Ungetüme vorbeigedonnert. Aus allen Rohren sollen sie geschossen haben. Rathaus und Theater sollen Treffer abbekommen haben. Nun geht Elbing aber wieder seinen Geschäften nach. Sie können also beruhigt sein, Melizkatchen, beruhigt, wie es der Herr Kors am Telefon auch war.

Er läßt Sie übrigens grüßen. Er erkundigte sich auch nach Ihrem Manne, den er noch aus der Zeit kennt, da er die Turnhalle in Preußisch Holland bewirtschaftete, die Turnhalle, die auch für alle festlichen Veranstaltungen herhalten mußte.«

»Es ist gewiß sehr gut gemeint, Herr Lerbs, wenn Sie mich durch die Grüße des galanten Herrn Kors zu beruhigen versuchen. Der Panzerschreck wird mir sobald nicht aus den Gliedern weichen.«

»Hätten die Russen Elbing besetzt oder auch nur eingeschlossen, dann stünde der Flüchtlingsstrom in unserer Langgasse längst still. Da aber alles seinen früheren Verlauf nimmt – nehmen Sie es bitte als Zeichen dafür, daß in Elbing alles in Ordnung ist!«

Eine Viertelstunde später warf Claudia einen Privateilbrief an ihren Mann in Spiesen in den Postkasten. Es war nur ein Zettel im Umschlag, mit dem sie Kurt das Ergebnis des Gespräches mit Vetter Albert sofort mitteilte: Seit mehr als einem Jahr verfüge Albert nicht mehr über die ›Heimat‹. Sie pendele seitdem als Lazarettschiff an der Ostseeküste. Außerdem läge sie in diesen Tagen mit Maschinenschaden auf der Schichauwerft in Danzig. Diesem Sachverhalt fügte sie noch Grüße vom Vetter hinzu und kurzen Bericht von der wenig erfolgreichen Nachoperation am steifgebliebenen Knie des Verwandten, das er zum Andenken an seine erzwungene Teilnahme an der Belagerung Leningrads zurückbehalten hatte.

Als Claudia ihren Heimweg antrat, empfing sie wieder das Knarren, Pfeifen und Schlagen der schwerbelasteten Wagenräder, das seit Tagen die gesamte Langgasse erfüllte. Elbing mußte also doch wohl frei sein von Russen; wie könnte sonst die riesenhafte Wagenschlange noch immer vorwärtskriechen. Und der Radiobericht von der großen Panzerschlacht bei Deutsch Eylau und dem panikartigen Rückzug der Russen in Richtung Warschau stimmte womöglich doch. Und die fünf Panzer, die Claudia so panischen Schreck einjagten und in Elbing vernichtet wurden, es waren wohl doch nur ein paar nach Norden abgedrängte Versprengte.

Heimwärts ging Claudia dem Flüchtlingsstrom auf der Domseite entgegen und wollte die Langgasse erst in der Nähe des Hotels Kopernikus überqueren. Dort am Hause der Apotheke hing ein großes Thermometer. Es schien sehr kalt werden zu wollen; schon jetzt hefteten sich die Naseninnenwände beim Atmen aneinander. Claudia schätzte auf mehr als zehn Grad.

Um für das Überqueren der Langgasse einen größeren Wagenabstand abzuwarten, blieb sie der Kopernikus-Apotheke gegenüber eine Zeit stehen und ließ den traurigen Zug ein ganzes Stück an sich vorüberzockeln. Die meisten der marschfähigen Erwachsenen schienen neben den Fuhrwerken her zu gehen – wahrscheinlich, um es den Zugtieren zu erleichtern. Denn bald mußte es zu den Elbinger Höhen hinaufgehen. –

Am nächsten Morgen brachte Lerbs Claudia Melizkat ein Päckchen ins Haus. An den sauberen Schriftzügen der Adresse erkannte Claudia die Butterspende Tante Gertruds, die meist zweimal im Monat der Post in Liebstadt anvertraut wurde und regelmäßig einen Tag später am Frischen Haff eintraf. Daran hatte sich also nicht das geringste geändert. Wie sehr sich Claudia auch sonst über die Spende gefreut hatte – heute regte sie sich auf über die Pünktlichkeit, mit der das Päckchen ins Haus kam –, daß Tante und Onkel überhaupt noch an die Butter gedacht hatten.

Achtlos warf Claudia das steinhart gefrorene Stück Butter auf die Spiegelkonsole im Hausflur und nötigte Lerbs ins warme Zimmer.

»Die ganze Nacht habe ich kein Auge zugetan«, klagte sie bebend. »Gestern abend, nachdem ich von der Post zurück war, kamen nun auch Frau Gehlhaar und Irene Klein und verabschiedeten sich von mir. Sie meinten, das mit dem Sieg bei Deutsch Eylau, das sei nur ein großer Bluff. Die Russen wären im Anmarsch auf Elbing. Am Näherkommen des Kanonendonners könne man das deutlich erkennen. Nur noch Tage – und Elbing sei eingeschlossen und damit die Verbindung mit dem Westen abgeschnitten. Die beiden haben mir so ins Gewissen geredet, daß ich nun an mir selbst irre geworden bin. Der Gedanke, mit meinen Kindern tage-, womöglich wochenlang in der Kälte umherziehen zu müssen – schon dieser Gedanke allein droht, mich wahnsinnig zu machen. Lerbs, bitte, reden Sie mir ein, daß die einzige Chance, dieses Unglück zu überleben, nur darin bestehen kann, daß ich zu Hause bleibe!«

»Das eine ist sicher«, sagte Lerbs, »wenn Sie versuchen, jetzt noch mit der Bahn nach dem Westen zu kommen, das bedeutet Selbstmord. Den Elbinger Bahnhof belagern, wie ich hörte, fünf- bis sechstausend Menschen. Was ist da schon ein Zug, den man dann und wann auf die Beine bringt, um die bedrohte Stadt zu entvölkern. Es muß dort geradezu menschenunwürdig zugehen, sobald ein Zug in die Bahnhofshalle gefahren wird. In wenigen Sekunden, lange bevor die Räder zum Stehen kommen, sind die Abteile von jenen erstürmt und besetzt, die weder Kinder noch viel Gepäck bei sich haben. So gern ich Ihnen dabei auch zu einem Platz verhelfen möchte ... Ich sagte es schon: es muß dort menschenunwürdig zugehen.

Und dabei sind die wenigsten aus der Stadt selbst, die auf Abtransport warten. Von den Elbingern gehen ja die meisten noch ihrer Arbeit, ja, sogar ihrem Vergnügen nach.

Während am Bahnhof das Faustrecht herrscht, und alles drunter und drüber geht, gehen die Elbinger ins Kino und ins Kaffeehaus. Man hält es nicht für möglich.

Ella Kriegel, die Tochter meines Nachbarn, sie erzählte mir das höchst freimütig. Auch sie stand vor den Kinobildern, als die sowjetischen Panzer, aus allen Rohren ballernd, vorbeidonnerten. Und auch sie hätte sich den Film »Opfergang« angesehen, wären die russischen Panzer nicht dazwischengekommen. Denn die Novelle von Rudolf Binding, nach der dieser Film gedreht ist, die habe ihr doch so sehr gut gefallen. Und zudem wäre es auch ihr erster Farbfilm gewesen, den sie dann gesehen hätte – wenn ... eben, wenn ihr die sowjetischen Panzer nicht Angst und Schrecken eingeflößt hätten.«

»Lieber Lerbs«, beklagte sich Claudia, »was die Elbinger tun und Ella Kriegel treibt, das weiß ich nun zwar. Was ich selbst aber tun soll, das wollen Sie mir anscheinend nicht sagen.«

»Melizkatchen, es fällt mir schwer, jemandem zu raten, dem eigentlich geholfen werden müßte. Wenn Sie mir aber die Pistole auf die Brust setzen, dann rate ich Ihnen, das zu tun, was Ihr Mann Ihnen dringend empfiehlt. Lesen Sie seinen Eilbrief noch einmal, den ich Ihnen gestern abend gebracht habe!«

Trecks, Trecks, Trecks

»Gott sei Dank!« sagte Brigitte Gardau, als sie an der gelben Ortstafel »Königsberg Pr.« vorbeifuhren.

»Jubele nicht zu früh, Kind!« warnte die Doktorin. »Bis zur Lawsker Allee ist es noch weit. Wir müssen durch die ganze Stadt. Und die scheint vollgestopft zu sein von Flüchtlingsfuhrwerken. Seht euch das doch nur an! Es ist doch schon jetzt kaum noch vorwärts zu kommen. Wären wir doch um Königsberg herumgefahren – die Ringchaussee, über Amalienau . . .«

Sie mußte ihre Rede abbrechen und den Wagen dicht an den Straßenrand steuern und schließlich sogar anhalten. So wurde sie von entgegenkommenden Bauernfuhrwerken bedrängt – von einem sogar geschrammt. Es dauerte lange, bis sie es wagen konnte weiterzufahren.

»Wären wir doch nur die Ringchaussee gefahren. Wo wir jetzt sind, ist erst der Vorort Ponarth, aus dem das berühmte Ponarther kommt. Dort, rechter Hand seht ihr die Brauerei. Das ist die, die in ganz Ostpreußen die Plakate ›Ponarther Bier‹ aufgehängt hat. Wie es aussieht, brauen die sogar noch. Die Schornsteine rauchen doch.«

»Was ist denn das?« unterbrach Brigitte ihre Mutter und zeigte auf ein eigenartiges Gebäude. »Das sieht ja aus wie ein richtiges Aquarium.«

»Ein modernes Restaurant«, erklärte die Mutter. »Ich glaube ›Südpark‹ nennt sich's. Dort wird's wohl das Ponarther Bier aus erster Hand geben.«

Je mehr sich der Wagen auf der Berliner Straße dem

Stadtkern näherte, um so langsamer kam er vorwärts. Schließlich, kurz vor dem Abzweig zur Brandenburger Straße, ging es stadteinwärts überhaupt nicht mehr weiter, so viele Fuhrwerke und Fußgänger drängten aus der Stadt hinaus in Richtung Elbing. Die Polizei rät, die Vorstädtische Langgasse über die Dirschauer und Posener Straße zu fahren und leitet in die Brandenburger Straße ein.

Auf diesem Umwege rollte der Olympia langsam aber ohne nennenswerte Aufenthalte dem Hauptbahnhofe zu. Erst bei der Einfahrt zum Tunnel der langen Eisenbahnunterführung kam es zu einem größeren Wagenstau, mit dem die Polizei erst nach längerer Zeit fertig wurde. Als dann der Wagen endlich aus dem Dunkel der Unterführung am Ostflügel des Bahnhofes wieder ans Tageslicht kam, bot sich den drei ein erschreckendes Bild: Der sonst so schöne große Bahnhofsvorplatz mit seinen vielen Rasenflächen, Blumenbeeten und -rabatten, er war zu einem wüsten Heerlager geworden. Bauernwagen an Bauernwagen – wie hoffnungslos ineinander verkeilt – Heu und Stroh verstreut – an vielen Stellen aufsteigender Rauch – ein riesenhaftes Zigeunerlager.

Auch hier am Rande des unheimlichen Lagers züngelt ein Feuer. Vermummte Kinder stehen im Kreise und wärmen sich. Zwei Frauen in Männerhosen halten an langer Stange eine Batterie von Kochgeschirren über die Flammen. Eine vollbesetzte Straßenbahn sägt sich unter ständigem Gebimmel eine schmale Gasse durch die zähe Masse. Sie kommt vom Bahnhof und will zur Stadt, zur Vorstädtischen Langgasse, durch die auch die Ärztin mit ihrem Auto fahren muß.

Und dort in der Langgasse steht, dicht gedrängt, Wagen an Wagen, – alle mit dem Gesicht zum Oberhaberberg. Sie stehen, als sei ein Ruhetag angeordnet. Warum bewegt sie sich nicht vorwärts, diese Riesenschlange? Hat ihr etwa der russische Zyklop den Kopf schon abgeschlagen?

Die Königsberger scheinen sich aber derlei Fragen nicht zu stellen. Sie gehen, wie ihr Oberhaupt befiehlt, still ihrer Arbeit nach. Die Geschäfte, soweit sie im letzten Sommer nicht durch englische Bomben zerstört wurden, sind geöffnet. Aus Kriegsmehl backt der Bäcker Brot und Kuchen. Wie eh und je klappert der Friseur mit Schere und Kamm. Für morgen früh hat seine Frau schon zwei Dauerwellen angenommen. Und die Drehtür des Kaffees an der Ecke Kaiserstraße steht nur für Sekunden still.

»Mutti, sieh doch!« sagt Brigitte und zeigt über ein hochbeladenes Bauernfuhrwerk hinweg auf das Kinoplakat, »sieh, der Film Kolberg läuft auch hier.«

Von der Krämerbrücke aus werfen sie einen Blick auf den Hafen. Ein Eisbrecher fährt dort hin und her, damit der Betrieb nicht einfriert.

Am abschüssigen Gesekusplatz streuen städtische Arbeiter frischen Sand. Trotzdem kommt ein Fuhrwerk ins Rutschen. Die Arbeiter springen der Bauersfrau bei und zwingen die Ärztin zum Bremsen und Halten.

Während sie halten muß, liest sie links am Haus ein Schild. Mit ungelenken Druckbuchstaben bietet es Königsberger Fleck an; »heute ohne Marken«, steht darunter. Aus den wartenden Bauersleuten hat sich vor dem Laden schon eine Menschenschlange gebildet.

»Was ist Königsberger Fleck?« will Brigitte wissen, während die Mutter wieder anfährt.

Auf dem Abzweig Steindamm – Kniprode-Straße ist ein Wehrmachts-LKW mit einem Bauerntreck zusammengefahren. Der Doktorin ist es deshalb nicht möglich, den kürzesten Weg über die Kniprode-Straße zu den Hufen zu nehmen. Sie muß auf dem Steindamm bleiben und über den Hansa-Ring weiterfahren.

»Dort rechts seht ihr den Haupteingang zum Königsberger Messegelände«, erklärt die Mutter wie der Führer einer Reisegesellschaft. Dabei erwähnt sie auch die Fußgängerbrücke, die zu jeder Messe quer über die verkehrsreiche Straße hinweggebaut wird, damit man vom eigentlichen Messegelände zur Ausstellung auf dem Trommelplatze kommen kann.

»Und dort halbrechts vor uns seht ihr das große Empfangs- und Verwaltungsgebäude des Königsberger Nordbahnhofs. Es ist erst nach dem Ersten Weltkriege entstanden. Betrachtet die schöne klare Front! Hinter dem linken Drittel verbirgt sich ein sehr schönes Hotel, das sogenannte Christliche Hospiz, in dem ich damals mit Vater auf unserer Ostpreußenreise gewohnt habe.«

Auf das merkwürdige Denkmal vor den Gerichtsgebäuden brauchte die Doktorin ihre Mädchen gar nicht erst hinzuweisen. Sie bewunderten die beiden aufeinanderlosgehenden Stiere, und Brigitte erklärte Elke sogar, was die bronzenen Tiere auf dem Sockel dem Beschauer sagen sollten.

Als sie dann am Zoo waren, begann es zu schneien und damit auch stark zu dunkeln, so daß sie in der Lawsker Allee das Quednausche Haus beinah übersahen. Brigitte war es, die das weiße Emailleschild am Pfeiler der Gartentür im letzten Augenblick noch erblickte. Über das »Dr. med. Bertram Quednau, praktischer Arzt« war der bekannte rote Streifen geklebt; *»Praxis wegen Einberufung geschlossen.«*

Andreas, der vierzehnjährige Sohn der Eheleute Quednau, war im Begriff, das Haus zu verlassen, – genau in dem Augenblick, da die Gardaus vorfuhren. Andreas erkannte den Wagen, sprang hinzu, riß die Tür auf, und Brigitte wäre herausgefallen, wenn er sie nicht aufgefangen hätte.

»Nein, Tante Judith, noch nicht aussteigen! Bitte, fahr deinen Wagen erst in die Garage! Ich hole den

Schlüssel und sage Mutter Vera Bescheid, – dauert nicht länger als zwei Minuten.«

»Mit eurem Kommen habe ich nicht mehr gerechnet«, begrüßte Vera Quednau ihre Freunde. »Ich vermutete, daß ihr schon längst über die Weichsel hinweg seied, schon irgendwo bei Berlin. Warum habt ihr nicht wenigstens noch einmal angerufen und Bescheid gesagt? Aber nun erst mal 'rein mit den Rumtreibern, – an den warmen Ofen mit ihnen!«

»Wie oft habe ich unterwegs versucht zu telefonieren, – immer ohne Erfolg. Solchem Andrang ist das ostpreußische Fernsprechnetz nicht gewachsen. Es ist jetzt wohl restlos zusammengebrochen.«

»Vor drei Tagen habe ich noch mit Bertram in Danzig gesprochen, und in der Stadt kann man auch heute noch telefonieren«, sagte Vera Quednau.

»Ach, liebe Vera, hättest du jemals für möglich gehalten«, brach Judith Gardau in lautes Weinen aus, indem sie die Freundin umhalste, »mich und die Kinder so vor dir zu sehen, – als Flüchtlinge mit drei Koffern und einigen Decken?«

Sie ließ vom Hals der Freundin ab und setzte sich. Die Kinder blieben erschrocken stehen, bis sie von Andreas hinaus in die Diele gerufen wurden.

»Du fragtest mich, ob ich es jemals für möglich gehalten hätte, dich so wie heute vor mir stehen zu sehen. Auf diese Frage weiß ich keine rechte Antwort, liebe Judith. Aber du weißt ja, daß ich von allem Anfang an Schlimmes befürchtet und das Unheil auch seit Jahren habe auf uns zukommen sehn. Deshalb trifft mich das Schreckliche jetzt vielleicht weniger überraschend als dich.

Aber laß uns jetzt nicht über solche unzeitgemäßen Dinge reden. Jetzt berichte erst mal! Aus dem, was du mir da am Telefon angedeutet hast, bin ich nicht recht klug geworden.«

»Es ist auch besser so«, sagte die Doktorin. Bitte, erspare mir heute, das Schreckliche ein drittes Mal zu erzählen. Es war wirklich schlimm, sehr schlimm, glaub mir, Vera. Ich kann's –, ich will heute nicht mehr darüber reden, – vielleicht später einmal.«

»Nun«, entgegnete Vera Quednau, »dann wollen wir über das reden, was uns erwartet. Es wird nicht rosig sein, aber vielleicht doch etwas erträglicher als das, was die meisten anderen nun durchmachen müssen.

Bertrams Lazarettschiff liegt mit Maschinenschaden in Danzig bei Schichau. Hätte die Maschine bis Königsberg durchgehalten, wäre Bertram heute hier bei uns. Und wir hätten es bequemer gehabt, an Bord zu gehen. So müssen wir übermorgen eben nach Pillau, ihr auch. Er will auch euch mitnehmen. Dich kann er sehr gut im Sanitätsdienst verwenden. Wir haben miteinander gesprochen – gleich nachdem du von Allenstein angerufen hattest. Es wird wohl die letzte Fahrt sein, die sein Schiff hierher nach dem Osten macht. Ich soll Bertram noch eine Reihe Instrumente mitbringen. Du wirst mir helfen, sie auszusuchen.«

»So sitzt er also wenigstens im Warmen, dein Bertram fiel ihr die Doktorin ins Wort, »wenn ich dagegen an Helmut denke . . .«

»Ach ja! Verzeih, daß ich mich noch mit keinem Wort nach ihm erkundigt habe. In der zweiten Adventswoche schrieb er uns das letzte Mal. Aus der Treuburger Gegend kam sein Brief.«

»*Ich* bekam seinen letzten Brief aus Lötzen. Ob er dort mit seiner Truppe liegt oder auf einer Dienstreise war, ging aus seinem Briefe nicht hervor. Dafür hat er aber unsere gemeinsame Masurenreise um so ausführlicher erwähnt. Das Lötzener Kurhaus, in dem wir damals einige Tage gewohnt und eines Sonnabends sogar getanzt haben, schreibt er, das sei schon einige Jahre vor dem Kriege abgebrannt. Nichts stehe jetzt mehr an dieser Stelle. Klein Rauschen aber, das habe sich bedeutend vergrößert.«

»Klein Rauschen?« fragte Vera Quednau. »Ich kenne Rauschen aber kein Klein Rauschen.«

»Es ist nur ein Strandbad am Stürlacker See – auf halbem Wege zwischen Lötzen und Rastenburg, – nicht so bedeutend, wie es klingt. Ein gewitzter Wirt hat es dort am See aufgebaut, – zuerst nur ein paar Verkaufsbuden und dann immer mehr und stabiler. Und von allen Ecken strömten sie dann herbei, die Badelustigen . . .«

»Und heute«, fiel ihr die Freundin ins Wort, »heute kämpfen diejenigen, die sich damals ahnungslos am Strande ergingen, am selben Ort womöglich schon um ihr nacktes Leben. Denn im gestrigen Wehrmachtsbericht hieß es lakonisch: ›Im östlichen Teile Ostpreußens verlagerten sich die Kämpfe an die Masurische Seenplatte‹. Wie leicht sich das ausspricht; Kämpfe verlagern sich.«

»Das schöne Lötzen«, jammerte die Doktorin. »Und in Rudzanny . . . über Rudzanny ist der Krieg vielleicht schon hinweggegangen, und die Russen sitzen womöglich schon im Kurhaus und in dem schönen Gästehaus daneben, in dem ich mit Helmut damals auch über eine Woche gewohnt habe . . . Man muß ganz und gar abschalten, um nicht wahnsinnig zu werden.«

»Ja, abschalten!« sagte Mutter Vera zu Andreas, der jetzt mit den Mädchen wieder ins Zimmer trat. »Andreas, schalte das Radio ab! Es lügt uns ja doch nur an.

Und dann, Andreas, geh' gleich daran und heize Vaters Praxisräume für unseren Besuch gut ein. An Kohlen spare nicht! In den letzten Tagen wollen wir es wenigstens richtig warm haben. Wenn alles gut durchgeheizt ist, dann holst du Brigitte und Elke und führst den Mädchen deine Eisenbahn vor!

Hoffentlich kommt keine Stromsperre dazwischen, dann müßte die Vorstellung natürlich ausfallen.«

»Seit wann gehört denn die Eisenbahn dem Andreas?« fragte Brigitte entrüstet. »Mutti sagt immer: die Eisenbahn gehört Onkel Bertram und kein anderer darf mit ihr spielen.«

»So war das einmal, liebes Brigittchen. Andreas ist inzwischen bald fünfzehn geworden und weiß nun auch, wie man mit so komplizierten Dingen umgeht. Während seines letzten Urlaubs hat Onkel Bertram einen ganzen Tag dafür genommen und mit Andreas alles aufgebaut und dem Jungen gezeigt, wie alles gehandhabt wird. Und nun wird euch eben Andreas an Onkel Bertrams Stelle das Schauspiel mal vorführen.«

»Schauspiel?« fragte Brigitte streng. »Wir sind doch nicht im Theater, Tante Vera.«

»Nun, es gibt auch andere Schauspiele, – nicht nur welche auf der Bühne, – Schauspiele der Technik zum Beispiel, wie Onkel Bertrams Modell-Eisenbahn nun einmal eins ist.«

»Nun gut«, sagte Brigitte, »sehen wir uns also ein Schauspiel der Technik an! Ist mal was anderes. Können wir Mädels nicht gleich mitgehn, Tante Vera, und Andreas bei seiner Arbeit helfen?«

»Das dürft ihr halten, wie ihr wollt. Tut so, als wäret ihr ganz allein im Hause! Also geht schon und sagt Andreas, daß auch das Bad kräftig geheizt werden muß! Wir sorgen inzwischen für das Abendessen.«

Als die Mädchen gegangen waren, begaben sich die beiden Frauen in die Küche.

»Wie selbstbewußt sich deine Brigitte schon gibt«, stellte Vera Quednau fest, während sie sich um das Feuer des Herdes kümmerte. »Und wie fraulich sie geworden ist, seitdem ich sie das letzte Mal sah. Wie alt ist das Mädel? Doch höchstens dreizehn, wenn ich richtig rechnen kann.«

»Nächste Woche wird sie das«, sagte Brigittes Mutter, während sie sich eine rote Küchenschürze vortat. »Ja, dreizehn . . . Und für fünfzehn oder gar sechzehn wird sie immer gehalten. Klassisches Beispiel von Akzeleration. Ach Gott, Vera, ich müßte mich ja auch viel mehr mit den Mädels befassen«, gestand Doktorin Gardau bedauernd, – »und ganz besonders eben mit Brigitte, das werfe ich mir in letzter Zeit sehr oft vor. Wie sollte man es denn aber machen, wenn man so in den Sielen stand wie ich?«

»Damit wird's wohl bei allen berufstätigen Frauen hapern«, tröstete Vera Quednau, – »bei dir natürlich besonders durch deine Praxis. Die kommende Zeit wird dir aber wohl genug Gelegenheit geben, dich um Elke und Brigitte zu kümmern. Tröste dich damit!

Nur erfreulich«, fuhr Vera Quednau fort, »ja, erfreulich – möchte ich sagen, daß ich's nicht allein bin, die sich in so schwerer Zeit wie jetzt Gedanken um Kindererziehung macht. Denn die Erziehung ist nun einmal eine Sache, die den Einsatz des ganzen Menschen verlangt. Verstehst du, Judith – des ganzen Menschen!«

»Aber Vera!« entgegnete die Doktorin, »Vera, ich bitte dich! Was redest du da? Bist du plötzlich unter die komischen Leute, die Pädagogen, gegangen? Es fehlt nur, daß du mir empfiehlst, die Philanthropen zu studieren, – jetzt, da wir uns vor Sorgen und Ängsten kaum zu lassen wissen . . .«

»Verzeih, liebe Judith, wenn ich mich in meiner Ausdrucksweise etwas vergriffen haben sollte. Eigentlich wollte ich damit nur andeuten, daß mir so manches durch den Kopf gegangen ist, – und das gerade in letzter Zeit . . .

Du wirst es gewiß schon bemerkt haben, daß mich Andreas neuerdings mit meinem Vornamen anredet«, berichtete Vera Quednau, während sie Brot aufschnitt. »Ganz plötzlich fing er damit an. Zuerst wollte mich sein

Ansinnen schockieren, und ich tat so, als hörte ich's nicht. Aber irgend etwas warnte mich, dem Jungen glattweg zu verbieten. Ich dachte lange darüber nach. Und schließlich habe ich ihn sogar zu seinem Einfall beglückwünscht. Glaubst du, Judith, – was mich daran anfänglich schockierte ... heute klingt's mir sogar angenehm in den Ohren.«

»Wenn ich offen sein darf, ... für mich behält dieses *Mutter Vera* einen komischen Beigeschmack. Aber immerhin – es ist ja nicht meine, sondern deine Sache. Hoffentlich will er dich später nicht auch noch Geliebte nennen.«

»Dein Spott kommt mir nicht unerwartet. Und dennoch bitte ich dich, einmal gründlich zu überlegen, ob deine Abneigung nicht auf hergebrachten Vorurteilen beruht: Wer von uns spricht seine Tante zum Beispiel nur mit Tante an? Mir klänge es jedenfalls recht komisch, ließe Elke oder Brigitte bei ihrer Anrede das Vera fort. Erginge es dir nicht ebenso, wenn Andreas bei seiner Anrede deinen Vornamen unterschlagen wollte?

Warum soll es partout ungehörig sein, wenn sich Erwachsene und Heranwachsende mit dem Vornamen anreden. Alles ist Gewohnheitssache, – auch umgekehrt natürlich: In Polen ist es zum Beispiel heute noch Sitte, daß die Kinder ihre Eltern mit dem höflichen *Sie* anreden. Wie recht hat Schiller mit seiner Behauptung: ›*denn aus Gemeinem ist der Mensch gemacht, und die Gewohnheit nennt er seine Amme*‹.«

»Wenn man's so hört, möcht's leidlich scheinen ...«, zitierte die Doktorin ihrerseits und räumte dabei das Geschirr, das sie eben abgetrocknet hatte, in den Schrank.

»Jedenfalls bin ich heute froh, daß ich auf Andreas' Wunsch eingegangen bin«, erwiderte Mutter Vera, während sie die geschnittenen Brotscheiben auf einer Holzschale ordnete, »daß ich sein Verlangen sogar gebilligt, gutgeheißen habe und ihm nicht schroff entgegengetreten bin, wie ich's im ersten Schreck beinah getan hätte. Denn durch solche schroffen Verbote und Absagen legen wir Erwachsenen nur zu leicht die Grundsteine zu den gefährlichen Staudämmen im natürlichen Flußbett des Lebens unserer Kinder. So ungefähr habe ich das vor kurzem bei einem Psychoanalytiker mal gelesen. Und ich glaube, er hat sehr recht. Deshalb habe ich mir seine Worte auch so gut gemerkt.«

Judith Gardau legte die Messer und Gabeln, die sie in den Händen hatte, energisch auf das Tablett, so daß es laut rasselte. Sie unterbrach ihre Arbeit, zog sich einen Stuhl heran, setzte sich und sagte: »An dir ist ein Psychiater verlorengegangen, Vera! Wenn ich dich recht verstehe, dann hätte meine Brigitte also gar nicht so unrecht, daß sie mir vorwirft: Ihr Erwachsenen seht eure Kunst vornehmlich darin, den Kindern zu verbieten, was ihr aber bedenkenlos selbst tut.

Es war am Nachmittag vor der Katastrophe, als sie mir das ins Gesicht sagte, – nicht mit den gleichen Worten – aber dem Sinne nach. Ich hatte sie, als ich unverhofft heimkam, beim Zigarettenrauchen ertappt, – sie und ihre beiden Klassenkameradinnen. Sie kamen in letzter Zeit bei uns zusammen, um ihre Schulaufgaben gemeinsam zu machen.

Wenn ich dich also recht verstehe, hätte ich mich da, statt ihnen eine Philippika zu halten, zu ihnen setzen sollen und mitrauchen.«

»Offen gesagt – ja! Das wäre meiner Meinung nach das klügste gewesen«, sagte Mutter Vera, als spielte sie ihren höchsten Trumpf aus. »Siehst du denn gar nicht ein, wieviel du bei den Mädchen gewonnen hättest, wäre dein Mitmachen vom richtigen Geiste beseelt gewesen. Wahrscheinlich hättest du sie auf diese ungewöhnliche Weise eher vom Rauchen kurieren können als durch deine Strafpredigt.«

»Vera, darf ich dir sagen, wie erstaunt ich bin, daß du dich neuerdings mit solchen Problemen beschäftigst, und das, während wir auf rauchendem Vulkan sitzen. Laß mich mehr hören von deiner neuen Weisheit, wenn wir aus diesem Dreck heil herausgekommen sind. Jetzt kann ich so schwere Kost nicht mehr verdauen. Zwei Nächte so gut wie nicht geschlafen . . .«

»Freilich, Judith«, fiel ihr Mutter Vera ins Wort, »das hast du ja noch gar nicht erzählt, warum ihr erst so spät angekommen seid.«

»Diese Trecks, Vera! Von Guttstadt an war kein Vorwärtskommen mehr. Und von Kilometer zu Kilometer wurde das schlimmer. Wie ein böser Alptraum kommen sie mir jetzt vor, diese hochbeladenen Bauernwagen. Trecks, wohin man sah, und Trecks, wohin man fuhr. Und in der Gegend von Wormditt schienen sie sich alle ein Stelldichein geben zu wollen. Es war schrecklich – und durch die kleine Stadt selbst war kaum hindurchzukommen.

Bauernwagen an Bauernwagen – rings um das alte schöne Rathaus. Wäre es doch nur nicht so verschandelt worden durch die häßlichen Hakenbuden . . .«

»Hakenbuden? – was sind denn das für Dinger«, fragt Mutter Vera dazwischen. »Haben die womöglich was mit dem Hakenkreuz zu tun?«

»Spotte nicht, Vera! Jetzt sind das gar keine richtigen Buden mehr. Sie heißen nur noch so. Jetzt sind das richtige, massive kleine Geschäftshäuser. Früher aber, da waren es Verkaufsbuden, wie man sie auch heute noch auf Märkten findet, – nur daß man sie immer stehen ließ und – damit sie der Wind nicht umriß – mit Eisenhaken an der Mauer des Rathauses befestigte. Der untere Teil des alten gotischen Rathauses ist durch diese stilwidrigen Häuser so gut wie verbaut und verdeckt. Aber die Russen werden ihre Freude an ihnen haben.

Und in diesen kleinen Läden – was glaubst du –

welcher Betrieb, – auch in den Geschäften unter den Lauben. Einer gab dort dem andern die Tür in die Hand: Flüchtlinge und Einheimische. Jeder suchte sich noch schnell vor Toresschluß mit diesem und jenem zu versorgen. Warme und wärmende Getränke, Seile, Werkzeuge – aber auch nach Brot fragten zuweilen schon manche, – und nach Möglichkeiten zu telefonieren.

An der Post stand dazu schon eine ganze Reihe an. Und ich stellte mich dazu, um noch einmal mit dir sprechen zu können. Mein Anstehen wäre zwar – wie ich bald einsah – vergeblich gewesen, aber das Schicksal spielte mir so eine reichliche Menge Benzin- und Ölmarken in die Hände. Mein Nachbar in der Reihe bot sie mir an, als er hörte, ich sei mit dem Auto unterwegs.

Auf seinen Rat hin brach ich also mein Anstehen ab und fuhr nun statt nach Norden geradewegs nach Westen. Wir hofften so, dem Russen über Elbing und Marienburg noch durch die Lappen gehen zu können. Und das wäre wohl auch gelungen, wenn ich mir in Göttchendorf nicht den Kühler durchstoßen hätte.

Zu diesem Pech kam uns dann auch noch die Alarmmeldung zu Ohren, daß die Russen ein Luftlandeunternehmen planten, um Elbing so schnell wie möglich in Besitz zu nehmen. Und Elbing – so hieß es – bereite sich vor, den sowjetischen Angriff blutig abzuschlagen.

Wer hat Lust, aus dem Regen unter die Traufe zu kommen. Wir drehten und fuhren wieder in Richtung Königsberg, – mit waidwundem Kühler, unter ständigem Dampfabblasen. Unterwegs hatte zwar ein Vierzehnjähriger in der Werkstatt seines gefallenen Vaters versucht, uns zu helfen. Aber er hatte den Kühler nicht so gut löten können, daß er dichthielt. Unser zischender Olympia machte weiterhin die Bauernpferde scheu. In Zinten endlich kamen wir an einen alten Mann vom

Fach, der den Schaden heilen konnte. Leider aber haben wir nun keinen Frostschutz mehr im Kühlerwasser. Wie gut, daß ich rechtzeitig daran denke. Ich muß noch einmal in die Garage und das Kühlwasser ablassen. Sonst reißt mir der Frost womöglich noch Kühler und Motorblock auseinander. Davor hat mich der alte Mann ausdrücklich gewarnt.«

Unteroffizier Thimm muß noch einmal nach Sauerbaum

Während des ganzen Krieges hatte das Dorf Pohiebels auch nicht annähernd so viele Soldaten zu sehen bekommen wie heute.

Nicht anders ging es den Dörfern Groß- und Klein Stürlack, Queden und Mertenheim, die ebenfalls an der Chaussee Lötzen – Rastenburg liegen.

Schon lange bevor es hell wurde, hörten die, die unmittelbar an der Durchgangsstraße wohnten, das dumpfe Getrommel unzähliger Nagelstiefel, in das sich unentwegt das Klappern von Seitengewehren, Schanzzeugen und Gasmaskenbüchsen mischte.

Dieses unaufhörliche Marschieren in Richtung Rastenburg . . ., was mochte das zu bedeuten haben? Gewiß war es wieder so eine geheime Maßnahme des Führers und Obersten Kriegsherrn, der noch vor kurzem seine berühmte Wolfsschanze hier ganz in der Nähe hatte.

Den meisten ist es zu kalt, einmal vors Haus zu treten und nach den Kolonnen zu sehen, die ununterbrochen vorbeimarschieren. Sie schaben und hauchen sich lieber Löcher in die dicke Rauhreifschicht ihrer Fenster. So können sie *auch* sehen, was sich dort auf der Rastenburger Chaussee tut. Nur den Marschtritt und das Klappern des Koppelzeuges hören sie etwas gedämpfter, – auch den fernen Kanonendonner.

Eine der wenigen, die sich trotz der Kälte vors Haus wagt, ist Frieda Lorenz. Ihr Jüngstes hat sie auf dem Arm. Die beiden Größeren stehen rechts und links neben ihr. Womöglich hoffen sie, ihr seit Stalingrad vermißter Vater werde aus dieser Masse vermummter Soldaten wieder auftauchen.

Aber Gruppe um Gruppe, Kompanie um Kompanie hastet an ihnen vorbei, ohne daß dieses Wunder geschieht. In kurzen, unregelmäßigen Abständen dampft es vor den Mündern der Gestalten. Und so setzen ihre dunklen Kopfschützer mehr und mehr Rauhreif an.

Auch der alte Dorbat ist vor die Tür getreten. Er will das alles genauer sehen. Darüber vergißt er, seine Pfeife fertig zu stopfen. Eine Minenwerfer-Abteilung zieht jetzt gerade an ihm vorüber. Er steht, guckt und staunt. Aber nach Vormarsch sieht ihm das nicht aus. Die haben Masuren schon aufgegeben, durchfährt es ihn, – nichts anderes als abgeschrieben. Ein weiter Weg von Stalingrad bis Rastenburg, denkt er und macht eine etwas komisch wirkende zackige Bewegung, bevor er sich umdreht und ins Haus zurückgeht.

Einer der wenigen Soldaten, die Dorbats komische Ehrenbezeigung bemerkten, war der Leutnant Gardau, der gerade mit seinem Infanterie-Zug heranmarschierte. Er deutete dem Alten sogar einen Dank an, indem er mit der Rechten einmal an den Rand seines Stahlhelms tippte.

Auch die Frau mit den drei Kindern hatte er noch den Augenblick stehen sehen, bevor sie ins Haus zurückgegangen war. Sie lenkte Gardaus Gedanken sofort wieder auf seine eigene Frau. Um sie und Elke und Brigitte machte er sich schon während des ganzen Marsches Sorge. Denn daß die Russen dort unten im Süden mit außerordentlich starken Kräften überraschend durchgebrochen waren, das hatte sich inzwischen herumgesprochen.

Gardau konnte ja nicht ahnen, daß seine Frau mit den beiden Mädchen schon in Königsberg war und sich – während er durch Pohiebels marschierte – in warmen Quednauschen Daunenbetten noch einmal auf die andere Seite drehte und sich von zwei schlaflosen Nächten erholte.

Über seinen Sorgen um Frau und Kinder kam nun auch Rastenburg langsam in Sicht: Zur Rechten in der Ebene die Anstaltsgebäude von Karlshof und zur Linken auf den Anhöhen das alte Ordensschloß, das, wie Gardau meinte, aus dem vierzehnten Jahrhundert stammen mußte. In Rastenburg selbst hatte man gestreut – auf der Durchgangsstraße wenigstens.

»Eine richtige Wohltat«, sagte Unteroffizier Thimm zu seinem Nebenmann, dem Gefreiten Pfeifer. »Könnte denn nicht überall gestreut sein? Brauchte doch nur von obenherab befohlen zu werden. Das fortwährende Schorren und Sichern macht einen ja richtig fertig.«

Wie bisher in den Dörfern, blieben auch in Rastenburg hier und da mal ein paar Leute stehen, – meistens Kinder mit Schulranzen oder Einkaufstaschen. Sie guckten nach den dampfenden und bereiften Soldaten, die nun schon seit den frühen Morgenstunden ununterbrochen durch die Stadt marschierten.

Aber auch hier trieb die Kälte die meisten Menschen von der Straße in irgendein Geschäft oder nach Hause zurück.

Nur einige Frauen hatten sich dennoch aufgerafft und versorgten die marschierenden Soldaten mit heißen Getränken. Schon am Autohaus Kohn verteilte eine mitleidige Seele heißen Kaffee. Mit ihrem dampfenden Eimer stand sie dort unter der Toreinfahrt und wartete auf Feldflaschen, die ihr drei Jungen in Jungvolk-Uniform leer heranbrachten und dann den marschierenden Soldaten gefüllt im Laufschritt nachtrugen.

»Eine Flasche voll vom Saft aus jenem Hause dort, der wäre mir lieber«, witzelte Pfeifer und zeigte auf die Bierbrauerei auf der anderen Seite der Straße.

»Hotel Thuleweit« . . . Es liegt sozusagen im Herzen der Stadt. Auch die Thuleweit-Küche hält heißes Getränk für die Landser bereit. Auf dem Treppenpodest des Hoteleinganges steht eine Frau im weißen Berufskittel über einen dampfenden Kessel gebeugt. Sie füllt mit Hilfe eines Trichters. Was es dort gibt, steht noch dahin. Aber auch Leutnant Gardau gibt hier seine Feldflasche zum Füllen ab. Als sie ihm ein junges Mädchen zurückbringt, fällt sein Blick halb rückwärts auf das große Kino-Plakat des Berliner Hofes. Zur Abendunterhaltung bietet das den Durchhalte-Film »Kolberg« zum Ansehen an. Gardau wird leicht übel.

Vor der offenen Tür des »Kaffee Kaiser« winkt eine Frau den müden Soldaten mit der Schöpfkelle zu. Ihr Kessel ist zwar leer. Aber sie verspricht, frischen Kaffee zu brühen, und verschwindet im Inneren des Ladens.

Die farblose Flüssigkeit, die Gardau in seine Flasche bekommen hat, ist so heiß, daß er nicht einmal die Lippen an den Flaschenhals bringen kann. Er hängt das Ding zum Abkühlen an seinen Brotbeutel und vertröstet seinen Durst auf später.

Nun fällt sein Blick auf das Rastenburger Rathaus. Der Platz davor ist dick verschneit. Vergangenen Frühling hat es dort noch gegrünt und geblüht. Jetzt ist alles weiß zugedeckt. Nur das Rathaus selbst ist ziegelrot. Und jetzt, da er das rote Gebäude sieht, fällt ihm ein: *das große, rote Rastenburger Rathaus* hat während seiner Schulzeit einmal eine Rolle gespielt. Einem seiner Lehrer hat es dazu herhalten müssen, die Zungenfertigkeit seiner Schüler zu üben und zu prüfen. So also sah es nun wirklich aus. So viele Jahre hatte er durchs Leben gehen müssen, um nun, bei zwanzig Grad unter Null, auf einem gottverfluchten Eilmarsch endlich festzustellen: es ist ja viel, viel kleiner als jenes Rathaus, um das seine kindliche Phantasie die *dreihundertdreiunddreißig römischen Reiter dreihundertdreiunddreißigmal ringsherum* hatte *reiten* sehen.

Das große, rote Rastenburger ... Gardau wiederholte es in Gedanken. Das Häufen von Adjektiven, machte das nicht Arno Holz, der Dichter des »Traumulus«? Und der war doch auch ein Rastenburger Kind. War er nicht erst Ende der zwanziger Jahre gestorben?

Ein Stück hinter dem Rathaus, vor dem Eingang zu einem Fotogeschäft füllten zwei junge Frauen wieder Feldflaschen mit heißem Kaffee. Hier witzelte Pfeifer von neuem: »Da gibt's zur Abwechslung statt Kaffee-Haag mal Kaffee-Hak.« Über dem Geschäft stand nämlich »Foto-Hak«.

Nach knapp zwei Stunden kommt die Wallfahrtskirche Heiligelinde in Sicht. Und fast gleichzeitig damit kommt ein scharfer Nord-Ost auf, der Schneegestöber mit sich bringt. Eisige Böen jagen über das freie Feld heran. Sie fegen Massen von Schnee von Dächern und Türmen der prachtvollen Kirche, die wie ein verirrter Fremdling zwischen den paar ärmlichen Bauernhäusern steht.

In dieses Stiemwetter hinein gibt es Post. Hier bewährt sich der Name Feldpost tatsächlich. Ein Meldefahrer knattert die Reihen auf und ab und sucht seine Briefbündel loszuwerden.

Auch Leutnant Gardau bekommt eins in die klammen Hände gedrückt. Es ist die Post für die ganze Kompanie. Ärgerlich, daß man ausgerechnet ihn damit belastet, ruft er Unteroffizier Perkuhn. Der ist bis zum Ausbruch des Krieges in Königsberg Briefträger gewesen. Das weiß Gardau.

Weil es nichts anderes zu verteilen gibt, wird also Post verteilt. Thimm und Gardau sind gleichermaßen überrascht, von Perkuhn einen Brief hingereicht zu bekommen. Die meisten der Männer waren von dem Stiemwetter teilnahmslos geworden und steckten ihren Brief in eine ihrer vielen Taschen und hofften, sich damit im warmen Quartier eine Feierstunde zu machen. Warmes Quartier . . .! Für die meisten blieb es ein Wunschtraum.

Gardau öffnete seinen Brief auf der Stelle. Obschon er ihn gar nicht hätte zu lesen brauchen. Der Poststempel Allenstein und darunter die Handschrift seiner Frau, das schon allein genügte, ihn zu beruhigen.

Auch Unteroffizier Thimm konnte nicht an sich halten. Er riß den Brief von seiner Frau sofort auf, überließ den zerfetzten Umschlag den zausenden Winden und begann mit gekniffenen Augen zu entziffern, was ihm die Frau da auf den zwei Bogen sagen wollte.

Das dauerte länger als gewöhnlich. Und als er endlich begriff, schlug es ihn nahezu nieder. Das ist ja zum Verrücktwerden, schoß es ihm durch den Kopf: Sie wollten zu Hause bleiben – wie die meisten in Sauerbaum, Haus und Hof nicht verlassen und auf die Menschlichkeit der Russen hoffen, – auch die beiden Alten. Das wäre doch wohl das beste, – jetzt bei dieser Kälte. So klang der ganze Brief.

Warum hatte sich seine Frau plötzlich anders entschlossen, fragte sich Thimm immer wieder. Im vorigen Briefe war doch von nichts anderem als vom Fortgehen die Rede gewesen. Lag es etwa daran, daß er die furchtbaren Bilder von Nemmersdorf nicht deutlich genug beschrieben hatte? Ganz plötzlich fand Thimm die Schuld bei sich. Er hätte die Nemmersdorfer Geschehnisse ungeschminkt, deutlicher beschreiben müssen. Für einen Brief war es aber zu spät.

Ich muß nach Hause, – noch in dieser Nacht. Ich soll, ich muß noch einmal nach Sauerbaum. Schon beginnt er zu schätzen und zu rechnen: Heiligelinde – Sauerbaum – mindestens vier bis fünf Meilen – in Kilometern hin und zurück etwa sechzig. Wer soll das in einer Nacht bewältigen, – und noch schlimmer: wer wird mich dafür beurlauben? Und unerlaubt? Er sieht sich an einem Chausseebaum hängen mit einem sprechenden Plakat auf der Brust. Nur müßte darauf stehen: »Ich tat es nicht aus Feigheit, sondern für Frau und Kinder!«

Aber selbst dieses Galgenbild vermag ihn nicht abzuschrecken. Er weiß es jetzt ganz sicher: Ich muß noch einmal nach Sauerbaum, und läg das auf dem Wege zum Kalvarienberge.

»Schlechte Nachrichten, Anton?« fragte der Gefreite Pfeifer, der neben ihm marschierte und vor Kälte die Kiefer kaum auseinanderbekam.

»Sehr schlechte, Hermann«, murmelte Anton zurück und merkte jetzt an der Schwerfälligkeit seines Mundes, daß er undeutlich gesprochen haben mußte, und sagte noch einmal: »Sehr schlechte, Hermann.« Dann deutete er, so gut es ging, dem Kameraden seinen Kummer an.

»Sauerbaum ist doch nur ein Katzensprung von hier«, gab der zurück. »Du hast ein Geschäft, also wirst du auch Telefon haben.«

Anton Thimm mußte bedauern: »Zu einem Telefon haben wir's noch nicht gebracht. Wir liegen so weit vom Dorfe ab.«

»Du hast mir doch immer erzählt, ihr wohntet dem Bahnhof gegenüber ... oder ist der Bahnhof bei euch nicht wie die Kirche im Dorf?«

»Das ist es ja eben: Der Bahnhof von Sauerbaum und mein Haus liegen beide weit vom Dorfe ab. Das mag komisch klingen, – ist aber so und hat obendrein sein Gutes. Denn die meisten, die vom Zuge kommen, kaufen erst bei uns ein, bevor sie ins Dorf gehen. Alle wissen nämlich, daß wir immer noch etwas billiger sind als die in der Stadt.«

»Das wollte ich ja gar nicht so genau wissen«, sagte Pfeifer. »Ich meine nur: euer Bahnhof hat doch Telefon. Wo in aller Welt gibt es einen Bahnhof ohne Telefon? Du wirst also so ein Rotkäppchen beschwatzen, der wird seinen Kollegen in Sauerbaum anrufen und deine Frau an die Strippe holen lassen. Dann malst du ihr Szenen, die sich in Nemmersdorf abgespielt haben, noch einmal aus und diesmal noch etwas deutlicher, und ich will Hermann Meier heißen, wenn sie dann noch zu bleiben gedenkt.«

»Du hast gut reden, Hermann. Aber wo soll ich hier einen Bahnhofsvorsteher auftreiben. Auch in Rößel liegt der Bahnhof weit ab von der Durchgangsstraße, ganz im Norden. Und wer weiß, ob wir überhaupt über Rößel kommen?«

Und tatsächlich, das ganze Bataillon schwenkte schon in Robaben auf eine Nebenstraße, nach Groß Mönsdorf, ein. Hier auf dem Nebenwege sahen sie auch wieder Flüchtlings-Fuhrwerke.

Der Grund, warum das Bataillon nach Süden befohlen wurde, so erzählte man sich, der sei im starken russischen Druck vom Süden her zu suchen. Das siebente Panzer-Korps, das die linke Flanke der Angriffsdivisionen zu sichern habe, dieses Korps könne es allein nicht mehr schaffen und hätte Verstärkung angefordert.

In der Tat: bald marschierte ein ganzes Regiment auf der Chaussee, die nach Seeburg führte. Mit jedem Schritt kam er Sauerbaum näher, und diese unumstößliche Tatsache hielt Thimms Phantasie in Schwung. Seeburg! In Seeburg fühlte er sich doch so gut wie zu Hause. Er kannte auch jeden Eisenbahner, der dort Dienst machte. Jeder hätte ihm den Gefallen getan und seinen Kollegen in Sauerbaum angerufen. Diese Rechnung begeisterte ihn; sie hatte nur den Fehler, daß er sie ohne den Wirt machte. Er wagte doch nicht etwa zu glauben, mahnte ihn eine andere Stimme, daß die Kompanie bis zum Abend noch Seeburg erreichen könnte. Thimm mußte sich sagen: das ist ja unmöglich; – womöglich aber wenigstens bis Lautern. Von Lautern bis Teistimmen waren es höchstens sechs und von dort bis Groß Bößau nicht mal fünf Kilometer. Und wenn er erst in Bößau war, dann war er auch schon so gut wie in Sauerbaum. An dieser Rechnung sah Thimm keinen Haken. Und daß er Sauerbaum mit jedem Schritt näher kam, das war doch kein Selbstbetrug.

Anton Thimm überlegte. Helmut, den Kompanie-Hauptfeldwebel, den werde er wohl doch ins Vertrauen ziehen müssen, sagte er sich. Der könnte ihn ganz gewiß einige Stunden lang vor ernstlicher Fahndung schützen. Und dazu werde sich Helmut bestimmt auch hergeben. Sie hatten doch immer gut Garn miteinander gesponnen. Warum also nicht auch hier, in so wichtiger Familienangelegenheit. Auch Helmuts Frau hatte im Memelland ein Geschäft im Stich lassen müssen und einen Krug dazu, eine Gastwirtschaft, die Helmut zu Thimms Verdruß immer Kretscham nannte.

Thimm beschloß, Helmut Bescheid zu sagen und ihm in die Hand zu versprechen, daß er am Morgen zum Wecken wieder zur Stelle ist.

Schon bei der nächsten Pinkelpause lief der Hauptfeldwebel Anton geradezu in die Quere. Zuerst stutzte der Angegangene nicht wenig. Dann sagte er: »Anton, ich weiß von nichts. Ich will auch nichts gehört haben. Nun weißt du Bescheid. Sieh' dich vor! Hals- und Beinbruch, Anton!«

Nun war es Thimm schon um vieles leichter, und der Glaube an seinen guten Stern um vieles stärker. Er vertraute diesem Stern von jetzt an nahezu blindlings.

Beim Dunkelwerden, da war es ihm aber doch wiederum zumute, als sollte ihm ein Dämpfer aufgesetzt werden. Das Bataillon machte nämlich schon weit vor Seeburg halt. In Voigtsdorf sollte es in notdürftiges Nachtquartier gehn.

Noch ein bißchen weit von hier bis Sauerbaum, schoß es Thimm durch den Kopf. Gewiß, es gab Feld-

und Waldwege, über die man abkürzen konnte. Er kannte sie, diese Pfade. Aber jetzt bei diesem Schnee ... Wie mochten die Wege heute aussehen.

Ein Pferd! Ein Pferd kam ihm jetzt in den Sinn. Warum sollte er einen Bauern nicht zur Hilfsbereitschaft überreden können? Hier in Voigtsdorf durfte er das natürlich nicht tun. Das wäre aufgefallen. Womöglich aber irgendwo unterwegs.

Der Abbau Kinsky fiel ihm ein. Albert Kinsky war zwar im Felde, seine Frau aber ..., warum sollte die ihm nicht ein Pferd leihen?

Sobald der Kompaniefeldwebel die Einweisungen gegeben hatte, durften die Männer wegtreten. Das Durcheinander, das es dabei gab, versperrte einem Wehrmachts-LKW die Fahrbahn. Der am Steuer wurde dadurch zum Schrittfahren gezwungen. Thimm sprang einen Schritt zur Seite und kam auf diese Weise mit dem Rücken an eine Scheunenmauer, an der sich der LKW vorbeischleichen mußte. Anton Thimm machte einen zweiten Sprung und fand sich auf dem vereisten Trittbrett des Lastwagens wieder. Und da der Wagen in Richtung Seeburg fuhr, sah Thimm seinen Stern wieder strahlend am Abendhimmel stehn. Er öffnete die Tür des Fahrerhauses. Und da er nur einen, den am Steuer dort, sitzen sah, stieg er ein, als sei das das Selbstverständlichste auf der Welt. Während er sich neben dem Lenker niederließ, winkte er mit der Rechten voraus. »Bis Lautern, Kam'rad, ins nächste Dorf«, sagte er und hielt dem andern ein Päckchen Zigaretten unter die Nase. Anton Thimm warf den Köder auf die Ablage unterhalb des Armaturenbrettes.

Ohne auch nur ein Wort zu verlieren, gab der am Steuer wieder Gas. Und Thimm kam Sauerbaum mit Riesenschritten näher, – mit Riesenschritten, trotz der langsamen Fahrweise, die sich der Schweiger am Steuer auferlegen mußte. Denn die Straße war glatt, zusehends stieg die Anzahl der Flüchtlingsfuhrwerke, und das hereinbrechende Dunkel tat das seine.

Noch immer sprach der Roboter am Steuer kein Wort. Thimm begann dieses Schweigen schon unheimlich zu werden. Sollte da neben ihm etwa ein Russe sitzen, der die Linien unauffällig durchbrochen hatte und sich nun durch sein Sprechen zu verraten fürchtete. Von solchen Geschichten hatte Thimm nicht selten gehört. Auch daß der Mann ohne Beifahrer war, schien Thimm verdächtig zu sein. Besser, er ließ die Rechte ständig an seiner MPI.

Thimm versuchte es aufs neue: »Du tust ein gutes Werk, Kam'rad, daß du mich mitnimmst. »Eigentlich«, so fuhr er fort, »eigentlich will ich ja noch ein Stück weiter als Lautern. Lieber wäre mir Kekitten oder auch Scharnigk, noch lieber aber zwischen den beiden Dörfern, dort, wo die Chaussee den Knick macht. Das heißt, wenn dir's recht ist, Kam'rad.«

Und nun bequemte sich der Roboter doch, ein paar Sätze hervorzustoßen: »Ick kenne mir hier nich aus«, sagte er, immerfort auf die Straße stierend, »ick bin Balina. Ick opfere mir jewissermaß'n nur uff für det Pruzzen-Land, für det Stick Eiswieste hier, wo sich aufhört das Kultur un sich Mänsch wird zu Masur. Dafür kannste mir mal eene anbrenn' un ins Jesichte steck'n. Ick schlafe sonst wahrhaftig noch in.«

Das war nun zwar kein Loblied auf Thimms Heimat, aber er war doch froh, daß dieses beängstigende Schweigen endlich gebrochen war. Schnell brannte er zwei Zigaretten an und steckte dem Roboter die erste beste davon zwischen die Zähne. Der schwieg nun wieder und stierte mit baumelnder Zigarette auf die immer dunkler werdende Chaussee.

Thimm hatte Zeit, auf den Knick in der Chaussee zu achten. Er fragte den Roboter gar nicht erst, ob er ihn womöglich auch bis Seeburg mitnähme; obschon Seeburg ihm den Vorteil bieten konnte, von dort aus einen Zug bis Sauerbaum zu erwischen. Lazarettzüge führen da wohl ganz gewiß noch hin und her. Aber das andere bedachte er jetzt auch: den Militärbetrieb dort auf solchen Bahnhöfen mit ihren Kettenhunden, den Feldgendarmen. Nein, er wollte dann schon lieber die einsamen Wege benutzen und zusehn, daß er ein Pferd bekam.

Auf einen Wink hin fuhr der Roboter etwas langsamer. Thimm öffnete die Tür, stellte sich aufs Trittbrett und sprang von dort aus in die nächste Schneeschanze. Als er sich nach weichem Sturz aufgerappelt hatte, atmete er erst einmal tief durch. Es war also schon Heimatluft, die er jetzt schmeckte.

Aber dort links vor ihm war der Himmel blutrot – erschreckend rot. Und der Kanonendonner war sehr deutlich zu hören.

Er ging zwischen den Flüchtlingsfuhrwerken hindurch, kletterte auf der anderen Straßenseite über den Weidezaun und stapfte los – immer bis über die Waden im Schnee. Ein Fehlgehen war nicht möglich. Denn die Bäume, die mit ihren Kronen in den roten Himmel ragten, gehörten zum Abbau, zu dem er wollte. Auch die Gebäude darunter wurden mehr und mehr wie kräftige, dunkle Flecke deutlich.

Der fortwährende Steigegang im tiefen Schnee machte ihn warm. Nicht selten geriet er, wenn ein zugestiemter Graben oder eine Schneeschanze zu überwinden war, bis an den Bauch ins Weiße hinein. Auch über Weidezäune mußte er noch ein paarmal klettern. Schon rann ihm der Schweiß über den Rücken.

Er hatte für diesen Querfeldeingang zehn bis fünfzehn Minuten veranschlagt. Jetzt war er, wie ihm seine Leuchtzifferuhr verriet, schon mehr als eine halbe Stunde unterwegs. Und noch war er nicht am Ziel. Wenn das bis Sauerbaum so weiterging . . .

Inzwischen war der Mond aus dem Gewölk hervorgekrochen, so daß der Schneewanderer den Abbau nun ganz deutlich vor sich auftauchen sah. Ihm näherte er sich aber von der Rückseite. Er müßte also, wollte er den Weg durch das Tor nehmen, noch einen beträchtlichen Bogen machen. Er beschloß, über den Lattenzaun zu klettern, und zwar über den, der sich ihm zwischen Wohnhaus und Stall entgegenstellte.

Der Zwischenraum, den diese beiden Gebäude bildeten, erlaubte den Durchblick zum Hof. Dort bewegten sich Gestalten, kleine und große, sehr vermummt, wie es schien. Also beeilte sich Thimm. Er ahnte, was das zu bedeuten hatte.

Der Zaun war nicht besonders hoch, – zumal durch den Umstand, daß sich eine Schneeschanze vor der Einfriedung gebildet hatte. Er ergriff zwei Lattenspitzen, zwängte seinen rechten Fuß dazwischen auf die Spange und stand bald oben. Als er den linken nachzieht, rutscht der rechte von der vereisten Spange. Thimm verliert den Halt und stürzt, dreht sich etwas um sich selbst und fällt mit seinem ganzen Gewicht rückwärts gegen das Lattengitter der Laube. Das bricht. Es gibt ein Knallen und Knacken, das gar nicht in die Mondstille der Winternacht passen will.

Thimm rappelt sich auf, um die zwanzig Schritte bis zum Hofe schnell hinter sich zu bringen. Da schlagen ihm lähmende Schreie entgegen, Schreie des Entsetzens, Schreie von Kindern und Frauen.

»Kinder!« ruft Thimm, »Kinder, habt doch keine Angst! Hilde, ich bin's, Anton Thimm aus Sauerbaum!!

»Um Gottes willen, Anton, hast du uns aber einen Schreck eingejagt! Was machst du denn hier in der Einöde? Wir sahen schon die Russen kommen.«

»Ach, Hilde, ich will nach Sauerbaum, auf einen Sprung nur. – Meinen Leuten muß ich den Marsch blasen. Die woll'n bleiben. Meine Frau schrieb mir's heute. Sie woll'n auf Gott und den Ruß vertrauen. Das muß ich ihnen doch ausreden. Deshalb habe ich mich auf die Beine gemacht. Morgen ganz früh muß ich wieder bei der Truppe sein.«

Daß er es sehr, sehr eilig hatte, wußte Hilde doch nun. Warum rückte er also jetzt nicht mit der Bitte um das Pferd heraus?

»Hast du was von meinen Leuten gehört?« fragte er dafür.

»Nei, Anton, rein gar nuscht. Ich bin schon lange nicht mehr nach Sauerbaum gekommen. Und du, wenn du wirklich noch hinwillst, mußt du dich höllisch beeilen, Anton. Die Schießerei kommt doch von Stunde zu Stunde näher. Und immer noch keinen Fluchtbefehl! Woll'n uns die da oben ganz und gar unterm Ruß umkommen lassen? Hör' doch, Anton! Hör' doch nur das Schießen! Davon werde ich noch ganz krank. Anton, komm, laß uns fahren! Es wird allerhöchste Zeit. Leb' wohl, Anton!«

Thimm half den Kindern und den Alten auf den Wagen. Die junge Frau blieb neben den Pferden. Und noch immer hatte Thimm seine Bitte nicht ausgesprochen. Er ging also noch ein Stück neben der Frau her. Es fiel ihm doch schwerer, als er geglaubt hatte, nach einem Pferde zu fragen. Endlich aber überwand er sich doch. Er sah ein, daß es höchste Zeit dazu wurde, damit herauszurücken. Und er wurde richtig froh, als er's über die Zunge hatte und Hilde sagen hörte: »Aber ja, Anton! Nimm dir doch, was du brauchen tust. Nimm dir auch zwei, wenn du anspann' möchtest. Der Kastenschlitten steht vor'm Stall, der Klingerschlitten im Schuppen.

Wenn du aber lieber reiten willst – Sättel findest du auf der Lucht, auf der Lucht vom Wohnhaus. Warum woll'n wir dem Ruß lassen, was du brauchen tust, Anton?«

Thimm wurde es schwer, sich von der Frau zu verabschieden. Er riet ihr, nicht über Wormditt zu trecken, sondern lieber über Heilsberg und Mehlsack. Sie käme sonst womöglich in die Kampfzone hinein.

Dann aber zwang er sich doch zum Rückmarsch. Mit beiden Händen ergriff er die Rechte der jungen Frau, in der sie die Peitsche hielt, und drückte Hand und Peitsche noch eine ganze Zeit im Weitergehen.

»Leb' wohl, Hilde«, sagte er mit einer Stimme, die er selbst nicht mehr kannte. »Auf ein gesundes Wiedersehn, ein Wiedersehn hier bei euch oder auch bei uns in Sauerbaum.«

Dann wendete sich Thimm mechanisch und wakkelte in einer tiefen Schneespur zum Hofe zurück.

Zuerst ging er in die Ställe. Die Lichtschalter, die es hier auf diesem Abbau schon gab, sie gehorchten, wie sie den Händen im tiefen Frieden und auch in den mehr als fünf Kriegsjahren gehorcht hatten. Jetzt aber enthüllte das grelle Licht ein Bild des Jammers. Alle Tiere: Pferde, Kühe, Schafe und Gänse – alles watete in fußhoch hingeworfenem Futter.

Seltsamerweise benahmen sich alle Tiere, als ginge sie dieser Überfluß an Futter nicht das geringste an. Kaum eins von ihnen fraß davon. Viele aber wendeten sich nach Thimm um.

Von den Pferden wählte er die beiden Füchse. Sie gehorchten ihm, als sei er von jeher ihr Gebieter gewesen. Als er sie vor den Kastenschlitten spannte, lief ihm ein Schauer über den schweißnassen Rücken. Er lud fünf Sack Hafer auf und legte die prallen Dinger zu einem bequemen Sitz zurecht. Das Hantieren mit den Säcken erwärmte ihn wieder. Als er aber die übrige Schlittenhöhle mit Heu vollstopfte, überlief ihn von neuem ein unangenehmer Kälteschauer. Damit hat damals bei deinem Vater die gefährliche Lungenentzündung angefangen, sagte er sich. Das fehlte dir gerade noch: Krank werden!

Deine Frau wird dich ins Bett packen und warten müssen, bis dich die Russen aus dem Bette heben.

Er band die unruhigen Tiere fest und stieg auf die Lucht. Einen Sattel . . ., dachte er. Ein Sattel ist nicht zu verachten. Und Platz dafür ist ja mehr als genug auf dem Schlitten. Reiten, so meinte er, das werde ihn sehr gut vor Erkältung schützen.

Neben dem Sattelzeug hing ein übergroß zugeschnittener, roh geschneiderter Lammfellmantel und ein pelzgefütterter Baschlik obendrein. Beides schaffte er hinunter ins Wohnzimmer zum Aufwärmen. In diesen Pelzen, so überlegte er, da könne er sich auch auf dem Schlitten nicht erkälten. Und das Fahren schien ihm nun doch sympathischer zu sein als das Reiten.

Auf der Lucht lief ihm aber wieder so eine beängstigende Kältewelle über den Rücken und warnte ihn von neuem. Er dachte an das Versprechen, das er Helmut in die Hand gegeben hatte. Nur nicht krank werden, jetzt, hier auf dem abenteuerlichen Abstecher. Mit Hilfe zweier Stuhllehnen brachte er das eiskalte Mantelfutter zum Durchwärmen an die heißen Kacheln des Berliner Ofens.

Er nutzte die Zeit und ging noch einmal durch das verlassene Haus und dachte dabei an Hildes Zureden, mitzunehmen, was er brauche. Aber er fand nichts, was ihn dazu hätte bewegen können. Selbst die drei Seiten Speck und die vielen Würste ließ er in der Rauchkammer hängen.

Dann ging er zurück in die Wohnstube, zog den schweren Mantel über, setzte den Baschlik auf und hängte die Maschinen-Pistole wieder vor die Brust. Im Fortgehn entdeckte sich Anton Thimm im Spiegelglas und erschrak vor sich selbst. In dieser Maskerade werde er sich den Seinen zu Hause nicht nähern dürfen. Sie könnten da womöglich noch heftiger erschrecken, als es den Kinskys ergangen war.

Die Pferde aber schüchterte sein sibiriakischer Aufzug nicht im geringsten ein. Sie gehorchten ihm wie vorher, als er sie aus dem Stall geführt und eingespannt hatte. Vom langen Im-Stall-stehen waren sie feurig geworden und griffen, sobald sie auf gerader Strecke waren, weit aus.

Das Trommeln ihrer Hufe klang Thimm bald wie ein friedliches Lied aus der Jugend in den Ohren und ließ ihn zuweilen sogar vergessen, auf welcher gefährlichen Reise er sich befand. Die Granateinschläge, die mit jedem Kilometer näher lagen, erinnerten ihn aber immer wieder daran, wie er zu diesem Schlittengespann gekommen war.

Thimm wunderte sich, daß sich die Tiere durch die Donnerschläge nicht *mehr* beunruhigen ließen. Jedesmal reckten sie nur Hals und Kopf außergewöhnlich hoch in die Luft und spitzten dabei die Ohren.

Ein Kaddik dagegen . . . Tauchte so ein schlanker, gespenstiger Wacholder seitlich oder auch mitten im Wege auf, dann fingen sie an zu scheuen und versuchten, nach rechts oder links auszubrechen.

Thimms Gedanken eilten voraus. Er rief sie zurück und mahnte zur Geduld. Nicht lange mehr kann es dauern, sagte er sich, dann bist du bei ihnen, die zu dir gehören, – bist du dort, wo du für immer leben wolltest und schließlich auch sterben. Warum fährst du nun aber in so übergroßer Eile dorthin an den Ort, den die Deinen ja um keinen Preis verlassen wollen? Beeilst du dich denn nicht gerade deshalb so sehr, um Hedwig und den Eltern die Heimat zu vergällen, um sie aufzuschrecken, zu verjagen, zu vertreiben, wie man Tiere aus dem Stalle treibt, der brennt?

Zehn Minuten vielleicht nur noch – und der Wald wird zurücktreten. Dein Blick wird über vertraute Gefilde gleiten, über die weite, weiße Eisfläche des großen Sees zur Linken und haltmachen bei den niedrigen Dächern des Dörfchens Klein Bößau. Und friedlich wird auf allem der milde Schein des vollen Mondes liegen.

Jetzt begann Thimm noch einmal, darüber nachzudenken, welchen Schreck er Hedwig einjagen werde, wenn er so ganz und gar unerwartet vor ihrer Tür stünde. In vielen Einzelheiten malte er sich das unverhoffte Wiedersehen aus.

Während er über solche Dinge nachdachte, war der Kanonendonner wieder in weitere Ferne gerückt. Jetzt erst merkte das Thimm. Das friedliche Trommellied der Pferdehufe war wieder in seinen Ohren. Nur wenn die Kufen des Schlittens über einen großen Stein oder grobe Unebenheiten rumpelten, dröhnte der Schlittenkasten, als donnerte es in weiter Ferne.

»Fahr du aber« – so mahnte ihn jetzt eine innere Stimme, es schien ihm dieselbe zu sein, die ihn geheißen hatte, in den Lastwagen des Roboters zu steigen – »fahr du aber nicht geradewegs auf das Dorf Sauerbaum zu – Fahr du diesen Weg nicht! Fahre den andern!«

Als Thimm den Wald hinter sich gelassen hatte und nun die weite, weiße, unberührte Schneefläche im Mondenschein vor sich liegen sah, war es ihm nicht mehr möglich, die flüsternde Stimme zu vernehmen. Er ließ seinen Pferden freien Lauf. Sie trabten dem vollen Monde entgegen. Sie trabten mit Behagen. Er mußte an das Gedicht »Der Postillion« von Nikolaus Lenau denken, das sie in der Schule hatten lernen müssen. Eben wollte er einem Gefühle tiefen Friedens in sich Raum geben, da warnte ihn plötzlich höllisches Pfeifen. Weil er solches Pfeifen genau kannte, zog er sofort die Zügel an. Da schlug es auch schon wie mit Riesenfäusten zu. Hundert Schritte vor ihm . . . ein, zwei, drei feuerspeiende Schläge dicht hintereinander. Die Pferde bäumen sich auf. Thimm reißt sie herum. Er tut es so kurz und mit solcher Gewalt, daß sich die Deichsel vom Schlitten zu trennen droht. Es ächzt und kracht in allen Fugen.

Ehe sich's der Fahrer versieht, jagen die Tiere im gestreckten Galopp in entgegengesetzter Richtung davon, dem Walde entgegen, aus dem sie gekommen sind.

Thimm überläßt ihnen die Zügel. Die fliegenden Hufe werfen ihm ganze Ballen von Schnee ins Gesicht. Im Walde verfallen die Tiere von selbst in Schritt. Sie gehen ganz ruhig, als wollten sie über das nachdenken, was sie da so erschreckt hat.

Auch Thimm läßt es sich durch den Kopf gehen. Womöglich tasten die Russen mit ihrer Artillerie nach der Eisenbahnlinie? Ganz gewiß sogar werden die Schüsse diesem Ziel gegolten haben. Also wird er die Nähe der Strecke meiden müssen, sich wenigstens nicht mit dem Fuhrwerk an sie heranwagen.

Er beschloß, die Tiere und den Schlitten in jenem Waldstück zurückzulassen, dessen Spitze nahezu bis an die Seeburger Kies-Chaussee herangeht. Dort wußte er die hohe, dichte Brombeerhecke, in der sie als Kinder oft gehaust hatten. Sie bietet außerdem Schutz vor Wind und Kälte.

In weitem Bogen lenkt er sein Gefährt um den Heldenfriedhof herum. Er bedenkt dabei, daß das die Ruhestätte jener Männer ist, die sich vor zwanzig Jahren hier bei Sauerbaum opfern mußten, um damit Hindenburg den Sieg bei Tannenberg möglich zu machen.

Diese Männer, deren Gebeine da links von ihm in der Erde ruhen, sie waren zu Helden und Siegern geworden. Ihnen hatte die Geschichte schon sehr bald Lorbeeren ums blutige Haupt gewunden. Wer aber hätte nach ihm gefragt, wäre er jenen drei Feuerschlägen um fünfzig oder sechzig Schritte näher gewesen.

Als Thimm die Füchse vom Schlitten spannte und in den geschützten Winkel führte, wurden sie unruhig. Sie schienen zu spüren, daß sie allein zurückgelassen werden sollten. Sie begannen zu tänzeln, während er sie an der kräftigen Kiefer festband. Der Stute, die sich besonders aufgeregt zeigte, warf er zuerst seinen warmen Pelzmantel über den Rücken und obendrein zwei wollene Decken. Das besänftigte das Tier. Es ließ sich nun den gefüllten Futtersack geduldig umhängen.

Sobald Thimm den Wald verließ, geriet er in hohe Schneeschanzen. Es war schwer, vorwärts zu kommen. Als er den Waldrand aber hinter sich hatte, ging es schon besser. In seinem weißen Tarnanzuge kam er sich vor wie auf Schleichpatrouille.

Thimm erinnerte sich an die Kindheit, an das Soldatenspielen mit seinen Schulkameraden. Gerade hier in der Gegend zwischen dem Walde und der Seeburger Kies-Chaussee hatten sie sich immer am liebsten herumgetrieben.

Gerade als er sich dieser Chaussee mehr und mehr näherte, erinnerten ihn wieder drei Feuerschläge daran, daß alles bitterer Ernst war. Wie es ihm schien, tasteten drei russische Geschütze die Gegend hier ab. Wahrscheinlich suchten sie sie nach der Strecke, – wenn nicht sogar nach dem Bahnhof ab.

Die Seeburger Chaussee war gut geräumt. Auf ihr kam Thimm schnell vorwärts. Schon tauchten die Schienen der Bahnstrecke auf. Das Mondlicht spiegelte sich in ihren blanken Laufflächen, wie es sich auch in guten Zeiten in ihnen gespiegelt hatte. Die Strecke schien noch in Betrieb zu sein. Die Signale standen auf Rot.

Kein Zweifel – die Strecke ist noch in Betrieb, sagte sich Thimm – trotz des feindlichen Artilleriefeuers. Schon hört er das Streckentelefon schrillen. Dieses Schrillen hat alle seine Lebenstage begleitet. Thimm ist zu Hause. Jetzt weiß er es. Auch dieses Schrillen hatte ihn noch einmal nach Hause gezogen. Er hört es als den Willkommensgruß in der Heimat. Anton Thimm ist gerührt.

Der Gruß wird lauter und lauter. Auch die nächste

Artilleriesalve läßt ihn nicht ganz verstummen. Wieder schrillt es lauter als zuvor.

Wer von den Beamten mag denn das Ding heute so lange läuten lassen, fragt sich Thimm, während er am Bahnhofsgebäude vorübergeht und schon langsam auf sein Haus einschwenkt. Vielleicht ist Otto – oder wer heute hier Dienst hat – mit einer eingefrorenen Weiche beschäftigt und läßt das Läuten Läuten sein ...

Anton Thimm ist daheim. Einen Augenblick bleibt er auf der Straße zwischen Bahnhof und seinem Hause stehen, als überlegte er, ob er zuerst zum Bahnhofe oder aber zuerst in sein Haus gehen sollte.

Während er nun auf sein Haus zuschreitet, liest er nach langer Zeit wieder einmal das Firmenschild, das Schild, das der Tischler versehentlich etwas zu groß gemacht und das ihn dann lange Zeit geärgert hatte. Jetzt rührt es ihn. Wer wird sich ärgern, wenn er nach so langer Zeit nach Hause kommt.

Und fast hat Anton Thimm vergessen, warum er nach Hause gekommen ist. Das Krachen der nächsten drei Granaten muß ihn erst wieder zur Besinnung bringen. Das Krachen beschleunigt auch seine Schritte. Das letzte Stück bis zur Haustür läuft er. Nur schnell erst seine Leute aus den Betten holen, die Kinder in warme Kleider, ein paar Koffer und Rucksäcke herbei, das Allernötigste hinein und fort aus der Nähe des Bahnhofes, den die russische Artillerie schon aufs Korn genommen hat. Auf seinem Schlitten ist Platz genug. Und Zeit hat er ja auch noch, sie alle bis Seeburg zu bringen.

Seine Haustür findet Thimm verschlossen. Er pocht und rüttelt. Als sich nichts regt, geht er zum Schlafzimmerfenster und klopft dort laut an. Er ruft. Aber Hedwig, seine Frau, hört nicht. Nur immer wieder dieses Schrillen vom Bahnhof herüber ...

Wie immer, wenn er zu später Nacht nach Hause gekommen war, so geht er auch heute das Stück über den

Hof zum Stallgebäude, – dann leise die drei Schritte über den Gang bis zum Verschlag für die Hühner und greift dort, wie gewohnt, hinter den hölzernen Pfosten mit dem verrosteten Nagel. Und tatsächlich – der Hausschlüssel hängt. Man hat mit Antons Kommen gerechnet. Im Augenblick, da er den Schlüssel abhebt, läßt der Hahn ein warnendes Gurren hören. Ein Schwein schreckt auf. Aber sonst bleibt alles still im Stalle.

Als Thimm den Hausflur betritt und Licht anknipst, fällt sein Blick zuerst auf die leere Kleiderknagge. Darunter steht ein halbvoller Zuckersack, aus dem man eilig geschöpft und dabei reichlich von den weißen Kristallen verstreut hat. Thimm weiß sofort – das Nest, sein Haus, ist leer.

Er geht ins Wohnzimmer und macht dort Licht. Unter jedem seiner Schritte knirscht der verstreute Zukker. Das ist ihm sehr unangenehm. Aber im Zimmer ist es dafür wider Erwarten warm. Er fühlt den Kachelofen an. Es kann kaum einen Tag her sein, daß hier geheizt wurde.

Auf dem Tische liegt ein Brot, – daneben das große Messer, mit dem Hedwig jeden Brotlaib zuerst bekreuzigt, bevor sie ihn angeschnitten hat. Den Wecker, der seinen Platz sonst nur auf Hedwigs Nachttisch hatte, den findet er jetzt hier neben dem Brote. Sollte das etwas zu bedeuten haben? Sein Werk ist auf fünf vor zwölf stehengeblieben. Es hat nicht bis zu Antons Heimkehr durchgehalten. Das Brot aber ist noch frisch. Seine Mutter hatte also noch einmal gebacken, bevor sie alle das Haus verließen, – noch einmal Brot gebacken, wie die Auswanderer noch einmal buken, bevor sie nach Amerika fuhren.

Mutter Thimm war ja von jeher der Bäcker im Hause gewesen. Sie hatte auch dafür gesorgt, daß beim Bau des Hauses wieder ein Backofen in den Keller gekommen war. Und niemand im Hause hat jemals anderes Brot gegessen als das, was sie, Mutter Thimm, jeden Monat zweimal im Hauskeller buk. Mutter Thimm buk nämlich noch, während die meisten der anderen schon backten.

Jetzt erst bemerkt Thimm, daß unter dem Wecker ein Blatt Papier liegt. Er nimmt es und erkennt darauf Hedwigs Schriftzüge. Sie muß das Blatt in großer Eile beschrieben haben, – mit Bleistift. Die Schrift ist zwar sehr blaß, aber doch leserlich, – für ihn zumal, der die Züge seiner Frau genau kennt.

Lieber Anton!
Wir haben alle das Gefühl, daß Du noch einmal nach Hause kommst. Wir werden dann aber schon über alle Berge sein.

Daß wir uns nun doch entschlossen haben fortzugehen, ist so gekommen: Der Herr Stabsarzt hat uns *zu* Schreckliches vom Ruß erzählt. Und dann ist auch der Feldwebel noch 'rübergekommen vom Bahnhof. Sie haben nämlich frisches Leinen gebraucht für die Verwundeten. Und bis sie die Toten ausgeladen haben, müssen wir fertig sein mit dem Packen. Der Lazarettzug kann uns bis Heilsberg mitnehmen, – vielleicht auch noch ein Stückchen weiter. Aber das müssen sie erst sehen. Bis Heilsberg aber ganz bestimmt. Und das ist doch eine große Hilfe.

Über das Brot wirst Du Dich sicher freuen, lieber Anton. Wohin wird uns das Schicksal nun verschlagen? Und wie sollst Du uns dann finden? Wir wollen immer sehr, sehr an Dich denken. Vielleicht spürst Du dann, wo wir sind.

Lieber Anton, mach doch bitte die Klappe vom Hühnerstall auf, und gib den Tieren noch einmal reichlich Futter!

Leb wohl!

Deine Hedwig

Als er von der warmen Ofenbank aufsteht, fühlt er seine Augen feucht werden. Er faltet das Blatt und steckt es ein.

Nun geht er schnell über den Flur in den Laden. Dabei knirscht wieder der verstreute Zucker so unangenehm unter den Füßen. Aber im Laden findet er einen leeren Zuckersack, den er braucht, um noch so manches mitnehmen zu können.

Zuerst faßt er reichlich Zucker aus dem Sack, der im Flur steht. Tabak- und Zigarettenpäckchen wirft er ganz einfach obendrauf – einen Rest Bonbons dazu. Auch den Brotlaib und das Messer vergißt er nicht. Den Wecker läßt er stehen, wo seine Zeit abgelaufen ist.

Mit Hilfe einer starken Kordel bastelte sich Thimm aus dem Zuckersack mit seinem seltsamen Durcheinander eine Art Rucksack und machte sich eilig auf den Rückweg. Sein Versprechen brannte ihm auf den Nägeln. Beim Aufbruch mußte die Kompanie vollzählig sein. Und Helmut durfte keinesfalls in Verlegenheit geraten.

Als er aus dem Hause trat und die Tür hinter sich verschloß, drang ihm wieder dieses Schrillen vom Bahnhofe her in die Ohren. Jetzt klang es ihm schon mehr wie der Hilferuf eines Sterbenden. Du kannst nicht umhin, sagte sich Thimm, du mußt dort einmal nach dem rechten sehn. Von Mal zu Mal schien das Rufen dringlicher zu werden. Jetzt regte es ihn schon auf.

Er eilte hinüber zum Stalle, hängte den Hausschlüssel an den verrosteten Nagel und warf ohne große Vorsicht reichlich Futter hin, so daß sich die Tiere beschwerten. Es entstand ziemlich lautes schreckendes Grunzen und aufgeregtes Gackern im Stall. Zum Schluß öffnete er die Hühnerklappe, damit das Federvieh tagsüber etwas auslaufen konnte. Dann schob er den Riegel vor und begann zu laufen. Irgend etwas stimmte da drüben im Bahnhofe nicht. Womöglich war Otto –

oder wer sonst heute dort Dienst haben mochte – etwas zugestoßen, oder aber er wurde durch etwas, das unaufschiebbar war, auf der Strecke festgehalten. Und konnte dadurch nicht sogar Menschenleben auf dem Spiele stehen?

Von solchen Sorgen getrieben, vergaß Thimm, sich von seinem Hause zu verabschieden. Er lief schräg über die Straße und betrat den spärlich beleuchteten Dienstraum, in dem er zu guten Zeiten mit Otto oder Reinhold so manches Schwätzchen gehalten hatte. Einen Augenblick blieb er auf der Schwelle stehen und lauschte. Aber nur der Telegraf tickte. Sonst rührte sich nichts. Dann platzte das grelle Schrillen wieder einmal überlaut in den Raum.

So ging Thimm denn also zögernd um die Papierschlange herum, die der Telegraf inzwischen schon zu einem kleinen Berg aufgetürmt hatte. Er ging zögernd, als ahnte er, daß er sich in eine gefahrvolle Lage begab.

Er tastete nach dem Hörer. Im Abnehmen erstarb das letzte Schrillen. Und nun – als hätte er dadurch das Öffnen eines Schleusentores ausgelöst – ergoß sich eine Schlammflut von Schmähungen über Thimm. Schnell unternahm er einen Anlauf, sich dieser drängenden Flut entgegenzustemmen. Aber das half ihm nichts.

Genau in dem Augenblick, da sich Thimm entschließt, den Hörer wieder aufzulegen, um damit den Sturzbach an Beschimpfungen mit einem Schlag zu dämmen, – genau in diesem Augenblick wird das Bahnhofsgebäude von drei ohrenbetäubenden Schlägen erschüttert. Sofort erlischt das rötliche Lampenlicht. Und eine Sekunde später kann Thimm durch die zerfetzten Verdunklungs-Rollos in die bläuliche Mondnacht hinaussehen.

Jetzt merkt Thimm, daß das Streckentelefon keinen Laut mehr von sich gibt. Mit dem Donnerkrachen ist das Schleusentor zugefallen.

Thimm legt den Hörer ganz einfach auf den Tisch. Es rührt sich nichts mehr. Nur ein paar Mörtelstücke fallen verspätet klackend von der Decke herab.

Thimm wendet sich. Im Weggehen zieht er die Papierschlange ein Stück hinter sich her. Der Luftdruck hatte sie ihm um den Hals geschlungen.

Nun erst bemerkt Thimm, daß auch der Telegraf sein emsiges Ticken eingestellt hat.

Und jetzt fährt es ihm lähmend durch die Glieder . . . Ein für allemal wird es ihm klar: Die Thimms haben ihre Heimat verloren.

Mach dich auf alles gefaßt

Seitdem es Melizkat sinnlos erschien, weiterhin Briefe nach Ostpreußen aufzugeben, schrieb er, was ihn bewegte, in eine Art Kollegheft. Umgekehrt tat seine Frau vermutlich das gleiche. Er hatte es ihr in einem seiner letzten Briefe empfohlen.

Er zeichnete Erlebnisse, Gefühle und Gedanken auch deshalb auf, um sie später einmal mit denen Claudias vergleichen zu können. Ihm erschien es wissenswert, was er selbst in jenen Stunden getan, gedacht oder sogar empfunden hatte, in denen die Seinen womöglich in äußerster Not gewesen waren.

So quälte sich Melizkat zum Beispiel Monate später, als ihm der Tod seines Töchterchens Dina zu Ohren kam, tage-, ja wochenlang damit ab, herauszufinden, was ihn in jener Todesstunde selbst bewegt hatte.

Auch ein anderes ließ sich aus den beiden Tagebüchern erkennen: An jenem Nachmittag, da Claudia Melizkat der Schreck in die Glieder fuhr, als sie von Wölfchens Lehrerin hörte, daß ein russischer Panzer den Mittagszug der Haffuferbahn beschossen hatte, an jenem Nachmittag eilte ihr Mann die Steintreppen der Spiesener Schule hinab, überquerte im Laufschritt den Pausenhof, warf sich hinter das Steuer seines Sanka und brauste ab. Schamait hatte die Maschine bereits angelassen, ohne aber zu wissen, wohin es gehen sollte.

»Nach Homburg«, erklärte Melizkat ihm jetzt. »In der Zeit, in der wir im Schulkeller gehockt haben, hat der Ami ein Stück von Homburg zur Sau gemacht. Wir sollen dort nun aufräumen helfen. Warmes Mittagessen gibt's deshalb erst heute abend. Da in der Tüte ist Marschverpflegung, wenn du Hunger haben solltest.«

»Danke!« sagte Schamait. »Es wird besser sein, wenn mein Magen leer ist. Was wir da wieder zu sehn kriegen . . . Und gerade ins Mittagessen hinein müssen die Schweine von Amis kommen. Die meisten Homburger sind sicher gar nicht erst in ihre Keller gegangen, weil sie der Bombenalarm beim Essen überrascht hat.

Und Kühn und Schönlein? Die beiden haben mal wieder Schwein, daß sie gerade heute früh nach Neunkirchen fahren mußten.«

»Denen bleibt Homburg trotzdem nicht erspart«, sagte Melizkat. »Die müssen, sobald sie von Neunkirchen zurück sind, nachkommen. Das hat Starbsarzt Doben ausdrücklich bestimmt.«

Auch an dieses Gerede erinnerte sich Melizkat an Hand seiner Notizen lebhaft. Überhaupt hatte er später Muße genug zu versuchen, seine schrecklichen Erlebnisse jenes Nachmittags mit denen seiner Frau übereinander zu bringen.

Auch von einer ungewöhnlichen Zigarette berichtete sein Tagebuch, die er sich von Schamait hatte anzünden und während der gefährlichen Glatteisfahrt zwischen die Lippen schieben lassen. Die Unruhe, die er sich mit dem Rauchen hatte vertreiben wollen, die müsse seine Frau unmittelbar auf ihn übertragen haben. So erklärte er sich das später, als er Claudia und die beiden Kinder wiedergefunden hatte.

Dann aber war doch wohl zu viel Schreckliches auf ihn eingestürmt, als daß er noch mehr aus so weiter Ferne hätte mitempfinden können. Schon allein das mit dem Pferd hätte da wohl genügt, das mit dem Apfelschimmel, der sich, aus einer großen Bauchwunde blutend, ihrem Sanka kurz vor Homburg mitten in den Weg stellte. So, als wollte das Tier dadurch auf seine Not aufmerksam machen und gleichzeitig um Hilfe bitten.

Melizkat hatte seinen Wagen auf der glatten Straße nur mit Mühe zum Stehen bringen können. Schamait mußte aussteigen und das blutende Tier an den Straßenrand führen. Willig, mit hängendem Kopf ging der Schimmel mit ihm zur Seite und zeichnete auch auf dieser kurzen Strecke seine Blutspur in den festgefahrenen Schnee.

Melizkat jammerte das Bild. Er kurbelte sein Fenster herunter und reichte Schamait seine Pistole hinaus. »Tu ihm den Gefallen«, sagte er. »Ich hab das schon in Rußland einmal tun müssen und kann's nun nicht mehr. Spiel ihm mit dem Pistolenlauf etwas in der Ohrmuschel herum! Das ist ihm angenehm. Dann drücke gleich mehrmals hintereinander ab! Es ist ja so jämmerlich, langsam und verlassen zu sterben.

Ein zu Tode verwundetes Pferd will mir immer wie eine bittere Anklage der geschändeten Kreatur erscheinen und rührt mich jedesmal zu Tränen«, sagte Melizkat, während er wieder anfuhr. »Kein anderes Wesen ist doch so unschuldig an all den verfluchten Menschen-Kriegen wie gerade das Pferd. Und wieviel hat es da von jeher unter der Knute des Menschen zu leiden und zu leisten gehabt.«

Gleich hinter dem ersten Haus versperrte ihnen ein riesiger Bombentrichter den Weg. »Mensch«, sagte Schamait mit einem Blick in das mächtige Loch, »Mensch, müssen die aber Mordsdinger abgeschmissen haben. Guck doch nur! Sogar einen dicken Baum hat's mit 'rausgerissen.«

Ziemlich bis dorthin, wo der tote Schimmel lag, mußte Melizkat zurückfahren, – dann ein ganzes Stück über freies Feld bis zu einem Nebenweg, um wieder auf die Hauptstraße zu kommen.

Von nun an war der Schnee mit einer dicken Staubschicht überzogen. Denn überall hatten Bomben gewühlt. Hier war ein Haus in Trümmer gelegt, dort ein Garten verwüstet. Und jetzt mußte Melizkat um einen mächtigen Schutthaufen herumfahren. In diesen Augenblicken kam von links ein hinkender Mann herangestürzt, schwenkte dabei seine Mütze über dem Kopf und schrie ein ums andere Mal: »Halt, Kameraden, halt! Ihr müßt *hier* helfen!« Dann riß er die Tür des Fahrerhauses auf und wiederholte seine Hilferufe.

»Wir haben Befehl, uns im Rathaus zu melden«, wehrte Melizkat ab.

»Wo ihr helft, bleibt sich doch gleich«, jammerte der Hinkende. »Die Hauptsache ist doch, ihr helft! Meine Leute liegen doch in den Trümmern. Kommt schnell und helft! Hört doch, wie Sabinchen immer wieder schreit! Schnell, schnell kommt!«

»Halt an!« sagte Schamait und griff Melizkat am Arm. »Stelle den Wagen da auf den Zufahrtsweg, zwischen die beiden Häuser! Der Mann da hat recht. Die beste Hilfe ist schnelle Hilfe.« Und schon schwang sich Schameit aus dem Fahrerhaus, holte eine Trage aus dem Krankenraum des Sanka und folgte dem Hinkenden, der nicht schnell genug vorankam. Melizkat eilte mit seinem Verbandskasten hinter den beiden her.

»Kameraden«, sagte der Hinkende unterwegs, »ich bin ja auch mal Sanitäter gewesen, – in Rußland. Mein rechtes Bein habe ich in Winiza lassen müssen. Und heute komme ich nun wie immer von der Arbeit und will schnell essen. Da muß ich sehen, daß es auch mein Haus erwischt hat. Von der Straßenseite her ist das kaum zu merken. Aber über die Treppe ist nicht in die Wohnung zu kommen. Das Treppenhaus hat's ganz zusammengeschmissen. Das liegt voll von Mauertrümmern. Wir müssen vom Garten her einsteigen, – mit der Leiter. Dort unter dem Schnee am Zaune liegt eine. Schnell, schnell! Ja, Sabine, noch eine Minute. Wir kommen ja gleich!« rief der Hinkende, zur Küche hinauf gewandt, die wie die übrigen hinteren Räume, einer Puppenstube ähnlich, dem Auge offen dastanden. Denn auf der Gartenseite war die Außenmauer bis in den Keller hinab weggerissen.

»Der Hauswirt und seine Frau sind tot«, sagte der Hinkende, »da braucht ihr nicht nachzusehen. Ich war schon unten.« Melizkat und Schamait mußten mit der Leiter erst ein Stück in den Bombentrichter hinein, ehe sie aufwärtssteigen konnten. Die Bombe hatte die Küche am schlimmsten getroffen. Hier lag alles über- und durcheinandergeworfen. Sogar die Liege streckte ihre Beine in die Höhe.

Das Rufen des Kindes, das sie schon solange gehört hatten, das kam unter der Liege hervor. So griffen sie zuerst dort zu und befreiten das Kind aus seiner Klemme. Es war Sabine. Der Junge lag unweit davon auf dem Boden, bewegte sich aber nicht. Ihn schien das gußeiserne Gestell der Nähmaschine erschlagen zu haben.

»Sabinchen haben wir!« rief Schamait dem Vater zu, der unten im Garten wie auf glühenden Kohlen stand. »Kam'rad, geh schnell zum Sanka und hole die beiden Zeltbahnen und das Abschleppseil! Wir wollen dir das Kind hinunterlassen.«

Melizkat zog indessen den Jungen unter dem schweren Eisengestell hervor, öffnete ihm den Halskragen, tastete vergeblich nach dem Pulsschlag und hob dann mit dem Daumen das rechte Augenlid und wußte Bescheid.

Daß Melizkat in diesen Minuten mit seinen Gedanken sehr lebhaft bei seinem Sohn Wölfchen war, daß er sich schmerzhaft nach Frau und Kindern sehnte, wird man dem Vater nachfühlen. Aber lange durfte er bei solchen Gedanken und Gefühlen nicht verweilen. Er mußte in aller Eile überlegen, wie er es dem wartenden Vater beibringen sollte, daß sein Sohn Manfred nicht mehr am Leben war. Denn der Mann dort unten vor dem Bombentrichter fragte immer ungeduldiger nach seiner Frau und dem Jungen, während er über dem Kopfe Seil und Zeltbahnen schwenkte, die er inzwischen schon herbeigeholt hatte.

Keine Minute später fand Melizkat auch die Frau. Sie lag bewußtlos hinter der zersplitterten Küchentür, die der gewaltige Luftdruck aus den Angeln gerissen und gegen den Herd geschleudert hatte.

Melizkat nahm sich sofort der Brandblasen an, die er im Gesicht der Frau, an ihren Armen und Händen entdeckte. Über die Unglückliche hatte sich die kochende Graupensuppe ergossen, die es zu Mittag geben sollte.

Sobald Schamait das Mädchen in eine der Zeltbahnen gewickelt und angeseilt hatte, half Melizkat, das jammernde Kind hinabzulassen. Dann kletterte auch er hinterher, um Sabine mit der Hilfe ihres ungeduldigen Vaters in den Sanka zu schaffen.

Auf dem Rückwege vom Krankenwagen zur Leiter hielt Melizkat die Zeit für gekommen, dem Vater die Wahrheit zu sagen. Zweimal hatte er es verstanden, den Fragen Vater Kramers nach dem Jungen auszuweichen. Jetzt ging er auf den Mann zu, legte ihm die Hand auf die Schulter und sagte: »Kam'rad, du mußt dich auf alles gefaßt machen! Ich weiß, wie schwer es dir sein wird. Aber es hilft trotzdem nichts. Was dir heute passiert, kann mich morgen schon selbst schwer treffen ...«

Als hätte es Melizkat geahnt, daß es ihn sehr bald treffen werde, dieses Etwas, gegen das kein Kraut gewachsen war ...

Vater Kramer aber konnte das Unabänderliche nicht fassen. Er bestand darauf, daß der tote Manfred mit ins Krankenhaus genommen wurde. Nur schnell, schnell sollte alles gehen. Ins Kreiskrankenhaus wollte er mit seinen Leuten. Dort seien Frau und Kinder am besten aufgehoben.

Damit Vater Kramer Melizkat den Weg dorthin

weisen konnte, mußte Schamait hinten bei den Verletzten mitfahren.

Aber im Kreiskrankenhaus nahm man ihnen ihre traurige Fracht nicht ab. »Alles längst überbelegt!« hieß es dort. »Auch nicht ein einziges Bett mehr frei! Versucht es oben auf dem Berg in der Anstalt! Dort hat sich vorige Woche eine Sanitätseinheit der deutschen Wehrmacht eingerichtet. – Als Kriegslazarett dürften die da oben noch Platz genug haben – trotz des unverhofften Luftangriffes.«

»Dann also schnell hinauf in die Irrenanstalt!« befahl Vater Kramer. »Die Hauptsache, meine Leute kommen so schnell wie möglich auf den Operationstisch.«

Auf dem kürzesten Wege lotste Kramer den Sanka aus der Stadt auf die Straße, die zu der Heilanstalt hinaufführte.

In dem Augenblick, da Melizkat dem beladenen Wagen etwas mehr Schwung geben wollte, weil er sah, daß die Straße ziemlich steil anstieg, da begannen die Luftschutzsirenen wieder mörderisch zu heulen, und zwar gaben sie jetzt gleich Vollalarm.

»Was hat das zu bedeuten?« fragte Kramer, – »Gleich Vollalarm ohne Vorwarnung?«

»Da sind sicherlich ganz plötzlich ein paar Jabos aufgetaucht, – oder auch Aufklärer, Aufklärer, die fotografieren, was die Bomber angerichtet haben. Damit sie wissen, was sie das nächste Mal aufs Korn nehmen müssen«, erklärte Melizkat. »Da gibt's dann immer gleich Vollalarm.«

»Kam'rad, beeile dich nur ein bißchen!« trieb Kramer von neuem. »An der Straße, die zur Irrenanstalt hinaufgeht, stehen Baumreihen. Die schützen uns vor Sicht. Und außerdem wehen doch da oben auf allen Dächern die Rote-Kreuz-Flaggen. Komm, fahr nur ein bißchen schneller!«

Gerade wollte Melizkat etwas kräftiger auf das Gaspedal treten, da stellte sich ihnen ein Luftschutzwart in den Weg und zwang zum Anhalten.

Sofort fing Kramer an zu jammern: »Wir haben's eilig!« schrie er dem Behelmten ins Gesicht. »Meine Leute müssen schnell auf den Operationstisch kommen!«

»Hier im Keller liegen zwei Schwerverwundete, die müssen auch schnell auf den Operationstisch!« sagte der Luftschutzwart ziemlich barsch, »die beiden werden Sie mitnehmen! Sie fahren doch ins Kriegslazarett, wie ich sehe.«

»Mitnehmen werde ich, soviel ich mitnehmen kann!« entgegnete Melizkat und schwang sich aus dem Wagen.

»Macht doch nur, daß wir weiterkommen!« drängte Kramer. »Ich will ja den armen Manfred gern auf den Schoß nehmen. Dann hast du doch Platz für die beiden . . .«

Die beiden wurden bereits von vier Männern herangetragen. Es waren schwerverletzte Frauen.

Kramer winkte Schamait eilig und aufgeregt aus der Wagenhöhle heraus, setzte sich an Schamaits Stelle neben die stöhnende Frau, nahm den leblosen Manfred auf die Knie und trieb zum Weiterfahren an, – noch während die beiden Frauen auf die freien Plätze gebracht wurden.

Die Aufnahmestelle für Verwundete war im Hauptgebäude der ehemaligen Heilanstalt untergebracht worden und ließ sich leicht finden.

Schon von weitem bemerkte Melizkat das Schild *Aufnahme* über dem Eingang. Davor stand ein großräumiger Sanka mit großen roten Kreuzen. Ein ungewöhnlicher Typ, dachte Melizkat. Während seiner fünfeinhalb Kriegsjahre war ihm ein solcher Wagen noch nicht begegnet.

Jetzt sahen Schamait und Melizkat zwei Männer mit Rote-Kreuz-Armbinden auf den fremden Sanka zugehen, eine leere Krankentrage in den Wagen schieben und die mit ihrem letzten Verwundeten herausziehen und forttragen, – dorthin, wo *Aufnahme* über dem Eingang stand, wohin Vater Kramer nun sehr wahrscheinlich als erster mit seinem leblosen Manfred auf den Armen laufen würde, sobald ihm Melizkat die Sankatür öffnete.

Melizkat glaubte schon jetzt zu hören, wie sich der unglückliche Vater im Inneren des Wagens für den schweren Gang zurechtstellte. Deshalb stürzte er mehr als daß er ging nach hinten und riß beide Türflügel weit auf, so daß Kramer mit seinem Jungen sofort loslaufen konnte.

Schamait und Melizkat ergriffen die Trage mit der stöhnenden Frau und trugen sie hinter dem Manne her.

Auf halbem Wege kamen ihnen die Fremden mit den Rote-Kreuz-Armbinden entgegen. Mit ihrer leeren Trage wichen sie Schamait und Melizkat *so* respektvoll aus, daß aus dieser Geste eine Art Ehrenbezeigung zu lesen war. Nur daß sie dabei etwas betreten grinsten, war komisch.

»Das sind doch Amis!« zischelte Schamait, nachdem sie an den Fremden vorbei waren, »ganz gewiß sind das Amis! Diese braunen, langschäftigen Schnürstiefel mit den dicken Gummisohlen – und darüber die Hosen, die so komisch über die hohen Stiefelschäfte hinwegfallen.«

»Freilich sind das Amis«, meinte jetzt auch Melizkat. »Man sieht's doch an den olivgrünen Windjacken. Und überhaupt – der ganze Aufzug . . .

Was, zum Teufel, hat das zu bedeuten?«

»Frag' sie doch ganz einfach mal!« empfahl Schamait, der auf Melizkats Sprachkenntnisse große Stücke zu halten schien. »Ganz einfach mal 'rangehn nachher, wenn sie zurückkommen. Du kannst doch Englisch.«

»Verdammt nochmal!« fluchte Melizkat. »Sind wir etwa über die Frontlinie geraten, ohne es zu merken? Oder aber haben die Amis Homburg besetzt, während wir die Kramers aus den Haustrümmern holten? Denn wenn's Gefangene wären, müßte doch ein deutscher Wachmann bei ihnen sein. Na so was Verrücktes habe ich doch den ganzen Krieg über nicht erlebt.«

Schamait und Melizkat hätten sich den Kopf nicht zu zerbrechen brauchen. Gleich in dem Raum, in dem ihnen die Verletzte abgenommen wurde, saß jener Wachmann, den Melizkat vermißt hatte. Aus seinem Erzählen hörten sie heraus, daß die beiden Amis tatsächlich Kriegsgefangene waren, daß sie erst heute in aller Frühe samt ihrem prächtigen Sanka von einem deutschen Stoßtrupp geschnappt wurden. Mit einigen deutschen und amerikanischen Verwundeten beladen, hatten die überraschten Sanitäter ihren eigenen Sanka durchs Niemandsland bis in die deutschen Linien und später dann bis hierher ins Kriegslazarett Homburg fahren müssen.

Der Wachmann war ein Unteroffizier, der an dem Stoßtruppunternehmen selbst teilgenommen haben wollte. Er gefiel sich sichtlich in der Rolle eines Berichterstatters, zumal er bei dem unverhofften Vorstoß eine Schmarre am Kinn davontrug.

Sie, die beiden Amis, seien seelensgute Boys, verkündete er leutselig. Sie würden ihm auch ganz gewiß keinen Ärger machen. Er traue ihnen sogar übern Weg. Den Zündschlüssel zu dem guten Stück, dem Sanka, den habe er aber vorsichtshalber doch an sich genommen.

Während sie die letzte Frau aus ihrem Fahrzeug holten, bemerkten Schamait und Melizkat, wie die beiden gefangenen Sanitäter in ihrem Sanka herumkramten und kurz darauf – als sie gefunden hatten, was sie suchten – die zwei Türflügel ihres Wagens zuschlugen. Auf diese Weise kam das hintere Kennzeichen des Wagens mit dem amerikanischen Emblem zum Vorschein. Und dieses amerikanische Nummernschild verscheuchte nun bei Schamait und Melizkat die letzten Zweifel an der Wahrheit der abenteuerlichen Geschichte des redseligen Unteroffiziers.

Auf der Rückfahrt nach Spiesen spukte Schamait die seltsame Geschichte im Kopf herum. Auch der erbeutete Sanka hatte es ihm angetan. Er kam nicht davon los.

»Das Ding ist doch nun ein regelrechtes Beutestück«, so ging er den schweigsamen Melizkat endlich an. »Und Beutestücke kommen doch mit in den Fronteinsatz. Das ist doch von jeher so gewesen. Wenn man doch so einen Sanka wie den unter'n Hintern bekommen könnte . . .

Die Dinger sollen sogar automatische Heizung haben, – vorn im Fahrerhaus und hinten im Krankenraum. Denk mal an: Du sitzt dann auch im tiefen Winter darin immer wie in einer geheizten Stube.«

Aber auch für das heizbare Fahrerhaus, das in so weiter Ferne stand, konnte sich Melizkat nicht recht erwärmen. Ihm kam der arme Vater Kramer nicht aus dem Sinn. Seine Leute hatte der nun zwar unter Dach und Fach. Wohin aber sollte der Mann nun selbst. Das Kriegslazarett würde ihn gewiß nicht beherbergen wollen. Womöglich mußte er mit seinem Ersatzbein versuchen, über die stehengebliebene Leiter in eine geschützte Ecke seiner zerstörten Wohnung zu kommen . . .

Als sich Melizkat beim Hauptfeldwebel von seinem Einsatz in Homburg zurückmeldete, war das Abendessen bereits ausgegeben.

Zu seiner Überraschung erfuhr Melizkat in der Schreibstube, daß die Sankafahrer Schönlein und Hemske schwerverletzt im Kriegslazarett Homburg lagen, in jenem, in das er und Schamait die Kramers hatten bringen müssen. Auf der Fahrt nach Homburg war Schönlein kurz vor der Stadt der Sanka durch einen Jabo unterm Hintern in Brand geschossen worden. Totalschaden.

»Melizkat, nun dürfen Sie unsere Verwundeten allein fahren«, spöttelte der Hauptfeldwebel.

Als Melizkat das hörte, schoß ihm ein Gedanke durch den Kopf: das Wunder von amerikanischem Sanka und das Telefongespräch, das Stabsarzt Doben wegen des Falles Schönlein mit dem Korps-Arzt hatte führen müssen.

»Herr Hauptfeldwebel«, sagte Melizkat dienstlich, »ich habe dem Chef eine wichtige Meldung zu machen. Ich bitte, zu ihm vorgelassen zu werden!«

»Sie reden ja heute wie mit Engelszungen«, sagte der Hauptfeldwebel. »Was ist das, was Ihnen plötzlich so wichtig erscheint? Der Herr Stabsarzt ist zwar noch hier; ob er aber noch zu sprechen ist . . . Mal nachfragen. Warten Sie hier!« –

»Na, Melizkat, sind Sie dem Orkus wieder entronnen?« empfing ihn Stabsarzt Doben. »Na also, dann berichten Sie mal! Von dem Pech unseres Schönlein werden Sie ja schon gehört haben.« Melizkat erzählte schnell, was zu erzählen war, um recht bald auf die Geschichte mit dem amerikanischen Sanka zu kommen. »Ein Prachtstück von Sanka, Herr Stabsarzt. Ich glaube sogar – einer mit automatischer Heizung . . .

Und nun meine ich, Herr Stabsarzt, da uns die Amis einen kaputtgeschossen haben, müßten sie uns *den* überlassen, dem ich da in Homburg begegnete.«

»Melizkat«, entgegnete Stabsarzt Doben, »ich sehe, Sie haben sich da heute verliebt, – so verliebt, daß Sie übersehen, wer über das Beutestück zu verfügen hat. Aber immerhin – mir gefällt, daß Sie sich so eifrig für unsere Belange einsetzen. Und ich will dem Korpsarzt die Sache mit dem Beute-Sanka auch eindringlich vortragen, wenn Sie meinen, daß uns mit dem Ding gut gedient ist. Und mir selbst wäre diese Lösung, ganz offen gesagt, auch am liebsten. Dann brauchen wir nämlich nicht erst in den Heeres-Kraftfahrzeug-Park zu robben. Zwischen Leipzig und Naumburg soll sich der befinden. Dorthin zu kommen, heißt heutigentags soviel wie hinrobben.

Sie werden hören, was sich mit dem Sanka tut, Melizkat. Wie geht es Ihrer Frau und den Kindern?«

»Ganz traurig, Herr Stabsarzt. Eine Frau allein mit drei kleinen Kindern . . . In meiner Sorge hatte ich sie meinem Königsberger Vetter ans Herz gelegt. Aber gestern bekam ich tatsächlich noch einen Brief, in dem sie mir schrieb, daß sein Schiff von der Wehrmacht beschlagnahmt ist und schon einige Monate unter der Genfer Flagge fährt.

Wie dieser Brief noch aus Ostpreußen hat 'rauskommen können, ist mir ein Rätsel . . .«

Sommerfeld wird ausgeräuchert

Als am nächsten Morgen geweckt wurde, fühlte sich Thimm wie gerädert. Während der Stunde, in der er noch ins Heu hatte kriechen können, quälte ihn ein unsinniger Traum: Thimm sieht sich zum Fahrdienstleiter des Bahnhofes Sauerbaum verdammt. Otto und Reinhold hatten beide ihre verantwortungsvollen Posten im Stich gelassen. Und er soll und muß nun beide vertreten. Aber auch er versucht, sich der ungewohnten Verantwortung zu entziehen. Wenn ihn nur das häßliche Schrillen nicht immer wieder an seine verdammte Pflicht erinnerte . . .

Schließlich aber besteht Thimm seine Feuerprobe doch und bringt das letzte Telefongespräch zwischen den Bahnhöfen Seeburg und Sauerbaum zustande, das letzte, das in deutscher Sprache geführt wird.

Und für *die* Heldentat soll Thimm nun von seinem Obersten Kriegsherrn belobigt und ausgezeichnet werden. Die angesetzte Audienz wird aber immer wieder durch irgendeinen widrigen Umstand verhindert.

Und *das* hatte Anton Thimm so sehr mitgenommen. Er war wie gerädert.

Erst als er sich auf den Erfolg seiner nächtlichen Reise besann, wurde ihm etwas besser: Der schlimmsten Gefahr waren seine Leute erst mal entronnen. Und das Glück mit dem Lazarettzuge beruhigte ihn vollends.

Und nun auch noch das Schlittengespann, das er von seinem Ausfluge mitgebracht hatte . . .

»Großartig!« sagte der Feldwebel, als er davon hörte. »Der Schlitten bleibt selbstverständlich bei der

Kompanie. Und du, Anton, kutschierst das Ding natürlich und läßt die Männer abwechselnd aufsitzen, die in der Nacht Feldwache hatten. Auch das Gepäck von den Schwachfüßlern kommt mit drauf – verstanden?«

Nach zehn Kilometern kam Schlitz, der Kompanie-Schreiber, humpelnd an Thimm heran: »Der Hauptfeld hat mir erlaubt, ein Stück mitzufahren«, erklärte er, stieg ohne weitere Umstände auf und hockte sich neben Thimm auf den prallen Hafersack.

»Wo hast du nur die Füchse und den Schlitten aufgetrieben?« wollte Schlitz wissen, – »und dann auch gleich noch ein fettes Schwein dazu?«

»Militärisches Geheimnis!« konterte Thimm und hielt dem Neugierigen ein Bonbon hin.

»Nun, mir gegenüber brauchtest du nicht so geheimniskrämerisch zu tun. Ich habe dir ja mehr als ein militärisches Geheimnis verraten.«

»Was hast du?« fragte Thimm erschrocken.

». . . mehr als ein militärisches Geheimnis habe ich dir verraten«, wiederholte Schlitz etwas verärgert.

»Das war ein anderer, dem du das verraten hast«, sagte Thimm; »überleg mal! Ich weiß von nichts.«

»Habe ich dir nicht heute früh, als du beim Spieß warst, zugeflüstert, daß alle Kommandeure zu General Hoßbach nach Borken müssen? – wegen des Durchbruchplans bei Preußisch Holland?«

»Das mit dem Durchbruch nennst du ein militärisches Geheimnis? Das sind doch olle Kamellen, Schlitz. Die kennt doch schon bald jeder einfache Landser. Und der *soll* sie ja sogar kennen. Auch der Dümmste soll wissen, warum er im Eilmarsch durch ganz Ostpreußen gejagt wird.

Schlitz«, fragte Thimm unvermittelt, »hast du ein bißchen Pferdeverstand? Dann übernimm die Leinen ein Weilchen! Ich muß mich ein Viertelstündchen hinten ins Heu kuscheln.«

Am vierten Tage, während einer Marschpause bat der Kompanie-Chef, Hauptmann Steiner, den Leutnant Gardau in eine warme Bauernstube. »Man könnte sich vorkommen wie unter der Fuchtel Friedrichs des Großen«, sagte der Hauptmann. »Dieser Barbar trieb seine Regimenter ja auch nach tagelangen Märschen ohne Ruhepause in die Schlacht. Sein Frische-Fische-gute-Fische scheint auch heut wieder zu Ehren zu kommen. Es ist barbarisch, was in den letzten vier Tagen von der Truppe gefordert wurde. Noch schlimmer aber ist, daß ein sehr wahrscheinlich zehnmal stärkerer Feind angegriffen werden muß – und das, ohne unseren Leuten vorher eine Handvoll Schlaf zu gönnen. Es bleibt ihnen ja kaum Zeit, eine Feldküchenmahlzeit in sich hineinzulöffeln.

Wollen wir hoffen, daß sich General Hoßbach durch die Kommandeure erweichen läßt und den abgerackerten Leuten wenigstens bis Mitternacht Ruhe gibt.«

Gardau hatte Mühe, den Worten des Hauptmanns zu folgen. Die warme Stubenluft bedrängte ihn wie eine beginnende Narkose.

»Wenn ich vom Bataillon zurückkomme«, fuhr der Hauptmann fort, »werden wir mehr wissen als jetzt.«

»Gestatten Sie mir, Herr Hauptmann, daß ich Ihnen einen Vorschlag mache: Unteroffizier Thimm aus meinem Zuge – er stammt hier aus der Gegend –, der hat da von einem bekannten Bauer ein Schlittengespann bekommen. Beide Füchse sollen sich reiten lassen. Wenn ich Ihnen einen davon für den Ritt zum Bataillon satteln ließe . . .«

»Ausgezeichnet – der Vorschlag!« sagte der Hauptmann. »Dann werden wir's um so schneller wissen, was uns blüht. Sorgen Sie also dafür, Gardau, daß der Kompanie-Trupp untergebracht ist, wenn ich vom Bataillon zurückkomme. Die Feldküche ist schon dorthin unterwegs. Also hier!« Er tippte mit einer kalten Zigarette, die er eben aus seinem silbernen Etui genommen hatte, auf einen bestimmten Punkt der Karte. Hier ist das Wohngebäude – ein sehr großes Wohngebäude sogar –, daneben Scheunen und Ställe. Ich wünsche, daß die Kompanie dort Unterschlupf findet, bis der Tanz losgeht. Wenn die Bauersleute schon auf der Flucht sind, lassen Sie die Wohnräume, soweit sie nicht für den Kompanie-Trupp gebraucht werden, auch mitbelegen! Die Portionen und das Wellfleisch werden sofort ausgegeben, damit die Männer bald zur Ruhe kommen.«

Als Leutnant Gardau mit seinen Männern auf den abgelegenen Bauernhof kam, stand dort ein mit Plane überspannter Bauernwagen abfahrtbereit und vor ihm ein schwarzer Landauer. Beide Fahrzeuge waren bespannt. Den Pferden hatte man Wolldecken über die Rücken geworfen. Die Tiere ließen die Köpfe hängen, als ahnten sie, was ihnen bevorstand. Vom Besitzer des Hofes und seinen Leuten war nichts zu sehen.

Gardau ließ seine Männer auf dem Hofe und ging allein ins Haus. Er klopfte an alle Türen, aber hinter keiner von ihnen regte sich etwas. So öffnete er die erste beste auf einen kleinen Spalt, schloß sie aber sofort wieder, weil er die Bauersleute bei Kerzenschein vor einem Marienbilde knien sah.

Um die Andacht der Leute nicht zu stören, ging er auf Zehenspitzen zur Haustür zurück und gab den Männern, die auf ihn warteten, Zeichen, daß auch sie sich einen Augenblick ruhig verhalten sollten.

Aber bald traten die fünf Erwachsenen und die zwei Mädchen, die Gardau noch vor drei Minuten vor dem Marienbild hatte knien sehn, aus dem Zimmer und gingen über den Flur, an ihm vorbei – einer hinter dem andern, ohne ihn zu beachten. Nur der letzte, ein französischer Kriegsgefangener, der salutierte, *so* wie er es vermutlich auf dem Kasernenhofe gelernt hatte. Gardau legte die Rechte flüchtig an den Helmrand.

Nach kurzem Überlegen ging er hinter dem Franzosen her. Draußen trat er auf die junge Frau zu, legte die Hand wieder an den Helm und fragte nach dem Besitzer des Hofes.

»Da mein Mann gefallen ist, werde ich mich als die Besitzerin ausgeben müssen«, antwortete die Frau sprachgewandt. »Was wünschen Sie von mir, Herr Leutnant?«

Inzwischen waren auch die beiden Alten hinzugetreten und hörten sich mit an, was Gardau der jungen Frau vortrug, und wie er zum Schluß allen zusammen ein gutes Gelingen der Flucht wünschte.

»Ach, das ist es, was Sie zu uns führt, Herr Leutnant«, sagte die alte Frau, als fiele ihr ein Stein vom Herzen. »Und dabei dachten wir schon, Sie wollten unsere Flucht im letzten Augenblick noch verhindern.«

»Bleiben Sie und Ihre Soldaten in unserem Hause, solange Sie wollen, Herr Leutnant«, warf jetzt die junge Frau ein und knöpfte dabei ihren Pelz zu. »Ich möchte wünschen, daß wir unseren Besitz aus Ihren Händen wieder entgegennehmen können, wenn wir zurückkommen. Leben Sie wohl, Herr Leutnant!« rief sie und ging mit den Alten und den Kindern auf den Landauer zu, nahm dort die Decken vom Rücken der beiden Pferde und reichte sie dem Mann; der inzwischen auf den Bock gestiegen war.

Sobald der Landauer den Hof verlassen hatte, trieb auch der Franzose die beiden Pferde vor dem Leiterwagen an. Er und die polnische Magd gingen vorläufig neben den Zugtieren her.

Bald nachdem die Kompanie ihr Essen empfangen hatte, ritt Hauptmann Steiner auch schon auf den Hof. Schnell ließ er seine Zug- und Gruppenführer unauffällig in der warmen Bauernstube zusammenkommen. Er wies ihnen Sofa, Truhen, Stühle und schließlich auch den Fußboden zum Platznehmen an. Leutnant Gardau und der Spieß setzten sich auf die warme Ofenbank. Hauptmann Steiner trat an die Karte, um den Armeebefehl zu erläutern.

»Meine Herrn!« redete er seine Leute an, wie er es immer tat, wenn er sich ihnen kameradschaftlich geben wollte.

»Aus der erhofften Galgenfrist, dem Schlaf bis Mitternacht, ist nun doch nichts geworden. In anderhalb Stunden geht der Tanz los. Was ich Ihnen hier sage, müßte ich den Leuten eigentlich Auge in Auge eröffnen. Statt sie dafür aber eine halbe Stunde in die Kälte zu befehlen, will ich sie lieber etwas verschnaufen lassen. Sie also, meine Herrn, die Zug- und Gruppenführer, werden dafür sorgen, daß den Leuten klar wird, wofür sie heute abend antreten und kämpfen und auch ihr Letztes hergeben müssen.

Der Oberbefehlshaber will alles auf eine Karte setzen, weil der sowjetische Druck von Süden, also von Allenstein her, von Stunde zu Stunde stärker wird. Das Panzerkorps, das unsere Südflanke zu decken hat, ist schon jetzt, da wir hier noch gemütlich sitzen, in mörderische Kämpfe verwickelt. Um das Dorf Scharnigk zum Beispiel wird zur Stunde hart gekämpft. Gemeint ist das Scharnigk an der Straße Guttstadt–Liebstadt – nicht etwa das bei Seeburg. Von ihm soll so gut wie kein Haus mehr stehen, so oft hat es schon den Besitzer gewechselt.

Der Russe wirft ungeheure Massen an Menschen und Material in die Bresche, die er in unsere Front zwischen Deutsch Eylau und Allenstein geschlagen hat. Und seines Erfolges scheint er sich auch schon so gut wie sicher zu sein. Er ahnt noch nichts von unserem Gegenschlage, der ihn von Elbing abdrängen soll.

Überraschen wir ihn also! Gelingt uns das, dann ist schon viel gewonnen. Deshalb merke sich jeder: Allen Gefechtslärm vermeiden! Besonders gilt das für heute, diese Nacht. Keinen Schuß abgeben, der nicht unbedingt nötig ist! Hieb- und Stichwaffen bevorzugen, wenn es zu Nahkämpfen kommt. Und – was natürlich sehr wichtig ist – keinen Russen durch die Lappen gehen lassen! Denn der könnte das Gros alarmieren.

In spätestens drei Stunden wird das Bataillon die Straße Guttstadt–Wormditt in westlicher Richtung überschreiten. Dann ist auch unser Operationsraum vom siebenten Panzerkorps von Süden her abgeriegelt. So ist es jedenfalls geplant. Und womöglich sitzt dann auch schon etwas für uns in der Falle. Das werden wir bald merken. Schnell säubern – aber wie gesagt – ohne Lärm!

Geht alles planmäßig, dann stoßen wir zwischen Wormditt und Liebstadt weiter nach Westen vor. Die Pioniere liegen schon auf dem Sprung, bei Sportehnen eine Brücke über die Passarge zu schlagen. Ist es uns gelungen, die Straße Liebstadt–Preußisch Holland zu überschreiten, sind wir dem großen Ziel Christburg–Stuhm und damit dem Durchbruch nicht mehr fern, zumal uns der abgesprengte Teil der zweiten Armee von Westen her entgegen kommt, dem Gegner also in die linke Flanke fällt. Wenn jeder von unseren Männern weiß, was der Durchbruch für die Massen der Ostpreußen-Flüchtlinge bedeutet, dann wird er die Strapazen dieser Tage womöglich williger ertragen, als wenn ihm das ganze Unternehmen ein Buch mit sieben Siegeln bleibt.«

Das Schrillen des Feldtelefons nahm dem Hauptmann das letzte Wort aus dem Munde. Betont aufrechtstehend, hob er ab. Das Schweigen im Raum wurde geradezu hörbar, zumal auch der Hauptmann lauschte und schwieg.

»Jawoll, Herr Major! Spähtrupp auf Sommerfeld ansetzen!« sagte der Hauptmann in die Muschel, lauschte noch eine Minute und legte nach einem letzten

Jawoll-Herr-Major auf. Dann ging er wieder an die Karte.

»Wie Sie gehört haben, geht es um Sommerfeld«, sagte er und wies mit dem Schreibstift auf die Karte, etwa auf die Mitte der Straßenstrecke zwischen Guttstadt und Wormditt. »Nicht zu verwechseln mit dem Sommerfeld zwischen Liebstadt und Preußisch Holland«, sagte er. »Das Bataillon vermutet nämlich, daß die Russen bereits Kräfte aus dem Raum Allenstein über das berüchtigte Scharnigk hinaus in den Raum Wormditt vorgetrieben haben und gerade *deshalb* so besessen um das Dorf kämpfen, weil sie fürchten müssen, die Verbindung zu ihren Vorhuten zu verlieren. Möglicherweise hätten wir also schon etwas in der Falle, die nun ausgeräuchert werden muß.

Die Kompanie hat Auftrag, einen Spähtrupp auf das Dorf Sommerfeld anzusetzen. Ist jemand unter Ihnen, der das Unternehmen führen will?«

Die Unteroffiziere Thimm und Perkuhn hoben die Hand – Thimm tat das schon allein deshalb, weil er die ganze Strecke hatte kutschieren dürfen, während alle andern marschieren mußten.

Bald darauf meldete sich aber auch der Obergefreite Tapernik und sagte: »Ich kenne Sommerfeld genau. Deshalb halte ich's für meine Pflicht, das zu machen.«

»Ausgezeichnet, Tapernik!« sagte der Hauptmann. »Wann und wie haben Sie denn Ihre Ortskenntnis in Sommerfeld erworben?«

»Bis zu meinem vierzehnten Jahre war ich jede Sommerferien in Sommerfeld bei den Großeltern, Herr Hauptmann. Ich kenne dort so gut wie jedes Haus, jeden Gartenzaun und natürlich auch alle Schleichwege.«

»Ausgezeichnet, Tapernik!« wiederholte der Hauptmann. »Dann können Sie bei dieser Gelegenheit womöglich auch gleich mal nach Ihren Großeltern sehen.«

»Die sind beide schon gestorben, Herr Hauptmann – fünfunddreißig der Großvater und ein Jahr drauf auch die Frau. Gott sei Dank, Herr Hauptmann, daß die den Jammer nicht zu erleben brauchen.«

Bis auf Thimm und Tapernik ließ der Hauptmann alle abtreten und sich zu ihren Zügen und Gruppen begeben. Thimm gab er den Auftrag, mit dreien seiner Leute zu erkunden, ob Altkirch, das Dorf vor Sommerfeld, etwa auch schon Russen zu spüren bekommen hatte.

Der Spähtrupp Tapernik kam überraschend schnell von seinem abendlichen Ausflug zurück und meldete: »Sommerfeld sehr wahrscheinlich voller Russen; am südlichen und nördlichen Dorfeingang je ein T 34.«

Den Sowjetstern hatten sie durch ihre starken Nachtgläser deutlich ausmachen können.

Auch Unteroffizier Thimm kam mit seinen drei Männern bald darauf von Altkirch zurück. Er war dort in mehreren Gehöften gewesen und hatte die Leute ausgefragt. Keiner von ihnen hatte Russen zu sehen bekommen. Nur einer, der am Nachmittag mit Pferd und Wagen von Arnsdorf nach Altkirch gefahren war, gab an, daß er dabei von Westen her beschossen worden sei. Daß die Schüsse aber aus russischen Rohren gekommen wären, das hätte er nicht für möglich gehalten.

So blieb vorläufig nur Sommerfeld. Daß aber in oder um Sommerfeld gekämpft werden mußte, das wußte bald das ganze Bataillon.

Die Züge der beiden Angriffskompanien waren schon dabei, das Dorf in weitem Bogen zu umgehen. Der erste Halbzug Gardau hatte vom offnen Felde her durch mehrere Bauerngärten auf die Schule durchzustoßen. Er wurde vom ortskundigen Tapernik eingewiesen.

Nach Taperniks Meinung hatte sich der russische Stab in der Schule einquartiert. Der mußte also zuerst ausgehoben werden, wenn das Unternehmen möglichst lautlos durchgeführt werden sollte.

Sollte sich aber irgendwo besonders starker Widerstand zeigen, hatte die dritte Kompanie sofort einzugreifen, die der Kommandeur für solche Fälle in Reserve hielt.

Die übrigen des Gardauschen Zuges mit der Gruppe Thimm hatten die Häuser im südlichen Teile des Dorfes zu durchsuchen und, wenn nötig, von ihren ungebetenen Gästen zu befreien.

Immer wieder hielt Gardau seine Leute an, bei allem möglichst leise zu Werke zu gehen, Posten lautlos zu kassieren und Schußwaffen nur in der Not zu gebrauchen.

Von den Posten waren sie jedoch noch recht weit entfernt. Zuerst hieß es einmal, unbemerkt ins Dorf zu kommen.

Das ging aber besser, als man ursprünglich befürchtet hatte. Die weißen Tarnanzüge trugen das ihre dazu bei. Und der Mond war noch nicht aufgegangen. Außerdem dämpfte der hohe Schnee die Geräusche, die sich auch bei aller Vorsicht nicht ganz vermeiden ließen.

Ein Hund hatte bis jetzt noch nicht angeschlagen. Die Hunde aber waren Gardaus größte Sorge: Hatte erst einer von ihnen zu kleffen angefangen, dann würde auch bald das ganze Dorf rebellisch werden. Aber im Dorfe blieb alles mäuschenstill. Tapernik hatte nicht zu viel behauptet. Es rührte sich tatsächlich kein Hund.

Die meisten der heranstapfenden Männer trugen ihren Spaten nicht an der Stelle, die von der Heeresdienstvorschrift dafür vorgesehen war. Denn dort klapperte sein Stiel bestenfalls verräterisch.

Richard Rehner trug den seinen mit dem Spatenblatt von obenher hinter das Koppelschloß geschoben. Und die meisten hatten ihm das nachgemacht. Eigentlich wars die Idee seines Vaters aus dem Ersten Weltkrieg. Aber er nahm sie kurzerhand für sich in Anspruch. Die Kanten des Gerätes messerscharf gefeilt, den Stiel am oberen Ende durchbohrt und mit einer Schlaufe versehen, so ließ er das gefährliche Ding wie das Anhängsel eines Armbandes am Handgelenk baumeln. »Seht!« so führte er seine Erfindung, die nicht die seine war, den Kameraden vor. »So habt ihr die Hand immer frei für die MPi oder was anderes. Braucht man das Ding aber zum Zuschlagen, hat man's auch gleich wieder zur Hand. Und aus der Faust rutschen kann es dir mit dieser Schlaufe niemals. Was, zum Teufel, nützt mir im Nahkampf ein Spaten, den ich erst umständlich vom Koppel schnallen muß!«

Rehner sah es gern, daß ihn die Kameraden Renner nannten. Weil er überall eine Nasenlänge voraus sein wollte, tauften sie ihn so. Sonst aber war Rehner bei ihnen nicht etwa unbeliebt. Er half immer gern, wenn er konnte.

Tapernik hatte seinen Kameraden nicht zu viel versprochen. Die Sommerfelder Hunde verrieten die Befreier des Dorfes nicht. Die Russen hatten da vorher schon ganze Arbeit getan und die Kleffer alle durch ein paar Schüsse umgelegt. So kam auch die Gruppe Thimm unbehelligt an das erste Bauernhaus.

Vorsichtig probierte Thimm an der Haustür. Aber die war verschlossen – wahrscheinlich von innen verriegelt. Weil er wußte, daß die Bauernhäuser meist einen zweiten Eingang haben, schlich er mit dem Gefreiten Keil ums Haus in den Garten. Von dort aus führten fünf oder sechs Stufen hinab zu einer Tür. Und *die* ließ sich öffnen. Die beiden Männer sahen sich plötzlich in einem niedrigen ungepflegten Raume, den die Hausbewohner vermutlich zum Wäschewaschen benutzten. Im Lichtkegel von Thimms Taschenlampe standen Töpfe jeder Größe, Wannen und Zuber herum. Die Tür, die wahrscheinlich in den eigentlichen Keller führte, gab aber nicht nach.

Thimm schickte Keil zum Wagenschuppen, in dem sich der Rest seiner Gruppe versteckt hielt. Bis auf zwei Mann befahl er die andern zu sich in die Waschküche. Zwei mußten aber im Schuppen zurückbleiben und von dort aus die Haustür im Auge behalten.

Rehner und Keil, die beiden Draufgänger in Thimms Gruppe, lehnten sich mit aller Gewalt gegen die unnachgiebige Tür und bekamen wahrhaftig etwas Luft.

»Die ist nicht verschlossen«, flüsterte Rehner, »die ist verbarrikadiert. Komm, Anton, drücke du mal mit! Da liegt nur was dahinter.«

Zu dritt gelang es ihnen, die Tür so weit aufzudrükken, daß sich Rehner durch den Spalt hindurchzwängen konnte.

»Mensch, was ist denn hier los?« flüsterte er, »reich mir doch die Taschenlampe mal durch!« Einige Augenblicke später ließ sich die Tür öffnen, und alle sahen, was dort hinter der Tür lag: ein umgestürztes Regal mit zerschlagenen Flaschen und Konservengläsern.

Thimm befahl, daß Lenz und Bornhoff in der Waschküche zurückblieben und von hier aus den hinteren Hauseingang sicherten. Mit Keil und Rehner wollte er weiter nach oben vordringen. Fielen Schüsse im Haus, hatten Lenz und Bornhoff sofort zu Hilfe zu eilen. Das war den beiden eingeschärft worden.

Hinter der nächsten Kellertür stießen die drei auf den ersten Toten, einen graustoppelbärtigen Alten. Mit Nacken und Hinterkopf gegen die Mauer gestürzt, lag er da – recht unbequem, wie es Rehner erscheinen wollte. »Genickschuß«, stellte er fest, indem er den Mann von der Mauer abdrehte. Langsam wie ein Minutenzeiger legte der Tote sich nun auf den Boden nieder, als sei das erst die rechte Erlösung für ihn.

Schon wenige Schritte weiter, dort, wo es die Kellertreppe hinaufging, entdeckten sie den nächsten, einen Jungen von etwa vierzehn – so, als sei er die Steinstufen herabgestürzt und tot auf ihnen liegengeblieben.

»Genickschuß«, flüsterte Rehner, der sich den Jungen besehen hatte. »So eine Saubande!« zischelte er durch die Zähne.

Thimm gab seinen Leuten Winke und schlich mit ihnen zurück in den Kellergang, in dem das umgestürzte Regal lag. Er wollte dort mit ihnen die Lage noch einmal kurz besprechen und sie vorbereiten auf das, was sie oben im Hause erwarten würde.

»Das ist euch doch klar«, flüsterte Thimm, daß wir die Saukerle in den Betten der Frauen überraschen. Die Männer, die ihnen im Wege waren, die haben sie sich kurzerhand vom Halse geschafft.

Alles deutet darauf hin, daß sie sich auf ihrem Nachtlager sicher fühlen. Unser Erscheinen wird sie also überraschen. Darin besteht unser Vorteil ihnen gegenüber. Handeln wir dazu schnell und entschlossen, dürften wir leichte Arbeit haben. MPi aber nur dann, wenn es nicht anders geht.«

»Laß das uns beide besorgen, Anton«, flüsterte Rehner. »Das mit der MPi überlassen wir dir. Den Feuerschutz wirst du uns also geben. Auch das Licht mit der Taschenlampe . . . Ich verlasse mich also ganz auf meinen Spaten und deine MPi. Und Otto Keil empfehle ich, das auch so zu halten.«

Den Finger am Abzug seiner automatischen Pistole, so schleicht Thimm auf leisen Zehen die Steinstufen der Kellertreppe hinauf. Die Tür von dort zum Hausflur ist nur angelehnt. Als er sie vorsichtig aufmacht, schlägt den dreien Weingeruch entgegen.

Thimm deutet den Kameraden an, daß sie stehenbleiben sollen. Er will zur Haustür. Auf dem Wege dorthin stößt sein Fuß an Scherben von Flaschen. Ein großes Stück davon gleitet klirrend über die Fliesen. Das Geklingel läßt den dreien das Atmen vergehen. Aber es bleibt ruhig. Thimm öffnet die Haustür und löst damit ein leises Pfeifen aus. Nun kann das Mondlicht ungehindert herein.

Thimm tritt vor die Tür und winkt die beiden aus dem Wagenschuppen zu sich herein ins Haus. Er postiert sie nun in der Küche. Von hier aus können sie Eingang und Hausflur im Auge behalten.

Die Männer hören plötzlich ein furchtbares Stöhnen. Sie starren abwechselnd auf eine der beiden Türen. Es klingt, als läge da jemand im Sterben. Sonst aber bleibt alles ruhig. Nur in Abständen immer wieder dieses stöhnende Klagen.

Die Männer stehen geduckt und starren. Jetzt wagt es Thimm, sich durch das Gerümpel im Hausflur zu schleichen. Im einfallenden Schneelicht kann er sehen, wohin er tritt. Stroh liegt verstreut. Sogar drei gepackte Koffer stehen da herum. Aus dem größten der Koffer schaut das Zifferblatt eines Regulators. Mit Stricken hat der Uhrensammler das große Paket für die weite Reise gesichert.

Thimm hält sein Ohr prüfend zuerst an die eine und dann an die andere Tür. Hinter der linken ist es still, aber hinter der rechten . . . Ganz behutsam drückt er auf die Klinke und zieht. Sie gibt aber nicht nach. Auch das Schlüsselloch verrät nichts. Rehner guckt durch das linke und entdeckt, daß in der Stube ein Bett steht. Er gibt Thimm das Guckloch frei. Auch Keil darf einmal hindurchschaun. Dann nimmt Thimm die Klinke fest in beide Hände, drückt sie vorsichtig nieder und zieht. Sie gibt nach. Der kleine Spalt verrät mehr als das Schlüsselloch. Im vollen Mondenschein, der durchs Fenster hereinfällt, steht das Bett. Und wahrhaftig – es liegt auch jemand darin. Das Stöhnen aber kommt nicht von daher. Wer mag sich dort zur Ruhe gelegt haben?

Den Lauf seiner MPi hatte Thimm schon vorher in den Türspalt geschoben.

Nun schleicht er als erster in die Stube. Den beiden andern gibt er ein stummes Zeichen, ihm zu folgen. Jetzt hat Keil das Pech. Er stößt mit dem Fuß an eine Flasche, die da irgendwo herumsteht. Die Flasche fällt um. Auf dem hohlen Dielenboden tut das einen dumpfen Schlag.

Und gerade, als löse dieser Schlag draußen im Dorf eine Kettenreaktion aus, fängt ein MG an zu bellen – ein russisches. Gleich fällt ihm ein deutsches ins Wort. Thimm kennt's an der schnelleren Schußfolge. Ein zweites deutsches mischt sich ein. Eine Geschoßgarbe trifft auf die nahe Wand des Stalles, so daß Mörtel und Steinmehl gegen die Fenster des Wohnhauses fliegen. Zwei Salven aus einer Maschinenpistole machen den Schluß. Dann ist es wieder still.

Den Schläfer da aber hat's vom Lager gerissen. Fluchend tappt er nach seinen Siebensachen, die am Bettpfosten hängen. Rehner kommt ihm aber zuvor, schlägt zweimal zu, wirft das Koppelzeug des Russen und dessen MPi mitten in die Stube und stürmt hinter seinen Kameraden her. Denn die sind schon im Nebenzimmer und machen sich dort zu schaffen.

Keil hat den Schalter erwischt und das Deckenlicht angeknipst. Da sieht er, wie sich zwei verdutzte Russen von einer Strohschütte aufrappeln wollen. Aber schon erheben sie ihre Arme über den Kopf. Sie sehen, daß sich Keil ihrer Maschinenpistolen bemächtigt hat, die sie greifbar auf die Türklinke über der Strohschütte gehängt hatten.

Inzwischen sind Thimm und Rehner auch schon mit dem feisten Kerl fertig geworden, der da quer über den zwei nebeneinanderstehenden Betten gelegen hat. Halb auf der Frau hat er gelegen, die mit Armen und Beinen an die vier Bettpfosten gefesselt ist.

Weil Rehner Rücksicht auf die Gefesselte nehmen mußte, hatte er nicht gewagt, mit dem Spaten auf den Russen loszugehen. So hatten Thimm und Rehner hart zugreifen müssen, um den Mann erst einmal von der Frau loszureißen. Der hatte sich wie ein Wilder gebärdet, als ihm klar wurde, mit wem er es so plötzlich zu tun bekommen hatte.

Aber bald stand auch er neben den beiden anderen Kahlköpfen auf der Strohschütte, hatte wie sie die Hände hinter dem Kopfe verschränkt und starrte mit ihnen zusammen die Blümchentapete der Bauernstube an.

Sobald die Frau von ihrer Folterbank befreit war, fing sie an zu schluchzen, und das furchtbare Stöhnen verstummte.

Und nun kam das Schlimmste für die Männer: Die Weinende verlangte nach ihren Leuten – auch nach der Tochter Herta fragt sie. Der Lauf der Ereignisse ersparte ihnen aber, darüber zu reden.

Weil die Frau davon spricht, daß einer der Russen ihre Herta auf die Lucht hinauf geschleppt haben müsse, will Thimm auf die Kahlköpfe an der Wand aufpassen und Rehner und Keil einmal hinaufschicken. In diesem Augenblick prasselt im Hausflur eine MPi einmal kurz los und schweigt auch gleich wieder.

Thimm springt über die Strohschütte an den drei Russen vorbei, reißt die Tür auf, die vor drei Minuten noch verschlossen gewesen war, als er an ihr von außen probierte, und sieht einen Hemdärmligen vor der ersten Treppenstufe liegen, – und dicht neben dem Leblosen eine MPi. An der altmodischen Trommel erkennt Thimm sofort, daß es eine russische ist.

»Ich konnte nicht anders«, entschuldigt sich Wenzel, der die tödlichen Schüsse abgegeben hat. »Der kam doch die Treppe heruntergeschlichen und hatte die MPi im Anschlag. Was sollte ich anderes machen?«

Thimm stieg mit Rehner die Treppe hinauf und kam schon nach kurzer Zeit zurück. Sie brachten Herta mit, die ein ganz verschwollenes Gesicht hatte und nur zusammengekrümmt gehen konnte.

Während Rehner der Mutter die Tochter zuführte und ihr schonend beibrachte, was mit dem alten Vater und dem Jungen geschehen war, sorgte Thimm dafür, daß den Frauen der Anblick der Toten erspart blieb. Die beiden Russen, die sich so schnell ergeben hatten, mußten ihre toten Kameraden in die Scheune schaffen – gleich darauf auch den toten Vater und den Jungen aus dem Keller.

Dann machte Thimm der Frau klar, daß er von nun an nichts mehr für sie tun könnte, weil er mit seinen Leuten sofort weiter müßte. Ihr und Herta wäre nichts Besseres zu raten, als einen der Wagen, die im Schuppen stehen, zu bespannen, das Allernötigste aufzupacken und in Richtung Norden zu trecken. Wenn Sommerfeld in dieser Nacht auch von einigen hundert Russen befreit wird, so meinte er, über kurz oder lang würden Tausende von ihnen nachrücken.

Jetzt kam Lenz aus der Waschküche und meldete Thimm, die verabredeten Leuchtkugeln seien eben geschossen worden – die Schule und der russische Stab also in deutscher Hand.

Sofort schickte Thimm Bornhoff und Wenzel los, daß sie die drei Gefangenen und die erbeuteten Waffen dort ablieferten.

Der Eingang zum nächsten Haus stand sperrangelweit offen. Das Weiß, das den Männern jetzt im Taschenlampenschein aus dem Hausflur und den offenstehenden Zimmern entgegenstrahlte, war aber kein Schnee, wie sie zuerst meinten. Es waren Federn, Federn aus aufgeschlitzten Betten. In diesem Hause waren alle Einrichtungsgegenstände mutwillig zerstört, umgestoßen, zerschlagen, zertrampelt, besudelt. Daß man das

Ganze angezündet hätte – nur das fehlte nach Thimms Meinung.

»Habt ihr denn schon mal so was gesehn?« fragte Keil beim Anblick eines Kochtopfes auf dem Herde, der als einziges an seinem Bestimmungsorte geblieben schien und einen Inhalt aufwies, den selbst der altgediente Keil jetzt nicht gern benennen wollte, obschon er das fragliche Wort bei anderen Gelegenheiten immer sehr schnell im Munde führte. »Haltet ihr für möglich«, fragte er betont entrüstet, »haltet ihr es wirklich für möglich, daß sich ein deutscher Soldat in Rußland auch nur ein einziges Mal so benommen hätte?«

»Ja«, sagte Thimm, der sich ärgerte, daß Keil so viel Aufhebens um die Sauerei eines dummen Jungen machte. »Jawoll, in so einem Scheißkriege halte ich sogar das für möglich.«

Nachdem Keil im Hause vergeblich nach einem gesucht hatte, den er mit der Nase hätte in jenen Topf drücken können, machte er mit Rehner noch einen Gang durch Stall und Scheune. Aber er fand auch dort niemanden. Mit seiner Taschenlampe störte er nur zwei Hühner im Schlafe, die sich dorthin gerettet hatten.

»Da lief doch einer über den Weg«, sagte Lenz, als sich Thimm mit seinen Leuten an das nächste Haus heranpirschte. Auch Thimm hatte beobachtet, daß eine Gestalt in dem Hause verschwand, das sie sich nun vornehmen wollten.

»Vielleicht war es unser Bornhoff oder Wenzel«, sagte Rehner. »Womöglich sind die beiden schon von ihrem Schulausflug zurück und suchen uns nun in jenem Hause.« Aber von ihnen konnte es keiner gewesen sein. Denn gerade in diesem Augenblick stießen sie aus entgegengesetzter Richtung zur Gruppe und behaupteten, ebenfalls etwas Verdächtiges beobachtet zu haben. Und darüber vergaßen sie sogar, sich bei ihrem Gruppenführer zurückzumelden.

Rehner und Thimm waren die ersten an der verdächtigen Haustür. Rehner drückte die Klinke nieder und gab dem Türflügel einen kräftigen Stoß, daß er aufflog und irgendwo hart aufprallte. Der Schein von Thimms Taschenlampe erhellte aber nichts Verdächtiges. Nur ein süßlicher Dunst schlug ihnen in die Nase.

»Komisch riecht das hier«, sagt irgendeiner von ihnen leise. »Aber, seien wir gerecht«, zitiert Rehner flüsternd, »es riecht nicht schlecht.«

Einer hinter dem andern schleicht in den Hausflur. Bornhoff und Wenzel müssen zurückbleiben und den Eingang bewachen. Rehner zeigt auf einen Türritz, hinter dem Licht zu sehen ist.

Thimm reißt die Tür blitzschnell auf, und schon brüllt Rehner: »Hände hoch!« in den funzlig erleuchteten Raum. Drei MPi-Läufe geben der Aufforderung Rehners den nötigen Nachdruck.

Fünf oder sechs Männer zählt Thimm in der Eile, die dort mit erhobenen blutbeschmierten Händen um einen Tisch herumstehen.

»Nix schießen, Kamarade!« meldet sich einer mit gefaßter Stimme aus der Gruppe heraus. »Nix schießen! 'ier Franzos.«

»Und wo sind die Russen?« fährt Thimm den Franzosen an, und blendet die sechs ängstlich dreinschauenden Männer mit seiner Taschenlampe.

»'ier nix Rußki, Kamarade!« antwortet der Wortführer. »'ier nur Franzos und Deutsch.«

Im Augenblick, da sich Thimm nach den Deutschen erkundigen will, betritt Leutnant Gardau mit einem Unteroffizier die Bauernstube und erkundigt sich, was sich hier tut.

Thimm meldet das, so kurz er es kann, meldet aber ausdrücklich, daß der Franzose von Deutschen gesprochen hat, die sich hier im Hause befinden sollen.

Der Franzose meint, der deutsche Offizier verstände seine Muttersprache und redet nun auf ihn ein. Einen ganzen Roman soll er sich anhören. Aber Gardau versteht nicht die Hälfte von dem, was der aufgebrachte Franzose da schwadroniert.

Lenz ist Neusprachler. Er gibt schnell Nachhilfe. So kann sich Gardau bald ein Bild machen. Und Lenz übersetzt alles, wie es der Franzose erzählt: »Wir sechs Männer hier sind französische Kriegsgefangene. Wie viele andere haben auch wir uns nach Ostpreußen gemeldet, um den Landwirten hier bei ihrer Arbeit zu helfen.

Ich selbst heiße René Gilbert, bin französischer Unteroffizier und weiß, was sich gehört. Ich erweise auch deutschen Offizieren Ehrenbezeigung. Sie werden das gemerkt haben, Herr Leutnant, als ich mit der Familie Sadowski an Ihnen vorbeiging. Ich war es, der Sie grüßte.

Unser Gebet vor dem Marienbilde hat leider nichts genützt. Schon hier in Sommerfeld holten uns die Russen ein und haben unsere Wagen plattgewalzt. Die beiden alten Sadowkis wurden gleich erschossen. Die polnische Magd Maria haben sie mitgenommen. Wie durch ein Wunder ist Madame Sadowski mit Renate und Gerda davongekommen. Ich konnte sie im letzten Augenblick in einem Stall hinter fünf großen Schweinen in Mist und Stroh verstecken.

Von zwei Schweinen müssen wir Wurst für die Russen machen. Morgen früh sollen wir damit fertig sein. Deshalb sehen Sie uns hier bei solcher Arbeit, Herr Leutnant.«

»Aber jetzt erst mal schnell zu der Frau mit den Kindern!« drängt Gardau, ungeduldig geworden.

»Gestatten Sie, Herr Leutnant«, redet jetzt Lenz dazwischen. »Da liegt noch etwas vor. Bevor wir das Haus betraten, schlich sich hier eine verdächtige Person herein. Gestatten Sie, Herr Leutnant, daß ich den Franzosen dieserhalb befrage?«

»Beeilen Sie sich damit, Lenz, daß wir die Frau endlich aus dem Schweinestall befreien können!«

Als Lenz seine Frage an ihn richtet, stutzt René einen Augenblick, dann aber begreift er. »Ah!« sagt er und spricht nun wieder auf Deutsch weiter. »Ah, das ist gewesen Kamarade André. Der hat gesucht noch einmal nach seine Bauersleute. Auch er sie hat verloren hier in Dorf. Er ihn bringen wollte Fleisch, Kumst und Brot. Aber hat nicht gefunden sein Patron. Hat wieder mitgebracht Kumst, Fleisch und Brot. 'ier ist!« Er greift nach dem Schuhkarton auf der Fensterbank, in dem die Beweismittel sind.

Während er sich über einem Waschbecken das Blut von den Armen und Händen spült, sagt René seinen Leuten, daß sie nun weitermachen sollen. Damit die schweren Schweine nicht etwa beunruhigt werden, will er allein an den Stall herangehen.

Von weitem fängt er schon an zu sprechen, damit die Tiere merken, daß sich jemand nähert: »Madame Sadowski, jetzt nix mehr Angst«, sagt er beruhigend. »Jetzt 'ier deutsche Soldat. Jetzt 'rauskommen, Renate, Gerda! Ganz langsam 'rauskommen!« sagt er und schiebt den Riegel an der schweren Stalltür zurück.

Zuerst kommt Gerda, die Jüngste, aus dem Dunkel des Stalls gekrochen. Dann folgt die Mutter mit Renate. Alle drei weinen.

»Jetzt nix mehr Angst!« wiederholt René immer wieder und streicht mit der Rechten die Wangen der Mädchen, während er mit der Linken Mist und Strohhalme von den Kleidern der Unglücklichen liest.

Nun traten auch Gardau und die anderen aus dem Dunkel des Hauses in den hellen Mondenschein und gingen näher an die Geretteten heran. Ehe aber einer von ihnen recht zum Besinnen kam, brach die Frau in lautes Weinen aus.

»Was sollen wir eigentlich noch«, jammert sie.

»Vater tot, Mutter tot, die Pferde alle vier; die Wagen alle kaputt. Keine Decke mehr – nicht einmal ein Stück Brot. Am besten, Herr Leutnant, wir gehen das Stück zurück auf unseren Hof. Es ist nicht gar zu weit.«

»Denken Sie an Ihre beiden Mädchen, Frau Sadowski, und nicht zuletzt an sich selbst! Dann werden Sie das vielleicht anders sehen.«

»Aber, Herr Leutnant, versetzen Sie sich doch in unsere Lage! Wollen Sie uns dann immer noch raten, daß wir so, wie wir gehn und stehn ins Ungewisse hineintappen?«

René jammerte es, als er seine Patronin so reden hörte. Er versuchte sie mit dem zu trösten, was von den geschlachteten Schweinen abfallen werde.

Kaum aber hatte René seine tröstenden Worte zu Ende gesprochen, da kam Anton Thimm der rettende Gedanke.

»Wie wär's, Herr Leutnant . . .«, sagte er und stockte gleich wieder. »Wie wär's, wenn wir Frau Sadowski das Schlittengespann überließen, das mir da vor einigen Tagen so quasi zugelaufen ist?«

»Thimm!« rief Leutnant Gardau, als werde er von einem Alpdruck befreit. Er schlug sich mit der flachen Hand vor den Stahlhelm. »Thimm, muß man denn erst Unteroffizier werden, um gleich auf das Richtige zu kommen? Natürlich – das Schlittengespann! Mit einem Schlage ist der Frau und den Mädels geholfen. – Und der Franzose wird ja wohl auch mit einem Schlitten umgehen können.«

Claudia Melizkats schwerster Entschluß

Das Prusten und Trampeln von Pferden schreckte Claudia Melizkat aus tiefem Schlafe. – Nicht etwa der ständige Kanonendonner hatte sie geweckt. An ihn war sie längst gewöhnt. Ein Pferdefuhrwerk unweit ihres Fensters . . . jetzt um diese nachtschlafende Zeit? Oder hatte sie ihre Zeit verschlafen, und es war nun schon spät am Morgen? Aber nein! Der Wecker zeigte auf zehn nach fünf. Und ihr Wecker ging doch immer sehr genau.

Claudia schwingt sich aus dem warmen Bett, zieht das Verdunklungsrollo ein wenig in die Höhe und sieht ein Fuhrwerk im hellen Mondenschein stehen. Es ist ein beladener Bauernwagen wie alle jene, die schon seit Wochen durch die Langgasse fahren.

Eine vermummte Gestalt bemüht sich um die Pferde. Sie legt den Tieren Wolldecken über die dampfenden Rücken und hängt die Zugseile aus.

Jetzt steigen zwei andere Gestalten vom Wagen. In der großen schlanken erkennt Claudia den Onkel Wilhelm. So kann die andere wohl nur Tante Gertrud sein.

Nun tippt die Türglocke zweimal kurz und rücksichtsvoll an.

Claudia wirft sich den Mantel über, huscht zur Tür und öffnet. Sie öffnet ohne zu fragen, wer draußen steht, weil sie ganz sicher ist, daß es nur Onkel und Tante sein können.

Sie zieht die beiden aus der beißenden Kälte in den Hausflur und versucht, sie zum Gruß zu umarmen.

Wegen der dicken Kleider muß es beim Versuche bleiben.

»Du bist noch zu Hause, Claudia?« fragt Tante Gertrud vorwurfsvoll, während ihr der Onkel den auftragenden Lammfellmantel abnimmt.

»Aber Tantje«, erwidert Claudia, »wo hätte ich denn sonst wohl sein sollen, wenn nicht zu Hause?«

»Gar nicht so schlecht, daß du noch da bist«, sagte der Onkel, während er ins warme Wohnzimmer trat. »Da dürfen sich bei dir wohl ein paar Pracher ein bißchen aufwärmen?«

»Wie redest du nur, Onkel Wilhelm? Pracher? Aufwärmen? Seid ihr denn zum Aufwärmen gekommen? Und der dritte, den ihr da bei euch habt? Will der sich nicht auch ein bißchen aufwärmen? Ist das etwa euer Franzose?«

»Ja, Jean Etienne ist es. Der wird schon kommen, sobald er die Pferde versorgt hat.«

»Ihr könnt die Tiere doch nicht da draußen in der Kälte stehen lassen. Bringt sie in den Bootsschuppen! Den Krajcbieter ganz einfach 'raus! Der steht doch auf Gummirädern. Dann reichlich Heu hinein, und es wird ihnen schon gemütlich werden da drinn.«

»Und woher das Heu nehmen?« fragte Onkel Wilhelm?

»Da drüben auf der Haffwiese stehen doch genug Kupsen«, sagte Claudia, führte Onkel Wilhelm noch einmal vor die Haustür und zeigte ihm drei Heustapel, die zwar der Gertrud Naujoks gehörten. Gertrud aber war doch mit ihren Kindern schon vorige Woche davongegangen. »Von denen könnt ihr nehmen – auf meine Verantwortung. Am besten du hilfst gleich mit, Onkel Wilhelm. Um so schneller werdet ihr doch fertig.«

»Ja, Wilhelm«, sagte Tante Gertrud, »hilf gleich mit! Da bist du auch die Sorge um die Tiere schneller los.«

Claudia schien es, als hätte Tante Gertrud ihren Mann nicht schnell genug aus dem Hause bekommen, um mit ihr unter vier Augen sprechen zu können. Ihr war, als sollte sie jetzt von der Tante dazu überredet werden, das letzte Frühstück aufzutischen, das letztemal im Hause zu essen und dann alles im Stich zu lassen. Sie flüchtete sich deshalb ins Badezimmer, schloß ab und machte sich dort zuerst einmal empfangsfähig. Der Tante rief sie durch die verschlossene Tür zu, sie möge sich indessen um den Ofen im Wohnzimmer kümmern.

Als Claudia mit ihrer Morgentoilette fertig war, konnte sie nun doch nicht länger mehr umhin, sich die Vorwürfe der Tante anzuhören. Denn der Onkel, von dem sie Beistand erwartete, war noch nicht wieder im Hause.

»An deiner Ruhe, Claudia«, begann die Tante, während sie noch ein Holzscheit ins Feuerloch des Kachelofens schob, »an deinem ganzen Wesen merke ich, du hast den Ernst der Lage noch nicht erfaßt. Du benimmst dich, als ginge dich der ganze Krieg nichts an. Und dabei stehen die Russen dicht vor euren Toren. Ein paar Kilometer von hier verläuft schon die Front. Claudia, du hättest doch längst weg sein müssen! Denke nur an deine drei Kinder!«

»Gerade an die Kinder denke ich ja Tag und Nacht, Tante Gertrud. Allein wär ich doch schon längst über alle Berge. Aber eben die Kinder . . . Wie kann ich denn mit denen bei dieser barbarischen Kälte ins Ungewisse hinausziehen? Vor allem mit den zarten Zwillingen . . .«

»Auch wir haben uns das bis vorgestern immer wieder gesagt, daß wir bei solcher Kälte nicht fortgehen wollen, daß es so schlimm nicht werden könnte mit den Russen, daß die ja auch nur Menschen sind. Dann aber in der vorgestrigen Nacht, da sind wir aber doch sehr schnell bekehrt worden – von Leuten nämlich, die's mit eigenen Augen gesehen haben.

Der Hund weckte uns aus dem Schlafe. Das Tier gebärdete sich rein wie wild. Der Onkel schlüpft schnell in die Hosen und will in seinen Wuschen zur Tür schlappen. Da trifft er unterwegs auf Soldaten – auf deutsche. Die waren schon durch den Keller ins Haus gekommen und wunderten sich nun, daß sie auf unserem Abbau noch keine Russen finden, daß wir noch seelenruhig in unseren Betten liegen.

›Was, ihr seid noch hier?‹ höre ich die Soldaten im Hausflur zum Onkel sagen, während ich mich schnell aufrapple. ›Dann wird's aber höchste Zeit, daß ihr euch auf die Socken macht!‹

Die armen Kerle! Zehn Minuten durften sie sich bei uns aufwärmen, ehe sie weiter mußten. Was die uns aber in der kurzen Zeit vom Ruß erzählt haben . . . Uns hat's genügt. ›Macht nur schnell, daß ihr fort kommt!‹ haben sie uns immer wieder auf die Seele gebunden. Sie hatten Sommerfeld ausgeräuchert, wie sie sagten – das Sommerfeld, das zwischen Guttstadt und Wormditt liegt –, nicht das hier bei Göttchendorf.

›Macht nur schnell, daß ihr fort kommt!‹ schärften sie uns immer wieder ein, – vor allem der eine, der Unteroffizier, der aus Sauerbaum stammte. ›Um meine Frau mit Eltern und Kindern zur Flucht zu bewegen‹, so erzählte er, ›dafür habe ich mir eine ganze Nacht um die Ohren geschlagen und bin noch mal nach Hause gerast – ohne Erlaubnis –, nur um meine Leute auf den Weg zu bringen.‹

Nur um seine Leute nicht in die Hände der Russen fallen zu lassen, ist er, während seine Kameraden schliefen, die ganze Nacht unterwegs gewesen. Und du, Claudia, hast dich noch immer nicht entschlossen zu fliehen?«

»Ist nicht vieles bloß Greuelpropaganda, Tante

Gertrud? Die einfachen Leute, die nicht in der Partei gewesen sind, die werden doch wohl nichts zu befürchten haben vom Russen. Eure Magd Anna ist doch auch zu Hause geblieben, wie ich sehe – sicher deshalb, weil sie sich keiner Schuld an diesem Unglück bewußt ist.«

»An unsere Anna denkst du. Mit der verhält sich's aber etwas anders. Als die hörte, die Russen sind in Osterode, war sie nicht mehr zu halten. Da wollte sie unbedingt zu ihren Leuten nach Mohrungen und hören, was die tun wollen. Sie ist weggegangen im Glauben, wir bleiben auf unserem Hofe. Wahrscheinlich sind die Russen früher in Mohrungen gewesen als Anna. Wo mag das arme Ding nun stecken? Jedes Unglück löst jetzt schon zwei neue Unglücke aus.

Und dir, Claudia, rate ich sehr, überlege nicht, und fahr mit uns los! Mehr als ein paar Tage wirst du dich sowieso nicht mehr an deinem Hause freuen können. Haben die Russen erst mal Elbing erobert, dann kommt ihr hier dran. Und du wirst dich wundern, was dann wird.

Ein russischer Spähtrupp ist doch schon mal hier drin gewesen bei euch. Im Radio hörten wir's, und daß der Volkssturm die eingedrungenen Sowjets vernichtet hat, das wurde auch ausdrücklich erwähnt. Und daß die Russen hier umgebracht wurden, das werdet ihr auch mit zu bezahlen haben – womöglich sogar du, Claudia.«

Diese acht oder zehn umgebrachten Russen, die hatten Claudia in den letzten Tagen immer wieder auf der Seele gelegen. Die Tante hätte keinen geschickteren Schachzug machen können.

»Und wie hast du dir das vorgestellt, Tante Gertrud? Wie willst du uns vier noch auf euerm Wagen unterbringen, wo ihr doch schon zu dritt seid?« fragte Claudia, wankelmütig geworden.

»Das überlaß nur Onkel Wilhelm und Jean

Etienne! Viele Sachen, die wir übereilig aufgeladen haben, kommen wieder 'runter. Die Kommode zum Beispiel. Wir hatten keine Zeit, die nötigsten Plünnen aus ihr zusammenzusuchen. Das überlaß nur den Männern!«

»Und jetzt waschen wir uns die klammen Hände erstmal mit warmem Wasser«, sagte Onkel Wilhelm zu Jean Etienne, nachdem sie die Pferde und viel Heu in den Bootsschuppen gebracht hatten.

Auf der Suche nach dem warmen Wasser, kam Onkel Wilhelm in die Küche und unterbrach das Gespräch der beiden Frauen, die dort das Frühstück gemeinsam richteten.

»Wir könnten also heute abend schon weiterfahren«, sagte er zu beiden. »Die aufgebrochene Fahrrinne im Haffeis bekommt fünf Brücken. Ein hiesiger Fischer kam auf dem Segelschlitten von dort und brachte uns die Neuigkeit mit, als wir beim Heuholen waren. Pioniere sind dabei und bauen ganz einfache Holzbrücken über die Rinne – weiter nichts, als eine Reihe von aneinandergelegten und verklammerten Balken. Die können schnell weggezogen werden, wenn ein Versorgungsschiff nach Elbing fahren will – oder eben umgekehrt nach Pillau.«

»Na«, sagte Tante Gertrud, »da wird ja ein schönes Gedränge sein, wenn die Massen von gestauten Trecks wieder losfahren können. Ist es da nicht besser, noch einen Tag zu warten?«

»Ich hoffe sogar, daß wir überhaupt nicht übers Haff brauchen. Wenn den Unseren der Durchbruch gelingt, dann können wir ja die Straße über Elbing fahren. Mal sehen, was das Radio nachher in den Frühmeldungen bringt.«

Jeder nahm etwas für den Frühstückstisch mit ins Wohnzimmer. Jean Etienne trug den Brotkorb und den Teller mit der Butter, jener Butter, die noch aus Tante

Gertruds Butterfaß über Liebstadt hierher ans Haff gekommen war. Und jetzt, da Claudia den Franzosen mit dem begehrten Brotaufstrich vor sich hergehen sah, wurde ihr doch etwas wehmütig bei dem Gedanken, daß die Liebstädter Butterquelle wohl nun ein für allemal versiegt sein mußte.

»Wilhelm«, sagte Tante Gertrud, nachdem sie sich alle gesetzt hatten und zulangten, »ich glaube, Wilhelm, du wirst auch noch ein Wörtchen mitreden müssen, damit sich Claudia endlich entschließen kann, ihr Haus zu verlassen. Sie glaubt nämlich immer noch an eine gewisse Greuelpropaganda, die vom Ministerium aus gemacht wird, damit die Leute Angst vor den Russen kriegen.«

»Greuelpropaganda«, sagte Onkel Wilhelm mit etwas komischer Betonung, »nein, solche Propaganda braucht unser berühmtes Ministerium nicht mehr zu machen – mir jedenfalls nicht. Was ich gehört und gesehen habe, das langt mir.

Claudia, wenn du noch immer zauderst, von hier fortzugehen, dann glaubst du womöglich noch an den sogenannten Endsieg. Der Endsieg aber«, so fuhr Onkel Wilhelm fort, »dieser Sieg ist endgültig verspielt. Das merke dir, Claudia! Auch wenn es der vierten Armee gelingen sollte, den Ring noch einmal aufzubrechen . . . Auf die Dauer ist Ost- und Westpreußen nicht zu halten.

Und niemand wird glauben, daß die russische Dampfwalze, die so leichtsinnig ins Rollen gebracht wurde, jemals wieder aufgehalten werden kann. Das wissen alle. Sogar unser geliebter Führer weiß das. Aber er läßt fröhlich weitermarschieren – weitermarschieren, bis alles in Scherben fällt . . . Nun, ihr Jungen kennt ja das zackige Lied besser als wir Alten.

Das, was ich jetzt so dahinspreche, könnte klingen, als wollte ich dem Manne was vorwerfen. Aber Vorwürfe können wir ihm doch überhaupt nicht machen.

Hat er es uns nicht schon lange vorher klipp und klar gesagt, was von ihm zu erwarten war? Daß wir zu marschieren haben, zu marschieren, bis alles in Scherben fällt . . .«

Onkel Wilhelm bemerkte, daß Claudia unruhig wurde und keine Lust mehr zu haben schien, noch weiterzuessen.

»Freilich«, fuhr er nun fort und legte Messer und Gabel ebenfalls ab, »zu guter Letzt ist das nicht der rechte Gesprächsstoff. Das sehe auch ich, Claudia. Aber du sollst doch wissen, wie es draußen zugeht, wie dieses Weitermarschieren nun letzten Endes aussieht. Damit du dir keine falschen Vorstellungen machst von dem, was dich erwartet, wenn du hierbleibst.

Wir haben eine Art Vorgeschmack davon bekommen – schon allein auf dem kurzen Stück von uns bis zu dir hierher. Du müßtest die Stelle ja auch kennen, wo das passierte: Rosenau – das große Gut. Du und Kurt habt doch dem Lehrer damals einen Besuch gemacht. Dann wirst du auch die Fläche kennen, die zwischen dem Herrenhause und der Schule liegt.

Nach stundenlangem Kreuz- und Querfahren bekamen wir dort wieder so was wie feste Straße unter die Räder. Aber eben dort zwischen dem Herrenhause Rosenau und der Schule hieß es schon wieder: halt! Da trieben die Unseren gerade Russen zusammen – einen nach dem andern. Einige waren nur in den Unterhosen, wahrscheinlich aus den Betten der Rosenauer Frauen herausgeholt. Du hättest das sehen sollen, Claudia.

Aus dem Munde der weinenden Mutter erfuhren wir's dann: Am Abend vorher war ihr Junge an dieser Stelle von einem russischen Panzer zu Brei gewalzt worden, und das, weil er eine Jungvolk-Mütze auf dem Kopfe gehabt hatte.

Den Ausgang dieses schrecklichen Lokaltermines wirst du dir selbst ausmalen können, Claudia. Und male ihn so aus, daß dir die Lust vergeht, die Russen hier in deinem Hause zu erwarten . . .«

»Onkel Wilhelm, hör auf!« seufzte Claudia. »Mir geht es doch gar nicht um mich selbst, sondern um die Kinder. Ich allein wäre wohl schon längst über alle Berge. Aber die Kinder – bei dieser Kälte – auf Tage, womöglich auf Wochen.«

»Claudia«, sagte Tante Gertrud und griff nach dem Stückchen Brot, das sie hatte liegenlassen, »du fährst die Kleinen doch jeden Tag – auch bei solcher Kälte aus. Das kannst du, weil du sie sehr gut einpackst. Ich glaube, auch auf unserem Wagen werden sie nicht erfrieren, wenn die Männer für Wind- und Kälteschutz sorgen. Was meinst du, Wilhelm?«

»Selbstverständlich können wir das – noch dazu, wo wir einen Tag später fahren wollen. Alte Segel aufzutreiben, das dürfte nicht schwerfallen – auch alte Netze. Und Heu, mit dem abgepolstert werden könnte, ist ebenfalls zur Genüge da. Was meinst du dazu, Jean?«

Jean Etienne verstand zwar für gewöhnlich nicht alles ganz genau. Dieses Gespräch aber hatte er von Anfang an gut verfolgen können. »Natürlich«, sagte er (›natürlich‹ war ein Wort, das er bis auf das Ch am Schluß sehr gern und richtig aussprach), »natürlich wir werden machen über den ganzen Wagen eine Pergola, eine Persenning. Wir sagen zu Haus: eine préceinte. Es wird kommen kein Wind in den Wagen. Und in Wagen wir nageln Netze und dahinter stopfen Heu, dick Heu. Es wird sein gut warm, Madame Melizkat.«

Dieses Versprechen nahm Claudia die letzten Bedenken. Sie willigte ein – in eine Fahrt, die sie ihr ganzes weiteres Leben nie wieder vergessen sollte.

»Dann laß uns gleich an die Arbeit gehn, Jean!« sagte Onkel Wilhelm und erhob sich als erster von dem merkwürdigen Frühstückstische. Tante Gertrud stand ebenfalls auf, froh, daß sie Claudia schließlich doch zur Vernunft gebracht hatte.

Inzwischen war die Sonne aufgegangen und strahlte in ihrem Winterglanz wie eh und je. Nur daß dieser Glanz heute nicht recht zu dem Kanonendonner passen wollte, der zur Stunde wieder bedeutend stärker geworden war.

Tante Gertrud half Wölfchen beim Ankleiden, und Claudia stillte Klein Dina, als die Türglocke schellte. »Bitte, Tante Gertrud, sieh nach, wer da ist! Wenn es Herr Lerbs, unser Briefträger, ist, laß ihn herein! Er wärmt sich gern ein paar Minuten bei uns auf.«

Nach einiger Zeit kam die Tante zurück und sagte: »Der Briefträger ist es nicht, Claudia. Ein Mann aus Tolkemit will dich sprechen, ein gewisser Herr Schwertfeger.«

»Laß den Mann bitte in die Diele! Ich bin gleich soweit.«

»Schwertfeger aus Tolkemit«, stellte sich der Fremde vor, als Claudia in die Diele kam. »Ich möchte Frau Melizkat auf kurze Zeit sprechen – sagen wir auf zehn Minuten.«

»Claudia bat den Fremden, den schweren Fahrpelz abzulegen und näherzutreten. »Frau Melizkat, das bin ich«, fügte sie ihrer Einladung hinzu. »Wie aber ist es denn möglich, daß Sie aus Tolkemit kommen? Tolkemit ist doch längst von den Russen besetzt.«

»Dennoch komme ich aus Tolkemit – allerdings auf dem Umwege über Kahlberg. Es geht um unseren Sohn Ferdinand«, begann Schwertfeger von neuem. »Vor einigen Tagen bekamen wir seine Habseligkeiten zugestellt. Das war noch in Tolkemit. Inzwischen ist viel passiert: Wir sind geflohen – viel zufrüh geflohen, wie sich später herausstellte. Und meine Frau liegt nun mit Lungenentzündung im Hotel Schreiber . . . Verzeihen Sie, Frau Melizkat, daß ich etwas verworren erzähle.«

»Sollte Sie meine Gegenwart etwa stören, Herr Schwertfeger«, warf Tante Gertrud ein, »dann gehe ich mit den Kindern gern in die Küche.«

»Weder Sie noch die Kinder stören mich in meiner Rede. All das Schlimme wird es sein, das über uns gekommen ist: die verlorene Heimat, der Tod unseres Sohnes, die kranke Frau in fremder Umgebung.

Unser Sohn Ferdinand ist gefallen. Ich sagte es schon. Am Tage, da wir fliehen mußten, bekamen wir die Nachricht. Und diese Hiobsbotschaft hat meine Frau aufs Lager geworfen. Nun hat mich die Kranke doch so lange bedrückt, bis ich mich zu der mörderischen Fahrt übers Haff aufgemacht habe. Sie glaubt, daß Ihr Mann Ihnen etwas über den Tod Ferdinands geschrieben hat. Denn einige Tage vor der Todesnachricht bekamen wir noch einen Brief aus seiner Hand, in dem er uns schrieb, daß seine Kompanie zur Front ausrücken muß und daß auch Ihr Mann mit dabei ist. Wir merkten an seinen Worten, Ferdinand freute sich, einen Landsmann um sich zu haben.

Bitte, verstehen Sie, Frau Melizkat, daß wir etwas Näheres über Ferdinands letzte Stunde wissen möchten. Uns ist es ein Rätsel, daß der Junge so bald fallen konnte. Im Westen sind doch noch gar keine Kämpfe im Gange. Also – kaum an die Front gekommen und schon tot? Wie konnte das möglich sein?«

»Es tut mir sehr leid, Herr Schwertfeger, daß ich Ihnen zum Tod Ihres Sohnes nichts anderes sagen kann, als daß ich den Schmerz sehr deutlich mitempfinde, der Ihnen und Ihrer Gattin dadurch zugefügt wurde.«

Claudia gab Schwertfeger bei diesen Worten die Hand und hatte Mühe, die Tränen zurückzuhalten. Auch Tante Gertrud trat nun auf den Mann zu, gab ihm die Rechte und murmelte etwas von herzlichem Beileid. Wölfchen stand mit großen Augen daneben und sah die Erwachsenen abwechselnd an.

In diesem Augenblick betraten Onkel Wilhelm und Jean Etienne das Zimmer. Sie wunderten sich nicht im geringsten über den Besucher, weil sich die Männer, wie sich herausstellte, bei Schwertfegers Ankunft draußen vorm Haus schon miteinander bekanntgemacht hatten.

Aber Claudia war sehr überrascht, daß der Onkel und Jean schon zum zweiten Frühstück erschienen. Sie entschuldigte sich bei ihnen mit ein paar Worten und lud gleichzeitig Schwertfeger zu einem kleinen Imbiß ein. Ihr war Kurts Brief in den Sinn gekommen, in dem einiges über Ferdinand zu lesen war. Nun wollte sie dem Vater wenigstens diesen Brief hervorholen und zum Lesen geben.

Claudia ging mit Tante Gertrud in die Küche. Jean Etienne nahm sich inzwischen der Zwillinge an und schäkerte mit ihnen auf seine Art. Er tat es in seiner Muttersprache. Das wirkte so komisch auf die Kleinen, daß es ihren Gesichtchen sogar ein Lächeln abnötigte.

Schwertfeger versuchte inzwischen Onkel Wilhelm den Grund seines unverhofften Erscheinens begreiflich zu machen.

»So was ist doch gar nicht möglich«, klagte er, »an einer Front herrscht vollkommene Ruhe. Da kommt ein junger Sanitäter hin, ist gar noch nicht richtig da, und schon fällt er – fällt, wie uns der Ortsgruppenleiter sagt, für Führer und Vaterland.«

»Nun«, versuchte der Onkel ihm begreiflich zu machen, »auch an einer ruhigen Front gibt's natürlich eine ganze Menge Feindeinwirkungen, wie das so schön heißt. Denken wir doch nur allein an Fliegerangriffe!«

»Manchmal glaube ich sogar«, sagte Schwertfeger, »daß an dem Namen Ferdinand auch ein unglückliches Omen haftet. Von der Schule her weiß ich gerade noch, daß der, nach dem meine Frau unseren Sohn genannt wissen wollte, in der unglücklichen Schlacht bei Jena und Auerstädt einen tragischen Tod fand.

Vielleicht ist es ja Unsinn, was ich hier von mir gebe. Denn unser Prinz Louis Ferdinand hier in Cadinen ist ja ganz offenkundig auch nach dem benannt, der damals in Thüringen fiel, und ... Man kommt eben ganz durcheinander, wenn man so etwas durchmachen muß, was meine Frau und ich jetzt erleben.«

»Mir ist eingefallen«, sagte Claudia, nachdem sie sich gesetzt und zum Zugreifen aufgefordert hatte, »daß mir mein Mann etwas von Ihrem Sohne Ferdinand mitgeschrieben hat. Ich will Ihnen den Brief nachher gern einmal vorsuchen. Von der Liebe Ferdinands für das Mundharmonikaspiel – entsinne ich mich – schreibt er da und einiges andere. Sie können es ja selbst lesen.

Wenn ich nicht irre, stand es im letzten. Gleich danach ist ja die Postverbindung zwischen uns abgerissen. Aber vom Tode Ferdinands hätte mir mein Mann auch niemals etwas geschrieben. Denn er wollte mich ja immer in dem Glauben wiegen, auf Sanitäter werde überhaupt nicht geschossen.«

»Die Mundharmonika, von der Sie sprechen, Frau Melizkat, war das letzte Weihnachtsgeschenk, das wir dem Jungen machen konnten. Nun ist das Ding schon wieder in unseren Händen – das heißt –, in den Händen meiner Frau. Sie kann sich nicht mehr davon trennen. Immer will sie das Instrument liebkosen. Zuweilen versucht sie sogar, darauf zu spielen, wahrscheinlich im Fieber.«

»Wie gut ich das verstehe, Herr Schwertfeger«, sagte Claudia. »Und wie wird es nun weitergehen mit Ihrer Frau?«

»Der Arzt meint, sie werde es gut überstehen – dank ihrer kräftigen Natur, sagt er. Hoffen wir, daß sie reisefähig ist, bevor die Russen hinüber kommen nach Kahlberg.«

»Das möchte ich schon glauben«, mischte sich Onkel Wilhelm nun ins Gespräch. »Die Unseren werden alles dransetzen, um wenigstens das Schlupfloch Frische Nehrung–Danzig noch eine Zeitlang offenzuhalten. Und dann stoßen sie ja auch gerade jetzt, zur Stunde, kräftig in den sowjetischen Keil hinein. Heute früh gab der Rundfunk durch: ›Ein deutscher Gegenangriff in die Flanke der auf Elbing vorstoßenden russischen Panzerarmee drang bis in die Nähe von Preußisch Holland durch. Beiderseits Königsberg schwere Kämpfe mit eingebrochenen russischen Kräften. Der Brückenkopf Memel wurde geräumt.«

»Memel geräumt, wahrhaftig?« fragte Schwertfeger. »Man möchte glauben, das sei ohne den Willen des Führers geschehn – wie ja auch der Vorstoß gegen den russischen Elbing-Keil ohne Genehmigung des Führers unternommen wurde.«

»Ja, ja«, sagte Onkel Wilhelm, »es ist bitter für den großen Feldherrn, einzusehen, daß das Ende naht. Diese Halsstarrigkeit hat uns ja auch die Katastrophe von Stalingrad eingebracht: ›Wo der deutsche Soldatt einmal steht, da steht er, da bringt ihn keine Macht der Welt wieder weg‹, zitierte Onkel Wilhelm mit unverkennbar ostmärkischem Akzent und klopfte dabei nachahmend mit dem Fingerknöchel energisch auf die Tischplatte.

»Steht da zum Beispiel auch kaum eine Tagesreise weit von Ostpreußen entfernt, in Kurland eine vollkommen intakte, kampfkräftige Armee. Sie steht dort untätig Gewehr bei Fuß. Und hier fehlt sie uns wie einer hungernden Familie das Brot. Das muß man wahrhaftig höhere Kriegskunst nennen.

Ja. ja, es ist eben schwer einzusehen, daß das Ende kommt.«

»Wie sind Sie denn übers Haff gekommen, Herr Schwertfeger?« schaltete sich Claudia ablenkend ein, weil sie merkte, daß der Onkel ins politische Fahrwasser geriet. »Und wann haben Sie Tolkemit verlassen?«

»Das ist ja auch so eine Sache«, erklärte Schwertfeger. »Zwei volle Tage zu früh sind wir von Tolkemit abgerückt. Es war doch der Tag, an dem wir die Todesnachricht bekamen.

Wir sitzen beide in der Dämmerstunde auf dem Sofa, meine Frau und ich. Ich versuche die Unglückliche zu trösten, spreche auf sie ein, rede ihr gut zu. Weil aber gar nichts fruchten will, verfalle ich auf den Gedanken, sie an das Abendessen zu erinnern. Ich will sie durch irgendeine Arbeit auf andere Gedanken bringen.

Wir hatten zu Mittag Kartoffelkeilchen gehabt. Das war noch vor der schlimmen Nachricht. Weil sie weiß, daß ich die Dinger aufgebraten mit Ei dran lieber esse als frisch, macht die Frau schon immer gleich ein paar mehr.

So geht sie also nebenan in die Küche – mir zuliebe wahrscheinlich, setzt Butter in der Pfanne auf. Ich höre, wie es anfängt zu brutzeln und glaube Scheibchen um Scheibchen meiner geliebten Keilchen unter ihrem Messer in die zischende Butter fallen zu sehn.

Da, in diesen Augenblicken, wird die Tür aufgerissen, und herein stürzt der vierzehnjährige Haffke, der Fähnleinführer, und faselt – faselt kann ich nur sagen –, der Ortsbauernführer, der habe angeordnet, daß Tolkemit geräumt werden muß – und das sofort, auf der Stelle. Zwanzig sowjetische Panzer seien im Anmarsch auf unsre Stadt. Einer von ihnen stehe vor Cadinen und habe die Haffufer-Bahn schon beschossen.

In meinen Wuschen, die ich da an den Füßen hatte, bringe ich den Jungen vors Haus, um dabei auch gleich mal etwas Umschau zu halten.

Und tatsächlich – in enger tiefer Schneespur hastet eine Menschenmenge dem Haffufer zu: Frauen, weinende Kinder an der Hand, Alte, die sonst kaum noch kriechen können, sie stolpern hinterher. Andere, die noch gut auf den Beinen sind, rufen mir aufgeregt zu, ich müsse mich höllisch beeilen. Es sei allerhöchste Zeit.

Daß wir die halbfertigen Bratkeilchen nicht zuerst eingepackt haben, das wundert mich jetzt noch. Alles, was für solchen Alarm wichtig und vernünftig gewesen wäre mitzunehmen, alles das ließen wir zu Hause: die Grundstückspapiere, die Sparkassenbücher und was sonst noch alles. Zum Glück waren Ferdinands Habseligkeiten mit in den Koffer geraten.

Glauben Sie mir: Ich bin die zehn Kilometer von Tolkemit nach Kahlberg mit dem Segelschlitten schon in weniger als zehn Minuten gekommen. Und sieben Stunden, sieben, haben wir in jener verfluchten Nacht für diese Strecke gebraucht. Sieben Stunden mit schwerer Last über eine ungeschützte Eisfläche bei zwanzig Strichen unter Null. Machen Sie das – sieben Stunden lang durch Schnee, der selten weniger als ein Viertelmeter hoch liegt.

Kaum daß wir aufgebrochen und aus dem Windschatten der Küste heraus waren, machte sich schon eine recht steife Brise von Nordosten auf. Ein unbeständiger Wind war das, der mit dem Pulverschnee Kesseltreiben spielte und alle Spuren sehr bald wieder zustiemte. Zum Glück war es mondhell.

Bald hatte ich unsere beiden Koffer auf meinen Schultern. Den Leibriemen durch ihre Griffe gezogen, ließen sich die Dinger zuerst ganz gut tragen, obschon die Hose nun ständig rutschte und wieder hochgezogen werden mußte. Aber tragen Sie das eine Stunde um die andere! Und das dazu in der dauernden Angst, die Russen könnten unsere Flucht entdecken und hinter uns herschießen.

Und so sah man denn auch bald hier einen Karton, bald dort einen Koffer, eine Tasche oder sonst etwas am Wegrande liegen; fortgeworfen, einfach, weil den Leuten nach und nach die Kräfte ausgingen.

Und dann auch noch die verdammte Rinne da mitten im Haff. An die hatte wohl gar niemand mehr gedacht. Plötzlich taucht sie als dunkles Etwas vor uns auf.

Glauben Sie mir. In diesen Augenblicken ist mir die Not der Kinder Israel auf ihrer Flucht das erstemal in meinem Leben handgreiflich-lebendig geworden.

Und wie in ihrer Not damals, so kam in der Tat auch in der unsern ganz unerwartete Hilfe. Wie zwei rettende Engel, vom Himmel gesandt, waren da plötzlich die beiden Schichau-Schlepper »Falke« und »Habicht« zur Stelle, – wenn auch mit einem ganz anderen Auftrag. Sie waren gekommen, den Haff-Dampfer »Tolkemit« aus dem dicken Eise zu brechen. Aber sie waren doch da. Und sie ließen sich auch durch das Bitten und Flehen von Frauen und Kindern erweichen. Sie setzten über. Und an dieser Stelle war die Eisrinne immerhin etwa dreißig Meter breit. Auf der anderen Seite aber – dort fühlten wir uns dann alle wie gerettet.

Das alles hatte aufregenden Aufenthalt gegeben – ängstliches Warten und Herumstehen. Meine Frau muß sich dabei auf den Tod verkühlt haben. Bald darauf fing sie an zu klagen.«

Hier schwieg der Erzähler, als sei er sehr erschöpft. Auf eine ermunternde Geste der Hausfrau trank er einen Schluck aus seiner Tasse und nahm wieder ein paar Bissen vom Teller.

»Haben Sie nun drüben in Kahlberg wenigstens einen guten Arzt?« fragte Claudia teilnehmend und goß Schwerfeger heißen Kaffee nach.

»O ja!« sagte er dienernd, »Ärzte gibt es in Kahlberg im Winter zur Genüge. Und gut aufgehoben sind wir ja im Hotel Schreiber auch. Eine Krankenschwester könnte kaum fürsorglicher sein, als es unser Zimmermädchen dort ist. Zudem wohnt der Arzt nicht weit vom Hotel – ein Arzt, wie man ihn sich nicht besser wünschen kann. Er hält es für möglich, daß Angst und Schrecken den Ausbruch der Krankheit begünstigt haben. Und an diesem Tage folgte ja ein Schock dem andern – für meine Frau zumal.«

»Die Todesnachricht und dann auch noch die russischen Panzer . . .«, flocht Claudia ein.

»Und dann zum Schluß auch noch das Maschinengewehrfeuer, das uns empfing, als wir so gut wie schon drüben waren.

Die Aktien-Mole von Kahlberg sahen wir jedenfalls schon als dunklen Strich halblinks vor uns liegen. Wie aus heiterem Himmel schlug uns da höllisches MG-Feuer entgegen.

Ein verdammter Schreck, wenn einem die Geschosse so über den Kopf hinwegpfeifen. Das Aufkreischen der Frauen und Kinder machte dem Spuk aber sofort ein Ende.«

»Und warum wurden Sie da so grundlos beschossen?« wollte Claudia wissen.

»Nun, weil uns die Waffen-SS, die den Nehrungsabschnitt bei Kahlberg zu sichern hatte, weil uns die eben für heranrückende Russen gehalten hatte. Nein – das ist nicht ganz richtig –, sondern weil der Kommandeur nicht wußte, ob er in der herankommenden Karawane Russen oder Deutsche vor sich hatte, ließ er erst mal nur über unsere Köpfe hinwegfeuern. Und das furchtbare Aufschreien der Frauen, das darauf folgte, hat den Mann ja sofort darüber belehrt, wie die Sache stand.

Aber ein verdammter Schreck war's doch. Und ich kann mir sehr gut denken, daß der auch das seine dazugetan hat, meine Frau aufs Krankenlager zu werfen. Was wissen wir schon über das Entstehen von Krankheiten.

Die leerstehenden Hotels in Kahlberg waren das große Glück für uns Tolkemiter – drei Tage lang. Dann kamen Minensuchboote, gingen weit draußen vor Anker und nahmen durch Landungsboote alle an Bord – außer uns beiden, wie gesagt.«

»Das ist sehr bedauerlich«, sagte Onkel Wilhelm. »Und was hätten Sie noch alles mitnehmen können, hätte der Ortsbauernführer die Flucht nicht so übereilt angeordnet.«

»Das ist wahrhaftig so«, sagte Schwertfeger und trank wieder einen Schluck von seinem Kaffee. »Zwei volle Tage nach uns kam erst der Treck Prinz Louis Ferdinands von Cadinen übers Haff. Zwei volle Tage später . . . Man überlege! Was hätten wir in dieser Zeit noch alles ordnen und erledigen können.

Aber schließlich – besser, zwei volle Tage zu früh, als auch nur eine halbe Minute zu spät. Vielleicht kommt es uns später einmal zu Ohren, wie es jenen erging, die Cadinen auf keinen Fall verlassen wollten. Einer der Kutscher, die den prinzlichen Treck fuhren, erzählte es mir, wie so mancher Cadiner nicht zu bewegen war, die Heimat zu verlassen. Sie sollen da sogar von Treue zu ihrem Kaiser gesprochen haben, dem Kaiser, der der Großvater des Prinzen Louis Ferdinand gewesen und ihnen die schmucken Ziegelsteinhäuser erst hatte erbauen lassen.«

»Ja, ja, ich weiß«, sagte Claudia, »die Cadiner – besonders die ganz alten – sind stolz auf die kaiserliche Herkunft ihrer Häuser.«

Claudia fiel plötzlich ein, daß Schwertfeger ihr eine Antwort schuldig geblieben war – die Antwort auf ihre Frage, wie er denn überhaupt zu dem Segelschlitten und mit ihm dann über die offene Eisrinne gekommen sei. Sie fragte ihn deshalb gleich noch einmal danach.

»Den Segelschlitten«, sagte Schwertfeger, »den hat mir der Fischer Kleinschmidt überlassen, als er sicher war, daß es per Minensuchboot weiterging.

Der Kleinschmidt ist der schlauste von uns Tolkemitern gewesen. Der ist nicht wie die meisten kopflos davongelaufen. Er hat seinen Segelschlitten flottgemacht, ist allerdings dann selbst nur mit Ach und Krach auf ihm mitgekommen. So viel Menschen hatten sich in ihrer Angst auf den Schlitten geworfen.

Im hohen Schnee hat das Ding anfänglich gar nicht losgehen wollen. Da mußten also alle wieder 'runter und schieben, so lange schieben, bis der Schlitten aus dem Windschatten geriet und sich die Segel kräftig blähten. Aber mitgekommen ist Kleinschmidt nur mit Mühe und Not. So unvernünftig haben sich seine Fahrgäste gebärdet. Darüber hat er sich sogar ein paarmal bei mir beschwert. Über die offene Eisrinne hat ihn dann der Eisbrecher »Habicht« gesetzt.

»Wie ich hörte«, sagte Onkel Wilhelm, »werden jetzt Brücken über die Rinne gebaut.«

»Ja«, entgegnete Schwertfeger, »das stimmt. Heute morgen waren dort schon Pioniere bei der Arbeit. Ohne ihre Hilfe wäre ich wohl gar nicht über den Bach gekommen. Spätestens mittag wollten sie ihr Bauwerk fertig haben.«

Das Schrillen der Haustürglocke verschluckte Schwertfegers letzte Worte. Claudia ging nach draußen, öffnete und kam mit dem Briefträger Lerbs zurück.

»Auch für Sie ist noch eine Tasse heißer Kaffee da«, sagte Claudia, nachdem sie Lerbs mit den Besuchern bekanntgemacht hatte. Wie sich bald herausstellte, kannten sich Lerbs und Schwertfeger bereits. Der Tolkemiter hatte mit Lerbs zuweilen am Schalterfenster der Kasse zu verhandeln gehabt.

»Wie kommt denn so ein Fremdling hierher zu uns?« hatte Lerbs sofort gefragt und auch gleich kurze Aufklärung erhalten.

»Existiert denn die Deutsche Reichspost überhaupt noch?« begann Onkel Wilhelm den Mann mit der amtlichen Armbinde nun zu frotzeln.

»Meine Herrn, der Deutschen Reichspost bitte ein bißchen mehr Respekt . . .« sagte Lerbs salbungsvoll, griff in seine Posttasche, suchte darin einen Brief und überreichte ihn Claudia theatralisch. »Was sagen Sie nun?«

»Ist das denn möglich?« sagte sie, während sie den Umschlag von allen Seiten mißtrauisch betrachtete. »Die Bahn geht doch schon eine ganze Zeit nicht mehr. Wie ist das denn möglich? – ein Brief von meinem Mann?«

»Eingeflogen, Melizkatchen. Ein ganzer Postsack voll ist heute morgen vom Flugplatz Heiligenbeil angekommen. Auch Päckchen waren dabei, eins sogar für unseren diensteifrigen Vorsteher, der einer der ersten war, die auf und davongingen, als es etwas brenzlich wurde. Nun sitzt sein Vertreter, der Karl Langkau, da und zerbricht sich den Kopf, was er mit dem Haufen unzustellbarer Post anfangen soll. Auf einige hat er doch wahrhaftig schon den Stempel gedrückt: Zurück – unbekannt verzogen.«

»Womöglich schreibt hier mein Mann tatsächlich etwas über Ihren Sohn Ferdinand, Herr Schwertfeger«, sagte Claudia, zog eine Nadel aus ihrem Haarknoten, schnitt damit den Umschlag auf und las.

Als Lerbs das bemerkte, brach er seine Rede sofort ab. Er schwieg mit den übrigen, als gebühre diesem Ereignis auch ein gewisses Maß an Ehrfurcht.

Es war ein ziemlich umfangreicher Brief.

»Nein«, sagte Claudia. Sie hatte Tränen in den Augen, als sie die beiden Bogen auf den Schoß sinken ließ, »nein, Herr Schwertfeger – leider –, mit keinem Wort erwähnt er Ihren Ferdinand. Es tut mir wirklich leid. In dem anderen Briefe, den ich Ihnen nachher gern noch vorsuchen will, da schreibt er tatsächlich etwas über ihn, zum Beispiel, daß »Lili Marleen« zu seinen Lieblingsliedern gehört und »Wo des Haffes Wellen trecken an den Strand« und noch einiges andere. Sie werden ja sehn.

Aber daß er schon gefallen ist, davon ist in keinem Briefe die Rede. Wie gesagt – schon allein, um mir den

Glauben nicht zu nehmen, daß auf Sanitäter nicht geschossen wird –, schon allein deshalb hätte er es mir auch niemals geschrieben.«

»Also«, sagte Schwertfeger niedergeschlagen, »dann wäre also meine Mission bei Ihnen so gut wie beendet. Ich könnte meiner Frau berichten. Sie wird natürlich wie ich sehr enttäuscht sein.«

Er machte Miene aufzustehen.

»Bleiben Sie bitte noch etwas!« sagte Claudia. »Ich will doch den Brief noch vorsuchen und Ihrer Frau auch etwas einpacken.«

»Jawoll, Schwertfeger«, sagte Lerbs, »bleiben Sie noch ein Weilchen hocken. Ich habe da nämlich noch eine Neuigkeit. Das heißt, eigentlich dürfte ich gar nicht darüber sprechen. Denn amtlich ist sie noch nicht herausgebracht . . .«

»Machen Sie es nicht zu spannend, Herr Postrat!« sagte Onkel Wilhelm. »Und die Deutsche Reichspost macht auch ohne Ihren Geheimnisverrat demnächst Pleite. Mit uns hier können Sie in jedem Falle rechnen. Sie sind unter lauter Pasterstöchtern.«

»Also«, sagte Lerbs und begann dabei, seine Tabakspfeife zu stopfen, »wie gesagt, amtlich ist es noch nicht. Aber ich weiß es aus sicherer Quelle: General Hoßbach und Generaloberst Reinhardt, beide sind von ihrem Obersten Kriegsherrn gemaßregelt und ihrer Posten enthoben – Reinhardt schon einen Tag vor Hoßbach.

Das heißt also: der Stoß der Hoßbachschen Armee in die Flanke der sowjetischen Panzerarmee ist damit abgeblasen. Aus dem Freikämpfen der Reichsstraße 1 wird also nichts. Die Russen können ihren Keil, den sie auf Elbing zu treiben, ungestört weiter verstärken.

Unser Reichsverteidigungs-Kommissar Erich Koch hat Reinhardt und Hoßbach in den Augen Hitlers zu Feiglingen gemacht. ›4. Armee auf feiger Flucht ins

Reich‹, soll er Hitler telegraphiert haben – er, der sich vorsichtshalber aber selbst aus dem gefährdeten Königsberg abgesetzt und dafür in Neutief eingenistet hat. Nicht etwa in Pillau – das ist ihm zu gefährlich. Neutief gegenüber ist weniger bekannt, neutraler und deshalb wohl auch etwas sicherer.

Was soll man dazu sagen?«

»Das frage ich mich schon mehr als zwölf Jahre, Lerbs«, warf Onkel Wilhelm ein. »Jetzt aber scheint ja die Zeit bald gekommen zu sein, daß man die richtige Antwort darauf geben kann, daß das deutsche Volk nämlich einem Rattenfänger und seinen Paladinen nachgelaufen und ins Garn gegangen ist. Die schlimme Geschichte weist nur den kleinen Unterschied auf, daß der Rattenfänger diesmal nicht aus Hameln, sondern aus Braunau kam.

Dieses unselige Städtchen ... Man überlege nur: Über den halben Globus hat es nun sein kackriges Braun verkleckert. Die Hemden ganzer Armeen hat es verfärbt.

Sollte man es für möglich halten, daß sich im zwanzigsten Jahrhundert ein Mann von einem Tage zum andern entschließen kann, Politiker, Führer eines Achtzig-Millionen-Volkes zu werden? Und daß dieser Mann, um seinen ehrgeizigen Entschluß verwirklichen zu können, eine geradezu paranoide Vorliebe für die erste Silbe seiner Geburtsstadt zeigt und die ganze Welt brünieren will?«

»Komisch ist das, wirklich sehr komisch«, gab Schwertfeger zu. »In solchem Lichte habe ich das Partei-Braun noch nicht gesehn.«

»Und ist das andere nicht mindestens ebenso verdächtig?« fuhr Onkel Wilhelm fort: »Seine Geburtsstadt hatte ihm den Stempel eines Ausländers aufgedrückt. Als Ausländer mußte ihm aber der Einzug in den Deutschen Reichstag verwehrt bleiben. Aber es ließ sich bald ein unzweifelhaft deutsches Ländchen finden, das ihn naturalisierte. Er ging nach Braunschweig, das seiner Farbenschrulle neues Wasser auf die Mühle gab. Dort ließ er sich umstempeln – nicht aber umfärben.«

»Ist das nicht Zufall?« sagte Lerbs. »Reiner Zufall ... so wie zum Beispiel das griechische Wort Lexikon, rückwärts gelesen, ein annähernd plattdeutsches Wort mit ähnlicher Bedeutung ergibt?«

»Zufall nennen Sie das, Lerbs? Nun, meinetwegen sollen Sie das noch Zufall nennen. Was aber sagen Sie nun dazu, daß er sich ausgerechnet auch noch eine gewisse Eva Braun zur Geliebten macht? Ich für meinen Teil kann da nicht mehr an blinden Zufall glauben.«

»Daß uns der Seifensieder nicht schon früher aufgegangen ist«, sagte Schwertfeger. »Jahrelang haben wir nun den Mund gehalten und uns sogar selbst verwehrt, über solche Sachen nachzudenken. Jetzt, wo's zu spät ist – wo wir nun drinsitzen in der Tinte ...«

»Sagen wir lieber – im Fegefeuer!« ergänzte Onkel Wilhelm.

»Ach hört doch endlich auf damit!« bat Claudia. »Immer diese Politik. Was soll denn Jean Etienne nur denken? Meint ihr denn, er weiß nicht, von wem die Rede ist?«

»Nun«, verteidigte sich Onkel Wilhelm, »schaden kann es wohl nicht, wenn Jean zu Hause erzählt, daß es in Deutschland auch Leute gibt, die keine Nazis gewesen sind. Und darüber, zu welcher Sorte wir gehören, habe ich ihn niemals im Zweifel gelassen.

Aber auch das habe ich ihm immer wieder klargemacht, daß nur der unwürdige Vertrag von Versailles Hitler und seine Leute hat so groß werden lassen können. Mit dem Versprechen, die Ungerechtigkeiten des Friedensvertrages endlich zu beseitigen, hat Hitler die meisten Anhänger anlocken können. Besonders hier im Osten wären ihm nicht halbsoviel zugelaufen, hätte man in Versailles nicht Ostpreußen und Danzig so rigoros vom Reich abgetrennt. Und daß unser Rattenfänger das Lied der Bösen von Versailles besonders gut zu spielen verstanden haben muß, ist Jean sehr schnell klargeworden.«

Jean Etienne aber verzog keine Miene. Mit auf der Brust verschränkten Armen starrte er unverwandt auf seine leere Kaffeetasse. Als Claudia sich erbot, ihm nachzugießen, huschte ein Lächeln über sein Gesicht. Gleichzeitig dankte er mit einer französischen Höflichkeitsfloskel.

»Und es wird auch gar nichts schaden ...« fuhr Onkel Wilhelm fort. »Auch die Herren Franzosen dürften einmal darüber nachdenken, ob nicht auch sie zu ihrem Teile mitschuldig sind an dem Debakel. Haben nicht auch sie den neuen Herrn in der Reichskanzlei unbekümmert anerkannt und ihm durch ihre Botschafter tiefe Bücklinge machen lassen?

Und er hatte es ihnen doch Buchstaben für Buchstaben aufgeschrieben, was er vorhatte. In einem ziemlich umfangreichen Buch stand es doch sogar von A bis Z zu lesen. Sie hätten ihn daraufhin doch gar nicht anzuerkennen brauchen. Aber nein, sie haben ihn von hinten und vorn poussiert. Und die Wochenschauen im Kino, die natürlich von den Braunen ganz besonders geschickt aufgezogen wurden, sie hatten es dadurch wahrhaftig nicht schwer, dem blöden Volk zu zeigen, wie gern der neue Machthaber in aller Welt gesehen wurde. Das alles hat der deutschen Widerstandsbewegung sehr viel moralische Kraft entzogen.

Wenn die Franzosen etwas couragiert gewesen wären, hätte der Frieden aber auch noch gerettet werden können, als er die entmilitarisierte Zone des Rheinlandes widerrechtlich besetzte. Womöglich hätte es dann tausend Tote gegeben und einiges mehr an Verwundeten. Von der braunen Pest wären Deutschland und die übrige

Welt aber ein für allemal geheilt gewesen. Denn die Widerständler innerhalb des Reiches warteten doch sehnlich auf die Initiative der Nachbarn. Sie hätten gründlich aufräumen helfen. Zumeist befanden sie sich ja im Offizierskorps selbst, die Gegner des größten Feldherrn aller Zeiten.

Aber, ach – auch diese Widerständler werden die Suppe nun mit auslöffeln müssen, die jene Großmäuler eingebrockt haben.«

»Das ist sehr leicht möglich«, sagte Lerbs, indem er sich erhob, um nun weiterzugehen. »Das ist sogar sehr leicht möglich. Aber vielleicht interessiert Sie auch das: Unser Reichsverteidigungs-Kommissar hat sich vorsichtshalber die beiden Eisbrecher »Pregel« und »Ostpreußen« mit nach Neutief genommen – und einen »Fieseler Storch« außerdem. Denn man kann ja nie wissen . . .

Es könnte einem übel werden, wenn man so etwas hört«, murmelte er, nachdem er sich von der Tischrunde verabschiedet hatte.

»Ach, Herr Lerbs«, sagte Claudia, »ich habe noch ein Anliegen: Gestern, als ich von Frau Doktor Tiller kam, mußte ich sehen, wie Flüchtlinge auf den Stufen des Domportales knieten, um dort ihr Gebet zu verrichten. Sie konnten nicht hinein. Der Dom war verschlossen.

Ich kann mir nicht denken, daß das im Sinne des Herrn Bischof ist. Sie als angesehener Katholik könnten bei Seiner Exzellenz womöglich ein gutes Wort einlegen. Ich meine, Gotteshäuser sollten gerade in dieser Notzeit jedem Gläubigen offenstehen. Und unser berühmter Dom müßte da mit gutem Beispiel vorangehen.«

»Sie sprechen mir aus der Seele, Melizkatchen. Aber um die Domtür – ob offen oder geschlossen – geht nun einmal der heimliche Kampf zwischen Bischof und Kastellan. Auch der Bischof wünscht offene Türen, aber eben der Kastellan nicht – und das aus sehr selbstsüchtigen Gründen: Ihm entgehen nämlich die Trinkgelder, wenn die Dombesucher jederzeit auch ohne ihn und seine eingelernten schönen Worte Zutritt haben. Und deshalb hat er eben das allerschwerste Geschütz aufgefahren: menschlichen, allzu-menschlichen Schmutz. Und der Geschäftstüchtige hat dem Bischof diesen Schmutz auch wirklich zeigen können. Ein Rätsel wird freilich bleiben, wie dieser Schmutz in den Dom geraten ist. Aber Sie wissen ja, Frau Melizkat: Nicht selten ist der König das Spielzeug in den Händen seines Kammerherrn.«

»Ich selbst«, sagte Claudia, »möchte mich heute dort im Dom von der Heimat verabschieden. Auch als Nichtkatholikin ist mir das ein inneres Anliegen. Und zwar möchte ich dabei allein sein und den geschäftstüchtigen Cerberus nicht in meiner Nähe wissen. Können Sie mir diesen Dienst wohl noch erweisen?«

»Domherr Schwiatkowski ist ein gefälliger Mann«, sagte Lerbs, während er in seiner Posttasche herumsuchte. »Auch für ihn habe ich hier einen Brief. Jetzt gehe ich zu ihm. Dann schicke ich sofort einen zuverlässigen Jungen, der Ihnen sagen wird, was ich bei Doktor Schwiatkowski ausrichten konnte. So verbleiben wir«, sagte Lerbs und ging eilig davon.

»Einen Augenblick, Herr Schwertfeger, nun suche ich erst mal den Brief aus meiner Mappe«, sagte Claudia und verließ gleich hinter Lerbs das Zimmer.

Zehn Minuten später war Jean Etienne wieder an seinem Wagen und bastelte weiter. Onkel Wilhelm begleitete Schwertfeger zum Haffufer, wo der Segelschlitten angeschlossen war. »Bis auf die Gegend da drüben erstaunlich ruhig«, sagte er und wies in südwestlicher Richtung auf Elbing. »Wenn die vierte Armee nun kehrtmachen muß, wird sich die Stadt nicht mehr lange halten können. Dann werden die Russen umgruppieren und Frauenburg und Braunsberg aufs Korn nehmen. Ich glaube, es wird höchste Zeit!«

Während Schwertfeger seinen Schlitten losmachte und die Segel zu setzen begann, ließ Onkel Wilhelm seine Blicke über die endlose Eisfläche des Haffs schweifen, über die nun auch er bald trecken mußte. Wenn er in nördlicher Richtung sah, kam es ihm vor, als sei da so ein hauchdünner Strich – die Nehrung, die nun der letzte Weg in die Feiheit war.

Vor diesem hauchdünnen Strich am fernen Horizont zeigten sich dunklere, kräftigere Streifen und Tupfen. Sie waren näher. Die vordersten bewegten sich – sehr langsam und alle in der gleichen Richtung. Daß es Flüchtlingstrecks waren, wußte er – einzelne und solche, die geschlossen beieinanderbleiben wollten, die nun wieder in Bewegung geraten waren, seitdem es Brücken gab, die über die Eisrinne führten.

Er versuchte sich eine Vorstellung von dem zu machen, was sich dort drüben auf dem schmalen Waldwege der Nehrung jetzt wohl abspielen werde. Schon wochenlang, Tag und Nacht quälte sich dort ein Flüchtlingsfuhrwerk dicht hinter dem andern mühsam nach Südwesten in der Hoffnung, dem Fegefeuer doch noch zu entgehen.

»Sind das nicht Russen?« sagte Onkel Wilhelm plötzlich und schaute rückwärts – dorthin, woher das ungewohnte Geräusch kam. Auch Schwertfeger richtete sich auf und suchte den Himmel ab.

»Das sind russische Aufklärer«, sagte er und machte sich weiter an seinem Schlitten zu schaffen. »Die müssen doch nachsehen, wie weit das mit dem Brückenbau ist.«

Indessen verfolgte Onkel Wilhelm die beiden Flieger aufmerksam, die nun die Trunzer Höhe bereits hinter sich gelassen hatten. Sie tuckerten zur Nehrung hinüber. Sie flogen die Nehrung in nördlicher Richtung entlang, wie es schien, und erhielten in der Gegend von Narmeln kräftiges Abwehrfeuer. Das war deutlich zu sehen aber nur schwach zu hören. Sofort bogen sie in östlicher Richtung ab und flogen von jetzt an hintereinander.

Es dauerte gar nicht lange, da löste der vorderste eine Bombe aus. Als deutliches Komma fiel sie schräg abwärts. Bald darauf löste auch der zweite aus. Es gab zwei dumpfe Paukenschläge. »Aha«, sagte Schwertfeger, der das Manöver der Flieger nun auch mit verfolgte. »Aha, jetzt haben sie den Übergang nach Narmeln entdeckt.«

»Wollen wir nicht, bis die gröbste Gefahr vorbei ist, noch einmal ins Haus zurückgehn?« schlug Onkel Wilhelm vor.

»Meine Frau wird sich unnötige Sorgen machen, wenn ich zu lange bleibe. Mit dem Abfahren werde ich aber hier an dieser Stelle noch ein Weilchen warten«, sagte er, während die Flieger auf Heimatkurs gegangen waren. Sie flogen direkt auf die beiden Männer zu. Die blieben wie angewurzelt stehen. Jeder schämte sich wohl, als erster hinter die nächste Heukupse zu springen.

Aber auch die Fuhrwerke ließen sich durch die Flieger nicht stören. Gelassen und unbeirrt zogen sie ihre Bahnen.

Jetzt flogen die Russen eine Schleife, als bereite das Fliegen erst so die richtige Freude. Aber plötzlich senkt der erste Vogel seinen Schnabel zum Stoß und feuert mit seinen Bordwaffen mitten in einen geschlossenen Treck hinein und fliegt dann seelenruhig mit dem andern weiter.

Was nicht liegenbleibt, stiebt in alle Winde auseinander. Ein Pferdepaar jagt in seiner Todesangst auf die erschrockenen Männer zu. Onkel Wilhelm sieht, wie das Sattelpferd stürzt und mitgeschleift wird. Er sieht, wie das Fuhrwerk ins Schleudern gerät, wie es kurz darauf umschlägt und seine Ladung auf der Eisfläche in alle Winde zerstreut.

Der Kutscher ist der erste, der sich wieder aufrappelt. Er hat dabei seine Peitsche noch in der Hand. So läuft er auch sofort zu der Frau, die nach ihm schreit.

Onkel Wilhelm und Schwertfeger springen zu Hilfe und halten das jagende Pferd auf, lösen beide vom Wagen und bringen das gestürzte wieder auf die Beine. Der umgeworfene Wagen aber ist zu schwer. Vier Landser, die vorbeigehen, springen ebenfalls herbei. Und schon steht das Ding wieder auf den Rädern. Während Onkel Wilhelm die Tiere einspannt, sammeln Schwertfeger und die Soldaten die zerstreute Habe zusammen. Es könnte weitergehen. Aber die Frau kommt nicht auf die Beine. Sie schreit und klagt bei jedem Versuch über den Rücken. Dem zehnjährigen Mädchen hat der Sturz nicht geschadet. Sie hängt weinend am Halse der Mutter und ist von dort nicht wegzubringen.

Schwertfeger und Onkel Wilhelm bieten sich an, die Verletzte zu einem hiesigen Arzt oder auch in ein Krankenhaus zu bringen.

Sie sei aber doch gar nicht getroffen und eine Wunde überhaupt nicht zu entdecken, sagt der Alte, der ihr Vater zu sein scheint. »Aber innere Verletzungen sind oft schlimmer«, meint Onkel Wilhelm. »Es wird gut sein, die Frau hier ins nächste Krankenhaus zu bringen.«

Als die Frau das hört, gerät sie außer sich: »Nicht hier ins Krankenhaus!« schreit sie. »Ich will weiter! Fort von hier! 'raus aus dem Hexenkessel hier!«

Schwertfeger bietet sich an, die Frau auf seinem Segelschlitten mit nach Kahlberg zu nehmen. »Kahlberg«, so sagt er, »wird noch nicht unmittelbar vom Russen bedroht. Und gute ärztliche Betreuung ist ihr dort so gut wie sicher.«

Als das Mädchen merkt, daß es von seiner Mutter getrennt werden soll, klammert es sich an der Verletzten fest und schreit.

»Da machen wir eben kurzen Prozeß«, sagt Schwertfeger zu dem Alten, »ich nehme auch das Mädchen mit, und du fährst allein bis Kahlberg. Im Hotel Schreiber findest du mich und deine Leute wieder. Merk dir – Hotel Schreiber! Es gibt viele Hotels in Kahlberg.«

Sie schleppen also sämtliche Betten vom Wagen auf den Schlitten, packen Mutter und Kind hinein, verschnüren den bauschigen Bettenberg zu einem kleineren Paket und verabschieden sich. Dann schieben die drei Männer den Schlitten an, die Segel blähen sich, Schwertfeger springt behende auf, und wie von Geisterhand wird das seltsame Gestell hinweggezogen.

Onkel Wilhelm und der Alte standen noch eine Zeitlang beieinander und schauten dem seltsamen Gefährt nach. Seine Segel lagen direkt vor dem Winde. So wurde das haushohe Segel im Nu zu einem winzigen spitzen Dach.

»Früher hat man so etwas nur in wilden Träumen erlebt«, sagte Onkel Wilhelm, schlug dabei mit der Rechten einmal blindlings durch die Luft, machte dann kehrt und ging mit schleppenden Schritten davon.

An Jean Etienne, der in der Wagenhöhle bei seiner Arbeit hockte, ging er ohne ein Wort vorbei.

Im Wohnzimmer lag alles drunter und drüber. Die Frauen waren dabei, Claudias Koffer zu packen. Auch sie ließ er spüren, daß er keine Lust hatte, über das Geschehene zu sprechen. Er setzte sich an den Schreibtisch, stützte den Kopf und starrte auf die Tischplatte. Dort lag Kurts Brief, den Lerbs vor einer Stunde gebracht hatte. Claudia trat hinzu und schob dem Onkel die beiden Bogen wortlos unter die Augen. Er griff zu, setzte sich zurecht und las.

Liebste Claudia!

Zu allen Sinnlosigkeiten, zu denen uns dieser Krieg verdammt, gesellt sich augenblicklich eine neue: Ich schreibe Dir einen Brief, obschon ich weiß, daß er Dich niemals erreichen wird, aus vielerlei Gründen nicht mehr erreichen kann.

Und ich –? Ich bin heute noch um einiges weiter entfernt von Dir und der Heimat – in Saarbrücken. Hier haben wir die Ersatzteile für unsere defekten Fahrzeuge endlich zusammengebracht. Nur ein Eimer mit roter Farbe für unsere Genfer Kreuze fehlt uns noch. Auf ihn warte ich hier in der verwaisten Pförtnerloge eines ehemaligen Auslieferungslagers. Und während meine Rechte den Schreibstift führt, legt die Linke von Zeit zu Zeit ein frisches Holzscheit in das Kanonenöfchen, dessen Abzugsrohr durch ein entglastes Fenstergeviert ins Freie geht. Es duftet so wunderbar nach anheimelnder Wärme, wie nur brennendes Holz sie verbreiten kann.

So lasse ich's mir also wohl sein in der verwaisten Pförtnerloge, während Kamerad Schamait draußen in der verlassenen Stadt umherläuft. Denn verwaist und verlassen ist hier in Saarbrücken alles: jedes Haus und jedes Geschäft, jede Straße und jeder Platz – vollkommen entvölkert, evakuiert, wie es heutzutage beschönigend heißt. Im Frühjahr erwartet man hier harte Kämpfe. Und so liegt diese sonst so betriebsame Stadt wie unter einer Decke von Verlassenheit erstarrt.

Stelle Dir unser Königsberg vor! – unser schönes Königsberg, das uns um diese Stunde aber schon kaum noch gehört. Stelle es Dir vor, wie wir beide es nach durchwachter Nacht eines Sommermorgens gegen drei Uhr vom Parkhotel aus bis zum Hauptbahnhofe unbeschwert durchschlenderten! Versuche, die gespenstige Verlassenheit jener Morgenfrühe auf einen sonnigen Wintertag, wie wir ihn heute haben, zu übertragen! Du siehst dick-verschneite Prachtstraßen mit vereinzelten

Radspuren und Fußtapsen, die Wehrmachtskommandos hinterließen. Du vermißt die sonst so besorgten Männer, die jeder auch noch so dünnen Schneedecke sofort mit Besen und Schiebern zu Leibe gehen. Gleichgültig-tot scheint alles – wie durch einen unseligen Fluch verhext . . .

Ich höre Kamerad Schamait kommen. Sein schwerer Schritt ist unverkennbar.

Außer dem Eimer mit roter Farbe zeigt er mir freudestrahlend zwei Weckgläser mit roten Kirschen. Wo mag er die Früchte aufgetrieben haben? Für einen Plünderer halte ich unseren Schamait aber nicht.

Kirschen! Wie oft haben wir sie in Succase gemeinsam geerntet. Wann werde ich die Bäume von Succase wiedersehen und Deine lieben Hände, die die prallen roten Früchte immer so fürsorglich für den Winter verwahrten?

Die Königsberger setzen sich nach Pillau ab

Zur Abschiedstunde wurde im Hause Quednau früh geweckt. Bedrückt machte sich jeder für die bedeutsame Reise nach Pillau fertig. Das Auto stand schon schwer bepackt in der Garage. Auch sein Dach hatte für Koffer, Rollen und Pakete herhalten müssen.

Nun war es soweit. Es sollte nur noch schnell eine Kleinigkeit gegessen und etwas Warmes getrunken werden, wie sich Mutter Vera ausdrückte. Vom Frühstücken mochte sie nicht reden. Das Wort hätte ihr heute fremd und unpassend geklungen.

Andreas widerstrebte es, sich als erster an den Tisch zu setzen, den er heute für immer verlassen sollte. Er ging lieber vorher noch einmal vors Haus. Er hatte gesehen, daß es draußen stiemte. Womöglich war das Garagentor verweht. Das könnte er inzwischen noch frei machen.

Aber kaum war er gegangen, kam er auch schon aufgeregt wieder zurück: »Mutter Vera, Tante Judith, kommt schnell raus! Da muß was passiert sein. Die Lawsker-Allee ist ja ein einziger Lavastrom von Menschen und Wagen. Alles in Richtung Juditten. Wie wollen wir da mit dem Auto wegkommen, wenn auf der Straße kein Apfel mehr zur Erde kann?«

Alle fünf liefen vor die Tür und sahen im Morgengrauen, daß Andreas gar nicht übertrieben hatte mit seinem Lavastrom.

Auch Nachbar Sommer, der pensionierte Gymnasiallehrer, und seine Frau standen in dem Stiemwetter vorm Haus und schauten erschrocken.

»Was ist denn da los?« fragte Mutter Vera den Nachbar. Ihre Frage war halb in gar nicht zu fernem Kanonendonner untergegangen. Aber Sommer hatte sie dennoch verstanden.

»Haben Sie denn die Radiomeldung nicht gehört, gnädige Frau? Alle Königsberger haben sich unverzüglich nach Pillau abzusetzen. Jetzt, auf den letzten Drükker, jetzt, wo die Russen die Stadt schon beschießen, jetzt endlich bequemen sich die Herren, den Evakuierungsbefehl zu geben. Ist das nicht zum Verzweifeln? Für uns beide kommt das viel zu spät. Wir werden uns nicht in diesen reißenden Strom stürzen«, fügte der alte Mann hinzu und ging mit seiner Frau wieder ins Haus.

»Wie soll ich denn jetzt den Wagen auf die Straße bringen?« jammerte Doktorin Gardau. »Vom Vorwärtskommen will ich noch nicht einmal reden. Nur schon allein in diese Masse von Menschen und Fahrzeugen hineinzugeraten . . . Wie stellt ihr euch das denn vor?«

»Wir hätten früher fahren müssen, Tante Judith«, kritisierte Andreas altklug, während er hinter den andern wieder ins Haus zurückging.

»Irgendwie werden wir's aber schon schaffen«, sagte Mutter Vera, als sie sich zum Essen an den Tisch setzte. »Und wenn wir zu Fuß . . .« Sie brach ihre Rede aber gleich wieder ab. Zu Fuß . . .?

»Vater Bertram erwartet uns heute«, begann sie aufs neue. »Wir müssen es irgendwie schaffen, nach Pillau zu kommen. Ein Lazarettschiff kann unseretwegen nicht mit der Abfahrt warten.«

Und Mutter Vera behielt recht: Den Wagen von der Garage aus über den von Menschen überfluteten Bürgersteig zu bugsieren und von dort aus auf die überfüllte Straße war leichter, als es sich die Doktorin vorgestellt hatte. Als sie dann aber vom Straßenbahngleis auf den überquellenden Fahrdamm gelangen wollte, ging es plötzlich nicht mehr weiter – wie bittend Andreas auch sein Rot-Kreuz-Fähnchen durchs herabgekurbelte Fenster schwenkte. Die Massen wichen nicht zurück. Dafür aber gab es dröhnende Bumser gegen die hart gefrorene Karosserie. Die Doktorin wagte nicht, sich mit Gewalt Raum zu schaffen. Viele der Vorüberdrängenden drohten sogar mit der Faust.

»Mutti, die Straßenbahn!« riefen Elke und Brigitte plötzlich. »Mutti, die Straßenbahn kann nicht vorbei! Hörst du sie denn nicht bimmeln?«

»Ich kann doch die Menschen nicht über den Haufen fahren!« schrie die Mutter, nervös geworden, und drückte energisch auf den Hupenknopf.

Weil er einsah, daß nichts anderes zu machen war, zwängte sich der vierschrötige Straßenbahnfahrer in seinem dicken Fahrpelz von der Plattform herab. Die stämmige Schaffnerin folgte ihm auf dem Fuße. Beide schlorrten sie in ihren groben Filzstiefeln auf den Wagen zu, zwängten sich zwischen ihn und die drängende Masse, griffen sich gegenseitig in die Mantelriemen und warfen sich wie zwei Rückenschwimmer gegen den Strom. Nun konnte sich das Auto endlich bewegen und kam so in Fahrt.

Mit seinem plumpen Fausthandschuh winkte der Straßenbahner im Vorbeifahren der Ärztin zu. Die Menschentraube, die der Fahrer vom Einstieg hatte abschütteln müssen, um von der Plattform herabzukommen, hing jetzt wieder vollzählig an den Haltestangen des Einganges.

»Sollte man so etwas für möglich halten?« sagte die Doktorin, als sie sah, daß auch die anderen Trittbretter der Straßenbahn so überfüllt waren. »Ist es nicht ein wahres Wunder, daß die Straßenbahner ihren Dienst tun wie eh und je, als wäre das die selbstverständlichste Sache der Welt.«

»Preußisches Pflichtbewußtsein«, sagte Mutter Vera, während es schrittweise vorwärtsging.

»Wenn das so weitergeht, sind wir auch heute abend noch nicht in Pillau«, fuhr sie nach einer Pause fort.

»Nur eine Stunde früher hätten wir abfahren müssen«, begann Andreas wieder zu nörgeln. »Kurz vor dem Aufstehen warf ich einen Blick durchs Fenster, da wäre auf der Straße noch vorwärts zu kommen gewesen. Ich meine nun, daß wir über Nebenstraßen diese Flutwelle hier überholen könnten.«

»Seht doch nur die arme Frau mit dem Kinde auf ihrem Fahrrad!« sagte Mutter Vera. »Wie sich das Kleine immer wieder so entsetzt nach dem Auto umsieht, das ihm so dicht auf den Fersen sitzt. Wollen wir der Frau nicht wenigstens das kleine Kind abnehmen? Mit ihrem bepackten Fahrrade hat sie sich ja noch genug abzuplagen.«

»In solchem Durcheinander wie diesem hier«, sagte die Doktorin, »vertraute ich mein kleines Kind keinem Fremden an. Und wie gedenkst du es anzustellen, der Frau dein Anerbieten zu machen – in diesem Gedränge hier? Und außerdem will ich den ersten besten Nebenweg dazu benutzen, um aus diesem Nudeltopf herauszukommen. Andreas hat recht. Vielleicht gelingt es, dieses Chaos hier zu überholen. Wenn ich noch lange so langsam dahinzockeln muß, geht mir die Maschine samt der Kupplung zum Teufel.«

»Wie wär's«, fragte Andreas, »wenn Tante Judith gleich hinter dem Bahnhofe Juditten die Hauptstraße verläßt und geradeaus weiterfährt – also über Moditten und Metgethen. Hinter der Feuerwehrschule, beim Wurzelkrug, kommen wir doch dann wieder auf die Pillauer Chaussee. Vielleicht können wir dann etwas schneller fahren.«

»Ob diese kurze Strecke schon genügt?« fragte

Mutter Vera. »Ich glaube kaum. Aber versuchen können wir's ja. Hoffentlich kommen wir dann auch wieder glatt auf die Hauptstraße.«

»Bei uns haben sich welche angehängt«, flüsterte Elke verstohlen. Im gleichen Augenblick aber schämte sie sich auch schon, eine arme Frau mit vollgepacktem Kinderwagen so schmählich verpetzt zu haben.

»Tante Judith, jetzt mußt du den rechten Winker raustun«, sagte Andreas. »Die Pillauer Chaussee biegt links ab, und nach Moditten und Metgethen geht's gradeaus.«

Vorschriftsmäßig stellte die Doktorin den Fahrtrichtungsanzeiger aus. Sie mußte aber einen alten Mann, der neben dem Auto ging, mit dem aufschnellenden Zeiger an den Kopf gestoßen oder auch sonstwie belästigt haben. Der Mann schlug ärgerlich auf den Winker ein.

Das Ding brach sofort in Stücke. »Ihr Scheißkerle!« schrie der Alte, daß es sogar die im Auto hörten. »Jetzt wollt ihr euch auch noch im Auto aus dem Staube machen, und erst konntet ihr nicht laut genug Sieg Heil und Heil Hitler rufen!«

»Hält man denn so etwas für möglich!« entrüstete sich die Doktorin. »Man sollte den Kerl doch . . .«

»Nur nicht alles noch schlimmer machen, liebe Judith«, beruhigte Mutter Vera. »Der Mann muß zu Fuß nach Pillau. Wir fahren mehr oder weniger bequem im Wagen. Ist die Mißgunst des alten Mannes nicht zu verstehen?«

Sobald die Doktorin auf der Nebenstraße etwas schneller fahren konnte, war ihr Zorn auch verraucht, und alle fünf atmeten auf. Elke und Brigitte sahen rückwärts, wie sich der Menschenstrom auf der Pillauer Chaussee langsam weiterwälzte.

»Da hinten sehe ich eine Zugschranke«, sagte Elke. »Wenn da nun ein Eisenbahnzug kommt.«

»Elke meint die Schranken am Bahnübergang über die Pillauer Chaussee«, erklärte Andreas. »Elke hat recht. Ich frage mich auch, was wird, wenn da mal ein Zug kommt. Der müßte ja Dutzende von Menschen totfahren.«

»Denkt doch an die Straßenbahn, die durch die Menschenmassen auf dem Bahnhofsvorplatz hindurch fuhr, ohne daß ein Mensch verletzt wurde«, erinnerte die Doktorin. »Der Lokführer wird die gefährlichen Übergänge schon kennen und dort ganz besonders vorsichtig fahren.«

Andreas hatte richtig vermutet: Auf den Nebenstraßen ging es bedeutend schneller vorwärts, obwohl auch hier Flüchtlinge über Flüchtlinge zu Fuß oder mit Fahrrädern, Karren, Kinderwagen und dergleichen unterwegs waren.

Nach dem Zwischenfalle mit dem alten Mann fühlte sich die Doktorin von allen, die sie überholte, haßerfüllt beneidet – wenn nicht gar verflucht. Anders dagegen Brigitte. Sie hielt überall unbefangen Umschau. Als der Wagen durch Metgethen fuhr, entdeckte sie, daß hier auf den Straßenschildern statt Straße nur immer Weg zu lesen war: Forst-Weg, Memeler-Weg usw.

»Ja, die Metgethener . . .«, unterbrach Mutter Vera, »die haben von jeher etwas Besonderes – sogar zwei berühmte Schulen. Dort das hohe Gebäude ist die bekannte Frauenschule und halbrechts vor uns die Feuerwehrschule.«

»Ich werde auch bald mal nach meinem Kühlwasser sehen müssen«, sagte die Doktorin. »Der gelötete Kühler und dann das ewige Langsamfahren . . .«

»Dort, wo die Straße wieder auf die Pillauer Chaussee kommt, ist der Wurzelkrug. Halte dort an und sieh nach. Wenn Wasser fehlen sollte, besorge ich dir frisches. Den Wurzel-Krüger kenne ich gut. Hoffentlich ist er nicht schon auf und davon.«

»Wurzel-Krüger? ... fragte Brigitte gedehnt. »Was ist das für ein komisches Ding: ein Wurzelkrüger?«

»Der Krugwirt ist ein Original«, erklärte Mutter Vera. »Dementsprechend hat er seine Räume geschmückt und eingerichtet: mit hunderterlei Baumwurzeln. Die findet er ja hier überall in den Wäldern – alle möglichen Formen und Farben. Hier und da hilft er auch mit dem Schnitzmesser etwas nach, um bestimmte Figuren zustande zu bekommen. Er hat sich damit weithin einen Namen gemacht. Wenn den Königsberger Nachtbummlern in der Stadt nichts mehr ausgeschenkt wird, fahren sie schnell nach Metgethen in den Wurzelkrug. Beim Wurzelkrüger können sie ganz familiär weiterzechen – bis in den nächsten Tag hinein.«

» ... konnten sie«, warf die Doktorin ein.

»Ja, ja«, sagte Mutter Vera, sich entschuldigend, »ich vergesse immer wieder, daß es damit nun vorbei ist.«

Plötzlich schob sich, von rechts kommend, ein großer Lastwagen mit Betonröhren vor das Auto der Doktorin. Diesem Riesending machten die Flüchtlinge sehr schnell Platz.

»Schnell, hinter dem her!« befahl Mutter Vera so energisch, daß die Doktorin ihr Kühlwasser und Brigitte den Wurzelkrüger vergaß. »Wenn wir Glück haben, fährt auch der in Richtung Pillau und macht uns freie Bahn.«

Und tatsächlich – am Wurzelkruge sprang der rechte Winker des Lastwagens heraus. Sie hatten Glück. Zudem kam nun auch die Sonne höher und vergoldete die dicken Schneepolster auf den Fichten rechts und links der Chaussee. Gleichzeitig malte sie zartblaue Schatten zu Füßen dieser anspruchsvollen Nadelbäume, die immer lieber Tannen genannt werden wollen.

Durch den Umweg über Moditten und Metgethen

hatte man die unheimliche Flutwelle des Flüchtlingsstromes wahrhaftig hinter sich gelassen. Es ging nun bedeutend schneller voran. Bald waren sie am Vierbrüder-Krug.

»Wie oft habe ich an schönen Wintertagen mit Bertram hier gesessen«, klagte Mutter Vera und sah hinüber zu der verglasten Veranda, die sich über die ganze Front des Hauses hinzog. »Zwei Stunden auf Schiern im Walde unterwegs und dann dort in jener Stube ein Kännchen Kaffee und ein Stück Glumskuchen mit Schmant – manchmal auch gleich das Abendbrot. Vorbei . . . Vorbei!«

»Hat man denn jetzt nichts Besseres zu tun, als Betonröhren in der Gegend herumzufahren«, fing die Doktorin an, sich zu erzürnen. »Habt ihr gesehen, wie die Dinger in Bewegung gerieten, als der Wagen durch ein tiefes Schlagloch fuhr. Womöglich kommt noch eins ins Rollen und schlägt einen tot.«

»Du ahnungsloser Engel, du«, zitierte Mutter Vera. »Die Dinger da, die dir ein Dorn im Auge sind, das sind doch die berühmten Kochtöpfe. Kochtöpfe – weil sie die geniale Erfindung unseres geliebten Gauleiters und Reichsverteidigungskommissars Erich Koch sind. Der läßt sie jetzt hier in der Umgebung von Königsberg massenweise in die Erde graben. Zur Verteidigung – natürlich zu seiner eigenen in erster Linie, versteht sich. Und das sieht so aus: Die Töpfe werden so tief versenkt, daß ihr oberer Rand mit der Erdoberfläche abschließt. Beim Herannahen russischer Panzer sollen sich nun unsere Soldaten mit allem, was sie bei sich haben, darin verstecken. Sogar ein passender Deckel wird mitgeliefert, den sich der Landser bei akuter Gefahr über den Kopf ziehen kann.«

»Ich verstehe zwar nichts vom Kriegführen«, sagte die Doktorin, »aber das mit den Töpfen halte ich für eine glänzende Idee, zumal der Endverbraucher keinen Sargdeckel mehr nötig hat. Und wer gräbt die Töpfe bei diesem Frost ein?«

»Das weiß ich nicht. Soweit ich hinter die Kulissen sehe, ist das Eingraben nicht halb so wichtig wie das Geschäft, das mit den Kochtöpfen gemacht wird. Nicht weit von hier, hinter diesem Walde, werden die Dinger fabriziert – auch in Metgethen, in der Zementfabrik des Feuerwehrgenerals Fiedler. Ich sagte es ja schon: In Metgethen ist vieles möglich – sogar ein Feuerwehrgeneral.«

»Was ist denn das nun wieder?« fragte Brigitte neugierig.

»Der Feuerwehrgeneral ist der Leiter der Feuerwehrschule«, schaltete Andreas sich ein. »Den solltest du mal in seiner Uniform sehen, die er ganz allein für sich erfunden hat. Wie ein bunter Gockel stolziert er darin einher. Es fehlt nur noch die Pfauenfeder im Hintern.«

»Unsere Königsberger sind nun mal ein witziges Völkchen«, sagte Mutter Vera. »So wie sie den zweckentfremdeten Betonröhren einen treffenden Namen gaben, so machten sie eben auch Herrn Fiedler schlagfertig zum Feuerwehrgeneral.«

»Wenn der Mann Leiter einer Schule ist, wie kann er da gleichzeitig Zementwarenfabrikant sein?« fragte die Doktorin ungläubig.

»Freilich geht das für gewöhnlich nicht«, entgegnete Mutter Vera. »Ist man aber Befehlsempfänger des Gauleiters, dann läßt sich so etwas auf kleinen Umwegen leicht machen. Möglicherweise gibt seine Frau ihren Namen dafür her. Wer kann wissen, wie's gedreht wurde. Koch schanzt ihm jedenfalls alle größeren Aufträge in Beton zu. Als halb verkrachter Architekt kam Fiedler nach Metgethen. Jetzt sitzt er wie die Made im Speck. Der Herr Gauleiter ist ihm ja mit gutem Beispiel vorangegangen.«

»Wieso denn das?« fragte die Doktorin.

»Aber Judith, stellst du dich dumm, oder weißt du tatsächlich nicht, welche schäbige Rolle Koch hinter den Kulissen seines politischen Theaters spielt? Nein – gespielt hat! Denn das ist ja nun auch vorbei! Gott sei Dank! Womöglich hältst du's für frevelhaft, wenn ich dir gestehe, daß ich bei aller Trauer Genugtuung darüber empfinde, daß diesen Großmäulern da oben endlich das Handwerk gelegt wird – daß sie klein werden und zittern und sich wie Ratten in ihren Löchern verstecken möchten.«

»Ich verstehe das sehr gut, Vera. Wollen wir nur hoffen, daß es zum Schlusse nicht heißt: ›den Bösen sind wir los, die Bösen sind geblieben.‹ Aber du wolltest mir doch etwas vom Gauleiter erzählen.«

»Hast du denn noch nie etwas von der fragwürdigen Erich-Koch-Stiftung gehört? Erich-Koch-Stiftung – wie das klingt! Man könnte wahrhaftig glauben, die Millionen, die dieser Industriekonzern darstellt, hätte Koch seinem geliebten Ostpreußen gestiftet. Und dabei kam er neunzehnhundertachtundzwanzig mit nichts als seiner Brutalität aus Wuppertal-Elberfeld hierher nach Königsberg.

Womöglich weißt du nicht einmal, daß Koch nach der Machtübernahme durch die Kriegstreiber von der Landesbauernschaft ein nahezu zweitausend Morgen großes Gut geschenkt bekam. Jawohl, du hast richtig gehört: geschenkt bekam er das Gut! Daß er sich Herrenhaus und Ställe fürstlich ausbauen und einrichten ließ, bedarf keiner Frage – und das alles für Gelder, deren Herkunft bis heute sehr undurchsichtig blieb. Sogar von zentralbeheizten Ställen mit gekachelten Wänden reden die Leute.«

»Nein«, sagte die Doktorin, »um solche Sachen habe ich mich nicht kümmern können. Dafür hat mich mein Beruf zu sehr in Anspruch genommen. Einmal allerdings – jetzt entsinne ich mich – da ist mir zu Ohren gekommen, daß er NSV-Gelder unterschlagen haben soll. Das muß aber schon lange vor dem Kriege gewesen sein.«

»Ja, ja – fünfunddreißig oder sechsunddreißig hat er sich das geleistet. Es zog damals weite Kreise und trug ihm sogar die Ungnade Hitlers ein. Eine Zeitlang soll ihn der daraufhin geschnitten haben . . .«

»Du solltest einmal ein Koch-Buch schreiben, Vera«, witzelte die Doktorin, als sie merkte, daß der Freundin der Stoff nicht ausgehen wollte.

»Dieses Koch-Buch dürfte gar nicht so uninteressant sein. Koch soll doch einmal von sich gesagt haben, daß er zu jenen Männern zählen möchte, die Geschichte machen. Nun hat sich zwar inzwischen herausgestellt, daß aus der Geschichte Geschichten geworden sind, aber diese Geschichten wären womöglich wert, einmal zusammengestellt zu werden – auch jene, die er sich in Rowno in der Ukraine geleistet hat. Die Ukrainer werden noch lange an ihn denken. Als die Sache da unten brenzlich zu werden begann, da hat er sich aber doch rechtzeitig abzusetzen verstanden und sich auf den goldenen Thron in Königsberg besonnen. Und ich möchte wetten, daß er auch jetzt schon wieder seine Siebensachen gepackt hat.«

Bis Groß Heydekrug war die Fahrt einigermaßen glatt verlaufen. Jetzt aber begann sie zu stocken. Und kurz vor Widitten kam schließlich alles zum Stehen. Selbst bei den Fußgängern und denen, die mit Handschlitten und dergleichen unterwegs waren, ging es kaum noch vorwärts.

Die Fahrerin nutzte die Zwangspause, um nach dem Stand des Kühlwassers zu sehn. Auch Mutter Vera stieg aus. Sie zwängte sich zu Fuß weiter, um auszukundschaften, warum es da vorn nicht weiterging.

Etwa nach einer halben Stunde kam sie zurück,

setzte sich wieder zu den andern in den Wagen und berichtete: »Die Straße über Fischhausen nach Pillau soll vollkommen verstopft sein. Wahrscheinlich ist auf ihr das ganze Samland versammelt. Was nun? Übers Eis? Es soll gehen, hat mir ein einheimischer Fischer gesagt. Das Eis ist mehr als einen Viertelmeter stark.

Und noch was anderes hätte ich bald vergessen: Vor Widitten ist Heldenklau am Werk. Ein starkes Aufgebot an Feldpolizei sucht nach Volkssturmpflichtigen und auch nach entwichenen Soldaten. Da sollen sich viele, als Zivilisten verkleidet, unter die Flüchtlinge gemischt haben. Zivilanzüge sollen sehr hoch im Kurs stehen – am höchsten: abgetragene und geflickte.«

»Abgetragene und geflickte?« fragten Brigitte und Elke wie aus einem Munde.

»Dort geht der Fischer wieder, mit dem ich vorhin sprach«, sagte Mutter Vera, schwang sich aus dem Wagen und lief auf den Mann zu, um zu fragen, wie sie am besten auf das Haffeis kämen.

Es war eine Sache von zehn Minuten, dann rollte das Auto auf der glatten Eisbahn. Aber auch hier kontrollierten eine Menge Feldgendarmen. Schon von weitem war das zu sehen.

»Andreas«, zischelte Mutter Vera ihrem Jungen zu. »Andreas, wenn dich jemals einer nach deinem Alter fragen sollte – am sechzehnten März wirst du vierzehn. Merk dir deinen Geburtstag gut!«

Schon wenig später riß ein Feldpolizist die Wagentür auf und fragte, ob männliche Personen im Auto mitführen.

»Ja«, sagte Mutter Vera, »mein Sohn dahinten.«

»Bitte, aussteigen und Personalausweis!«

»Seit wann brauchen denn Dreizehnjährige schon einen Personalausweis?« fragte Mutter Vera ärgerlich, während sie ausstieg, um Andreas herauskrabbeln zu lassen.

»Wie alt sind Sie?« fragte der Feldjäger streng, indem er den halb und halb strammstehenden Andreas fest ins Auge faßte. Und der Junge, der das unverhoffte Sie auf das Konto späteren Heldentums zu buchen suchte, sagte seinen Vers auf.

Obwohl der Kettenhund etwas mißtrauisch zu sein schien, ließ er Andreas wieder einsteigen, zumal er einem Bauern nachlaufen mußte, der sich währenddessen auf der anderen Seite des Autos vorbeigeschlichen hatte.

Zwei Bauersfrauen ergingen sich in schlimmen Tiraden über die Feldpolizisten, weil die nichts anderes seien als gemeine Handlanger für den verdammten Koch.

»Nur jut«, sagte Mutter Vera in halbem Platt, »nur jut, daß uns' Andreas man nur so'n Kruschke is . . .«

Nach und nach kamen immer mehr Wagen und Fußgänger vom Land aufs Eis herüber. Es hatte sich wohl sehr schnell herumgesprochen, daß dieser Weg viel kürzer war als der Landweg über Fischhausen nach Pillau. Es dauerte nicht lange, so gerieten sie in einen breiten Flüchtlingsstrom, der aus der Richtung Zimmerbude kam und sich auf Pillau zu bewegte.

Als Vera Quednau diese Menschenmassen sah, wie sie sich weit und breit auf dem Eise dahinwälzten, bekam sie einen Schreck. Sie dachte an das, was sie in der Schule immer Völkerwanderung genannt hatte. Wie kann eine kleine Stadt wie Pillau so viele Menschen und Fahrzeuge fassen, dachte sie. Was soll nun werden . . .

Mutter Vera hatte ihre Gedanken noch nicht zu Ende gebracht, da machte die Doktorin schon ihrer eigenen Besorgnis Luft: »Du wirst doch nicht etwa glauben, Vera, daß wir mit unserem Wagen bis nach Pillau hineinkönnen. Wenn wir noch weit kommen, dann bis Kamstigall – bis Pillau aber keinesfalls. Sieh dir doch diese Menschenmassen an!«

Die Kinder schwiegen betreten. Vera Quednau wurde es übel bei dem Gedanken, nicht an Bertrams Schiff heranzukommen. »Dann werde ich eben zu Fuß hineingehen müssen«, sagte sie kleinlaut – »zuerst mal zum Hafenkommandanten. Der muß ja schließlich wissen, wo das Lazarettschiff liegt und wie ich an Bord kommen kann. Bertram wird mir dann schon sagen, was wir machen sollen. Ich will ihn doch beknien, daß er auch deinen Wagen mit an Bord nimmt. Das müßte doch irgendwie möglich sein. Den Wagen von unserer Garage auf die Lawsker-Allee zu bringen, sah ja zuerst auch unmöglich aus. Und dann ging's doch besser, als wir dachten. Denke doch nur einmal nach, was das für uns alle bedeutete, wenn wir den Wagen mitbekämen.«

»Darüber habe ich oft genug nachgedacht, Vera. Aber was hilft das? Theorie und Praxis stoßen meist sehr hart aufeinander. Du siehst ja selbst, daß es schon jetzt immer langsamer vorwärtsgeht. Wie sollen wir denn den Wagen in den Pillauer Hafen bringen?«

»Bis in die Nähe von Kamstigall müßten wir doch eigentlich schon gekommen sein«, unterbrach Andreas. »Vor lauter Menschen und Wagen kann man ja keine zwei Schritt weit sehen.«

»Das ist wahr«, sagte seine Mutter. »Das einzige, was ich erkennen kann, ist der neue Lotsen-Wachtturm von Pillau. Und dem Turm nach zu urteilen, müßte die Kamstigaller Siedlung linker Hand liegen. Bald werden wir's wissen.«

Kaum eine Minute lang ging es noch weiter, da stand alles still. Der Wagen war eingekeilt.

Schweigend wartete man eine Zeit darauf, daß es weiterging. Als sich nichts rührte, schlug Mutter Vera vor, Andreas einmal auf das Wagendach steigen und ausschauen zu lassen.

»Meinetwegen, Andreas, steige uns aufs Dach«, ermunterte Tante Judith. »Was kann an unserem braven

Oly schon kaputtgehn – noch dazu, wenn du über das Reserverad hinwegkletterst. In dem Gepäck da oben ist nichts Zerbrechliches.«

»Warte damit noch etwas, Andreas«, riet Mutter Vera. »Falls es nicht bald weitergeht, werde ich mich zu Fuß nach Pillau durchschlagen. Kurz vorher kannst du ja vom Dach Ausschau halten und bei der Gelegenheit auch gleich die Rot-Kreuz-Flagge dort oben befestigen, so daß ihr weithin zu sehen seid und ich euch leicht wiederfinde, wenn ich zurückkomme.«

Nachdem sie über eine Viertelstunde gewartet hatten und sich da noch immer nichts rührte, sagte die Mutter: »Nun, Andreas, meinetwegen klettere mal auf das Dach! Die Flagge reiche ich dir nach.«

Schnell wie ein Wiesel war Andreas oben. Auf den Gepäckstücken, auf die er trat, stand er besonders erhöht. Wie ein Feldherr blickte Andreas durch sein Fernglas in die Richtung, in der Pillau liegen mußte.

»Die Siedlung Kamstigall sehe ich halbrechts deutlich vor uns liegen«, meldete er, ohne dabei den Feldstecher abzusetzen. »Bis zum Hafen – ich schätze: anderthalb bis zwo Kilometer. Aber so weit ich sehen kann: Fuhrwerke, Fuhrwerke und Pferde und da und dort auch mal ein Auto. Die Fußgänger zwängen sich durch das Gewirr hindurch. Alles drängt zum Hafen hin.« Andreas richtete sein Glas in die Runde – weiter nach Süden. »Jetzt sehe ich auch den Königsberger Seekanal. Als dunkler Streifen zieht er sich durch die Eisfläche. Weiter nach Pillau zu ist er vor lauter Flüchtlingsgedränge gar nicht zu sehen, so dicht sind die Fuhrwerke an die Eisrinne herangefahren . . .«

»Kannst du auch Schiffe sehen?« wollte Mutter Vera wissen.«

»Viele Schiffe, hin und her – und dazwischen immer mal ein Marine-Prahm. Ich glaube, die Prahme sind mit Flak-Geschützen besetzt«, meldete Andreas.

»Sind denn im Hafen keine Schiffe zu erkennen?« fragte die Mutter.

»Natürlich sind dort Schiffe«, sagte Andreas. »Aber erkennen kann ich nur Masten und Aufbauten. Von einer Rot-Kreuz-Flagge ist nichts zu sehen. Vielleicht liegen die größeren Schiffe auch weiter draußen.«

»Mache das Ding da oben irgendwie fest und komm dann runter!« sagte Mutter Vera, während sie ihm die Rot-Kreuz-Flagge zureichte, deren Stiel Tante Judith inzwischen mit der außergewöhnlich langen Anwerfkurbel des Autos verbunden hatte. Die Fahne sollte weithin sichtbar sein.

»Mutter Vera, laß mich doch mitgehen«, bat Andreas, während er vom Autodach herabstieg. »Ich möchte doch mal sehen, wie es in Pillau aussieht, und auch Vater Bertrams Schiff . . .«

»Pillau kennst du doch zur Genüge«, sagte die Mutter, »und Vaters Schiff wirst du noch früh genug zu sehen bekommen.«

»Ich meine doch, wie Pillau heute aussieht«, entgegnete Andreas, »heute bei diesem Betrieb«, setzte er hinzu.

»Um jeden einzelnen, der Pillau verläßt oder die Stadt sogar meidet, wird der Stadtkommandant froh sein. Nein, Andreas, du bleibst hier – als Faustpfand meinetwegen. In anderthalb Stunden – oder auch zwei – werde ich zurück sein. Sollte es tatsächlich etwas länger dauern – bitte, macht euch keine Sorgen! Ich komme zurück, sobald ich kann«, sagte Mutter Vera. »Und Grüße richte ich von euch allen aus«, setzte sie hinzu, hängte ihre Tasche über die Schulter, schlug Andreas auf den linken Oberarm und verschwand schon nach wenigen Schritten hinter dem Fuhrwerk des Bauern, der mit anderen herumgestanden und neugierig zugehört hatte, um herauszubekommen, was die Leute mit dem Rot-Kreuz-Auto wohl planten. Nun, da sich Andreas auf den Platz seiner Mutter ins Auto gesetzt hatte, trat der Alte mit seiner Frau etwas enttäuscht zurück und machte sich an den Pferden zu schaffen.

»Was wollte der Mann von dir?« fragte die Doktorin.

»Das weiß ich nicht, Tante Judith. Aber ich merkte, daß er etwas wissen wollte. Und da stellte ich ihm eben gleich die Frage, ob er mit seinem Fuhrwerk etwa in Pillau an Bord eines Schiffes gehen wollte.«

»Ja – und?«

»Von Pillau nach Neutief will er übersetzen und dann die Nehrungsstraße in Richtung Danzig trecken wie die meisten Fuhrwerke hier ... Was meinst du, Tante Judith, ob Mutter Vera in zwei Stunden zurück sein wird.«

»Das meine ich«, sagte die Doktorin. Und dann herrschte mit einemmal ängstliches Schweigen im Wagen. So, als fühlten sich alle vier verpflichtet, Mutter Vera in Gedanken zu begleiten oder auch stille Gebete für sie gen Himmel zu schicken.

Nach einiger Zeit dachte Andreas nicht allein an die Mutter, sondern auch an den Vater. Für einen kurzen Augenblick sah er, wie sich die beiden gegenseitig in die Arme fielen und sich küßten. Etwas wie Eifersucht flammte in ihm auf und der Verdacht, seine Mutter habe ihn nicht mitgenommen, um ihm den Anblick dieser Szene zu ersparen.

Wie in einem Film sieht Andreas seinen Vater in der Lawsker-Allee dahinschreiten – straff und elegant in der kleidsamen Offiziersuniform. Er aber, der Sohn Andreas, geht auf der anderen Seite der Allee wie ein Fremder, der den Offizier heimlich beobachtet, den Mann, der ihm seinen Namen gegeben hat.

Auf einmal befällt den Jungen ein seltsames Gefühl, das ihm ganz fremd ist. Er könnte es niemandem beschreiben: Das erstemal in seinem Leben findet er es eigenartig, daß er Quednau heißt – ausgerechnet Quednau – wie das Dorf an der Straße von Königsberg nach Cranz, das Dorf mit der starken Linkskurve, wenn man seewärts fährt. Er denkt an seine Klassenkameraden. Heißt von ihnen etwa einer wie ein Dorf oder eine Stadt? Hamburg? Berlin? Königsberg? Nein – nicht einer. Alle tragen sie Namen, die anders entstanden, anders gewachsen sind: Knuth, Buttkus, Schönsee, Kalinkat, Stockmann, Krüger, Matuschewski. Einer allerdings – das fällt ihm jetzt ein – heißt Masuhr. Masuren aber ist schließlich kein simples Dorf.

Am liebsten spräche er mit Tante Judith über die Entdeckung, daß ihm sein Name so urplötzlich nicht mehr gefällt. Er geniert sich vor Brigitte und Elke. Aber auch wenn er mit Tante Judith allein gewesen wäre ... wie hätte er sein spleeniges Anliegen vortragen sollen, ohne Befremden darüber aufkommen zu lassen – jetzt, hier auf dem Haffeis, bei zwanzig Grad Kälte.

Plötzlich ging Andreas ein Licht auf. Daß er diese seltsame Parallele nicht schon früher entdeckt hatte: Judith – Juditten? Der seltsame Zufall bot ihm doch Handhabe genug, über diese merkwürdige Namenssache mit der Tante ins Gespräch zu kommen, um dann ganz und gar unverfänglich auf seinen eigenen Namen überzugehen. Er drehte also den Spieß nahezu um und begann: »Ist es nicht komisch, Tante Judith, daß unser Juditten fast genauso heißt wie du?«

»Seltsame Einfälle hast du schon, Andreas. Das muß man dir wirklich lassen«, spöttelte die Doktorin. Ich für meinen Teil finde das gar nicht so komisch. Ich bin zwar weder Ortsnamenkenner noch -forscher, aber ich vermute, daß da irgendein Jude, wenn nicht gar eine Judith im Spiel gewesen ist. Denn in früherer Zeit war der Name Judith durchaus ehrwürdig und nicht etwa verpönt, wie er es im Dritten Reiche war. Judith bedeutet nämlich nichts anderes als Jüdin.

Nun wirst du dir leicht ausmalen können, welchen schlechten Ruf mein Vorname heutzutage hat. Aber schon Barbarossas Mutter hat ihn damals mit Stolz getragen und die weltberühmte Judith wohl nicht weniger, diese Judith, die schon fünfhundert Jahre vor Christi Geburt von sich reden machte. Sie rettete doch Jerusalem und viele andere jüdische Städte vor der Zerstörung dadurch, daß sie den assyrischen Heerführer Holofernes tötete. Ich habe es nicht fertiggebracht, mich umtaufen zu lassen. Kannst du das verstehen, Andreas?«

»Aber erwogen hast du es?« fragte er zögernd. Er überlegte gerade, wie er nun überleiten könnte zu seinem eigenen Namen, da klopfte ein alter Mann an die Scheibe der Wagentür: »Ich sehe das rote Kreuz an Ihrem Wagen. Da könn'se mir wohl ein bißchen verbinden«, sagte er in seiner Mundart und hielt Andreas seinen blutenden Daumen hin. »Anständig gequätscht hab ik mir da an der Wagenrunge.«

Andreas sah den Alten verdutzt an. Dann griff er aber doch zur Ärztetasche, die zu seinen Füßen stand. Die Doktorin gab dem Mann ein Zeichen, daß er doch besser zu ihr auf die andere Seite kommen möge.

Während sie den Finger versorgte, kam Motorengeräusch auf. Die Neugierigen, die herumstanden und zusahen, hoben jetzt den Blick zum Himmel. Auch der Alte löste sein Auge von seinem gequetschten Daumen und schaute aufwärts. Das Geräusch schwoll sehr schnell an.

»Andreas, sieh dich mal um!« sagte die Doktorin. Sie selbst konnte nicht vom Platz, weil sie ihre Sachen auf dem Schoß liegen hatte.

Andreas war im Nu draußen und entdeckte zwei Flugzeuge am Himmel, die von hinten, aus Richtung Königsberg, heranbrausten. Bevor der Junge begriff, was auf dem Spiele stand, ging der Höllentanz los: Schon stößt der erste Vogel tief herab und hämmert mit seinen Bordwaffen in die Masse hinein. Und ehe sich's Andreas versieht, donnert's mit furchtbarem Getöse über ihn hinweg. Er kann nichts mehr sehen. Der Propellersturm hat ihm eisigen Schnee ins Gesicht gepeitscht. Und schon donnert's, pfeift's und kracht's ein zweites Mal über ihn hin. Damit ihn der Sturmwind nicht umwarf, klammerte er sich am Auto fest. Das machte aber plötzlich einen gewaltigen Sprung und warf ihn zu Boden. Wie betäubt rappelte er sich auf, wischte den Schnee aus den Augen und sah Tante Judith vor sich. »Ist dir was?« fragte sie besorgt. Er schüttelte den Kopf und versuchte zu begreifen, was geschehen war.

Die Leute waren dabei, die aufgeregten Pferde zu beruhigen und die ineinandergekeilten Wagen voneinander zu lösen und wieder auf den alten Platz zu bringen.

Ein Bauernwagen mit durchgehenden Pferden hatte das Rot-Kreuz-Auto von hinten gerammt und ihm einen mächtigen Stoß versetzt. Zum Glück war aber die Deichsel am Reserverad abgeprallt. Sonst hätte sie das dünne Blech des Wagens womöglich durchbohrt und eins der beiden Mädchen aufgespießt.

Andreas sah, daß Elke und Brigitte nichts geschehen war. Elke sitzt, die Hände vorm Gesicht, und weint. Brigitte ist leichenblaß, versucht aber schon, etwas Ordnung im Wagen zu machen. Dann legt sie den Arm um die weinende Schwester und fragt: »Du frierst wohl auch so sehr an den Füßen wie ich?«

Laute Schreie gellen durch die eiskalte Luft.

Aber die Ärztin muß erst ihr Auto um einiges zurücksetzen. Das ist vorn auf einen Bauernwagen geprallt. Dabei ist der Kühler wieder leck geworden.

Eine alte Frau kommt herangestürzt und verlangt weinend nach einem Arzt. Hastig greift die Doktorin nach ihrer Tasche und folgt der Frau. Andreas läuft ein Stück hinter beiden her. Da merkt er, daß seine Flagge nicht mehr auf dem Wagendache steht. Der Propellerwind hat sie umgeworfen. Das hält ihn zurück. Mutter Vera könnte vergeblich nach dem verabredeten Zeichen suchen.

Keine Minute danach steht die Doktorin vor einem etwa zehn Jahre alten Jungen, der bleich und blutüberströmt auf einer eilig hingeworfenen Strohschütte liegt – bewußtlos.

Wahrscheinlich sind es Mutter und Großvater, die dem Schwerverletzten die Schlagader am linken Arm zuhalten wollen. Beide sind über und über mit Blut besprengt. Während die Ärztin die Arterie sachgemäß abbindet, entschließt sie sich auch schon zu amputieren. Die Hand ist nicht zu retten. Leblos hängt sie nur noch an den Bändern. Ein Geschoß hat das Gelenk vollkommen zerschmettert.

Um ihnen den Anblick des Eingriffs zu ersparen, schickt die Ärztin die alte und die junge Frau unter einem Vorwand fort. Sie sollen sich von Andreas die Reservetasche mit Verbandzeug geben lassen.

Als die beiden zurückkamen, nähte sie die Hautlappen schon über den Armstumpf – alles das in der Hoffnung, die herrschende Kälte sei keimtötend genug. Hatte sich der Meteorologe Doktor Sorge im Grönlandeis die erfrorenen Zehen nicht auch mit seinem gewöhnlichen Taschenmesser abgeschnitten, ohne daß es zu einer Infektion kam?

Während sie noch mit klammen Fingern näht, dringt eine Frau auf sie ein: »Frau Doktor, bitte, geben Sie meinem Pferde eine Spritze, daß es stirbt! Ich kann das nicht mehr mit ansehen.«

»Die Frau Doktor kann hier nicht weg«, sagte der Großvater, der neben dem Jungen kniete und ihm das Blut von der Stirne wischte, ». . . jetzt noch nicht«, setzte er hinzu. »Hat denn keiner eine Pistole in der Tasche?«

Die Doktorin hatte ja ihre kleine Mauser im Mantel, ein Mitbringsel ihres Mannes, das sie noch schnell eingesteckt hatte, bevor sie das Haus verließ. »Ich trage eine bei mir«, sagte die Doktorin. »Wenn's jemand machen will . . . Ich selbst habe weder Zeit noch Lust dazu. Hier in meiner rechten Tasche steckt das Ding. Bitte!«

Der Alte mit dem gequetschten Daumen meldete sich bei ihr, der bei dem Luftangriff nur halb verbunden davongelaufen war.

Wenig später hörte man das flache Knallen, das einem elenden Pferdeleben ein Ende machte.

Jetzt konnte die Doktorin nicht mehr. Die Kälte war so schmerzhaft, daß ihr die Tränen kamen. Sie mußte von ihrer Arbeit ablassen. Hände und Füße drohten zu erfrieren. Sie begann, auf der Stelle zu treten, zu trampeln. Währenddessen wühlte sie sich mit ihren blutigen, verklammten Händen durch die vielen Kleidungsstücke hindurch und vergrub die steifen Finger in den warmen Achselhöhlen. Es war ihr schon alles gleich. Sollten ihre Kleider nun auch mit Blut beschmiert werden. Nur etwas Wärme für die zu Eis erstarrten Hände . . .

Daß Kälte so schmerzhaft sein, Herz und Hirn so verkrampfen konnte, das hatte sie bis heute noch nicht erlebt. Zorn begann in ihr aufzusteigen, Zorn gegen jene, die dieses Elend so leichtfertig heraufbeschworen hatten, nun aber gar nicht daran dachten, all die Qualen zu beenden, und selbst sehr wahrscheinlich im Warmen saßen.

Die Stunde, in der sie ihren hippokratischen Eid geleistet hatte, wurde lebendig. Wer von den feierlich gekleideten Männern hätte damals für möglich gehalten, daß sie nach fünfzehn Jahren auf eine so harte Probe gestellt werden könnte. Und hatte sie ihr feierlich gegebenes Versprechen nicht schon dadurch verletzt, indem sie Haus und Praxis im Stiche ließ und sich nicht noch einmal um Maria Kaminski kümmerte, die so jämmerlich sterben mußte? Womöglich waren die Qualen hier auf dem Haffeis schon die Buße dafür – das von so vielen Menschen gefürchtete Fegefeuer.

Gewaltsam zerriß sie das Gespinst ihrer Träumereien, zog die Hände aus den wärmenden Höhlen und führte ihre fragwürdige Operation zu Ende. Dann eilte sie, ihrem Eide getreu, zum nächsten Verwundeten. Sie hätte sich vierteilen können, so vielen sollte sie helfen. Man trug sie zu ihr heran, die nicht mehr gehen konnten – zuweilen sogar Tote.

Ihr Verbandzeug war zu Ende. Die Bauern zerrissen Bettlaken, damit weiterhin wenigstens verbunden werden konnte. Als ihr dann aber die bewußtlose Frau mit dem zerschmetterten Kinn zugebracht wurde, verließen sie die Kräfte vollends. Die Sonde, die sie ansetzen wollte, fiel ihr aus der Hand. Sie konnte nicht mehr. Sie mußte sich auf einen mit Stroh gefüllten Sack niedersinken lassen. Mit letzter Kraft brachte sie ihre gefühllosen Hände wieder in die Achselhöhlen. So hockte sie nun zusammengekauert und gab zwei beherzten Frauen Anweisungen, wie sie das zertrümmerte Kinn wenigstens verbinden sollten.

Die Verwundete erwachte aus ihrer Ohnmacht und begann, jämmerlich zu wimmern. Die Doktorin versprach, eine schmerzstillende Spritze zu geben, sobald sie ihre Finger nur einigermaßen wieder bewegen könnte.

Plötzlich hörten sie abermals verdächtiges Motorengeräusch – und bald darauf auch Schüsse, die mit dem Motorengeknatter näher zu kommen schienen. Die Doktorin horchte erschrocken auf, faßte sich aber wieder und wies die beiden helfenden Frauen an, wie sie den schwierigen Kinnverband anzulegen hatten.

»Sie brauchen keine Angst zu haben, Frau Doktor«, sagte der alte Mann, der das Mienenspiel der Ärztin beobachtet hatte. »Der Russe beschießt nur die Schiffe, die im Königsberger Seekanal fahren. Diesmal hat er's nicht auf uns abgesehen.«

Der Doktorin war zumute, als könnte ihr nun auch alles ganz gleichgültig sein, selbst das Schlimmste.

Jetzt fing ein deutsches leichtes Flak-Geschütz an, den Russen zu beschießen. Grünliche Leuchtspuren huschten gegen den Himmel – aber alle über das Flugzeug hinaus. Keine traf.

Das Knattern des Russen kam beängstigend näher, so daß sich die Doktorin doch wieder einmal erschrokken umsah. In diesem Augenblick stieg das Flugzeug nach einem Stoß in die Tiefe wieder steil in die Höhe und zeigte dabei seine beiden Sowjetsterne unter den Tragflächen drohend her.

Für die Doktorin hatte dieser rote Stern im Augenblick etwas Mörderisches an sich. Er jagte ihr Angst und Schrecken ein. Am liebsten wäre sie zu ihren Kindern gelaufen, die sich ganz gewiß ebenso sehr ängstigten. Aber die Verwundete klagte so erbärmlich, und der alte Mann bat so dringend, seiner Tochter nun endlich die versprochene Spritze zu geben . . .

Gerade als die Ärztin das mit ihren verklammten Fingern zuwege gebracht hatte, rief eine Frau hinter ihr heftig aus: »Jetzt hat's den Lorbaß doch erwischt!«

Während die Doktorin ihre Spritze verpackte, beobachtete sie das Flugzeug. Vier oder fünf Stücke, die sich von einer der Tragflächen gelöst hatten, trudelten langsam nach unten. Aber der Russe flog trotzdem weiter. Nur von den Schiffen hatte er abgelassen, und Not schien er zu haben, das Gleichgewicht zu halten. Sobald er nach Norden, zur Samlandküste hin abdrehte, stellte das Flak-Geschütz sein Feuer ein. Was hätte es gegeben, wäre die Maschine getroffen worden und in die Flüchtlingsmassen hineingestürzt. Denn auf *die* flog der Russe nun schnurstracks los.

Alles starrte auf den angeschossenen Vogel, der seinen Jägern im letzten Augenblick davonflattern wollte.

Da aber geschah das Schreckliche: Wahrscheinlich um leichter zu werden, warf er seine Bombe ab. Mit höllischem Zischen sauste sie nach unten. Der Doktorin stockte das Blut in den Adern. Sie sah das Teufelsding geradewegs auf sich zu fliegen. Mit ohrenbetäubendem Krachen schlug es dann aber doch bedeutend entfernter ein.

Kisten, Bettfedern und Töpfe wirbelten durch die Luft. Ein Bauer, der seine Pferde anhalten wollte, stieß die Doktorin dabei zu Boden. Während sie wieder aufstand, flog ihr ein Zinkeimer polternd vor die Füße. Von überallher – jämmerliches Schreien.

Hört sie da nicht auch das Schreien ihrer eigenen Kinder heraus? Und ganz in der Nähe des Autos muß die Bombe ja eingeschlagen haben. Der Gedanke, ihren Mädchen könnte etwas zugestoßen sein, reißt die Mutter vorwärts. Sie denkt nicht einmal an ihre Taschen; sie läßt sie stehen und läuft – läuft, bis sie das Auto sieht und ihre Kinder.

Und wahrhaftig – die Kinder rufen nach ihr: »Mutti, Mutti!« kreischen Elke und Brigitte, während sie von Andreas und fremden Männern aus einem riesigen Eisloch gezogen werden.

Ein Treckwagen ist versunken. Die übrigen haben sich im Umkreis von der Einbruchstelle zurückgezogen. Das Auto steht noch auf einer Scholle – mit starker Schlagseite, bis über die Achsen im Wasser. Als es das Übergewicht bekommt und absackt, schreit Brigitte: »Mutti, Mutti, unser Auto!«

Wie vom Himmel gesandt, steht plötzlich auch Mutter Vera dabei. »Laßt euer Auto Auto sein und kommt schnell mit mir!« schreit sie auf die Kinder ein, indem sie Elke und Brigitte vor sich her schiebt und auch ihren Andreas zur Eile antreibt. Denn auch er ist nicht trocken geblieben. »Macht, daß ihr die Kleider vom Leibe bekommt. Auf dem Schiff ist es doch wenigstens warm. Aber das kann nicht lange auf euch warten. Wir müssen schnell machen.«

»Hier, Frau Doktor, und auch Dank!« sagte ein Mann und setzte die beiden Taschen nieder, die die Ärztin in ihrem Schreck zurückgelassen hatte.

Wortlos nahm sie die Taschen auf und lief hinter den anderen her, ohne zu wissen, wohin es denn nun eigentlich gehen sollte. Die Reden Mutter Veras hatten ihr mehr als verworren geklungen.

Das Schiff, von dem Mutter Vera gesprochen hatte, war nichts anderes als ein grobschlächtiger Marine-Prahm, der in der Eisrinne des Königsberger Seekanals wartete, ein großer flacher, offener Kahn, der mit Munition von Pillau nach Königsberg unterwegs war. Mit ihm war sie eben von Pillau zurückgekommen.

»Was ist denn nun eigentlich los?« fragte die Doktorin verdutzt, während ihr kräftige Matrosenarme auf den mächtigen Kahn halfen.

»Es ist leider alles ganz anders gekommen, Judith«, entgegnete die Gefragte, indem sie mit den Armen in der Luft herumfuchtelte. »Wir müssen nach Danzig. Bertrams Schiff kommt nicht mehr nach Pillau, sagte mir der Hafenkommandant. Aber ich erzähle euch das besser erst später. Zuerst mal ins Warme und die nassen Kleider vom Leibe!«

»Wo ist denn nun das Auto«, fragte der Obermaat, der den Prahm führte – »das Auto, das mir der Hafenkommandant so warm ans Herz gelegt hat, damit ich's gut auf die andere Seite des Seekanals bringe«, fügte er seiner Frage hinzu und schob die beiden Mädchen in die überheizte Unterkunft der Marinesoldaten.

»Unser Auto, Herr Obermaat«, sagte Mutter Vera niedergeschlagen, das habe ich vor kaum zehn Minuten im Haff versinken sehn – mit allem, was wir mit auf die Flucht genommen hatten. Die Bombe, die das Flugzeug abwarf, Herr Obermaat . . .«

Die Matrosenunterkunft war eine Bretterbude, die roh auf den Prahm gezimmert war, in der es sich die Männer gemütlich machten, wenn sie nicht an ihren leichten Flak-Geschützen stehen mußten. Ein Becken mit glühendem Koks sorgte für reichliche Wärme.

»Was ist denn mit dir, Elke?« fragte ihre Mutter, als sie den warmen Raum betraten. »Du hinkst ja. Und bluten tust du auch?«

Schnell hatten die Matrosen mit Schlafdecken einen Budenwinkel abgeteilt, damit den beiden Mädchen die vereisten Kleider vom Leibe gezogen werden konnten.

»Mutti«, klagte Elke mit ersterbender Stimme, »Mutti, mir wird auf einmal so schlecht . . .«

Die Mutter sprang zu und fing die Fallende auf. Inzwischen befreite Mutter Vera die Ohnmächtige von der blutgetränkten, vereisten Wäsche und entdeckte auch gleich die Wunde im linken Gesäßmuskel, aus der das Blut unentwegt quoll.

Mutter Vera und ein Matrose trugen die bewußtlose Elke hinter dem Vorhang hervor und legten sie auf die Bank in die unmittelbare Nähe des Fensters.

Die Finger der Doktorin hatten aber so sehr unter der Kälte gelitten, daß sie noch immer kein Instrument geschickt handhaben konnte. Sie mußte Mutter Vera bitten, die Wunde zu sondieren. Und die brachte den talergroßen scharf gezackten Bombensplitter zutage.

»Ziemlich auf dem Knochen muß das Ding gesessen haben«, sagte Mutter Vera, indem sie das blutige Eisenstück näher betrachtete. »Ein Wunder, daß das Mädchen damit überhaupt noch so weit laufen konnte. Hat denn Elke nicht auch im Auto gesessen, als die Bombe fiel?« fragte Mutter Vera ihren Andreas.

»Freilich saß Elke auch im Wagen. Aber der hat ja

mehr als nur einen Treffer bekommen. Brigitte und ich haben nur mächtiges Glück gehabt.«

»Glück?« meldete sich einer der Matrosen, die die triefenden Kleider der Mädchen auswrangen und dann zum Trocknen auf einen ausgespannten Draht hängten. »Ihr habt alle drei mehr als Schwein gehabt. Bei einem Haar wär's doch ein Volltreffer gewesen. Wie leicht hätte das Ding auch ins Auge gehen können.«

»Was ist denn da los?« fragte der Obermaat, als er die Unterkunft wieder betrat. »Sogar eine Verwundete? Was soll da aber nun werden? Wie soll das weitergehen? Ich muß losmachen und weiterschippern. Die Königsberger brauchen Pulver, meine Damen. So gern ich Ihnen zu Diensten bin. Sie müssen sich sehr schnell entscheiden: Entweder mitfahren oder aber aussteigen. Ich rate Ihnen, im Warmen zu bleiben und zu überlegen. Aussteigen können Sie auf der Rückfahrt immer noch.«

»Aussteigen wäre Selbstmord«, sagte Mutter Vera, während sie die blutende Wunde versorgte. »Also legen Sie ab und fahren Sie weiter! Wir werden überlegen müssen, wie wir nun mit der Verwundeten am besten nach Danzig kommen.«

Der Obermaat gab seine Befehle, und bald spürten die unverhofften Fahrgäste, daß der Prahm schwamm.

Ein Matrose schaltete das Radio ein:

»Am Unterlauf der Weichsel«, so meldete das, »am Unterlauf der Weichsel erreichte ein deutscher Gegenangriff die Nogat zwischen Marienburg und Elbing. In Ostpreußen gewannen die Deutschen bis zu dreißig Kilometer Raum bei ihrem Vorstoß nach Westen auf Elbing.«

»Das war einmal!« sagte der Obermaat und schaltete den Kasten aus.

Im Strom des Elends

Behelfsmäßig angebrachte Schilder leiteten alle Flüchtlingsfuhrwerke hinab zum zugefrorenen Fischerhafen. Er bildete die bequemste Auffahrt zum Haffeise. Die OT hatte dort eine richtige Rampe zum Auffahren gebaut, und außerdem war der Verlauf der Eisstraße von hier aus bis hinüber zur Nehrung mit kleinen Fichten abgesteckt. Niemand konnte sich also auf der riesigen Eisfläche des Haffs verirren.

Trotzdem hatte Claudia Melizkat vorgeschlagen, gleich in der Nähe des Hauses aufs Haff zu fahren und sich erst weiter draußen in die unendliche Wagenschlange einzuordnen. Denn im Hafen war zumeist ein großes Gedränge um die Vorfahrt. Und dieses Gedränge diente den sowjetischen Tieffliegern sehr oft als willkommenes Ziel.

So waren Onkel Wilhelm und der Franzose mit Hacke und Schaufel zum Haff hinabgegangen, um für ihre eigene Auffahrt zum Eise die Uferböschung abzuschrägen und außerdem einen Weg durch den Schilfbestand zu bahnen.

Um die gleiche Zeit war Claudia zur Stadt, zum Dom, gegangen. Lerbs hatte ihr durch Heinz Buttkus Bescheid sagen lassen, daß Domherr Schwiatkowski persönlich kommen und die Tür öffnen wolle. Sobald sie von dort zurückgekommen war, sollte angespannt werden.

Noch war sie aber nicht einmal dort. Schon auf dem Wege zum Dom begann das bittere Abschiednehmen. Dazu platzten mitten in ihre Gedanken hinein vier harte

Donnerschläge, die sie ein paar Augenblicke stutzen und verhalten ließen. Den Luftdruck jedes einzelnen Schlages hatte sie am Leibe gespürt. Die armen Kinder, dachte sie und wäre am liebsten zu ihnen zurückgelaufen. Dann ging sie aber doch beherzt weiter. Lerbs und Doktor Schwiatkowski werden sich durch die paar Kanonenschüsse auch nicht abhalten lassen zum Dom zu kommen, dachte sie. Und wer weiß, an welche Schüsse wir uns alle noch werden gewöhnen müssen. Im Weiterschreiten sah sie jetzt Rauch- und Staubwolken über den Schneedächern stehen. Dort waren die Granaten niedergegangen – zwischen Hafen und Kopernikusmühle mußte das sein.

Unterhalb des Domberges hielt eine Reihe von Flüchtlingsfuhrwerken. Sie waren dicht bis an die Häuser herangefahren. Vermummte Gestalten standen beieinander und trampelten sich die Füße warm. Eine von diesen rief denen etwas nach, die die Stufen des Domberges hinaufstiegen. Claudia konnte aber nicht verstehen, was da gerufen wurde. Es ging im Gequietsche und Geklapper der vielen Wagen unter, die zum Hafen hinabrollten.

Claudia stieg hinter den Treckleuten her. Oben wurde ihr klar, daß die wie sie zum Dom wollten. Aber die Tür war noch verschlossen.

»Wie ist denn das möglich?« fragte der Mann in der grünen Pelzjoppe.

Bevor Claudia den enttäuschten Menschen Bescheid geben konnte, öffnete die Diözesan-Archivarin, Frau Doktor Tiller, die gegenüber dem Domportal wohnte, das Fenster und winkte Claudia zu: »Frau Melizkat«, rief sie von ihrem Fenster herab, »im Augenblick ruft mich Doktor Schwiatkowski an, daß er erst etwas später kommen kann. Eine von den Granaten hat das Sanitätsauto getroffen. Schwester Anni und drei Flüchtlinge sind tot. Bitte, kommen Sie doch solange zu uns herauf! Noch haben wir's warm. Auch die Flüchtlinge dort sollen mitkommen, wenn sie Zeit haben.«

Der alte Herr in der grünen Joppe war der einzige Mann in der Gruppe, die jetzt die Treppen zu Frau Doktor Tiller hinaufstieg. Er fragte noch einmal, wie das möglich wäre, daß die Tür eines so berühmten Domes geschlossen ist. Ehe Claudia dazu kam, ihm das zu erklären, rief ihnen Frau Doktor Tiller schon vom Treppenabsatz aus entgegen: »Ist das nicht alles furchtbar? Gestern erst der arme Helmut und heute nun unsere gute Schwester Anni!«

Während ihre so plötzlich erschienenen Gäste zwanglos Platz nahmen, fuhr die Archivarin fort: »Was soll denn dann erst werden, wenn die Russen Hunderte von Kanonen auf unser Städtchen richten?«

»Das wird noch einige Zeit dauern«, bemerkte Doktor Tiller, nachdem er Claudia und die Fremden begrüßt hatte. »An Elbing hat der Russe bestimmt noch eine Zeitlang zu knabbern. Dann aber wird er seine Kräfte umgruppieren und in Richtung Osten antreten lassen. Vorläufig bringt er sich hier nur ab und zu mal in Erinnerung. Danach werden wir ihn allerdings in seiner ganzen Härte zu spüren bekommen.«

Es entstand eine Pause.

Darauf der Silberhaarige etwas unvermittelt: »Das haben wir bereits.«

»Was?« fragte Claudia, die sich in der Nähe des Fensters niedergelassen hatte, um das Domportal im Auge behalten zu können.

». . . den Russen in seiner ganzen Härte zu spüren bekommen.«

»Wie meinen Sie das?« fragte die Archivarin.

»Wir kommen aus der Gegend von Allenstein«, fuhr der alte Herr fort. »Bei Preußisch Holland haben uns die Russen eingeholt – überrollt, wirklich und wahrhaftig überrollt . . . Ganz wörtlich können Sie das nehmen: überrollt, einfach über die Trecks hinweg, die nicht schnell genug aufs Feld hinüberkamen – einfach niedergewalzt mit ihren Ungetümen von Panzern. Allein von unserem Treck haben drei Wagen dran glauben müssen – mit Mann und Maus. Auch ein französischer Kriegsgefangener und ein Ukrainer sind mit plattgewalzt worden.«

»Das ist doch nicht möglich!« rief Frau Doktor Tiller entsetzt. » . . . einfach über Wagen, Menschen und Tiere hinweg?«

»Gnädige Frau«, fuhr der Silberhaarige fort, »Sie können sich die Größe und die Gewalt dieser stählernen Ungetüme nicht vorstellen. Wo die ihre Bahnen ziehen, bleibt nichts übrig.

Wahrscheinlich hatten die Panzer sogar den Befehl, keine Rücksicht auf Flüchtlinge zu nehmen. Der Hoßbachsche Flankenangriff wird der russischen Führung zu schaffen gemacht haben. Das erfuhren wir aber erst später.«

»Das ist ja furchtbar«, sagte Claudia. Beim Zuhören hatte sie sogar vergessen, nach Doktor Schwiatkowski auszuschauen.

»Nicht weniger furchtbar war das, was kam, nachdem die Panzer verschwunden waren«, begann der alte Herr von neuem. »Eine halbe Stunde später, womöglich auch eine ganze – man verliert beim Erleben solcher Schrecknisse das Gefühl für normalen Zeitablauf – wir hatten gerade beschlossen, vom Feld wieder auf die Chaussee zu fahren, da kam eine Reihe Lastwagen mit aufgesessener Infanterie, Marodeuren oder welches Gesindel es gewesen sein mag. Sie hielten an. Die Kerle sprangen ab und stürzten sich wie die hungrigen Wölfe auf die vielen Flüchtlingsfuhrwerke, die auf den Feldern links und rechts der Straße standen – und das ganz offenbar mit Erlaubnis ihrer Offiziere.

Im Nu war alles – aber auch wirklich alles – vom Wagen geworfen, jedes Behältnis erbrochen und umgestülpt. Jeder nahm sich, was ihm gefiel – auch die Frauen und Mädchen. Kam den Schreienden ein beherzter Mann zu Hilfe, sank er im Feuerstoß einer russischen MPi zusammen. Die Schreckensherrschaft des Antichrist kann nicht schlimmer sein als das, was sich dort auf den verschneiten Feldern bei Preußisch Holland abgespielt hat.

Und nun, gnädige Frau, kam, wofür wir hier in Ihrem Dome auf Knien danken wollen: Gottes Hilfe. Sonst wären auch unsere vier Wagen noch an der Reihe gewesen. Aus dem Walde brachen von rechts deutsche Panzerjäger hervor und machten reinen Tisch. Sie räumten gründlich auf. Die meisten der Flüchtlinge bekamen so ihre Habseligkeiten wieder.

Es waren Panzerjäger der Hoßbachschen Divisionen, wie wir von unseren Rettern erfuhren. Erst von ihnen hörten wir vom Stoß der Deutschen in die Flanke der Russen hinein.«

Es entstand eine Pause.

»Herr Doktor Schwiatkowski wird gewiß bald kommen und Ihnen die Türen des Domes öffnen«, sagte die Archivarin tröstend, dem alten Herrn zugewandt – und zu Claudia Melizkat: »Die beiden Streiter sind ja nun vom Plan getreten.«

»Wer?« fragte Claudia.

»Der Bischof und der Kastellan. Der Bischof ist vor einer Stunde fort. Und wie ich hörte, packt auch der Kastellan schon seine Siebensachen.«

»Der Bischof? – fort? Ich meinte, er wollte seinen Posten niemals verlassen«, sagte Claudia verwundert. »Nun ist er trotzdem fortgegangen?«

»Gegangen worden, wie man so sagt«, erwiderte Frau Doktor Tiller. »Zwei von der SS sind plötzlich gekommen und haben ihn aufgefordert, sich zur Flucht fertig zu machen. Seine Schwester verabschiedete sich von mir telefonisch und erzählte, wie sich's zugetragen hat.«

»Ihr wollt mich unterwegs wohl still und heimlich umlegen?« hat er den SSlern frei ins Gesicht hinein gesagt. »Wenn ihr das vorhabt, dann erledigt das bitte gleich an Ort und Stelle!«

»Aber, Exzellenz«, sollen die dann geantwortet haben, »uns ist aufgetragen worden, Sie und Ihre Frau Schwester wohlbehalten über das Haff nach Danzig zu bringen. Packen Sie schnell das Allernötigste zusammen! Wir müssen Danzig noch bei Tage erreichen.«

»Ja, es geschehen noch Zeichen und Wunder«, sagte Doktor Tiller, während Claudia Melizkat wieder einen Blick durchs Fenster warf. Die Köchin brachte heißen Tee und Weihnachtsstollen auf den Tisch.

Während die Hausfrau eingoß, machte sich die junge Frau neben dem Silberhaarigen zum Sprecher. »Frau Doktor«, sagte sie, »ich sehe, Sie erwarten ein Kind. Bitte, entschuldigen Sie meine Indiskretion! Aber ich muß Sie beschwören: Gehen auch Sie fort! Retten Sie sich und Ihr Kind. Die Russen sind voller Haß gegen alles, was deutsch ist oder auch nur danach aussieht. Bleiben Sie keinesfalls hier!«

Ohne auch nur im geringsten befangen zu sein, entgegnete die so Beschworene: »Unsere Koffer sind bereits gepackt. In zwei Stunden kommt mein Bruder aus Braunsberg, der als Arzt noch das Privileg des Autofahrens genießt. Er bringt uns in seinem Wagen nach Pillau.«

»Verzeihen Sie, gnädige Frau«, sagte der alte Herr, »meine Tochter ist in ihrer Sorge um Sie etwas zu weit gegangen.«

Während die Archivarin lächelnd abwinkte, fuhr der Silberhaarige fort, seine Tochter zu entschuldigen. »Sie hat Schlimmes erlebt. Halten Sie ihr das zugute! Das

Schlimmste – wohl die Geschichte mit den beiden jungen deutschen Soldaten.«

»Was mögen Sie Schweres erlebt haben«, sagte Frau Doktor Tiller teilnehmend.

»Es passierte schon, bevor die Flüchtlingswagen von den Russen überfallen wurden«, bemerkte der Silberhaarige. »Kommen da zwei sowjetische Posten, ihre Maschinenpistolen im Hüftanschlag, und treiben zwei junge deutsche Soldaten an uns Flüchtlingen vorbei – nach rückwärts, vielleicht zu einer Sammelstelle.

Mit erhobenen Händen torkelten die beiden ausgemergelten Gestalten vorüber, ohne auch nur einen Blick zu uns, ihren Landsleuten, zu wagen. Nichts als ihre fadenscheinige Uniform am Leibe. Selbst Kopfschützer und Mütze hatte man ihnen abgenommen.

Und plötzlich war ein Russe zu Pferde da, ein Offizier, wie es uns scheinen wollte. Der Teufel mag wissen, woher er so plötzlich gekommen war. Lauthals hielt er den Gefangenentransport an und fauchte seine Leute an. Noch während er flucht, zieht er die Pistole und schießt die beiden Deutschen vom Pferde herab zu einem Häufchen blutiger Lumpen zusammen.

Mit weit ausgestrecktem Arm zeigte er gebieterisch dorthin, wo gekämpft wurde, wo ihnen die Hoßbacher wahrscheinlich arg zusetzten.

Die beiden verdutzten Russen warfen ihre toten Gefangenen aber doch wenigstens noch schnell an den Straßenrand, bevor sie in der befohlenen Richtung lostrabten.«

Das Schicksal der beiden jungen Soldaten hatte Claudia Melizkat Tränen in die Augen getrieben. Sie wandte ihr Gesicht ab, zum Fenster hin, und warf dabei auch gleich wieder einmal einen Blick nach draußen.

War die pummelig angezogene Frau nicht Tante Gertrud, die dort unten vor dem Domportal aufgeregt hin und her lief und hilfesuchend umherschaute?

Claudia riß das Fenster auf, rief der Tante etwas zu, verabschiedete sich hastig von Tillers und den Fremden, gab Gründe an, die unverstanden blieben, rannte die Treppe hinab und fiel der Weinenden in die Arme: »Ist was passiert? Die Kinder . . .?«

»Nein – der Onkel«, schluchzte die Tante. »Komm sofort nach Hause, wir müssen was unternehmen! Die Militärpolizei hat den Onkel eingefangen. Was machen wir nur, um ihn wieder frei zu bekommen? Richtig gefangengenommen haben ihn die Kerle. Die Kinder sind bei Jean.«

Als die beiden Frauen unsicher und vorsichtig die vereisten Stufen zur Stadt hinabstiegen, hatten sie plötzlich den Domherrn Schwiatkowski vor sich. Und hinter ihm stieg Lerbs die Treppe empor.

Die aufgeregte Frau beachtete den Domherrn nicht und ergriff den Briefträger am Arm: »Ach, Herr Lerbs, Sie kommen mir wie gerufen! Helfen Sie uns doch, meinen Mann wieder frei zu bekommen! Bitte, kommen Sie mit!«

Lerbs verstand zwar nicht, was die Frauen von ihm wollten; aber hilfsbereit war er ja von jeher gewesen. Er ging mit, zumal er seine Briefe längst ausgetragen hatte.

»Von heute an«, rief Domherr Schwiatkowski den Davoneilenden nach, »von heute an bleibt unser Dom wieder geöffnet! Damit Sie es wissen, Frau Melizkat!«

Es dauerte lange, bis Lerbs begriffen hatte, was geschehen war: Eine Feldgendarmenstreife hatte Onkel Wilhelm zum Volkssturm ausgehoben – zwangsweise auf einen Lastwagen befördert, von seiner Arbeit an der Haffuferböschung ganz einfach weggeholt, weil er sich und sein Alter nicht hatte ausweisen können. Jean Etienne war schnell ins Haus gelaufen und hatte Alarm geschlagen.

»Wir müssen sofort zum Kommandanten der Feldpolizei«, sagte die Tante und trippelte auf der eisglatten Straße lebhaft dahin.

»Zuerst aber einmal nach den Kindern sehen!« bestimmte Claudia. »Außerdem möchte ich Jean Etienne sprechen, bevor wir in dieser Sache etwas unternehmen. Womöglich hat sich inzwischen der Irrtum aufgeklärt, und Onkel Wilhelm ist längst wieder daheim.«

Auch Lerbs hielt Claudias Vorschlag für das beste.

In ihrer Aufregung hatten sie das Motorengeräusch, das schon eine Zeit in der Luft schwebte, ganz und gar überhört. Als sie dann von der Langgasse her in die Schulstraße einbogen, war es inzwischen so stark geworden, daß Lerbs einmal rückwärts sah. »Da sind sie«, sagte er und wies nach den Höhen, über die sie meistens kamen. »Sie werden den Hafen wieder aufs Korn nehmen.«

Die Frauen legten einen Schritt zu.

Sie waren bis ans Ende der Schulstraße gekommen, da prasselte ein Maschinengewehr los und bald darauf auch das des anderen Fliegers.

Die Frauen begannen zu laufen – ein Stück. Als die Feuerstöße abrissen, verfielen sie wieder in Schritt.

Nachdem die Russen den Hafen dreimal angeflogen und beschossen hatten, zogen sie ihre Bahnen am Haffufer entlang – etwas weiter in nördlicher Richtung. Auch dort schienen sie ein Ziel ausgemacht zu haben. Sie stießen zweimal nach unten und feuerten wild drauflos.

Das beflügelte die Schritte der Frauen von neuem. Sie liefen, bis ihnen die Luft ausging. Claudia hielt am längsten durch. Lerbs blieb weit zurück.

Jetzt zogen die Russen genau über Claudias Haus eine Schleife und zeigten dabei ihre Sowjetsterne. Die junge Frau fing wieder an zu rennen – schneller als zuvor. Erst als sie sicher war, daß die beiden Ungeheuer von der Stadt abließen und über die Trunzer Höhe abflogen, wagte sie wieder zu gehen – aber immer noch hastig genug.

Obwohl Claudia vollkommen außer Atem war, entging ihr doch nicht, daß sich vom Haff her jemand ihrem Hause näherte. Ziemlich eilig hatte er's, und etwas komisch gekleidet mußte er auch sein. Im Näherkommen bemerkte Claudia, daß diese Person eine Wolldecke über Kopf und Schultern gehängt hatte. Sie dachte an das Bild, das eine Wand ihres elterlichen Wohnzimmers zierte: Napoleon auf dem Rückzuge aus Rußland. Auf ihm hatte sie ähnliche Gestalten gesehen – zerschlissene Decken übergehängt und Lumpen um die Füße gewikkelt. Schon begann sie, auch an den Füßen dieser Gestalt nach Lumpenwickeln zu forschen. Statt dieser waren aber nur gepflegte Stiefel zu sehen. Und mit einemmal kam Claudia die Erleuchtung: Das waren ja die Langschäfter Onkel Wilhelms.

Sofort setzte sie sich wieder in Trab und winkte dem vermummten Heimkehrer freudig und bedenkenlos zu. »Onkel Wilhelm!« schrie sie, damit auch Tante Gertrud und Lerbs bemerkten, wie schnell sich das Blatt gewendet hatte.

»Marjell«, zischelte der Onkel, der sich wider Willen erkannt sah. »Marjell, schlag doch keinen Lärm. Du mußt wissen – ich bin ein Deserteur. Und das brauchen andere doch nicht zu wissen.«

Beim Eintreten in den Hausflur schlug ihnen dreistimmiges Kindergeschrei entgegen. Der Onkel warf seinen zerschlissenen Kodder gleich hinter die Haustür. Claudia ging, ohne ihren schweren Pelz abzulegen, ins Zimmer, wo Jean Etienne erfolglos auf die schreienden Kinder einredete.

Inzwischen waren auch Lerbs und Tante Gertrud nachgekommen und schauten den Onkel sprachlos an.

»Erspart mir den Bericht«, sagte er zerfahren. »Laßt es für heute genug sein, daß ich euch erkläre: Wir müssen fort. Fort – nicht nur, weil ich zum Deserteur geworden bin. Wenn man aber schon Jagd auf Schuljungen und alte Männer macht, um sie mit Dunggabeln auf die Russen zu hetzen, dann muß es sehr schlecht stehen. Wären die russischen Flieger nicht gekommen, hätten wir uns sehr wahrscheinlich nicht wiedergesehen – wenigstens nicht hier in dieser elenden Welt.« Und zum Franzosen gewandt: »Jean, im Hausflur liegt ein Kodder, nimm das Ding und verscharre es in einer Schneeschanze. Halte auch gleich ein bißchen Ausschau. Womöglich versuchen sie, den versprengten Haufen wieder einzufangen. Ich fühle mich hier nicht mehr sicher«, sagte er, zu seiner Frau und Claudia gewandt. »Ich will heute noch weiterfahren. Richtet euch ein!«

»So ganz ohne Mittagessen willst los?« fragte Claudia.

»Nun, wie lange braucht ihr, eine provisorische Mahlzeit zu machen?« fragte er.

»Ein Bauernfrühstück – in zwanzig Minuten«, versprach Tante Gertrud.

»Was sagt denn der Lügenkasten?« fragte der Onkel. »Stellt das Ding doch mal an!«

»Das Radio ist angestellt«, sagte Claudia, während sie an den Knöpfen herumdrehte.

»Radio kaputt«, erklärte Jean Etienne. »Tout à coup bei Schießen kaputt!«

Onkel Wilhelm ging zum Lichtschalter und knipste einige Male, ohne daß was geschah. »Aha«, sagte er, »auch mit dieser Herrlichkeit ist's nun vorbei! Am besten, wir machen uns ohne Besinnen auf die Socken. Ihr könnt ja nicht einmal mehr kochen.«

»Wir müssen den Herd anmachen«, sagte Claudia, die gerade Dina frisch windelte. Ihr kamen die Tränen und benetzten das kleine Mädchen, das seine Mutter aus staunenden Augen ansah.

»Dann also los!« trieb der Onkel an.

Sofort stand Tante Gertrud auf und löste Claudia ab, weil sie, wie sie sagte, in der fremden Küche nicht so gut Bescheid wisse. Tränenüberströmt ging Claudia hinaus. Wölfchen, der den Schmerz seiner Mutter spürte, lief ihr nach.

»Ich brauche Holz, Jungchen – viel Holz. Wirst du's mir wohl von der Lucht holen? Auch zum Heißmachen der Wärmeflaschen brauchen wir's. Hier, nimm den Korb, Kleiner, und geh!«

Sie sagte das alles rein mechanisch. Wie eine Sprechmaschine kam sie sich vor, weil sie es noch immer nicht fassen konnte, nun die letzte Mahlzeit im Hause zubereiten zu müssen, die nicht besser als ein Henkersmahl schmecken konnte.

Mitten in ihre Trauer hinein platzten einige Granaten – nicht gar zu nahe, wahrscheinlich wieder im Hafen, wie heute vormittag. Sie schrak zusammen, als die Fensterscheiben zitterten und zu zerspringen drohten. Das Messer fiel ihr aus der Hand.

Im Zimmer schrien die Zwillinge von neuem. In ihr Schreien mischte sich lautes Gepolter auf der Treppe. Als die Mutter aus der Küche in die Diele lief, brüllte auch Wölfchen schon los. Er war mit seinem Korbe Holz die halbe Treppe herabgestürzt und blutete an der Stirn.

»Die bösen Russen!« sagte sie und versah die kleine Wunde mit einem Pflaster.

»Warum sagt denn der liebe Gott den Russen nicht, daß sie aufhören sollen zu schießen?« fragte der Junge, am ganzen Leibe zitternd.

»Es ist ja Krieg, Jungchen. Und im Kriege glaubt jeder, der liebe Gott müsse auf seiner Seite stehen. Auch die Russen denken, Gott hilft ihnen gegen die Deutschen.«

Onkel Wilhelm nahm Claudia den Jungen ab. »Weißt du noch«, fragte er ihn, »was auf dem Koppelschloß deines Vaters steht? Du hast es ganz richtig herausgebracht, als er das letztemal auf Urlaub war.«

»Ja«, sagte Wölfchen stolz, »ich weiß noch, was draufsteht: *Gott mit uns.*«

»Wie gut du dir das gemerkt hast«, lobte der Onkel. »Aber vielleicht steht das bei den Russen auch drauf. Ich weiß es nicht.«

»Warum jagen denn unsere Soldaten die Russen nicht fort?« wollte Wölfchen wissen.

»Die lassen sich nicht mehr verjagen, mein Junge«, antwortete der Onkel. »Es gibt nicht mehr genug deutsche Soldaten. Die Russen haben schon so viele von ihnen gefangengenommen und totgeschossen. Jetzt können die Unseren nur noch aufpassen, daß die Russen nicht so schnell hierher zu uns kommen.«

»Wo sind denn unsere Soldaten?« fragte Wölfchen.

»Sie liegen Tag und Nacht in ihren Erdlöchern bei Conradswalde und Luisenthal oder auch bei Wick-Forst. Genau weiß ich das nicht. Aber bald werden immer mehr Russen kommen. Und auf die Dauer kann nicht einer gegen zehn kämpfen. Die Russen werden schließlich doch hierherkommen. Deshalb müssen wir fortgehen, dorthin, wo keine Russen sind – gleich nachher, wenn wir gegessen haben. Jean und Onkel Lerbs sind schon dabei, den Wagen für die weite Reise fertig zu machen. Und ich muß jetzt den beiden helfen. Spiele du inzwischen etwas mit deinen Schwesterchen! Laß den Hampelmann zappeln! Das sehen sie doch so gern.«

Claudia bat Lerbs, an ihrem Essen teilzunehmen, dem letzten hier im Hause, wie es die Umstände erkennen ließen. Aber bei Tisch kam dann kein Gespräch zustande. Jeder überließ sich seinen eigenen Gedanken. Claudia selbst hatte große Not, die Tränen zurückzuhalten. Wölfchen spürte das und sah immer ängstlich zur Mutter auf.

Plötzlich brach Onkel Wilhelm das Schweigen gewaltsam. Er warf die Frage auf, die ihn schon lange im Geheimen beschäftigt hatte: Warum die Russen denn nicht schon längst von Tolkemit aus übers Haff nach Kahlberg vorgestoßen seien, um damit den Osten zu Lande vollkommen vom Westen abzuschneiden und so die armen Ostpreußen um so kräftiger in ihrem Fegefeuer schmoren zu lassen.

Aber auch das verfehlte seinen Zweck. Im Gegenteil: Die andern beschlich die Angst nur um so mehr – Angst, Onkel Wilhelms Gedanken könnten von den Sowjets erraten und verwirklicht werden. Außerdem war jedem der Vergleich mit dem Fegefeuer etwas peinlich. Selbst Onkel Wilhelm empfand das so – aber erst nachdem ihm das Wort über die Zunge geschlüpft war. Im stillen suchte er sich sofort damit zu entschuldigen, daß nicht er, sondern Lerbs diesen Vergleich zuerst aufs Tapet gebracht hatte.

Nur Jean Etienne allein war unbefangen geblieben. Das mit dem Fegefeuer hatte er nicht verstanden, und das andere, das war ihm als Soldat sonnenklar: »Ruß attakieren nur mit Panzer«, sagte er, »mit viele Panzer. Ruß Angst vor deutsche Soldat. Panzer für Eis zu schwer. Also bleiben auf Land und schießen mit Artillerie, kommen mit Flieger.«

Noch immer rannen Claudia die Tränen. Auch Wölfchen war nicht weit davon entfernt. Als das seine Mutter sah, nahm sie das blonde Köpfchen des Jungen, drückte es kurz an sich und stand auf.

»Bitte, laßt euch nicht stören! Ich muß meine Zwillinge noch schnell versorgen.« Wer weiß, dachte sie, unter welchen Umständen ich das Geschäft das nächstemal erledigen muß. Sie legte die Kleinen rücklings auf die Wickelkommode, nestelte an Bluse und Unterwäsche und stillte, indem sie sich über die Kinder beugte.

Das erstemal, daß sie sich ihren Kleinen dabei nicht

völlig hingeben konnte. Der Gedanke, dies alles nun im Stich lassen zu müssen, quälte sie – das Haus mit allem, was sie im Laufe der Jahre mit Kurt geschaffen und erworben hatte. Und noch mehr: Das Haus offen, unverschlossen zurückzulassen, jedem x-beliebigen zugängig, dieser Gedanke wollte ihr geradezu unerträglich erscheinen. Erst als sie ein Stück des engherzigen Domkastellans in sich selbst erkannte, gelang es ihr, sich mit der offenen Haustür abzufinden.

Als sie sich von Lerbs verabschiedete, dem gefälligen Manne, der ihr so manches Mal mit Rat und Tat zur Seite gestanden, übergab sie ihm eine Papptafel, die sie eilig beschriftet hatte – mit einer ehrlich gemeinten Einladung an alle, die in ihrer Flüchtlingsnot hier ein Obdach suchen sollten. Sie bat Lerbs, das Schild nach ihrer Abfahrt von außen an die Haustür zu schlagen.

Onkel Wilhelm war schon zehn Minuten früher aufgebrochen – in Richtung Passarge, um so jene Stelle zu umgehen, an der man ihn zum Volkssturm gepreßt hatte. Er beobachtete von weitem, wie sein Wagen, von Jean geführt, an der abgeschrägten Uferstelle vom Land aufs Eis herüberfuhr und dabei etwas ins Schwanken geriet. In großem Bogen näherte sich der Onkel seinem Treck.

»Man sitzt doch ganz gut«, sagte die Tante, nachdem der Wagen auf glatter Eisbahn dahinrollte. Sie hatte den vorderen Giebelplatz inne, fuhr also rückwärts. Zur Rechten der Tante, mit dem Rücken zur Wagenwand, saß Claudia, Klein Dorothea auf ihrem Schoß. Wölfchen kuschelte sich in den Winkel zwischen Mutter und Tante und schien sich dort ganz wohl zu fühlen. Der Platz gegenüber Claudia war frei. Auf ihm sollte Onkel Wilhelm sitzen – oder Jean, sobald der von Onkel Wilhelm abgelöst wurde. Jetzt aber führte noch Jean Etienne die Pferde.

Claudia hatte Jean die Pelzkappe aufgesetzt, die

Kurt früher immer beim Eissegeln getragen hatte. Sie bot dem Fuhrmann doch besseren Schutz als das fadenscheinige Schiffchen, in dem ihn die Deutschen damals bei glühender Hitze in Orleans geschnappt hatten.

Jean Etienne vor allem war es zu danken, daß Boden und Wände des Wagens durch Heupolster winddicht geworden waren. Claudia und Tante Gertrud fanden das Fahren erträglich, zumal die erhitzten Ziegelsteine und Wärmeflaschen vorderhand noch ihre Dienste taten. Ob man die Dinger allerdings wieder einmal werde heiß machen können, stand in den Sternen. Vorläufig aber ging es. Nur die Zwillinge begannen, sich schon bald zu beklagen.

Ob sie meinen, eine Spazierfahrt müsse bei Tageslicht gemacht werden? fragte sich Claudia. Oder können sie womöglich den starken Heuduft hier in der Höhle nicht vertragen? Die Kleinen weinten und ließen sich nicht beruhigen.

Inzwischen hatte Onkel Wilhelm den Wagen erreicht und meldete sich bei den Frauen. Er tat das vom offenen Giebelende her, indem er fragte, was den Kleinen fehle. Er fragte es ziemlich laut, und sofort schwieg Klein Dina auf dem Schoß der Tante, als habe das Kind nur auf das Kommen des Onkels gewartet. Dafür aber schrie nun Dorothea um so lauter. Claudia äußerte ihren Verdacht dem Onkel gegenüber und bat, halten zu lassen. Sie wollte versuchen, das Kind durch das Fahren im Kinderwagen zu beruhigen.

Der Onkel vertröstete. Der Wagen nähere sich bereits der abgesteckten Eisstraße. Und dort müsse man ja ohnedies anhalten, um auf eine Lücke zum Einordnen zu warten.

Sobald der Wagen hielt, machten die beiden Männer den Zwillingswagen flott. Jean Etienne half Claudia, das weinende Kind über Kisten, Fässer und Säcke hinweg ins Freie zu bringen. Als die Kleine den weiten

Himmel über sich sah, wurde sie still, als hätte man sie von einem quälenden Druck befreit.

Weil ihr nun aber das zweite Kind im geräumigen Wagen fehlte, verlangte Claudia auch nach Klein Dina, um auch sie an der gewohnten täglichen Spazierfahrt im Freien teilhaben zu lassen.

»Eben ist die Kleine eingeschlafen«, sagte die Tante halblaut, damit das Kind nicht aufwachte. »Laß sie doch hier auf meinem Schoße weiterschlummern!«

Claudia sollte sehr bald Gründe bekommen, diese kurze Wechselrede mit Tante Gertrud nie mehr zu vergessen.

Klein Dorothea wurde also allein in den breiten Kinderwagen gelegt, mit Wärmeflaschen und Federbetten umpackt und von der Mutter eilig etwas hin und her gefahren. Fahren hielt die Kleinen bisher immer bei guter Laune – warum nicht auch heute auf der Reise ins Ungewisse.

Die Männer warfen den Pferden Wolldecken über. Es konnte einige Zeit dauern, bis sich eine geeignete Lücke in der endlosen Wagenreihe finden ließ. Um sich selbst warmzuhalten, fuhr Claudia nun immer wieder im Kreise um das haltende Fuhrwerk herum. Ging die Fahrt dabei an den Köpfen der unruhigen Pferde vorbei, schaute Klein Dorothea jedesmal aus erstaunten Augen.

Ein Glück, dachte die Mutter, daß das Kind noch nicht empfinden kann, was hier an Schmerz und Elend an ihm vorüberzieht, daß es das Quietschen des gefrorenen Schnees unter den mahlenden Rädern womöglich für vertraute Musik hält.

An dieser Stelle des Haffs hatte der Wind Schnee zusammengefegt. Mit dem Kinderwagen fuhr es sich recht schwer. Claudia bleibt einige Augenblicke stehen, um etwas zu verschnaufen. Dabei schaut sie der endlosen Wagen- und Menschenschlange entgegen. Weit, weit hinten verjüngt sich das eigenartige Gebilde zu einem dünnen Striche.

Die gemalte Kulisse zu einer Tragödie, denkt Claudia, einer Tragödie, wie sie die Menschheit noch nie gesehen hat. Über allem steht der Dom, erhaben und dennoch bescheiden, wie er all die Jahrhunderte zuverlässig überdauert hat. Noch heute macht er den Geist und die Frömmigkeit vergangener Zeiten handgreiflich sichtbar – jener Zeiten, die meist segnend über die Heimat hinweggegangen sind.

Segnend . . . Claudia will es scheinen, als führe man ihr einen unwirklichen Film vor: Sie sieht den Flüchtlingsstrom gleichsam aus dem Domportal herausquellen, sieht ihn stärker und stärker werden und dann im Unendlichen zerfließen.

Wie lange noch – und sie selbst wird mitgerissen von diesem unaufhaltsamen Drängen, einem Drängen, in dem nicht Männer, nicht Frauen mehr zählen, sondern vermummte Gestalten, die ihr Geschlecht nur dann für eine halbe Minute verraten, wenn sie einige Schritte seitwärts springen und eilig ihr Wasser abschlagen.

Aus der Reihe der Namenlosen schert jetzt ein Handschlitten aus und hält auf Claudia zu – ein Schlitten, wie er Kindern in guten Zeiten zu vergnüglichem Rodeln dient. Zwei – vielleicht auch drei – fänden auf seinen vier Latten Platz. Heute ist ein gewaltiger Bettenberg auf seine Sitzfläche gezurrt. Eine gleitende Bettenkugel, denkt Claudia schmerzlich belustigt. Zwei vermummte Kinder ziehen an dieser seltsamen Kugel. Und während sich ihre Mutter von hinten dagegen lehnt, hält sie ein dunkles Bündel auf ihrem Bettengebirge fest. »Gnädige Frau«, sagte die Fremde, während sie das Bündel vom Throne herabnahm und es Claudia hinhielt: »Vielleicht haben Sie etwas Zeit. Mein Gerdachen scheint sehr krank zu sein. Bitte, helfen Sie, wenn Sie können, gnädige Frau!«

»Lassen Sie das Gnädige Frau weg! Ich heiße Melizkat!« sagte Claudia im ersten Schreck, als sie das totenbleiche Gesichtchen bemerkte, das aus einem schwarzen Wollschal apathisch heraussah.

Schnell zog sie einen Handschuh ab und griff hastig durch den Wollwickel bis auf die Haut der Kleinen. »Ihr Kind ist am Erfrieren!« stieß Claudia erschreckt hervor – so laut, daß es auch Onkel Wilhelm hörte und daraufhin schnell herbeikam.

»Das Kleine ist halb erfroren, Onkel! Was würdest du tun? Sollte man's ausziehen und mit Schnee abreiben? Dazu habe ich aber nicht den Mut.«

»Ein Federbett losbinden und Gerdachen hineinwickeln«, schlug die erschrockene Mutter vor.

»Auf unseren Wagen mit dem Kind! Alle Wärmeflaschen direkt an den Körper und dann mit Wolldecken umwickeln! Wenn's *so* weit ist, kann nur noch Wärme helfen«, meinte Onkel Wilhelm.

»Jean, komm und hilf der Frau mit dem Kinde auf den Wagen. Wir müssen bald losfahren. Ich sehe dort schon eine Lücke auf uns zukommen. Die beiden Jungen setzen sich hinten auf die Hafersäcke. Der Schlitten mit den Betten wird angehängt!«

Wölfchen schien der Zuzug der Fremden nicht zu passen. Zur Mutti wollte er. Jean Etienne half aber erst das verklammte Mädchen einpacken, bevor er dem Jungen zu willen war und ihn ins Freie zur Mutter brachte.

»Mutti, heute ist unser Dom aber klein«, begrüßte Wölfchen die Mutter, nachdem er der dumpfen Wagenhöhle entschlüpft war.

»Wenn wir mit dem Krajebieter auf dem Haff segelten, war das doch auch so«, erklärte Claudia. »Sieh ihn dir nur noch einmal gut an, Jungchen! Je weiter wir gehen, desto kleiner wird er, bis wir ihn schließlich gar nicht mehr sehen können.«

Später, als dann ihr Fuhrwerk in der unendlichen

Wagenkette dahintreckte, tat Claudia selbst, was sie ihrem Söhnchen ans Herz gelegt hatte: Sie sah sich von Zeit zu Zeit nach dem weltberühmten Bauwerke um – so, als sollte sie es niemals wiedersehen. Daß sie sich an dieser heiligen Stätte nicht von der Heimat hatte verabschieden können, schmerzte sie plötzlich sehr.

»Warum stehen denn die vielen Christbäume hier auf dem Eise?« fragte Wölfchen und deutete auf die Fichten, die in ziemlich gleichmäßigem Abstand so gut wie ins Eis gepflanzt standen.

»Die Bäumchen zeigen uns den Weg nach Kahlberg«, erklärte die Mutter. »Wir brauchen nur an ihnen entlangzugehen, dann kommen wir hin. Aber Jungchen, mach nur den Mund nicht soviel auf, damit du mir nicht krank wirst wie Gerdachen.«

»Ach, guck doch – die Armen!« sagte Wölfchen einige Zeit später und wies auf die Kiste am Wegrande, in der hinter Maschendraht vier Hühner hockten. Sie konnten erst kürzlich von irgendeinem Wagen geworfen worden sein. Der ständige Zugwind hätte sonst längst Schnee darüber geweht wie über so vieles andere.

»Die Tiere sind erfroren«, sagte die Mutter, »deshalb hat man sie einfach weggeworfen. Rede nur nicht so viel, Jungchen! Halt den Mund immer gut zu. Es ist ja heute so kalt. Du wirst auch bald wieder auf den Wagen steigen müssen.«

Claudia hatte ihre Not, die Augen des Jungen von so viel Schrecklichem fernzuhalten: Hier ein aufgerissener Pappkoffer – Kleider, Wäsche, Socken ringsumher verstreut. Dort ein zerbrochener Bauernwagen, daneben Töpfe, ein Faß – sein Salzfleisch verschüttet, die Lake ausgelaufen, als habe jemand heißes Wasser in den Schnee gegossen.

Die beiden braunen Pferde, die nicht weit davon entfernt lagen, sollte Wölfchen gar nicht erst sehen. Die Mutter nahm ihre Rechte vom Bügel des Kinderwagens, an dem jetzt auch Onkel Wilhelm mit schob. Ihre Hand griff unter das vermummte Kinn des Jungen und hob es ein wenig an. »Bist du noch immer nicht müde, kleiner Mann?« fragte sie und schaute ihm dabei in die Augen, um dem Jungen so den Anblick der zähnebleckenden Pferde zu ersparen. Aus den Keulen der Tiere waren Teile herausgeschnitten. Das hätte Wölfchen Grund genug gegeben, wieder neue Fragen zu stellen.

Auf ähnliche Weise brachte sie den Jungen auch an dem Irish Setter vorbei, der am Wege alle viere von sich streckte, als aale er sich in praller Sonne. Aber auch hier war der unerbittliche Schneewind schon dabei, das seidene Rotbraun des Felles grau zu melieren.

Wie gut, dachte Claudia, daß ich mir den Hund damals von Kurt ausreden ließ. Sonst hätte ich heute wahrscheinlich auch noch die Sorge um einen Irish Setter gehabt.

Der Wind blies steif von Nordost.

Am liebsten hätte Claudia wieder in der gepolsterten Wagenhöhle gesessen. Wie aber jetzt, während des Fahrens, dorthin kommen? So gingen sie wie alle, die zu Fuß waren, links im Schutze der Wagenreihe – Jean Etienne ein paar Schritte vor ihnen, neben den Pferden.

Zuweilen drehte sich der Gute nach seinen Leuten um. Jetzt wandte er sich mit einem Blick des Jammers an seinen Patron und wies mit der freien Hand auf ein abscheuliches Bild: Die Hufe von zwei Rindern starrten dort aus dem Eise heraus. Sonst war von den Tieren nichts mehr zu sehen. Sie schienen mit dem Rücken auf dem Grunde zu liegen. So etwas war möglich. Das wußte Claudia. Oft genug hatte doch Kurt vom Bord des Krajebieter solche Untiefen mitten auf dem Haff gelotet.

Noch während sie das bedachte, überlief sie ein eisiger Schauer: Sie erkannte plötzlich in dem versunkenen Fuhrwerk das sonderbare Ochsengespann wieder, neben dem sie vorgestern beim Milchholen in der Langgasse eine Zeitlang dahingegangen war.

Dieser zweirädrige Karren, der dort aus dem Eise ragte, war derselbe, der ihr in der Reihe der ortsüblichen Wagen sofort ins Auge gefallen war. Er hatte sie an den blauen Karren erinnert, den Vincent van Gogh einmal gemalt hatte. Wer fuhr hierzulande schon Lasten auf zwei Rädern – und noch dazu auf so hohen und gewaltigen Rädern, wie sie da jetzt aus dem Eise hervorsahen.

Wie der Karren und das merkwürdige Gespann, so war Claudia auch seine mächtige Scherendeichsel als etwas Fremdes vorgekommen. Das eine der Tiere ging innerhalb dieser Schere und sorgte für Vorwärtskommen und Gleichgewicht, während das andere neben der Deichsel nur behelfsmäßig mit angespannt war. Aber auf beide schlug die Frau, die das auffallende Gespann führte, unaufhörlich mit einem Stocke ein, um die Tiere zu schnellerem Ausschreiten zu bewegen.

Hier auf dem Eise also, an dieser Stelle, erlöste das Schicksal die gequälten Tiere von den unablässigen Schlägen, dachte Claudia, und hier zeigte sich ihr dieser ungewöhnliche Karren wieder. Sollte das etwa ein Omen sein? Ihr wurden die Knie weich. Ängstlich schaute sie noch einmal zurück. Aber von ihrem Haus und auch vom Dom war nichts mehr zu sehen. Der Dunst der Ferne hatte die Heimat verschluckt. So also sieht das Elend aus, dachte Claudia und griff wieder einmal nach Wölfchens Kinn.

In ihrem Schreck hatte sie versäumt, seine Blicke von der Unglücksstelle abzulenken. Er bestürmte sie auch gleich mit Fragen.

Während sie dem Jungen verwirrt antwortete und sich und ihn zu beruhigen suchte, wendete sich Jean Etienne wieder einmal um. Diesmal wies er mit der Peitsche landwärts und murmelte ein paar Worte, die weder Claudia noch Onkel Wilhelm verstand.

Nur ein wenig später wurde beiden klar, was Jean gemeint hatte: Es sind wieder Flieger im Anmarsch. Denn jetzt sah und hörte sie schon jeder herankommen.

Über Dörbeck, dachte Claudia, über dem immer so stillen Dörfchen, werden die beiden Russen jetzt fliegen und womöglich unseren Hafen und sein Flüchtlingsgedränge wieder unter Feuer nehmen wollen. Wie kann ein gerechter Himmel so etwas nur zulassen?

»Paß auf!« sagte der Onkel und schnitt damit Claudias Gedanken ab: »Wenn sie die deutschen Stellungen überfliegen, bekommen sie wieder Beschuß!« Aber diesmal hatte sich der Onkel geirrt. Unbehelligt zogen die beiden Maschinen ihre Bahn – und das unverkennbar wieder in Richtung Hafen.

»Vielleicht sind es diesmal Deutsche und keine Russen«, sagte Claudia und wandte keinen Blick von den Fliegern.

»Ach, du meinst, weil die Unseren keinen Schuß auf sie abgeben . . . Nun, die werden mit ihrer Munition haushalten müssen. Wo gibt's denn auch noch ein deutsches Flugzeug am ostpreußischen Himmel? Das sind Russen. Am Knattern der Motoren ist das deutlich zu hören. Da! Sieh doch! Den Hafen nehmen sie wieder aufs Korn.«

Und schon neigte sich der erste Vogel zum Sturz und feuerte. Die Leuchtspuren waren deutlich zu sehen. Sie gingen ganz gewiß zum Hafen nieder.

Während sich der erste schon wieder aufwärtsschwang, glitt der zweite hinab und ließ sein MG hämmern. Dann zogen beide zusammen eine Schleife und stürzten sich nun gemeinsam in die Tiefe. Das Prasseln ihrer Bordwaffen war deutlich zu hören.

»Die armen Menschen«, sagte Claudia, als sie sah, daß die Russen ein drittes Mal auf die Hafengegend zustießen.

Wölfchen war leichenblaß geworden. Seine Augen wanderten unablässig hin und her: von denen der Mutter hin zu den Fliegern und umgekehrt. Mutters Mienen sollten ihm verraten, was von dem seltsamen Schauspiel zu halten war, das alle wie gebannt verfolgten.

Aber weiter, unentwegt weiter, drängte der Flüchtlingsstrom von Christbäumchen zu Christbäumchen ins Ungewisse hinein. Selbst die russischen Flieger vermochten an dem verbissenen Dahintrecken nichts zu ändern.

Aber jetzt ließen sie vom Hafen ab. Dort hatten sie ihre grausame Arbeit erledigt. Sie nahmen nun Kurs auf die Nehrung und ließen den Tausendfüßler, der verängstigt weiterkrabbelte, links liegen.

»Ihre Bomben haben sie noch bei sich«, sagte der Onkel – eigentlich nur, um das quälende Schweigen zu brechen, das durch den Luftangriff entstanden war.

Allzusehr ängstigten die Russen den Onkel mit ihrem Geknatter nicht: Erstens schienen sie ihre Bomben drüben auf der Nehrung abladen zu wollen, und wenn sie die Trecks hier auf dem Eise wirklich angreifen sollten . . . War denn die Wagenreihe nicht unendlich lang? Würden sie ihre MGs dann ausgerechnet auf sein Fuhrwerk richten? Das war kaum anzunehmen, sagte sich Onkel Wilhelm. Hatte sich diese seine Rechnung im ganzen Ersten Weltkriege nicht gut an ihm bewährt?

Auf der unendlich großen Eisfläche – eine ebenso unendlich lange Treckreihe . . . Noch ehe es der Phantasie Onkel Wilhelms gelingen wollte, sich hier ein geeignetes Versteck auszumalen, änderten die Russen plötzlich ihren Kurs.

Schon donnerte der erste von ihnen heran, neigte sein Horn zum Stoß und spie Stahl und Feuer in die ruhig dahinziehende Reihe.

Die Pferde werden wild, brechen nach rechts und links aus. Entsetzt sieht Claudia auch ihr Fuhrwerk davonrasen, noch bevor ihr der Propellersturm eisigen Schnee in die Augen peitscht.

Die Kinder schreien. Onkel Wilhelm ist fort. Von allen Seiten Püffe und schmerzhafte Stöße.

Die Apokalyptischen Reiter! durchfährt es Claudia. Sie drückt den kreischenden Jungen in die Betten neben das Mädchen und wirft sich schützend über Wagen und Kinder. Dann kracht es zweimal ohrenbetäubend hintereinander. Der Boden unter ihren Füßen erzittert. Mehr und mehr beginnt er sich zu heben und zu senken.

Das ist das Ende! denkt Claudia.

Unverhofftes Begegnen in Heiligenbeil

Während sich der Marine-Prahm dem Königsberger Hafen mehr und mehr näherte, waren sich Mutter Vera und die Doktorin wenigstens in *dem* Punkte einig geworden: Sie mußten noch einmal in die Lawsker-Allee zurück, um sich für die nicht alltägliche Reise nach Danzig neu auszustaffieren. Wie sie aber die verwundete Elke dorthin und schließlich über das Haff bringen sollten, bereitete ihnen große Sorge. Dazu kam, daß die Oberkleider der beiden Mädchen trotz der Hitze in der Bretterbude noch nicht trocken geworden waren.

Durch das fortwährende Jammern der besorgten Frauen weich geworden, versprach der Obermaat, die beiden Mädchen für einige Stunden in der Baracke einer Flak-Batterie unterzubringen.

Zum Glück gelang ihm das auch schon bei der ersten Einheit, die er mit Munition belieferte. Zwei blutjunge Soldaten erschienen mit einer Krankentrage und schafften Elke in den leerstehenden Raum ihrer Unterkunft, heizten gehörig ein und bereiteten der Verwundeten ein Lager. Die nassen Kleider der Mädchen hängten sie auf einen ausgespannten Draht in die Nähe des Ofens.

Daß sie hier vorläufig zurückbleiben mußten, nahm Brigitte weit weniger tragisch auf als Elke. Ihr schien die neue Welt der hilfsbereiten Soldaten sogar sehr zuzusagen. Zudem hatte die Mutter ja versprochen, am Abend wieder zurückzukommen. Daß das ein sehr vages Versprechen sein mußte, darüber machte sich Brigitte keine Gedanken. In ihr war so etwas wie Abenteuerlust erwacht. Die beiden Mütter würden schon sehen, wie es am Abend dann weitergehen sollte.

»Von hier aus ist es ja gar nicht weit bis zum Kaiser-Wilhelm-Platz«, sagte Andreas, nachdem sie sich von Elke und Brigitte verabschiedet hatten und aufbrechen wollten. »Vielleicht kommen wir von dort aus mit der Straßenbahn nach Hause.«

»Um Gottes willen!« rief seine Mutter aus, »wenn ich an die Bahnen von heute morgen denke . . . Kommt, und laßt uns die Stadtmitte lieber umgehen. In der Unterlaak wird es nur halb so schlimm sein. Und über den Deutsch-Ordensring und die Alte Pillauer Landstraße kommen wir gewiß schneller und sicherer nach Hause als über den Kaiser-Wilhelm-Platz.«

Von ihrem Zuhause hatte sie wieder einmal gesprochen und dabei einen recht bitteren Geschmack auf der Zunge gehabt.

»Hätten wir uns jemals träumen lassen, unsere Straßen und Plätze voll von so verängstigten Menschen zu sehn«, fuhr sie fort und hoffte, damit den bitteren Geschmack loszuwerden.

Als sich die drei Heimkehrer der Lawsker-Allee wieder näherten, beschlich Mutter Vera von neuem ein ungutes Gefühl: Hatte sie etwa ein böser Geist im Kreis herumgeführt? Wie tapfer waren sie heute morgen ausgezogen, und wie kehrten sie jetzt wieder?

Auf der Allee herrschte noch immer dasselbe Gedränge – ein unaufhaltsames Vorwärtsdrängen von Menschen und Wagen, das eher noch beängstigender geworden war, weil jetzt auch noch Wehrmachtskolonnen entgegenkamen und die rechte Fahrbahn für sich beanspruchten.

Die drei mußten lange stehen und warten, bis sich eine Lücke zeigen sollte, durch die sie auf die andere Seite der Allee gelangen konnten. Plötzlich standen die beiden Nachbarsleute, die Sommers, neben ihnen und wunderten sich nicht wenig, Vera Quednau und Andreas hier vor ihrem Hause wiederzusehen.

So gut und so schnell es Mutter Vera konnte, erzählte sie den bestürzten Alten ihr bestandenes Abenteuer und fragte zum Schluß unvermittelt, ob man noch telefonieren könnte. Ihr war plötzlich ein Gedanke gekommen.

»Selbstverständlich können Sie noch telefonieren«, bestätigte Frau Sommer. »Vor zwei Stunden jedenfalls hat uns Kaufmann Götz noch angerufen und uns wissen lassen, daß er von jetzt an alles ohne Marken verkauft. Sehen Sie doch hier!« sagte sie und wies auf die vollen Einkaufsnetze. »Alles ohne! Und dabei gar nicht einmal so großer Andrang – wohl, weil die meisten von ihrem Glück nichts wissen. Nutzen nur auch Sie die Gelegenheit, Frau Quednau! Wer weiß, was noch alles auf uns zukommt.«

»Bei unserem nächsten Aufbruch werden wir aber leider alles, was wir mitnehmen wollen, auf unseren Rücken tragen müssen. Mit Lebensmitteln werden wir uns da nicht allzusehr belasten dürfen. Aber immerhin – besten Dank für Ihren Wink, Frau Sommer. Unter diesen Umständen gehen wir auch noch einmal einkaufen.

Nun aber gleich noch etwas anderes: Ich bewundere die Ruhe, mit der Sie beide den Flüchtlingsstrom an sich vorüberziehen lassen. Haben Sie sich das mit Ihrem Hierbleibenwollen auch reichlich überlegt? Wollen Sie sich nicht doch noch im letzten Augenblick zum Fortgehen entschließen?«

»Nein, Frau Quednau, wir bleiben. Meine Frau und ich haben uns das wirklich reichlich überlegt: Solchen Strapazen sind wir nicht mehr gewachsen – und das besonders nicht bei solcher Kälte. Nein, nein, wir bleiben. Parteimitglied war keiner. Was will man uns . . . Ja, wäre der Fluchtbefehl einige Tage früher gekommen, wenn sich alles in geordneten Bahnen abgewickelt hätte ... Wir wären die letzten gewesen, die sich dem Russen auf Gedeih und Verderb ausgeliefert hätten. Natürlich ist unser Entschluß ein Spiel mit dem Tode. Aber ist Ihr Entschluß es denn etwa nicht? Wenn wir aber schon zugrunde gehen sollen, dann wollen wir es lieber hier zu Hause, in unserer Heimat ...«

»Ich wünsche Ihnen und Ihrer Gattin alles Gute. Hoffentlich haben Sie nichts zu bereuen«, sagte Mutter Vera, während sie sich mit den andern durch die Massen über die Allee hinweg zwängte.

Beim Betreten des Hauses kam ihnen der Rest der Wärme eines verlorenen Tages entgegen. Alle Öfen hatten so viel Glut gehalten, daß nur nachgelegt zu werden brauchte. Nachdem Andreas das erledigt hatte, holte er auf Geheiß der Mutter das große Zeltvordach von der Lucht herab. Aus dem Segeltuche sollten die noch fehlenden Rucksäcke angefertigt werden. Die Doktorin klapperte währenddessen schon in den Glasschränken der ärztlichen Praxis herum und stellte zusammen, was einem Arzt für erste Hilfen gute Dienste leisten könnte.

Mutter Vera ließ sich in den Schreibtischsessel fallen, legte den Kopf weit zurück und schloß für Minuten erschöpft die Augen. Dann erst tastete ihre Rechte nach dem Telefonhörer. Aber sie hob noch nicht ab. Mutter Vera war zumute, als hänge alles, aber auch alles, von dem Ferngespräch ab, das sie jetzt führen wollte. Ob die Fernsprechtechnik aber auch wirklich noch funktionierte? Der Kanonendonner war erschreckend nahe gekommen.

Sobald sie abhob, meldete sich das Amt. Ein Wunder! Die Mädchen saßen also tatsächlich noch an ihren Klappenschränken und stöpselten wie eh und je, obschon die meisten Einwohner Königsberg bereits verlassen hatten. Wie es der Oberste Kriegsherr von seinen

Beamten verlangte: Pflichterfüllung bis zum letzten. Auch die Straßenbahner fuhren ja noch immer kreuz und quer durch die Stadt, obschon kein Mensch daran dachte, seine Fahrt zu bezahlen.

Dann wird auch die Ärztekammer noch Dienst tun, dachte Mutter Vera. Sie nannte die Nummer und bat, mit Doktor Todtenhaupt verbunden zu werden, der ihr persönlich bekannt und schon des öfteren behilflich gewesen war. Todtenhaupt war ihr ganz plötzlich wie ein Fingerzeig des Schicksals erschienen. Wenn Todtenhaupt keinen Ausweg aus der Sackgasse wußte, in die sie mit Elke geraten waren, von wem sollte sie dann noch brauchbaren Rat bekommen? Sie schüttete ihm also ihr Herz aus.

»Gnädige Frau«, schnarrte es ihr aus der Muschel als Antwort entgegen – unverkennbar Todtenhaupts ostpreußisches Idiom, »Gnädige Frau, ich werde Sie heute schmählich enttäuschen – enttäuschen müssen. Sie ahnen ja nicht, was in den Lazaretten und Krankenhäusern Königsbergs jetzt los ist. Und ich erwiese Ihnen einen schlechten Dienst, riete ich Ihnen, Ihre Verwundete in dieses oder jenes Krankenhaus zu schaffen. In ganz Königsberg ist für das Mädel kein Bett aufzutreiben. Wir sind gezwungen, alle Zugänge nach Pillau abzuschieben. Und von dort sind Sie ja eben erst zurückgekommen. Obwohl auch Pillau voller Verwundeter steckt, so ist die Chance, nach Danzig oder Gotenhafen zu kommen, von dort aus bedeutend größer als von hier . . . Wir müssen das Gespräch für kurze Zeit unterbrechen. Ich rufe Sie, sobald ich frei bin, wieder an.«

Andreas brachte das Zeltvordach ins Zimmer. Auf ein Stirnrunzeln der Mutter staubte er das Paket vor der Haustür ab und legte es dann auf die Truhe neben den Kachelofen. »Jungchen«, sagte sie und gab ihm einen Geldschein, »geh du gleich einmal zu Kaufmann Götz und hole, was du an Eßbarem bekommen kannst – vor allem einige Pfund Farin, wenn's geht. Ich muß hier am Telefon bleiben.«

Andreas hatte das Haus noch nicht verlassen, da tat es der Mutter schon leid, den Jungen fortgeschickt zu haben.

Das Rasseln des Telefons riß sie aus dem Widerstreit ihrer Gefühle. Todtenhaupt meldete sich wieder: »Gnädige Frau«, sagte er, »jetzt glaube ich Ihnen aber das richtige Lösungswort zu Ihrer verzwickten Geschichte nennen zu können. Es heißt nicht mehr Königsberg, nicht mehr Pillau, sondern neuerdings Heiligenbeil.

Eben war der junge Chirurg Graf Lindorff hier bei mir. Womöglich kennen Sie ihn. Sein Bruder war in die Affäre vom 20. Juli verwickelt. Von ihm weiß ich nun, daß in der großen stillgelegten Flugzeugfabrik von Heiligenbeil das Zentrallazarett für die ganze vierte Armee eingerichtet wird. Von dort aus gehen dann Verwundetentransporte nach Pillau und auch nach Danzig – wohin Sie ja so sehnlichst wollen.

Nur hat die Sache einen kleinen Schönheitsfehler: Die Russen sind gestern bei Maulen und Haffstrom bis zum Frischen Haff durchgestoßen und haben dadurch die Reichsstraße 1 auf einige Kilometer in ihre Hand bekommen. Deshalb konnten die Sankas, die die ersten Verwundeten nach Heiligenbeil brachten, bis jetzt noch nicht zurückkehren.

Nun weiß ich aber aus zuverlässiger Quelle, daß schon heute, spätestens morgen, Spezial-Stoßtruppen eingesetzt werden, die die Straße wieder in unsere Hand bringen – bringen sollen . . . Sie müssen noch eine Unterbrechung über sich ergehen lassen! Bitte, entschuldigen Sie! Ich komme zurück.«

Während des Gespräches war Doktorin Gardau ins Zimmer getreten und auf Zehenspitzen bis zur Ofenbank gegangen. Nun wartete sie gespannt, was Mutter Vera zu berichten hatte.

Der Plan Doktor Todtenhaupts flößte ihr aber eher Angst als Vertrauen ein: »Todtenhaupt«, sagte sie erschreckt, »wie kann ein lebender Mensch nur Todtenhaupt heißen – und noch dazu ein Arzt?«

»Nanu! Was hast du dagegen? Todtenhaupt ist ein Name, der in Ostpreußen nicht selten vorkommt.«

»Verzeih, Vera! Ich weiß, mein Einwand ist kindisch. Aber von jeher hängt mir bei außergewöhnlichen Namen das Nomen-est-omen ein bißchen an. Ja, und was hat es mit Heiligenbeil auf sich?

Das ist ja der wahre Teufelskreis!« rief sie, als ihr Mutter Vera den Todtenhaupt-Plan entwickelte. »In Heiligenbeil sind wir doch vor einigen Tagen schon einmal gewesen. Und nun soll uns der Weg über Pillau und Königsberg wieder dorthin zurückführen? Das ist ja zum Verzweifeln!«

»Teufelskreis hin – Teufelskreis her«, suchte Mutter Vera zu beruhigen; »überleg dir die Sache mit Heiligenbeil doch einmal ganz nüchtern . . .« Aber sie kam mit ihrer Rede nicht weit. Todtenhaupt meldete sich schon wieder mit Klingelgerassel:

»Wie ich eben hörte, ist die Verbindung zwischen Königsberg und Heiligenbeil wieder hergestellt«, sagte er, » . . . allerdings nur behelfsmäßig, direkt am Haffufer entlang. Die Reichsstraße 1 haben sich die Russen nicht mehr wegnehmen lassen. An ihr haben sie sich eisern festgebissen. Deutsche Pioniere sind nun dabei, im Schutze des erhöhten Haffufers eine Art Knüppeldamm zu bauen. Sobald der Weg passierbar ist, bekommen Sie von mir Bescheid. Lassen Sie die beiden Mädchen ruhig solange in der Flak-Baracke. Von dort ist die Verwundete leichter abzuholen als von der Lawsker-Allee.

Inzwischen will ich Sie dem Chefarzt des Heiligenbeiler Lazarettes telefonisch avisieren. An der Medizinerin, die Sie mitbringen, wird ihm besonders gelegen sein. Auch wenn sie nur einige Tage bleiben sollte, könnte sie ihm doch in der Abteilung für verwundete Frauen und Kinder sehr nützlich sein. Er sucht dringend eine Ärztin.

Leider muß ich nun Schluß machen, gnädige Frau. Ich werde schon wieder dringend verlangt. Das nächstemal rufe ich aber erst dann wieder an, wenn der nächste Verwundetentransport für Heiligenbeil zusammengestellt wird. Alles Gute inzwischen!«

Mutter Vera legte erleichtert auf und berichtete.

»Es wird uns nichts anderes übrigbleiben, als dem Rate deines Doktors Todtenhaupt zu folgen«, sagte Doktorin Gardau, nachdem sie vernommen, was der hilfsbereite Kollege alles getan und empfohlen hatte. »Es scheint auch mir der sicherste Weg zu sein, um nach Danzig zu kommen. Aber was soll während der Wartezeit aus Elke werden? Ich kann das Mädel doch nicht nächtelang in der Flak-Baracke lassen.«

»Wenn uns nichts Besseres einfällt«, sagte Mutter Vera, »dann muß eben einer von uns dorthin und Brigitte ablösen. Es wäre ja purer Unsinn, das Mädel auf einer Trage erst hierher zu uns zu schaffen und schließlich – wenn's dann losgeht – wieder hinunter. Denn die Transporte werden, wie mir Todtenhaupt sagte, in einer Baracke in der Nähe des alten Bahnhofes zusammengestellt.«

»Wenn einer zu Elke geht, dann natürlich ich«, bestimmte die Doktorin. »Du mußt ja am Telefon bleiben und dich außerdem um die Rucksäcke kümmern. Nur – ob ich aber im Dunkeln Elkes Baracke finden werde, das möchte ich sehr bezweifeln.«

»Dann muß ich dir eben Andreas mitgeben.«

Wie gerufen, trat der Junge mit zwei Netzen voller Lebensmittel ins Zimmer. »Ein Glück, daß ich die Leinenbeutel mitgenommen hatte«, frohlockte er, »sonst hätte ich sehr wahrscheinlich keinen Farin bringen können.«

»Andreas!« überfiel ihn nun die Mutter. »Du wirst Tante Judith zum Hafen, zu Elke, bringen müssen. Sie traut sich nicht zu, allein dorthin zu finden. Der Weg führt euch bei Schuster Päslack vorbei. Das paßt gar nicht schlecht. Auf dem Rückwege gehst du zu ihm und bittest, daß er uns mal wieder aus der Patsche hilft und die drei fehlenden Rücksäcke zusammenschustert. Wenn er schon fort ist wie die meisten, dann sehe ich schwarz. Ist er noch da, können wir froh sein. Hier, nimm ihm für seine Arbeit die zwei Stückchen Leder mit. Für ein Paar Stiefelschäfte reichen sie. Ein Paket mit Eßwaren mache ich ihm außerdem zurecht.«

Alles, was Andreas mitnehmen mußte, wurde in Vaters großen Rucksack gesteckt, der Meister Päslack gleichzeitig als Muster dienen sollte.

Es dunkelte, als Andreas und Tante Judith das Haus verließen. Diesmal hatten sie keine Not, über die Lawsker Allee hinwegzukommen. Der Andrang hatte bedeutend nachgelassen. Ja, sie sahen jetzt sogar eine ganze Reihe von Leuten mit bepackten Handwagen und Fahrrädern wieder stadteinwärts zockeln. An der Stelle, wo die Ottokar-Straße in die Alte Pillauer Landstraße einmündet, sahen sie zwei Pferdegespanne stehen, die ebenfalls aufgegeben hatten, nach Pillau zu trecken. Die abgestiegenen Männer und Frauen berieten. »Wie kommen wir auf die andere Seite des Hafenbeckens?« wollten sie von Andreas und Tante Judith wissen, die gerade an ihnen vorbeigehen wollten. »Hier soll es einen Übergang geben. Weiter draußen kommen wir dann kaum noch über den Seekanal.«

»Ja«, sagte Andreas, der sich hier einigermaßen auskannte, »ja, eine Wagenfähre! Erst mal zurück bis Alte Pillauer Landstraße. Dann biegen Sie links in die Kastanien-Allee ein und fahren bis Holländer Damm.

Dort werden Sie die Fähre dann schon finden, die Sie auf die andere Seite des Hafenbeckens bringt.

. . . wenn sie noch in Betrieb ist«, hatte Andreas seiner Auskunft hinzusetzen wollen. Aber das fürchterliche Aufheulen einer sehr nahen Luftschutzsirene ließ ihn nicht mehr zu Worte kommen. Das teuflische Jaulen nahm ihm sofort Sinn und Verstand.

»Komm schnell zu Schuster Päslack«, brüllte er der erschrockenen Tante Judith zu und lief los – die Frau hinter ihm her. Plötzlich zerriß die schützende Hülle der Schneedämmerung. Alles um sie herum war auf einmal in unruhiges, grelles, flackerndes Licht getaucht. Zusehends stärker werdendes Motorengebrumm ließ die Doktorin ahnen, warum Andreas so lief. Sie gab ihr letztes her und folgte.

Noch ehe sie die Treppe zur Päslackschen Kellerwohnung erreichten, schlug es hinter ihnen gewaltig zu – drei-, vier-, fünf- oder auch sechsmal dicht hintereinander. Der Boden unter ihren Füßen begann beängstigend zu schwanken. Staub, Steine und Schienenstücke pfiffen über sie hinweg. Etwas Fremdes legte sich ihnen auf Haut und Atemwege. Es roch süßlich nach etwas Gefährlichem.

»Die armen Mädchen!« keuchte die Doktorin, während sie sich hinter Andreas die Treppe hinabtastete. Ihre Gedanken klammerten sich an Elke und Brigitte. Wie würden sich die beiden jetzt ängstigen. Die Mutter machte sich Vorwürfe, ihre Kinder an einem so gefährdeten Ort wie dem einer Flak-Unterkunft zurückgelassen zu haben. Würden nicht gerade die Baracken der Flak-Soldaten von den russischen Fliegern bombardiert werden? Allein das mörderische Donnern der Flakgeschütze mußte die Kinder doch zu Tode ängstigen.

Plötzlich standen die beiden Gehetzten vor Meister Päslacks Schustertisch – wortlos, nicht einmal ein Guten Abend brachten sie hervor, während der Alte noch seelenruhig bei seiner Arbeit saß. Auch die Bombenschläge hatten ihn nicht von seinem gewohnten Platze vertreiben können.

»Ach, der junge Herr Quednau!« sagte er im Aufblicken, indem er seinen Hammer auf den Tisch zwischen hunderterlei andere Werkzeuge legte.

»Ich habe mir erlaubt, meine Tante, Frau Doktor Gardau, mit zu Ihnen zu bringen. Vielleicht gestatten Sie uns, bei Ihnen zu bleiben, bis der Luftangriff vorbei ist.«

»Wenn es Ihnen in meiner Räuberhöhle nicht zu koddrig ist – gern.«

»Ich muß zu meinen Töchtern, die im Hafen auf mich warten«, erklärte die Doktorin. »Auf dem Wege dorthin sind wir von dem Luftangriff überrascht worden.«

»Nebenan ist zwar ein öffentlicher Luftschutzkeller«, erklärte Päslack, »aber tiefer und stabiler als meine Höhle hier ist er auch nicht. Wenn sie Ihnen genügt – bitte sehr . . .«

»Aber Herr Päslack, was reden Sie da. Wir sind doch froh, hier bei Ihnen untergeschlupft zu sein«, sagte die Doktorin.

Aus einem dunklen Winkel holte er zwei Stühle herbei, wischte sie mit seiner durchlöcherten Schusterschürze ab und stellte sie neben seinen erhöhten Arbeitsplatz. Dann machte er eine einladende Handbewegung.

Im Augenblick, da er sich wieder auf seinen Thron setzen wollte, begann draußen das Feuerwerk von neuem: zuerst ferne, dann schnell immer näherkommende Donnerschläge. Einer von ihnen ließ die Grundmauern des Hauses erbeben. Kalk klatschte und rieselte von der Decke – ein großes Stück davon mitten auf den Schustertisch. Die schwindsüchtige Glühbirne hinter der Schusterkugel erlosch. Nach einigen Augenblicken glomm sie aber weiter.

Erst jetzt merkte Andreas, daß er seinen vollgepfropften Rucksack noch nicht abgelegt hatte, und wie unbequem es sich mit dem Ding auf einem Stuhle saß. Er kroch mit den Armen aus den Trageriemen und stellte den Sack auf ein Stirnrunzeln der Tante artig neben den Stuhl.

»Ich glaube, Andreas«, flüsterte sie dem Jungen zu, »unter solchen Umständen dürfen wir Herrn Päslack nicht mit unseren Rucksäcken kommen.«

»Was ist los?« fragte Päslack, neugierig geworden. »Was dürfen Sie nicht?«

Nun konnte Andreas nicht anders. Er rückte mit der Sprache heraus und unterbreitete dem Meister die Wünsche der Mutter.

Als hätte Andreas mit seinen Worten neues Unheil heraufbeschworen, begann die Flak wieder aus allen Rohren zu schießen. Die Russen griffen von neuem an. Ein Bombenschlag folgte dem andern, und jeder wurde beängstigender, bis das Haus wieder bebte und wankte. Und wieder fiel ein großer Flatschen Putz von der Decke herab auf den Schustertisch. Die Lampe erlosch.

»Diesmal hat's das Haus getroffen«, sagte Päslack, nachdem sie eine Zeit starr dagesessen hatten. »Ich muß meine alte Petroleumfunzel wieder vorholen. Haben Sie vielleicht ein Schwefelholz bei der Hand?«

Andreas knipste seine Taschenlampe an und hielt sie Päslack hin. Ihr Lichtkegel stieß aber nur auf eine wallende Staubwolke, hinter der Meister Päslack erst nach und nach sichtbar wurde.

Nachdem sich der erste Schreck und der meiste Staub gelegt hatten, schlurfte Päslack an seinen Besuchern vorbei in jenen Zimmerwinkel, aus dem er vorhin die beiden Stühle geholt hatte. Wie der Schein der Taschenlampe jetzt erkennen ließ, stand dort ein Bett. Der alte Mann beugte sich darüber hinweg und sprach tröstend auf die Kissengegend ein. Obwohl sich die Hölle draußen beruhigt hatte, vermochte Andreas nur wenige Worte zu verstehen: Das Schlimmste sei nun vorüber – und von unverhofftem Besuch sprach der Mann mit seiner Frau. Dann kramte er in einem Behältnis herum und kam bald mit seiner Petroleumlampe zurück und baute das Museumsstück hinter der Schusterkugel auf.

»Liegt dort etwa ein Kranker?« fragte die Doktorin.

»Ja, meine Frau«, sagte Päslack. »Eine schwere Grippe hat sie niedergeworfen. Das ist es ja, warum wir gar nicht ans Fortgehen denken konnten. Aber vielleicht hätten wir uns die Fluchtgedanken auch aus dem Kopfe geschlagen, wenn sie gesund geblieben wäre.«

»Darf ich nachher mal nach Ihrer Frau sehen? Ich bin Ärztin.«

»Das wäre sehr freundlich, Frau Doktor. Keinen Arzt habe ich erweichen können, hierher in meine Räuberhöhle zu kommen. Nun schickt mir der Himmel sogar einen seiner Engel ins Haus.«

»Ihrem Zunftgenossen, dem Hans Sachs, machen Sie alle Ehre, Herr Päslack«, sagte die Ärztin und stand von ihrem Stuhle auf. »Am besten, ich kümmere mich gleich einmal um die Kranke. Denn sobald entwarnt wird, muß ich mich auf den Weg machen, zum Hafen. Dort wartet meine verwundete Tochter in einer Flak-Baracke auf mich. Hoffentlich ist ihr während des Luftangriffs nicht noch einmal etwas zugestoßen.«

Um der Ärztin eine Bahn zum Krankenbett zu machen, schob Päslack mit seinen Wuschen, die er an den Füßen trug, den herabgefallenen Deckenputz beiseite.

Inzwischen spendete die Petroleumfunzel so viel Licht, daß man die Schäden an Decke und Wänden annähernd erkennen konnte. Es sah schlimm aus in der Schusterstube. Selbst das Krankenbett war von dem Deckenputz nicht verschont geblieben. Die Ärztin mußte Deckbett und Kissen erst umständlich von lästigem Schutt befreien, ehe sie sich der Kranken fachmännisch annehmen konnte.

Meister Päslack mußte Andreas bitten, ihm mit der Taschenlampe zu leuchten. Aus einem Abstellraume holte er Besen, Fegeblech und Eimer, auf die er sich im letzten Augenblick besonnen hatte. So bewaffnet, rückte er dem Schutt nun gründlich zu Leibe. Bald schleppte er die ersten beiden Eimer mit Unrat im Lichte der Taschenlampe über den Korridor. Die Tür zum Treppenaufgang war aufgesprengt und gesplittert – die Stufen mit Kalk und Steinen überschüttet.

Ein mächtiger Eisenträger, der wie ein gewaltiger Pfeil von oben herabgesaust sein mußte, hatte sich tief in die Stufen gebohrt und versperrte so den Aufstieg. Mit Mühe und Not konnte sich Andreas zwischen Wand und Träger hindurchzwängen und Päslack die Eimer abnehmen. Dabei trampelte er auf 4711-Flakons, Nivea-Dosen und allerlei Plunder umher, den der Eisenträger wahrscheinlich mit von oben herabgebracht hatte.

»Schütten Sie den Dreck einfach auf die Straße!« sagte Päslack.

»Die Tür geht nicht auf!« gab Andreas zurück, nachdem er eine Zeitlang an ihr herumgefingert hatte.

Nun zwängte sich auch Päslack am Hindernis vorbei und kam Andreas zu Hilfe. Aber auch er bekam die Tür nicht auf. Und bald merkte er, was die Glocke geschlagen hatte. »Wir sind verschüttet«, sagte er nach einigem Herumprobieren. »Vor der Tür liegt Mauerschutt. Sehen Sie hier! wie sich die Bretter durchbiegen. Wenn auf unseren Fensterschächten auch soviel Gestein liegt, dann prost Mahlzeit. Wie soll dann die Frau Doktor zu ihren Töchtern kommen? Wollen wir doch gleich mal sehen, ob durch ein Fenster ins Freie zu kommen ist.«

Andreas bekam einen gewaltigen Schreck: verschüttet! In den schlimmsten Träumen war ihm Ähnliches begegnet. Manchmal hatte er in der Zeitung gelesen oder im Radio gehört: Vier, fünf oder auch mehr Bergleute durch herabgestürzte Gesteinsmassen von der Außenwelt abgeschnitten. Rettungsmannschaft treibt neuen Stollen vor. Die Eingeschlossenen geben ständig Klopfzeichen . . .

»Müssen wir nicht Klopfzeichen geben?« fragte Andreas ängstlich.

»Erst mal sehen, ob wir uns nicht durch einen Fensterschacht befreien können.« Päslack nahm Andreas die Taschenlampe aus der Hand und leuchtete gegen die Decke, durch die der Eisenträger gekommen war. Auch das Loch in der Decke war mit Gesteinsbrocken verkeilt und zugestopft. »Das sieht nicht rosig aus«, sagte Päslack. »Wenn nun auch die Fensterschächte zugeschüttet sind . . .«

Andreas lief so etwas wie ein Gruseln über den Rücken. »Wer sollte uns hier ausgraben?« fragte er verängstigt.

»Die Leute vom Luftschutz natürlich, die drüben im richtigen Luftschutzraume Dienst tun«, antwortete Päslack. »Aber vielleicht brauchen wir sie gar nicht. Vielleicht können wir durch einen Fensterschacht ins Freie kommen. Das wollen wir gleich mal untersuchen.«

Er holte eine Stufenleiter aus dem Abstellraume, stellte sie gegen die Wand unterhalb des Fensters, das seinem Arbeitsplatze auch an hellen Tagen nur notdürftiges Licht spendete, bemächtigte sich eines spitzen Werkzeuges, einer Art Schüreisens, und öffnete die Fensterrahmen, die aber wie alle Fenster seiner Kellerwohnung keine Scheibe mehr hatten. Dann versuchte er, das Schüreisen durch den Eisenrost des Fensterschachtes zu stoßen. Er versuchte es an dieser und jener Stelle –

aber überall vergeblich. An keiner Stelle drang er nach oben durch.

»Das Loch hier ist zu«, sagte Päslack.

Während er seine Leiter nun unter das nächste Fenster lehnte, trat die Doktorin aus dem finsteren Zimmerwinkel auf ihn zu. »Herr Päslack«, sagte sie, »Ihre Frau scheint über die Krise hinweg zu sein. Geben Sie ihr von diesen Tabletten hier dreimal täglich eine – also früh, mittags und abends. Ich glaube, sie wird dann bald wieder auf die Beine kommen.« Und zu Andreas gewandt fuhr sie fort: »Wir müssen nun gehen. Elke und Brigitte werden sich sehr ängstigen.«

»Sie werden sich noch einige Zeit gedulden müssen, Frau Doktor«, sagte Päslack und leuchtete mit Andreas' Taschenlampe den Mauerschutt an, der den Fensterschacht zum größten Teil ausfüllte. »Wenn es bei den drei letzten Fenstern aussieht wie bei diesem hier, dann sitzen wir in einer Falle. Es sieht aus, als wäre uns das ganze Haus über den Köpfen zusammengestürzt . . .

Entwarnung! Hören Sie's?«

Der langgezogene Sirenenton war nur sehr schwach zu vernehmen. Ein sicheres Zeichen, daß ein hoher Schuttberg auf dem Keller liege, meinte Päslack. Dann ging er, die drei übrigen Fensterschächte der Wohnung zu untersuchen. Andreas und die Doktorin saßen ihm dabei dicht auf den Fersen. Wie verängstigte Kinder liefen sie ihm nach und ließen sich bei jedem Fenster sagen, daß auch dieses Schlupfloch zugeschüttet war.

Als Päslack sah, wie verstört seine beiden Gäste vor ihm standen, faßte er sich ein Herz. »Wissen Sie was?« begann er. »Jetzt lassen wir Dreck Dreck im Hause sein und gehen an unsere Rucksäcke. Inzwischen werden die drüben im Luftschutzkeller schon merken, daß wir hier in der Falle sitzen. Und Sie, Andreas, tun gut, Klopfzeichen zu geben, bis wir unsere Befreier kommen hören.«

Päslack führte Andreas ans Ende des Korridors und wies ihn an, wie er dort mit dem Schusterhammer wieder und wieder gegen das Mauerwerk zu schlagen hatte. Dann begann er seine angekündigte Nachtschicht.

Die Doktorin ließ er nicht etwa untätig dasitzen. Er spannte sie einfach mit ein. Ihr blieb nichts anderes übrig, als die Stoffteile nach des Meisters Angaben zuzuschneiden und mit Stecknadeln zusammenzuheften. Er selbst brauchte dann nur jedesmal drei Teile auf der so merkwürdig klickernden Maschine zusammenzunähen, und der eigentliche Sack war schon fertig. Die meiste Arbeit machten dann die Schnürlöcher und die Trageriemen. Drei Streifen Segeltuch übereinandergenäht mußten zu einem Trageband herhalten.

Nach etwa drei Stunden klagte die Doktorin über Kopfschmerz und Schwindelgefühl. Sie schob das auf die fortwährende Sorge, die sie sich um Elke und Brigitte machen mußte. Sie fühlte sich dem Verzweifeln nahe. Die Ruhe, mit der Päslack die Befreier erwartete, vermochte sie nicht mehr zu ertragen. Auch der Mangel an Sauerstoff schien sich mehr und mehr bemerkbar zu machen.

»Ich sehe noch einmal nach Ihrer Frau«, sagte sie und ließ ihre Arbeit liegen. Da stand auch Päslack auf und ging mit der Ärztin in den dunklen Winkel zum Krankenbett. Die Frau schlief. Soviel ließ sich selbst im Halbdunkel erkennen. Sie blieben einige Minuten am Lager der Kranken stehen, beobachteten die Atemzüge und gingen dann wieder zurück zum Arbeitsplatze.

Aber Päslack setzte sich nicht. Er gab der Doktorin einen Wink und ging mit ihr hinaus auf den Korridor bis dorthin, wo Andreas saß und nun schon über drei Stunden lang mit dem Schusterhammer gegen die Mauer klopfte.

»Glauben Sie noch immer, daß das Klopfen wirklich Zweck hat?« fragte die Doktorin. »Mir will es scheinen, als kümmere sich keine Menschenseele um uns und unser Klopfen.«

»Andreas, hören Sie mal einen Augenblick auf!« sagte Päslack und hielt das rechte Ohr an die Wand. »Ich für meinen Teil glaube das eben doch. Aber ich glaube es nicht nur; ich höre es jetzt sogar auch.«

Auch die Doktorin und Andreas legten die Ohren an das Mauerwerk und lauschten. »Ich höre was«, sagte Andreas. »Irgendwo wird gearbeitet.«

»Das höre auch ich«, bemerkte die Doktorin. »Ob das aber uns gilt, das möchte ich sehr bezweifeln.« Sie nahm ihr Ohr von der Wand.

»Sie werden es ja erleben. Ich meine, wir gehen wieder an unsere Arbeit und warten ab«, empfahl Päslack. »Ich möchte die Rucksäcke fertig haben, wenn Sie den Weg zu Ihren Töchtern fortsetzen können.«

Weil die Tragebänder von Rucksäcken viel auszuhalten haben, wollte sie Päslack von Hand annähen. Er machte dafür extra starken Schusterdraht. Als er den Drahtspitzen Schweinsborsten einpichte, kam Andreas gelaufen und meldete freudestrahlend, daß die Arbeitsgeräusche von Minute zu Minute näher kämen.

Alle drei liefen über den Korridor bis zu dem Stuhl, auf dem Andreas über drei Stunden gesessen und geklopft hatte. Dort vor der Wand warteten sie nun auf das Wunder, das kaum noch ausbleiben konnte.

Eine Viertelstunde später fiel der erste Ziegelstein aus der Mauer auf den roten Kokosläufer in Päslacks Korridor – bald darauf der zweite und dritte. Dann wurden Werkzeuge sichtbar und schließlich auch die Männer, die sie handhabten.

Zehn Minuten später stieg der erste Helfer durch das rettende Mauerloch. »Ihr Lorbasse«, sagte er in unverfälschtem Ostpreußisch und legte die rechte Pranke auf Päslacks Schulter, »mechtet ihr im Luftschutzkeller gegangen sein, wie sich's gehert, dann mechtet ihr schon längst wieder frische Luft atmen. So hat's all ein bißchen länger gedauert.« –

Ein bißchen lange hatte es auch Mutter Vera gedauert, ehe sie ihren Andreas wieder in ihre Arme schließen konnte. Lange nach Mitternacht war er erst nach Hause gekommen – blaß und übernächtig. Sogar etwas fremd kam ihr der Junge vor – zumal dann, als er seine Erlebnisse berichtete:

Daß er – nachdem er Tante Judith in die Flak-Baracke gebracht – auf dem Rückwege vom Hafen nach Hause mutterseelenallein noch einmal unter die gespenstigen Haustrümmer hinab in Päslacks Schusterstube hatte kriechen müssen, um die Rucksäcke abzuholen, das erzählte er der Mutter wie eine Gruselgeschichte.

Vor dem Rest dieser Nacht hatte Andreas etwas Angst. Schon jetzt vermochte er Traum und Wirklichkeit kaum auseinanderzuhalten. Er kroch in den Unterkleidern ins eiskalte Bett. Mit den geordneten Schlafgewohnheiten würde es nun sowieso vorbei sein. Die Mutter hatte ihm eröffnet, daß es morgen losgehen sollte – nach Heiligenbeil zuerst einmal – mit der verwundeten Elke. In Gedanken an Brigitte schlief er ein. Ein Flaksoldat in Unterhosen mischte sich immer wieder in seine Träume.

Mehrere Donnerschläge schreckten ihn aus dem Schlafe. Es mußte schon spät sein. Das Verdunklungsrollo ließ an seinen Seiten Tageslicht herein. Er bemerkte die weißen Streifen seines Bademantels, der immer am Haken des linken Türpfostens hing. Jetzt schlug es von neuem ein, ganz nahe. Das Haus erzitterte. Der Schlag stellte Andreas sofort auf die Beine und ließ ihn den Bademantel überziehen. Ob er seine Angst der Mutter zeigen sollte? Vorsichtshalber schlich er hinaus auf den Gang. Da wurde das Haus durch eine gewaltige Detonation so stark geschüttelt, daß die Tür zum Schlafzimmer der Mutter aufsprang. Im fahlen Morgenlicht, das nun durch die zerfetzten Fenster hereinströmte, sah er Mutter Vera im Bett liegen. Sie streckte ihm die Arme entgegen, als wollte sie ihren Jungen damit retten. Er lief drei Schritte, ließ sich fallen und fand sich in mütterlicher Wärme unter dem Deckbett wieder.

Eine Zeitlang blieb er so, an den Leib der Mutter gepreßt, liegen. Als kein Einschlag mehr folgte, schob ihn die Mutter von sich. »Komm, Jungchen!« sagte sie. »Es ist vorbei. Wir wollen nachsehn, ob die Granaten nicht noch Schlimmeres angerichtet haben.«

Das letzte Geschoß, das Andreas so über alle Maßen erschreckt hatte, war im Garten der Sommers krepiert, etwa dreißig Schritte vom eigenen Hause entfernt. Dort hatte es die Glasveranda und hier die Fenster der Küche und die des Schlafzimmers vollkommen zertrümmert.

Während Mutter Vera die luftigen, leeren Fensterrahmen in Küche und Klosett mit Pergamentpapier verklebte, holte Andreas Pappe und Sperrholz von der Lucht und nagelte damit die zerschlagenen Fenster des Schlafzimmers zu.

Über dieser Arbeit waren die letzten Vormittagsstunden vergangen. Bei Andreas meldete sich der Hunger. Obendrein waren seine Hände vollkommen verklammt. Auch die Mutter klagte über kalte Hände. »Eh wir ans Mittagessen gehen, wollen wir uns erst mal ordentlich aufwärmen«, sagte sie und schob Andreas ins warme Wohnzimmer. Das hatte noch nichts abbekommen.

»Wahrscheinlich war das Sisyphusarbeit, die wir da eben gemacht haben«, sagte sie und ließ sich erschöpft in die Sofaecke fallen.

Andreas wollte wissen, was Sisyphusarbeit ist.

»Langwierige, nutzlose Arbeit, die man immer wieder von neuem machen muß. Schon die nächste Granate, die hier in der Nähe einschlägt, wird unsere

Arbeit an den Fenstern zunichte machen«, erklärte die Mutter.

»Hoffentlich hält's wenigstens bis heute abend«, sagte Andreas und setzte sich neben seine Mutter. »Wann soll es da nun endgültig losgehn? Etwas Genaues hast du mir bis jetzt noch gar nicht gesagt.«

»Wann hätte ich das denn auch tun sollen, Andreas? Gestern nacht warst du doch vollkommen durcheinander und bist Hals über Kopf ins Bett. Auf keine meiner Fragen bekam ich eine richtige Antwort.«

»Erinnere mich nicht an diese Nacht«, wehrte er ab, »sonst wird mir wieder koddrig.« Mit dem Koddrig meinte er gar nicht so sehr, was er in der Päslackschen Kellerwohnung erlebt, als das, was ihm da in der Baracke Brigitte und der Flaksoldat an Rätseln aufgegeben hatten. Aber das mit Brigitte ging schließlich Mutter Vera nichts an.

»Wann soll's denn nun endgültig losgehn?« fragte er ein zweites Mal.

»Heute abend! Bei einbrechender Dunkelheit müssen wir mit Elke an der Rot-Kreuz-Baracke zwischen dem alten Bahnhofe und dem Hotel Deutsches Haus sein. Eine Krankentrage werden wir dort geliehen bekommen, meint Doktor Todtenhaupt. Na, hoffentlich geht alles so glimpflich aus wie das gestern abend mit dem Fliegerangriff. Was meinst du, welche Sorgen ich mir um euch beide gemacht habe, als ich von Todtenhaupt hörte, daß die Russen die Bahnstrecke zwischen Juditten und Holländerbaum bombardierten.

Du hast Hunger, Andreas; ich seh' es dir an. Aber deine Mutter weiß gar nicht recht, was sie dir vorsetzen soll.«

»In der Küche steht doch von vorgestern eine Schüssel mit Pellkartoffeln. Die lassen sich doch schnell braten. Ein paar Eier sind ja auch schnell in die Pfanne gehau'n.«

»Gehau'n? Du fühlst dich wohl schon recht wie ein zünftiger Landser nach dem bestandenen Abenteuer im Keller von Meister Päslack?«

»In die Pfanne hau'n ist – war – bei uns in der Schule schon lange gang und gäbe. Wenn wir den Direx oder sonst einen Lehrer aufsitzen ließen, dann hieß es ganz einfach: Der wird in die Pfanne gehau'n.

Ach Gott, wo mögen die vom Hufen-Gymnasium, der Direx, die Pauker und meine Kameraden, jetzt alle herumschwirren?«

»Um Himmels willen, Andreas! Da kommen ja Tante Judith und Brigitte. Und wir sitzen hier und plachandern, statt etwas zu essen zu machen.« Mutter Vera schnellte vom Sofa, um den beiden die Tür zu öffnen. Andreas ging in die Küche. Er wollte es vermeiden, Brigitte so unvermittelt gegenüberzutreten. Er räumte seine und Mutters Werkzeuge weg, holte sich den Besen und fegte noch einmal zusammen. Die Küchentür stand dabei offen, so daß er hören konnte, was gesprochen wurde, wie unzufrieden sich Tante Judith über das Befinden Elkes ausließ: Die Wunde müsse unbedingt geröntgt werden, und keinesfalls lasse sie das Mädel noch eine Nacht in der Baracke.

»Was ist denn hier los?« fragte Brigitte, in die Küche tretend, und starrte auf die verklebten Fenster.

»Heute morgen – Artilleriebeschuß«, sagte Andreas zurückhaltend. Das unbefangene Auftreten des Mädchens machte ihn stutzig. Womöglich hatte ihm seine überreizte Phantasie diese Nacht einen Streich gespielt. Und so ließ er sich herbei, noch ein paar Worte mehr zu sagen: »Auf der Gartenseite sind alle Scheiben 'rausgeflogen.«

»Frag nicht, was gestern abend bei uns los war – wie das geballert hat. Und die Angst, die wir dabei haben ausstehen müssen. Aber einen Russen haben unsere dabei auch 'runtergeholt. Prima, was?«

»Hast du's gesehen?« fragte Andreas, neugierig geworden.

»Nein«, sagte Brigitte, »aber gehört – ganz deutlich. Und dann hat mir's der Unteroffizier auch erzählt.«

War dieser Unteroffizier etwa der Soldat in den Unterhosen gewesen? fragte sich Andreas, aufs neue eifersüchtig geworden. Aber er wollte Brigitte ja seine Gefühle gar nicht anmerken lassen. Und mit ihrem Hausen in einer Flak-Baracke war es ja ohnedies nun vorüber. Andreas schüttete den zusammengefegten Schmutz in den Mülleimer und fragte Brigitte: »Weißt du denn schon, daß wir heute abend losgehen – mit Elke – nach Heiligenbeil?«

»Gehen? – Mit Elke?« fragte Brigitte überlegen.

»Natürlich nicht zu Fuß«, korrigierte Andreas. »Ein Sanitätswagen soll uns hinbringen ...«

Mutter Vera und Tante Judith betraten die Küche und unterbrachen die Unterhaltung der beiden.

»Was nun, Andreas?« sagte die Mutter. »Deine Schüssel Pellkartoffeln reicht nicht für alle vier. Was könnten wir da zu Mittag machen?«

»Ich weiß«, sagte Andreas nach kurzem Überlegen, »wir kochen Kartoffelkeilchen, mein Leibgericht – Kartoffelkeilchen mit Spirgel in Rührei. Das essen auch die anderen gern. Und wenn alle helfen, sind wir auch bald damit fertig.« Er selbst erbot sich, beim Schälen und Reiben der Kartoffeln kräftig zu helfen.

»Fein, Andreas«, sagte die Mutter, »dann brauche ich ja gar nicht dabeizusein und kann währenddessen unsere Rucksäcke fertigpacken. Bereitgelegt habe ich das Allernötigste für jeden schon. Viel Zeit bleibt uns nach dem Essen nicht mehr.«

Brigitte stimmte so lauthals zu, daß Andreas' Vorschlag als genehmigt galt. Kaum eine Stunde später stand das Essen auf dem Tische. Für die arme Elke tat Mutter

Vera gleich eine Portion in eine weithalsige Thermosflasche.

Es wurde eine stille, bedrückende Mahlzeit, dieses letzte Keilchenessen in der Lawsker-Allee. Zu Rede und Gegenrede kam es erst wieder, als Mutter Vera Anstalten traf, das bei der Mahlzeit gebrauchte Geschirr abzuwaschen und die Küche aufzuräumen. Ob sie sich damit bei den Russen beliebt machen wollte, fragte Andreas. Aber auch dieser Spott hielt sie nicht ab, an die Arbeit zu gehen, bei der ihr selbstverständlich trotzdem alle halfen. Sie behielte ihr Haus in sehr schlechtem Andenken, wenn sie ihre Küche in Unordnung zurückließe, erklärte Mutter Vera, während sie zum Schluß die Geschirrtücher zum Trocknen über den Herd hing.

»Besser leicht gefahren, als schwer getragen«, blödelte Andreas, während er die vier prallgefüllten Rucksäcke auf seinen Rodelschlitten zurrte. Das mit dem Rodelschlitten war nämlich sein Einfall gewesen.

»Wenn du uns das Marschieren so leicht machst«, sagte die Doktorin, »dann könnte ich es mir leisten, noch einmal nach der kranken Frau Päslack zu sehn. Der Umweg zu ihr ist ja nur unbedeutend – und mein ärztliches Gewissen nachher womöglich um vieles erleichtert.«

»Währenddessen können sich dann Brigitte und Mutter Vera den Schuttberg einmal ansehen, unter dem wir die ganze Nacht auf Hilfe gewartet haben«, sagte Andreas, um damit Brigitte gegenüber etwas anzugeben. Hundert Schritte von den gespenstigen Trümmern entfernt ließ er die beiden beim Schlitten zurück und begleitete Tante Judith auf ihrem unterirdischen Gange.

Eine halbe Stunde später betraten die vier Flüchtlinge die überheizte Baracke, in der Elke lag. Ein vollbärtiger Flak-Kanonier war dabei, der Liegenden das Abendessen löffelweise einzugeben – Reisbrei mit Zukker und Zimt und gebräunter Butter. Sobald Elke ihre Leute sah, verweigerte sie und fing an zu weinen.

»Frau Doktor«, sagte der vollbärtige Krankenpfleger, »mein Kamerad und ich bringen Elke zur Sammelstelle. Dort steht die Trage schon. Der Batterie-Chef hat uns für diesen Dienst befohlen. Halten Sie den Daumen, daß der Iwan bis dahin nicht kommt. Sonst müssen wir nämlich auch mit ans Geschütz.«

Aber der Iwan kam nicht – wenigstens nicht vor der Abfahrt der drei Sanka nach Heiligenbeil. Erst als die überladenen Krankenwagen auf der ausgefahrenen Reichsstraße 1 im Dunkeln langsam und vorsichtig dahinschwankten, wurde Flugzeuggeräusch hörbar.

»Hört ihr's?« sagte der Beifahrer zu Andreas und Brigitte, die, zwischen die beiden Sanis eingequetscht, auf der Bank des Fahrerhauses saßen; »wie Nähmaschinen klappern die Dinger. Jetzt, wo kein deutscher Flieger mehr da ist, da werden sie nun dreist. Sie wissen natürlich sehr genau, daß es nachts auf einer so wichtigen Straße wie dieser ameisenfleißig hin und her geht. Erschreckt nicht, wenn sie Leuchtbomben werfen! Dann wird's nämlich taghell in der Gegend.«

Taghell . . . Fast hätte Andreas gewünscht, daß es hell gewesen wäre. Wie der Fahrer den Wagen ohne jedes Licht an den Bäumen, Wagentrümmern, Bombentrichtern und anderen Fahrzeugen vorbeijonglierte, blieb ihm ein Rätsel. Auch Brigitte war wie betäubt von alledem, was an ihr vorbeihuschte. Sie begann, Mutter und Tante Vera zu beneiden. Die saßen ahnungslos im schmalen Gang des Krankenraumes zwischen vier Verwundeten auf ihren Rucksäcken und merkten von aller Gefahr so gut wie nichts.

Und trotzdem atmeten die beiden Frauen vernehmlich auf, als der Sani nach nahezu dreistündiger Fahrt die Tür des Krankenraumes öffnete und die beiden auszusteigen bat. »Gott sei Dank!« sagte die Doktorin. »Elke, wir sind da!«

Der Wagen hielt vor einem riesenhaften Fabrikgebäude, wie es die beiden in Ostpreußen noch nie gesehen hatten. Seine Fassade schien bis zum funkelnden Sternenhimmel hinaufzustreben.

Die Doktorin ließ ihre Augen langsam über den Sternenhimmel wandern. Das machte sie für wenige Augenblicke glücklich. Sie fühlte sich einbezogen in die unvorstellbar hohe Ordnung des Alls.

Durch die beiden Gestalten, die im Dunkeln herankamen und nach Elkes Trage griffen, wurde sie aber sehr schnell ernüchtert. »Wo Sie haben Wunde?« befragte der eine von ihnen die beiden Frauen. Die Doktorin merkte sofort, daß sie es mit Franzosen zu tun hatte, und antwortete deshalb auf französisch, das ihr während des Studiums in Paris zur vertrauten Sprache geworden war.

»Wir beiden Frauen sind nicht verwundet«, sagte sie. »Wir wollen den Chef dieses Lazarettes sprechen. Ich bin Ärztin.«

Wo sie denn ihr ausgezeichnetes Französisch erlernt und geübt habe, wollte der Wortführer der beiden Poilus nun wissen. Es machte ihm sichtlich Freude, mit der Deutschen in seiner Muttersprache zu reden.

»In Paris natürlich«, antwortete sie. »Zwei Semester studierte ich dort an der Sorbonne.«

»Das ist ja sonderbar«, sagte der Franzose, »auch der Chef des Lazarettes studierte in Paris. Er spricht mit uns nur französisch. Die meisten seiner Krankenträger sind französische Kriegsgefangene. Ich werde dem Feldwebel melden, daß Sie zum Chef wollen, Madame. Bitte, warten Sie hier im Vorraum!« Er wies mit dem Kinn auf einige Kisten, die dort herumstanden.

Elke fing an zu weinen, als sie merkte, daß sie die Franzosen weitertragen, von der Mutter trennen wollten. »Ich muß einmal«, sagte sie gequält.

»Das Mädel ist meine Tochter«, erklärte sie den Trägern. »Lassen Sie sie bitte vorläufig hier bei mir! Bitte, besorgen Sie mir eine Bettschüssel!«

Nachdem sie Elke versorgt hatte, ließ sich die Doktorin erschöpft auf einer der wackligen Kisten nieder. Andreas und Brigitte wollten wissen, was sie mit dem Franzosen gesprochen hatte, und hockten sich ebenfalls hin. Auch Mutter Vera war neugierig geworden.

Während sie ihren Leuten Rede und Antwort stand, brachten die französischen Helfer Trage um Trage mit Kranken und Verwundeten aus der Kälte und verschwanden damit in einem Raume, der bei weitem größer und heller war als der, in dem die Ankömmlinge warteten. Zuweilen bemerkte Andreas Tragen, von denen Blut tropfte.

Einige Zeit später erschien ein Sanitätsfeldwebel und erkundigte sich, wer von den Wartenden den Herrn Oberstabsarzt zu sprechen wünschte und in welcher Sache das geschehen sollte.

Die Ärztin nannte Namen und Titel und erwähnte, daß Doktor Todtenhaupt sie schon avisiert hätte.

Der Sanitätsfeldwebel verschwand mit diesem Bescheid und kehrte nach kurzem zurück: Der Herr Oberstabsarzt lasse bitten.

Der Sanitäter führte die Ärztin durch mehrere große Hallen mit unüberschaubaren Reihen von Betten. Aus dem karbolgeschwängerten Halbdunkel drangen schreckliche Schmerzensschreie, jämmerliche Klagelaute, die der Sanitäter aber nicht mehr zu hören schien. Zwischen den langen Bettenreihen bewegten sich Krankenträger mit ihren gewohnten Lasten eilig hin und her. Wenn sie in einem Türrahmen verschwanden oder wieder in ihm auftauchten, huschten jedesmal grelle Lichtpfeile über die Betten im Halbdunkel. Und die Doktorin bemerkte, daß in den hellen Nebenräumen an noch helleren Tischen fieberhaft operiert wurde.

»Es wird noch einige Minuten dauern, Frau Doktor«, sagte der Feldwebel, während er die Frau in einen Raum führte, der wohl so eine Art Ärztezimmer darstellen sollte. »Der Herr Oberstabsarzt ist noch bei einer Beinamputation«, bemerkte er beiläufig, schob der Besucherin einen wackligen Sessel hin und verschwand hinter einem Vorhang.

Wie gelassen der Mann von einem Bein spricht, das einem andern abgenommen wird, dachte die Ärztin, als ob sie Schreckliches ahnte. Männer schienen vom Schicksal bestimmt, häufiger als Frauen ein Bein hergeben zu müssen – auch in Friedenszeiten. Sie erinnerte sich an die erste Beinamputation, der sie beigewohnt hatte, in der Pariser Charité. Ihr Kommilitone Walter Emmritz hatte damals neben ihr gesessen. Auch dort der Patient ein Mann. Ein sogenanntes Raucherbein hatte ihm abgenommen werden müssen ... Paris–Heiligenbeil ...

Sie ließ ihre Blicke im Raume umherwandern und entdeckte dabei ein Foto, das im Lichtkegel der Schreibtischlampe stand. Wahrscheinlich das Bildnis des Oberstabsarztes und seiner Frau, dachte die Ärztin und beugte sich etwas vor, um das Foto genauer betrachten zu können. Sie brauchte es aber nicht lange anzusehen. Schon der erste prüfende Blick brachte ihr die Gewißheit: Der Mann mit den herben Zügen neben dem liebenswerten Frauengesicht war kein anderer als ihr ehemaliger Kommilitone Walter Emmritz. Wie oft hatte er damals in Paris während einer Vorlesung nicht neben ihr gesessen. Kein Zweifel – er war's. Die starken buschigen Brauen über den klaren Augen redeten deutlich genug – nicht weniger die Formen von Stirn und Nase. Kein Zweifel – er war's: Walter Emmritz ... Emmris, wie die französischen Freunde seinen Namen aussprachen.

Aber nun: Würde er sie bei seinem Eintreten sofort wiedererkennen? Wenn nicht – sollte sie sich ihm dann sofort zu erkennen geben? Nein! Größte Zurückhaltung – sagte sie sich. Fast zwanzig Jahre liegen dazwischen, ein kurzes Menschenleben.

Noch während sie ihre Empfindungen zu ordnen suchte, trat Emmritz ein. Kein Zweifel – er war's.

Er trat auf sie zu und nannte seinen Namen. Wie einem Fremden reichte sie ihm die Hand. Danach zog er sich einen Stuhl heran und ließ sich erschöpft darauf nieder.

»Sie sind Kollegin«, begann er. »Was kann ich für Sie tun?« Er rückte nervös an der Schreibtischlampe.

»Ja, ich bin Kollegin«, sagte sie, »und zwar eine, die Sie schon seit unserer gemeinsamen Pariser Studienzeit kennen.«

Es entstand eine Pause. Emmritz starrte die Besucherin an. »Judith Kleinschultz etwa?« fragte er bestürzt. »Ja, natürlich, jetzt sehe ich's ganz deutlich: Judith Kleinschultz mit dem komischen »tz« am Schluß. Aber wie kommen Sie denn nach Ostpreußen und noch dazu hierher nach Heiligenbeil? Sie sind doch – wenn ich nicht irre – Westfälin.«

»Ganz recht, Herr Kollege, Westfälin und seit nahezu fünfzehn Jahren verheiratet und dadurch des Namens mit dem ärgerlichen »tz« nun endlich ledig. Dann berichtete sie in großen Zügen, wie ihr Weg von Paris nach Ostpreußen geführt hatte. Ausführlicheres erfuhr Emmritz vom Lazarettschiff seines Kollegen Bertram Quednau, das sie nun von Heiligenbeil aus zu erreichen suchten.

»Sinn und Verstand vergeht mir schier, seh' ich die Judith Kleinschultz hier«, scherzte Emmritz nach klassischem Vorbild. An Humor – auch in den heikelsten Situationen – hatte es schon dem Studenten Emmritz niemals gefehlt. Auch darin war er also derselbe geblieben.

»Nun aber, Herr Oberstabsarzt – künftig bitte nicht mehr dieses verjährte Kleinschultz, sondern Gardau, G-a-r-d-a-u, mit dem ich mich Ihnen durch Ihren Feldwebel melden ließ.«

»Mein Gott«, sagte Emmritz, »diesen ausgefallenen Namen hat der Mann gar nicht bis zu mir gebracht – in dem Streß, in dem wir uns jetzt alle befinden ... Gardau – Gardau«, murmelte er nervös und geistesabwesend vor sich hin. »Habe ich da nicht eben einen Leutnant Gardau auf dem Tische gehabt?«

Die paar Worte waren ihm so herausgerutscht. Aber die Frau erschrak bis ins Mark. Emmritz merkte es, stand unvermittelt auf, entschuldigte sich und verließ den Raum.

Unmöglich, dachte die Frau, sobald sie allein war. Und hinter diesem Unmöglich verschanzte sie sich wie eine Verzweifelte. Unmöglich, daß Helmut ausgerechnet in diesem Lazarette ist, da er doch vor Tagen noch in der Gegend von Lötzen war. Unmöglich, daß ein so bewegungsfreudiger Mann wie der ihre ein Bein verlieren könnte. Unmöglich! Unmöglich. Aber sie fürchtete, daß Emmritz zurückkäme und sie aus ihrer Verschanzung vertrieb.

Und Emmritz kam, wie sie es fürchtete. Er hatte ein Büchelchen in der Rechten. »Verehrte Kollegin«, sagte er, »ich weiß, ich habe mich recht unbedacht und grobklotzig benommen. Kreiden Sie's mir nicht gar zu dick an! Bedenken Sie, daß wir hier seit langem so gut wie Tag und Nacht am Operationstische stehen! Wir sind erschöpft, ausgepumpt. Wir sind schon zu seelenlosen Maschinen geworden. Wohin kämen wir auch, wollten wir unsere Gefühle dabei noch mitreden lassen. Nur die reine Vernunft kann uns jetzt noch retten. Drum kann und will ich Sie jetzt auch nicht mehr länger im Zweifel lassen. Hier ist das Soldbuch unseres Patienten.« Er hielt ihr das olivgrüne Heftchen hin. Aber in ihr wehrte sich's, nach ihm zu greifen. Das wäre der Annahme eines unabänderlichen Urteils gleichgekommen. Sie stützte die Ellenbogen auf die Knie und verbarg das Gesicht in den Mulden der Hände. So schlug Emmritz das Soldbuch also selber auf und sagte: »Es handelt sich um den am 22. 4. 1899 in Stettin geborenen Leutnant Gardau.

Nun wissen Sie's, verehrte Kollegin. Ich empfehle Ihnen, sich nun wieder zu fassen. Denn was Ihnen hier in meinem Lazarette widerfährt, ist wahrhaftig nicht das Allerschlimmste. Während in diesen Tagen Tausende von ostpreußischen Familien auseinandergerissen werden, hat sich die Ihre wie durch ein Wunder zusammengefunden.«

»Ich sehe es ja auch schon langsam ein, Herr Oberstabsarzt«, sagte sie und nahm dabei die Hände einen Augenblick vom Gesicht. »Aber was heute in diesen Stunden auf mich eingestürmt ist, erlebt man doch gewöhnlich nur in wilden Träumen oder Sensationsromanen. Wo also kann ich meinen Mann sehen? Bitte, führen Sie mich an sein Lager!«

»Aus begreiflichen Gründen muß ich Sie bitten, das auf morgen zu verschieben«, sagte Emmritz. »Aber mit gutem Gewissen kann ich Ihnen versichern: Ihrem Manne geht es den obwaltenden Umständen entsprechend gut. Und was mein Feldwebel Ihnen da vorhin so im Vorübergehen dahingequatscht hat, trifft gar nicht zu. Ihrem Manne ist nicht ein Bein, sondern der rechte Fuß amputiert worden – mit dem Gelenk allerdings. Das mußte ich wohl oder übel mitnehmen. Erstens war Gasbrand zu befürchten, und zum andern mußte ja Platz für das künstliche Gelenk geschaffen werden. Über Hüft- und Kniegelenk kann Ihr Mann also über kurz oder lang wieder verfügen. Und er wird eine Prothese bekommen und damit gehen lernen, wie er immer gegangen ist. Sie glauben ja gar nicht, was die Techniker heute auf diesem Gebiete leisten. Ich kenne einen Förster, der solch einen künstlichen Fuß hat. Er versieht seinen Dienst damit wie eh und je – auch den im Walde, steigt Treppen auf und ab, als fehlte ihm keine Zehe –, und das alles ohne Krükken oder auch nur einen Stock.«

»Für Ihre Trostworte herzlichen Dank, Herr Oberstabsarzt«, sagte die Frau – jetzt aber, ohne dabei die Hände vom Gesicht zu nehmen. »Nur wie es nun weitergehen soll, das weiß ich nicht. Ich war ja in der Absicht hierher zu Ihnen gekommen, in der Frauen- und Kinderstation einige Tage zu helfen. Ob meine Kräfte unter diesen Umständen aber hinreichen werden? Ich glaube es kaum.«

»Es versteht sich doch von selbst, verehrte Kollegin, daß Sie sich nun in erster Linie um Ihren Mann und die Tochter kümmern. Und wenn Sie darüber hinaus noch etwas Zeit finden, auch in der Frauenabteilung mal nach dem Rechten zu sehen, dann ist uns das mehr wert, als Sie das glauben – schon allein die Hilfe der Frau Quednau und die der zwei jungen Leute, die zu Ihnen gehören.«

»Wir werden versuchen, unser Bestes zu tun«, versicherte die Doktorin, stand auf und streckte Emmritz beide Hände entgegen.

»Nun werden Sie mich aber entschuldigen«, sagte der Oberstabsarzt. »Ich muß zurück an den Operationstisch.« Er machte sich los und ging, blieb aber nach drei Schritten schon wieder stehen, besann sich und sagte: »Drüben in den Baracken habe ich zwei leere Räume. Sie liegen nebeneinander und sind gut zu heizen. Wie wär's, wenn Sie sich dort einquartierten – zusammen mit Ihren beiden Patienten natürlich. Ich schicke Ihnen Feldwebel Krauskopf. Er wird Ihnen die Räume mal zeigen.«

Ein seltsamer Gast

Das Angebot kam der Doktorin wie gerufen. Sie ließ die beiden Barackenräume sofort heizen und richtete sich mit ihren Leuten darin ein.

Zwei Meilen südlich von Heiligenbeil lief zur selben Zeit Claudia Melizkat in ihrer Wohnung mit verweintem Gesicht von Ofen zu Ofen und legte Holzscheite auf. Doktor Kunz wollte das so. Ihn hatte Claudia sofort nach ihrer Rückkehr ins Haus geholt. Nun sollte die ganze untere Wohnung mit Ausnahme des Kinderzimmers vor Hitze schweben, wie der Doktor sich ausdrückte.

»Heizen Sie, was das Zeug hält!« sagte er, während er mit aufgekrempelten Hemdsärmeln die beiden Männerkörper abwechselnd mit einer scharfen Bürste bearbeitete. Bei seinen hastigen Bewegungen funkelten die Gläser der goldenen Brille im unruhigen Lichte der Kerzen.

»Heizen Sie, Frau Melizkat, heizen Sie! Damit wir um den Pygmalion-Effekt herumkommen.«

Von Pygmalion hatte Claudia in der Schule zwar gehört. Was dieser griechische Bildhauer aber mit den halb erfrorenen Körpern von Onkel Wilhelm und Jean Etienne zu tun haben sollte, war ihr ein Rätsel.

Jetzt benutzte sie eine Atempause, nahm einen brennenden Kerzenstummel und huschte ins Kinderzimmer, um sich noch einmal zu vergewissern, daß dort Klein Dina wahrhaftig fehlte und dafür ein fremdes Kind in Dinas Bettchen lag und unruhig schlief.

Daß sie selbst, Wölfchen und Dorothea, der Onkel

und Jean Etienne ins Haus hatten zurückkehren können, schien ihr wie ein Wunder.

Da hörte sie die scharfe Stimme von Doktor Kunz: »Kommen Sie, Frau Melizkat! Keine Scheu! In solcher Situation gilt das Genieren nicht! Hier, die Bürste genommen! Gehen Sie damit dem Franzosen zu Leibe! Und dabei immer schön zum Herzen hin streichen! Ich denke, wir werden's schaffen, ohne Pygmalion zu bemühn.«

Und in einer Stunde war es geschafft. »Die beiden sind über den Berg«, sagte der Doktor. »Noch einige Stunden Schlaf – und die Männer werden sich fühlen wie vor der Unterkühlung.«

Vorsorglich gab er seinen Patienten noch eine Spritze. Dann traf er Anstalten, das Haus zu verlassen. Als er aus dem Badezimmer kam und seinen Rock überzog, überkam Claudia Angst vor dem Alleinsein. Sie begann zu weinen. Am liebsten hätte sie Doktor Kunz an der Hand zurückgehalten.

»Ich sehe, Sie sind noch recht durcheinander, Melizkatchen. Es sieht aus, als brauchten Sie einen Seelenarzt. Natürlich bleibe ich, wenn es Ihnen lieber ist. Aber mein Jackett darf ich dann wohl wieder ausziehen. Es ist reichlich warm in Ihrem Hause.«

Der Kerzenleuchter, der bisher das Schlafzimmer notdürftig erhellt hatte, stand nun neben der Kerze im Wohnzimmer. Beide Flammen flackerten um die Wette und brachten Unruhe in die Gegenstände des Raumes. Die Bootswimpel an der Wand über dem Schreibtische schienen zu flattern. Claudia fiel ein, daß sie die Fähnchen ursprünglich hatte einpacken und mitnehmen wollen, sie dann aber doch vergessen hatte. Sonst würden auch sie jetzt mit Onkel Wilhelms Wagen auf dem Haffgrunde liegen. Ihre Gedanken wanderten zu den beiden Toten im Bootsschuppen. Sie hätte sie am liebsten mit ins Haus genommen. Sie konnte es nicht fassen, daß

Dina und Tante Gertrud nun tot und starr in der Kälte liegen mußten.

»Es ist ja alles so schrecklich, Herr Doktor«, sagte sie und begann aufs neue zu weinen. »Ich kann es noch immer nicht glauben, daß die beiden nicht mehr atmen.«

»Und doch ist es so, Frau Melizkat. Mit dem Tode geliebter Menschen müssen sich Millionen täglich abfinden. Das ist der Lauf der Welt; sie geht deshalb nicht unter. *Sie* müssen weiterleben und weitersorgen – für jene nämlich, deren Herzen noch schlagen. Bedenken Sie das immer!«

Daraufhin schwieg Claudia eine Zeitlang, konnte sich aber nicht beruhigen und fing wieder an zu klagen: »Bis ans Ende meines Lebens werde ich mir vorwerfen, daß ich schuld bin am Tode der Kleinen. Ich hätte darauf bestehen müssen, daß sie mir von dem Unglückswagen heruntergegeben wurde. Ich ließ sie aber darauf weiterfahren, obwohl mich der leere Platz neben Dorothea warnte.«

»Zerfleischen Sie sich jetzt nicht mit solchen Vorwürfen! Sie haben ganz gewiß alles getan, was eine Mutter in solcher Lage eben tun muß.«

»Nein, Herr Doktor, ich habe alles verkehrt gemacht. Beinah hätte ich auch das Leben von Onkel Wilhelm und das von Jean Etienne noch auf dem Gewissen gehabt ..., weil ich die beiden Männer immer wieder antrieb und schließlich beschwor, die Menschen aus dem versunkenen Wagen zu holen.«

»Einem Außenstehenden fällt es schwer, sich eine richtige Vorstellung von dem grausigen Geschehen zu machen«, bedauerte der Doktor. »Wie konnten die Pferde davonkommen, während der Treckwagen versank?«

»Die Pferde gingen doch durch«, erklärte Claudia, »mit der abgebrochenen Deichsel. Den armen Jean schleiften sie wohl an den Zügeln hinter sich her. Der Wagen scheint sich wie ein Kreisel gedreht zu haben und ist dann mit dem Hinterteil zuerst in das Eisloch geraten. Aber von den Menschen, die in der Wagenhöhle hockten, konnte sich doch keiner retten, weil das vordere Ende geschlossen war.«

»Furchtbar«, sagte der Doktor, »und alle, die drinsaßen, mußten jämmerlich ertrinken.«

»Als Jean Etienne mit den zitternden Pferden zurückkam, war ich auch an der Unglücksstelle. Der Onkel schnitt gerade die Wagenplane auf. Ehe Jean aber dann Dina herausbrachte, war schon eine kleine Ewigkeit vergangen. Die Männer waren inzwischen naß geworden, ihre zu Eis erstarrten Kleider beengten sie bald wie ein Panzer. Sie konnten sich kaum noch bewegen. Die schwere Tante rutschte ihnen zweimal zurück ins Wasser. Dann waren sie erschöpft. Ein Glück, daß sie aufhörten . . .

Entschuldigen Sie, Herr Doktor! Ich will gleich noch einmal nach den beiden sehen. –

Gott sei Dank, sie schlafen ruhig«, sagte Claudia, als sie nach kurzer Zeit zurückkam.

»Sie werden das auch noch einige Stunden weiterhin tun«, sagte der Arzt. »Das ist gut so.«

»Bitte, sagen Sie mir, Herr Doktor, warum Sie Pygmalion erwähnten. Ich weiß von ihm nur, daß er ein griechischer Bildhauer gewesen sein soll.«

»Ganz recht!« sagte der Doktor. »Der alte Ovid erzählt, Pygmalion habe eine Frauengestalt aus Marmor gemeißelt, sich in sie verliebt und sie schließlich so lange umarmt, bis sie zu leben begann. Nun werden Sie sich denken können, was ich unter dem Pygmalion-Effekt verstehe. Der Ausdruck stammt übrigens von mir. In der Nomenklatur des Mediziners werden Sie ihn vergeblich suchen. Aber ich weiß, daß man auf diesem Gebiete in letzter Zeit eifrig experimentiert – oder experimentiert hat. Sub rosa habe ich davon erfahren. Es werden da Männer bis zur Bewußtlosigkeit unterkühlt, so daß sie so gut wie hinüber sind. Dann gibt man diesen Eissäulen vollblütige Frauen ins Bett – mit der Aufgabe, die Halbtoten wieder zum Leben zu bringen. Und man sollte es nicht glauben: nach überraschend kurzer Zeit sind die Erstarrten wieder quicklebendig. So jedenfalls berichtete mir mein Gewährsmann. Das Ewig-Weibliche, liebe Frau Melizkat, das scheint eben doch stärkere Kräfte zu entfalten als das Ehelich-Weibliche.«

»Aber Herr Doktor Kunz! Ich bitte Sie! Wozu denn solche fragwürdigen Experimente? Und wer gibt sich denn dafür her?«

»KZ-Insassen werden nicht lange gefragt, ob sie sich dafür hergeben wollen. Und wenn . . . Womöglich wird ihnen auch – sofern sie einwilligen – etwas Verlokkendes versprochen. Wer kann wissen . . . Die Erfolge solcher Experimente sollen, wie ich hörte, den Schiffbrüchigen der Kriegsmarine und nicht zuletzt den über der See abgeschossenen Fliegern zugute kommen, Männern, die meist hoffnungslos unterkühlt aufgefischt werden.«

Claudia horchte auf. Sie hatte Schritte vernommen. Am Fenster war jemand vorübergegangen. Und schon wenige Augenblicke später hörte sie durch die offenstehende Zimmertür Geräusche am Hauseingang.

Sie stand auf, um nachzusehen. Guckloch und Ritzen verrieten, daß hinter der Tür jemand mit brennender Taschenlampe hantierte. »Was ist los?« fragte sie kurzerhand, indem sie näher ging. Sofort erlosch die verräterische Lichtquelle. Dafür meldete sich eine Männerstimme mit den wohlgesetzten Worten: »Ihre verschlossene Tür paßt schlecht zu der Einladung, die Sie auf der angeschlagenen Tafel verkünden. Ein Fußkranker, ein Gehbehinderter, braucht Nachtlager für einige Stunden.«

Freimütig, ohne jede Furcht, öffnete Claudia und sah sich einem mittelgroßen Manne gegenüber. Mehr konnte sie gegen das Schneedunkel nicht erkennen. Ohne dazu besonders aufgefordert zu sein, trat der Mann ein und brachte eine Portion Kälte mit.

»Die Papptafel hat Sie also angelockt«, sagte Claudia. »Wir haben vergessen, sie abzunehmen, als wir ins Haus zurückgekehrt sind.«

»Dann habe ich es also mit der Frau des Hauses zu tun. Wenn das so ist, werde ich mir doch wohl besser einen anderen Unterschlupf suchen. Ich meinte, Sie seien schon auf der Flucht. Ich möchte keinem zur Last fallen.«

»Treten Sie bitte ein! Die Einladung auf der vergessenen Papptafel behält ihre Gültigkeit. Wenn Sie nicht anspruchsvoll sind, sollen Sie ein Nachtlager bekommen.«

»Ich bin todmüde und mit jedem geschützten Winkel zufrieden. Mein Name ist Treptau, Werner Treptau.«

Jetzt, da er neben ihr ging, merkte Claudia, daß der Mann stark humpelte. Im Zimmer machte sie ihn mit Doktor Kunz bekannt und bot ihm einen Sessel an.

»Herr Treptau, Sie entschuldigen mich auf zehn Minuten. Ich will Ihr Bett noch richten. Es steht oben in einem Dachkämmerchen. Ich wärme es Ihnen mit einem heißen Ziegelstein an. Da oben ist es empfindlich kalt.«

»Hier in Ihrer Wohnung ist davon aber nichts zu merken. Hier haben Sie es wirklich sehr schön warm«, lobte der Fremde dem Doktor gegenüber, während die Hausfrau schon die Treppe hinaufstieg.

Doktor Kunz erklärte in kurzen Worten, wie es zu dieser außergewöhnlichen Wärme im Hause kam. So erfuhr der Fremde, ehe er sich's versah, was der Hausfrau und ihren Leuten erst vor Stunden zugestoßen war.

Aber schon bald unterbrach der Arzt seinen Bericht. Der Mann war in seinem Sessel eingeschlafen.

Das reizte Doktor Kunz, den seltsamen Gast etwas genauer zu betrachten: »Ein junger Mann Ende der Zwanzig«, mußte er sich sagen. »Von erlittenen Strapazen etwas überanstrengt und deshalb womöglich auch etwas jünger. Mittelblond der volle Haarschopf. Der Kopf, im Schlaf weit gegen die Lehne zurückgefallen, harmonisch geformt.« Und dennoch gefiel dem Arzt irgend etwas an dem Manne nicht, machte ihn mißtrauisch gegen ihn.

Jetzt zog der Mund des Schläfers die Blicke des Beobachters auf sich: Die Lippen erschlafften mehr und mehr und öffneten sich schließlich so weit, daß sie dem Gesicht hilflose, unästhetische Züge verliehen.

Die Hände ruhten auf dem groben Jutesacke im Schoße, den der Fremde an geknoteten Stricken auf dem Rücken getragen hatte. Ab und zu gerieten die Hände in ein Zucken.

Immer ungenierter streckte sich der Schläfer in seinem Sessel aus. So gerieten nun auch die Schaftstiefel ins Blickfeld des Doktors. Absatz und Sohle des linken waren um etwa acht bis zehn Zentimeter erhöht. Um so viel mußte das Bein also zu kurz sein. Daher das Humpeln, dachte Doktor Kunz. Gewiß die Folge einer Kriegsverletzung.

Der blaue, stark verschossene Mantel über mehlverschmierten Kleidern war für den Träger zu weit und für die Kälte zu dünn. In einer der Taschen mußte etwas Schweres stecken, das die Mantelhälfte bis auf den Fußboden faltig herabzog. Spontan beugte sich Doktor Kunz nach vorn und betastete die Tasche. Da war es, was er geargwöhnt hatte: eine Pistole. Er war nahe dran, das gefährliche Ding aus der Tasche zu nehmen, besann sich dann doch eines Besseren. Er hörte Claudia Melizkat die Treppe herabkommen, lehnte sich zurück und schaute wieder auf das Gesicht des Schläfers. Es zeigte die Bartstoppeln jetzt deutlicher als noch vor fünf Minuten.

Claudia stutzte, als sie den ungestümen Schläfer erblickte. Sie wußte nicht recht, was sie tun sollte, ob ihn wecken oder gewähren lassen. Da stand Doktor Kunz auf und rüttelte den nächtlichen Gast einmal – zweimal kräftig an den Schultern. Der Mann schrak heftig zusammen, riß die Augen auf und blickte wild um sich, als sähe er sich von Verfolgern ertappt. »Ich bin eingeschlafen«, stammelte er. »Bitte, entschuldigen Sie.«

»Herr Treptau, Ihr Bett ist gerichtet«, sagte die Hausfrau. »Am besten, Sie gehen gleich schlafen. Sie können nicht verfehlen: die Treppe hoch. Die Tür zur Kammer steht offen. Seit heute morgen haben wir keinen Strom mehr. Bitte, löschen Sie die Kerze, die ich brennen ließ!«

»Aus welcher Gegend kommen Sie, Herr Treptau?« Der Doktor konnte sich diese Frage nicht verkneifen. Er war mißtrauisch und wollte dem Fremden etwas auf den Zahn fühlen, bevor er ging.

»Aus Liebstadt, Kreis Mohrungen, Herr Doktor«, sagte Treptau, während er sich aus dem Sessel erhob. »Dort war ich Geselle in der Konditorei Weichert – gegenüber der Post. Aber geboren bin ich in Mehlsack.«

»Noch etwas, Herr Treptau: Sehen Sie sich mal Ihren Mantel an!« Er wies dabei auf die heruntergezogene Tasche. »Haben Sie da etwa eine Schußwaffe drin?«

»Ja!« sagte der Fremde, ohne etwas Verfängliches dabei zu finden. »Ist das schlimm?«

»Ihnen wird es gewiß nichts ausmachen, wenn Sie das Schießeisen zu Ihrer und unserer Beruhigung für diese Nacht hier unten deponieren. Morgen bekommen Sie es unbenutzt wieder eingehändigt.«

»Ich hege damit keine bösen Absichten, Herr Doktor – am allerwenigsten gegenüber Menschen, die mir helfen. Wenn es Sie aber beruhigt: bitte sehr!« Er griff in die verräterische Tasche, zog die Pistole am Laufe heraus und hielt sie dem Doktor mit dem Kolben voraus entgegen. »Vorsicht, bitte! Sie ist zwar gesichert, hat aber eine Patrone im Lauf.« Während der Doktor die brünierte Waffe in der herabhängenden Hand hielt, wandte sich der Gast mit einem »Gute Nacht« ab und humpelte davon.

»Mit dem Manne stimmt irgend etwas nicht«, flüsterte der Doktor, während er mit halbem Ohr hörte, wie Treptau die Treppe hinaufkraxelte. »Böses scheint er zwar nicht im Schilde zu führen, sonst hätte er wohl seine Waffe nicht so freimütig abgeliefert. Aber halten Sie für möglich, daß sich ein Bäckergeselle so gewählt ausdrückt, wie er es tut? Auch sein Humpeln will mir nicht recht gefallen. Der kothurnhohe Stiefel paßt nicht zu den ausgleichenden Bewegungen des Beins.«

Doktor Kunz besah sich die Waffe näher. »Eine russische Pistole«, stellte er fest und wollte sie auf den Schreibtisch legen.

»Ach bitte, nicht dorthin«, sagte Claudia. »Am besten in den Briefkasten im Flur. Ich mag solche Dinger nicht anfassen.« Sie öffnete Doktor Kunz den Briefkasten und schloß ihn darauf auch gleich wieder ab. »Briefe wirst du in diesem Schränkchen nicht mehr zu suchen brauchen«, dachte sie, »so mag es denn gut dafür sein, Pistolen darin zu verstecken.«

Jetzt glaubte sie einen Klagelaut zu hören. Kam der etwa von einem ihrer Patienten? Schnell huschte sie zum Krankenzimmer. Einer atmete darin hörbar laut.

»Onkel Wilhelm?« fragte sie flüsternd in eine Atempause hinein.

»Was ist?« fragte der Angeredete flüsternd zurück.

»Onkel Wilhelm, hast du gerufen?«

»Nein, Claudia, keiner von uns hat gerufen.«

»Wie geht dir's, Onkel Wilhelm?«

»Es geht, Claudia, danke, es geht.«

Claudia fiel etwas ein: »Darf ich dich schnell mal etwas fragen, Onkel?«

»Was gibt's denn? Ist jemand gekommen? Ich hörte so was.«

»Onkel Wilhelm, kennst du in Liebstadt eine Konditorei Weichert gegenüber der Post?«

»Natürlich kenne ich die«, flüsterte er. »Bei Weicherts haben wir dann und wann eine Tasse Kaffee getrunken – ich zuweilen auch einen Korn. Warum? Was ist?«

»Weißt du auch, Onkel, ob die Konditorei Weichert einen Gesellen hatte, der stark hinkte?«

»Ja, Claudia, so einen hatten die. Manchmal brachte er die frischen Backwaren in den Laden. Dabei mußte er durch das Gastzimmer. Er fiel mir immer auf durch seinen humpelnden Gang. Ich glaube, er hatte ein zu kurzes Bein und deshalb eine hohe Korksohle unter einem Stiefel. Aber zum Teufel – was ist? Wie kommst du jetzt auf die Konditorei Weichert in Liebstadt?«

»Nichts Schlimmes, Onkel. Es ist schon alles in Ordnung. Der Geselle von Weicherts stand vorhin todmüde vor unserer Tür. Jetzt wird er wohl schon oben im Erkerstübchen schlafen. Doktor Kunz hegte Mißtrauen gegen ihn. Nun ist ja alles gut.«

»Ist denn Doktor Kunz noch da?«

»Ja, weil ich ihn darum gebeten hatte. Ich hätte nicht allein sein können nach all dem Schlimmen. Nun schlaf aber wieder ein, damit du bald wieder zu Kräften kommst. Der Doktor wird wohl nun gehen. Gute Nacht, Onkel Wilhelm.«

Am nächsten Morgen wurde Claudia durch donnernden Artilleriebeschuß aus unruhigem Schlaf gerissen. Kurze Zeit mußte sie sich besinnen. Erst das Geschrei, das aus dem Kinderzimmer kam, half ihr, in die wirkliche Welt zurückzufinden. Sie schwang sich vom

Lager und eilte den Hilferufen nach. Angsterfüllt und kreischend saßen die drei Kleinen in ihren Bettchen auf. Das fremde Kind, die fremde Stimme ernüchterten Claudia nun vollends. Jetzt wußte sie, daß nichts von dem geträumt war, was sie gestern durchlebt hatte. Nun fiel ihr auch der fremde Mann im Erkerzimmer ein und die schreckliche Pistole im Briefkasten, die, wie der Doktor behauptet hatte, eine russische war.

Die Kinder ließen sich bald beruhigen. Die Kanonade war nur von kurzer Dauer gewesen, nur mal wieder eine Kostprobe, wie Doktor Tiller solche Feuerüberfälle gestern genannt hatte. Er meinte, das dicke Ende werde erst kommen, wenn die Russen Elbing fest in ihre Hände gebracht hätten. Das andauernde Schießen, das Elbing durch seine Verteidigung schon lange Tag und Nacht auf sich zog, das störte Claudia und die Kinder längst nicht mehr. Das hörte sich nur an wie fernes schweres Gewitter.

Claudia mußte an Thomas von Kempen denken und an sein Kapitel »Über den Nutzen der Trübsal«. Aber sie kam damit nicht weit. Der kleine fremde Junge in Dinas Bettchen verlangte laut weinend nach seiner Mutter.

Als Claudia die Kinder fertigmachte, kam unerwartet Onkel Wilhelm dazu. Er hatte sich aus Kurts Kleiderschrank bedienen müssen. Sein Zeug war noch immer nicht trocken. »Ein bißchen eng, der Pullover«, vermerkte er und sah an sich hinab.

Claudia fiel ihm sofort um den Hals und weinte. Gerade in diesem Pullover hatte sie Kurt immer so gern gesehen.

»Marjell, ich weiß, was in dir vorgeht«, sagte Onkel Wilhelm und strich der Weinenden tätschelnd über den Rücken. »Ich weiß, daß du laut aufschreien möchtest vor Schmerz. Aber es muß weitergehen, und es wird weitergehen. Denk nur an die Kinder!«

Auf dieses Stichwort hin fing auch Wölfchen an laut zu weinen.

»Komm, Marjell«, sagte der Onkel, indem er sich losmachte, »komm, wir dürfen nicht aufgeben!«

»Ja, Onkel Wilhelm, ich will mir's gut merken und immer an die Kinder denken.«

»Ich muß mich jetzt um die Pferde kümmern«, fuhr der Onkel fort. »Jean wollte das tun. Aber ich habe ihm gesagt, er soll noch etwas im Bett bleiben. Ich glaube, ihn hat's noch mehr geschlaucht als mich. Nachher müssen wir uns für einen Platz entscheiden, den Tante und Dina bekommen sollen. Ich möchte, daß du ihn mit aussuchen hilfst.«

»Ja, ich verspreche es dir; ich werde schon tapfer sein«, sagte Claudia, begann aber aufs neue zu weinen. »Und du, Onkel Wilhelm, fühlst dich wieder einigermaßen?« fragte Claudia und trocknete sich die Tränen.

»Ja, ja, es geht. Die Stellen an den Oberschenkeln, die mir die vereisten Hosen beim Gehen wundgescheuert haben, habe ich mit Pflastern beklebt. So wird's wohl bald abheilen, denke ich.

Ist denn dein Liebstädter Besuch schon fort?«

»Nein! Oder vielmehr: ich glaube nein«, erwiderte Claudia. »Der Mann war doch gestern abend zum Umsinken müde. Er wird wohl noch schlafen. Und ohne seine Pistole wird er auch nicht fortgehn wollen. Ich sehe, daß die noch da ist.«

»Eine Pistole? Aber Marjell!«

»Ja, Doktor Kunz hat so 'n Ding in der Manteltasche Treptaus gesehn und den Mann gebeten, es für die Nacht hier unten zu lassen. In der Eile habe ich's gleich in den Briefkasten geschlossen.«

»Du erzählst ja schöne Räubergeschichten, Marjell«, sagte der Onkel und ging nach draußen zu den Pferden.

Kaum hatte er die Haustür hinter sich geschlossen, kam der Fremde schwerfällig die Treppe herunter. Claudia hörte es und ging ihm bis in die Diele entgegen. Sie begrüßte ihn und ermahnte ihn zur Vorsicht beim Herabsteigen. Elektrisches Licht gäbe es leider seit gestern nicht mehr.

»Bitte, nehmen Sie irgendwo Platz und gedulden Sie sich ein Weilchen. In einer halben Stunde können wir frühstücken. Ein Glück, daß noch einige Vorräte da sind.«

»Als ich gestern abend todmüde hier vor Ihrer Haustür mit der Taschenlampe umherfunzelte, hätte ich mir solche Kostbarkeiten nicht träumen lassen, Frau Melizkat – ein warmes Bett für die Nacht und nun sogar noch ein richtiges Frühstück. Aber ich nehme Ihre freundliche Einladung sehr gern an.«

»Beides verdanken Sie unserer verunglückten Flucht, Herr Treptau. Sie wären wahrscheinlich ins leere und kalte Haus gekommen, hätte uns das Schicksal nicht so schwer geschlagen.«

»Von Doktor Kunz hörte ich gestern abend schon davon. Und nun gestatten Sie mir, daß ich Ihnen dazu mein aufrichtiges Beileid ausspreche.« Er stand auf und wartete, bis ihm die Frau mit ihrer Hand entgegenkam. »Unbeschreibliches Elend ist über die Menschen gekommen. Und wer kann wissen, was uns allen noch bevorsteht«, fuhr der Fremde fort.

Claudia dankte ihrem Gast für seine guten Worte und wandte sich Klein Dorothea wieder zu.

Treptau setzte sich in seinen Sessel und nahm das Gespräch wieder auf. »Wenn man so will, dann haben die sowjetischen Flieger letzten Endes auch mich in dieses Haus geführt. Wer kann wissen, wozu es gut ist.

Ursprünglich wollte ich von Rosenberg aus übers Haff nach Pillau hinüber, um von dort mit irgendeinem Schiff nach dem Westen zu kommen. Als ich dann aber hörte, welche Massen von Flüchtlingen, Verwundeten und Kranken dort schon auf ein Schiff warteten, änderte ich meinen Plan. Die Bäuerin, die mich schon am Tage vorher auf ihr Wägelchen hatte aufsteigen lassen, wollte in Richtung Kahlberg und Danzig weiterfahren. Ich blieb also auf ihrem Wagen und fuhr mit.

Es muß zwischen Frauenburg und Narmeln gewesen sein, als die Flieger auf unsere Trecks niederstießen und feuerten. Womöglich sind es dieselben gewesen, die auch Sie beschossen haben – sehr wahrscheinlich sogar . . .

Schon nach dem ersten Feuerstoße, den sie auf unsere Reihe abgaben, klappte die Frau rückwärts auf meinen Schoß. Das Pferdchen, eine Art Pony, scherte sofort aus und raste in gestrecktem Galopp dem Haffufer zu. In der Sorge, die Frau könnte vom schleudernden Wagen geworfen werden, hielt ich sie fest an mich gepreßt. Und das verwundete Tier raste und raste, bis es zusammenbrach und dann von dem sausenden Wagen noch ein ganzes Stück mitgeschleift wurde.«

»Die armen, armen Menschen und diese armen unschuldigen Tiere«, murmelte Claudia und war dem Weinen wieder nahe.

»Ich hatte den Kopf der Frau auf meinen Knien, als der Wagen endlich zum Stehen kam«, fuhr der Erzähler fort. »Der breite Kragen ihres Fahrpelzes war nun zurückgefallen. Sie war tot. Erst jetzt war zu sehen, wie jung sie noch war. Der Widerschein des roten Abendhimmels lag auf ihrem blassen Gesicht. Ich sehe es noch jetzt deutlich vor mir . . .

Lange muß ich so gesessen haben, ehe ich mich aufraffen konnte, der Toten den letzten Dienst zu erweisen und ihr wenigstens ein Schneebett zu scharren.

Es dunkelte schon stark, als ich mich auf den Weg hierher zum Ufer machte. Und wäre die Kajüte Ihres Bootes da draußen nicht abgeschlossen gewesen, ich glaube, ich hätte gleich darin Unterschlupf gesucht, so müde und zerschlagen war ich. Sie haben ja gesehen, in welcher Verfassung ich gestern abend war. Trotzdem hatte ich keine ruhige Nacht. Mich quälte der Gedanke, daß ich bei der Frau nach irgendwelchen Papieren hätte suchen müssen. Wie sollen denn ihre Angehörigen nun jemals erfahren, wo, wie und wann die Ärmste ihr jämmerliches Ende gefunden hat.«

»Ja«, sagte Claudia, »das finde ich auch. Da haben Sie etwas versäumt.«

»Aus Scheu, glaube ich, hab' ich's unterlassen«, fuhr er fort, »aus purer Scheu. Vielleicht fürchtete ich auch, in Versuchung zu kommen, mir dieses oder jenes brauchbare Stück anzueignen. Davor schreckte ich wohl zurück, so nötig ich auch allein einen wärmeren Mantel gebraucht hätte – wie den Schafspelz zum Beispiel.«

»Wäre das denn schlimm gewesen?« fragte Claudia mitten in Treptaus Rede hinein. Und weil der Mann etwas stutzte, behielt sie auch gleich das Wort und sagte: »Wie Sie aus dem Geschrei meiner Tochter entnehmen können, will die Kleine ihr Morgenmahl noch vor dem unseren einnehmen. Stört Sie es wohl, Herr Treptau, wenn ich das Kind in Ihrer Gegenwart stille?«

»Aber – Frau Melizkat«, platzte Treptau heraus. »Das sieht man doch bei uns in Rußland auf Schritt und Tritt ...« ›Daran nimmt bei uns niemand auch nur den geringsten Anstoß‹, hatte er noch hinzusetzen wollen. Aber das Tritt hatte er schon stockend ausgesprochen. Dann wurde er kreidebleich. Er hatte sich verraten und bloßgestellt.

»Sofort die Karten aufdecken!« schrie es in ihm. »Sofort Farbe bekennen! So brauchst du dein Gesicht vielleicht nicht zu verlieren.«

Aber Claudia ließ ihm dazu keine Zeit. »Bei Ihnen in Rußland ...?« stammelte sie. Daher also die Pistole mit der kyrillischen Schrift! schoß es ihr durch den Kopf.

Sie nahm die Kinder und verließ das Zimmer in so großer Eile, als gelte es, sich vor irgend etwas Schrecklichem zu retten – vor dieser Pistole womöglich, die vielleicht in derselben Fabrik hergestellt war, aus der das Gewehr kam, das Kurt verwundet hatte . . .

In diesem Augenblick kehrte Onkel Wilhelm ins Haus zurück. Claudia wendete sich kurz nach ihm um und sagte lauter als nötig: »Onkel Wilhelm, Herr Treptau hat eine ganze Menge mit dir zu besprechen! Er wartet im Wohnzimmer auf dich.«

»Aaa«, machte der Onkel, sobald er den Fremden entdeckte, »wahrscheinlich der Liebstädter Besuch!«

»Frau Melizkat hat recht. Ich habe eine ganze Menge mit Ihnen zu besprechen. Und am liebsten wäre mir, wenn ich Sie dabei auch mit Onkel Wilhelm anreden dürfte.«

»Bitte, Sie dürfen. Vertrauen gegen Vertrauen«, sagte er, indem er den Fremden prüfend ansah. »Aber Mann«, fuhr er dann erregt fort, »Sie sind doch nicht der Geselle von Weicherts Bäckerei in Liebstadt! Mir dürfen Sie das jedenfalls nicht weismachen wollen. Seine Stiefel, ja, die könnten Sie möglicherweise anhaben.«

Der Fremde hatte sprechen wollen, war aber nicht zu Worte gekommen. »Ich will Ihnen ja alles erzählen«, sprudelte er dann heraus. »Ich gestehe, daß ich nicht der bin, für den ich mich gestern abend ausgegeben habe. Nicht Treptau heiße ich, sondern Wöske. Ich sage Ihnen das, weil ich großes Vertrauen zu Ihnen und Frau Melizkat gefaßt habe. Zudem konnte ich mein Leben lang immer nur sehr schlecht lügen.«

»Alles schön und gut«, sagte der Onkel ungeduldig. »Aber wie kommen Sie denn zu dem Namen des Weichertschen Bäckergesellen? Und wie zu seinen Stiefeln? Wo sieht man schon einen Stiefel mit so hoher Korksohle?«

»Ja, es sind Treptaus Stiefel. Ich will Ihnen ja alles

erzählen. Nur – die Geschichte ist nicht so kurz zu fassen. Und Sie haben keine Geduld, wie ich merke.«

»Geduld – schon! Doch wenn die Geschichte mein Gewissen etwa sehr belasten sollte, will ich sie gar nicht erst hören.«

»Ich ahne, auf was Sie anspielen«, entgegnete Treptau. »Aber ganz so schlimm steht es nicht um mich. Ich bin kein Räuber oder gar Mörder, aber – ein Deserteur! Ein Soldat, der seine Truppe im Stich gelassen hat.«

»Ein Deserteur . . .«, murmelte Onkel Wilhelm.

»Aber das Schlimmste kommt nun erst«, fuhr Wöske fort. »Nicht mit einem deutschen – mit einem sowjetischen Deserteur haben Sie es zu tun.«

Das war selbst für Onkel Wilhelm zu viel. Wie vom Schlag gerührt, starrte er den Fremden an. »Ist denn so etwas überhaupt möglich?« stammelte er. »Mann, wie kommen Sie als Russe zu Ihrem guten Deutsch?«

»Weil ich von Hause aus Deutscher bin. Als Zwölfjähriger bin ich mit den Eltern 1933 vor den Nazis in die Sowjetunion geflohen, in Moskau zur Schule gegangen, habe studiert und wurde schließlich dort als Lehrer für Deutsch angestellt. Da verlernt man seine Muttersprache natürlich nicht.

So, Onkel Wilhelm, jetzt wissen Sie das Gröbste. Wenn Sie hingehn und mich anzeigen wollen: Reinhold Wöske, am 23. März 1922 als Sohn des Schriftsetzers Karl Wöske und seiner Ehefrau Erna in Tilsit geboren, zuletzt Tilsit, Deutsche Straße 39b, wohnhaft gewesen.«

»Mann, reden Sie doch keinen Unsinn. Sie ahnen doch ganz gewiß, daß Sie weder einen Verräter noch einen Nazi vor sich haben. Sonst hätten Sie sich mir sicher nicht anvertraut.«

Die Männer hatten bis hierher im Stehen gesprochen. Jetzt bot Onkel Wilhelm dem Deserteur Reinhold Wöske einen Platz an.

»Mann, das ist starker Tabak für einen alten ostpreußischen Bauern. Aber, so unwahrscheinlich Ihre Geschichte auch klingt – ich glaube sie Ihnen. Ich spüre, Sie sind ein aufrechter Mensch. Und doch beunruhigt mich noch immer, wie Sie an den Weichertschen Gesellen kamen, an seinen Namen und seine Kleider, auch, was Sie bewogen haben könnte, jetzt, da die Sowjets ihren Endsieg bald feiern wollen, auf und davon zu laufen. Das ist schwer zu fassen. Das müssen Sie verstehen!«

»Ich verstehe es«, sagte Wöske. »Aber es wird Ihnen alles klarwerden, wenn Sie mir noch einige Minuten zuhören. Was mich selbst aber wundert – daß ausgerechnet Sie die Weicherts und ihren Bäckergesellen Treptau kennen.«

»Nun, ich bin Liebstädter – sozusagen Liebstädter –, etwas abgebaut zwar, aber doch wöchentlich mindestens einmal zum Einkaufen in der Stadt und dann meist auf einen Kaffee bei Weicherts. Und dabei ist der Geselle nicht selten durch die Gaststube gehumpelt. Sein Beinschaden war ja nicht gerade alltäglich. Manchmal ist auch ein Wort mit ihm gewechselt worden. Jedenfalls kenne ich ihn aber so weit, daß ich mit Bestimmtheit sagen kann: Sie hier sind nicht der Weichertsche Geselle. Er war ja ein ganz anderer Typ als Sie – auffallend dunkel. Außerdem ging er doch etwas vorgebeugt.«

»Das stimmt«, sagte Wöske. »Unglaublich, daß der Zufall so mitspielen kann.«

Onkel Wilhelm wurde ungeduldig. »Sagen Sie mir jetzt endlich: ist Treptau tot?«

»Ja, eine Panzergranate ... sogar eine deutsche sehr wahrscheinlich ... Von einem Splitter in den Hinterkopf getroffen, lag er in der Backstube. Der Anblick erschütterte mich. Zwei Stunden vorher hatte ich noch des langen und breiten mit ihm besprochen, wie ich die Schusterpastete gebacken haben wollte. – Wenn ich Ihnen etwas sprunghaft berichte, entschuldigen Sie das bitte! – Treptau starb jedenfalls in der Stunde, als die Deutschen Liebstadt für kurze Zeit zurückeroberten. Ihr Angriff kam den Russen vollkommen unerwartet. Unsere Fahrzeuge standen auf dem Liebstädter Markt herum, mein Lautsprecherwagen ganz in der Nähe des Rathauses . . .«

»Lautsprecherwagen . . .?« fragte Onkel Wilhelm gedehnt.

»Das muß ich Ihnen also erst erklären. Ich gehörte zu so einer Art Propaganda-Kompanie. Wir gaben zum Beispiel Nachrichten zu den deutschen Linien hinüber, durch Lautsprecher – oder auch Verhaltensregeln an die deutsche Bevölkerung. Ich beherrsche die ostpreußische Mundart; deshalb wurde ich natürlich auch hier eingesetzt.

Sie werden sich ausmalen können, mit welchem Stolz ich mich solchen Aufgaben hingab. Bedenken Sie die Umstände, die meine Eltern und mich nach Rußland geführt hatten. So lange Zeit von der Heimat ausgestoßen, verfemt gewesen zu sein ist kein Pappenstiel. Mehr als zehn Jahre lang mußten sich meine Träume in der Fremde von den Erinnerungen an dieses schöne Land nähren.

Aber nun das Schlimme, Onkel Wilhelm. Wenn man als Landsmann zusehen muß . . .

Mein erster Einsatz war Nemmersdorf. Das Stichwort wird Ihnen genügen. Hier wurden mir die Augen geöffnet, die zehn Jahre lang geblendet waren . . .«

»Aber Wöske, ich bitte Sie! Was hat denn Nemmersdorf mit Liebstadt und Treptau zu tun?«

»Beides ist nicht ohne inneren Zusammenhang, wie Sie bald sehen werden«, erwiderte Wöske.

In diesem Augenblick öffnete sich die Zimmertür. Claudia steckte den Kopf durch die Spalte und fragte, ob denn nun alles geklärt sei.

Onkel Wilhelm entschuldigte sich bei Wöske, stand

auf und zog Claudia mit sich in die Küche. »Du kannst das Frühstück bringen«, sagte er. »Er ist im Grunde ein anständiger Kerl. Man darf sich schon mit ihm an einen Tisch setzen.« Dann erklärte er ihr, was er bisher von dem Fremden gehört hatte, und ging ins Wohnzimmer zurück.

»Von Nemmersdorf wollten Sie mir erzählen«, knüpfte der Onkel das Gespräch wieder an.

»Das Gemetzel von Nemmersdorf hat mich mit einem Schlage ernüchtert. Als ich sah, was meine Kameraden dort angerichtet hatten, fühlte ich mich und alle Menschlichkeitsideen verraten. Bis dahin hatte ich an die weltweite Sendung des russischen Sozialismus geglaubt. Auch keine Macht der Welt hätte mich in diesem Glauben erschüttern können – nicht einmal das schwere Schicksal meiner Eltern. Nemmersdorf wurde zu meinem Damaskus.

Als ich später noch erfuhr, daß Alexander Solschenizyn, ein Studienfreund von mir, vollblütiger Russe, wegen sogenannter Kollaboration mit den Deutschen verhaftet worden war – er hatte zwei Kanoniere seiner Batterie bestraft, weil sie sich an ostpreußischen Frauen vergangen hatten –, als ich das obendrein erfuhr, wußte ich, daß ich zu den Gequälten gehörte, daß ich auf ihrer Seite zu stehen hatte. Die erste beste Gelegenheit . . ., sagte ich mir. Und Liebstadt sollte sie mir bieten.

Ich erwähnte es schon: Der deutsche Gegenangriff traf uns vollkommen unvorbereitet. Niemand hatte auch nur einen deutschen Soldaten in der Nähe von Liebstadt vermutet. Und urplötzlich waren eine ganze Menge deutscher Panzer da.

Der Alarm überraschte die meisten unserer Leute, während sie in verlassenen Gaststätten herumsaßen und sich bedienten mit dem, was die Deutschen zurückgelassen hatten.

Ich war auf dem Wege zur Weichertschen Bäckerei,

als es losging. Dort wurde ja noch gebacken und ausgeschenkt. Ich wollte die Schusterpastete abholen, die Treptau mir versprochen hatte. Die Kameraden, die dort aus der Gaststube heraus ins Freie drängten, erklärten mich für verrückt. Sie sagten, der Fritz werde bald hiersein und mir eine Pastete servieren. Mit Mühe und Not drängte ich mich trotzdem in die hinteren Räume durch. Plötzlich flog die Tür der Backstube mit mächtigem Knall in den Gang. Als sich Mehl- und Mörtelstaub verzogen hatten, sah ich einen Mann auf dem Boden der Backstube liegen. Es war Treptau. Ich fühlte seine Pulsader- und Herzgegend ab. Vergebens! Darüber hatte ich endlich meine Schusterpastete vergessen. Nun hörte ich das Rumoren und Donnern von Panzerwagen. Das stoßweise Prasseln von MGs und Maschinenpistolen ließ keinen Zweifel zu: Die Deutschen waren mitten in der Stadt. Sie hatten mir den Rückweg zu meinem Lautsprecherwagen abgeschnitten.

Was nun? Da sah ich die dicke Korksohle unter Treptaus Stiefel. Blitzschnell überlegte ich: Keinem deutschen Feldgendarm, keinem russischen Kommissar wird es einfallen, einem Mehlwurm, der so humpeln muß wie ich in Treptaus Stiefeln und seinen Bäckerkleidern, auch nur den geringsten Argwohn entgegenzubringen.

Das schwerste an allem Handeln ist ja meist nur der endgültige Entschluß. Soviel wußte ich schon. Und so entschloß ich mich eben im Handumdrehen.«

»Ein Kurzschluß womöglich«, fiel Onkel Wilhelm ein, »einer, der Ihnen vielleicht schon längst leid getan hat. Beneidenswert ist Ihre Lage ja nicht gerade.«

»Es tut mir nicht leid, Onkel Wilhelm«, sagte Wöske mit Nachdruck. »Wenn ich ehrlich sein soll – es hat kritische Augenblicke für mich gegeben, als ich hinter Liebstadt in der Schneewüste herumtappte. Jetzt aber weiß ich wieder, daß ich auf dem richtigen Wege bin.«

»Sie zogen also nun Treptaus Stiefel und Kleider an«, schaltete sich Onkel Wilhelm wieder ein. »Wie kamen Sie aber aus der Stadt heraus?«

»Die Hintertür der Weichertschen Backstube führt doch direkt in den Garten. Und der Garten bildet gewissermaßen die Böschung, die zur Liebe hinabgeht. Das tun doch alle Gärten, die da hinter den Häusern der Hauptstraße liegen.

In den orthopädischen Stiefeln bis zur Liebe hinabzukommen und auf der anderen Seite dann wieder hoch, das war freilich ein Unternehmen für sich. Aber so war ich doch gleich auf freiem Felde.

Die Liebe war natürlich zugefroren und ihr Eis sehr hohl. Es bullerte ganz schön, als ich in meinen ungewohnten Stiefeln darüber hinwegstakte. Aber es hielt mich doch aus.«

Jetzt erschien Claudia. Auf einem Teewagen brachte sie das Frühstück. »Nun ist mir schon merklich wohler ums Herz«, sagte sie dann, »da ich nun weiß, wer Sie wirklich sind, Herr Wöske.«

»Lieber wäre mir freilich, wenn Sie mich weiterhin unter dem Namen Treptau reisen ließen. Als Treptau kann ich mich doch wenigstens ordentlich ausweisen.«

Auf einen Wink Claudias setzte man sich zu Tisch. »Jean Etienne habe ich das Frühstück ans Bett gebracht«, sagte sie. »Seine Kleider sind noch immer nicht trocken. Ich habe ihm Hose und Pullover von Kurt hingelegt. Er wird nachher aufstehen. Dann können wir auch gleich den Platz für die Tante und Dina aussuchen.«

Statt zu essen, begann sie zu weinen: »Ich wollte, ich läge bei ihnen«, sagte sie und preßte die Hände fest vors Gesicht. »Was soll nun aus uns werden?«

»Marjell, du vergißt schon wieder, was du versprochen hast«, sagte der Onkel vorwurfsvoll. »Du darfst nicht so reden! Was sagte Kurt dazu, wenn er dich so hörte!«

»O ja, Onkel Wilhelm, ich möchte ja vernünftig sein. Es wird mir nur so furchtbar schwer.«

Um Claudia auf andere Gedanken zu bringen, gab er dem schweigend dasitzenden Wöske einige Stichworte, damit der seine Geschichte weitererzählte.

»Stunde um Stunde stakte ich nun mutterseelenallein im tiefen Schnee herum«, fuhr der daraufhin fort. »Trotz der beißenden Kälte begann ich zu schwitzen. Ich muß – ohne es zu merken – ein paarmal im Kreise herumgegangen sein. Und der verrückte Stiefel quälte mich mehr und mehr. Am liebsten hätte ich mich in den Schnee geworfen.

Im ersten Morgengrauen stieß ich endlich auf eine Straße. Da war aber der Teufel los: Wehrmachtskolonnen in der einen Richtung – Flüchtlingsfuhrwerke in der anderen. Eins von ihnen, ein ganz kleines mit einer Art Pony davor, war im Gedränge mit den rechten Rädern in den Straßengraben geraten und drohte umzukippen. Die Frau, die es führte, war am Verzweifeln. Keiner sprang ihr bei; so sehr war jeder mit sich selbst beschäftigt. Mein Glück. So konnte ich ihr aus der Patsche helfen. Sie nahm mich dafür auf ihrem Wägelchen mit. Ihnen, Frau Melizkat, habe ich es vorhin schon erzählt.

Aber dann im nächsten Dorfe, kaum einen Kilometer hin, ging's schon wieder nicht mehr weiter. Es wurde geschossen. Schließlich sahen wir, wie deutsche Soldaten einen Russen nach dem anderen aus den Häusern führten . . .«

»Mann!« fuhr ihm Onkel Wilhelm ins Wort. »Da waren Sie ja in Rosenau – genau wie wir – ich und meine Frau –, auch wir mußten da anhalten und warten und zusehen, wie die Deutschen mit den Russen abrechneten.«

»Mir fallen plötzlich Ihre Eltern ein, Herr Wöske«, sagte Claudia unvermittelt, »die haben Sie zwar schon erwähnt, aber noch gar nichts über sie erzählt.«

»Ach, meine armen Eltern...«, sagte Wöske. »Frau Melizkat, Sie ahnen wahrscheinlich nichts Gutes, weil Sie mich so plötzlich nach ihnen fragen. Sie sind beide spurlos verschwunden – zuerst der Vater und kurze Zeit darauf auch die Mutter. Kaum ein halbes Jahr waren wir in Moskau. Wir hatten geglaubt, ins Paradies der Werktätigen zu kommen, und gerieten in die Zangen eines Polizeistaates.

Schon das monatelange Jagen nach Wohnraum in der Riesenstadt machte uns bald klar, daß niemand hier auf Emigranten aus Deutschland wartete – im Gegenteil: sie wurden von den Einheimischen nur als unliebsame Eindringlinge angesehen, die ihnen den Platz an der Futterkrippe streitig machten.

Wir bekamen keine Wohnung – nicht einmal eine gemeinsame Unterkunft. Selbst Vater und Mutter mußten mit zwei geradezu unwürdigen Unterschlüpfen fürliebnehmen, die in der großen Stadt noch dazu weit voneinander entfernt lagen.

Für mich Jungen war aus all dem verzweifelten Suchen nach einer Wohnung noch das meiste herausgesprungen. Ich bekam einen Platz im Heim für Kinder und Waisen österreichischer Emigranten.

Für die heranwachsende Jugend hat ein autoritärer Staat noch etwas übrig – aber nicht für reife Menschen, die womöglich eine eigene – noch dazu eine ideale Vorstellung vom Kommunismus mitbringen. Denken Sie doch nur an das Schicksal des Worpsweder Malers Heinrich Vogeler, der aus purem Idealismus nach Moskau ging und seine Kunst dort in den Dienst des Sozialismus stellte. Selbst das half ihm nichts...

Mein Kinderheim lag ungefähr auf halbem Wege, den die Eltern hatten, um zueinander zu kommen. So besuchte ich einmal die Mutter, das nächstemal dann den Vater. Ich erinnere mich nicht, daß wir einmal zu dritt beieinander gewesen sind. Ich wurde nie wieder richtig froh. Monatelang pendelte ich so zwischen meinen Eltern hin und her.

Mein Vater war wieder einmal an der Reihe. Als ich an seine roh gezimmerte Tür klopfte, antwortete niemand. Das machte mich stutzig. Er hatte mich jedesmal bei offenstehender Tür erwartet, zumal er sonst vollkommen im Dunkeln gesessen hätte. Heute fand ich die Tür durch ein Vorhängeschloß gesichert. Den eigenartigen Papierstreifen mit dem amtlichen Siegel, der über die Türritze geklebt war, entdeckte ich erst später, als ich wiederum vergeblich nach Vater suchte.

Die Nachbarn und Bekannten, die ich nach ihm fragte, schienen mehr zu wissen, als sie mir zum Troste sagten. Ich sollte morgen wiederkommen, meinten sie.

Ich eilte am nächsten Tage aber nach der anderen Seite, zur Mutter. Sie war fassungslos, nahm sich jedoch sehr zusammen. Denn so viel hatten wir während unseres kurzen Aufenthaltes in der Sowjetunion schon gelernt: sich möglichst unauffällig zu benehmen. Ja, wir begannen sogar – was zur Pflicht jedes Sowjetbürgers gehört – nach eigener Schuld, hier also nach einer Schuld des Vaters, zu suchen.

Sooft wir auch zu seiner wie von allmächtiger Hand verschlossenen Mauerhöhle zurückkehrten, es änderte sich daran nichts. Nur die Leute, die uns immer wieder vergeblich kommen und gehen sahen, taten schließlich so, als seien wir Aussätzige.

Drei Wochen später traf ich auch meine Mutter nicht mehr an. Die Lattentür ihres Verschlages, die den winzigen Raum unter einer Treppenschräge vom Treppenhause trennte, war ebenfalls durch so einen schrecklichen Papierstreifen mit amtlichem Siegel verklebt.

Ohne Zweifel hatte das Verschwinden der Eltern

politische Gründe. Die Worte auf dem amtlichen Siegel sagten genug.

Aber meine Eltern waren doch die Redlichkeit in Person. Wie und wo hätten sie sich eines Vergehens schuldig machen können? – Nur ein Mißverständnis konnte also zu ihrer Verhaftung geführt haben. Aber dieses Mißverständnis schien sich nicht aufklären zu wollen. Vater und Mutter blieben verschwunden.

So blieb mir nichts anderes übrig, als mich als ein Kind politisch nicht tragbarer Eltern zu fühlen. Über kurz oder lang würde ich also wohl meinen Freiplatz im Heim verlieren. Was sollte dann aus mir werden? Aber nichts dergleichen geschah. Ich blieb, wo ich war, als sei überhaupt nichts geschehen. Im Verlaufe der nächsten Zeit verschwanden zwar auch einige unserer Lehrer, genauso, wie Vater und Mutter verschwunden waren. Aber ich durfte bleiben, durfte Abitur ablegen und studieren. Und schließlich wurde aus mir ein gefügiger Sowjetbürger.«

»Und Sie wußten nie, was aus Ihren Eltern geworden ist?« fragte Onkel Wilhelm dazwischen.

»Nein!« gab Wöske zu. »Das gehört dort zum Bestandteil staatsbürgerlicher Disziplin. Wer fest an den Sieg der Humanitätsidee glaubt, also an den des russischen Sozialismus, der wird sich auch durch den Verlust seiner Eltern nicht irremachen lassen. Die ersten leisen Bedenken kamen mir, als Stalin den Schandvertrag mit Hitler abschloß. Denn danach änderte die Sowjetregierung schlagartig ihre propagandistische Marschrichtung – besonders die gegenüber dem Nazi-Deutschland. Hitler und seine Helfershelfer hatten wir plötzlich mit ganz neuen Augen zu sehen. Es wäre dem Hochverrat gleichgekommen, ein unpassendes Wort gegen die neuen Sowjetfreunde zu äußern. Und viele Nazi-Verfolgte trugen sich damals mit der Furcht herum, Stalin könnte sie als kleines Freundschaftsgeschenk ihrem Vaterlande zurückgeben. So weit kam es aber Gott sei Dank nicht.«

»Das ist ja unfaßbar«, sagte Claudia, stand auf und legte frische Scheite ins Ofenloch.

»Meine Bedenken wurden schon etwas lauter«, fuhr Wöske fort, »als zwei Jahre später die Schriftsteller dafür bezahlt wurden, daß sie die Deutschen in Bausch und Bogen verdammten und allen Tod und Verderben schworen. Und möglicherweise haben die Greueltaten von Nemmersdorf ihre Wurzeln in dieser Hetze zu suchen.

Daß ich mich an Nemmersdorf mitschuldig machte, ist freilich eine Sache für sich.«

Es entstand eine Pause.

»Ich verstehe das nicht«, sagte Onkel Wilhelm. »Wie müssen Sie sich denn an Nemmersdorf mitschuldig fühlen?«

»Als wir im vorigen Herbst in breiter Front über die Chaussee Gumbinnen–Angerapp vorgingen, stießen wir bei Nemmersdorf auf keinen nennenswerten Widerstand. Die Bewohner wurden vollkommen überrumpelt. Alles floh Hals über Kopf – viele, ohne das geringste mitzunehmen, manche vom Felde aus, von ihrer Arbeit weg.

Der Offizier, der die wilde Flucht durchs Fernglas beobachtete, gab mir den Befehl, das Dorf in weitem Bogen zu umfahren, den Flüchtenden sozusagen den Weg abzuschneiden, sie vertrauenerweckend anzusprechen und sie zum Umkehren zu bewegen.

Das war mein erster Einsatz auf reichsdeutschem Gebiet. Ich erwähnte es schon, mit welchem Stolz mich dieser Auftrag erfüllte. Mit einer siegreichen sowjetischen Armee in die Heimat zurückzukehren war immer mein Traum gewesen. Nun war er zur Wirklichkeit geworden. Ich hatte den Boden wieder unter den Füßen, den ich als Junge so ungern verlassen hatte.

Überall auf den Feldern qualmten an diesem verhängnisvollen Tage Kartoffelfeuer. Ihr Duft muß meine Empfindsamkeit aufs äußerste gesteigert haben. Mit einem Schlage fühlte ich mich wieder daheim, daheim in meinem Ostpreußen. Den Menschen hier durfte ich nun die frohe Botschaft zurufen: ›Ängstigt euch nicht! Geht nach Hause! Kehrt an eure Arbeit zurück! Die siegreiche Sowjetarmee rückt nur vor, um das deutsche Volk von seinem Tyrannen zu befreien. Kein Sowjetsoldat wird euch irgend etwas antun.‹

So und ähnlich sprach ich über das Makrophon auf die Leute ein und ließ dabei unser Fahrzeug überall dorthin lenken, wo der Flüchtlingsstrom am dichtesten war.

Und mein gutes Zureden wirkte Wunder. Die meisten machten sofort halt und kehrten nach einigem Besinnen um. Nur eine Frau eilte unbelehrbar weiter. Ihre beiden Kinder konnten ihr kaum folgen. Da ließ ich unser Fahrzeug halten, stieg aus, trat der Frau entgegen und redete ihr gut zu, wie man das von Mensch zu Mensch eben tut.

›Sie sind doch ein Deutscher!‹ warf sie mir vor. ›Sie sind doch einer von uns! Wie kommen Sie denn zu den Russen?‹

›Ja‹, sagte ich, ›ich bin ein Deutscher – aber einer, den Hitler ins KZ tun und vernichten wollte. Deshalb mußte ich nach Rußland fliehen. Aber dieser Spuk ist ja nun endlich vorbei. Gehen Sie ruhig wieder nach Hause und tun Sie Ihre Arbeit, wie Sie sie vorher getan haben. Kein Mensch wird Ihnen und den andern auch nur ein Haar krümmen.‹

Meine Worte mußten ihr zu Herzen gegangen sein. Sie sah mich einige Augenblicke ernst an, als überlegte sie. Dann nahm sie ihre beiden Mädel an der Hand und ging zurück. Hätte sie mir doch mißtraut und ihre Flucht fortgesetzt!

Zwei Stunden später sah ich die Frau wieder. Aber wie ich sie wiedersah ... tot und geschändet. Wahrscheinlich hatte sie sich energisch zur Wehr gesetzt. So hatte man ihre Arme und Beine gewaltsam auseinandergebreitet und festgenagelt, wie den Gekreuzigten – durch Hände und Füße – an ein Scheunentor. Wenn ich nicht irre, an die Scheune, die zum Gasthaus Roter Krug gehörte.

Nun war die Frau nicht die einzige, die man sich auf diese Weise gefügig gemacht hatte. Sie aber kannte ich als diejenige wieder, die ich persönlich zum Umkehren überredete. Ihr gemustertes Kleid lag nur ein paar Schritte weit entfernt bei den Kleidern ihrer beiden toten Mädchen, an denen sich die Unholde auch vergangen hatten. Dieses Frauenkleid mit dem blauen Zickzackmuster wird mich mein Lebtag verfolgen und anklagen.

Verstehen Sie jetzt, Onkel Wilhelm, warum mir die Schande von Nemmersdorf so viel zu schaffen macht?«

Wöske schwieg lange und starrte dabei vor sich hin. Claudia verbarg ihr Gesicht in den Händen. Jetzt schüttelte sie den Kopf und wiederholte, was sie schon einmal leise gesagt hatte: »Das ist ja alles so schrecklich, daß es nicht zu glauben ist.«

»Auch für mich wäre es unglaublich«, sagte Wöske, »hätte ich es nicht selbst gesehen. Und Sie sollen es wissen, Frau Melizkat, damit Sie nicht denselben Fehler machen wie die Nemmersdorfer und zu Hause bleiben. Sie müssen wissen, daß Sie keine Zeit zu verlieren haben.«

Claudia schwieg und weinte in ihre Hände hinein. Da klopfte es an die Haustür. Onkel Wilhelm öffnete. Lerbs und Doktor Kunz waren da – der eine, um nach seinen beiden Patienten zu sehen, der andere, eine schlimme Nachricht zu bringen und vor allem sein Beileid auszusprechen. Von dem Unglück Claudias und Onkel Wilhelms hatte er vom Doktor gehört.

Kaum hatte er den beiden Betroffenen seine Anteilnahme ausgesprochen, da begann er auch schon mit seiner Hiobsbotschaft. »Melizkatchen«, sagte er, »es wird allerhöchste Zeit, daß Sie aufbrechen. Ich rate Ihnen: noch heute. Die Russen tasten bereits unseren Verteidigungsring nach schwachen Stellen ab. In dieser Nacht ist russische Infanterie in Bataillonsstärke schon fast bis Braunsberg vorgestoßen – von Preußisch Holland her durch den Stadtwald. Erst bei Kälberhaus–Julienhöhe konnte das Vordringen gestoppt werden. Eine in aller Eile alarmierte Braunsberger Genesungs-Kompanie und ein paar andere zusammengetrommelte Kräfte haben das russische Bataillon Gott sei Dank aufhalten und schließlich sogar vernichten können. Bei den hundert Gefangenen, die übrigblieben, war auch der schwerverwundete Kommandeur des Unternehmens. In seinen Taschen fand man viel Wissenswertes: Pfahlbude und die Passargemündung waren das Angriffsziel gewesen. Wäre der Handstreich gelungen, säßen wir heute wahrscheinlich hier nicht so zum Plachandern zusammen.«

Wie betäubt stand Claudia auf und wischte sich die Tränen aus den Augen. Wortlos räumte sie den Tisch ab und ging in die Küche.

Sofort machte Doktor Kunz eine bedenkliche Miene und sagte zu Onkel Wilhelm: »Sie muß fort! Sie wird mir hier angesichts der beiden Toten schwermütig. Besorgen Sie einen neuen Wagen und trecken Sie mit ihr und den Kindern los! Noch heute.«

»Ja, aber woher nun so plötzlich einen neuen Wagen nehmen?«

»Die Dinger stehen doch jetzt überall so gut wie herrenlos auf den verlassenen Höfen herum«, warf Lerbs ein. »Auf dem Hofe von Hermann Lange steht sogar ein luftbereifter. Nur abzuholen brauchte man den. Und das – meinetwegen sogar auf meine Kappe.«

Wöske, der für die Tischrunde kein anderer als der Bäckergehilfe Treptau war, hatte sehr gespannt zugehört. Denn auch er hatte ja Grund genug, sich recht bald auf und davon zu machen. Ihn überkam es plötzlich wie eine Offenbarung. Ist das denn möglich? fragte er sich jetzt. Haben die Menschen hier am Tisch keine Augen und keinen Verstand im Kopf? Da suchen sie krampfhaft nach einem unbequemen, klapprigen Pferdewagen und haben das bequemste und komfortabelste Transportmittel direkt vor der Tür stehen: das Kajütenboot mit dem komischen Namen. Sollst du als Zugelaufener ihnen etwa erst die Augen öffnen? Nein, sagte er sich, das kannst du nicht wagen. Aus mancherlei Gründen wird man dir das übelnehmen.

Jetzt trat Claudia ins Zimmer und führte Jean Etienne der Tischrunde zu. Damit unterbrach sie Wöskes Gedankengang. Der Sportdreß des frisch rasierten Franzosen machte mächtigen Eindruck auf ihn: So einen weißwollenen Pullover mit hohem Rollkragen zu einer dunkelblauen Hose hatte er sich sein Lebtag gewünscht. Nun trug ihn sogar ein französischer Kriegsgefangener. Wöske erfuhr erst später, daß der Ärmste von der Hausfrau aus dem Kleiderschrank ihres Mannes ausstaffiert werden mußte, weil seine Kleider noch immer nicht trocken waren.

Claudia ging wieder in dic Küche zu den Kindern. Und Wöskes Gedanken begannen aufs neue, sich um das unbeachtete Kajütenboot zu bewegen. In diesem Fahrzeug sah er plötzlich die beste Gelegenheit, so schnell wie möglich aus der Gefahrenzone zu verschwinden, wenn ihn die Bootseignerin für die Flucht anheuerte. Und wer sollte Steuer, Motor und Segel denn sonst bedienen, wenn nicht er als erfahrener Wassersportler. Wie aber den Menschen hier klarmachen, daß auch ein so großes Boot wie das da draußen über eine längere Eisstrecke zu schaffen ist?

Plötzlich wußte er es.

Ein Jugenderlebnis kam ihm zu Hilfe. Als Junge hatte Wöske mit seinen Eltern einmal eine Dampferfahrt von Elbing bis Osterrode gemacht. Er entsann sich – als wär's erst heute –, wie dieses Schiff mit Hunderten von Menschen an Bord von Zeit zu Zeit aus dem Wasser heraus und dann sogar über Berge hinweggezogen worden war, bis es auf der anderen Seite auf einem ganz anderen See weiterfahren konnte.

Vorher war das in der Schule mit den Oberländischen Seen zusammen schon einmal drangewesen. »Geneigte Ebenen« hatte der Lehrer diese merkwürdige Einrichtung genannt. Sie mußte auch diesen Männern hier bekannt sein, die ja kaum eine halbe Tagereise von den Oberländischen Seen entfernt wohnten. Sie würden also wohl zugeben müssen, daß auch ein größeres Kajütenboot über eine glatte Eisfläche geschafft werden kann, wenn es die Not erfordert. War das also nicht ein perfekter Fluchtplan, den er vorzulegen hatte? Und schon ermutigte ihn ein sicheres Gefühl, sehr bescheiden anzufragen, ob er sich nicht als Unbeteiligter – sozusagen – einmal zum anstehenden Fluchtplan äußern dürfte.

Die Männer schienen nicht wenig erstaunt zu sein, fanden aber so schnell keine Antwort, wie der Fremdling ihr Augenmerk von einem klapprigen unbequemen Bauernwagen auf das komfortable Kajütenboot lenkte.

Wie er sich das denn dächte, unterbrach ihn Doktor Kunz. Ob er das Haffeis etwa mit der Lötlampe auftauen oder aber das Boot mit Rädern versehen wolle?

»Herr Doktor«, sagte Wöske sehr ruhig, »darf ich Sie auf die Technik der ›geneigten Ebenen‹ verweisen? Werden damit nicht große Schiffe sogar über Berge hinweg befördert? Sollte es da nicht möglich sein, das Boot von Frau Melizkat ein paar Kilometer weit über eine glatte Eisfläche zu schaffen? Wenn mir zwei Männer ein wenig zur Hand sind, ist das Boot bald mit einer Winde auf zwei stabile Ackerschlitten gehievt.«

»Die Botschaft hör' ich wohl; allein, mir fehlt der Glaube«, zitierte Doktor Kunz. »Lassen sich denn überhaupt so schwere Schlitten auftreiben, die solche Lasten tragen?« fragte er und sah dabei Lerbs und Onkel Wilhelm prüfend an.

»Schlitten, wie sie die Bauern zum Abfahren von Langholz benutzen, lassen sich ganz gewiß auftreiben«, sagte Lerbs. »Daran dürfte das Unternehmen nicht scheitern.«

»Einen hast du also schon so gut wie für die Sache gewonnen«, sagte sich Wöske.

»Und wohin dann mit der Fuhre?« fragte Doktor Kunz. »Zur Nehrung hinüber und dann womöglich über die Dünen?«

»Über die Nehrung bringen wir das schwere Boot mit unseren Mitteln natürlich nicht, Herr Doktor«, sagte Wöske, betont ruhig, »aber nach Rosenberg. Auf glatter Eisfläche ziehen zwei Pferde das Ding spielend fort. Und sind wir erst in Rosenberg, dann sind wir schon halb in Pillau. Zwischen Pillau und Rosenberg hält die Wehrmacht eine breite Fahrrinne im Eis offen. Ich habe den regen Betrieb im Rosenberger Hafen mit eigenen Augen gesehen. Freilich ist es dorthin weiter als zur Nehrung hinüber. Dafür wird diese Strecke wohl auch weniger von den russischen Fliegern heimgesucht. Zudem wäre es ratsam, den Transport in der Nacht zu bewerkstelligen . . .«

Wöske schwieg und wartete ab. Aber niemand widersprach ihm. Erst nach einiger Zeit begann Onkel Wilhelm: »Wir machen ja die Rechnung ohne den Wirt. Schließlich müßte ja wohl auch Claudia, die jahrelang mit dem Krajebieter gefahren ist, ein Wörtchen mitreden dürfen. Am besten, ich gehe gleich mal in die Küche und hole sie herein. Ganz offen gesagt: mir wäre der

Plan Treptaus sehr sympathisch. Die Hauptsache, junger Freund, Sie haben genügend Praxis, mit so einem Ding umzugehn.«

»Die habe ich, Onkel Wilhelm. Mein Vater besaß ein Boot, mit dem ich schon als Junge auf der Memel, der Gilge und dem Haff umhergesegelt bin. Auch später in der Fremde habe ich meine Ferien stets am Wasser mit Segeln verbracht.«

Jetzt meldete sich auch Jean Etienne zu Wort. Er hatte wohl verstanden, um was es den Männern in ihren Gesprächen ging. »Reisen mit chaloupe gut«, sagte er und merkte, daß es ihm schwerfiel, sich auf diesem Gebiete in Deutsch zu verständigen. Er wollte den geringen Tiefgang des Bootes bemängeln. »Un peu trop plat, un peu trop plat«, sagte er immer wieder und hielt seine rechte Handfläche etwa einen dreiviertel Meter über die linke.

»Es scheint, Jean Etienne hat sich das Boot ganz genau angesehn. Am besten, wenn wir das alle einmal tun«, sagte Onkel Wilhelm, stand dabei auf und lud die beiden anderen ein mitzukommen. Während die ihre Mäntel überzogen und nach draußen gingen, eilte er in die Küche, um Claudia in Wöskes Plan einzuweihen und auch sie zum Mitkommen zu bewegen.

Aufgeregt zog Claudia ihren Pelz über. Mußte denn erst ein so seltsamer Gast wie Wöske ins Haus kommen, um uns die Augen dafür zu öffnen, welche Chancen ein Boot wie das unsere bietet, dachte sie. Erst in diesem Augenblick wurde ihr klar: nicht nur das Haus allein – auch der Krajebieter hatte es ihr so schwergemacht, die Heimat zu verlassen und ins Ungewisse hinauszuziehen. Wenn sie nun wenigstens ein Stück der Heimat mitnehmen dürfte . . . Dieser Gedanke begann sie plötzlich zu berauschen: Irgendwo in der Fremde würde sie Kurt auf seinen geliebten Krajebieter führen können. Sie fühlte förmlich seine Freude über das

Stückchen Heimat, das sie ihm hatte retten und mitbringen können. Und was würde sich alles an nützlichen Dingen auf dem Boot verstauen lassen. Für sie war es schon jetzt so gut wie beschlossene Sache. Wenn nur die Männer nicht im letzten Augenblick noch Angst vor der eigenen Courage bekommen wollten.

Als sie die andern einholten, war Wöske schon dabei, Jean Etienne zu erklären, wie das Boot im tiefen Wasser eine Art von künstlichem Kiel erhält. Er zeigte, wie von der Kajüte aus eine schwere Eisenplatte hinabgelassen werden kann, damit das Boot Stabilität bekommt und sich so besser am Wind halten läßt.

»Die Eisenplatte heißt bei uns das Schwert«, half Claudia dem erklärenden Wöske aus. »Im flachen Wasser und auch dann, wenn das Boot an Land geholt wird, muß das Schwert natürlich eingezogen werden.«

Nun, da Jean Etienne das sah, zeigte er sich zufrieden. Das Schwert hatte er zuerst nicht sehen können. Mit der ausgefahrenen Eisenplatte mußte das Boot schon manövrierfähig und seetüchtig sein.

»Sehen wir uns die komfortable Kajüte doch einmal richtig an!« sagte Wöske. »Fünf Erwachsene können zur Not drin schlafen. In der Kombüse – ein Gasherd, ein Kühlschrank, ein Behälter für mindestens fünfzig Liter Trinkwasser. Für alles ist doch in dieser kleinen Wohnung gesorgt, sogar für eine Deckenleuchte, und, wenn ich nicht irre, ist hier auch eine Art WC.« Er zeigte auf eine Klappe in den Spanten der Plicht.

»WC ist ein wenig übertrieben«, widersprach Claudia, »aber gesorgt ist auch für solche Fälle.«

»Läßt man denn so eine Luxusjacht unbeachtet vor seinem Hause stehen und fährt auf einem zugigen unbequemen Bauernwagen davon, den man aber noch nicht einmal hat, sondern erst suchen und heranholen muß? Das hieße doch die bekannte Sache vom Sperling in der Hand und der Taube auf dem Dache geradezu ins Gegenteil verkehren! Frau Melizkat, ich möchte mich jedenfalls anheischig machen, Sie in Ihrem Boote in den Westen zu bringen«, sagte Wöske auf dem Rückwege ins Haus.

»Das höre ich gern, Herr Treptau«, sagte Claudia. »Hätten wir das Riesenboot nur erst im offenen Wasser, dann wollte ich mich Ihnen schon ganz gern anvertraun. Ich kann mir aber noch nicht vorstellen, wie das schwere Ding nach Rosenberg gebracht werden soll.«

»Das überlaß bitte uns Männern!« mischte sich der Onkel Wilhelm ein. »Treptau« – er sagte vor den andern nicht Wöske –, »Treptau hat recht: Mit zwei Langholzschlitten ist das zu machen. Das sehe ich jetzt auch. Lerbs weiß ja, wo die Dinger zu holen sind. Die Hauptsache – wir haben erst mal dein Einverständnis.«

»Bei Karl Damrau auf dem Hofe weiß ich so 'n Paar Schlitten stehn. Und eine Winde findet sich dort ganz gewiß auch. Und kein Mensch hat etwas dagegen, wenn wir uns holen, was in der Not gebraucht wird.«

»Mein Einverständnis? Wenn du so großen Wert darauf legst . . . Hier hast du es. Das Haus aber möchte ich erst dann verlassen, wenn Tante Gertrud und Dina ihre Ruhestätte gefunden haben. Und wie wir's besprochen haben: Beide in eine Gruft – die Kleine an die rechte Seite der Tante«, sagte Claudia und brach dabei in Weinen aus.

»Frau Melizkat«, wandte sich Doktor Kunz jetzt an sie, »ich darf Sie zu diesem Entschluß beglückwünschen. Sie haben mir damit eine große Sorge abgenommen. Gehen Sie fort! Es ist für Sie die beste Medizin. Gewinnen Sie Abstand von allem, was in den letzten Tagen hier auf Sie eingestürmt ist. Alles Gute für Ihre schwere Reise und für die Zukunft! Ich muß gehen. Die Pflicht ruft.« Er gab Claudia und Treptau die Hand. Dann schloß er sich Lerbs und Onkel Wilhelm an, die mit den Pferden zum Damrauschen Hofe wollten.

Treptau und Jean Etienne gingen sofort daran, das Grab im Garten auszuheben. Das erwies sich aber als bedeutend schwieriger, als man zuerst angenommen hatte. Der gefrorene Boden war hart wie Stein. Und als anderthalb Stunden später Lerbs und Onkel Wilhelm mit dem Langholzschlitten zurückkamen, hatten sie sich kaum einen Fuß tief in die Erde hineinarbeiten können.

Mehr Erfolg hingegen hatten Lerbs und Onkel Wilhelm. Außer den beiden Schlitten brachten sie die notwendige Winde mit, dazu Ketten und Taue, eine Flasche Reservegas für die Kombüse und reichlich Mehl. Dieselöl für den Motor war aber nicht aufzutreiben gewesen. Und gerade danach hatten sie am längsten gesucht. Denn mit den dreißig Litern, die vorrätig waren, konnten sie die gewaltige Strecke, die vor ihnen lag, nicht bewältigen. Man werde eben sehen müssen, tröstete Treptau.

Inzwischen legte Claudia alles, was mitgenommen werden sollte, in der Diele zurecht, damit es dann schnell zum Boot gebracht werden konnte. Sie hatte es auf einmal sehr eilig. Nun, da sie sich fest entschlossen hatte, wollte sie auch so bald wie möglich fort. Ab und zu warf sie einen Blick durchs Fenster. Sie wollte sehen, ob die Männer zuwege brachten, was sie versprochen hatten. Aber sie staunte nur, wie geschickt einer wie der andere zugriff. Der Krajebieter hob sich mit Hilfe von Balken, Ketten und Tauen wie von selbst mit dem Bug so weit in die Höhe, daß ihm der vordere Schlitten untergeschoben werden konnte. Schon bevor sie das nächstemal durchs Fenster sah, stand auch das Bootsheck auf dem anderen Schlitten.

Wenn Kurt das doch nur sehen könnte, dachte sie und schrak auch gleich heftig zusammen. Irgendwo in der Stadt schlugen wieder Granaten ein. Klein Dorothea, die geschlafen hatte, begann laut zu schreien. Wölfchen kam mit seinem neuen Spielgefährten weinend aus der Küche gestürmt und klammerte sich an der Mutter fest.

Mit Mühe und Not hatte sie die Kinder beruhigt, da stürzte der alte Teubert aufgeregt ins Haus und verlangte nach Doktor Kunz. Auf dem Wege zur Kirche sei seine Frau von einem Granatsplitter schwer verwundet worden.

Verworren gab Claudia Bescheid. Als sie sah, wie der alte Mann enttäuscht davoneilte, fühlte sie sich am Ende ihrer Kräfte. Wir müssen fort, dachte sie. Die Heimat ist zur Hölle geworden. Wir müssen sie verlassen – noch jetzt in dieser Stunde. Es fiel ihr schwer, sich wieder mit Vernunft und Umsicht an ihre Arbeit zu machen.

Wahrscheinlich wäre ihr das nicht gelungen, hätte sie geahnt, was Onkel Wilhelm zur gleichen Stunde da draußen bei der Arbeit mit den drei übrigen besprach und verabredete. Während die Männer das Boot auf den beiden Schlittenböden verkeilten und festzurrten, fiel es Treptau ein zu fragen, ob denn nicht auch er, Onkel Wilhelm, mit Schot und Pinne umgehen könnte. Wenn ja, dann wären ja alle drei auf dem Krajebieter Männer vom Fach.

Alles hatte Onkel Wilhelm erwartet – nur diese Frage nicht. Aber sie kam ihm nicht einmal so sehr ungelegen. Er suchte ohnedies schon geraume Zeit nach passendem Anlaß, sich Jean und Lerbs anzuvertrauen. Denn seit der verunglückten Flucht war er entschlossen, Ostpreußen nicht mehr zu verlassen. Auch er wollte, wenn es soweit war, in heimatlicher Erde ruhen. Nur wegen der Frau hatte er seine Scholle verlassen. Nun, da Gertrud tot war, schien es ihm sinnlos, ja treulos und verräterisch, die Flucht ohne Frau fortzusetzen. Nein, er wollte nicht mehr.

Was ihn aber an der Sache so bedrückte: Er durfte das Claudia weder sagen noch erklären. Sie wäre dann sehr wahrscheinlich ebenfalls nicht fortgegangen. Er mußte sie also im Glauben lassen, er überließe in Rosenberg Pferde und Schlitten irgendeinem Flüchtling und ginge dann mit Jean und Treptau an Bord des Krajebieter. Das war zwar ein recht falsches Spiel; was blieb ihm aber anderes übrig? Claudias Fluchtplan durfte und wollte er keinesfalls gefährden. Sie und die Kinder mußten fort – und Jean und der arme Treptau schließlich auch.

So vertraute er sich also den dreien an und bat sie um Verständnis und vor allem um Verschwiegenheit. Von seiner Scheu vor Wasser und Wasserfahrten, die ihm angeboren war, redete er begreiflicherweise nicht – auch nicht davon, daß der furchtbare Tod seiner Frau ihm das Wasser noch unheimlicher hatte werden lassen. Für ihn stand nur fest: er wollte auf heimatlichem Boden sterben.

Um diese Zeit legte Claudia ahnungslos Ziegelsteine zum Erhitzen in die Röhren ihrer Öfen, um später damit die eiskalte Kajüte etwas anwärmen zu können. Der Onkel hatte ihr das sogar selbst empfohlen und erzählt, daß in früherer Zeit der große Rittersaal der Marienburg mit heißen Steinkugeln geheizt wurde. Wie hätte sie ahnen können, was er nun plante?

Während Claudia die Kinder schon für die weite Reise fertigmachte, schneiderte Jean Etienne jedem der Kleinen noch schnell eine Hängematte aus einem alten Fischernetz und befestigte die luftigen Bettchen direkt unter der Kajütendecke.

Als das Boot dann fest auf den beiden Schlitten stand, trug er aus dem Hause, was Claudia in der Diele zurechtgelegt hatte. Treptau, der auf einem Tisch stand, nahm jedesmal ab, was der Franzose brachte, und beförderte es über den Bootsrand in die Plicht. So füllte sich der Heckraum schnell mit Decken, Betten, Kleidern, Schuhen und allem möglichen an, daß Claudia mit dem

Verstauen gar nicht nachkam und das meiste nur so auf Tisch und Bänke der Kajüte warf. Sie meinte, zum Aufräumen werde sich auf der weiten Reise gewiß Zeit genug finden. Plötzlich hatten es alle sehr eilig. Die Pferde waren bereits eingespannt und ruckten sogar schon einmal an, so daß Treptau mit seinem Tisch ein Stück nachrücken mußte.

Die Männer drängten zum Aufbruch. Denn bei eintretendem Dunkel sollte abgefahren werden. Und damit war es ja nun soweit. Das Abendrot hinter dem Domberge wurde von Minute zu Minute feuriger und der übrige Himmel ringsherum immer düsterer. Claudia blieb keine Zeit zu langem Abschiednehmen. Gerade das bezweckten die Männer. Dennoch ging sie noch einmal durch die Räume des Hauses. Lerbs begleitete sie. Obschon bei der starken Dämmerung nicht mehr viel zu sehen war, nahm sie auf ihrem Wege noch einiges an sich: hier eins von den Kissen auf der Liege, dort den Brieföffner von Kurts Schreibtisch, von der Wand den Abreißkalender, den sich Wölfchen gebastelt und mit selbstgemalten Bildern geschmückt hatte. Nach ihm mußte heute der siebente Februar sein, ein Tag, den Claudia niemals vergessen sollte.

»Nur noch auf einen Sprung in den Garten zum Grabe«, bat Claudia den drängenden Lerbs um Geduld. Und jetzt mußte er Farbe bekennen: »Melizkatchen«, sagte er, »wir sind nicht fertig geworden. Der Frost ist zu tief in den Boden hineingedrungen. Aber ich beschwöre Sie: Gehen Sie trotzdem fort – noch heute. Morgen schon könnte es dazu zu spät sein. Sie sehen ja selbst, wie es in der Stadt von Stunde zu Stunde bedrohlicher wird. Vertrauen Sie mir! Ich werde dafür sorgen, daß Ihre Lieben ein ordentliches Grab bekommen. Auch einen gemeinsamen Sarg will ich ihnen noch zimmern.«

Nichts hätte Claudia nachgiebiger stimmen können als dieses Versprechen. Als sie vor die Zeltbahn traten, unter der die Toten lagen, drückte sie Lerbs dankbar beide Hände, starrte eine Minute lang auf das, was sich unter dem Tuche länglich abzeichnete, riß sich dann los und eilte zum Boot, wo man nur noch auf ihre Rückkehr wartete.

Nachdem ihr Lerbs an Bord geholfen hatte, zogen die Pferde an. Es gab einen Rucker. Bald danach aber glitt das seltsame Gefährt so sacht dahin, daß sich selbst die hängenden Bettchen der Kinder kaum hin und her bewegten.

Sobald sie sich vergewissert hatte, daß die Kinder ungestört weiterschliefen, verließ sie die Kajüte und ging wieder in die Plicht des Bootes, um Lerbs von dort aus nun wirklich das letzte Mal die Hand zu reichen. Er schritt noch ein gutes Stück neben dem dahingleitenden Krajebieter her, während Jean, Treptau und Onkel Wilhelm vorn neben den Pferden hergingen.

»Melizkatchen, ich glaube, wir sehen uns alle schon sehr bald wieder«, sagte Lerbs mit zittriger Stimme, während er neben dem Boote herging. Ihn bedrückte nicht nur der Abschied. Auch sein Gewissen regte sich von neuem, weil er Claudia nicht sagen durfte, daß sie die Reise ins Ungewisse nun ohne Onkel Wilhelm machen mußte. Wie, um sich selbst etwas Mut zu machen, wiederholte er seine letzten Worte: »Melizkatchen, ich glaube, wir sehen uns doch alle schon sehr bald wieder.« Dann blieb er plötzlich stehen und winkte ihr nur noch müde nach.

»Ob ich ihn wirklich einmal wiedersehen werde?« fragte sich Claudia, während seine Gestalt nach und nach im rötlichen Abenddunst verschwand. Die Antwort auf ihre Frage war so etwas wie ein dumpfes Gefühl von Angst.

Zusehends verfinsterte sich nun auch das Wahrzeichen der Stadt. Der Dom, der an klaren Tagen mit seinen sechs spitzen Türmchen weit über das Haff hinwegschaute, verhüllte sich heute schon nach kurzer Fahrt. Claudia wurde es elend. Sie fühlte sich zum Sterben müde. Taumelnd ging sie zurück in die Kabine, steckte ihre Füße in den angewärmten Fellsack, kuschelte sich in die herumliegenden Wolldecken und Federbetten und schlief mitten in der Unordnung ein, die sie jetzt eigentlich hatte beseitigen wollen.

Sie schlief wie betäubt und merkte nichts von dem, was um sie herum vorging. Sie merkte nicht, wie Treptau, der nach zwei Stunden nicht mehr humpeln konnte, zustieg und die weinende Dorothea beruhigte, wie das bespannte Boot mit Mühe und Not durch die dichten Flüchtlingskolonnen gebracht wurde, die auf der abgesteckten Eisstraße von Passarge nach Narmeln auf der Nehrung hinübertreckten, wie der Krajebieter im Rosenberger Hafen von vielen Soldatenhänden mit erheblichem Gepolter zu Wasser gelassen wurde. Selbst das laute Pauken der Dieselmaschine und das Rumpeln und Krachen der Eisschollen, die nun beim zügigen Dahingleiten an die Wände des Bootskörpers stießen, konnten die Schlafende nicht stören.

Wie das Abschiednehmen und die Umkehr Onkel Wilhelms, so verschlief Claudia nun auch die allerletzte Fahrt quer über ihr geliebtes Haff.

Nun ist's soweit

Am nächsten Morgen wurde Lerbs durch ein paar Granateinschläge geweckt. Er blieb aber liegen. Ein alter Krieger ließ sich doch nicht von jedem fernen Knall aus der Ruhe bringen. Da mußte es schon näher und schlimmer kommen.

Lisa war schon auf den Beinen. Das hellhörige Haus ließ ihn jeden ihrer Schritte über ihm verfolgen. Ging sie aus dem Wohnzimmer eilig nach hinten in die Küche, bewegte sich das Pendel seiner Deckenlampe hin und her. Was mochte Lisa so früh aus dem Bett getrieben haben? Etwa Angst?

Er für seinen Teil wollte noch ein Weilchen im warmen Bette bleiben und etwas Ordnung machen in der wirren Welt seiner Gedanken. Der verflossene Tag und die traumschwere Nacht hatten ihm arg genug zugesetzt – der Krajebieter zumal. Die ganze Nacht hatte ihm das Ding im Kopf herumgespukt.

»Und dann dieser Teufelskerl von einem Bäckergesellen . . .«, dachte Lerbs, »daß ausgerechnet der auf die Idee kommen mußte, das Boot auf Schlittenkufen nach Rosenberg zu schaffen . . . Keinem von uns wäre so etwas Verrücktes und doch so Einfaches eingefallen. Auf welch elegante Art dieser Treptau seine Flucht nun bewältigen kann.

Hätte nicht auch Lisa dabeisein können? Platz genug wäre doch gewesen. Hatte sie wirklich nur allein das kränkelnde Kind von der Flucht abgehalten? Wo könnte der Krajebieter in diesem Augenblicke wohl schwimmen? Wenn alles geklappt hat, müßte er nun das Pillauer

Seetief schon hinter sich haben. Möglicherweise treibt ihn eine frische Brise bereits zügig voran, so daß er mit seinem kleinen Vorrat an Dieselöl reicht.

Wo würde die Reise schließlich zu Ende sein?« spintisierte Lerbs unentwegt weiter. »In Greifswald? – Nein! Auch in Wismar und Rostock nicht. Die Russen werden wohl auch bis dorthin kommen.« So zog er also Warnemünde in Betracht. »Swinemünde wäre mir aber bedeutend sympathischer«, spann er seinen Faden weiter. In Swinemünde war er als Zwölfjähriger während seiner Sommerferien einmal vierzehn Tage bei Tante Meta gewesen. Er kannte sich in dem Städtchen gut aus. Die Tante hatte ihm damals ein Haus gezeigt, das den Eltern des Dichters Theodor Fontane gehörte. War nicht auch eine Apotheke dabeigewesen? Ob das Haus wohl heute noch steht?«

Mitten in seine Gedanken hinein gab es einen ohrenbetäubenden Donnerschlag, der sein eignes Haus in allen Fugen erzittern ließ.

Nun sprang er doch aus dem Bett und zog sich an. Dabei spürte er Glasscherben unter den Füßen. Einige Fensterscheiben waren zersprungen. Noch während er in die Hosen fuhr, hörte er Lisa die knarrende Treppe herabkommen. »Nun hat's auch unser Haus getroffen!« schrie sie und rüttelte an der Tür. Sobald er öffnete, drängte sich Lisa mit ihrem weinenden Säugling in sein Zimmer.

»Da oben kann ich nun nicht mehr wohnen«, sagte sie und versuchte, das Gesicht der schreienden Kleinen mit einem Zipfel des Steckkissens zu säubern. Auch Lisa war mit Kalk und Staub bedeckt. »Es geht nicht mehr«, fuhr sie weinend fort, »laß mich hier unten bei dir bleiben!«

»Beruhige dich erst mal!« sagte Lerbs, während er sich die warme Joppe überzog. Dann führte er die Jammernde zum warmen Kachelofen und drückte sie behutsam nieder auf die Bank. »Ich will nachsehn, was da oben passiert ist. Ich bin bald wieder da.«

In Lisas Wohnung standen beide Türen offen. Das große Loch in der Wohnzimmerdecke sah er schon, während er noch die Treppe emporstieg. Die wenigen Blicke, mit denen er die sonst so ordentlichen Räume überflog, sagten ihm genug: Mit dem Wohnen hier oben war es aus.

Er stieg die gebrechliche Leiter zur Lucht hinauf, wo die Granate krepiert sein mußte. Der größte Teil des Daches war abgedeckt, das Lattennetz zerfetzt. Das fahle Morgenlicht stellte die Unordnung des Dachbodens bloß. Aber auch das Nachbarhaus war arg mitgenommen. Das Artilleriegeschoß war in die Mauer gefahren, die sein Haus von dem des Nachbarn trennte, und hatte beide Dachstühle verwüstet.

Benommen, als habe die Granate ihn selbst getroffen, stieg er wieder in seine Wohnung hinab. Das kranke Kind hatte sich inzwischen beruhigt und Lisa anscheinend auch. Sie war dabei, Holzscheite auf die Glutreste des Kachelofens zu legen. »Wie soll das nun weitergehn?« fragte sie und sah Lerbs dabei ängstlich mit verweinten Augen an. »Ein zweites Mal möchte ich das da oben nicht erleben.«

»Natürlich richtest du dich nun hier unten bei mir ein«, sagte Lerbs. »Am besten, ich helfe dir jetzt gleich, die nötigsten Sachen 'runterzubringen. Nachher muß ich ja wieder fort – zur Post erst mal, wenn da auch nichts zu tun ist. Woher sollten denn jetzt auch noch Briefe kommen.«

»Aber trotzdem hast du wie immer von hundert Gänsen Wurst zu machen«, sagte Lisa etwas verärgert. »Hilf mir wenigstens Elfriedchens Bett 'runterzuholen und die Badewanne. Dann kannst du meinetwegen gehn. Das andere werde ich schon allein schaffen.«

»Das ist ja nur noch heute, Lisa«, versuchte sich

Lerbs zu entschuldigen. »Wenn ich den Sarg fertig habe und das Grab, dann bleibt mir bestimmt mehr Zeit für dich.«

Während sie das Kinderbett neben der Liege aufstellten, auf der Lisa künftig schlafen wollte, hielt es Lerbs für angebracht, seiner Schwiegertochter anzudeuten, daß er nach seinem Postgange in der verwaisten Werkstatt Aschmoneit und wahrscheinlich von Mittag an im Melizkatschen Garten zu erreichen sei. Mit dem Essen brauche sie sich nicht auf ihn einzurichten.

Den Gang zur Post hätte er sich ebensogut sparen können. Was sollte es hier schon noch zu tun geben. Und dennoch hätte ihn niemand davon abhalten können, sich dort wenigstens zum Dienstantritt zu melden. Wie schon die Tage zuvor saß jetzt der hagere Langkau an der Stelle, an der früher der dickleibige Vorsteher gesessen, der sich aber aus guten Gründen beizeiten aus dem Staube gemacht hatte. Zum hundertsten Male sichtete Langkau die Briefe und Karten, die nicht mehr zugestellt werden konnten, weil ihre Empfänger längst geflüchtet waren.

Gerade als Lerbs eintrat, überflog Langkau die Adressen seiner Sorgenkinder ein weiteres Mal. Auch für den Herrn Amtsvorsteher waren ein Päckchen und zwei Briefe dabei. Langkau überlegte noch immer, was ratsam sei: die vielen Grüße, Hoffnungen und Wünsche, die Fragen und Antworten, die nun hier in die Irre geraten waren, zu vernichten, oder sie den Russen und ihren Archiven zu überlassen. Er brachte es aber nicht über sich, Post, die ihn nichts anging, mir nichts, dir nichts zu verbrennen. Schön säuberlich schrieb er auf die drei unzustellbaren Stücke des Amtsvorstehers: »Zurück! Adressat unbekannt verzogen.«

Als Lerbs erzählte, was Lisas Wohnung passiert war, riet ihm Langkau dringend, sich lieber daheim nützlich zu machen, als seine Zeit hier auf der Post totzuschlagen. Das genügte Lerbs. Er ging sofort – aber nicht nach Hause, wie Langkau gemeint hatte, sondern in die verlassene Tischlerei Aschmoneit, schnitt dort eine Reihe längerer und kürzerer Bretter zu und nagelte den versprochenen Sarg zusammen. Dann holte er sich aus der Scheune einen großen Handschlitten, band die lange Kiste darauf und machte sich damit auf den Weg.

Es war unterdessen Mittag geworden. Sein Magen meldete sich. Er holte sein Brot aus der Manteltasche, das ihm Lisa gemacht hatte, und begann zu essen. Als er so mit seinem seltsamen Gefährt durch die Turmstraße zockelte, rauschte es wieder einmal unheimlich in der Luft. Gleich darauf schlug es vier- oder fünfmal donnernd ein. Die Kopernikus-Mühle mußte es wieder getroffen haben. Dort in der Gegend stand eine große Staubwolke in der Luft.

Sein erster Gedanke war Lisa. Er hätte zu ihr gehen und bei ihr bleiben sollen. Aber er zog mit seinem Sarge doch weiter stadtauswärts. Keinesfalls wollte er seinem Versprechen untreu werden.

Bald darauf rauschte und krachte es wieder. Die werden doch nicht etwa etwas Ernsthaftes vorhaben, dachte Lerbs, biß noch einmal von seinem Brot ab, wikkelte den Rest wieder ein und zog weiter.

Als er sich dem Melizkatschen Grundstücke näherte, bemerkte er, daß dort im Garten schon gearbeitet wurde. In unregelmäßigen Abständen brachte eine Schaufel Erde aus der Tiefe. Der dunkle Haufen, der sich auffällig vom bläulichen Weiß des Schnees abhob, war bedeutend größer als gestern abend. Lerbs beschlichen merkwürdige Gefühle. Er versuchte, sich auszumalen, wie einem Totengräber zumute ist, der seiner eigenen Frau das Grab ausheben muß.

Die Begrüßung fiel anders aus, als Lerbs sie sich vorgestellt hatte. Onkel Wilhelm war wortkarg. Über das nächtliche Unternehmen war nichts von ihm zu erfahren. Er schien ärgerlich zu sein, daß Lerbs erst kam, nachdem die Hauptarbeit, das Durchstoßen der Frostschicht, bereits getan war. Ihm stand der Schweiß auf der Stirn. Und jeder Frage, die Lerbs ihm wegen der Nachtfahrt stellte, wich er geschickt aus. Bis Lerbs schließlich merkte: Den Onkel bedrückte der ungewöhnliche Abschied von seiner Nichte. Deshalb verschonte er ihn mit weiteren Fragen und löste ihn erst einmal ab.

Während seiner Freiwache wurde Onkel Wilhelm mitteilsamer. Er erzählte, daß ihn vor etwa zwei Stunden Doktor Kunz geweckt und gefragt habe, ob er nicht vier verwundete Soldaten nach Braunsberg ins Lazarett fahren könnte. Der Wehrmachtsstab nehme an, daß der Russe die Stadt in diesen Tagen stürmen werde. Alle Verwundeten und Kranken sollten deshalb so schnell wie möglich nach Braunsberg geschafft werden. »Ich habe zugesagt«, erklärte er. »Deshalb die Eile. Außerdem muß ich dem Schlitten vorher noch einen Kastenaufbau machen, damit die Verwundeten in Heu gelegt werden können.«

Er hatte kaum ausgesprochen, da paukten wieder einige Granaten irgendwo in die Stadt hinein, aber nicht in den Teil, in dem Lerbs sein Haus wußte. »Sie scheinen sich einzuschießen«, sagte er, während er seine Arbeit für einen Augenblick unterbrach und zu Onkel Wilhelm aufschaute, der gerade den Sarg vom Schlitten band.

»Es sieht ganz so aus, als führten die heute was im Schilde«, sagte Onkel Wilhelm. »Ich glaube, wir werden uns mächtig beeilen müssen, unsere Toten unter die Erde zu bringen. Vielleicht können Sie mir nachher beim Zimmern etwas zur Hand sein, damit der Schlitten bald fertig wird.«

»Wir fahren den Schlitten ganz einfach in die Tischlerei Aschmoneit, wo ich den Sarg eben gemacht habe. In einer halben Stunde können Sie damit losfahren. Und Doktor Kunz wohnt ja nicht weit von der Werkstatt entfernt. Heu und Stroh zum Lagern der Verwundeten ist in der Aschmoneitschen Scheune zur Genüge.«

Da donnerte die nächste Salve in die Stadt hinein und jagte Kalk- und Mörtelstaub hoch hinauf in die Luft. Die Einschläge schienen diesmal in der Nähe des Doms zu liegen. »Die arme Lisa«, dachte Lerbs mit schlechtem Gewissen.

Jetzt antworteten auch deutsche Geschütze – Minenwerfer – nach Lerbs' Meinung. Am Domberge hatte er vorgestern welche in Stellung gehen sehn.

Gerade waren die Männer damit fertig geworden, die beiden Toten in den Sarg zu legen, da marschierte eine Gruppe Infanteristen am Garten vorbei – Richtung Passarge. Wie auf Befehl schauten sie im Vorbeigehen über den Gartenzaun. Ihren Gesichtern war anzusehen, daß sie sehr genau wußten, was die Erdarbeit im Garten zu bedeuten hatte. Bis auf einen gingen deshalb alle still und ernst vorüber. Nur ihr Schanz- und Koppelzeug hörte man klappern und den Schnee unter ihren Stiefeln ächzen und pfeifen. Der letzte in der langen Reihe aber benahm sich rauh und lauthals. Er erhob seinen freien Arm und rief ungeniert über den Zaun: »Männer, macht, daß ihr fortkommt! Es hat keinen Zweck, jetzt noch Schützengräben auszuheben. Den Iwan haltet ihr damit nicht mehr auf.«

Die beiden Angefrotzelten taten, als hörten sie den Schreihals nicht, der, von seinem Vordermann spontan zurechtgewiesen, denn auch sofort schwieg.

Nachdem Lerbs den davonziehenden Soldaten einige Augenblicke nachgeschaut hatte, ging er in den Bootsschuppen. Er kam mit zwei Seilen zurück und sagte: »Vielleicht waren das die letzten, die wir sahen.« Er meinte damit die letzten deutschen Soldaten.

An den Seilen ließen sie den Sarg langsam in die Gruft hinabgleiten, Lerbs am Kopfende stehend und Onkel Wilhelm ihm gegenüber.

Während sie entblößten Hauptes eine Weile so verharrten und ins Grab hinabschauten, erschütterten zwei schwere Granateinschläge die Luft und den Erdboden so stark, daß sich einige Kluten lösten und polternd auf den Sargdeckel fielen. Die Männer murmelten ein Vaterunser, warfen einige Handvoll Erde hinterher und griffen dann zur Schaufel. Zehn Minuten später war das Grab zu. Nur der Hügel mußte noch geschüttet werden.

Da entdeckte Lerbs plötzlich zwei russische Flieger am Himmel. Ihr Herannahen war zuerst durch das Poltern der gefrorenen Kluten übertönt worden. Sie kamen heute auch nicht wie gewöhnlich über die Trunzer Höhen, sondern über das Haff, von Kahlberg her.

Die Männer verschnauften einige Minuten und beobachteten dabei die knatternden Vögel. Als die sich den deutschen Stellungen näherten, bekamen sie Feuer. Aber unbeirrt zogen sie ihre Bahn gemeinsam weiter. Erst als die Deutschen aufhörten, auf sie zu schießen, trennten sie sich. Jeder flog einige Schleifen über der Stadt, ohne aber ein Ziel anzugreifen.

»Aufklärer!« sagte Lerbs, indem er seine Arbeit wiederaufnahm. Einer der Russen drehte jetzt nach Süden in Richtung Rautenberg ab. Der andere flog über der Reichsstraße 1 dahin, ohne sich um seinen Kameraden zu kümmern. Nun schoß die russische Artillerie wieder einige Salven in die Stadt hinein.

Das Feuer verstärkte sich, als Lerbs und Onkel Wilhelm mit Pferden und Schlitten zur Tischlerei Aschmoneit unterwegs waren. »Nicht einmal ein Kreuz hat unser Grab nun bekommen«, sagte Onkel Wilhelm, als sie die Pferde in der Aschmoneitschen Scheune unterstellten.

»Das ist wahr«, sagte Lerbs bedauernd. »Ich muß mich nur, sobald wir mit dem Schlitten fertig sind, erst mal um meine Schwiegertochter kümmern, sonst machte ich das Kreuz auch gleich noch. Sobald ich aber Zeit dafür finde, gehe ich hierher, mache es fertig und setze es aufs Grab.«

»Dafür wäre ich wirklich sehr dankbar«, sagte Onkel Wilhelm und nahm den Zimmermannsstift, der da lag, blickte suchend um sich, fand auf der Werkbank eine alte Zeitung, riß ein Stück davon ab und malte mit klammen Fingern auf den vergilbten Rand, was draufstehen sollte:

Gertrud Falk * 1.5.79
und ihre Nichte Dina Melizkat * 8.6.44 † 6.2.45

Lerbs schrieb sich die Angaben auf ein Stück gehobeltes Brett. Den Zettel steckte er in die Tasche. »Sobald ich kann, will ich's machen«, versicherte er und ging an den Schlitten.

Die vier Bretter waren schnell zu einem Bord an den Schlittenboden genagelt – ein fünftes vorn quer zum Sitzen für den Fahrer. Dann verabschiedete sich Lerbs Hals über Kopf. Während der letzten Minuten hatte es ein paarmal bedenklich nahe eingeschlagen. Er mußte sich um Lisa kümmern.

In der Gegend des Marktes qualmte es. »Die Sparkasse brennt«, schnaufte der alte Lenkies, der im Laufschritt an ihm vorüberkam. Kurz darauf begegnete ihm Stadtpfarrer Flietner. Schon von weitem schüttelte der niedergeschlagen den Kopf: »Nur gut, Lerbs, daß uns Gott nicht wissen läßt, wann und wie wir an der Reihe sind. Großvater Jansen war heute der vierte, zu dem ich gerufen wurde. Und der Beschuß wird von Minute zu Minute stärker. Bleiben Sie um Gottes willen nicht in Ihrem eigenen Keller. Die Häuser hier in den engen Gassen sind ja die reinsten Mausefallen. Gehn Sie auch in den bombensicheren Keller des Domherrn Schwiatkowki.«

»Vielen Dank für den guten Rat, Herr Pfarrer«,

sagte Lerbs, machte sich los und rannte bis nach Hause. In allen Gegenden der Stadt schlug es wummernd ein. Auch großkalibrige Dinger mußten jetzt dabeisein. Er kannte sich darin aus. Seine Wohnung fand Lerbs verlassen und ausgekühlt. Das war der erste Umstand, der ihn stumm anklagte. Die Milch auf der Herdplatte war übergekocht, das Feuer ausgegangen. Auch in Lisas Etage war alles tot. So blieb nur noch der Keller. Und dort fand er die verängstigte Frau mit ihrem fiebernden Kinde. Sie saß auf einer Kartoffelkiste und weinte. Wortlos setzte er sich neben sie und streichelte ihr schuldbewußt den Rücken. Zwei dicke Wolldecken hatte sie sich übergeworfen.

Es dauerte nicht lange, da erzitterte das Gewölbe unter einem mächtigen Donnerschlag. »Lisa«, sagte Lerbs zaghaft, »komm, laß uns in den Keller von Doktor Schwiatkowski gehen. Wenn unser Haus einen Volltreffer bekommt, dann sitzen wir so gut wie in der Falle. Die Trümmer schütten uns alle Ausgänge zu. Im Keller der Domherrn-Kurie sind wir aber ganz sicher.«

»Ach, Lerbs, mir ist schon bald alles egal. Ich nehme Elfriedchen jetzt nicht schon wieder auf. Kurz bevor du kamst, ist sie erst eingeschlafen. Sie hat zwei volle Stunden geweint. Ich bin bald gestorben, so weh hat mir das getan. Und keinen Menschen hat man, der einem in solcher Not beisteht ...«

Jetzt geht's los! durchfuhr es Lerbs. Jetzt wird sie dir die Leviten lesen, was du schon gestern befürchtet hattest.

»Der eigene Schwiegervater ... Für alle andern ist er da – nur nicht für die Schwiegertochter. Fremde müssen sich um sie kümmern. Wie hätte ich heute mit dem Kind und den Koffern hier in den Keller kommen sollen, wenn mir nicht die beiden Soldaten behilflich gewesen wären, die schon gestern einmal wegen einer Tasse Kaffee bei mir vorsprachen.«

»Was tut man nicht alles für eine schöne junge Kriegerwitwe«, versuchte er sie mit einem Anflug von Scherz umzustimmen.

»Man – man«, fuhr sie gereizt fort. »Du rechnest dich natürlich nicht zu dem ›man‹, sonst hättest du mir wohl nicht immer so die kalte Schulter gezeigt.«

Lerbs schwieg. Sie hat ja recht, dachte er. Wie unverblümt sie das aber alles ausspricht. Wenn sie doch wenigstens wüßte, warum ich mich ihr gegenüber immer so zurückgehalten habe. Das Gerede der Leute, das Karl Wiesner über sich hatte ergehen lassen müssen, weil er als Witwer mit seiner Schwiegertochter Ella zusammen wohnte, nachdem ihr Mann während des furchtbaren Unwetters beim Fischen im Haff ertrunken war... Dieses Gerede habe ich ihr doch nur ersparen wollen.

»Nicht so, Lisa!« sagte er nach einer Weile beruhigend. »Bitte, nicht! Ich weiß, daß ich dich vernachlässigt habe, und das besonders in der letzten Woche. Indem du mir das nun auch noch so schonungslos vorhältst, beschämst du mich wirklich sehr.«

»Ich hatte kaum eine Gelegenheit, dir das schon früher einmal zu sagen«, entschuldigte sich Lisa halb und halb. »Wer weiß, ob ich dich heute morgen zu sehen bekommen hätte, wenn Claudia Melizkat noch dagewesen wäre. Den größten Teil deiner Zeit hast du doch bei ihr verbracht.«

Sie ist wahrhaftig eifersüchtig, sagte er zu sich selbst. Und zu Lisa: »Es wird von jetzt an anders werden. Ich verspreche es dir. Wir haben schwere Tage vor uns. Keiner weiß, wo und wie dieser Krieg für uns beide zu Ende geht. Aber ich will zu dir halten. So gut ich es kann«, betonte er und zog sie dabei etwas an sich. »Auch das Gerede der Leute soll uns von jetzt an gleichgültig sein.«

»Von welchem Gerede sprichst du eigentlich?« fragte sie bohrend.

»Ahnst du denn wirklich nicht, warum ich mich dir gegenüber so sehr zurückgehalten habe? Eine junge Kriegerwitwe mit ihrem verwitweten Schwiegervater allein unter einem Dach? Denke an Karl Wiesner und seine Ella! Deshalb meine kalte Schulter, wie du meine Zurückhaltung nennst.«

»Ach, Lerbs, bist du wirklich so ein törichter Mensch, der so viel auf das Gerede der Leute gibt?

Nimm mir's nicht übel: Mir wäre das Geschwätz der Leute lieber gewesen als diese kalte Gleichgültigkeit, die du mich seit dem Tode Rudolfs auf Schritt und Tritt fühlen läßt. Ich habe gemeint, du hättest dir eine andere Schwiegertochter gewünscht und könntest mich nicht leiden. Nun klingt mir deine Beichte fast wie eine verspätete Liebeserklärung. Ach, sag doch: ja, es ist eine! Vielleicht werde ich dann wieder etwas froh. Es ist so schwer, niemanden auf der Welt zu wissen, dem man etwas bedeutet – und noch dazu in so schrecklicher Zeit wie jetzt.«

»Es wird anders werden, Lisa, von dieser Stunde an«, flüsterte er und zog sie wieder ein wenig an sich, während es draußen donnernd krachte, daß Schmutz und Mörtel vom Gewölbe herabrieselten. Doch die angedeutete Zärtlichkeit ihres Schwiegervaters durchfuhr sie nachhaltiger, als sie der nahe Einschlag erschüttern konnte.

»Ich danke dir, Rudolf. Ich darf dich doch so nennen?«

»Wenn du mich nicht mit Vater anreden willst, dann nenne mich besser mit meinem Vornamen. Den höre ich dann schon lieber als das kalte, herbe Lerbs.«

»Ich danke dir, Rudolf«, sagte sie noch einmal und strich ihm mit der freien Hand über die stopplige Wange. »Nun wird mir das Schießen gar nicht mehr so schrecklich sein, wenn ich weiß, daß ich einen Menschen habe, der zu mir hält.«

»Ich halte zu dir, Lisa. Warum habe ich dir das nur nicht schon etwas früher gesagt. Wie roh der Mensch doch manchmal sein kann – auch wenn er schweigt«, sagte er nachdenklich. Er mißtraute seinen Gefühlen. Lisa sprach vom Frieden, der nun bald kommen müßte. Frieden – und draußen paukten die russischen Granaten in die Stadt, daß alles nur so zitterte.

Aber ganz plötzlich ließ das Gewitter nach. So, wie das erste Frühkonzert der Vögel für eine Frühstückspause abbricht, so schwiegen auf einmal die Kanonen.

»Komm jetzt!« sagte Lerbs. »Ich habe Pfarrer Flietner versprochen, mit dir in den Keller der Domherrn-Kurie zu gehn. Komm, Lisa, bevor sie wieder anfangen!«

Als sie das Kind aufnahm, begann es zu weinen. »Du Ärmstes, nicht einmal im Keller läßt man dich in Ruhe«, sagte sie nervös und zeigte Lerbs, wie der Soldat die Griffe der beiden größeren Koffer mit einem Riemen verbunden und die Gepäckstücke so über eine Schulter gehängt hatte. Lerbs fand das praktisch und machte es auch so. Den kleineren nahm er in die Hand. Es war der seine. Auch an ihn hatte Lisa also gedacht.

Als sie aus dem Hause traten, schlugen ihnen Qualm und Brandgeruch entgegen. Vor lauter Dachziegel- und Mauerschutt war auf der Gasse kaum noch etwas Schnee zu sehen. Sie mußten über Berge von Trümmern hinwegsteigen, um vorwärts zu kommen. Die meisten Häuser waren getroffen. Ihre Dachstühle lagen in tausend Stücken auf der Straße. An vielen Stellen schwelten Brände. Lerbs wurde das Atmen schwer. Die schweren Koffer drückten ihm den Brustkasten zusammen.

Als sie die Langgasse erreicht hatten, bemerkten sie, daß es auf dem Domberge lichterloh brannte. Der Dom! schoß es Lerbs durch den Kopf. Im gleichen Augenblick fing es wieder an, auf die Stadt herabzusausen. Schlag auf

Schlag, Krachen auf Krachen betäubte die Ohren – schlimmer als je zuvor. Sie legten noch einen Schritt zu und überholten dabei den Apotheker, der, wie es schien, ebenfalls in den Schwiatkowskischen Keller wollte. »Nun brauchen wir nicht mehr lange auf das Ende zu warten«, brüllte er unter der Last seiner Koffer japsend in das Toben und Krachen hinein.

Während sie sich nun dem Domberge näherten, erkannte Lerbs, daß die Flammen nicht aus dem Dache des Domes, sondern aus dem Glockenturm schlugen.

Der Apotheker war ihnen auf den Fersen geblieben. So betraten sie den schützenden Keller mit ihm gemeinsam. Die Luft hier unten war dumpf und feucht. Trotz der zwei Kerzenflammen, die als rötliche Punkte im ungewissen Schwarz zuckten, schien der Raum stockdunkel und ohne Grenzen zu sein. Erst während der Apotheker Lisa und Lerbs mit abgeblendeter Taschenlampe hinter sich herlotste, wurde das Kellergewölbe nach und nach sichtbar und auch die Menschen, die hier auf Kisten und Koffern bereits saßen.

Etwa in der Mitte des Kellers ließen sich die drei nieder, Lisa zwischen den beiden Männern. Kaum hatten sie sich gesetzt und etwas aufgeatmet, schlug eine der schweren Granaten so bedenklich nahe ein, daß die Kellerdecke und die beiden Kerzenflammen heftig erzitterten. Eine Frau schrie laut auf. Eine Männerstimme besänftigte und versicherte, daß auch die schwerste Granate dieses Gewölbe nicht durchschlagen könnte. Danach war es eine Minute ruhig. Der tiefe Keller dämpfte die entfernteren Einschläge so gut ab, daß sie nur schwach zu hören waren. Bald darauf häuften sich jedoch nahe und ferne Schläge so gewaltig, daß die Erde und das Gewölbe des Kellers unaufhörlich erzitterten. Die ganze Stadt schien unter ständig donnerndem Getrommel zu liegen.

»Merken Sie's?« sagte der Apotheker. »Auf den

letzten Drücker sind wir hier 'reingekommen. Jetzt geht's erst mal richtig los.«

Einige Nachzügler kamen die Kellertreppe herabgestürzt. Zwei von ihnen drückten sich gleich in der Nähe des Aufgangs in eine Lücke. Lerbs erkannte in dem einen Doktor Kunz, der einen Verwundeten verband.

Kurze Zeit darauf betrat ein einzelner Mann den Keller. Lerbs glaubte in ihm einen Wehrmachtsoffizier zu erkennen. »Alles mal herhören!« überschrie der das Granatengetrommel über ihm. »Hier im Keller hält sich ein Wehrmachtsangehöriger verborgen. Der Mann soll sich augenblicklich melden!«

»Vielleicht meinen Sie mich, Herr Leutnant!« rief jetzt der Mann neben Doktor Kunz so laut, daß es sogar im hinteren Keller gut zu verstehen war.

»Wie heißen Sie?« fragte der Leutnant inquisitorisch, während er nach Stift und Notizbuch suchte.

»Schreier, Herr Leutnant!« antwortete der andere und setzte seinem etwas komisch klingenden Namen nun auch Dienstgrad und Truppenteil hinzu.

»Vornamen bitte!« forderte der Offizier weiter.

»Adolf! Herr Leutnant«, entgegnete Schreier.

»Auch das noch«, sagte jener belustigt. »Müssen denn wahrhaftig alle Schreier Adolf heißen?« Es schien, als sei er bemüht, der heiklen Situation einen witzigen Ausgang zu verschaffen.

»Ich sehe, Herr Leutnant«, so ergriff Doktor Kunz jetzt das Wort, »daß wir uns in mancherlei Hinsicht ganz ausgezeichnet verstehn. Bitte, verstehen Sie nun auch, daß ich den Mann, dem der Zeigefinger weggerissen wurde, zum Verbinden mit in diesen Keller nahm.«

»Danke, Herr Doktor«, sagte der Leutnant und wendete sich wieder an den Soldaten: »Sie Blödmann, warum sagen Sie mir das denn nicht gleich? Marsch, marsch! In die alte Schule. Dort wird der letzte Verwundetentransport zusammengestellt. Also: dalli, dalli! Aber lassen Sie sich unterwegs nicht noch eins verpassen!«

Während der verwundete Schreier den Keller verließ, nahm sich der Offizier noch eine Minute Zeit, um ein paar Worte an jene zu richten, die sich entschlossen hatten, ihr Schicksal mit dem ihrer Heimat zu teilen. Er sprach von einem Abschied, der womöglich in die Geschichte eingehen werde. Auch das Ende des Krieges erwähnte er, das für die hier im Keller nun greifbar nahe gekommen sei. Denn die Kameraden von der anderen Feldpostnummer – wie er sich ausdrückte –, die stünden schon bereit, dem Frieden wieder um einige Kilometer näher zu rücken.

Der Apotheker bewunderte die Meisterschaft des Sprechers. Mit großem Geschick hatte der sich aus der Rolle eines Häschers in die eines Conferenciers manövriert. Als dann ein wenig später die Kellertür hinter dem Leutnant zuschlug, war es dem Apotheker, als sei dieser dumpfe Schlag von symbolischer Bedeutung – ein hörbarer Punkt im Buch der Geschichte.

Nun ist es soweit, schoß es dem Apotheker durch den Kopf. Nun sitzen wir in dem so gefürchteten Niemandsland. Er starrte wie alle anderen vor sich hin und wartete auf das Ende dieses seltsamen Interregnums.

Über eine Stunde wütete der Orkan, der ihre Heimaterde umwühlte, ihre Häuser zerschlug und sie an Leib und Seele erzittern ließ. Über eine Stunde ... Noch hatten sie ja ihre Uhren.

Dann brach das Höllenkonzert mit einem Schlage ab. Nur hier und da klackerten noch einige Detonationen nach. Auf einmal war es beängstigend still. Zwei Kinder fingen an, laut zu weinen. Eine Frau kreischte hysterisch auf. Bald aber erstickte ihr Kreischen – hinter einem Handteller wahrscheinlich. Noch einige Kinder stimmten in das Weinen der ersten ein.

Mütter gebieten nun Ruhe – manche flüsternd-fauchend. Bei anderen klingt es besänftigend-ruhig.

Und jetzt kriecht es heran – zuerst kaum vernehmbar, dann aber immer lauter und deutlicher, das Rumoren und Dröhnen der Stahlkolosse. Jeder, der hier verängstigt sitzt, kennt sie aus den Wochenschauen der Kinos: Auf zerstampften Getreidefeldern des unendlich großen Rußland, manchmal inmitten brennender Panjedörfer oder auf Angst einflößenden weiten Steppen standen sie da, gesprengt und ausgebrannt.

Nun schienen sie auferstanden zu sein von den Toten, angetreten, um Rache zu nehmen an jenen, die ihnen damals so tiefe Wunden geschlagen hatten.

Bis tief hinein in den Keller Doktor Schwiatkowskis ist das Donnern der ungeschlachten Motoren, das Stürmen ihrer Raupenketten zu hören, zu hören, wie die Kolosse das uralte Pflaster der Langgasse zermalmen und wahrscheinlich auch die Trümmer ihrer Häuser.

Plötzlich öffnet sich die Kellertür wieder, die der Leutnant hinter sich zugeworfen hatte. Doktor Kunz, der dem Eingang am nächsten sitzt, sieht erdbraune Gestalten die Treppe herabkommen und MPi-Läufe auf sich gerichtet. Jetzt blitzt der scharfe Kegel einer Taschenlampe in den Dämmer des Kellers. Er huschte einigemal über die Gesichter der Geängstigten hinweg.

»Deutsche Soldat, komm!« gurgelt dabei eine unheimlich-fremde Stimme, die aus der Spitze des Lichtkegels zu kommen scheint. »Deutsche Soldat, komm!« wiederholt sie und wird dabei merklich eindringlicher.

»Nix deutsche Soldat!« ruft eine beherzte Frau, die in der Nähe von Doktor Kunz sitzt. »Deutsche Soldat haraschо!« setzt sie ihren ersten Worten hinzu und gibt unmißverständliche Handzeichen.

»Gutt!« gurgelt der Fremdling hinter dem Lichtkegel und befiehlt seinen Kameraden etwas Unverständliches. Dann verschwindet der Spuk, wie er gekommen ist.

Auf diesen Erfolg hin atmeten die meisten erleichtert auf, zumal nun auch das Rumoren der Panzer nur noch schwach zu hören war.

Es dauerte aber nicht lange, so hörten jene, die in der Nähe des Treppenaufgangs hockten, Getrappel die Stufen herabkommen. Bald zeigte sich abermals eine Handvoll erdbrauner Gestalten, die mit Maschinenpistolen drohten. Sofort begann einer von ihnen sein Deutsch zu probieren. Er fragte wieder nach deutschen Soldaten. Die schienen hoch im Kurs zu stehen.

»Nix Soldat!« sagte eine Frau. Vermutlich war es jene, die sich schon das erstemal gerührt hatte. »Nix deutsche Soldat!« bestätigte ein alter Mann, der neben ihr saß. Auf diesen Mann ging der eine der Russen zu, setzte ihm die Laufmündung seiner MPi auf die Brust und sagte: »Wenn du lügen, ich machen so.« Während er so vor dem Alten stehenblieb, gab er seinen vier Kameraden einige Anweisungen, die von diesen auch sofort befolgt wurden. Sie durchstöberten die Reihen der Hockenden und hießen da und dort etwas mitgehen. Sobald die vier zu ihrem Wortführer zurückkamen, verlangte dieser die Uhr von seinem Opfer.

Er steckte die erbeutete Taschenuhr samt der glänzenden Nickelkette in die Hosentasche, begab sich mit seinen Kameraden auf den Rückweg und verschwand mit ihnen.

»Armbanduhr und Brieftasche bin ich schon los«, sagte der Apotheker, nachdem die Kellertür kaum zugefallen war. »Und ich meine Taschenuhr«, setzte Lerbs lakonisch hinzu. »Schade! Es war das Geschenk meiner Frau. Daß die Uhr fünfundzwanzig Jahre danach ihren Weg nach Rußland nehmen werde, hätte sich meine Hilde gewiß nicht träumen lassen.«

»Lerbs«, sagte der Apotheker, »ich glaube, es wird

uns schon sehr bald leid tun, daß wir auf unseren Posten geblieben sind und es nicht gehalten haben wie Ihr vollgefreßner Amtsvorsteher und sein Intimus, der Lorbaß von Gasmeister. Als es auch nur ein klein wenig brenzlig wurde, waren sie beide über alle Berge. Und sie werden gewußt haben – warum.

Lerbs, ob Sie es glauben oder nicht: Die beiden Schufte sind entschlossen gewesen, mich wegen meiner Aversion gegen alles Braune noch vor Toresschluß vor den Kadi zu zerren. Frau Doktor Tiller verdanke ich, daß ich davon erfuhr. Auf der Post, durch ihr geöffnetes Schließfach, dem sie ihre Briefe entnehmen wollte, wurde sie Ohrenzeuge der geheimen Konferenz darüber, wie ich am besten zu Fall zu bringen wäre. Die Zugluft trug ihr da Wort für Wort deutlich ans Ohr.

»Ich weiß«, antwortete Lerbs. »Vor unserem Vorsteher mußte man sich in acht nehmen. Er hatte hundert Morgen Wind hinterm Hause. Aber Leute dieses Schlags hat es ja zu allen Zeiten gegeben. Bei solchen mag am Ruder stehen, wer will. Sie strecken überall ihre Fühler nach Pöstchen aus.«

»Gehört das denn hierher?« flüsterte Lisa ihrem Schwiegervater unwillig zu.

»Ja, gerade in diesen verdammten Keller gehört das!« sagte der Apotheker, der Lisas Rüge mitbekommen hatte. »Denn hätte es nicht so viele solcher Schufte gegeben, säßen wir heute nicht so tief im Dreck . . .«

Fremdkehliger Krakeel läßt den Apotheker verstummen. Der Lärm kommt näher und näher. Schließlich steht eine ganze Gruppe betrunkener Russen im Keller und brüllt unverständliche Kehrreime, fuchtelt mit leeren Flaschen in der Luft umher und verlangt stürmisch und drohend nach Wodka.

Weil alle betroffen schweigen, sich keiner rührt, werden die ungebetenen Besucher lauter. Einer von ihnen feuert eine Garbe von MPi-Geschossen gegen das Kellergewölbe. Frauen und Kinder schreien auf. Die Lage wird von Sekunde zu Sekunde bedrohlicher. Da tritt einer der Zuhörer in Szene. Es ist der Hausherr, Doktor Schwiatkowski, selbst. Er spricht etwas Polnisch. Und mit seiner Hilfe gelingt es ihm, die Rasenden zu besänftigen. Sie stutzen und nehmen sich eine Zeitlang zusammen. Der Hauswirt verschwindet. Nach kurzem kehrt er mit drei Flaschen Wein aus einem Nebenkeller zurück und hält sie seinen unverschämten Gästen hin.

Die greifen sofort zu, deuten aber enttäuscht auf die Verschlüsse der Flaschen.

Vielleicht hatte der Domherr gehofft, die Betrunkenen mit den verschlossenen Gefäßen aus dem Keller treiben zu können. Aber immer ungeduldiger weisen sie nun auf die bündig sitzenden Pfropfen.

Als Lerbs merkt, daß die Sache erneut bedrohlich wird, springt er hinzu und entkorkt mit dem Behelf an seinem Taschenmesser. Dann setzen drei Russen die Flaschen an den Mund. Und wie auf Kommando verziehen die drei ihr Gesicht: Schmerz, Wut und Entsetzen funkeln aus ihren Augen. Schon schleudert der erste seine Flasche gegen das Gewölbe. Sofort folgen die andern seinem Beispiel. »Wodka! Wodka!« schreien sie aus Leibeskräften, während Wein und Flaschenscherben auf die Köpfe der verängstigten Frauen und Kinder niedergehen. Dann prasselt der Feuerstoß einer MPi gegen das Kellergemäuer. Staub, Mörtel und Steinstücke wirbeln durch die vom Weingeruch geschwängerte Kellerluft. Wieder schreien die Frauen laut auf. Eine von ihnen sinkt ohnmächtig vom Platz. Ihr hat der Querschläger eines Geschosses das Nasenbein zertrümmert. Doktor Kunz springt der Verwundeten bei und ruft nach dem Apotheker.

Während sich der nach vorn begibt, verstummen

die Krakeeler plötzlich. Ein russischer Offizier steht vor ihnen, ein hochgewachsener Mann, ein Riese gegen die pummeligen Soldaten. Mit aufgerissenen Augen starren sie ihren Vorgesetzten an. Der redet energisch auf die Betrunkenen ein. Dann wendet er sich der verwundeten Frau zu und erfährt von ihren Helfern aufs genaueste, was geschehen ist. Das Kellergewölbe mit den Spuren der Schießerei allein berichtet genug.

Daraufhin greift der Offizier nach der MPi des blindwütigen Schützen, zieht ihm den Trageriemen über den Kopf und weist die Horde mit der Waffe aus dem Keller.

Die Betrunkenen torkeln die Treppe hinauf. Ein Stück geht der Offizier hinter ihnen her und weist sie, wie zu erkennen ist, noch immer zurecht. Dann kehrt er zurück, stellt sich in Positur und spricht in korrektem Deutsch auf die Kellerbewohner ein: »Alles mal herhören!«

Vor kaum zwei Stunden war dieser militärische Befehl schon einmal unter dem Kellergewölbe verhallt. Er klang allen sehr vertraut. Was diesem Alles-mal-Herhören dann aber folgte, ließ so manchen das Blut in den Adern stocken: »Mütter mit Säuglingen bis zu anderthalb Jahren bleiben hier im Keller! Alle anderen draußen antreten! Nur leichtes Handgepäck darf mitgenommen werden.«

Lisa trafen diese Worte wie ein Keulenschlag. Sie begann laut zu weinen. Das Kleine, das bisher geschlafen hatte, stimmte mit voller Lautstärke ein. Von allen Enden drang nun klagendes Schreien auf Lerbs ein. Er trat an den Russen heran und fragte nach dem Sinn dieser Maßnahme. Jetzt, da die Not aller so groß geworden sei . . . Man möge die Familien doch nicht auseinanderreißen.

»Ich bin nicht Befehlshaber«, sagte der Russe. »Ich bin Dolmetsch und gehalten, Befehle weiterzugeben.

Wenn Sie sich nicht danach richten wollen, so ist das Ihre Sache – nicht die meine. Ich persönlich möchte Ihnen aber doch raten, sich an die russischen Befehle zu halten. Vielleicht erinnern Sie sich, wie es Sowjetbürgern ergangen ist, die deutschen Befehlen nicht strikt nachgekommen sind.«

Woher mag der Mann nur sein hervorragendes Deutsch haben? fragte sich der Apotheker. Strikt nachgekommen sind – strikt – sagt er sogar.

Weiter kam der Apotheker aber nicht. »Gemeinheit!« schrie eine Frau, wie wahnsinnig geworden, in das Weinen und Klagen im Keller hinein. »Große Gemeinheit! Schießt uns doch lieber gleich alle tot! Ja, hier gleich auf der Stelle!« schrie sie und klammerte sich mit ihrem Kinde an zwei ältere Leute. »Die das ganze Elend verschuldet haben, die kommen wieder mit dem blauen Auge davon. Wir Kleinen aber, die nie mit dem Herzen dabei waren, wir sollen alles ausbaden!«

Lisa hielt ihren Schwiegervater fest umarmt. Das weinende Bündel lag neben ihr auf einer Kiste. »Was soll ich nun ohne dich machen, Rudolf? Nun sag mir doch wenigstens, was ich ohne dich machen soll! Du wirst nun gehen müssen wie die andern auch. Sonst schießen sie dich womöglich noch tot.«

Ohne ein Wort zu sagen, umschlang er die Weinende, küßte sie, machte sich mit einem Ruck von ihr los und lief hinter den andern her. Ehe er im Treppenaufgang verschwand, drehte er sich schnell noch einmal um, als habe er sich eines anderen besonnen, und rief Lisa zu: »Ich weiß es bestimmt, Marjell; es wird nicht lange dauern, dann sehen wir uns wieder!« Während er die Kellertreppe emporlief, erinnerte er sich an die Worte, die er Claudia Melizkat gestern abend zum Abschied gesagt hatte. Waren es nicht dieselben gewesen? Wo mochte Claudia wohl jetzt schwimmen? Eine Welle bitterer Reue überspülte ihn. Er hätte mit Lisa an Bord des Krajebieters gehen sollen. Jetzt wußte er: vieles, sehr vieles wäre ihm und Lisa erspart geblieben.

Lerbs kam nun so als letzter aus dem Keller. Der russische Posten schnauzte ihn an und gab ihm einen Kolbenstoß, der ihn wie ein abseits geratenes Schaf zur großen Herde beförderte. Dieser Stoß ließ Lerbs gegen zwei Männer taumeln. Der eine von ihnen war Domherr Schwiatkowski, der andere der Apotheker.

»Meine Brille! Meine Brille!« jammerte der Domherr, während er sich unbeholfen bückte und mit der Rechten den Schnee nach seinen Gläsern abtastete. Mit der anderen, der Linken, hielt er seine prallgefüllte Aktentasche krampfhaft an sich gepreßt. Das schien dem russischen Posten Grund genug, dem umhertastenden Domherrn einen so mächtigen Tritt ins Gesäß zu versetzen, daß der, taumelnd, seine Aktentasche fallen ließ, um einen Sturz abwenden zu können.

Ehe es sich Schwiatkowski versah, hatte der Russe die Tasche ergriffen und war damit verschwunden. Im Handumdrehen tauchte an seiner Stelle ein anderer Posten auf und trieb die Umherstehenden mit Kolbenschlägen an: »Dawai! Bystro!« brüllte er unentwegt und stieß besonders den wehklagenden Domherrn immer wieder in die Kniekehlen.

Im unsicheren Dahintappen jammerte der nun nicht nur um seine Brille, sondern auch um seine Aktentasche. Alle seine wichtigen Dokumente habe er darin.

»Lieber Doktor«, tröstete der Apotheker auf seine Art, »seien Sie beruhigt! Wir werden keine Dokumente mehr brauchen. Was sollten wir, die man hier wie Schafe davontreibt, wohl noch mit Dokumenten anfangen wollen. Seien Sie ganz beruhigt! Wir werden keine mehr brauchen.«

»Na, dann gnade uns Gott!« sagte der Domherr und stieß auf seinen Vordermann, der vor einem herabgestürzten Balken stehengeblieben war.

Über all den kleineren und größeren Bränden der Stadt loderten jetzt der Glockenturm und die Kopernikus-Mühle wie zwei hohe Fanale zum schwarzen Nachthimmel hinauf. Obwohl alles in rötlichen Feuerschein getaucht war, fand sich Doktor Schwiatkowski nur unsicher tastend zurecht.

»Lieber Doktor«, so nahm der Apotheker sein Gespräch wieder auf, »Sie sind ein Mann Gottes. Sie sind gewohnt zu gehen, wohin Sie das Schicksal führt. Verstehen wir unter Schicksal die unsichtbare Hand Gottes, so haben Sie's leicht. Sie sind geübt im gehorsamen Dahingehen. Für uns Laien ist das alles ein bißchen schwerer, weil wir uns darin nur wenig versucht haben. Was wir aber auch getan oder gelassen haben mögen . . . Aus dem Elend, in das wir hier geraten sind, wird so leicht keiner mehr 'rauskommen. Und hätte jeder von uns ein von Hitler selbst unterzeichnetes Todesurteil in der Tasche, das aus irgendeinem Grunde noch nicht vollstreckt werden konnte – unsere Hasser hier vollstreckten es schon allein deshalb, weil wir Deutsche sind . . .«

Der Apotheker bekam einen Kolbenstoß in die Rippen. Er sollte nicht reden – schon gar nicht von Hitler. »Nix spräken – Gitler!« brüllte der Posten ihn an. »Gitlär kaput! Nix spräken – nix, nix!«

»Dreckiger Hund, du!« fluchte der Apotheker, während er sich die Seite hielt, und empfing dafür gleich noch einen empfindlichen Puff, der ihn nun aber zum Schweigen brachte.

Auf einem Berg von Haustrümmern, über den sie jetzt stiegen, stürzte Schwiatkowski der Länge nach hin. Lerbs und der Apotheker stellten ihn wieder auf die Füße. »Ohne Brille benehme ich mich ja wie ein Blinder«, erklärte er, um sich zu entschuldigen, und bekam von dem erdbraunen Peiniger dafür einen mächtigen Stoß in den Rücken, daß er abermals gestürzt wäre, hätte ihn Lerbs nicht gehalten.

»Du nix spräken – Gitlär! Gitlär – kaput! Alle Faschist – kaput!« brüllte der Russe und machte Miene, noch einmal zuzuschlagen.

»Zum Donnerwetter!« fluchte der Apotheker schon wieder, so sehr schwoll ihm der Kamm. »Der Mann hat doch Hitler überhaupt nicht in den Mund genommen! Ihr Idioten hört wohl schon gar nichts anderes mehr als Hitler und immer wieder nur Hitler!«

Der Russe zog seinen Handschuh aus und schlug dem aufgebrachten Mann mit der bloßen Faust mitten ins Gesicht: »Du nix spräken – Gitlär! Gitlär kaput! Du nix spräken – nix, nix!« brüllte er.

Der Apotheker taumelte Lerbs in die Arme. Ein gutes Stück mußte er sich im Weiterschreiten stützen lassen. Der Faustschlag hatte ihm so zugesetzt, daß er nicht einmal bemerkte, wie er über die herabgestürzten Trümmer seines eigenen Hauses stapfte. Er sah nicht, daß der stehengebliebene Teil lichterloh brannte. Aber als er sein Taschentuch hervorholte, um es an die geplatzten Lippen zu pressen, fielen seine Blicke auf das brennende Firmenschild. Kopernikus vermochte er gerade noch zu lesen, dann griffen die Flammen auch danach.

Plötzlich heulten wieder Granaten heran – deutsche wahrscheinlich. Viele krepierten in den brennenden Häusern und schürten die züngelnden Flammen tausendfach an. Aschen- und Funkenregen ging auf die Köpfe von Freund und Feind nieder.

Wie Lerbs jetzt erkannte, waren die Köpfe der Feinde erschreckend zahlreich geworden. Überall wimmelte es von Russen. Wie sollte er da seinen Aufsehern entkommen und auf die Suche nach Lisa gehn, wie er's im Schilde führte?

Nach einiger Zeit machte das Ganze halt. »Warum? Was hat man mit uns vor?« fragte man flüsternd. Langsam sickerte es dann die Reihen von vorn nach hinten durch: »Sie transportieren uns nicht nach Rußland. Wir werden nur in einen anderen Keller gebracht.«

Als die Füße der wartenden Menschen kalt zu werden begannen, lief die Frage von Mund zu Mund bis zur Spitze des Zuges hinab: »Warum müssen wir so lange stehn?«

Allmählich wurde dann bekannt: Jeder wird erst gründlich durchsucht und um seine letzten Habseligkeiten erleichtert, bevor er das neue Verlies betreten darf.

Als Lerbs endlich an die Reihe kam, waren die Russen schon ein wenig großzügiger geworden. Er brauchte seine Schaftstiefel nicht auszuziehen. In ihnen rettete er das Feuerzeug und einen Kerzenstummel in den Keller hinein.

»Schlechter Tausch!« sagte der Apotheker zum Domherrn, obwohl ihn die Lippen beim Sprechen schmerzten. »Hätten uns die Hunde nicht in Ihrem Keller lassen können? Diese Dunkelheit hier macht einen ja blödsinnig. Keine Kiste zum Hinhocken! Nichts! Und dann das widerliche Tropfen von der Decke. In einer Stunde sind wir naß wie gebadete Katzen.«

Sie drängten sich nach und nach an einen Platz, an dem es nicht so stark tropfte wie an der höchsten Stelle des mächtigen Gewölbes.

Lerbs dachte an Lisa und an das, was er ihr zum Abschied gesagt hatte. Warum man ausgerechnet nur die Frauen mit Säuglingen im domherrlichen Keller gelassen hat? fragte er sich. Ein schlimmer Verdacht stieg in ihm auf. Er besprach ihn denn auch gleich mit seinen Leidensgenossen. Der Domherr begann, seine Meinung dazu zu äußern, kam aber nicht über die ersten Worte hinaus. Seine Rede ging in lautem Fluchen und Wehklagen unter. Die Russen transportierten einen verwundeten Deutschen herein, der fortwährend schrie.

»Das ist ja abscheulich!« sagte er. »Die Kerle verhöhnen den Armen, weil er zu trinken verlangt.«

Immer wieder schrie der Verwundete nach Wasser. Wie im Fieber sprach er aber plötzlich von Kaffee und – Lerbs traute seinen Ohren nicht – auch von Lisa Lerbs. Wer mochte dort vorn liegen und leiden und von seiner Schwiegertochter reden?

»Daß sich unser Doktor nicht meldet«, sagte der Apotheker nachdenklich. »Um den Mann dort scheint es doch sehr schlecht zu stehen.«

Da die Kellertür noch offenstand, fiel das rote Licht der brennenden Häuser herein. So konnte man wenigstens etwas erkennen. Der Apotheker stieg auf den Boden eines umgestülpten Eimers, sah sich im Keller um und rief nach Doktor Kunz. Aber der meldete sich nicht.

»Den Doktor haben doch die Russen mitgenommen!« rief endlich eine Frau vom anderen Ende des Kellers.

»Das habe ich mir schon gedacht«, murmelte der Apotheker vor sich hin. »Dann werde ich wohl nicht umhinkönnen, selbst mal nach dem armen Teufel zu sehen. Am besten, Sie kommen gleich mit und helfen mir, wenn es nötig sein sollte«, wandte er sich an Lerbs und den Domherrn.

Lerbs holte sein Feuerzeug und den Kerzenstummel aus dem Stiefelschaft und machte Licht. So – überlegte er – kamen sie vielleicht etwas besser durch die Stehenden nach vorn zum Eingang. Während sie sich mühsam hindurchzwängten, wurde die Stimme des Verwundeten schwächer und schwächer.

Als sie endlich zu ihm treten konnten, sah Lerbs, daß es ein Soldat war, ein Gefreiter. Und sofort wußte er, daß dieser Mann hier Lisa die Koffer in den Keller getragen hatte. Er zog seinen Mantel aus und schob ihn dem Sterbenden unter Rücken und Kopf. Diese Hilfe schien ihn noch einmal zum Sprechen zu bringen. Seine Kräfte reichten zwar nur noch zu einem Hauchen. Was er sagte, war aber gut zu verstehn. »Mutter«, lispelte er, »ich wollte immer so gern einen Tanzstundenzirkel mitmachen. Nun ist es zu spät. Lisa ist nicht gekommen. Bitte, gib mir einen Schluck Wein!«

Der Domherr schlug ein Kreuz, kniete nieder und murmelte ein Gebet, in dem vom Vergeben der Sünden die Rede war. Als er sich wieder aufrichtete und mit einer Gruppe anderer noch eine Zeitlang andächtig um den Toten herumstand, rasselte der Verschluß der Kellertür. Schnell blies Lerbs sein Licht aus. Die Russen öffneten, schoben einen Deutschen herein und schlossen die Tür wieder.

»Wohin nun mit dem Toten?« fragte der Apotheker, nachdem es wieder ruhig geworden war. »Ich bin dafür, nicht großes Aufsehen bei den Russen zu erregen. Sonst geht der Schuß womöglich noch nach hinten los.«

»Die Gefahr besteht«, sagte Lerbs, indem er seinen vom Blut getränkten Mantel wieder überzog. »Was können wir schon unternehmen? Einfach liegenlassen! Damit wir aber wenigstens wissen, wer hier gestorben ist, will ich noch Soldbuch und Erkennungsmarke an mich nehmen.«

Danach legten sie den Entseelten zu viert quer vor die Kellertür, zogen ihm den schäbigen Mantel aus und deckten ihn damit zu. »Irgendwann werden ihn die Posten hier schon bemerken«, meinte der Apotheker.

Die Sache war ihm doch sehr an die Nieren gegangen. Er fühlte sich wie zerschlagen. Und nirgends kann man sich etwas hinhocken, empörte es sich in ihm.

Ehe sich's Lerbs und der Domherr versahen, redete der Apotheker schon laut und vernehmlich ins Dunkel des Kellers hinein: »Hört mal her, Leute! Wenn uns keiner hilft, müssen wir's auf eigene Faust versuchen. Jeder von uns muß etwas schlafen oder wenigstens ausruhen. Sonst schnappen wir am Ende alle noch über. Dazu brauchen wir aber Platz. Ein Teil von uns wird also zusammenrücken müssen, damit sich die anderen etwas hinhocken können.

Um dabei aber ganz gerecht zu sein, brauchten wir eine Uhr. Vielleicht hat jemand von euch so 'n Ding bis hierher gerettet. Er mag sich melden.«

Ganz langsam und zögernd kam es heraus, daß Anna Griguleit dieses Kunststück gelungen war. Sie besaß noch eine Armbanduhr, sogar eine mit Leuchtzifferblatt. Nach Annas Uhr wurde in dieser Nacht in Schichten zu je einer Stunde geschlafen oder auch nur etwas ausgeruht.

Schlag Mitternacht waren nun mit anderen auch der Apotheker, Lerbs und Schwiatkowski an der Reihe. Sie ließen sich auf den zwei übereinanderliegenden halb vermoderten Balken nieder, von denen sich die drei Griguleits erheben mußten, zu denen auch die Anna gehörte, die ihre Uhr gerettet hatte.

»Herr Apotheker«, fragte Anna schüchtern, »ob einem das Wasser hier wohl was schaden tut? Ick kann mir vor Durst nicht mehr lassen.«

»Nun, Marjell«, entgegnete der Apotheker, »ganz einwandfrei ist das Wasser natürlich nicht. Aber was hilft's? Bald werden wir alle unsere Zunge damit kühlen müssen.«

Das genügte der Anna Griguleit. Der Apotheker glaubte wahrhaftig, im Stockdunkel sehen zu können, wie das Mädel den Kopf in den Nacken legte, den Mund weit öffnete und gierig nach Wassertropfen haschte. »Seltsam«, sagte er nun, »nicht ein bißchen Hunger verspüre ich. Der Durst aber beginnt, sich auch bei mir schon langsam zu regen.«

»Das ist ein interessantes Phänomen«, erklärte Doktor Schwiatkowski, der Gottesmann. »Es will mir scheinen, als verlange der Körper in so auswegloser Lage wie der unseren nichts mehr, was seiner Erhaltung dient. Alles Körperliche scheint dann mehr und mehr gegenstandslos zu werden, und alles ist nur noch auf das Heil der Seele gerichtet.«

»Und das Wasser?« kam es dem Apotheker über die zerschundenen Lippen.

»Das Wasser?« wiederholte der Domherr. »Nun, ich glaube, das Wasser dient in erster Linie der Erhaltung der Seele. Nicht zu Unrecht haben Dichter die menschliche Seele mit dem Wasser verglichen.«

»Wenn man's so hört, möcht's leidlich scheinen«, zitierte der Apotheker und hielt sich die zerschundenen Lippen. »Wollen wir Ihre Theorie mal gelten lassen, Doktor, zumal Sie aufgehört haben, Ihrer Brille und der Aktentasche nachzujammern.«

Danach wurde es still in der Reihe. Der alte Neuber hatte schon angefangen zu knurren. Die beiden sollten endlich aufhören zu plachandern, wie er sich ausdrückte.

Das Gewecktwerden nach einer Stunde war unerquicklich. Sobald sich der Apotheker erhob, verspürte er starken Stuhldrang. Er mußte sich krümmen und trat von einem Bein auf das andere. »Ich halt's nicht mehr aus, Leute. Ich muß versuchen, zur Tür zu kommen.«

Wie die Kellerwand verlief, wußte er noch vom ersten Gang zur Tür. Er tastete sich am Gewölbe entlang, bis er den Feuerschein durch die Türritzen schimmern sah. Dann bullerte er mit der Faust gegen die Bretter, die ihn zum Gefangenen machten. Er vernahm einen fremdkehligen Fluch und trommelte nun mit beiden Fäusten gegen die Bohlen. Noch zweimal mußte er aus Leibeskräften dagegenschlagen, ehe der Riegel zurückgeschoben und die Tür geöffnet wurde.

Zuerst sprang ihm das Licht der brennenden Stadt in die entwöhnten Augen. Dann erst erkannte er die beiden MPi-Läufe, die ihm die Posten vor die Brust hielten.

Weil er sich nicht anders zu verständigen wußte,

krümmte er sich wie ein Wurm, legte dabei die Rechte gegen den hinteren, die Linke gegen den vorderen Teil seines Unterleibes und wies stöhnend auf einen verschneiten Strauch.

Die Antwort war grobes Lachen. Mit den Läufen ihrer Maschinenpistolen schoben die Posten den Bittsteller ins Dunkel des Kellers zurück und schlugen die Tür wieder zu.

»Leute, ich halt's nicht mehr aus!« rief der Apotheker, aufs äußerste gequält, ins Dunkel. »Macht schnell und reicht mir den Marmeladeneimer hierher zum Eingang. Einer von euch wird gewiß draufsitzen. Das hilft aber nichts! Gebt ihn mir her! Es geht sonst in die Hosen!«

Es dauerte nicht lange, da war das Hantieren mit einem Blecheimer zu hören. Und schon wenige Augenblicke später brach der Apotheker mit unverkennbarem Donnern den Bann, der schon viele andere im Keller zu Leibesqualen verdammt hatte. Einer nach dem anderen erleichterte sich nun.

Als Anna Griguleits Uhr die neunte Stunde des neuen Tages anzeigte, mußten Lerbs, der Domherr und der Apotheker zum zweitenmal ihre Schlafplätze räumen. Diesmal spürten alle drei den Drang zum Eimer, der sich nächtlicherweile bis zum Rande gefüllt und deshalb um eine Reihe kleinerer und größerer Gefäße vermehrt hatte.

Im Augenblick, da Doktor Schwiatkowski sein Geschäft erledigt hatte, ging die Tür mit lautem Riegelschlagen auf. Der helle Tag schaute in das feuchte lichtlose Gefängnis. Ein russischer Offizier trat in den hellen Rahmen und begann zu fluchen, weil ihm der Tote vor den Füßen lag. Sofort befahl er, das Hindernis zu beseitigen. Die Posten schleppten die Leiche hinter den verschneiten Busch, hinter dem der Apotheker seine Notdurft hatte verrichten wollen.

Nun erst trat der Russe zwei Schritte näher. Aber gleich rümpfte er die Nase, hielt sie sich einen Augenblick zu, ging wieder einige Schritte zurück und begann abermals zu fluchen.

Ein Zivilist, der inzwischen hinzugetreten war, verdolmetschte unbeholfen, was den russischen Offizier so in Wallung gebracht hatte: der unmenschlich-menschliche Gestank und der Tiefstand deutscher Kultur und Hygiene. Zum Ausheben einer Abortgrube sollten sich sofort Freiwillige melden. Chlorkalk werde vom Lazarett gestellt.

Als von den Deutschen niemand vortrat, erging sich der Offizier aufs neue in Schmähungen gegen die deutsche Kultur und ging dann zur Tagesordnung über:

Jeder Deutsche solle durch einen sowjetischen Polizeioffizier vernommen werden. Dabei die Wahrheit zu sagen sei oberstes Gebot. Wer Falsches angebe oder Richtiges verschweige, habe schwere Strafe zu gewärtigen. Zum Schluß ermahnte er noch einmal, die reine Wahrheit zu sagen. Von den meisten kenne man sie ohnedies schon aus den Akten.

Nun also ist es soweit, dachte Lerbs, während der russische Offizier selbst einmal seine Kenntnisse im Deutschen probierte und Verworrenes über den Beginn einer neuen Zeit zurechtstotterte.

»Merken Sie's, Doktor? Den Bösen sind wir los. Die Bösen sind geblieben«, zitierte der Apotheker im Flüsterton – aber doch so, daß der Russe auf die beiden aufmerksam wurde. Er faßte aber nicht den Apotheker, sondern den Domherrn ins Auge, der an seinen Kleidern unschwer als katholischer Theologe zu erkennen war.

»Cak familia?« fragte er inquisitorisch und wies energisch auf Schwiatkowski. Der Angesprochene wußte, daß man seinen Familiennamen von ihm wissen wollte. Er nannte ihn.

»Du, komm!« befahl der Russe, wendete sich und verließ den Keller. Der Dolmetscher folgte, und der brillenlose Domherr tappte unsicher hinter beiden her. Im blendenden Morgenlicht machte der Offizier halt und erklärte einer Gruppe Soldaten, die dort bereitstand, wie die Deutschen nun zum Verhör geführt werden sollten: so, wie dieser Pfaffe hier, jeder einzeln und die Männer zuerst. Soviel konnte der polnisch sprechende Domherr jedenfalls den Worten des Russen entnehmen.

Mit jedem Schritte, den es nun vorwärts ging, wurde dem Domherrn klarer – der Marsch führte in die Wohnung eines Amtsbruders.

Dort hatte man im größten der Zimmer mehrere Tische mit ihrer Schmalseite aneinandergerückt, so daß eine lange, angsteinflößende Tafel entstanden war. Hinter ihr, in der Mitte, saß der russische Polizei-Offizier bereit, als Schwiatkowski nach längerem Warten vor der Tür hereingeführt wurde. An der rechten Schmalseite, viel zu weit ab von seinem Gebieter, sah er den Dolmetscher wieder, der nach seiner – Schwiatkowskis – Ansicht nur ein Pole mit recht schlechtem Deutsch sein konnte.

Einer der beiden Soldaten, die den Domherrn führten, nahm den aus Kokosfaser geflochtenen Fußabstreicher auf, legte ihn in abgemessener Entfernung vor die lange Tafel und hieß seinen Delinquenten, sich daraufzustellen. Notgedrungen empfand Schwiatkowski dieses Theater als eine Maßnahme, die dazu diente, den Deutschen ohne große Umstände vor Augen zu führen, welchen Abstand sie gegenüber ihren neuen Machthabern zu wahren hatten.

»Cak familia?« begann der Russe die Vernehmung einzuleiten. Wie schon einmal, so nannte Schwiatkowski auch jetzt seinen Familiennamen und fügte nach kurzer Pause auch den Vornamen Kasimir hinzu.

Der Offizier sah ruckartig von seiner Mappe auf, die er vor sich hatte. Nachdem er sein Opfer noch einmal streng angesehen hatte, wandte er sich seinem Dolmetscher zu und besprach mit ihm auf russisch, was dieser dem Schwarzrock dort auf der Fußmatte vorzuhalten hätte. Das Gröbste verstand Schwiatkowski schon aus russischem Munde:

Er ist doch von Geburt Pole. Allein schon der Name verrät das. Wie kommt er als Pole in die Hitler-Partei? Und wie kann er als Priester dem Nazi-Regime dienen. Er soll der Wahrheit getreu antworten. Es könnte ihm sonst sehr schlecht ergehen.

»Die Wahrheit zu sagen, bin ich von jeher gewohnt, Herr Kapitän«, antwortete Schwiatkowski. »Ich bin nicht Pole, sondern Deutscher. Und wenn ich diene, so diene ich Gott, meinem Nächsten und der römisch-katholischen Kirche. Zu keiner Zeit war ich Mitglied der NSDAP.«

Der Russe war unzufrieden mit Schwiatkowskis Antwort. Er wollte den Namen Schwiatkowski geschrieben sehen. Daraufhin begab sich der Dolmetsch mit Stift und Papier zum Fußabstreicher, ließ schreiben und überbrachte dem Russen, was der Domherr ohne Brille recht und schlecht in Blockschrift auf den sauberen Bogen gekritzelt hatte.

Der Offizier studierte an dem Geschriebenen herum und besprach sich mit dem Zivilisten, bis dieser plötzlich hervorstieß: »Name sagt – Sie Pole – nicht deutsch!«

»Ich bin Deutscher, Herr Kapitän«, entgegnete der Domherr. »Wenn es nur nach dem Namen ginge, gäbe es in Ostpreußen sehr viele Polen. Keiner von ihnen wird sich jedoch zum Polentum bekennen wollen.«

Der Russe wurde unwillig. Er verlangte Dokumente, die bewiesen, was Schwiatkowski so steif und fest behauptete.

Jetzt glaubte der Domherr seinen Weizen blühen zu sehen, eine gute Gelegenheit zu haben, seine Anklage zu erheben. »Herr Kapitän«, sagte er, »alle meine Dokumente sind mir in dieser Nacht von einem russischen Wachtposten samt der Aktentasche entwendet worden.«

Der Dolmetscher übersetzte. Daraufhin sah der Polizeioffizier sein Gegenüber wütend an: Solle das etwa heißen, der Deutsche Schwiatkowski sei durch einen Soldaten der Roten Armee beraubt worden?

Nichts Böses ahnend, schilderte Schwiatkowski, wie sich die Sache mit der Aktentasche zugetragen hatte. Sobald der Offizier den Sachverhalt über den Dolmetscher erfahren hatte, sprang er wie wild geworden auf, schloß seine Mappe, erhob sie bis über den Kopf und schmetterte sie auf die lange Tischplatte, daß es im großen Raume laut ertönte. Ein Schwall von Schmähungen ergoß sich über Schwiatkowskis Haupt. Solch eine infame Anklage könne nur aus dem Munde eines unversöhnlichen Feindes kommen. Und daraus müsse er nun schließen, daß Schwiatkowski tatsächlich ein Deutscher sei.

Der Offizier winkte dem Posten, der abseits neben der Tür stand, und erteilte ihm eine Reihe von Befehlen. Dann führte der Rotarmist den Domherrn über den langen Flur mit den so vertrauten schön gemusterten Fliesen. In einem kleinen Verschlag des halbdunklen Kellers endete die Reise. Der russische Posten ging vor der Lattentür auf und ab.

Inzwischen war nun Lerbs auf den Fußabstreicher befohlen worden, auf dem sein Vorgänger in Ungnade gefallen war. Und wieder begann es mit »cak familia«.

Nachdem Lerbs geantwortet hatte, suchte und blätterte der Russe in seiner Mappe und schrieb schließlich etwas hinein. Dann kam die wichtigste Frage – die nach der Parteizugehörigkeit.

Wie es wohl komme, fragte der Russe nun weiter, daß niemand in der Nazi-Partei gewesen sein wolle.

»Das ist sehr einfach zu erklären, Herr Kapitän«, begann Lerbs zu sprechen. »Unsere Stadt gehört zum Ermland. Und die Bewohner des Ermlandes sind meist Katholiken, gute Katholiken. Ein guter Katholik kann aber nicht zugleich ein guter Nazi sein. Die wenigen Nazis, die es hier bei uns gab, waren keine Einheimischen. Sie waren erst von der Partei hierherbeordert, damit sie die anderen bekehrten und mürbe machten wie der Sauerteig, der das Brot mürbe macht. Aber die paar sind schon längst über alle Berge, Herr Kapitän.«

»Gutt!« sagte der Russe, nachdem ihm der Pole verdolmetscht, was Lerbs vorgebracht hatte. »Gutt! Wo hier Parteisan im Keller?« Er wies dorthin, wo die verängstigte Herde auf das Verhören wartete.

»Parteisan?« fragte Lerbs gedehnt. »Bei uns gibt es keine Partisanen.«

»Kapitän meinen Parteimitglied«, erklärte der Pole.

»Ich glaube nicht, daß auch nur ein einziges von den Parteimitgliedern zurückgeblieben ist«, antwortete Lerbs.

»Gutt!« sagte der Russe. »Gutt! Du spräken Schwiatkowski – daitsch oder Schwiatkowski – Pollen?«

»Doktor Schwiatkowski spricht natürlich deutsch«, sagte Lerbs, »und – soviel ich weiß – auch ein wenig polnisch.«

»Kapitän sagen – Schwiatkowski Pole – nix daitsch«, schaltete sich der Dolmetscher ein. »Kapitän will haben Dokument – Schwiatkowski daitsch.«

»Doktor Schwiatkowski ist diese Nacht die Aktentasche mit allen Dokumenten von einem Wachtposten abgenommen worden«, erklärte Lerbs, ohne zu zögern.

»Sie haben gesehn?« fragte der Pole.

»Ja«, antwortete Lerbs. »Ja, ich und auch andere.«

Russe und Dolmetscher sprachen eine Zeitlang miteinander. Dann bekam der Posten an der Tür den Wink, Lerbs abzuführen. Als Lerbs merkte, daß das Verhör beendet sein sollte, brachte er sein Anliegen vor: Lisa und das Kind.

»Gutt!« gurgelte der Russe und gab dem Posten Anweisungen. Der führte nun auch Lerbs in den Keller. Vor dem dunklen Verlies Schwiatkowskis machte er halt und sprach mit seinem Kameraden, der dort Wache stand. Dann öffnete er Schwiatkowskis Gefängnis und rief ein grobes Pascholl hinein.

Gehorsam kam Schwiatkowski aus dem Loch und stellte sich neben Lerbs, als habe es geheißen: angetreten!

Mit einem neuen Pascholl stießen sie den beiden die Läufe ihrer Maschinenpistolen in den Rücken und trieben sie vor sich her, die Kellertreppe empor. Schon ging es wieder über die Fliesen, über die Schwiatkowski zu guten Zeiten so oft gegangen war, die nun, wie Lerbs feststellen mußte, vor Unrat starrten.

An der Tür, die weit offenstand und die helle Sonne hereinließ, erscholl das unmißverständliche Kommando Stoy! Wie angewurzelt blieben beide stehen und zogen den einen Fuß noch nach. Sie standen genau auf der Schwelle. Für den Domherrn schien das plötzlich symbolisch zu sein. Er fing an, ein Gebet zu murmeln. Lerbs dachte an Lisa.

Jetzt fühlen beide den MPi-Lauf im Rücken und erwarten die tödlichen Salven. Sie bekommen einen mächtigen Stoß und hören die zwei russischen Worte: »Harascho damoi!« und sind beide im Freien. Kein Wachtposten begleitet sie mehr.

In der Freiheit? Nein, nur im Freien! Beinah hätte Lerbs beides nicht auseinanderzuhalten gewußt. Sie sind im Freien zusammen mit Schutt, Asche, Schnee, Dunst und Qualm. Und über all der Unordnung liegt gleißender Sonnenschein. Der macht alles freundlicher – den Qualm und die Trümmer, auch die vielen erdbraunen Gestalten, von denen Lerbs und Schwiatkowski von nun an auf Schritt und Tritt angehalten und von oben bis unten nach Habseligkeiten durchsucht werden. Weil nichts mehr zu holen ist, zieht ein Russe sein Messer und schneidet dem Domherrn zwei Knöpfe vom Rock.

Lerbs drängte es zur Wohnung des Domherrn. Dort im Keller hoffte er Lisa und das Kind zu finden oder wenigstens auf eine Spur von beiden zu kommen. Seltsamerweise konnte Lerbs seinen Begleiter nur schwer dafür gewinnen, dorthin zurückzukehren. Nur widerwillig und zögernd ging Schwiatkowski mit.

Sie begegneten nicht einem einzigen Deutschen, den sie hätten fragen können – nur Russen und immer wieder Russen, die sie anhielten und durchsuchten. Erst kurz vor dem Hause hörte das auf.

Schon von weitem sah Doktor Schwiatkowski einen Lastwagen vor seiner Tür stehen. Er stutzte, machte halt und ließ Lerbs allein weitergehen. Man lud dort seine Möbel auf. Eben brachten zwei Rotarmisten seine alte Standuhr aus dem Hause. Es war ein teures Andenken an die ermländische Bauernstube seines Elternhauses, ein Stück, über das er seine Hände immer mit besonderer Sorgfalt gebreitet hatte.

Im Gegensatz zum stark behinderten leiblichen Auge des Domherrn war das seiner Seele weitschauend: Er sah das Gehäuse seiner Uhr in der Nähe einer halbverfallenen Samojedenhütte vermodern, sah schlitzäugige Kinder mit den Zahnrädern spielen, die ihm die glücklichen Stunden seiner Jugend angezeigt hatten.

Während Schwiatkowski seiner Standuhr nachtrauerte und über das Unergründbare der Wege Gottes grübelte, schlich sich Lerbs an dem jugendlichen Posten vorbei. Der hatte das Gewehr umarmt und den blonden Jungenkopf gegen den Lauf gelehnt und schlief in einem Sofa neben der Tür.

Lerbs kannte das Haus wie das seine, stieg in den Keller, in dem er mit Lisa das Trommelfeuer überstanden hatte. Außer zwei Rotarmisten war dort aber niemand. Im Halbdunkel wateten die beiden Russen bis an die Knöchel in weißer Wäsche umher und schienen etwas zu suchen.

»Wo Germanski?« sprach Lerbs die beiden an, die unentwegt Wäschestück um Wäschestück aufhoben, kräftig beutelten und wieder wegwarfen, weil sie nicht fanden, was sie suchten. Ihre Kameraden hatten während der Nachtstunden bereits ganze Arbeit getan.

»Wo Germanski?« fragte Lerbs noch einmal, weil man ihn nicht verstanden zu haben schien. Einer der Russen winkte ärgerlich ab. Der andere ließ sich überhaupt nicht stören und suchte weiter in den Wäscheteilen herum.

Jetzt hält es Lerbs für geraten, aus dem Keller zu verschwinden. Hier wird es ihm plötzlich unheimlich zumute. Nun kommt er aber eine Minute zu früh oder aber eine zu spät ans Tageslicht zurück – genau in jenem Augenblick, da sich vor Schwiatkowskis Tür eine Tragödie anzubahnen beginnt:

Von irgendwoher kommt ein pockennarbiger Russe in Hemdsärmeln, ein Vorgesetzter womöglich. Mit zusammengebissenen Zähnen geht er auf jenen schlafenden Posten zu und weckt ihn mit einer schallenden Ohrfeige. In diesem Augenblick entdeckt er Lerbs, der aus dem Hause tritt, und bald darauf auch den abseits stehenden Schwiatkowski, und gibt dem Posten deshalb einen zweiten Streich. Er flucht und wettert auf ihn ein, weist dabei auf die beiden lästigen Späher. Der Pflichtvergessene soll sie ihm vom Halse schaffen – und zwar auf der Stelle.

Verdattert hängt der junge Krieger sein Gewehr um und befiehlt Lerbs und Schwiatkowski, vor ihm herzugehen.

Kaum aber hatten sich die drei zehn Schritte entfernt, fluchte der Pockennarbige noch einmal hinter ihnen her. Schwiatkowski konnte zwar nicht verstehen, was der Aufgebrachte ihnen nachrief; aber ein Wort machte ihm doch zu schaffen. Hatte es nicht wie sastrjelij geklungen? Wenn das so wäre, dann stünde es allerdings sehr schlimm um beide.

Lerbs spürte, daß im Domherrn etwas Mächtiges vorging. Flüsternd fragte er, was der aufgeregte Russe wohl gesagt haben könnte. Aber Schwiatkowski gab keine Antwort, fing jedoch gleich darauf an, leise zu beten. Nun war es auch Lerbs nicht mehr geheuer.

In der Aufregung hatten sie kaum bemerkt, daß sie auf einen einsamen Pfad geraten waren und an der rückwärtigen Mauer von Schwiatkowskis Scheune entlangtappten. Dieser Umstand ließ in Lerbs einen furchtbaren Gedanken aufkommen. Schon plante er, sich wenigstens einmal umzudrehen und die Gunst der Gelegenheit zu überprüfen, zu sehen, ob der Junge sein Gewehr geschultert oder umgehängt trüge.

Was aber werde der Theologe Schwiatkowski sagen, wenn er, Lerbs, jetzt blitzschnell handelte? Er mußte an Petrus und seinen Herrn im Garten Gethsemane denken. Und dieser Gedanke erstickte den Keim einer schrecklichen Tat, die gewiß viel schlimmer gewesen wäre als jene des erschrockenen Apostels. Schon ergab sich Lerbs in sein Schicksal. Zudem fühlte er sich zu zerschlagen. So wollte auch er wenigstens versuchen, ein Gebet zustande zu bringen. Das aber gelang ihm nicht.

Schon hören sie hinter sich das Kommando Stoy!

Der Junge dirigiert die Männer mit dem Gesicht zur Scheunenmauer. Ehe Lerbs begreift, was das zu bedeuten hat, kracht ein Schuß, der sein linkes Ohr vollkommen betäubt. Er sieht, wie sich der Domherr etwas komisch verdreht und dann zusammensinkt. Dann fühlt er den kalten Gewehrlauf in seinem Nacken. Es gibt einen Klack. Lerbs hört das sehr deutlich und wundert sich, daß nichts geschieht. Er hört, wie der Junge hinter ihm von neuem durchladet. Und wieder spürt Lerbs kaltes Metall im Genick. Und wieder und wieder hört er es klacken, ohne daß es knallt.

»Maschin kapuut!« flucht der Junge. »Harascho damoi!« setzt er seinem Fluche hinzu und gibt Lerbs einen Stoß mit dem verhexten Gewehr. Beide trotten in entgegengesetzten Richtungen davon.

Im Davoneilen drehte sich Lerbs aber einigemal um. Sobald der Junge hinter der Scheune verschwunden war, kehrte Lerbs zurück an die Stelle, an der auch er hatte sterben sollen.

Da lag Schwiatkowski nun, der Gottesmann, den das Schicksal gegen den Posthilfsboten Lerbs ausgetauscht hatte. Wie erschreckt sahen seine glasigen Augen gegen den blauen Winterhimmel. War es Schrecken oder Staunen, was aus den toten Augen Schwiatkowskis sprach? Lerbs wußte es nicht recht zu deuten. Vielleicht war es ein Staunen darüber, daß nun alles so ganz anders aussah, als es sich der Domherr sein Leben lang vorgestellt hatte.

Lerbs kniete nieder, schlug das Kreuz und sprach ein Gebet. Aber die rechte Andacht konnte er dabei nicht aufbringen. Immer wieder drängte sich ihm die schreckliche Erkenntnis auf, daß jeder unserer Schritte zum Verhängnis werden kann. Wie hätte sonst Schwiatkowski sterben müssen, weil er, Lerbs, sich verpflichtet fühlte, nach Lisa zu suchen.

Mit Händen und Füßen scharrte er eine Mulde in die Schneeschanze, die der Nordwest gegen die Scheune geweht hatte, wälzte den Toten hinein und bedeckte ihn mit Schnee. Den schwarzen Hut, der Schwiatkowski beim Sturz vom Kopfe gerollt war, bemerkte Lerbs erst, als er sich zum Gehen wenden wollte. Er hob das ehrwürdige Kleidungsstück auf und überlegte einen Augenblick. Da entdeckte er im angedunkelten Schweißleder die eingestanzten Buchstaben *K SCH*. Er steckte am Kopfende des Grabes eine Zaunlatte in den Schnee, hängte den Hut darauf und ging.

Er ging, machte von neuem Schritte, ohne recht eigentlich zu wissen – wohin. Womöglich führten sie auch ihn ins Verderben. Er beschloß, von nun an jeden seiner Schritte mit Bedacht zu tun. Es lohnte sich. Er mußte ja Lisa suchen und finden – wiederfinden. Denn gefunden hatten sie sich ja bereits – wenn auch erst gestern.

Wohin könnte Lisa wohl gegangen sein, nachdem sie den Schwiatkowskischen Keller hatte verlassen müssen? Dorthin natürlich, wohin sie beide gehörten – in ihr Haus in der Fischergasse. »Ob von dem aber noch etwas steht?« fragte er sich und nahm sich vor, nach dem Hause zu sehen. Ein dumpfes Gefühl zog ihn dorthin, wo ihm das Gesetz noch gestern Unantastbarkeit zugesichert hatte. Auch Lisa müsse sich dort hingezogen fühlen, meinte er, als er die vereisten Dombergstufen hinabkraxelte. Er hoffte, auf diesem Umwege den wenigsten Russen zu begegnen.

Kaum aber hatte er die Langgasse erreicht, hielten ihn drei von ihnen an und durchsuchten seine Taschen. Sie waren noch emsig damit beschäftigt, als in der Nähe eine schwere Granate einschlug. Jetzt ließen sie von ihm ab und machten sich aus dem Staube.

Das Artilleriefeuer wurde stärker. Es mußte aus deutschen Rohren kommen. »Keinen Schritt unbedacht tun!« sagte er sich und stieg wieder zum Dom hinauf. Den schienen Freund und Feind zu schonen. Er stand noch unversehrt, weithin sichtbar, auf seiner Anhöhe.

Lerbs wählte den ersten besten starken Baum und ging hinter seinem Stamm in Deckung. Er wollte ganz sicher gehn und nicht etwa noch von einer deutschen Granate getroffen werden. Jedes Risiko meiden! dachte er – schon allein wegen Lisa.

Jetzt bemerkte er, daß er hier oben nicht ganz allein war, daß da und dort auch Russen hinter Bäumen Schutz gesucht hatten. Sie beachteten ihn aber nicht. Als er noch einmal sichernd um sich blickte, stellte er fest, daß er sich gar nicht so weit vom Kopernikus-Denkmal befand. Das hatte, wie er jetzt sah, einige Schäden davongetragen – genaugenommen nur das Mauerwerk, in das das Bronzerelief des berühmten Astronomen eingelassen war. Vielleicht hatten es Frevler als Zielscheibe benutzt, mit Pistolen nach ihm geschossen, das Kernstück aber nicht getroffen. Denn von Artilleriegeschossen konnten die Schäden nicht stammen.

Aber unbeirrt von all dem furchtbaren Geschehen hielt dort Kopernikus wie eh und je das zweistenglige Maiglöckchen zwischen den überschlanken Fingern seiner Linken. Von Doktor Schwiatkowski wußte Lerbs, daß das Maiglöckchen ein Symbol der Heilkunst ist. Und Nikolaus hatte ja neben Astronomie, Theologie und Mathematik auch Medizin studiert. Auch das hatte ihm der Domherr bei dieser Gelegenheit erklärt.

Sobald die Deutschen ihr Feuer eingestellt hatten, machte sich Lerbs auf den Weg. Er kam diesmal unbehelligt bis zu seinem Hause, bis zu dem, was einmal sein Haus gewesen war. Aber kaum war er auf einem Berge von Trümmern nachdenklich stehengeblieben, kam auch schon wieder eine krakeelende Horde Russen heran, die ihn sofort durchsuchten. Weil sie nichts fanden, gab ihm der lauteste von ihnen einen Stoß. Lerbs taumelte in den leeren Raum, der sich zwischen Trümmern und Haustür gebildet hatte, und blieb dort liegen, bis die Schreier weitergezogen waren.

Bevor er sich aufrappelte, sah er sich etwas um und bemerkte dabei an der Hauswand neben der Tür schwarze Schriftzeichen und dahinter deutlich den Namen Lisa. Das davor entzifferte er als *Pfarrkirche*. Es handelte sich um Lisas Nachricht, die sie mit verkohltem Holz auf die graue Hauswand gekritzelt hatte – für ihn.

Er sprang auf und kletterte aus dem Trümmertrichter, in dem Lisa auch gewesen sein mußte, um ihn auf ihre Spur zu bringen. Womöglich ist das noch gar nicht so lange her, dachte er, und wenn du dich beeilst, holst du sie vielleicht sogar auf dem Wege dorthin ein.

In seiner Aufregung beging er nun den Fehler, den kürzesten Weg, den über den Marktplatz, zu nehmen. Dort wimmelte es von Russen. In kleineren und größeren Gruppen standen sie zusammen, als besprächen sie Neuigkeiten. Bald wurde Lerbs klar, daß sie hier zusammengekommen sein mußten, um Tauschgeschäfte miteinander zu machen. Am liebsten wäre er umgekehrt und hätte den Weg über die Schul- und die Turmstraße versucht. Aber schon war er einem älteren, vollbärtigen Russen aufgefallen. Er hätte sich gar zu verdächtig gemacht, wäre er jetzt noch umgekehrt.

Der Bärtige nahm ihn denn auch sofort aufs Korn, ging lächelnd auf ihn zu, wies dabei auf Lerbs' Schaftstiefel und hielt ihm einen großen Klumpen Butter und ein Kommißbrot entgegen.

So verführerisch Lerbs dieses nahrhafte Angebot einerseits auch scheinen mochte . . . Es war ja schon lange her, daß er nichts mehr zu sich genommen hatte. Aber vom Duft der gelben Butter und von dem des verlockenden Brotes konnte Lerbs nichts spüren. Er hatte nur Brandgeruch in der Nase, Brandgeruch, der aus den vielen ringsherum schwelenden Bränden strömte und über dem Marktplatz lagerte.

Wie hätte er aber ohne seine Stiefel zu Lisa finden sollen? So winkte er also freundlich ab, indem er zuerst auf seine Füße deutete und dann den Zeigefinger wie den

Stummelschwanz eines Hundes lebhaft hin und her wedeln ließ.

Das verstand der Russe sofort, blieb aber dennoch heiter; ja, er schlug Lerbs sogar kameradschaftlich auf die Schulter. Das ermutigte Lerbs nach dem Aufenthaltsort seiner Landsleute zu fragen. »Germanski – Quartier«, sagte er und wies über den Marktplatz hinweg zur Pfarrkirche hin. Auch in diesem Punkt schienen sich beide zu verstehen. Der Russe nickte und traf sogar Anstalten, den Deutschen durch das Gewimmel erdbrauner Soldaten zu führen.

Daraufhin geschah nun für Lerbs etwas geradezu Erschreckendes: Der russische Feldwebel, der das aus nächster Nähe beobachtet zu haben schien, schlug seinem hilfsbereiten Landsmann ins Gesicht, schnauzte und fluchte und schien ihm beibringen zu wollen, wie mit Deutschen umzugehen sei. Und im gleichen Atemzuge wendete er sich nun an Lerbs und wies den durch unmißverständliche Mimik an, die Stiefel sofort von den Füßen zu ziehen. Lerbs sah sich schon in Socken vor Lisa stehen.

Er hatte das aber noch nicht ganz zu Ende gedacht, da rauschten wieder einige deutsche Granaten heran und gingen auf dem Marktplatze nieder. Eine von ihnen traf direkt auf den Kandelaber und riß ihn in tausend Stücke, die mit den Geschoßsplittern zusammen auf die erdbraunen Gestalten herabfegten. In den Hinterkopf getroffen, brach der Russe lautlos vor Lerbs zusammen, so, wie er wütend auf die begehrten Stiefel gezeigt hatte.

Mit einem Schlage war der erdbraune Spuk vom Marktplatz verschwunden. Da und dort war einer liegengeblieben – etliche stumm. Einige schrien. Dem nächsten sprang Lerbs zu Hilfe und richtete ihn auf. Der Verwundete jammerte, weil er nur ein Bein gebrauchen konnte. Er wollte ins Hospital gebracht werden und wies in Richtung *Neue Schule*, dorthin, wo schon die Wehrmacht einen Hauptverbandplatz eingerichtet hatte. Bevor sie loshumpelten, zeigte der Russe auf eine Aktentasche, die auf dem Pflaster lag. Die mußte ihm beim Fallen entglitten sein. Lerbs nahm sie auf und erkannte die Tasche des Domherrn Schwiatkowski. Er erschrak nicht wenig – am meisten aber wohl darüber, daß er dem Russen nicht einmal zürnen konnte. Womöglich hat sie der Mann hier eben im Tauschgeschäft erst erstanden, sagte sich Lerbs, während er dem Verwundeten Schritt für Schritt weiterhalf.

Der russische Sanitäter, der ihm den Jammernden abnahm, klopfte Lerbs anerkennend auf die Schulter und drückte ihm eine Schachtel Papyrosen in die Hand. Lerbs verstand die Welt nicht mehr.

Auf dem Weg zur Pfarrkirche schwebte ihm der Klumpen Butter und das Kommißbrot wie eine Fata Morgana vor Augen. Nun war es über vierundzwanzig Stunden her, daß er nichts Vernünftiges mehr zu sich genommen hatte. Jetzt wurde ihm auch klar: Durst quält doch mehr als Hunger. Er dachte an Schwiatkowski und seine Theorie vom Wesen des Wassers und dem der menschlichen Seele. Und darüber vergaß er Hunger und Durst.

Eine Frauenstimme riß Lerbs mitten aus seinen Gedanken heraus. »Ach, Sie sind's!« sagte Erna Peise und trat mit ihren beiden Mädchen aus den Trümmern eines Hauses. »Gott sei Dank! Wir dachten schon, es kämen wieder Russen.«

»Kommst du etwa aus der Pfarrkirche, Erna?« fragte Lerbs wißbegierig. »Sind dort noch welche von uns? Ich suche Lisa.«

»Die ist nicht mehr da«, sagte Erna. »Wir mußten doch alle 'raus, weil die Russen die Kirche in Brand gesteckt hatten. Ich glaube, sie sprach etwas von der Orthopädischen. Die Leute meinten, dort wären auch welche von uns untergekommen, gut untergekommen, hieß es sogar. Ob sie aber dorthin ist . . .? Ich weiß es nicht.«

Ernas Kinder begannen zu weinen und bedrängten ihre Mutter zum Weitergehn. Sie klagten über Hunger.

»Ich will jetzt versuchen, zu Frau Bischof durchzukommen. Die soll, wie ich hörte, noch etwas Brot abgeben können«, sagte Erna Peise. »O Gott!« fuhr sie weinend fort. »Wer hätte das gedacht, daß wir uns in unserer eigenen Stadt einmal von Trümmerhaufen zu Trümmerhaufen werden schleichen müssen, um zu einem Stück Brot zu kommen? Was soll aus uns noch werden?«

»Mach's gut, Erna!« sagte Lerbs und machte sich auf den Weg zur Orthopädischen Klinik. Das Feuer der deutschen Artillerie, das jetzt wieder einsetzte, kam ihm dabei gut zu statten. Die Russen hielten sich in Deckung und ließen ihn laufen. Im Domwäldchen mußte aber auch er einigemal zu Boden, so nahe lagen ein paar Einschläge.

Jetzt bemerkte er, daß in der Nähe der Orthopädischen eine russische Batterie in Stellung gegangen war, die den Deutschen antwortete. Wie es ihm schien, feuerte die über den Dom hinweg in Richtung Braunsberg. Die Mündungsflammen konnte er ganz deutlich sehen. Wenn Lisa dort Schutz gesucht hat, dachte Lerbs, welche Angst wird die Frau mit ihrem Kind jetzt ausstehen.

Aber bald stellten die Deutschen ihr Feuer wieder ein. Gleich darauf schwieg dann auch die russische Batterie. In Ruhe konnte Lerbs weitergehen. Drei Russen, die von der Klinik herkamen, beachteten ihn kaum. Im Näherkommen sah Lerbs zwei große Fahrzeuge vor dem Klinikportal stehen. Das eine erkannte er schon bald als einen langen Kastenwagen, wie er zu Umzügen verwendet wird. Nach wenigen Schritten konnte er dann auch die große Firmenaufschrift schon entziffern: *Möbeltransporte Louis Thiel Elbing.*

Ist das möglich? durchfuhr es Lerbs. Sollst du den Beginn des fast sechsjährigen Dramas hier vor dem Klinikportal noch einmal erleben? Schließt sich der Teufelskreis frevelhaften Übermutes hier an dieser Stelle?

Er sah sich plötzlich fünfeinhalb Jahre zurückversetzt, in jenen schönen Augusttag kurz vor Kriegsbeginn, an dem er mit Richard Neugebauer auf dem Elbinger Wilhelms-Platze stand und plauschte. Die neuesten Ereignisse wurden besprochen: das Verhandeln mit den Polen – Krieg oder Frieden?

»Krieg!« hatte Neugebauer hinter vorgehaltener Hand gesagt, weil er glaubte, als Zollgrenzer mehr Einsicht zu haben als er, Lerbs, der kleine Kassierer.

»Niemals«, hatte er Neugebauer damals entgegengehalten, »niemals wird ein Mann, der so schwere Verantwortung trägt, so viel aufs Spiel setzen. Denn noch lange ist nicht alles getan, was auf friedlichem Wege zum Ziel führen könnte.«

Kaum aber hatte Lerbs damals vorsichtig widersprochen, fuhr ein großer Möbelwagen auffallend langsam an ihnen vorbei. Er trug die gleiche Firmenaufschrift wie dieser hier vor dem Klinikportal. Neugebauer hatte sein Gespräch unterbrochen und dem Wagen nachgeschaut. Und da war das Seltsame geschehen, das Lerbs dann doch nachdenklich gemacht hatte:

Die hintere Firmenaufschrift des Möbelwagens wird plötzlich unleserlich, teilt sich in der Mitte, weil die Türflügel aufgehen. Aus der dunklen Höhle purzelt Hals über Kopf ein junger Mann und fällt aufs Straßenpflaster. Er rappelt sich sehr schnell wieder auf, läuft dem seltsamen Transportmittel nach und wird von seinen lachenden Kameraden, die darin dicht gedrängt stehen, wieder an Bord gezogen. Alle freuen sich über das komische Mißgeschick. Die Türflügel werden von den Männern zugezogen. Das *Louis Thiel – Möbeltransporte*

– *Elbing* ist wieder zu lesen und geht nun langsam im lebhaften Straßenverkehr unter.

»Was das bedeuten soll, wirst du dich natürlich nun fragen«, hatte Neugebauer das unterbrochene Gespräch wiederaufgenommen. »Ich will es dir unter dem Siegel der Verschwiegenheit sagen: Das sind deutsche Soldaten in Zivil – eigentlich Danziger, die in Elbing ausgebildet wurden. Du weißt ja, daß Danzig kein Militär haben darf. Nun macht man's eben so, leiht sich bei den Möbeltransporteuren Trojanische Pferde aus. Und wenn es losgeht, wird auch von Danzig aus eine kleine Armee gegen Polen marschieren. Wir am Grenzübergang zwischen Ellerwald und Einlage haben schon eine ganze Reihe solcher Trojanischer Pferde ins Danziger Gebiet lassen müssen und dürfen nichts sagen, ja nicht einmal sehen – auch die Danziger Kameraden drüben auf der anderen Seite der Nogatbrücke natürlich nicht.«

Es geht seltsam zu in der Welt, dachte Lerbs, als er so weit herangekommen war, daß er sehen konnte, wie zwei Russen einen Röntgenapparat in den Möbelwagen schafften. Sie hatten schwer zu tragen und kümmerten sich nicht um den stoppelbärtigen Deutschen, der sich da jetzt an ihnen vorbeidrückte.

So geriet er unbehelligt auf den langen Korridor des Erdgeschosses. Der war durch zertretene Pappschachteln, Glasröhrchen, Zellstoff und verstreute Medikamente so verschmutzt, daß man kaum ungehindert schreiten konnte. Die Türen der Krankensäle standen meist offen. Die Zimmer waren ausgeräumt. Das Stöhnen, das Lerbs vernahm, schien aus den oberen Stockwerken zu kommen. Er machte kehrt, um sich auch oben einmal umzusehn.

Auf dem Rückweg, dort, wo die Treppe ins Kellergeschoß führte, entdeckte ihn jetzt ein russischer Offizier. Streng und böse sah er ihn an und sprach auf ihn ein, fragte wahrscheinlich, was er hier zu suchen habe.

»Wo Germanski?« sagte Lerbs aufs Geratewohl. »Ich suchen Frau und Kind«, setzte er seinem Kauderwelsch hinzu und zeigte dabei auf seine Brust.

Der Russe brummte etwas Unverständliches, ergriff Lerbs beim Ärmel und zog ihn mit sich die Treppe hinab.

Unterwegs schlugen Lerbs Bratendüfte entgegen. Ihm drohten die Sinne zu schwinden. Aber die Fata Morgana, die ihm vor Nase und Augen schwebte, zerplatzte im Augenblick, da ihn der Russe statt in die Küche in einen weißgekachelten Raum führte. Hier schienen die Russen eine Telefonzentrale eingerichtet zu haben. Drähte über Drähte, Apparate über Apparate verwirrten das Auge. Als der Offizier mit dem stoppelbärtigen Zivilisten den Raum betrat, schauten die drei, die dort saßen, von ihren Apparaten auf. Es entstand ein Gespräch, in dem der erste den drei andern wahrscheinlich erklärte, wie er zu dem Deutschen gekommen sei.

»Was Sie hier suchen in Haus?« begann der mittlere der drei Sitzenden das Verhör und klopfte mit dem stumpfen Ende eines Schreibstiftes auf die Tischplatte. »Du Partisan oder Spion?« Aus dem Sie war ein Du geworden.

Lerbs erklärte sich, so gut er es konnte. Das Mißtrauen der Russen vermochte er damit aber nicht zu zerstreuen.

»Was du in Tasche?« forschte er weiter.

Ehe Lerbs etwas entgegnen konnte, stand einer auf und durchsuchte seine Taschen und brachte die Schachtel Papyrosen ans Tageslicht. Erst jetzt begriff Lerbs, was ihm drohte. Russische Zigaretten in der Tasche eines verworfenen Deutschen ... Und schon geschah das Ungeheuerliche: Man stempelte ihn zum Partisan und Dieb an russischem Eigentum.

Aber Lerbs nahm sich zusammen. Nur jetzt keine Unsicherheit zeigen, sagte er sich und dachte an den kalten Gewehrlauf, den er nahezu ein dutzendmal in seinem Genick gespürt und der ihn dennoch gleichgültig gelassen hatte. Er begann genau zu schildern, wie er zu den russischen Zigaretten gekommen war. Es dauerte seine Zeit, bis der Russe begriff, was Lerbs erlebt hatte. Dann aber schien die Sache Eindruck auf ihn zu machen. »Du lügen. Warten! Ich Telefon.« Schon hob er den Hörer eines Apparates ab und wartete, sprach kurz in die Muschel und wartete wieder – diesmal viel länger. Endlich konnte er sein Anliegen vorbringen.

Noch ehe er den Hörer wieder richtig aufgelegt hatte, stand er auf, schritt auf Lerbs zu und knallte ihm seine Tatze auf die Schulter und sagte: »Gutt. Du nix lügen.« Er gab ihm die Schachtel Papyrosen zurück, griff in das Fach eines Regales, entnahm ihm eine Schachtel aus seinem Vorrat und steckte ihm auch diese noch zu.

»Gutt!« sagte er nun schon vielleicht zum zehnten Mal. »Du haben Hunger. Kommen!« Er ergriff ihn, wie es schon sein Kamerad gehandhabt hatte, beim Ärmel und führte ihn über den Korridor in die Küche, aus der es so sinnenbetäubend duftete.

Die großen, frischen Blutflecken an der Schürze der Frau, die dort hantierte, fielen Lerbs zuerst ins Auge. An der gekachelten Wand hing der Körper eines ausgeschlachteten Tieres. Lerbs erkannte sofort, daß das Tier für einen Rehbock zu groß gewesen sein mußte.

»Hier geben Essen!« befahl der Russe der Köchin. »Viel Essen!« fügte er ausdrücklich hinzu, schlug Lerbs noch einmal auf die Schulter und verschwand.

»Bitte, setzen Sie sich hierher!« sagte die Frau mit unverkennbar ostpreußischer Klangfarbe. Sie wischte dabei einen Tisch ab, der an der weißgekachelten Wand stand, und rückte einen Stuhl zurecht.

»Was darf ich Ihnen vorsetzen?« fragte sie. »Hirschbraten? Oder haben Sie lieber Brot mit Butter, Wurst oder Käse?«

»Ich bin am Verdursten«, sagte Lerbs. »Bitte, geben Sie mir Wasser – Wasser! Hunger verspüre ich überhaupt nicht.« Vielleicht hatte Schwiatkowski mit seiner Philosophie vom Wasser doch recht, dachte Lerbs und hätte den Lebensspender am liebsten gierig in sich hineingegossen, den er da in einem Eimer vor sich glänzen sah.

»Nehmen Sie besser Kaffee«, entgegnete die Frau. »Er ist zwar kalt, ich kann ihn aber auch schnell aufwärmen. Wir trinken das Wasser jedenfalls nicht unabgekocht. Es muß erst von irgendwoher herangeschafft werden, weil unsere Leitung hier nicht mehr funktioniert. Mahnche, Sie müssen langsam und schluckweise trinken!« rügte die Köchin, als sie sah, wie ihr Gast die schwarze Brühe stürmisch in sich hineingoß, die große Tasse wieder zurückstellte und die Wirtin bittend ansah.

»Unbeherrscht bin ich in meinem Leben sehr selten gewesen. Aber haben Sie schon einmal nahezu zwei Tage nicht das geringste zu sich genommen? Und dann noch eine Aufregung auf die andere gehabt!«

»Mir brauchen Sie nichts zu erzählen«, sagte die Köchin. »Ich habe Elbing mitgemacht – vom Anfang bis zum bitteren Ende. Sie werden sich ausmalen können, was das für eine Frau bedeutet – dieses Ende einer zäh verteidigten Stadt.

Mahnche, essen Sie doch! Greifen Sie zu! Oder stört Sie etwa das bißchen Schießerei? Ich habe das lange genug gehört. Mich kann's nicht mehr aufregen.«

»Der Hunger hat mich nicht hierhergetrieben«, erklärte Lerbs. »Ich suche meine Schwiegertochter mit ihrem Kind. In der Stadt hieß es, hier in der Klinik wären Deutsche untergeschlüpft.«

»Außer den Patienten da oben sind hier keine Deutschen mehr. Sie werden Ihre Schwiegertochter in der Stadt suchen müssen.«

»Kümmert sich denn keiner um die Kranken da oben?« wollte Lerbs wissen.

Die Frau schlackerte mit den Schultern: »Manchmal schleiche ich hinauf und helfe, wo und soweit ich helfen kann. Aber zu meinem Schrecken muß ich auch manchmal sehen, daß die schlimmen Zeiten unsere Herzen abgestumpft haben, daß sich heute sozusagen jeder selbst der Nächste ist. Fragen Sie nicht, was ich durchgemacht habe und was mich bewogen hat, mit den Wölfen zu heulen, das heißt, mit den Russen zu gehn. Für mich hätte es keine andere Chance gegeben, dieses Elend zu überstehen.«

»Ich kann Sie verstehen«, sagte Lerbs. »Und trotzdem ist es nicht zu fassen. Zum Verzweifeln ist es. Nicht selten glaube ich die Welt um mich her mit den Augen eines Irrsinnigen zu sehen. Der Elbinger Möbelwagen da draußen vor der Tür hat mir den Teufelskreis, in dem wir nun bald sechs Jahre leben, sehr drastisch vor Augen geführt.«

»Mahnche, essen Sie doch noch etwas! Wer weiß, ob Ihnen das so bald wieder geboten wird.«

»Ach, mit dem Hunger ist das ja gar nicht so schlimm«, machte Lerbs sich die Theorie Schwiatkowskis zu eigen. »Viel schlimmer ist's mit dem Durst. Der Durst lähmt die Kräfte der Seele schon sehr bald, während der Hunger sie eher stärkt und läutert.

Ist das denn wirklich Hirsch, was Sie mir hier vorgesetzt haben«, wollte Lerbs jetzt wissen.

»Ja, es ist Hirsch – aber eine andere Art, etwas kleiner als der gewöhnliche und dann auch gefleckt. Den hier haben die Offiziere oben auf der Höhe zwischen Lenzen und Neukirch geschossen.«

»Aha, nun weiß ich«, sagte Lerbs: »Sika-Hirsch. Unser letzter Kaiser hat diese Art aus Japan kommen und sie hier in unseren Wäldern heimisch werden lassen. An so etwas hat dieser Mann ganz gewiß nicht gedacht, daß seine Hirsche einmal von sowjetischen Soldaten gejagt werden würden. Und seine Majolikafabrik und all seine Ländereien hier am Haff – jetzt in den Händen der Russen!«

»Wenn Sie jetzt nichts mehr essen können . . .«, sagte die Köchin. »Vielleicht darf ich Ihnen etwas einpacken und mitgeben – ein Kommißbrot und etwas Gebratenes? Ich will zu dem Offizier gehen. Es ist schon besser, wenn ich ihn erst frage.«

»Das ist gewiß sehr lieb von Ihnen. Leider wird mir Ihre Zuwendung nichts nützen. Denn was Sie mir hier einpacken, werden mir ein Stück weiter schon wieder russische Soldaten abnehmen. Keine zehn Schritte kann man gehen, ohne bis aufs Hemd durchsucht zu werden. Ja, wenn mir der Offizier eine entsprechende Bescheinigung mitgeben könnte . . .«

Beherzt machte sich die Frau auf den Weg zu dem Russen, der ihr Lerbs in die Küche gebracht hatte. Kaum zwei Minuten später kehrte sie mit einem leeren Karton und dem Bescheid zurück, ein Posten solle Lerbs bis in das Haus geleiten, in dem die Deutschen untergebracht seien. Und dieses Haus war das alte Bischöfliche Palais. Das hatte der Offizier telefonisch erkundet. Lerbs war es nun schon um vieles leichter. Er war Lisa ja auf die Spur gekommen.

Aber kaum hatten ihn diese Zusage und das Entgegenkommen mit Hoffnung und Zuversicht erfüllt, da stürzten ihn auch schon wieder Zweifel und Mißtrauen ins Dunkel des Untergangs zurück, Zweifel an seinem gesunden Menschenverstande. Es wollte ihm plötzlich wieder einmal scheinen, als sei alles das, was er jetzt hier erlebte, nur die Folge einer gefährlichen Störung im Haushalt seiner Seele – mit anderen Worten: als stimme bei ihm im Oberstübchen etwas nicht mehr . . .

»Für Ihr Enkelchen lege ich Ihnen ein Päckchen amerikanische Trockenmilch dazu«, sagte die Köchin und riß Lerbs damit aus seinem Spintisieren heraus. »Aber nur mit abgekochtem Wasser anrühren! Vergessen Sie nicht, Ihrer Schwiegertochter das zu sagen!«

»Dürfte ich wohl auch um eine Flasche mit Kaffee bitten?« brachte Lerbs wie im Traum heraus.

»Zum Milchanrühren aber nicht geeignet«, sagte die Köchin. »Es ist starker Bohnenkaffee!«

Der sowjetische Posten, der bald darauf in die Küche trat, ließ Lerbs wiederum keinen Zweifel darüber, daß er in einer Welt der Wirklichkeit lebte.

Beim Verlassen der Klinik sah Lerbs, daß der Möbelwagen vor der Tür nun geschlossen war. Die Hinterfront zeigte nun auch das große *Louis Thiel Elbing* wie die beiden Längsfronten. Lerbs begann die Frage zu quälen, ob das hier derselbe Wagen gewesen sein könnte, der damals in Elbing vor dem Café Maurizio einen deutschen Soldaten verlor – wenn auch nur einen in Zivil.

Der russische Beschützer ging wortlos, aber sehr selbstbewußt neben Lerbs her. Er schien nicht ein Wort Deutsch zu verstehen.

Im Domwäldchen torkelte plötzlich ein betrunkener Unteroffizier schnurstracks auf Lerbs los und griff nach dem Karton. Der Posten, ein kräftiger Kerl, versetzte dem Angreifer einen mächtigen Stoß, so daß der rückwärts gegen den Stamm einer Birke taumelte. Der so hart und unverhofft Gemaßregelte begann sofort an seiner Pistolentasche zu nesteln, ganz offenbar in der Absicht, die ihm angetane Schmach auf der Stelle zu rächen. Der Posten aber, um vieles schneller als der Betrunkene, schlug seinem Gegner, ohne zu zaudern, den Kolben der MPi gegen den Kopf, so daß die Pelzkappe davonrollte und ihr Besitzer sich, so lang er war, in den Schnee legte.

Ohne sich um den Bewußtlosen zu kümmern, sprach der Posten auf Lerbs ein, nahm ihm den Karton aus der Hand und ging seines Weges. Verdutzt schaute Lerbs seinem Eßpakete nach. Es dauerte eine Zeit, bis er das Manöver seines Begleiters durchschaute. Dann aber kamen beide unangefochten bis zum alten Bischöflichen Palais.

Das erste, was Lerbs von seinen Landsleuten vernahm, waren markerschütternde Schreie. Als der Posten sah, wie zwei seiner Kameraden eine Frau aus dem Palais schleiften, gab er Lerbs den verschnürten Karton und machte sich davon. An dem karierten Mantel erkannte Lerbs Erna Peise, die er vor kaum zwei Stunden auf dem Wege zur Pfarrkirche gesprochen hatte. Ihre hungrigen Kinder hatten dort weinend nach Brot verlangt. Jetzt schrien sie verzweifelt um ihre Mutter, von der sie sich auch durch die Fußtritte der Russen nicht abschütteln ließen.

Lerbs wurde es übel. Das Gefühl, ohnmächtig zusehen zu müssen, schnürte ihm die Kehle. Und bei dem Gedanken, die kreischende Frau könnte auch Lisa sein, drohte ihm der Sika-Hirschbraten hochzukommen. Womöglich, so schoß ihm jetzt durch und durch, womöglich hat sie solche Qualen inzwischen schon ertragen müssen. Wo mag sie jetzt bangen?

Als er das Haus, in dem er sie zu finden hoffte, betrat, wurde er gewahr, daß sich nun schon die zweite Nacht über das unfaßbare Elend senkte. Er machte sich bittere Vorwürfe, daß er so überaus leichtfertig geglaubt hatte ... Ein Machtwort hätte Lisa womöglich doch auf den Krajebieter bewegt. Ihr wäre die Hölle hier in der Heimat erspart geblieben.

»Lisa Lerbs! Ist die wohl hier?« rief er etwas gedämpft in den großen Raum. Die alte Frau Scheffler, die in der Nähe des Eingangs kniete und betete, sah flüchtig auf und wies mit dem Kinn zur offenen Tür, die zum nächsten Zimmer führte. Seinen Aufsehen erregenden Karton in der Hand, stakste er sichernd über Beine und

Körper von Liegenden und Hockenden hinweg. Alles Frauen und Kinder, wie es ihm schien. Männer konnte er nicht entdecken. Im Halbdunkel des Fensters erkannte er Lisas zickzack-gemustertes Kopftuch. Den Kopf auf die Brust gesenkt, das Kind im Arm, so hockte sie auf dem Fußboden und trauerte.

Nachdem er bis zu ihr vorgedrungen war, schaute sie erschrocken auf. »Du?« hauchte sie apathisch, als könne sie sich über nichts mehr freuen. »Wie kommst du denn hierher? Hier dürfen doch nur Frauen sein.« Dabei drückte sie ihm die Hand und zog ihn neben sich auf den kalten Fußboden. Am Fenster war dafür noch ein Plätzchen geblieben.

Zuerst erkundigte er sich nach der Kleinen, die Lisa jetzt wie ein Wollknäuel im Schoße hatte.

»Sie schläft, wie du siehst«, flüsterte sie, als dürfte kein anderer wissen, wie es um Klein Elfriedchen stand. »Sie schläft und schläft. Ich glaube schon, sie schläft, weil sie ahnt, daß sie nichts Besseres mehr zu erwarten hat. Selbst zum Weinen reichen wohl ihre Kräfte nicht mehr aus.«

»Hast du ihr denn die Brust nicht noch einmal gegeben?«

»Natürlich habe ich das – öfter als einmal –, angeboten wenigstens. Aber sie nimmt sie ja nicht mehr an.«

»Hier im Karton habe ich Trockenmilch«, flüsterte er ihr ins Ohr. »Die Milch wird sie wieder zu Kräften bringen.«

»Den ganzen Karton voll? Rudolf, wie kommst du denn zu Trockenmilch?«

»Das erzähle ich dir ein andermal, Lisa! Es ist nur ein Päckchen – nicht der ganze Karton voll. Eine Flasche mit Kaffee ist auch drin. Mit dem Trinken warte aber noch, bis es ganz dunkel ist!«

»Meinst du denn, ich brächte es übers Herz, vor den Augen der hungrigen Nachbarn etwas in den Mund zu nehmen? Oh, Rudolf, wohin sind wir nur gekommen? Bald werden wir uns fühlen wie lichtscheues Gesindel.«

»Aber mit Elfriedchen hat es doch nun große Eile«, flüsterte Lerbs. »Ich will den Karton schon heimlich aufschnüren.«

»Rudolf«, entgegnete Lisa flüsternd, »ich nehme an, du hast schon etwas getrunken und keine so trockene Zunge wie ich. Nimm, sobald du das Päckchen geöffnet hast, etwas Milchpulver in den Mund und laß es sich dort gut auflösen. Ist es soweit, übergib die Milch mir, damit ich sie der Kleinen nach und nach einflößen kann!«

Lerbs begann, den Karton vorsichtig und unauffällig aufzuknüpfen. Plötzlich war ihm, als nähere sich wieder Gefahr. Im Nebenraum, in dem es schon etwas dunkler war als in ihrem, geisterte der Lichtkegel einer Taschenlampe umher. Lerbs schob den Karton vorsichtshalber hinter seinen Rücken und gab acht. Währenddessen stupste ihm Lisa den Baschlik vom Kopf, warf ihm eine Decke über und flüsterte ihm zu, er solle sich wie eine Frau benehmen, damit er nicht etwa erkannt und wieder von ihrer Seite gerissen werde. Zudem beugte sie sich etwas vor, um ihn, soweit wie möglich, zu verdecken.

Jetzt trat der Russe in den Türrahmen ihres Raumes – großwüchsig, die brennende Taschenlampe in der Hand. Das Zwielicht in diesem Zimmer schien ihn aber zu stören. Er knipste seine Leuchte aus und hielt eine Zeitlang Rundschau, indem er sich auf einer Stelle langsam drehte.

Zuerst fühlte sich Lisa aufs Korn genommen. Ihr wurde schwindlig. Das Schreien Erna Peises klang ihr in den Ohren. Auch Lisa entschloß sich, notfalls zu schreien – durchdringend zu schreien.

Jetzt tapste der Unhold über einige Liegende hinweg bis in die Mitte des Raumes. Lisa wurde klar, daß er sich nicht sie, sondern die sechzehnjährige Eva Förster als Opfer ausgesucht hatte – Eva, die als Waise bei ihrem Großvater in der Schulstraße wohnte. Auch das grobwollene Tuch hatte ihr nichts genützt, das sie sich wie eine ältere Frau nachlässig um den Kopf geschlungen. Der Russe hatte die Tarnung durchschaut und gab dem Mädchen deutliche Zeichen, mit ihm zu kommen. Eva aber tat, als sei niemand im Raume, der sie beunruhigen könnte. Unverwandt blickte sie vor sich hin.

»Frau, komm!« gurgelte jetzt der zudringliche Werber und winkte wiederum einigemal. Als sich auch dann noch nichts rührte, grätschte er über einige andere hinweg, bis er dicht vor Eva stand. Er tippte sie an und wiederholte seine unverschämte Einladung mehrere Male. Aber immer noch tat Eva, als ginge sie das alles nichts an, und schaute unentwegt vor sich hin. Da schien es mit der Geduld des Russen zu Ende zu sein. Er zog die Pistole, wohl, um sich durch sie Respekt und Gehör zu verschaffen. Mit seiner Linken versuchte er, das Opfer zum Aufstehn zu bewegen. Aber auch das fruchtete nicht. Eva schaute unbeirrt vor sich hin.

Da endlich wurde die unerträgliche Spannung zerrissen: Evas rechte Nachbarin (Lerbs konnte nicht mehr erkennen, wer die Frau war) – sie hatte wohl mehr Angst vor der Pistole des Unholds als Eva selbst –, sie stand nun auf und bot sich anstelle des Mädchens an, mit dem Russen zu gehn. Aber der stieß die Frau nur auf ihren Platz zurück und fuchtelte Eva weiter mit der Pistole vor der Nase herum.

Da sich das Mädchen noch immer nicht bequemt, reißt dem Russen die Geduld vollends. Er zerrt Eva das schwarze Tuch vom Kopfe, so daß ihr hellblonder Schopf zum Vorschein kommt. Er greift in das volle Haar und möchte sie so zwingen, ihm ins Gesicht zu sehen. Aber wie eine Märtyrerin hält Eva still und die Augen geschlossen.

Gleich darauf knallt es zweimal kurz hintereinander auf, und Evas Kopf fällt schwer wie ein Klotz auf die Schulter der opferbereiten Nachbarin.

Das Echo war Totenstille. Selbst die Peise-Kinder, die bisher ununterbrochen nach ihrer Mutter geschrien hatten, verstummten. Mit zum Fußboden gesenkter Pistole verließ der Russe den unseligen Ort seiner Niederlage, grätschte eilig, ohne Rücksicht zu nehmen, über die Liegenden hinweg und verschwand.

Es dauerte lange, ehe sich wieder etwas regte. Die Nachbarin, auf die Eva Förster herabgesunken war, stand schließlich auf und versuchte, die Tote zu betten. Lerbs, dem auch der Schreck noch in den Gliedern saß, kam ihr zu Hilfe. Jetzt merkte er, daß es Hermine Meiski war, die sich für Eva hatte hingeben wollen – dieselbe Hermine, von der er jedesmal eine Zigarre bekommen hatte, wenn er ihr einen Feldpostbrief ihres Jungen ins Haus brachte. Welten mußten seitdem untergegangen sein. So etwa empfand Lerbs, während er der Toten mit Hermines Hilfe den Mantel auszog.

Frauen und Kinder, die am Boden saßen, machten jetzt den Weg für das schreckliche Leichenbegängnis eine Minute lang frei. Man bettete die Tote unweit der Tür im Flur und deckte sie mit ihrem fadenscheinigen Mantel zu.

»Sie hat's überstanden. Wer weiß, was dem Mädel nun alles erspart bleibt.« So lautete die Leichenrede der beherzten Hermine Meiski.

Lisa drückte Lerbs verstohlen die Hand, als er sich wieder neben ihr niederließ.

Inzwischen war es vollends dunkel geworden. Lerbs kramte das Milchpulverpäckchen vorsichtig und unauffällig hervor und nahm davon etwas in den Mund. Warum habe ich mir denn nicht auch ein Fläschchen mit abgekochtem Wasser von der Köchin geben lassen, warf Lerbs sich jetzt vor.

In diesem Augenblick schlugen draußen vor dem Fenster Stichflammen empor. Lerbs sprang auf und schaute hinaus. »Das Palais brennt!« schrie er. Das Milchpulver stob ihm dabei aus dem Mund. »Der Schuft hat Benzin über das gestapelte Holz im Keller gegossen und angezündet!« Jeder, der das hörte, wußte, wen Lerbs mit dem Schuft gemeint hatte.

Die meisten springen sofort auf. Mütter kreischen laut und drängen mit ihren Kindern zum Ausgang. Die Sitzengebliebenen werden von den Drängenden überrannt und getreten. Lerbs reißt Lisa vom Boden auf. Dabei entfällt ihr das Kind. Ehe er es aufheben kann, gerät es unter die Füße der Fliehenden. Lisa schreit und jammert. Endlich gibt ihr Lerbs das Kleine wieder in die Arme.

Sie sind bis in den großen vorderen Raum gekommen. Dort aber geht's plötzlich nicht weiter, weil Kellerhals und Treppenhaus schon brennen. Die Masse drängt aus dem Flur in den Raum zurück. Von allen Seiten wird Lisa gedrückt und gestoßen. Sie schreit um ihr Kind.

Da bemerkt Lerbs, daß ein Fenster des Raumes von den Flammen, die aus dem Keller schlagen, noch nicht bedroht wird. Schnell zwängt er sich zu ihm hin und reißt es auf. Von der Schneeschanze bis zur Fensterbank ist es kaum mehr als mannshoch.

»Los!« befiehlt er, ohne erst zu erklären, und greift nach irgendeiner Frau. Wie er jetzt merkt, ist es Else Kraffzick. Ihr Hund hat ihn auf seinem Bestellgang immer so widerwärtig angekläfft. Sie ist nun die erste, die so ins Freie gelangt.

Immer zuversichtlicher schwangen sich nun die übrigen Frauen und Kinder auf die Fensterbank, um sich an den Armen ihres früheren Briefträgers in den verschneiten Garten hinabzulassen. Zuletzt kam Lisa an die Reihe. Mit ihrem Kind machte sie's wie die andern: Sie breitete eine Decke aus und legte das Kleine darauf, raffte die Deckenzipfel zusammen und ließ es wie in einem Beutel in die helfenden Hände der andern hinab.

Außer Eva Förster blieb niemand zurück. Lerbs ließ sich als letzter hinab zu denen, die nun im Feuerschein des Hauses ratlos umherstanden. Kaum hatte er festen Boden unter den Füßen, hörte er Frauen aufschreien und um Hilfe rufen. Schnell brachte er Lisa in ein Versteck.

»Rudolf, unser Elfriedchen ist tot!« klagte sie unterwegs. »Wenn sie nicht mehr atmet, ist sie doch tot.«

Er setzte seinen Karton in den Schnee, zog einen Handschuh ab und befühlte den zarten Körper. Dann nahm er Lisa das leblose Wollknäuel wortlos ab.

»Lebt denn Elfriedchen nun wirklich nicht mehr?« bedrängte sie ihren Schwiegervater und lehnte sich halb und halb an ihn, so schwach fühlte sie sich auf den Beinen.

Er antwortete nicht, überlegte aber, wie er Lisa das vom schrecklichen Tod Schwiatkowskis beibringen könnte. Er war entschlossen, Klein Elfriedchen an die Seite des toten Gottesmannes zu legen. Deshalb dachte er nach, wie zum Grabe hinter der Scheune zu kommen sei, ohne dabei vielen Russen zu begegnen.

Auf Schleichwegen kamen sie endlich unangefochten an die Stelle, an der um ein Haar zwei Tote gelegen hätten. Lerbs war inzwischen klargeworden, daß der Pockennarbige dem fünfzehnjährigen Jungen den Befehl gegeben hatte, sie beide zu erschießen. Lisa sträubten sich die Haare, als Lerbs ihr erzählte, wie sich das zugetragen hatte. »Rudolf!« flüsterte sie und griff nach seiner Hand, als müßte sie sich überzeugen, daß er noch neben ihr ging.

Lerbs scharrte den Schnee, den er vor Stunden erst angehäufelt hatte, weg und legte dem toten Domherrn das tote Elfriedchen zur Seite. Nachdem die beiden

Leidtragenden gemeinsam ein Gebet gemurmelt hatten, standen und standen sie fassungslos mit gesenkten Häuptern im Schnee. Die Nachtkälte griff unerbittlich durch Lisas Kleider. Die Brustwarzen schmerzten stechend, Hände und Füße nicht weniger. Lisas letzte Kräfte verwandelten sich in Angst: »Rudolf, was soll nun werden?« begann sie zu weinen und hängte sich an ihn, ihn, der versprochen hatte, immer für sie dazusein.

»In der Stadt irgendwo eine Bleibe zu suchen ist nicht ratsam«, sagte Lerbs, während er Lisa umfaßt hielt und ihr den Rücken beruhigend klopfte. »Dort treiben sich zuviel Russen herum. Schon der erste, dem wir begegnen . . . Du weißt ja, was ich meine. Wir wären die längste Zeit beieinander gewesen. Ich meine, wir versuchen unser Glück in der Klinik. Der Offizier, der mich heute dort so gut bewirten ließ . . . Wenn ich den wiedertreffe, der wird uns schon ein Nachtlager geben. Wenn er nicht gewesen wäre, hätte ich dich womöglich heute noch nicht gefunden.«

»Komm, laß uns gehen!« sagte Lisa. »Ich halte es vor Kälte nicht mehr aus. Auf dem Wege zur Orthopädischen wird uns so leicht kein Russe begegnen.«

Sie hatten Glück, obwohl ihnen einigemal sowjetische Soldaten entgegenkamen. Lisa tat dann jedesmal so, als sei sie schwer gebrechlich und müsse von ihrem Begleiter mühsam zum Krankenhaus geschleppt werden.

Je näher sie an die Klinik herankamen, um so deutlicher erkannte Lerbs: es standen zwei Fahrzeuge vor dem Portal. Im Augenblick, als er herauszubekommen suchte, ob das eine noch immer der Möbelwagen vom Nachmittag war, erschreckte ihn das hinlänglich bekannte Stoy. Eine Taschenlampe blitzte auf und blendete die beiden Ankömmlinge. Lerbs wurde der Karton unter dem Arm hervorgezogen. Der Posten beleuchtete und betrachtete den Deckel mit dem auffallenden Fabrikzeichen und gab das Paket unerwartet schnell zurück. »Gutt, Kamerad!« sagte er, klopfte Lerbs wie einen alten Bekannten auf die Schulter und fügte seinem Gutt-Kamerad noch etwas Unverständliches hinzu. Jetzt war Lerbs klar, daß er an seinen Begleiter vom Nachmittag geraten war. Er zeigte auf den Eingang zur Klinik, legte die rechte Hand flach gegen das rechte Ohr, neigte den Kopf zur Seite und wies wieder zum Eingang der Klinik. Der Posten winkte ab. Aber Lerbs gab sich noch nicht geschlagen. Er durfte noch nicht aufgeben. Was sollte sonst aus ihnen beiden werden? Er mußte versuchen, Mitleid zu erregen bei seinem Begleiter von heute nachmittag. Daß der aus etwas anderem Holz geschnitzt war als die meisten seiner Kameraden, das hatte Lerbs schon gespürt. So nahm er also jetzt Lisas Kopf und neigte ihn zur Seite auf seine flache Hand und deutete wieder auf das Portal. »Schlafen - schlafen!« stieß er hervor, auch mit dem französischen Allerweltswort coucher versuchte er's, mit dem er sich im Ersten Weltkrieg so manches Mal zu verständigen gewußt hatte. Aber auch das hatte keinen Erfolg.

Lerbs fuhr ein schwereres Geschütz auf, griff in die Tasche und hielt dem Posten eine Schachtel Papyrosen hin. Denn soviel hatte er schon gehört: der einfache Soldat bekam solche Kostbarkeit nur selten. Der rauchte meist nur in Zeitungspapier gewickelten Machorka. Aber sehr bestimmt wehrte der Russe wiederum ab. In die Klinik durfte er niemanden lassen.

Aber etwas anderes schien ihm jetzt einzufallen: Er ging auf die hintere Tür des Möbelautos zu, öffnete die beiden Flügel, so, wie sie sich damals vor Café Maurizio von selbst geöffnet hatten. Im Schein der russischen Taschenlampe sah Lerbs dort hohe Stapel von Roßhaarmatratzen und Kamelhaardecken. Mit dem hin und her huschenden Scheine seiner Taschenlampe ermunterte der Posten einzusteigen.

Ungläubig blickte Lerbs den Russen an, den er jetzt im Widerschein der Taschenlampe ganz deutlich als jenen erkannte, der ihn am Nachmittag bis vor das alte Bischöfliche Palais gebracht und unterwegs seinen Karton mit den nahrhaften Geschenken so überaus standhaft verteidigt hatte. Mißtrauen war also keinesfalls am Platze. Und schon ermunterte er seinerseits Lisa zum Einsteigen, indem er ganz einfach zugriff und sie auf den Matratzenstapel bugsierte. Während sie sich die vereisten Stiefel von den Füßen zog, sprang Lerbs noch einmal schnell zur Seite, um das zu tun, was Lisa schon unterwegs hinter einem Busche erledigt hatte. Dann kletterte auch er hastig hinauf. Der Posten war sehr eilig. Noch hatte Lerbs seine Langschäfter nicht von den Füßen, da fielen die Türflügel schon ins Schloß. Und wieder schwebte ihm jene seltsame Straßenszene vor den Schaufenstern des Cafés Maurizio vor Augen.

Wie eingesargt kamen sich die beiden vor. Sie lagen eine ganze Zeit still und stumm nebeneinander, ehe sie wagten, sich zu rühren und für die Nacht einzurichten. Wolldecken boten sich ihnen dafür genügend an. Lerbs griff ungeniert zu und breitete vier Stück über sich und Lisa aus. Er meinte, dadurch schon bald etwas Wärme zu empfinden. Aber die flauschigen Decken waren von so eisiger Kälte durchdrungen, daß es Lisa bibbernd die Zähne aufeinanderschlug. »Komm«, sagte Lerbs, »laß uns die feuchten Oberkleider vom Leibe ziehen! Vielleicht können wir uns dann gegenseitig etwas leichter erwärmen.«

Nachdem das geschehen war, rieb er ihr den Rükken und befreite sie dadurch von ihrem Zähneklappern. Dann kamen die Füße dran. Er rieb und massierte sie, knetete Fersen, Fesseln und Waden kräftig. Und während er den einen Fuß mit Hingabe bearbeitete, barg er den andern an der wärmsten Körperstelle, so daß es ihn dabei selbst heiß überflutete.

»Spürst du denn noch immer nichts von Wärme?« fragte er flüsternd.

»Du bist so besorgt um mich, so lieb, Rudolf, daß es mir allein schon dadurch warm werden muß. War es denn wirklich nötig, erst in solches Elend zu geraten, um zu spüren, wie beglückend es ist, sich gegenseitig zu erwärmen. Zieh bitte noch eine Steppdecke über uns und leg dich dann zu mir! Ach, wenn ich nur nicht immer an unser armes Elfriedchen denken müßte ...«

»Laß Elfriedchen ruhn!« tröstete Lerbs. »Denk an das, was Hermine Meiski von Eva Förster sagte: Sie hat's überstanden. Wer weiß, was der Kleinen nun alles erspart bleibt. Du bist doch noch so jung, Lisa. Du kannst noch genug Kinder bekommen, wenn du sie haben willst – in guten, friedlichen Zeiten, meine ich. Aber jetzt solltest du endlich etwas essen und trinken, damit du wieder zu Kräften kommst!«

»Trinken – o ja! Aber Hunger habe ich so gut wie nicht«, erklärte Lisa, während Lerbs schon an der Schnur seines Kartons herumnestelte und an Doktor Schwiatkowskis Worte vom Wasser und der menschlichen Seele dachte. Bevor er Lisa nun die Flasche mit Kaffee in die Hand drückte, steckte er ihr zwei zusammengerollte Wolldecken in den Rücken. So konnte sie mit angezogenen Beinen, gegen die Wagenwand gelehnt, sitzend trinken. Sie ließ sich auch zureden, immer nur kleine Schlucke zu nehmen und – um dem Körper etwas Eiweiß zuzuführen – vor jedem Schluck ein wenig Milchpulver zu lecken.

»Uuh!« machte Lisa plötzlich. »Am liebsten möchte ich jetzt von dem eisigen Zeugs gar nichts mehr trinken. So kalt ist es mir auf einmal wieder.« Sie fing aufs neue zu bibbern an.

Er nahm ihr den Kaffee und das Milchpulver aus den Händen, stellte die Kostbarkeiten in seinen Karton zurück, nahm Lisa wieder in die Arme und massierte ihr den ganzen Körper so kräftig, daß sie schon nach kurzem flüsterte: »Jetzt endlich spüre ich's. Ich werde warm. Deine Hände haben es fertiggebracht, Rudolf. Hoffentlich wird es dir nicht zuviel, was du alles für mich tun mußt.«

»Nein, Lisa«, beschwichtigte Lerbs. »Für dich ist mir nichts zuviel. Im Gegenteil: viel zuwenig ist alles, was ich für dich tun kann, um gutzumachen, was ich an dir versäumt habe.«

»Oh, Rudolf, wie gut mir deine lieben Worte in den Ohren klingen, wie sie mich in den Schlaf wiegen. Wirf uns noch eine Decke über und lege dich zu mir. Keine Minute länger kann ich mich wach halten. Ach, wenn ich dich nicht hätte, Rudolf ...«

Er legte zwei Wolldecken zu einem länglichen Kissen zusammen und schob Lisa das eine Ende davon unter den Kopf, breitete noch eine Steppdecke aus und kroch schließlich selbst darunter, nachdem er alle Kleider greifbar zurechtgelegt hatte.

»Komm nur getrost etwas näher, mein Stoppelbärtchen!« flüsterte Lisa und küßte ihn schlaftrunken auf die stachlige Wange. »Komm, damit wir uns gegenseitig erwärmen können. Vor einer Stunde sah ich uns schon in der Kälte einschlafen und erfrieren. Ein Glück, daß es auch noch menschenfreundliche Russen gibt. Nur daß Elfriedchen nicht auch bei uns sein kann ...«

Den letzten Satz hatte Lisa noch nicht ganz ausgesprochen, da schliefen beide schon so fest ein, daß sie vom Rest der Nacht nicht das geringste mehr merkten – auch nicht, daß ihr Gönner am Morgen die Türflügel öffnete. Erst sein gutgemeintes Dawai-dawai schreckte Lerbs aus bleiernem Schlafe. Die seltsame Lage, in der er sich bei hellem Tageslicht mit seiner Schwiegertochter wiederfand, war ihm nun doch etwas peinlich.

Vorsichtig rüttelte er Lisa wach und reichte ihr die Kleider hin. Dann machte er sich selbst fertig und sprang als erster aus dem Wagen auf den festgetretenen quietschenden Schnee. Hals über Kopf machte sich Lisa fertig. Der Posten gab Zeichen, die erkennen ließen, daß er es eilig hatte. Vielleicht wußte er schon, was Lisa und Lerbs noch nicht ahnen konnten: daß man in der Stadt nach allen zurückgebliebenen Deutschen suchte und sie wie zerstreute Schafe zu einer Herde zusammentrieb.

Kaum waren beide hundert Schritte von der Klinik entfernt, da liefen sie schon einer russischen Streife in die Arme. Einige Frauen hatten die Russen hier im Domwäldchen schon aufgegriffen. Lerbs erkannte Anna Dennewitz und Emma Gurski, die aber nur unverwandt zu Boden blickten, als wären sie ertappte Schwerverbrecher.

Als sich die Streife mit ihren vier Gefangenen der Elbinger Chaussee näherte, bemerkte Lerbs, daß sich auf der anderen Seite der Straße eine ganze Schlange von Deutschen in Richtung Neukirch-Höhe bewegte. Wohin soll das gehen? fragte sich Lerbs.

»Pascholl!« rief in diesem Augenblick der Streifenführer und stieß seine vier Deutschen über die Straße hinweg zu den vielen, die dort neben der Chaussee auf freiem Felde, von Wachtposten angetrieben, dahinstapfen mußten.

Die Gefangenschaft, in die sie beide von neuem geraten waren, löste in Lerbs ein seltsames Gefühl von ungewohnter Freiheit aus. Die Sorge, wie es mit ihnen nun hätte weitergehen sollen, schien plötzlich von ihm genommen – die Frage, wohin er sich mit seiner Lisa nun hätte wenden sollen, war auf eine unerwartete Weise plötzlich gelöst. Nun, da sie beide einer großen Herde zugeteilt waren, hatten da nicht andere für sie zu sorgen, Stärkere, solche, die regierten und nur zu befehlen brauchten? Für Augenblicke schien eine schwere Last von seinen Schultern zu fallen.

Aber dieses Gefühl blieb vage, verschwommen. Und so entglitt es ihm auch bald wieder.

Sie waren ans Ende des traurigen Zuges gekommen, zu jenen, denen das Marschieren besonders schwerfiel und die von den Posten ständig angetrieben werden mußten, damit sie den Anschluß ans Ganze nicht verloren. Wie lange werden die halbverhungerten Menschen das aushalten? fragte sich Lerbs. Bis Elbing? Oder gar bis Sibirien?

Auch Lisa schien sich mit schlimmen Gedanken zu tragen. Sie trippelte schon die ganze Zeit stumm zwischen Lerbs und der schmächtigen Hildegard Lamotte dahin.

Hilde Lamotte trug ihren fünf Monate alten Jungen auf dem Arm und begann bald zu stöhnen. Lisa erbot sich, ihr das Kind eine Strecke zu tragen. Kein Wunder – daß sie nach dem Schicksal ihres Elfriedchens gefragt wurde. Und so berichtete sie von der Katastrophe im alten Palais, die aber, wie sich zeigte, Hilde selbst miterlebt hatte.

»Nix spräcken!« fuhr der Posten hinter ihnen dazwischen, als Hilde Lamotte von den Erlebnissen nach ihrem Sprung aus dem Fenster berichten wollte.

Nachdem sie eine ganze Zeit stumpfsinnig dahingeschritten waren, schienen die russischen Wachtposten plötzlich die Lust an ihrem Dienst verloren zu haben. Lerbs beobachtete, daß einer nach dem andern von ihnen stehenblieb, der Zug sich aber weiter bergauf bewegte.

Eilig traten die Russen zu kurzem Beraten zusammen und gaben den Deutschen unmißverständliche Zeichen: Sie sollten ihren Marsch auf die Höhe allein, ohne militärische Begleiter, fortsetzen.

Also wieder einmal – weitermarschieren! dachte Lerbs und sah den Abstand zwischen dem Trauerzug und den abwinkenden Russen immer größer werden. In den verflossenen zwölf Jahren hatten sie es zur Genüge geübt, dieses Weitermarschieren. Was Wunder, wenn es nun auch ohne Aufseher klappte.

Also – weitermarschieren!

Lerbs wollte es scheinen, als riefe ihnen einer der Russen immer wieder den Namen des nächsten Dorfes zu. Es klang fremdartig und rauh. Wie aber konnte Neukirch aus russischer Kehle anders klingen? Vielleicht wollte man, daß sie bis Neukirch weitermarschierten und dort auf die Wachmannschaft warteten. Das war zwar sehr ungewiß, aber immerhin eine Erklärung. Ganz gewiß war jedoch inzwischen geworden: die russischen Wachtposten hatten den Rückmarsch angetreten und waren den verstohlenen Blicken der Deutschen entschwunden. Die Vertriebenen marschierten ganz auf sich allein gestellt.

Eine Zeitlang gingen sie stumm dahin und wagten kein Wort zu sprechen. Plötzlich aber brach Marta Klein den beklemmenden Bann. »Nun weiß ich's genau«, sagte sie ungeniert laut, »wir kommen nicht nach Sibirien! Wir bleiben in der Heimat!«

Marta Kleins zuversichtliche Worte lösten nun allen die Zunge. Vielleicht halfen dabei auch die milden Lüfte, die mehr und mehr spürbar wurden. Ganz plötzlich hatte die beißende Kälte nachgelassen und war angenehmen Luftströmen gewichen. Der Schnee fing an zu pappen. Einen Augenblick erzeugte das bei Lisa den Wahn, der Elendszug kehrte jetzt aus dem schrecklichen Lande Sibirien zurück.

Gerade wollte sich Lerbs dazu entschließen, Lisa das Lamotte-Kind eine Zeitlang abzunehmen, da fiel ihm auf, daß drüben auf der Chaussee ein Lastwagen anhielt. Vier erdbraune Gestalten sprangen von ihm ab und kamen im Laufschritt direkt auf das Ende der Marschkolonne zu. Lerbs ahnte nichts Gutes. Wie gelähmt ließ er davon ab, Lisa das Kind aus den Armen zu nehmen. Schon riß ihm einer der vier den Karton aus der Hand. Die andern ergriffen Hilde Lamotte und schleppten sie fort – dorthin, woher sie gekommen waren. Sosehr sich die zierliche Frau auch wehrte, sosehr sie nach ihrem Kinde schrie ... Sie wurde davongetragen – zu jenem haltenden Lastwagen, von dem sich ihr eine ganze Reihe Arme entgegenstreckten, die die Frau aus den Händen der anderen entgegennahmen und zu sich hinauf auf die Ladefläche zogen. Kaum waren die Zuträger nachgestiegen, ruckte der Laster auch schon an und fuhr eilig talwärts davon.

Als müsse Lisa der schreienden Mutter das Kind nachtragen, machte sie kehrt, löste sich von den andern und lief, so schnell sie konnte, hinter dem Lastwagen her. Der war ihren Blicken zwar sehr schnell entschwunden; aber sie lief weiter, bis sie außer Atem war. Dann erst ging sie im Schritt. Lerbs folgte ihr. Und bald folgten andere. Immer mehr kehrten um. Schon war der ganze Zug, in kleinere und größere Gruppen zerrissen, auf dem Wege zurück in die Stadt. Niemand sprach über die plötzliche Wende. Jeder hielt es für die natürlichste Sache der Welt, sich wieder heimwärts bewegen zu können.

Das Kehrtmachen hatte Lisa und Lerbs unverhofft an die Spitze des Zuges gebracht. Durch das anstrengende Laufen war Lisa außer Atem geraten. Lerbs nahm der Erschöpften den Säugling aus den Armen und ging wortlos neben ihr her.

»Schnell, Rudolf, gib mir das Kind wieder!« sagte Lisa, als sie eine andere Horde Russen von der Chaussee her auf sich zukommen sah. Mit ihm hoffte sie, vor zudringlichen Werbern Gnade zu finden.

Im Nu hatten die Russen ihre Opfer ausgewählt und versuchten, sie sich gefügig zu machen – gleich hier auf freiem Felde, am Rande der Straße, angesichts aller – auch der weinenden Kinder.

Lisa wurde von einem bedrängt, der, wie es schien, der jüngste in der Gruppe dieser Rotarmisten war. Sie wies klagend auf ihr Kind. Aber auch der kleine Lamotte schien ihr diesmal nicht helfen zu können. Sie möge das Bündel solange in den Straßengraben legen, machte ihr der Russe durch Zeichen deutlich.

In ihrer Not drückte sie das Kind zärtlich ans Herz und schmiegte sich an die Seite ihres Begleiters, der sich auch gleich in die Rolle fügte, die ihm Lisa zugewiesen hatte. Er umarmte Frau und Kind wie ein liebender Vater.

»Mein Mann!« log sie in ihrer Bedrängnis. »Mein Mann – nix Frau komm!«

Das Bild, das die drei ihm jetzt boten, stimmte den Russen weichherzig. Es erinnerte ihn an jene Ikone, die ihm die Mutter, als er noch Kind gewesen war, um die Weihnachtszeit heimlich gezeigt hatte. Er schämte sich plötzlich, ging wieder hinüber zur Chaussee. Seine Kameraden begrüßten ihn mit kehligem Lachen.

Innerlich ausgebrannt und ausgehöhlt, machten sich Lerbs und Lisa auf den Weg, um den Anschluß an ihre Landsleute wiederzufinden.

Vor sich die qualmenden Trümmer der Stadt – hinter sich das Johlen der berauschten Sieger, so hasteten sie hinter den anderen her.

Onkel Wilhelm bleibt am Haff und macht sich nützlich

Onkel Wilhelm und sein Schlittenfuhrwerk hatten das Domstädtchen zwar noch zu einem günstigen Zeitpunkt verlassen können. Aber in keinem Braunsberger Lazarett wurde der Fahrer auch nur einen seiner Verwundeten los. Das hätte er sich – auch Doktor Kunz natürlich – an den fünf Fingern abzählen können: Schon wochenlang zwängte sich der endlose Flüchtlingsstrom durch die kleine Stadt. Er ließ seine Kranken, Verwundeten und Gebrechlichen selbstverständlich hier zurück. Die sowjetischen Granaten und Fliegerbomben, die nun schon tagelang auf Häuser und Straßen niedergingen, hatten das Ihre dazu getan. Vor Tagen erst war das Lazarett, das man im Gymnasium eingerichtet hatte, bei einem Luftangriff zerstört worden.

Wohin er nun auch kam . . . Überall wurde er fortgeschickt und auf das große Zentral-Lazarett in Heiligenbeil verwiesen, das dort in der ehemaligen Flugzeugfabrik ganz neu eingerichtet worden war. In diesen großen Fabrikhallen sei mehr als genügend Platz.

Nun also weiter nach Heiligenbeil! Das Umherzockeln in Braunsberg war er sowieso längst leid geworden. In den Straßen der einstigen Hansestadt am Frischen Haff herrschten heute alte Männer. Sie trugen weiße Armbinden mit dem Aufdruck *Volkssturm*. Ehe sich's Onkel Wilhelm versehen hatte, war er von ihnen gleich zu Anfang auf die Straße nach Neu-Passarge dirigiert worden, wohin er aber doch überhaupt nicht wollte. Im Verlauf der nächsten Irrfahrt geriet er mit seinen Verwundeten auf den Hof der Zigarrenfabrik.

Dorthin leiteten die Volkssturmmänner aber gewöhnlich nur solche Fuhrwerke, die Möbel und Hausrat mit sich führten und – um freie Fahrt zum Haffeis zu bekommen – die Sachen erst auf dem großen Fabrikhof abladen und dann dafür Frauen mit ihren Kindern aufnehmen mußten.

Was hatte Onkel Wilhelm also hier zu suchen, wo Fabrikmauern von den Flüchen abladender Bauern widerhallten, wo sich Möbel auf Gerümpel und Gerümpel auf Möbel türmten. Er wollte seine vier Verwundeten menschenwürdig unterbringen.

Wie aber aus dieser Wirrnis hier herauskommen? Die Flüchtlinge drängten unentwegt zum Haff hinab. Gegen solchen Strom war nicht mehr anzukommen. Er mußte Nebenstraßen suchen, um nicht noch einmal in den Strudel zu geraten.

Plötzlich wurde das russische Artilleriefeuer wieder stärker. Zwei nahe Granateinschläge hatten die Pferde unruhig gemacht. Er stieg vom Schlitten und führte die Tiere am Zaum. In der engen Gasse, in die er sich verirrt hatte, versperrte ihm ein Kinderwagen den Weg. Zwei kleine Mädchen, die neben dem Wagen warteten, riefen verzweifelt nach ihrer Mutter. Aber die hörte das nicht. Wie irrsinnig geworden, versuchte sie, einen Bäcker zu erweichen. Er sollte die Ladentür öffnen und ihren Kindern Brot geben.

»Gehen Sie doch zur Päpstlichen Mission!« rief ihr ein Volkssturmmann zu, der das im Vorbeigehen beobachtet hatte. »Die Päpstliche Mission ist doch hier gleich um die Ecke«, sagte er, nun Onkel Wilhelm zugewandt, und machte, daß er weiterkam.

»Am Portal der Päpstlichen Mission wird die Frau ebenso vergeblich rütteln wie hier an der Tür des Bäckers«, rief Onkel Wilhelm dem Volkssturmmanne nach, griff in die Manteltasche, zog seine Brote hervor und brachte sie der Frau hin.

Daß es in der ehemaligen Hansestadt eine Katholische Akademie und ein Jesuitenkolleg gab, das hatte er wohl schon einmal gehört. Auch von einem Bischöflichen Priesterseminar wußte er. Aber eine Päpstliche Mission . . ., von der hörte er heute zum erstenmal. Sie wird auch längst über alle Berge sein, sagte sich Onkel Wilhelm, während er zu seinen Pferden zurückkehrte.

Kaum hatten die zum Weiterfahren angeruckt, schleppten zwei Volkssturmleute eine blutende Frau heran. »Du fährst doch ins Lazarett, Kamerad«, sagten sie und legten ihm die Bewußtlose einfach hinten auf den Schlitten. »Nimm sie mit! Wir wissen nicht, wohin mit ihr.«

Während er die Frau im Stroh des hinteren Schlittens zu betten suchte, kam ein Mädchen weinend herangestürzt: Es wolle bei seiner Mutter bleiben. So nahmen die Verwundeten das Mädchen Ursula in ihre Mitte.

Außerhalb der Stadt nahm Feldgendarmerie dem Volkssturm die Ordnungsgewalt ab und leitete Onkel Wilhelms Fuhrwerk sofort auf Nebenwege um. So kam es, daß aus den anderthalb Meilen, die es über die Reichsstraße 1 von Braunsberg bis Heiligenbeil gewesen wären, eine Strecke von über fünfzig Kilometern wurde – eine kleine Ewigkeit für die Verwundeten.

Als die Sonne unterzugehen begann, erwachte die Frau aus ihrer Bewußtlosigkeit. Sie klagte und jammerte über entsetzliche Schmerzen im Leib. Die Stöße, die der Schlitten von den Unebenheiten des Weges erhielt, ließen sie jedesmal aufschreien. So steuerte Onkel Wilhelm das nächste Bauerngehöft an. Und das war, wie man ihn hierzulande häufig fand, ein sogenannter Abbau: Wohnhaus und Wirtschaftsgebäude dicht nebeneinander, von Buschwerk und einer Baumgruppe etwas verdeckt.

Onkel Wilhelms Schlitten war nicht das einzige

Fuhrwerk, das hier für die Nacht Unterschlupf suchte. Es wimmelte auch bereits von allerlei Fußvolk, das Stroh oder Heu aus der Scheune in irgendeine Ecke des Wohnhauses schleppte, um sich der Nachtkälte einigermaßen erwehren zu können. Denn alles Brennbare war bereits verheizt – auch Möbel, Türen und Fensterkreuze. Einen Besitzer, der das hätte verhindern können, schien es hier schon lange nicht mehr zu geben. Jeder tat, was ihm seine Notlage zu tun gebot.

Weil keiner der Flüchtlinge seinen bereits eingenommenen Platz hatte räumen wollen, mußte Onkel Wilhelm seine Verwundeten an fünf verschiedenen Stellen unterbringen – zwei von ihnen sogar in einem abgelegenen Raum. Diese beiden konnten sich aber wenigstens selbst mit Stroh versorgen, während er es den andern zutragen mußte.

Als er sich dann endlich selbst zur Ruhe begeben hatte, hörte er das Mädchen Ursula laut aufschreien: »Meine Mutti ist tot! Meine Mutti ist tot!« rief das Kind untröstlich und rüttelte immer wieder von neuem an der Liegenden herum.

Es war nicht leicht, auf der überbelegten Strohschütte von einem Lager zum andern zu kommen. Aber was blieb Onkel Wilhelm anderes übrig, als dem Mädel beizuspringen. Unter einem fadenscheinigen Vorwand brachte er Ursula in den Nebenraum zu einem der beiden anderen Verwundeten. Dann kehrte er zurück und schaffte die Tote mit der Hilfe einiger Flüchtlinge durch die nächste Fensterhöhle in den verschneiten Garten. Der frei gewordene Platz kam den Helfern zugute.

Als Onkel Wilhelm endlich an seine Lagerstelle zurückgekehrt war, merkte er, daß aus dem Einschlafen nichts mehr wurde. Er fror, und die Tote vor dem Fenster und die Klageschreie des Kindes beunruhigten ihn immer wieder aufs neue – dazu das ständige Kommen und Gehen in den zugigen Räumen.

Von dumpfen Ahnungen getrieben, stand er schließlich wieder auf, stieg sichernd und tastend über die Liegenden hinweg, um einmal nach seinen Pferden zu sehen. Und wahrhaftig – er kam gerade recht, um einer dunklen Gestalt noch die Zügel seiner Tiere aus den Händen reißen zu können. Mit Tritten in den Hintern trieb er den Schubiack vom Hof und richtete sich für den Rest der Nacht im Stall ganz in der Nähe seiner Pferde ein. Und dieser Umzug bewährte sich sogar. Er schlief nun wie in Abrahams Schoß.

Als er seine Leute am nächsten Morgen zusammentrommelte, fehlte Ursula. Man fand sie aber bald im Garten. Dort hockte sie weinend neben ihrer toten Mutter, ohne die sie nicht mitfahren wollte. Mit einiger Gewalt und vielen guten Worten wurde sie dann aber doch auf den Schlitten gebracht.

Noch einmal mußte Onkel Wilhelm seine unruhigen Pferde vom Antraben zurückhalten: den dickverbundenen Arm in der Schlinge, trat ein Unteroffizier an den Schlitten und wollte mitgenommen werden, wenn die Fahrt ins Lazarett von Heiligenbeil ginge.

Gedankenverloren nickte Onkel Wilhelm und wies dem Neuling wortlos den freien Platz neben sich auf dem Bock an. Etwas umständlich stieg der Verwundete auf, und los ging's.

Der Schlitten hatte den Hof noch nicht ganz hinter sich gelassen, da begann der Zugestiegene zu fragen: »Woher, Kam'rad? Mir ist, als hätte ich dich schon mal gesehen.«

»Liebstadt, Kreis Mohrungen«, antwortete der Gefragte.

»Doch nicht etwa von dem Abbau, wo unser Infanteriezug den Besitzer und seine Frau aus den Federn holte?«

»Wenn du das so genau weißt, dann wird's schon stimmen. Einer von euch gab meiner Frau den dringenden Rat, die Flucht noch in derselben Nacht anzutreten.«

»Und das war ich, Kam'rad«, sagte der Neuling, »ich, Anton Thimm aus Sauerbaum. Das ist ja seltsam, daß wir uns nun hier kurz vor Heiligenbeil wiedersehen. Und deine Frau, Kam'rad, der ich so dringend riet, auf keinen Fall zu bleiben?«

Während er Anton Thimm nun erzählte, was ihnen auf dem Haffeise zugestoßen war, kam es Onkel Wilhelm vor, als müsse er das Grab im Melizkatschen Garten noch einmal öffnen und dem Unteroffizier die Toten zeigen und ihm vorhalten: wenn wir zu Hause geblieben wären, lebten die beiden womöglich noch.

»Furchtbar – furchtbar. – Entsetzlich«, sagte Thimm, um damit seine Anteilnahme anzudeuten.

»Nur wegen meiner Frau bin ich fortgegangen. Ich für meinen Teil wäre geblieben, wohin ich gehöre. Aber nun, da ich vom Hof gegangen bin und meine Frau unter der Erde liegt, läuft die Zeit über mich hinweg, läuft, ohne daß sie mich noch zu berühren scheint. Ich will das Land, das mich hervorgebracht hat, nun nicht mehr verlassen. So gut es geht, werde ich mich hier irgendwie nützlich machen. Eine Gelegenheit zu sterben wird sich dabei schon finden. Und wie geht es den Deinen?«

»Ich glaube, daß sie nun aus dem Schlamassel heraus sind und daß ihnen erspart bleibt, was in Nemmersdorf passiert ist. Aber meine liebe Not habe ich schon gehabt, sie auf den Weg zu bringen. Ich erzählte euch ja schon, daß es mich deshalb noch einmal nach Sauerbaum trieb. Wenn man nur wüßte, wo man sie nun suchen und finden könnte . . .«

»Hör doch auf zu klagen!« fiel ihm der ins Wort, der hinter ihm im Schlittenkasten saß. »Weiß denn einer von uns, wo die Angehörigen geblieben sind?«

»Flieger von hinten!« meldete ein anderer, wie er's auf dem Kasernenhof gelernt zu haben schien.

»Die laß nur kommen!« erklärte der mit dem geschienten Bein. »Die beharken nur die R 1, wie gestern auch. Die tun uns nuscht. Fahr nur ruhig zu, Kam'rad! 's is' ja sowieso alles scheißegal.«

Aber Onkel Wilhelm war nicht alles gleichgültig. Er lenkte seinen Schlitten unter drei hohe Rüstern und wartete, bis die Flieger ihre Ziele beschossen hatten und davongeflogen waren. Dann erst zockelte er weiter.

»Wohin man guckt – überall nur Sowjetsterne am Himmel«, sagte der mit dem dicken Kopfverband. »Balkenkreuze sind wohl gar nicht mehr gefragt.«

»Sehr gefragt sogar«, witzelte ein anderer, »kriegen wir nur leider nicht mehr 'rein.«

»Aber vorgestern sah ich noch einen mit Balkenkreuzen«, sagte Thimm. »Womöglich war's der letzte. Aber ich sah ihn und werde ihn wohl auch in bester Erinnerung behalten.

Ein Schauspiel war das, kann ich euch sagen. Auf der Chaussee Mehlsack–Braunsberg. Zwei Rattas stießen immer und immer wieder in die deutschen Kolonnen hinein und brachten sie ganz und gar durcheinander.

Vollkommen unerwartet kam da einer von unsern herangefegt. Wie schon gesagt – vielleicht war's der letzte hier in Ostpreußen. Seinen Balkenkreuzen machte er jedenfalls alle Ehre.

Wie er den Russen erst mal von der Flanke her in die Parade fuhr, war schon allein eine Freude zu sehen. Als ob er die beiden auffordern wollte, mit ihm zu einem Tänzchen etwas höher in die Lüfte zu steigen, schien's. Denn das wußten die Russen gewiß genau: Dem Deutschen zu entwischen war unmöglich. Sie mußten versuchen, ihn in die Zange zu nehmen.

Wie er den beiden aber immer wieder durch die Lappen ging, hättet ihr sehen müssen! Wie er sich dabei nach tollkühnem Sturz immer wieder elegant in die

Höhe schwang, seinen Gegner von oben her angriff, auf ihn herabstieß.

So kalt mir dabei auch wurde – ich blieb auf freiem Felde stehen und sah mir das Schauspiel an. Schon fing da ein Sowjetstern an zu torkeln und schmierte schließlich über die rechte Tragfläche ab. Ich konnte deutlich sehn, wie der Pilot ausstieg, sich von seinem Flugzeug löste und wie sich der Fallschirm schließlich entfaltete.

Und während ich beobachtete, wie der Wind den Fallschirm und sein Anhängsel langsam auf mich zutrieb, stürzte auch schon die andere Ratta brennend ab. Bald stand ein zweiter Schirm mit einem zappelnden Menschen vor dem Stahlblau des wolkenlosen Himmels . . .«

»Hoffentlich bist du nun bald am Ende mit deinem Lobgesang auf den letzten deutschen Jagdflieger«, frotzelte einer der Verwundeten im Schlittenkasten.

»Ja«, sagte Thimm, indem er sich nach dem Witzbold umwandte, »ja, damit bin ich nun fertig. Denn der deutsche Pilot verschwand, als er sah, daß er an der Stelle hier nichts mehr zu tun hatte. Aber von den abgeschossenen Russen ist noch etwas zu sagen:

Den ersten konnte ich schon ziemlich deutlich sehn und beobachten. Der Luftzug trug ihn jetzt über eine Anzahl Trecks. Alle Flüchtlinge recken sich die Hälse aus nach dem Manne, der da über sie hinwegschwebt. Und sie und auch ich trauen unseren Augen nicht: In diesem Moment zieht der Russe Pelzkappe und Pelzhandschuh ab und wirft sie den Deutschen dort unten zu. Und die recken außer den Hälsen nun auch noch Arme und Hände zum Himmel empor.«

»Ist das zu glauben?« fragte der mit dem Kopfverband. »Sollten Kappe und Handschuhe etwa Drachenfutter sein, mit dem er die Flüchtlinge besänftigen wollte?«

»Ich weiß es nicht, Kam'rad«, sagte Thimm. »Wer

kann wissen, was in einem Menschen vorgeht, der buchstäblich vom Himmel herabfällt. Ich erzähle euch die Geschichte so, wie sie sich zugetragen hat. Es steht jedem frei, sich seine eigenen Gedanken darüber zu machen. Ich sah noch, wie sich zwei Männer in die Beute teilten. Dann bin ich weitergegangen. Zu sehen, wie die Russen festgenommen wurden, wollte ich mir ersparen.«

Anton Thimms Bericht folgte langes Schweigen. Es sah aus, als hinge jeder seinen eigenen Gedanken nach.

»... eine Ewigkeit dauert das ja, eh' wir in die komische Flugzeugfabrik kommen«, unterbrach Onkel Wilhelm die Pause.

»Wo hat's dich denn erwischt, Kam'rad?« fragte er jetzt seinen Nachbarn mit einem Blick auf den verbundenen Arm.

»Gar nicht so weit von Liebstadt entfernt«, entgegnete Thimm. »Die Stadt mußten wir doch schon bald wieder aufgeben. Von Stunde zu Stunde war der russische Druck von Mohrungen her gewachsen. Panzer, Panzer und nochmals Panzer und alle mit aufgesessener Infanterie. So ist denn auch nicht viel übriggeblieben von der kleinen Stadt an der Liebe.«

»Steht denn das Rathaus wenigstens noch?« fragte Onkel Wilhelm.

»Wenn du das rote Gebäude meinst, das einmal mitten auf dem Marktplatz stand und bald aussah wie eine Kirche, dann muß ich dich enttäuschen. Das ist weg. Da sieht man nur noch einen Trümmerhaufen.

Liebstadt bildete ja sozusagen den rechten Eckpfeiler des russischen Stoßkeiles auf Elbing. Deshalb mußte der Iwan auch alles dransetzen, um die Stadt wieder in die Hand zu bekommen. So führte er eben Reserven über Reserven heran – alle von Mohrungen her. Und uns nahm Reinhardt, kurz bevor wir Liebstadt zurückeroberten, zwei ganze Divisionen weg. Sie mußten Königsberg zu Hilfe eilen. Uns aber fehlten sie, um Liebstadt halten zu können.

An allen Enden spürte der Landser bitteren Mangel. Selbst der Nachschub an Munition und Verpflegung klappte nicht mehr.

Aber im Dorfe Podangen setzten wir uns dann doch noch einmal fest . . .«

»Podangen ist ein Gut – aber kein Dorf«, korrigierte Onkel Wilhelm, »ein sehr großes Gut allerdings. Es gehört übrigens Graf Kanitz, dem, der während der sogenannten Systemzeit einmal Reichsminister für Landwirtschaft war. Kurz vor der Hitlerära muß das gewesen sein . . .«

»Meinetwegen also ein Gut«, räumte Anton Thimm ein. »Für ein Gut hat's allerdings eine prächtige Schule. Und weil von ihr aus die Straße so gut zu übersehen ist, setzten wir uns also mit Panzerfäusten noch einmal in ihr fest . . .«

»Mensch, hör auf, Heldentaten zu erzählen!« fiel ihm sein Hintermann ins Wort. Erzähle uns lieber, wie wir aus der verdammten Scheiße hier 'rauskommen!«

»Darüber nachzudenken, hatte ich bis jetzt noch keine rechte Zeit, Kam'rad«, wandte sich Thimm rückwärts an seinen Widersacher. »Wer seine Pflicht tut, Kam'rad, der kann nicht gleichzeitig daran denken, wie er aus der Scheiße 'rauskommt, wie du dich auszudrükken pflegst. Beides verträgt sich nicht miteinander.«

»Pflicht – Pflicht!« versuchte der andere aufzubegehren. »Wenn ich das Wort Pflicht schon höre . . . Aber vielleicht kannst du mir mal klarmachen, was das denn eigentlich ist – Pflicht.«

»Mit ganz wenig Worten kann ich dir das sagen«, räumte Thimm seinem Gegner ein. »Hör nur mal gut zu! Wer seine Pflicht tut, steht für irgend etwas ein. Ganz einfach ist das. Und wenn du Genaueres wissen willst: Meine Kameraden und ich haben an unsere

Frauen und Kinder gedacht – auch als wir uns in der Schule Podangen noch einmal gegen das Vordringen eines grausamen Feindes wehrten. Womöglich ist es dadurch sogar auch einem von den Deinen gelungen, den Russen auf dem Waldwege von Podangen nach Reichwalde noch zu entschlüpfen. An so etwas haben wir da in der Podangener Schule gedacht – nicht, wie wir selber aus der Scheiße herauskämen.«

Auf Anton Thimms Moralpredigt folgte nun langes Schweigen.

Wie Fliegen im Spinnennetz

Das Tauwetter, das so unerwartet übers Land gekommen war, machte die Stadt mit ihren zerschlagenen und qualmenden Häusern noch schrecklicher. Nur der Dom . . . Wie durch ein Wunder schien er den Untergang der Stadt zu überstehen. Unversehrt ragte er aus all den rauchenden Trümmern heraus.

Auf ihrer Suche nach einem Unterschlupf wurden Lerbs und Lisa diesmal von allen russischen Soldaten, die ihnen begegneten, in Ruhe gelassen. Die ungewohnte feucht-laue Luft aber ließ sie jeden Schutthaufen, jeden herabgestürzten Ziegel um so schmerzhafter empfinden.

Nachdem sie nun mit dem weinenden Kinde mehr als eine Stunde umhergesucht hatten, verfiel Lisa auf den Gedanken, es einmal im eigenen Hause zu versuchen. Irgendwo müsse doch dort ein trockener Winkel geblieben sein – im Hausflur oder sonstwo –, ganz sicher aber doch im Keller.

Ähnliche Gedanken waren auch Lerbs schon einmal gekommen. Mit Rücksicht auf Lisa und das Kind hatte er sie aber gleich wieder verworfen. Das Obdach wäre nicht besser gewesen als das von Höhlenmenschen. Nun aber wollte er es wenigstens nicht unversucht lassen.

Um Lisa vor lüsternen Russen sicher zu wissen, versteckte er sie mit dem Kind in einem geschützten Trümmerwinkel des Nachbarhauses. Dann ging er daran, den Schutt, der den Zugang zur Haustür versperrte, mit bloßen Händen wegzuräumen. Er hoffte, der Hausflur sei von den Schuttmassen verschont geblieben.

Nach einstündiger anstrengender Arbeit erwies sich diese Hoffnung freilich als Irrtum. Als es soweit war, gab die Tür keinen Zoll nach. Lerbs mußte aufgeben. Er wollte versuchen, mit Lisa bei Mutter Matern unterzukommen. Im Schwiatkowskischen Keller hatte Minna Matern gar nicht so weit von ihnen entfernt gesessen. »Wenn ihr Haus noch steht, dann nimmt sie uns ganz bestimmt für einige Stunden auf. Sie ist eine gefällige Frau«, tröstete er Lisa und machte Miene, ihr das weinende Kind vom Arm zu nehmen.

»Bitte, laß es mich tragen!« sagte Lisa. »Dort hinten kommen schon wieder ein paar Russen. Man kann nicht wissen . . .«

Es waren ihrer drei, die auf sie zukamen. Zwei von ihnen hielten Lerbs an und durchsuchten ihn. Der dritte vertrieb sich die Zeit währenddessen mit Lisa. Er sprach freundlich auf sie ein und deutete dabei immer wieder auf das weinende Kind, als wolle er Ratschläge geben, wie das Kleine zufriedenzustellen sei. Er wendete sich aber von Lisa ab, sobald ihm seine Kameraden das Zeichen zum Weitergehen gaben.

Mutter Materns Haus stand noch. Es war bereits bis auf den letzten Platz besetzt, als Lerbs und Lisa kamen. Aber die weichherzige Frau ließ ihren Briefträger und seine Schwiegertochter nicht vor der Tür stehen, zumal es schon zu dämmern begann. Sie räumte ihnen sogar ihren eigenen Platz ein, die Holzkiste neben dem Ofen, und holte für sich selbst zum Sitzen einen Fichtenkloben vom Hofe. Dann nahm sie sich des weinenden Kindes an, besorgte Windelersatz und legte das Kleine auf dem Deckel der Holzkiste trocken. Lerbs fragte währenddessen nach Hilde Lamotte. Die meisten von denen hier im Hause hatten miterlebt, was Hilde passiert war. Aber keiner hatte die Frau wieder zu sehen bekommen.

Es dauerte nicht lange, da lag der kleine Lamotte friedlich in Lisas Armen und trank verdünnte Ziegenmilch aus der Zwergenwirtschaft der guten Mutter Matern. Währenddessen wurde es zusehends dunkler. Da nun auch die Kanonen verstummt waren, schien es, als wollte sogar die kriegerische Welt eine Zeitlang ruhen. Dafür wurde das Klopfen des Tauwassers um so lauter: unablässig tropfte es von der Traufe des niedrigen Hauses.

Lisa wäre zufrieden gewesen, hätte sie nicht an die Tropfen denken müssen, die nun auch vom Dach der domherrlichen Scheune fielen. Sie sah die Tropfen als Tränen über die bleichen Gesichter der beiden Toten rollen. Seltsam – daß sie das nicht einmal mehr schmerzte. Sie erschrak vor sich selbst.

Von der Stubenwärme überwältigt, war Lerbs an Lisas Schulter eingeschlafen. Alle, die in Mutter Materns Hause hockten, schwiegen, als hielten sie Dämmerstündchen. Auch der kleine Lamotte gab Ruhe und schlummerte. Lisa erinnerte sich an die Dämmerstunden im Elternhaus von Reimerswalde, an jene Spanne Zeit zwischen Tag und Nacht, in der die Mutter – wie sie sagte – Licht sparen wollte.

Aber heute dauerte die Idylle nicht lange. Im kleinen Hausflur Mutter Materns wurde es laut. Lisa stockte der Atem. Sie kannte dieses Getrampel und die kehligen Stimmen. Erschreckt rüttelte sie den Schläfer an ihrer Schulter wach und riß dabei auch den Säugling mit aus seinem Schlummer. Der kleine Lamotte, von dem keiner den Vornamen wußte, schrie denn auch sofort mörderisch los und hielt durch sein Schreien wahrscheinlich den ersten Russen von seiner Pflegemutter fern.

Der nächste Eindringling ließ eine Taschenlampe aufblitzen und ihren Lichtkegel im vorderen Stübchen umherwandern. In ihrer Angst griff Lisa nach der halbvollen Milchflasche und hielt sie sich schnell vors Gesicht, um nicht geblendet zu werden. Der grelle Schein der Lampe machte auf dem Gesicht von Helga Bajohr halt und beleuchtete die von Trauer gezeichneten Züge der jungen Frau. Otto Bajohr, ihr Mann, war erst im Herbst in den harten Kämpfen bei Gumbinnen gefallen. Lisa bemerkte, wie Helga mit erhobenem Kopfe die Augen schloß und sich auf das vorbereitete, was kommen sollte: Der Russe bahnte sich mit langen Schritten einen Weg durch die, die am Fußboden hockten, blieb vor Helga stehen, tippte ihr auf die Schulter und brachte das übliche »Frau – komm« recht mühsam hervor. Helga ließ die unverblümte Einladung noch ein zweites Mal über sich ergehen.

Dann aber riß ihr die Geduld: »Nix Frau – komm!« fauchte sie ihn an – und gleich noch einmal: »Nix Frau – komm! Lieber du mit mir machen puck, puck!« Unmißverständlich zeigte sie zuerst auf die Pistole des Russen und dann auf ihre eigene Schläfe.

Das waren Worte, die vielen Frauen im Munde lagen. Helga Bajohr hatte sie endlich einmal über die Zunge gebracht. Und der Russe hatte sehr gut verstanden. Er gab seinen Kameraden ein Zeichen und verschwand mit ihnen auf dem Wege, auf dem sie gekommen waren.

Alle atmeten auf – auch jene, die im Schlafkämmerchen von Mutter Matern hockten. Am liebsten hätten sie Helga Bajohr beide Hände gedrückt.

Die unerträgliche Spannung im Raume war nun zwar gewichen, aber die wohltuende Ruhe, die daraufhin bei allen eingekehrt war, dauerte nicht lange. Schon trat ein anderer auf die schreckliche Bühne, zu der Mutter Materns Stube geworden war – nach den Formen von Mütze und Schulterstücken zu urteilen –, wieder ein Russe. Die Kopfbedeckung und die brettartigen Schultern hoben sich gegen die hellere Wand auch im Dämmer des Zimmers noch sichtbar genug ab. Lerbs wurde das

Gefühl nicht los: dieser Russe hier ist von jenem hereingeschickt worden, den Helga Bajohr so tapfer hat abblitzen lassen.

Lisa lief ein Schauer über den Rücken. Sie spürte es deutlich: der unheimliche Mann hatte es auf sie abgesehen. »Halt mich fest!« flüsterte sie und drückte sich dabei ängstlich an ihren Schwiegervater. Sobald Lerbs merkte, daß sich der Russe ihnen näherte, umschlang er Lisa, so gut er es unauffällig tun konnte.

Nun griff der Russe auch schon nach Lerbsens Handgelenk, das er über Lisas Schulter frei liegen sah. »Pascholl!« sagte er barsch und begann, daran zu ziehen. »Pascholl!« wiederholte er. »Hier nur für Frau – nix für Mann!«

Lisa schrie auf. »Mein Mann!« log sie in ihrer Angst von neuem. »Lassen Sie meinen Mann bei mir!«

In diesem Augenblick betrat ein zweiter – diesmal ein hochgewachsener Offizier – die Stube, schaute sich einmal kurz um und ließ gleich darauf seine Taschenlampe aufleuchten, um sehen zu können, was dort neben dem Ofen vorging.

Nach kurzem Wortwechsel zwischen den beiden Russen verließ der erste das Haus in großer Eile.

Schon bevor der Offizier das Wort an ihn gerichtet hatte, war es Lerbs klar, daß er den Dolmetscher von vorgestern abend vor sich hatte.

»Sie scheinen ein Unverbesserlicher zu sein«, sprach ihn der Russe in seinem guten Deutsch nun an. »An Ihrem Baschlik erkenne ich Sie wieder. Schon am Tage unseres Einmarsches konnten Sie sich mit den Befehlen der sowjetischen Verwaltung nicht abfinden. Und heute sehe ich Sie nun wieder an einem Ort, an dem Sie nichts zu suchen haben: Hier sollen sich nur Frauen, aber keine Männer aufhalten.«

»Warum denn das?« platzte eine Frau aus dem Dunkel des Zimmers heraus. Womöglich war's Helga

Bajohr. »Wohl deshalb, damit sich Ihre Soldaten bequemer an uns Frauen vergehen können?«

»Lassen Sie unseren Briefträger nur ruhig hier! Der tut uns ganz bestimmt nuscht zuleide«, sagte eine andere aus unmittelbarer Nähe.

Jetzt horchte der Russe auf. Ein Briefträger war das, der da vor ihm saß. Wenn ihm einer aus der Verlegenheit helfen könnte, in die ihn der Kommandant vor knapp einer Stunde mit den beschlagnahmten Briefen und Postkarten gebracht hatte – wenn ihm da einer beim Entziffern der ärgerlichen deutschen Schreibschrift helfen könnte, dann war es dieser Briefträger hier.

»Kommen Sie bitte mit!« befahl er Lerbs und wendete sich schon zum Gehen.

»Bitte nicht, Herr Offizier!« begann Lisa sofort zu jammern. »Bitte, trennen Sie uns nicht! Wir müssen beeinanderbleiben!« fuhr sie weinend fort, indem sie Lerbs aufs neue umhalste. »Bitte, nehmen Sie mir meinen Mann nicht fort!«

»Dann müssen auch Sie mitkommen«, sagte der Russe und ging vornweg, während ihm Lisa und Lerbs auf den Fersen folgten.

Im Rahmen der Haustür machte der Russe halt. »Sie warten hier!« sagte er zu Lisa und ging mit Lerbs einige Schritte zur Seite, ergriff ihn wie einen Schüler beim obersten Joppenknopf und sprach leise auf ihn ein: »Ich brauche einen Mann, der im Lesen der deutschen Schreibschrift bewandert ist. Sie sind Briefträger. Wollen Sie mir helfen? Ich könnte mich Ihnen erkenntlich zeigen. Nur um das muß ich Sie ersuchen.« Er drückte nun den Zeigefinger stumm auf die Lippen. »Wenn Sie bereit sind, dann holen Sie Ihre Frau!«

Ohne auch nur einen Augenblick zu überlegen, sagte Lerbs seiner Lisa Bescheid. Und der Russe führte sie nun in Richtung Bahnhof. Soviel konnte Lerbs auch bei der herrschenden Dunkelheit bemerken.

Es war sehr glatt. Die feuchte Schicht, die der laue Tag über die vereiste Straße gezogen hatte, begann bereits wieder zu frieren.

»Für Ihre Hilfe werde ich Ihnen diese Nacht ein Dachstübchen überlassen«, sagte der Russe, »aber eben nur für diese Nacht. Ich betone das, damit Sie sich keinen falschen Hoffnungen hingeben. Denn morgen wird die Stadt nun wirklich von den Deutschen geräumt. Wie Sie selbst wissen, ist das ja heute dank dem deutschen Ungehorsam nicht gelungen.«

Lerbs und Lisa hörten das mit Schrecken. Und Lisa konnte es sich nicht verkneifen, die ganze Geschichte richtigzustellen und zum Schluß zu erklären, wie sie zu dem fremden Kinde gekommen war.

»Sie werden morgen früh Gelegenheit haben, die Sache dem Kommandanten vorzutragen«, sagte der Russe. »Machen Sie von dieser Gelegenheit auch Gebrauch! Im übrigen kenne ich dieses Kapitel zur Genüge«, fuhr er fort. »Reden wir nicht darüber! Leider kann man nur von Fall zu Fall eingreifen und helfen. Unsere Leute sind in einen Siegestaumel geraten, der sie zuweilen sogar blind macht. Ich bin nicht der einzige, der sehr oft schweren Herzens zusehen muß, wie blinde Hybris regiert. Ilja Ehrenburg und seine maßlose Hetze . . . Aber lassen wir das . . . Heiße Eisen sollte man nicht anfassen. Vergessen Sie bitte, daß Sie mit einem russischen Kapitän über so etwas gesprochen haben! Es könnte sonst höchst gefährlich für ihn werden.«

Zu gern hätte Lerbs gewußt, wie dieser Russe zu seinem guten Deutsch gekommen war. Aber er genierte sich nun doch zu fragen und begnügte sich mit der Vermutung des Apothekers, es handele sich hier gewiß um einen Balten.

Im Verlaufe des Gespräches hatte Lerbs kaum gemerkt, daß der Russe mit ihnen in ein Haus getreten und die knarrende Treppe emporgestiegen war. Nun öffnete er bereits die Tür zu einem Mansardenstübchen. »Hier dürfen Sie sich also für diese Nacht einrichten«, sagte ihr Gönner und leuchtete mit seiner Taschenlampe in einen kleinen Raum mit großer Unordnung. »Bis heute morgen hat hier ein Kamerad von mir gehaust. Man hat ihn zur Front abkommandiert. Was er zurückließ, dürfen Sie benutzen oder verwenden – auch die Speisen. Bettwäsche finden Sie, soviel ich weiß, im Schranke. Auch Handtücher habe ich dort gesehen.«

Wie freigebig der Mann über Sachen verfügt, die ihm gar nicht gehören, die sich womöglich eine sparsame Dienstmagd mühevoll erarbeitet hat, dachte Lerbs. Er war aber bereit, alles bedenkenlos anzunehmen. Not bricht Eisen – so ist es im Leben.

»Das Fenster ist noch verdunkelt«, fuhr der Hauptmann fort. »Machen Sie sich jetzt erst einmal Licht! Auf dem Tische finden Sie Kerze und Zündhölzer. Etwa in einer Viertelstunde komme ich und rufe Sie zu mir.«

Sobald Lisa den Stuhl – den einzigen im Raume – entdeckte, ließ sie sich mit dem Kinde erschöpft darauf nieder und sah sich im Kämmerchen um. »Bitte, Rudolf«, sagte sie müde, »bitte zuerst den Wäschekorb fürs Kind. Die Kartoffeln, die drin sind, schütte dort in den Karton! Könntest du wohl auch gleich Feuer machen? Das andere will ich dann schon selber tun. Nur erst mal den Ofen . . . Vielleicht ist seine Wärme die letzte, die wir zu spüren bekommen.«

Lerbs brauchte nur zuzugreifen. Holz und Kohle lagen, zu kleinem Hügel geschüttet, rings um den Ofen herum. Beim Nachlegen bemerkte er, daß ein Holzstück von einem Bettgestell stammen mußte – womöglich von dem, das noch vor Tagen die Matratze getragen hatte, die jetzt unmittelbar auf dem Fußboden lag.

Kaum hatte sich Lerbs Gesicht und Hände gewaschen und sich etwas aufgewärmt, da kam der russische Kapitän schon zurück. »Es ist nur für kurze Zeit«, sagte er zu Lisa. »Spätestens in einer Stunde haben Sie Ihren Mann wieder. Schließen Sie die Tür inzwischen ab! Und sollte etwas Außergewöhnliches sein, dann klopfen Sie einfach mit einem Stück Holz auf die Dielen! Wir sind gleich hier drunter. Zu ängstigen brauchen Sie sich nicht.«

Warum betont er das eigentlich so sehr? fragte sich Lisa, sobald sie allein war. Ich bin doch gar nicht besonders ängstlich oder mißtrauisch – auch nicht neugierig. Und wenn Rudolf über das, was er da unten tut, nicht sprechen will, dann ist das für mich eben in Ordnung.

Sie machte sich wieder an ihre Arbeit. Über dem Prasseln des Feuers im Ofen vergaß sie sogar ihre Müdigkeit und räumte zunächst einmal die Tischplatte ab: Lebensmittel, Papierkram, Tinte, russische Zeitungen, sogar ein verbeulter Wecker, der neben einem alten Flederwisch inmitten einer Mandel Eier unverdrossen tickte.

Lisa wunderte sich, wie leicht es ihr fiel, mit den Lebensmitteln umzugehen, ohne davon zu essen. Sie nahm sich vor, das Essen zu einer Art kleinen Feier mit Rudolf zu machen. Ein geheimer Plan, der ihr aber von Minute zu Minute durch heimliche Angst gestört wurde. Es waren ja kaum mehr als hundert Schritte bis in die Stuben der Mutter Matern ...

Als der kleine Lamotte gebadet und gesättigt friedlich in seinem Körbchen schlummerte, die Kartoffeln auf dem Ofen standen, wurde Lisa schließlich doch von der Müdigkeit überwältigt. Sie starrte auf das Bett, das sie eben frisch bezogen hatte. Und ob sie wollte oder nicht – sie mußte sich niederlegen – so, wie sie war, und schlief gleich fest ein.

Lerbs mußte lange trommeln und rufen, ehe Lisa wieder erwachte und ihm öffnete.

Schlaftrunken ließ sie ihn ein, taumelte von der Tür bis zum Ofen, hob den Deckel vom Topf und sah nach den Kartoffeln.

»Sie sind gar«, sagte sie, ging die zwei Schritte zum Bett zurück und ließ sich gleich wieder auf die Matratze fallen. »Ich bin wie gelähmt, Rudolf. Und Hunger habe ich nicht mehr – nein, überhaupt keinen.«

»Hast du denn wenigstens schon etwas gegessen?« fragte er eindringlich und setzte sich zu ihr aufs Lager.

Sie schüttelte den Kopf: »Nein! Ich habe auch keinen Appetit mehr. Wenn du etwas essen willst . . . Dort auf dem Ofen und auf dem Tisch . . .«

»Ich habe gegessen«, wehrte er ab. »Der Hauptmann hat mich reichlich genötigt. Und das hier schickt er dir obendrein mit«, erklärte Lerbs freudestrahlend und legte Lisa einen Beutel getrockneter Pflaumen und ein Päckchen Keks auf das Kissen. »Amerikanisch!« setzte er stolz hinzu.

»Danke, Rudolf«, sagte sie und schnupperte ein wenig. »Hast du etwas getrunken? Du riechst nach Wein oder so was Ähnlichem.«

»Ja!« gab Lerbs unumwunden zu. »Der Kapitän hat mir auch eingeschenkt. Das hat mich wahrhaftig so richtig belebt. Magst auch?« fragte er aufgeräumt und hatte auch schon eine halbvolle Flasche zur Hand, schenkte ein Glas ein und hielt es Lisa hin. Sie trank es gierig aus. Auch Lerbs trank noch einen tüchtigen Schluck – gleich aus der Flasche –, guckte Lisa eine Weile an und sagte befehlshaberisch: »Jetzt erst mal die Kleider vom Leibe, Lisa. So feldmarschmäßig, wie du hier liegst, kann doch der Körper nicht richtig ausruhen.«

»Sprich nicht so laut, Rudolf! Damit der Kleine nicht aufwacht«, flüsterte sie ihm zu, während er ihr die Stiefel von den Füßen zog. Das andere streifte sich Lisa unter der Decke ab und kuschelte sich dann ins weiche Bett. »Und nun schlafen!« seufzte sie flüsternd ins

Kopfkissen hinein. »Schlafen – schlafen – und nie mehr aufwachen. Bitte, Rudolf, gib mir noch ein Glas. Immer wieder möchte ich trinken. Hunger habe ich keinen.«

Während sie trank, setzte er sich wieder auf die Kante des Lagers. Dadurch glitt die Decke etwas von Lisas Schulter herab. Die sanften Linien rührten ihn.

»Damit du dich nicht erkältest«, sagte er weich und fürsorglich und strich mit der Hand leicht über das zarte Rund, bevor er die Decke wieder darüberzog. Ihn durchfuhr es heiß bei dem Gedanken, Lisa könnte unbekleidet im Bette liegen.

»Nun bin ich doch wirklich wieder ganz wach geworden«, sagte sie und stellte das Glas neben das Lager auf den Fußboden. Der weiße Arm, ihr unbekümmertes Sichbewegen und der Wein machten ihn kühn. Er zog Lisa zu sich heran und küßte sie auf den Nacken – mehrmals hintereinander.

»Aber, Rudolf«, sagte sie mit einem kleinen Anflug von Spott, »ekelst du dich denn nicht vor mir? Schon tagelang haben wir uns nicht gewaschen. Bitte, setze doch gleich eine Schüssel mit Wasser auf und lege tüchtig nach! Auch du wirst dich wieder einmal waschen wollen.«

Lerbs beeilte sich, den Ofen zu beschicken, um schnell wieder auf den Matratzenrand zu kommen. »Willst du denn wirklich nicht ein bißchen was essen, Liebste«, fragte er fürsorglich, wobei ihm das *Liebste* schon sehr geläufig über die Zunge ging. »Wenigstens ein paar von den Dörrpflaumen hier«, fuhr er fort. »Die sind sehr kalorienreich und werden dir schnell neue Kräfte geben. Bitte, tu mir die Liebe an und iß etwas!«

»Gut!« sagte Lisa. »Aber zuerst noch eine Tasse Pfefferminztee – dort in der Kanne auf dem Tisch. Noch immer habe ich Durst – eigentlich nur Durst. Aber dir zuliebe, Rudolf, will ich dann auch etwas essen.« Sie strich mit der Hand leicht über seine Bartstoppeln.

»Aber versprechen mußt du mir dafür etwas, mein Strauchbärtchen.«

»Heraus damit, du Erpresserin!« forderte er, ergriff sie an beiden Schultern und küßte sie auf den Mund. »Also, nun sag schon – was hast du mit mir vor?«

»Nachher, wenn ich mich dort am Ofen gründlich abschrubbe, da sollst du hier auf dem Bett liegen – und zwar mit dem Gesicht zur Wand! Wird das mein Stachlinski auch tun?«

»Dein Stachlinski wird's peinlich genau tun. Sofort wird er damit beginnen«, sagte er und gab ihr einen zärtlichen Streich. Dann stand er auf und löschte die Kerze.

Lisa horchte. Kein Zweifel – er zog sich die Stiefel von den Füßen. Jetzt kleidete er sich aus. Dann ging er noch einmal an den Ofen. Im Feuerschein, der durch die Ritzen des Ofenlides drang, konnte sie ihn einen Augenblick in der Unterwäsche stehen sehen. Sie mußte lächeln. Nun tastete er sich vom Fußende her auf das Lager.

»In fünf Minuten ist dein Waschwasser soweit«, flüsterte er, kroch dabei unter die Decke und bekam zu spüren, daß Lisa auch die letzten Hüllen abgestreift hatte – ein Umstand, der ihn zwar sehr überraschte, dann aber auch gleich die richtigen Worte finden ließ.

»Meine Lisa ist doch die mutigste Marjell von der Welt«, sagte er leise, umfaßte sie und ließ seinen Mund küssend über die Haut ihres Rückens wandern. »Nicht einmal vor einem Igel mit solchen Stacheln hat sie Angst.«

Dann entließ er sie *so* aus seinen Armen, daß sie bäuchlings liegenblieb und er ihr um so bequemer über Hüften, Rücken und Schultern streichen konnte – zärtlich und liebevoll –, immer wieder von neuem.

Nach einiger Zeit drehte sie sich ruckartig zu ihm um: »Daß ein so rauher Strauchbart wie du so sanft sein kann, hätte ich niemals geglaubt.«

Er schwieg. Liebkosend streichelte er weiter – zuweilen auch einmal über Nacken, Schulter und Arm.

Still gab sie sich der zärtlichen Hand hin. Vergangenes und Verhaltenes wurden lebendig – doppelt lebendig. War es nicht ihr Rudolf, ihr Mann, der sie da liebkoste? Nein! So zärtlich war seine Hand niemals gewesen. Und doch war es die Hand, die ihren Rudolf einmal getragen und später dann geführt . . .

Sie begann zu schluchzen.

Erschreckt hielt er inne. »Was ist dir, Lisa? Tue ich etwas, was du nicht haben willst?«

»Nein, nein, Rudolf, es ist etwas ganz anderes, was mich plötzlich so überwältigt – der Gedanke, daß du, der du mich jetzt so lieb und zärtlich streichelst, morgen vielleicht schon ohnmächtig zusehen mußt, wie rohe Kräfte über mich herfallen und mir schändliche Gewalt antun . . .

Aber hoffentlich bewahrt mich der Herrgott auch weiterhin. Sonst möchte ich doch lieber sterben. Die Wahl zwischen beidem fällt mir nicht schwer, und doch fürchte ich beides.

Ach, Liebster, nimm du mich in deine Arme! Wer weiß, ob es morgen nicht schon der Sensenmann tut. Komm, nimm du mich! Nimm mich heute – jetzt! Nein, warte! Dreh dich erst mit dem Gesicht zur Wand, wie du es mir versprochen hast!« Sie küßte ihn und stand eilig auf.

Was Lerbs nicht sehen sollte, bekam er nun zu hören: wie sie barfüßig zum Tische lief, die Kerze wieder ansteckte, wie sie sich dann ebenso schnell zum Ofen bewegte und dort mit Geschirr und Wasser hantierte.

Bei dem Gedanken, daß sie nun neben dem rotglühenden Ofen stehen und sich von oben bis unten abseifen mußte, befiel ihn plötzlich bleierne Müdigkeit. Eine Lawine von Schwäche übermannte ihn. Er schlief ein, versank in einen so tiefen Schlaf, daß er nicht merkte, wie sich Lisa zehn Minuten später an ihn kuschelte und ihn nun streichelte, ihn mit Liebkosungen zu wecken suchte. Vergeblich! Ihr kamen die Tränen. Und mit ihnen schlief sie ebenfalls fest ein.

Heftiger Kanonendonner schreckte sie auf.

Es dauerte lange, bis sie sich zurechtfand und ihr klar wurde, wie es gekommen war, daß sie ohne Nachthemd im Bett lag. Sie tastete nach ihrer Unterwäsche. Und während sie sich die überstreifte, erschütterten weitere Kanonenschläge ihr Notquartier. Erst jetzt dämmerte es ihr, was in den letzten Tagen alles passiert war. Ein neuer schrecklicher Tag kündigte sich an. Kein Zweifel – durch die Ritzen des Verdunklungsrollos dämmerte er bereits zu ihnen herein.

Da lag der Mann nun, der alles verschlafen hatte. Im ersten Augenblick empfand sie maßlose Enttäuschung. Dann aber dachte sie an die schwere Arbeit, die er mit dem Trümmerschutt ihres Hauses gehabt hatte.

So rüttelte sie also weniger heftig an seiner Schulter, als sie es zuerst vorgehabt hatte: »Rudolf, wach auf! Wir haben uns verschlafen. Wach auf! Es schießt draußen. Ich habe solche Angst.«

»Was ist?« fragte er schlaftrunken, richtete sich ein wenig auf und stützte sich auf einen Ellenbogen.

»Wir müssen uns fertigmachen, Rudolf. Wir sollen heute doch wieder aus der Stadt ...«

»Was sollen wir?« fragte er benommen.

»Aus der Stadt ... Komm, Rudolf, wir müssen uns fertigmachen!«

»Unsinn! Der Hauptmann gibt uns doch Bescheid, wenn's losgeht«, brummte er und ließ sich wieder aufs Lager fallen.

Da legte sich auch Lisa noch einmal nieder. Es war ja so angenehm, die Bettwärme noch ein paar Minuten zu genießen. Wer weiß, ob sie das noch einmal so haben konnten.

Da pochte es plötzlich scharf an die Zimmertür. Lerbs wurde mit einem Schlage wach. »Ja!« sagte er betont laut und richtete sich dabei wieder ein wenig auf. »In einer Stunde müssen Sie auf dem Marktplatz sein!« rief es von draußen. Das war die Stimme des Hauptmanns. »Wenn Sie gehen, klopfen Sie bitte an meiner Zimmertür!«

»Es ist gut, Herr Hauptmann!« antwortete Lerbs deutlich vernehmbar. Dann hörten sie die Schritte des Russen und schließlich das Knarren der Treppe.

»Um Himmels willen«, begann Lerbs nun zu jammern, »warum hast du mich denn nicht geweckt, Lisa? Ich bin ja noch nicht einmal gewaschen. Und der Ofen ist aus. Warum hast du mich denn nur nicht geweckt?«

Lisa erklärte, wie sich's zugetragen und daß sie ihm dann zum Schluß seine wohlverdiente Ruhe gelassen.

»Du hättest mich nur tüchtig rütteln sollen«, brummte Lerbs. »Ich wär' dann schon aufgewacht. Wo ich das Waschen doch so nötig hätte ... Nun ist alles verschlafen.«

»Nicht doch, Rudolf«, widersprach Lisa tröstend. »Nicht alles ... Vielleicht ist das Wasser noch warm genug. Wir haben ja noch etwas Zeit. Laß uns noch ein paar Minuten nebeneinander liegen und molschen und die Wärme auskosten – zwei Minuten wenigstens noch. O Gott, wenn ich an die anderen denke ... Sind wir da nicht Glückspilze? Hätte ich dich nicht gehabt, Rudolf! Aber ich habe ja solche Angst ...«

»Denk doch nicht an so was, Lisa! Ich dachte gerade an unsere Laube. Vielleicht möchtest du sie gleich etwas größer haben, damit wir für immer drin wohnen können, dann brauchten wir doch unser Haus in der Fischergasse gar nicht erst wieder aufzubauen.«

»Ist das dein Ernst, Rudolf? Denkst du an ein richtiges Gartenhaus?«

»Mein Ernst ist das, wahrhaftig, Lisa. Denn die neue Laube hatte ich dir doch sowieso versprochen. Was ist schon dabei, wenn wir sie gleich ein bißchen größer bauen.«

»Oh, Rudolf! Ein Gartenhaus! Wie habe ich mir immer so ein Haus im Grünen gewünscht!

Und wenn dann der Frieden da ist, wenn's überall grünt und blüht und die andern erst aus der Fremde zurückkommen, dann sind wir vielleicht schon beim Bauen. Ganz hinten – zwischen dem Birnbaum und den Weichselkirschen vielleicht. Dort schützt uns die Quittenhecke vor neugierigen Blicken, wenn wir uns ungezwungen auf der Terrasse bewegen wollen. Aber du scheust ja das Gerede der Leute nun gar nicht mehr. Nicht wahr, Rudolf, mein Lieber?«

Lerbs versuchte es zu beteuern. Aber der kleine Lamotte mit seinem Geschrei nahm ihm die Worte aus dem Munde.

»Er will trockengelegt werden. Und Hunger hat er gewiß auch«, sagte Lisa und sprang auf. »Vielleicht kannst du inzwischen Feuer machen. Wenn ich mit dem Kleinen fertig bin, bringe ich ihn zu uns ins Bett und gebe ihm die Flasche hier. Gar zu gern möchte ich noch ein paar Minuten neben dir liegen.«

Lerbs ließ das Verdunklungsrollo in die Höhe schnellen und suchte nach dem verbeulten Wecker, den sie gestern zwischen den Lebensmitteln entdeckt hatten. »Zehn nach sieben!« stellte er fest. »Eine Dreiviertelstunde hätten wir vielleicht noch Zeit.«

Als er merkte, wie Lisa in ihrer leichten Unterwäsche fror, nötigte er sie, den Mantel überzuziehen. Er selbst schlüpfte in seine warme Joppe.

»Das Wasser ist wahrhaftig noch etwas warm«, sagte Lerbs, während er daranging, den Ofen wieder anzuheizen. »In zehn Minuten kannst du den Kleinen baden. Ich stelle dir dafür die Kiste neben den Ofen. Hast du denn wenigstens noch trockne Windeln. Die von gestern abend sind noch etwas feucht.«

»Gott sei Dank!« sagte Lisa. »Mutter Matern hat mir ein paar zugesteckt.

Lege dich noch einmal ins Bett, Rudolf! Du hast's so nötig. Die Hauptsache, das Feuer brennt. Mit dem andern werde ich dann schon fertig. Stelle den Wecker neben das Bett! Vielleicht kann ich doch noch zehn Minuten zu dir schlüpfen. Ach, Rudolf – zehn Minuten!«

Sobald das Holzfeuer prasselte, nahm Lisa den Kleinen vom Tisch und legte ihn auf die Kiste neben dem Ofen. Sofort war der Schreihals still und wurde sogar umgänglich. Lerbs beobachtete das vom Bett aus: Wie Lisa den Jungen auswickelte und ihm gut zuredete, ihm dann sogar eine kleine Ansprache hielt, ihn darin ein armes Mosesknäblein nannte. Zappeln, Strampeln und ein leises Krähen waren dann die Antwort darauf.

In Lerbs erwachten Vatergefühle. Und am liebsten hätte er es Lisa auf der Stelle gesagt. Aber er wartete damit, bis sie sich noch einmal zu ihm gekuschelt hatte.

Dann mahnte der arg mitgenommene Wecker zum Aufbruch. Fünf Minuten später schon stiegen sie die knarrende Treppe hinab, um sich bei ihrem Gönner zu melden. Der trat aber schon aus seinem Zimmer, bevor sie in seinem Stockwerk ankamen.

»Einen Augenblick!« sagte er und stutzte. »Wie ich sehe, haben Sie gar nichts eingepackt.« Er langte nach dem Weidenkorb auf dem Schranke und drückte ihn Lerbs in die Hand: »Schnell, holen Sie 'runter was auf dem Tisch steht! Es gehört Ihnen.«

Lerbs verschwand. Indessen brachte der Russe ein deutsches Kommißbrot und ein Stück Butter aus seinem Zimmer und hielt Lisa die Kostbarkeiten wortlos hin. Mit der freien Hand nahm sie ihm die Geschenke einzeln ab und legte sie halb auf ihre Brust, halb auf den schlafenden Säugling. So blieb sie befangen stehen, bis Lerbs zurückkam. Der nahm ihr die Sachen ab und bedankte sich dafür – auch für das Obdach, das ihnen der Russe gewährt hatte.

»Ein Korb, in dem ganz offensichtlich nur Lebensmittel sind«, sagte der Hauptmann, »der reizt unsere Soldaten meist gar nicht. Ein Karton dagegen oder gar ein Koffer, der macht sie stets neugierig. Aber bis zum Markt haben Sie ohnedies nichts zu befürchten. Bis dorthin gehe ich mit. Und dann stehen Sie ja unter dem Schutz unserer Wachposten«, versicherte er und legte Lerbs noch eine Flasche Milch in den Korb. »Für den da«, sagte er und wies auf den Kleinen.

Es war wieder recht kalt und die Straße sehr glatt geworden. Auch der Hauptmann verfiel, während er über das Schicksal des kleinen Lamotte sprach, in eine ziemlich komische Gangart. Mit den übrigen Deutschen werde sich gewiß auch seine Mutter auf dem Marktplatze einfinden, meinte er.

Eine Gruppe schwadronierender Soldaten kam ihnen entgegen. Wie Kinder benutzten sie die Straßenglätte zum Schorren. Als sie den Offizier bemerkten, schwiegen sie, um ein wenig später zu salutieren. Kurz darauf drehten sich alle wie auf Kommando nach dem Kapitän und seinem deutschen Anhang um. Lerbs hatte alles sehr genau beobachtet. Ihm war dieses lebende Bild so vertraut, und dennoch störte ihn dabei ein vages Gefühl von Bitternis. Plötzlich wurde es ihm klar: Die vier plachandernden blonden Jünglinge hätten ebensogut feldgraue Uniformen tragen können.

Aus unerklärlichem Grunde nahm der Hauptmann den Umweg über die Kaplanstraße. Vielfach mußten sie dabei über rauchende Haustrümmer hinweg. Aus den Ruinen der Pfarrkirche schlug ihnen stinkender Qualm entgegen. Bei dem Gedanken, der üble Geruch käme womöglich von jenen Unglücklichen, die das Gotteshaus nicht mehr verlassen konnten, als es plötzlich an allen Enden brannte, bei diesem Gedanken überlief Lisa ein ungewohnter Schauer.

Als sie den Marktplatz betraten, war dort schon eine Menge von Menschen versammelt. Dort, wo früher einmal der hohe Kandelaber gestanden hatte, waren Frauen, Kinder und alte Männer zusammengetrieben. Wachposten umkreisten sie wie Herdenhunde.

»Nun muß ich mich von Ihnen verabschieden«, sagte der Hauptmann. »Wie es weitergeht, sehen Sie ja. Ich wünsche Ihnen viel Glück.« Damit machte er sich von seinen Schützlingen los und ging auf zwei russische Offiziere zu, die in der Nähe miteinander sprachen.

Es hätte wahrhaftig keiner weiteren Anweisung bedurft. Lerbs und Lisa sahen sehr genau, wie es weiterzugehen hatte. Zuerst gingen sie ein paarmal um den zusammengetriebenen Haufen herum und fragten nach Hilde Lamotte, der Mutter des Kleinen, von dem man noch nicht einmal den Vornamen wußte.

Bald aber wurden sie von einem argwöhnischen Posten daran gehindert, weiter nach der Kindesmutter zu forschen. Er stieß die beiden Sucher in die Masse der Stehenden hinein. Auf diese Weise gerieten sie in die Nähe der Mutter Matern. Auch sie hatte man heute morgen aus ihrem Häuschen geholt und hierher gebracht. Die alte Frau weinte. Nicht einmal das Bild von ihrem gefallenen Gerhard hatte sie mitnehmen dürfen – auch nicht das Sparbuch, in dem ihr sechshundertdreiundzwanzig Reichsmark verbrieft waren. Noch kann sie nicht verstehen, daß ihr das ausgerechnet jene angetan haben, die versprechen, der Welt ein anderes Gesicht zu geben – ein menschlicheres.

Lisa legte den Kleinen wieder einmal in Lerbsens Arme und nahm dafür die Hand Mutter Materns tröstend in die ihre. Lerbs hielt inzwischen Ausschau nach

Doktor Kunz und dem Apotheker. Wie es schien, fehlten die beiden aber auch heute. Zwischen den Frauen und Kindern waren Männer allenthalben sehr dünn gesät, noch dünner als gestern auf dem Marsche. Die wenigen, die er heute zwischen den Frauen verstreut sah, waren alte und gebrechliche. Dieser Umstand machte ihm etwas Sorge.

Von der Turmstraße her wurde eine Gruppe von deutschen Frauen und Kindern der Mitte des Platzes zugetrieben. Aus der Kopernikusstraße kamen ebenfalls zwei russische Wachmänner mit acht oder zehn Deutschen daher. Aber auch unter ihnen konnte Lerbs Hilde Lamotte nicht entdecken.

Von der anderen Seite war inzwischen ein Kleinauto herangekommen – kurz, kastenförmig und ohne jedes Dach –, eine Art, wie sie Lerbs noch niemals zu sehen bekommen hatte. Amerikanisch, dachte er.

Nur wenige Schritte von Lerbs entfernt hielt der seltsame Kasten an. Der Wohlbeleibte, der neben dem Fahrer saß, stieg ab und begrüßte den Dolmetscher, der inzwischen mit den beiden anderen Offizieren herangekommen war. Nun sprechen sie miteinander – lange – russisch, mit vielen gutturalen Lauten, die Lerbs den Wohltäter als echten Russen erscheinen lassen. Der Beleibte gibt dem Dolmetsch ein Zeichen. Daraufhin steigt unser Hauptmann in den Wagen ohne Dach, um so erhöht zu den Deutschen sprechen zu können. Und wieder beginnt er nun mit: »Alles mal herhören! Im Namen des sowjetischen Stadtkommandanten habe ich folgenden Befehl bekanntzugeben: Die deutsche Bevölkerung der Stadt ist zu evakuieren und auf die Dörfer Neukirch, Lenzen und Baumgarten zu verteilen. Dieser Befehl dient zum Schutz der Zivilbevölkerung im Kampf um die Vernichtung der deutschen 4. Armee. Er ist schon gestern ergangen und auch durchgeführt worden. Die Deutschen aber haben ihn mißachtet und sind eigenmächtig in die Stadt zurückgekehrt. Deshalb läßt der Genosse Kommandant ausdrücklich betonen, daß jeder, der gegen seinen Befehl verstößt, strenge Strafe zu gewärtigen hat.«

Den letzten Satz wiederholte er, weil er ihm wohl sehr wichtig zu sein schien. Einige Granateinschläge hatten den Teil mit der Strafandrohung nahezu verschlungen.

Jetzt also hätte sich Lerbs oder auch Lisa zu Wort melden sollen. Aber noch ehe sie recht daran dachten, begann Marta Mirau schon zu reden: »Herr Offizier«, sagte sie weinerlich, »bitte, sagen Sie doch dem Herrn Kommandant, daß wir gar nicht ungehorsam waren, daß wir aus ganz anderen Gründen zurückgekehrt sind.« Dann berichtete sie ungeniert, wie sich die Sache in Wirklichkeit zugetragen hatte.

Erst als sie merkte, daß ihr der Dolmetscher gar nicht mehr zuhörte, brach sie ihre Anklage ab und erschrak. Der große und schlanke Vermittler hatte sich zum beleibten Kommandanten herabgebeugt. Wahrscheinlich sprachen sie über die Sache. Jetzt wurden auch die beiden anderen Offiziere mit ins Gespräch gezogen. Marta Mirau wurde es bänglich, als sich der Dolmetscher wieder aufrichtete und bekanntgab, der Genosse Kommandant werde sich der Sache annehmen, die Wachposten von gestern herbeiholen lassen und sie, sofern sie pflichtvergessen gewesen, auf der Stelle bestrafen.

Zu den Übergriffen aber müsse er sagen, daß da keinesfalls sowjetische Soldaten, sondern nur deutsche Provokateure in russischen Uniformen dabei im Spiel gewesen sein könnten. Das habe sich bei solchen und ähnlichen Anklagen am Ende immer wieder herausgestellt. Er deutete eine kurze Verbeugung an und schwang sich aus dem Wagen. Der Kommandant und die beiden anderen Offiziere stiegen ein und fuhren davon.

»Sie werden nun schon einige Zeit warten müssen, bis die Wachmänner von gestern hier sind«, sagte der Hauptmann, tippte an den Mützenrand, senkte den Kopf, wendete sich und ging in Richtung Kopernikusstraße fort. Die Wachmänner deuteten eine Ehrenbezeigung an und umkreisten die verdutzten Deutschen aufs neue.

»Wie die Fliegen im Netz!« sagte Lerbs nicht gerade sehr leise. »Am Ende geht der Schuß, den Marta Mirau da eben abgefeuert hat, hinten 'raus!« Er witterte Unrat. Als alter Soldat hatte er dafür eine feine Nase.

Bald trat und trampelte jeder der Wartenden auf der Stelle. Einige begannen auf Marta Mirau zu schimpfen: Bei der ganzen Sache käme doch nichts Gutes heraus. Andere dagegen meinten, es sei richtig gewesen, dem Kommandanten reinen Wein einzuschenken.

Nach langem Warten marschierten die richtigen Wachmänner endlich heran. Es waren die von gestern. Ihr Unteroffizier kommandierte ein besonders zackiges »Stoy!« Dann mußten die Deutschen zum Abmarsch antreten und sich von ihm und seinen Männern beschimpfen lassen. Die verdammten Deutschen hatten ihnen diesen Extradienst verschafft.

Nun wurde es jedem klar, daß der Kommandant sich eine ganz besondere Art von Strafe ausgedacht hatte: Er ließ die heutigen Wachposten durch die gestrigen ablösen. So kamen die *einen* zu unverhoffter Freizeit, während die *anderen* Gelegenheit hatten, darüber nachzudenken, was sie den Deutschen gestern schuldig geblieben waren. Das schien die Begleitmannschaft nun sehr schnell herauszufinden und heimzahlen zu wollen. Auch der Pockennarbige, der Lerbs und Lisa auf den Fersen saß, machte daraus keinen Hehl. Fortwährend trieb er sie mit Flüchen und Stößen an.

Am Stadtausgang wurde der Gefangenentransport durch russische Posten von der Straße hinüber aufs Feld geleitet. Eine Zugmaschine schleppte dort gerade einen von deutscher Artillerie zertrümmerten Lkw ab. Sanitäter trugen Verwundete fort. Noch immer lag die Reichsstraße 1 unter dem Störfeuer der Deutschen. Deshalb drängten die Posten mit ihren Gefangenen möglichst weit von der Chaussee fortzukommen.

»Da – da!« stammelte der Pockennarbige und stieß Lerbs die Maschinenpistole in die Rippen. »Da – sehen, was Fritzen mit arme Kamerad machen!«

Lerbs fühlte sich gezwungen, die blutige Szene auf das Schuldkonto aller Deutschen zu setzen. Denn mit den Fritzen meinte der Russe die Deutschen. Soviel wußte Lerbs. Der Apotheker hatte ihm einmal erzählt, daß dieser Spottname im Siebenjährigen Krieg entstanden sein müsse, in dem der Alte Fritz den Russen so manches Mal schwer zu schaffen gemacht hatte.

Schon bekam Lerbs einen neuen Rippenstoß mit der MPi. »Zu Kommandant du spräcken – Rußki-Soldat nix gutt«, fauchte er und schaute dabei wild um sich.

Wie die ersten Stöße, so nahm Lerbs auch diesen gelassen hin. Er meinte, sich und Lisa damit am besten zu dienen. Aber sein Quälgeist ließ nicht locker. Durch die Ruhe seines Opfers noch angriffslustiger geworden, riß er ihm nun den Baschlik vom Kopf und warf ihn mit mächtigem Schwung seitwärts in den Schnee.

Auch diese Demütigung nahm Lerbs wortlos hin. Mit ruhigen Schritten stapste er nun durch die hohe weiße Schicht, um seine Kappe zurückzuholen.

Während Lisa den Barhäuptigen sich entfernen sieht, bemerkt sie, wie der Russe seine MPi erhebt und auf den Ahnungslosen richtet. Der Schreck durchfährt sie wie ein Blitz. Sie macht ihre Rechte frei und schlägt damit, indem sie laut aufschreit, von unten her gegen die Mordwaffe. Ein paar Schüsse knattern in die Luft. Erschrocken wendet sich Lerbs und sieht, wie der Russe auf Lisa anlegt. »Kam'rad, nicht schießen!« schreit er den Todesschützen verzweifelt an. Und wahrhaftig – der Russe legt ab und läßt die Waffe wieder auf seiner Brust baumeln. »Hollen!« befiehlt er und weist dabei auf die Mütze im Schnee. Denn Lerbs ist inzwischen ohne sie wieder zurückgekommen.

»Du nix machen puck, puck?« sagte Lerbs, noch bleich vor Schreck.

»Nix schießen!« versprach der Russe. »Du hollen!«

Weil Lerbs aber noch immer unentschlossen dastand, ergriff der Posten die MPi, zog den Trageriemen über den Kopf und hielt sie der Frau wortlos hin.

Lisa brach darüber in Tränen aus, und Lerbs holte, indem er sich dabei mehrmals scheu umsah, nun eilig seine Kappe zurück. An einer Hand den Weidenkorb, in der anderen die Mütze, so kam der Mann dahergestapft, der beinah ein Toter gewesen wäre. Durch ihren Tränenschleier sah ihn Lisa nur verschwommen.

»Setz doch die Mütze auf!« sagte sie schluchzend. »Du wirst dich sonst erkälten.« Am liebsten hätte sie ihren Rudolf umarmt. Ungewollt drückte sie dafür den kleinen Lamotte – womöglich etwas zu sehr. So erwachte der und fing an, laut zu weinen.

Daß nun beide weinten, rührte den Russen. Er war plötzlich wie umgewandelt, klopfte Lerbs und Lisa freundschaftlich auf die Schulter. »Du Mann? – Du Frau?« fragte er vertraulich, indem er zuerst ihm und dann ihr auf die Brust tippte.

Lisa nickte dann bedeutungsvoll: Ja, das seien sie: Mann und Frau. Dieses tapfere Bekenntnis rührte Lerbs so sehr, daß er sich sogar nun von dem Russen gern etwas antreiben ließ. Sie waren inzwischen ein gutes Stück hinter dem Zuge zurückgeblieben und hatten Not, wieder aufzurücken.

Zwei russische Flieger, die von Elbing her über die Höhen heranknatterten, zogen jetzt die Blicke des

Wachmanns nach oben. Sonst hätte er Lerbs und Lisa wohl noch mehr ausgefragt. Aber wenn er Flieger mit dem Sowjetstern am Himmel dahinziehen sah, weitete sich jedesmal seine Brust. Es waren doch seine Kameraden, die Männer dort in den Lüften. Und sie befanden sich mit ihm auf dem Siegeszug nach Berlin, um den schlimmsten aller Feinde der sozialistischen Völker zu vernichten.

Auch Lerbs sah ein paarmal zu den Fliegern hinauf. Sie haben nun einen langen Anflug, sagte er sich. Sie müssen nun schon bedeutend weiter aufs Haffeis hinaus, wenn sie Flüchtlingstrecks beschießen wollen. Er dachte an Claudia Melizkat und Onkel Wilhelm: Oh, wenn die wüßten!

Plötzlich stockte der ganze Zug. Es sei jemand gestürzt, hieß es. Drei Wachmänner und viele Frauen standen um einen Liegenden herum. Einer der Russen schrie auf den Gestürzten ein. Wahrscheinlich wollte er, daß es weitergehen sollte.

Lerbs machte sich Platz und sah Mutter Matern hilflos am Boden liegen. Sobald sie versuchte, sich aufzurichten, schrie sie fürchterlich auf und griff nach ihrer Hüfte. »Vermutlich der Oberschenkelknochen ... Meist bricht der bei alten Leuten dicht bei der Kugel. Wir müssen eine Trage beschaffen oder behelfsmäßig eine bauen.« Er versuchte das den Wachmännern klarzumachen. Aber mitten in seinen Versuch platzte der russische Unteroffizier hinein und brachte alle auf den Trab. Der Zug setzte sich wieder in Bewegung. Nur einen Wachmann ließ der Unteroffizier bei Mutter Matern zurück.

»Das ist aber anständig«, sagte Lisa zu Lerbs. »Die alte Frau allein liegenzulassen, das hätte ich unmenschlich gefunden.«

Inzwischen waren die ersten Ziegeldächer der Neukircher Häuser aufgetaucht. Alles Siedlungshäuser

– die da längs der Elbinger Chaussee standen. Seit Jahr und Tag war Lerbs an ihnen vorbeigekommen – zu Fuß, auf dem Fahrrad oder im Omnibus. Erst letzten Herbst hatte er sich seinen kleinen Wintervorrat an Kartoffeln aus einem dieser schmucken Häuser beschafft. Das dritte oder vierte mußte es gewesen sein – genau hätte er es nicht mehr sagen können. Otto Klimmek hatte sie ihm von seiner bescheidenen Ernte abgelassen. »Kartoffeln von unserer Höhe hier oben sind was ganz Besonderes!« hatte Klimmek noch mit Stolz behauptet. Wo mochte Otto jetzt stecken – zu Hause wohl ganz bestimmt nicht mehr.

Als Lerbs anfing, sich über das Schicksal von Otto Klimmek Gedanken zu machen, hörte er hinter sich zwei Pistolenschüsse. Er drehte sich heimlich um und sah einen russischen Soldaten im Eilschritt herangelaufen kommen. War es nicht jener, den der Unteroffizier bei Mutter Matern zurückgelassen hatte? Natürlich – er war es. Lerbs dachte sich seinen Teil, sagte Lisa aber nichts davon.

Je näher die ersten Häuser kamen, desto mehr trieben die Posten zur Eile an. Es schien, als müßten die Soldaten dringend in die Stadt zurück. Sobald einer von ihnen ausgekundschaftet hatte, daß die Siedlungshäuser alle unbewohnt waren, begann man, sie von sich aus zu belegen – mit Germanski, die man so schnell wie möglich los sein wollte.

Wachmänner, die zählen konnten, schubsten zehn oder fünfzehn Deutsche – oder auch ein Häuflein von ihnen nach Gutdünken in ein Haus hinein. Auf diese Weise wären Lerbs und Lisa beinah wieder voneinander getrennt worden. Sie gerieten dann aber zum Unglück in ein Haus, in dem man alles, was aus Holz gewesen war, verheizt hatte – auch Dielen, Türen und Fensterrahmen. Unangenehm kalt zog es von oben durch die feuchten, unwirtlichen Räume. Alle, die man hereingetrieben hatte, standen fröstelnd und müde herum. Keiner traf Anstalten, sich einen Winkel zu suchen und sich etwa darin einzurichten.

»Hier holen wir uns die ersten Läuse«, sagte Lerbs, während er mit seinen Langschäftern in der Schicht von Unrat umherstocherte, die den dielenlosen Fußboden bedeckte. Dann untersuchte er den Kachelofen. Der schien noch intakt zu sein. Ins Dachgeschoß war nicht zu kommen. Auch die Treppe war den Weg durch den Schornstein gegangen.

Lerbs trat an das große Loch heran, das noch vor kurzem ein richtiges Fenster gewesen war. Von hier aus sah man über das Vorgärtchen hinweg auf die Elbinger Chaussee. Die Häuser standen alle etwas erhöht. Unentwegt ging es auf der Straße hin und her: Wagen- und Marschkolonnen, Panzer und Pferdefuhrwerke. Viele Soldaten winkten herüber. Sie meinten die Frauen, die sie im Vorbeifahren erblickten.

»Hier werden wir uns auf häufigen Besuch gefaßt machen müssen«, sagte er zu Lisa und strich ihr etwas bekümmert über die Wange. Dann bückte er sich nach einem alten Zinkeimer, führte Lisa zum Kachelofen und lud sie ein, sich auf den umgestülpten Eimer zu hocken – mit dem Rücken gegen die kalten Kacheln.

»Was können wir anderes machen, als zuzusehen, wo wir bleiben«, brummelte er und öffnete die Tür zum Feuerloch. »Los, Leute!« fuhr er sie richtig an. »Ehe wir hier ganz und gar erfrieren . . . Bewegt euch doch etwas! Schafft heran, was brennbar ist! Auch den Mist vom Fußboden. Ein Glück, daß ich mein Feuerzeug gerettet habe.«

Gerade brachten Frauen und Kinder das erste Stroh und Papier herbei, da horchten alle auf. Christel Wischnewski kam ins Haus gestürzt und rief kreischend nach ihrer Mutter. Durch irgendeinen unglücklichen Umstand mußte sie die verloren haben.

Im Augenblick, da das Mädchen das Haus wieder verlassen wollte, vertraten ihr drei Russen den Rückweg. »Warum du weinen?« fragte der größere mit recht sympathischem Gesicht.

»Meine Mutter ... Ich suche meine Mutter«, schluchzte Christel und wies mit der Hand irgendwohin nach draußen.

»Komm – suchen Mutter!« tröstete er, nahm Christel bei der Hand und ging mit ihr davon. Die Kameraden trabten auf schmalem Schneepfad hinter den beiden her. Hinter der nächsten Hausecke verschwand das russische Gespann mit dem deutschen Mädchen.

Auch Marta Mirau, die Christel mit ihren Blicken am längsten verfolgt hatte, konnte der suchenden Mutter später nichts weniger, aber auch nicht mehr darüber sagen.

Frauen und Kinder trugen mehr Brennbares zusammen, als das Lerbs vorher vermutet hatte. Schon begannen sich die Kacheln im Rücken Lisas zu erwärmen. Da standen plötzlich wieder drei Russen im Türgeviert. Der aufsteigende Qualm mußte sie angelockt haben.

Als die Frauen die ungeladenen Gäste sahen, wurden sie doppelt fleißig. Alle versuchten sich von der unvorteilhaftesten Seite zu zeigen. Minna Jansen machte das auf ihre Weise: Mit bloßen Händen kratzte sie eilig einen Haufen Abfall zusammen. Mit schmutzigem Stroh vermischt, lag der noch immer reichlich auf dem Boden umher. Unauffällig warf sie sich von diesem Unrat über Kopftuch und Mantel und rieb mit angefeuchteten Händen Staub und Deck ins Gesicht. In solcher Maskerade trug sie dann, ohne sich um die Russen zu kümmern, eine Handvoll Mist nach der anderen zu Lerbs ans Feuerloch.

Minna Jansens Beispiel machte Schule. Frieda Weber fand ein angekohltes Stück Holz und schwärzte sich damit Gesicht und Hände. Bald war Lisa Lerbs die einzige, deren Anblick nicht abstoßend wirkte. Kein Wunder, daß der Russe, der sich zum Wortführer der drei gemacht hatte, auf Lisa losging und ihr klarmachte, was er wollte: eine Frau zum Wäschewaschen. Er legte seine Fäuste gegeneinander und rieb dabei die rechte über der linken, so, wie es die kleinen Mädchen bei ihrem bekannten Singspiel tun. »Frau, komm! – Waschen!« sagte er.

Weil sich Lisa aber nicht rührte, tippte er sie noch einmal an, rieb eine Faust auf der anderen und wiederholte sein »Frau – komm«. Lisa brach in lautes Weinen aus. Sie sei doch unabkömmlich, jammerte sie und hielt dem Russen als Beweisstück ihr kreischendes Bündel hin.

Daß das falsch gewesen war, wurde ihr sofort klar. Denn der Russe nahm ihr das Kind einfach ab, legte es achtlos auf den schmutzigen Boden und wiederholte sein Verlangen.

Währenddessen hatte Lerbs hinter dem Ofen am Feuerloch gehockt und alles verfolgt. Als er sah, wie der Russe das Kind in den Schmutz legte, schwoll ihm die Zornesader. Er sprang auf, wischte sich die schmutzigen Hände an den Kleidern ab, hob das weinende Bündel auf und gab es Lisa in die Arme zurück. »Das ist mein Kind!« brüllte er den Russen an. »Und das dort meine Frau! Macht, daß ihr fortkommt, ihr Hurenböcke! Nichts gibt's hier – nichts! 'raus Marsch 'raus!« schrie er wie von Sinnen und wies mit weit von sich gestrecktem Arm auf das leere hellgraue Geviert, das einmal die Haustür gewesen war.

Der Russe erschrak. Den Mann hinter dem Ofen hatte er gar nicht gesehen. Im ersten Schock griff er nach seiner MPi, besann sich aber, gab seinen Spießgesellen einen Wink und verschwand mit ihnen.

Totenstille im Raum.

Lisa saß schreckensbleich auf dem umgestülpten Eimer. Lerbs hockte wieder vor seinem Feuerloch und schürte. In seiner Rolle als Sieger fühlte er sich aber gar nicht wohl. Der Mut hatte ihn schnell wieder verlassen. Jeden Augenblick erwartete er den Vergeltungsschlag: die Detonation einer Handgranate, das Krachen einer Salve aus der MPi – oder gar beides. Aber nichts dergleichen geschah. Es schien, als hätten alle die Sprache verloren. Nur Minna Jansen zollte dem Beschützer Lisas einige Worte des Lobes für seine Courage.

Auch Lisa schwieg. Ihr war der Schreck tief in die Glieder gefahren. So hatte sie ihren Rudolf noch nie gesehen. Wenn das nur gutging. Als sie sich wieder einigermaßen gefaßt hatte, kauerte sie neben Lerbs am Feuerloch nieder. »Die Russen werden wiederkommen«, flüsterte sie. »Vielleicht holen sie nur Verstärkung und nehmen dann schlimme Rache. Laß uns fortgehn, Rudolf! Ich habe solche Angst. Bitte, irgendwohin – aber nur fort von hier!«

Lerbs war es nicht besser zumute als Lisa. Aber es widerstrebte ihm, die Frauen, denen er noch vor kurzem Briefe ins Haus gebracht hatte, jetzt feige zu verlassen.

Dann also Klartext! sagte sich Lerbs, winkte die Frauen zu sich an den Ofen und erklärte ihnen, daß Lisa und er das Haus verlassen wollten.

»Nehmt uns doch mit!« baten die meisten, ohne zu überlegen. »Denn so dicht an der Chaussee wie hier werden wir ja niemals Ruhe bekommen. Und so eine Ruine wie die hier finden wir doch zu jeder Zeit wieder.«

»Wie wär's denn mit Birkau?« fragte Berta Ziegler, während sie hinter Lerbs das ungastliche Haus verließ. »Nicht weit von Birkau liegt der Hof meines Schwagers. Wenn wir dorthin kommen könnten. Dort hätten wir's ganz gewiß gut.«

»Vergiß nicht, Berta«, sagte Lerbs, »daß der Hof dicht an der Autobahn liegt. Womöglich kommen wir da aus dem Regen in die Traufe.«

Lerbs führte die Reihe an, vermied die Straße und nahm den Weg über das freie Feld hinter den Häusern. Nur ab und zu blickte er einmal verstohlen zwischen ihnen hindurch, hinunter zur Chaussee. Aber niemand schien sich um die dahineilenden Frauen und Kinder zu kümmern.

Erst als sie sich der Straße, die nach Tolkemit hinabführt, näherten, bekamen sie es wieder mit Russen zu tun. Kurz vor der Straßenkreuzung hielt ein großer Lastwagen an. Er hatte seine Ladefläche voller schlitzäugiger Soldaten, die den Frauen sofort wild und kehlig zujohlten. Sie blieben aber, wo sie waren. Nur der eine neben dem Fahrer stieg ab, ging auf Lerbs zu und kauderwelschte auf ihn ein. Es dauerte eine ganze Zeit, ehe Lerbs klar wurde, daß der Russe den Weg nach Maibaum suchte.

Kaum aber war diese drohende Gefahr vorüber, erschraken die Frauen schon aufs neue. Ganz in der Nähe begann plötzlich eine Geschützbatterie zu feuern – so mörderisch, daß ein paar Frauen laut aufschrien. Eine Fremde, die mit zwei Kindern daherkam und die Angst der Frauen bemerkte, blieb stehen und erklärte redselig, was es mit dem Ballern auf sich hatte. »Keine Angst!« sagte sie. »Die schießen nicht hierher. Die schießen übers Haff. Von der Höhe hier oben können sie mit ihren Ferngläsern doch genau sehen, wo und wie ihnen die Flüchtlinge tagtäglich durch die Lappen gehn. Drüben auf der Nehrungsstraße und auch daneben auf dem zugefrorenen Haff fährt doch Tag und Nacht Wagen hinter Wagen. Wie auf einem Schießplatz können sie sich da im Zielen üben.«

»So ist das also«, sagte Lerbs. »Kommen Sie etwa von da unten? Wir überlegen nämlich gerade, ob es nicht ratsam ist, nach Cadinen oder Succase hinunterzugehen.«

»Um Gottes willen!« warnte die Frau. »Da unten am Haff wimmelt's überall von Russen. Bleibt bloß hier oben auf der Höhe! Wir kommen gerade von Tolkemit und können ein Liedchen singen.«

»Tolkemit?« murmelte Lerbs und verspürte Lust, die Frau zu fragen, warum sie nicht in jener Nacht mit Schwertfeger und all den anderen hinüber nach Kahlberg gegangen sei. Es fiel ihm aber rechtzeitig ein, daß er sich in diesem Punkt selbst genug zu fragen hatte. Also hielt er besser den Mund.

Gerade in diesem Augenblick empfand Lerbs Lust, dem Krajebieter nachzutrauern und ihn in Gedanken irgendwo auf der Ostsee einzuholen. Da bemerkte er – halb aus dem Augenwinkel heraus –, wie sich vier Russen heranpirschten. »Macht, daß ihr fortkommt!« herrschte er daraufhin die Frauen in guter Absicht an. Die Zusammenstehenden fuhren auseinander. Lisa zog er mit sich fort – hinüber auf die andere Straßenseite. Dicht hinter ihnen rollte ein schwerer T 34 vorbei.

Drüben nahm er Lisa das Kind aus den Armen und lief mit ihr weiter – schnell zwischen zwei Schuppen hindurch. Erst hinter den Häusern auf freiem Felde machten sie wieder halt und verschnauften. Von dort aus konnte Lerbs sehen, daß sie vorläufig nichts zu befürchten hatten. Eine Lastwagenkolonne, die dicht hinter dem T 34 fuhr, hatte den Verfolgern anscheinend den Weg abgeschnitten.

»Was nun?« fragte Lisa, während sie versuchte, das schreiende Kind zu beruhigen. »Wie soll ich den Kleinen wieder still bekommen, ohne ihm etwas zu geben? Wollen wir nicht versuchen, in einem der Häuser dort für kurze Zeit unterzukommen? Denn trockengelegt werden will der Junge gewiß auch.«

»Ich fürchte nur, wir kommen da wieder in Teufels

Küche«, meinte Lerbs. »Am liebsten kehrte ich Neukirch überhaupt gleich wieder den Rücken. Durch dieses Dorf zieht mir zuviel Militär. Hier werden wir keine ruhige Stunde haben. Laß uns in ein abgelegenes Bauernhaus gehen! Dort werden wir gewiß etwas sicherer sein. In Richtung Lenzen, gar nicht so weit von hier, muß ein Abbau liegen. Von dieser Höhe dort müßte man ihn schon sehen können. Als junger Mann bin ich auf Skiern ein paarmal an ihm vorbeigekommen. Komm, Lisa! Ich glaube, dort treffen wir's ein bißchen besser als hier.«

»Das Kind hat aber Hunger, Rudolf. Ich muß ihm ganz gewiß erst etwas Milch geben.«

»Dann gib ihm doch gleich hier eine Kleinigkeit! Wenn wir an Ort und Stelle sind, bekommt er mehr – soviel er haben will meinetwegen. Komm, Lisa, dort hinter der Schneeschanze sind wir wenigstens etwas geschützt – auch vor unliebsamen Blicken. Komm, ich helfe dir, die Milch im Munde anzuwärmen.«

»Sie muß ja auch noch verdünnt werden«, warf Lisa ein.

»Dazu nehmen wir ganz einfach Schnee«, sagte Lerbs. »Den lassen wir im Munde zergehen. Anders ist das nun einmal nicht zu machen.«

Sie stapften weiter bis in den Winkel zwischen der hohen Schneeschanze und dem dickverschneiten Buschwerk. Während sie den Kleinen auf diese recht ungewöhnliche Weise sättigten, überkam Lisa ein vages Gefühl von Geborgenheit. In der hohen Schneewehe saß es sich so weich und bequem, daß sie hier am liebsten eine Stunde ausgeruht hätte.

Aber Lerbs sorgte dafür, daß es nicht dazu kam. Sie mußte ihm das Kind mit einer Wolldecke nach Indianerart auf den Rücken binden. So hatte er die eine Hand für den Korb und die andere für seine Gefährtin frei. Der Tagesmarsch mit all seinen Schrecknissen hatte Lisa arg zugesetzt. Große Anstrengungen konnte ihr Lerbs nicht mehr zumuten. Und doch wollte er aus diesem Dorf verschwinden – um jeden Preis, auch, wenn er Lisa hätte halb tragen müssen.

Er nahm sie bei der Hand, um zuerst einmal aus dem tiefen Schnee zu kommen. Die Anhöhe hinauf ging es dann schon leichter: Durch das Tauwetter und den darauf folgenden Frost hatte der Schnee eine feste Oberschicht bekommen. Die Füße sanken kaum nennenswert ein. Sogar Lisa machte das neuen Mut.

Die Hoffnung, den abgelegenen Hof von hier oben in der Landschaft liegen zu sehen, erfüllte sich aber nicht. In der Senke vor ihnen standen drei einander ähnliche Baumgruppen, und hinter jeder hätte sich ein Bauerngehöft verbergen können. Es blieb ihnen nichts anderes übrig, als aufs Geratewohl querfeldein weiterzumarschieren. Sie hatten Glück. Nach einem etwa halbstündigen Weg entdeckte Lisa einen Hausgiebel zwischen den Baumkronen. Für Lerbs bestand kein Zweifel mehr: Das war der Abbau, den er suchte.

Wie aber sah dieses einst so schmucke Anwesen heute aus. Die hohe Linde auf dem Hof war halb verkohlt. Unter ihr lagen, in weitem Umkreis verstreut, Asche und halbverbrannte Holzstücke. Die Fenster des Wohnhauses hatten größtenteils keine Scheiben mehr. Die gähnenden Höhlen waren mit Lumpen und prallen Heusäcken zugestopft. Am bejammernswertesten – die Haustür, allem Anschein nach eingeschlagen und später notdürftig mit Kistenbrettern wieder zusammengenagelt. Wo früher Schloß und Klinke gesessen hatten, leuchtete jetzt der Deckel eines Marmeladeneimers. Und doch schien das Haus bewohnt zu sein.

Lerbs übergab Lisa den Handkorb und drückte mit beiden Händen gegen die Tür. Sie wich dem Druck, drehte sich windschief in den Angeln und gab ein ärgerliches Knarren von sich. Beim Eintreten stieß Lisa versehentlich mit ihrem Korb gegen einen Besen, so daß sein Stiel hart auf den roten Ziegelsteinboden knallte und die Totenstille im Hause jäh zerriß.

Noch während Lisa den Besen wieder aufstellte, öffnete sich die rechte der beiden Stubentüren auf einen Spalt und ließ den vermummten Kopf einer Frau zum Vorschein kommen. »Ach, Fremde sind da«, sagte sie. »Ich dachte, die Bäuerin ist's.«

»Wo ist die?« fragte Lerbs. »Gerade die Bäuerin suche ich.«

»Da müssen Sie hinter die Scheune gehn, in den Garten«, antwortete die Frau und zog die Tür schnell hinter sich zu.

Auf gut Glück gingen sie zwischen Scheune und Stallgebäude hindurch und gerieten wahrhaftig an die richtige Stelle. Hinter einem seltsamen Schneegebilde, das von einem hohen Strauch herrühren mußte, entdeckte Lerbs zwei Frauen bei Erdarbeiten.

Weil hier der Schnee zu hoch lag, bedeutete er Lisa zurückzubleiben. Er stieg allein weiter und entbot schon von weitem seinen Gruß.

Die Frauen schwiegen – kaum, daß sie einmal aufsahen.

»Hat der Kriegstod etwa auch diesen Abbau heimgesucht?« fragte Lerbs und trat einen Schritt näher an die Grube heran. »Darf ich fragen, wer es ist, den Sie zu beklagen haben? Auch wenn das Sterben jetzt zu dem Alltäglichsten gehört, möchte man seinem Nächsten schließlich doch ein Wort der Teilnahme sagen.«

»Ach, nicht nur einer . . .«, sagte jene, die sich, auf die Schaufel gestützt, neben der entstehenden Gruft ausruhte. »Schon über eine Woche liegen mein Schwager und unser Franzose in der Scheune auf Stroh und warten darauf, daß sie endlich ihr Grab bekommen. Die Erde ist zu hart gefroren. Drei Tage arbeiten wir an dieser flachen Mulde.«

»Wir können es ja noch immer nicht fassen«, fuhr die andere fort, die mit der Hacke in dem knietiefen Loch stand. »Ist das ein Grund, zwei Männer totzuschießen, weil sie sich vor ihre Weiber stellen, denen man Gewalt antun will? Maanje, was sagen Sie – ist das ein Grund?«

»Was jetzt in unserer Heimat geschieht . . . Dergleichen hat die Welt noch nicht gesehen. Uns geht es wie den Fliegen im Spinnennetz: Nur wenige kommen davon«, versuchte Lerbs die beiden Frauen zu trösten. »Wer weiß, wann und wo es uns erwischt?

Was hier nun zu tun bleibt, ist aber doch beileibe keine Arbeit für Sie.«

»Wer anders sollte es denn machen, wenn nicht wir?« erklärte die in der Grube und hieb die Hacke dabei gegen die eisenharte Erde.

»Lassen Sie uns hier irgendwo unterschlüpfen, und ich übernehme das mit dem Grab«, schlug Lerbs vor und erzählte, wie es ihnen ergangen war.

»Ist das Ihre Frau?« fragte die mit der Schaufel und wies dabei mit dem Kinn auf Lisa.

»Nein«, bekannte Lerbs, »es ist meine verwitwete Schwiegertochter. Mein Sohn ist bei Stalingrad gefallen. Um aber bei der Wahrheit zu bleiben: Während der Schrecknisse der letzten Tage sind Lisa und ich uns sehr nahegekommen und möchten auch immer zusammenbleiben. Ihnen mag's seltsam klingen. So aber steht es nun einmal um uns beide.«

»Was die Not nicht alles zustande bringt«, sagte die andere und gab sich nun als die Besitzerin des Hofes zu erkennen. Sie überließ die Grube mit den abgehackten Kluten ihrer Schwägerin zum Ausschaufeln, stieg mit Lerbs durch den hohen Schnee zu Lisa und sagte: »Wenn Sie keine Ansprüche stellen, dürfen Sie bei uns bleiben. Ich will Ihnen auch gleich zeigen, wo Sie sich einrichten können.«

»Ach, wie mich das freut«, sagte Lisa. »Wir sind ja mit jedem bescheidenen Eckchen zufrieden, wenn es sich nur ein bißchen heizen läßt – wegen des Kleinen, verstehen Sie wohl.«

»Heizen?« erwiderte die Besitzerin etwas erschrokken. »Sehen Sie, da bekommt die Sache schon einen Haken. Zu heizen sind die Zimmer, die ich Ihnen anbiete, zwar alle. Und verfeuern Sie in den Öfen, solange es dunkel ist, soviel Sie wollen. Holz ist genug da – drüben im Schuppen. Am Tage aber darf kein Rauchwölkchen aus dem Schornstein steigen. Daran müssen Sie sich aufs strengste halten. Rauch lockt Russen an. Wir haben unsere Erfahrungen gemacht – bittere Erfahrungen.«

»Das wird sich machen lassen«, erwiderte Lerbs, ohne zu überlegen. »Die paar Stunden, die es jetzt Tag ist, werden wir uns schon zu helfen wissen.«

»Noch etwas anderes liegt mir am Herzen«, fiel ihm die Bäuerin ins letzte Wort, während sie zum Weitergehen drängte. »Wären Sie wohl imstande, den Toten eine Art Sarg zu machen? Auch wenn es nur ein ganz einfacher ist. Damit möchten Sie mir einen sehr großen Stein vom Herzen nehmen. Wenn ich mir vorstelle, wir müßten den Männern die gefrorenen Kluten direkt aufs Gesicht werfen . . . Mir wird richtig schlecht bei dem Gedanken.«

»Wenn Bretter und Werkzeuge da sind, könnte ich schon so was Ähnliches wie einen Sarg zimmern«, gab Lerbs zu. Einige Erfahrungen hatte er ja in solcher Arbeit inzwischen gesammelt.

»Das ist alles da«, sagte die Bäuerin, »sogar eine kleine Werkstatt mit Hobelbank. Hier, sehen Sie sich's doch gleich einmal an!«

Sie führte ihren Besuch durch den leeren Pferdestall und die verwaiste Knechtsstube in eine gut eingerichtete Werkstatt, in der Berge von Hobelspänen lagen, aus denen der Duft frischen Holzes strömte.

»Gut«, sagte Lerbs, indem er sich kurz umschaute und den Rückweg gleich wieder antrat. »Morgen werden wir weitersehen.«

»Können wir denn nicht gleich dieses Kämmerchen hier bekommen?« fragte Lisa, als sie wieder durch die Knechtsstube kamen.

»Von mir aus!« gab die Bäuerin zurück. »Der gemauerte Ziegelsteinofen heizt ausgezeichnet. Wenn Sie ihn über Nacht tüchtig schüren, hält er die Wärme vielleicht sogar auch tagsüber. Allerdings haben Sie dann nur Ziegelsteinboden und keine Dielen. Aber unser Franzose hat sich hier sehr wohl gefühlt.«

»Ach komm, Rudolf, laß uns gleich hierbleiben!« sagte Lisa, während sie sich noch einmal etwas umsah. »Ich bin todmüde und möchte keinen Schritt mehr gehen. Komm, gib mir den Kleinen!«

Als das Kind von Lerbsens Rücken gebunden wurde, begann es laut zu weinen. So umhergetragen zu werden hatte ihm anscheinend sehr gefallen.

»So bleiben Sie also gleich hier, junge Frau«, sagte die Bäuerin zu Lisa – und zu Lerbs gewandt: »Ihnen zeige ich indessen noch, wo die Bretter und das Brennholz liegen.«

Als Lerbs zehn Minuten später in die Knechtskammer zurückkam, lag Lisa auf dem Strohsack des Bettes und schlief. Das Bild erbarmte ihn. Er überlegte, wie der kleine Raum etwas erwärmt werden könnte, ohne die Sorgen der Besitzerin zu mißachten.

Plötzlich hatte er eine Idee. Er dachte an Großmutters Holzkohlenplätte. Hatte die nicht Hitze über Hitze ausgestrahlt, ohne zu qualmen? Und lag denn nicht verkohltes Holz genug auf der erloschenen Feuerstelle unter der Linde? Nur, woher nun so schnell eine Kohlenplätte nehmen? Er begab sich auf Suche. Im leeren Kuhstall stolperte er über einen alten Nachttopf. Die Russen schienen ihn als Zielscheibe benutzt zu haben.

Sein emaillierter Bauch wies eine Reihe von Durchschüssen auf, Löcher, wie sie seiner Idee entgegenkamen. Schnell also eine Handvoll Hobelspäne hinein, verkohltes Holz obendrauf, die Späne durch eines der Löcher angezündet ...

Das bißchen Rauch, das beim Verbrennen der Späne im geschlossenem Kuhstall emporstieg, das gedachte er vor der Bäuerin schon zu verantworten. Nach kräftigem, aber sehr anstrengendem Blasen wurde der Topf bald so heiß, daß selbst sein Henkel nicht mehr mit bloßen Händen angefaßt werden konnte. Lerbs mußte nach einem alten Kodder suchen, um mit dem unschicklichen Töpfchen vor Lisa hintreten zu können.

Wie auf Befehl erwachte sie auch gleich und starrte Lerbs und den Topf abwechselnd verständnislos an. »Aber Rudolf!« sagte sie vorwurfsvoll, als sie dann endlich begriff. »Vor einer halben Stunde hast du der Frau hoch und heilig versprochen, bei Tage kein Feuer zu machen. Und was sehe ich nun? Wie sehr ich mich auch über dein Öfchen freuen möchte ... Bitte, geh erst hin und frage!«

Lerbs blieb also nichts anderes übrig, als mit seiner wärmenden Erfindung über den Hof ins Bauernhaus zu gehen und sie von den Frauen für unverfänglich erklären zu lassen.

In der Bauernstube hausten außer den beiden Frauen, die er im Garten kennengelernt hatte, noch zwei weitere: die eine, die ihm gleich zu Anfang Bescheid gegeben, und eine andere, die halb sitzend in einem Bett mit dreck-speckigen Bezügen lag. Die drei übrigen hockten rücklings am lauwarmen Kachelofen und schienen nur darauf zu warten, daß er wieder angeheizt werden konnte. Einstimmig erklärten sie die Kohlenglut im Töpfchen für ungefährlich und erlaubt.

»Das ist ja eine großartige Sache«, sagte die Schwägerin der Besitzersfrau. »Ob man das auch mit einem

Nachtgeschirr aus Steingut machen kann, mit einem, das keine Löcher im Bauch hat?«

»Man müßte es mal probieren«, sagte Lerbs. »Aber haben Sie denn keine alte Kohlenplätte im Hause?«

»Natürlich haben wir so ein Ding – oben auf der Lucht. Auch ein großer Papiersack voll Holzkohle steht da oben. Wir haben doch in den letzten Jahren nur noch elektrisch geplättet. Daß ich nicht an den alten Schinken dachte!«

»Bitte, stellen Sie doch das Öfchen mal hierher vor mich auf die Diele!« sagte jene, die Lerbs und Lisa bei ihrem Eintritt ins Bauernhaus durch den Türspalt flüchtig begrüßt hatte. Freimütig erfüllte Lerbs ihre Bitte. Aber sobald das Wundertöpfchen zu ihren Füßen stand, schob sich die Alte das Ding unter die Röcke. »Der liebe Gott schickt doch noch immer hilfreiche Engel aus«, sagte sie und lächelte den Verdutzten dabei unmißverständlich an. »Eine wahre Wohltat, diese Wärme«, fuhr sie fort und erzählte dann, wie die Russen sie vorgenommen und dabei krank gemacht hatten.

»Komm, sofort holen wir uns die alte Plätte und den Sack mit den Holzkohlen von der Lucht!« sagte die Bauersfrau zur Schwägerin – und zu Lerbs gewandt: »Sie warten bitte noch ein paar Minuten, bis wir zurückkommen. Für Ihre gute Idee will ich Ihnen doch wenigstens etwas mitgeben.«

So kehrte Lerbs zwar ohne Öfchen zu Lisa zurück, brachte aber eine Kinderwiege mit, einige Mahlzeiten Kartoffeln, reichlich Äpfel, einen frischen Bettbezug und zwei große Handtücher.

»So hast du also deine Erfindung verschachert«, spöttelte Lisa. »Schade! Eigentlich hätte ich mich doch ganz gern daran etwas erwärmt.«

»Es ging nicht anders«, erklärte Lerbs und erzählte, wie es gekommen war – auch von der Klage der Frauen. »Trauere dem kleinen Ding nicht nach, Lisa! Gleich hole ich den Emaileimer, der auf dem Hofe liegt. Der wird uns bessere Dienste tun als der winzige Topf.«

Lerbs ging sofort los, den Eimer zu holen, den er vor der Tür des Kuhstalles hatte stehen sehen. Mit der Spitze eines Dengelstocks stieß er einmarkstückgroße Löcher in seine Wand, beschickte ihn wieder mit Hobelspänen und verkohltem Holz und lieh sich diesmal zum Entfachen der Glut den Blasebalg aus, den die Bäuerin mit der Plätte von der Lucht gebracht hatte. Denn das Blasen mit dem Mund war recht anstrengend gewesen.

Eine halbe Stunde später stand eine große Schüssel mit Wasser auf der Glut des neuen Kohlenofens. Und mit jeder Minute wurde es wärmer – das Wasser und auch die Kammer.

»Rudolf«, sagte Lisa plötzlich, indem sie zu fegen innehielt, »wollen wir den Strohsack nicht erst frisch stopfen? Der Kleine hat doch nun sein eigenes Bettchen. Komm bitte und fasse gleich mit an! In der Scheune liegt Gerstenstroh. Das ist doch am weichsten.«

Als sie den Strohsack vom Bettgestell nahmen, kam ein Pappschächtelchen zum Vorschein. Während sie es näher besahen und etwas darin kramten, wurde ihnen klar, daß sie die Briefschatulle des französischen Kriegsgefangenen André Dupont gefunden hatten. Die meisten der Karten und Briefe, die André hier aufbewahrt hatte, waren aus dem nordfranzösischen Städtchen Lille hierher nach Ostpreußen gekommen.

Lerbs kannte Lille. 1917 hatte er dort als Verwundeter in einem Lazarett gelegen. Aber sehr wahrscheinlich war André Dupont damals noch gar nicht geboren gewesen. Und morgen sollte ihm nun schon das Grabkreuz gesetzt werden:

Hier ruhen
der ostpreußische Besitzer Otto Brückner
und
der französische Unteroffizier André Dupont

So ungefähr werde er wohl auf das Grabkreuz schreiben müssen, sagte sich Lerbs, während er frisches Gerstenstroh in den Bettsack André Duponts stopfte. Haben denn die Namen Brückner und Dupont nicht sogar ähnliche Bedeutung? fragte sich Lerbs und dachte an das schöne Lied, das er in Frankreich so oft hatte singen hören: Sur le pont d'Avignon. Natürlich – Dupont bedeutete doch soviel wie: der von der Brücke.

Nachdem Lerbs den prall gefüllten Strohsack wieder in den Bettkasten gelegt hatte, versah er den Ziegelsteinofen so weit mit Spänen und Holzscheiten, daß der, sobald es richtig dunkel geworden war, nur noch angezündet zu werden brauchte.

»Laß mich jetzt das letzte Tageslicht ausnutzen und die Sargbretter noch schnell zuschneiden. Inzwischen kannst du Kartoffeln ansetzen und den Kleinen versorgen«, schlug Lerbs Lisa vor und strich ihr dabei sacht über den glattgezogenen Scheitel bis zum straffen Haarknoten hinab, in dem er die eiskalten Haarnadeln zu spüren bekam.

Dann ging er mit Säge und Zollstock in den Holzschuppen, in dem Bauer Brückner Kanthölzer und Bretter sauber gestapelt hatte – zum Austrocknen – aus reiner Freude am Holz? Wozu eigentlich sonst? Hatte er vielleicht noch ein Haus bauen wollen – einen Schuppen – und dabei an sein Totengehäuse gedacht, zu dem es nun herhalten mußte?

Kaum waren die ersten Bretter zugeschnitten, empfand Lerbs den Duft wieder, den Holz immer so freigebig ausströmt, sobald Menschen es sich dienstbar machen – jenen Duft, der einen Dunstkreis von Frieden und Behaglichkeit verbreitet, den Lerbs von jeher so liebte.

Im Frühjahr vor Kriegsbeginn hatte er diesen Holzduft das letztemal so ganz und gar unbeschwert empfunden. Der Dachstuhl vom Hause des Bruders in

Alt Passarge mußte damals erneuert werden. Acht Tage seines Urlaubs hatte Lerbs dafür drangegeben. Ob das Haus wohl heute noch stand? Viel – sehr viele – waren inzwischen schon zerstört worden. Er mußte an den seltsamen Bibelspruch denken, nach dem der Segen des Vaters den Kindern Häuser baut, der Mutter Fluch sie aber dann wieder niederreißt. Lerbs verstand die Welt nicht mehr. Während er die letzten Brettlängen schnitt, träumte er sich hin zu dem Gartenhause, das er Lisa zu bauen versprochen hatte.

Als er die Knechtskammer wieder betrat, sprang ihm angenehm warme Luft entgegen. Er blieb einen Augenblick im Türrahmen stehen und lauschte. Die Holzkohlenglut, die durch die Löcher der Eimerwand schimmerte, überzog die Gegenstände der Kammer mit rötlichem Dämmerlicht. Auf leisen Zehen schlich er an der schlafenden Lisa vorbei bis zum dickbefrorenen Fenster und zog das Verdunklungsrollo herunter. Dann holte er das Feuerzeug aus der Tasche, um das Holz im Ziegelsteinofen anzuzünden. Das glatte kleine Metallding rutschte ihm aber aus den klammen Händen und fiel hart auf das Ofenblech nieder. Davon schreckte Lisa empor.

»Ach, Rudolf«, sagte sie, »ich molsche hier auf dem Strohsack und lasse dich paslacken, wo du doch den ganzen Tag nicht eine Minute zur Ruhe gekommen bist.«

Lerbs winkte ab und zündete die Hobelspäne unter den Holzscheiten im Feuerloch an. Die trocknen Fichtenspäne brannten unter rauschendem Donnern ab, und die Scheite darüber begannen knisternd und knackend zusammenzusinken. Er legte sofort neue Holzstücke nach, ließ das Ofenlid aber offen. So spendeten die Flammen der Kammer vorläufig genügend Licht. Der mitgebrachte Kerzenstummel konnte aufgespart werden.

Lisa winkte Lerbs zu sich auf den Bettrand. »Während der halben Stunde, die ich brauche, um das Essen zu richten, könntest du dich noch ein bißchen ausruhn«, sagte sie und machte ihm das Lager frei. »Komm, zieh die Stiefel aus! Du bist heute lange genug auf den Beinen gewesen. Das Essen wird dir besser bekommen, wenn du ein Weilchen geschlafen hast.«

Sobald er sich gelegt hatte, deckte sie ihn mit einem Kolter zu und ging daran, Kartoffeln auf der Holzkohlenglut zu rösten und zum Schluß vier Eier darüber auszuschlagen.

»Von Lille habe ich eben geträumt«, sagte Lerbs, nachdem ihn Lisa zum Essen geweckt hatte, »von André Dupont und seinen Eltern.«

»Ist Lille eine große Stadt?« wollte Lisa wissen, während sie das duftende Gericht gleich in der Pfanne auf den Tisch stellte.

»Ich meine, ungefähr so groß wie Königsberg«, sagte er und begann mit dem einfachen Holzspieß zuzulangen, von dem er auch Lisa einen geschnitzt hatte. »Bald dreißig Jahre ist das nun her, daß ich in Lille gewesen bin. Etappenstadt war's damals. Alles, was sich vor der mörderischen Nordfront drücken konnte, suchte in Lille Genuß und Zerstreuung. Es stand deshalb nicht gerade im besten Rufe. Bei den Soldaten aber war es sehr beliebt. Sie besangen's immer in einem zweideutigen Lied ...«

»Wie hieß das Lied?« fragte Lisa.

»Ach, laß das!« wehrte Lerbs ab. »Mir tut's schon leid, daß ich wieder auf Lille zu sprechen gekommen bin. Was aber nicht etwa heißen soll, daß ich dieses Lied damals nicht mitgesungen hätte. Im Kriege lockern sich die Sitten sehr schnell. Der braucht gar nicht erst dreißig Jahre zu dauern.«

»Das muß aber auch wirklich schrecklich sein für die Soldaten: Monat für Monat, Jahr für Jahr ohne eine Frau und dabei immer in Lebensgefahr ...«

»Das ist es ja«, sagte Lerbs und half ihr damit aus einer kleinen Verlegenheit. »Bald ist einem da alles egal.«

Zum Nachtisch holte Lisa zwei wunderbare Äpfel herbei – große, rotbäckige Boskop. »Ich muß es noch einmal sagen: wir sind doch wohl ein Paar Glückspilze, haben ein warmes Kämmerchen, zu essen und sogar Delikatessen. Und was die Hauptsache ist: wir sind beieinander. Wie mag es den andern gehen? Ein wahres Glück, daß wir nicht in dem Haus an der Hauptstraße geblieben sind.«

»Du scheinst zufrieden zu sein«, sagte Lerbs und strich ihr wieder über den Scheitel.

»Ja, Rudolf, im Augenblick bin ich's – richtig glücklich. Ich wünschte, es bliebe mein ganzes Leben lang so: mit dir zusammen in dieser kleinen Kammer. Hierher wird doch auch so leicht kein Russe kommen.«

»Das meine ich auch«, sagte Lerbs. »Sonst hätte ich dir wohl den weiten Weg hierher nicht zugemutet.«

»Führt denn nicht auch ein richtiger Weg hierher?«

»Freilich ist auch dieser Abbau durch einen richtigen Weg mit der Hauptstraße verbunden – nur daß der wahrscheinlich aus ganz anderer Richtung kommt.«

»Sobald das Waschwasser warm genug ist«, sagte Lisa unvermittelt, »möchte ich mich für die Nacht fertigmachen. Ich bin hundemüde. Und ich glaube – du auch.

Und weißt du, wie wir's mit der Bettziech am besten machen? Wir kriechen ganz einfach beide hinein – wie in einen großen Schlafsack – und ziehen die Wolldecken über uns hinweg. So sind wir beide am besten aufgehoben«, meinte Lisa und sah in Lerbsens verdutztes Gesicht. »Sollte dir mein Vorschlag aber ein Zeichen von Sittenverfall sein, so sag's nur. Ich mach's dann, wie du es willst.«

»Aber Lisa!« sagte Lerbs vorwurfsvoll. »Wozu denn diese Spitze? Entschuldige, daß ich deine Hände, die du mir immer so unbefangen entgegenstreckst, stets nur zaghaft ergreife. Noch immer sehe ich in dir etwas Ähnliches wie eine Tochter. Du hast es da wohl leichter. Du siehst in mir so etwas wie eine zweite Ausgabe von deinem Rudolf, die zwar angegraut ist, dem Gefallenen sonst aber wie aus dem Gesicht geschnitten erscheint.«

»Wie kompliziert du das alles zu machen verstehst – noch dazu jetzt, in unserer schlimmen Lage. Die beiden Wiesners, die du neulich in unserem Keller als abschreckendes Beispiel erwähntest, die haben sich's leichter und einfacher gemacht. Und sie sind dabei, das meine ich, ganz glücklich gewesen.«

»Wie aber . . .«, entgegnete Lerbs. »Was wäre gewesen, wenn ihr Glück nicht ohne die natürlichen Folgen geblieben wäre?«

»Ich kenne die Lene Wiesner doch«, antwortete Lisa. »Du glaubst doch nicht, daß die Probleme hätte aufkommen lassen.«

Lisa brach ihre Rede ab und horchte gespannt. Auf dem Hofe war es laut geworden.

Jetzt wurden Stimmen vernehmbar.

»Russen?« fragte Lisa mit bleichem Gesicht. »Oh, Rudolf, ich habe solche Angst. Hast du die Tür verriegelt?«

»Was könnte uns das Verriegeln schon nützen?« sagte Lerbs und legte ein paar neue Scheite aufs Feuer – nur, um irgend etwas zu tun.

»Bitte, brenne doch jetzt unsere Kerze an!« flehte Lisa ihn an. »Das Flackerlicht, das da aus dem Feuerloch kommt, das verwirrt mich noch ganz und gar. Ich will dann schon lieber ganz deutlich sehen, was auf mich zukommt.«

Lerbs umarmte und küßte sie. »Lisa, sei stark!« sagte er. »Was uns die Zukunft auch bringt. Wir gehören zusammen – auch wenn man uns trennen sollte. Bedenke das immer! Ich jedenfalls werd's so halten. Alles wird dann leichter zu ertragen sein.«

»Ja, Rudolf, ja, so wollen wir's machen. Aber bitte, brenne jetzt unsere Kerze an! Bitte, tu's mir zuliebe! Und riegle die Tür auch ab!«

Lerbs ging und schob den Riegel vor. Und sofort, als hätte er mit diesem Riegel einen Gashebel bedient, begann auf dem Hofe von neuem ein Motor zu rumoren. Vielleicht fahren sie wieder davon, dachten beide. Aber diese Hoffnung erfüllte sich nicht. Nach den Geräuschen zu urteilen, vollführte der Fahrer nur ein Wendemanöver und stellte die Maschine wieder ab.

Jetzt rasselten Ketten. Darauf gab es einen lauten Schlag, als hätte man die Rückwand der Lastwagenpritsche heruntergeklappt.

Nun begann der Kleine zu schreien. Lisa nahm ihn aus der Wiege, konnte ihn aber nicht beruhigen. »Er hat die Windel wieder vollgemacht. Ich riech's«, sagte sie und legte das schreiende Kind auf den Tisch, um es auszuwickeln.

Kaum hat sie damit begonnen, nähern sich eilige Schritte. Jetzt bewegt sich die Klinke auf und ab. Nun schlägt's schon hart gegen die Tür. Eine rauhe Kehle befiehlt etwas Unverständliches, von dem Lerbs aber doch weiß, was es bedeuten soll. Er öffnet und starrt in die Läufe von drei Maschinenpistolen. Über dem mittleren wölbt sich der Busen einer uniformierten Russin.

»Pascholl!« hört Lisa den einen der Russen rufen, der sich vor den andern in die Kammer drängt. Ihm hält sie klagend die schmutzige Windel und die Milchflasche entgegen.

Der Russe versteht, was die Deutsche damit sagen will. Und er ist ja kein Unmensch. Sie möge sich mit ihrem Geschäft Zeit lassen, deutet er Lisa an, spricht ein paar Worte mit seiner Kameradin und geht.

Nun führt die Vollbusige hier das Wort, schiebt ihre MPi auf den Rücken, tritt an den Tisch heran und sieht Lisa bei der Arbeit zu. Ihr Kamerad nimmt den Stuhl und läßt sich in der Nähe der Tür darauf nieder.

»Warum Kind weinen?« fragt die Russin. »Du mußt geben hier!« sagt sie und greift dabei an ihre Wölbung, die gar nicht so weit unter ihrem Kinn beginnt. »Du nicht hier?« fährt sie fort und befühlt ungeniert Lisas Brust. Lisa schüttelt den Kopf und weist auf die Milchflasche, die sie nun ins warme Wasser stellt. Die Russin macht abwehrende Bewegungen gegen die Flasche, schreitet an Lerbs vorbei, wirft ihre MPi auf den Strohsack und streift sich Mantel und Waffenrock vom Leibe. Und während sie ihre Brüste aus der Wäsche nestelt, setzt sie sich auf die Bettkante und verlangt nach dem schreienden Kinde.

Sobald der Kleine den warmen Lebensquell spürte, ergriff er davon Besitz und war auf der Stelle ruhig. Er begann aber so aufgeregt zu saugen, daß die federnde Spitze seinen gierigen schlüpfrigen Lippen für Augenblicke entsprang. Das hatte einige Aufschreie zur Folge. Aber bald hielt der findige Mund den warmen rosaroten Lebensspender wieder fest umschlossen.

Währenddessen saß Lisa einen kleinen Schritt weit davon entfernt auf der Kante des Lagers, auf dem sie sich für die Nacht hatte ausstrecken wollen. Die Hände wie zum Gebet geschlossen und unter das Kinn gedrückt, Tränen in den Augen, so sah sie dem Schauspiel erschüttert zu. Lerbs stand neben ihr. Ihm war zumute, als erlebte er die Szene eines Krippenspiels. Ein Spiel? Nein! Ein Spiel ist das nicht. Die seltsame Amme legt das Kind doch wahrhaftig an die andere Brust. Und leuchtet da nicht ein stark geröteter Pickel auf der Haut zwischen den Ansätzen der beiden Brüste?

Der dritte Russe kehrte von seinem Gang zurück und störte die Andacht der Gruppe mit seinen Befehlen.

Die Rotarmistin legte das Kind ab und gab es Lisa zurück.

»Pascholl!« hieß es von neuem. Lerbs und Lisa mußten sich zum Abmarsch fertig machen. Wohin – blieb ungewiß.

Am hinteren Ende des Lkw, der auf dem Hofe stand, hatte man eine Art Treppenleiter heruntergelassen. Als Lisa zum Aufsteigen ermuntert wurde, nahm ihr die Russin das Kind aus den Armen und gab zu verstehen, das Kleine sei bei ihr im Fahrerhaus bei weitem besser aufgehoben als auf dem zugigen Wagen. Unter der Wagenplane glomm ein müdes Glühbirnchen. Trotzdem ließ es erkennen, daß die Frauen dieses Hofes schon auf dem Wagen waren. Die Kranke lag auf einer Strohschütte an der Stirnseite der Pritsche.

Zwei bewaffnete Russen sorgten dafür, daß auf dem Wagen nicht gesprochen wurde. Aber der alte Heinrich Keller ließ es sich trotzdem nicht nehmen zu erklären, der Fahrer des Wagens müsse besoffen sein. »Der fährt ja wie eine gesengte Sau«, sagte er wörtlich und bekam dafür von dem Posten einen Rippenstoß. Außer Heinrich Keller sah Lerbs noch einige andere, die den Marsch nach Neukirch mitgemacht hatten.

Als die Fahrt losging, suchte jeder, wie Heinrich Keller ausdrücklich riet, an der Bordwand des Wagens Halt. Noch ging's nur gradeaus. Aber dann – wahrscheinlich dort, wo der Landweg auf die Hauptchaussee mündete – nahm der Fahrer die Kurve so scharf, daß die meisten, die an der rechten Bordwand standen, auf die andere Seite geworfen wurden. Alle Frauen schrien laut auf. Die Posten fluchten. Mehrmals stieß die Bordwand schrammend und krachend irgendwo an. Daraufhin blieb der Wagen stehen.

Einer der Posten sprang über die hintere Pritschenwand hinab. Die Tür des Fahrerhauses wurde geöffnet. Man stieg aus, um den Schaden zu besehen.

»Ein Glück, daß wir das Kind nicht bei uns hatten«, flüsterte Lisa und hielt sich dabei ihr Schienbein. Lerbs antwortete Lisa stumm, indem er ihr den Rücken tätschelte.

Sobald der zweite Posten wieder auf der Pritsche war, ging's weiter – nun aber gemächlich und sehr vorsichtig. Ein anderer schien jetzt am Steuer zu sitzen.

Obwohl den Gefangenen durch die Segeltuchplane jeder Blick nach draußen verwehrt wurde, war Lerbs sicher, daß sich der Wagen jetzt auf der Reichsstraße 1 in Richtung Elbing bewegte. Immer wieder hörte er schwere Fahrzeuge und Panzer vorbeirumoren. Was wird in Elbing mit uns geschehen? fragte sich Lerbs und drückte dabei Lisas Hand.

Aber jetzt verlangsamte der Wagen seine Fahrt und bog scharf nach rechts ab. Ganz deutlich war das zu spüren. Man hatte die Hauptstraße wieder verlassen. Es folgte Kurve auf Kurve, und jede wurde mit Bedacht und Vorsicht durchfahren. Nach etwa einer Viertelstunde war die Reise zu Ende. Aber es geschah nichts. Nur zwei auf der Pritsche begannen, sich die Füße warm zu trampeln. Bald gab's ein wildes Gestampfe. »Stoy!« befahl da einer der Wachposten. Und mit einem Schlage wurde es mäuschenstill.

Den Russen schien es nun langweilig zu werden. Sie schlugen die Wagenplane hoch und sprangen über die hintere Bordwand hinab in den Schnee. Sofort fingen die Alleingelassenen an, tuschelnd zu orakeln, in welchem Dorfe man wohl sein könnte. Denn in irgendeinem Dorf auf der Höhe hielt der Wagen. Soviel war durch das schwarzblaue Geviert der zurückgeschlagenen Plane zu erkennen.

Die vielen Kurven – so meinten die einen – sprächen eher für Dörbeck und Lenzen als für Hütte und Maibaum.

Lenzen . . . Die Baumblüte an den Hängen hier

oben wurde mitten im Winter vor Lerbsens Auge lebendig. Mit einer Fahrt auf der Haffuferbahn hatte so ein Blütenwandertag meistens begonnen – auf der beliebten Kleinbahn mit den übergroßen Wagenfenstern. Ausgestiegen wurde für gewöhnlich in Cadinen oder Reimannsfelde und von dort aus dann gewandert, Kaffee getrunken inmitten der blühenden Hügel, im Haffschlößchen. Auch in diesem Lokal wurde für wenige Pfennige aus mitgebrachtem Schrot der ganzen Familie eine große Kanne Kaffee gebrüht ...

Die Pritschenrückwand wurde rasselnd gelöst und knallend abgeklappt. Lerbs und Lisa, die bisher aneinandergelehnt hatten, fuhren auseinander. In gebrochenem Deutsch forderte jemand die Männer auf, vom Wagen zu steigen. Lisa begann zu weinen und klammerte sich an ihren Schwiegervater fest. Auch die Frauen der beiden andern, die mit auf dem Wagen standen, hielten ihre Männer umschlungen und weinten.

Den wartenden Posten dauerte das Abschiednehmen zu lange. Sie stiegen auf und rissen den Frauen die Männer aus den Armen. »Wir sehen uns schon sehr bald wieder«, tröstete Lerbs die weinende Lisa und ließ sich von dem Posten abführen.

Man brachte die drei Männer über einen Hof mit den untrüglichen Zeichen einer deutschen Dorfschule: zwei Pfosten für eine Reckstange, daneben der feststehende Barren.

Um welche Schule es sich aber handelte, konnte keiner der Gefangenen feststellen. Auch jene beiden, die bereits in dem dunklen, stinkigen Schulraum hockten, wußten es nicht. Von Elbing seien sie heraufgebracht worden und schon x-mal verhört.

Auf die Frage nach ungefährer Uhrzeit wies einer von den Dösenden auf die beiden Posten, die von Zeit zu Zeit draußen an den niedrigen Fenstern als dunkle Gestalten vorübergingen und währenddessen ihre Arme auffallend oft angewinkelt hoben, um auf die Handgelenke zu stieren. »Frag die da draußen!« sagte einer der Elbinger. »Die wissen genau, was es geschlagen hat. Die haben an jeder Hand zwei oder drei von unseren Uhren. Am liebsten haben sie solche mit Leuchtzifferblatt . . .«

»Sollen sie wissen, was die Glocke geschlagen hat«, sagte Lerbs. Er meinte die mit den vielen Uhren. »Wir haben es ja im Laufe der letzten Woche nun auch erfahren, wie unsere Befreiung aussieht. Auch mich hat man nämlich schon ein paarmal verhört. Meinetwegen sollen sie mich jeden Tag ein paarmal verhören, wenn es ihnen Spaß macht. Ich habe nichts zu verheimlichen.«

»Ach, sieh doch mal einer an!« höhnte der andere. »Da ist endlich mal einer, der rein gar nichts zu verheimlichen hat. Vielleicht darf ich mich da gleich mal erkundigen, ob nicht auch du dann und wann ein Ditchen in die NSV-Sammelbüchse hast fallen lassen, um nicht ganz und gar als Vaterlandsverräter dazustehn?«

»Natürlich habe ich das«, bekannte Lerbs freimütig. »Aber das kann man mir doch nicht etwa anlasten.«

»Anlasten vielleicht nicht gerade. Aber zum Anlaß nehmen, um dich für ein paar Jährchen zum Wiederaufbau nach Stalingrad, Kiew oder sonstwohin zu schicken. Du gibst es doch zu, mit deinem Scherflein zum großen Debakel beigetragen zu haben. Und gibst du's nicht zu, wirst du dich nur um so verdächtiger machen.

Überhaupt: du wirst machen und sagen können, was du willst . . . sie werden dich schnappen. Ja, ich vermute, sie werden dich schnappen müssen. In einem Staate, in dem jeder Bürger sein Soll zu erfüllen hat, wird auch ein Richter nicht umhinkönnen, dasselbe zu tun, wenn er vor seiner vorgesetzten Dienststelle bestehen will.

Ein Nachbar von mir hat's durchgemacht. Er könnte dir sein Lied tonrein vorsingen. Auch er glaubte, nichts verheimlichen zu brauchen. Er ist auf dem Wege nach Sibirien.«

»Wie soll denn das zugegangen sein?« wollte Lerbs jetzt wissen.

»Ganz einfach ist das gewesen: Weil er nach zehn oder noch mehr Verhören nichts mehr zu berichten weiß, erinnert er sich, daß er vor Jahren einmal für kurze Zeit ein Auslieferungslager für irgend so ein Haarwasser unterhalten hat. Eine kaufmännische Vertretung ist das also gewesen – nichts mehr und nichts weniger. Weil nur allein er für Ostpreußen das Recht des Vertriebs gehabt hatte, gebraucht er unglücklicherweise das Wort Generalvertreter.

Als die Russen nun das Wort General hören, machen sie Mund und Nase auf: Endlich hat der hartnäkkige Leugner etwas zugegeben: Vertreter des Generals ist er gewesen . . .«

»Und das soll ich glauben?« fragte Lerbs eindringlich.

»Glaub oder glaub's nicht! Jeder muß ja seine Erfahrungen selber machen.«

Obwohl Lerbs den Bericht des Elbingers für erfunden oder wenigstens für verfälscht hielt, machte er ihm für den Rest der Nacht doch sehr zu schaffen. Sobald er sich eine Zeitlang nicht mit Lisa beschäftigte, spukte ihm der General im Kopf herum.

Meist aber mußte er an Lisa denken: Ob sie den kleinen Lamotte wohl wiederbekommen hatte? Ob sie in dieser Nacht, die sie auf gemeinsamem Lager, in einer Bettzieche eng aneinandergeschmiegt, hatten verbringen wollen, nun auch so fröre wie er. Dann gab er sich auch immer wieder der Sorge hin, bei Verhören könnte Lisa ihn, den Schwiegervater, als ihren Ehemann ausgeben. Das war Lisa zuzutrauen. Was aber dann? Müßte das seine Glaubwürdigkeit nicht erschüttern? Er erwog die Folgen, die das haben könnte.

Als die Wintersonne ihre ersten goldenen Strahlen in die Pracht des verschneiten Schulgartens schickte, hatten Lerbs diese Gedanken so zermartert, daß er entschlossen war, sich seinem Elbinger Leidensgenossen anzuvertrauen. Das verhinderte aber ein Rotarmist, der eintrat und Lerbs aus dem stinkigen Schulsaal holte. Er führte ihn dem Offizier vor, der sich in der verlassenen Lehrerwohnung eingenistet hatte.

Es kam nur zu kurzem Verhör. Namen, Beruf und die Wohnsitze der letzten zwölf Jahre wollte der Russe wissen. Obendrein ermahnte er sein Opfer, im künftigen Hauptverhör die reine Wahrheit zu sagen. Größtenteils wisse man die ohnedies schon jetzt von jedem. Eine Warnung, die wie ein wichtiges Werkzeug überall verwendet zu werden schien.

Als Lerbs ins Arrestlokal zurückgebracht wurde, waren vier andere Männer dazugekommen. In einem erkannte er Heinrich Höpfner aus der Kopernikusstraße wieder. Er war sehr zusammengefallen.

Im Morgengrauen des dritten Tages wurde Lerbs aus dem stinkenden kalten Schulsaal in das überheizte Gastzimmer eines Dorfkruges geführt. Ganz unbekannt kam ihm der Raum nicht vor. Womöglich hatte er hier in besseren Tagen auch schon einmal ein Bier oder einen Korn getrunken. Wo er sich aber nun wirklich befand, hätte er nicht sagen können, soviel er sich während des Wartens auch umsah.

Nach etwa einer Stunde wurde die Tür zu einem ebenso überheizten zweiten Raum geöffnet. An einem langen quergestellten Tisch saßen drei russische Offiziere, von denen der in ihrer Mitte dem Posten ein Zeichen gab, Lerbs vorzuführen.

Das Verhör begann wieder mit jenen Fragen, die sich um Namen, Beruf und Parteizugehörigkeit drehten. Lerbs antwortete knapp, gewandt und wahrheitsgetreu. Dann entstand unerwartet eine lange Pause. Die beiden

Russen redeten auf den mittleren ein. Der suchte währenddessen unermüdlich in der Mappe, die vor ihm lag, und wühlte zwischen Papieren und Karten, bis er endlich das Gewünschte gefunden hatte. Er legte es vor sich zurecht.

»Sie sind Postbeamter gewesen«, ließ er Lerbs jetzt durch den Dolmetscher sagen, der an einer der Stirnseiten des Tisches saß.

»Nein«, sagte Lerbs sehr bestimmt, »ich war nur Helfer – und das nur kurze Zeit, seit Anfang Januar, nachdem mein Vorgänger, der Werner Willuhn, wieder Soldat geworden war.«

»Gutt!« sagte der Russe. »Mußten Sie als Posthelfer die Postuniform tragen?« wollte er jetzt wissen.

Auch diese Frage beantwortete Lerbs mit einem Nein. Nur die entsprechende Armbinde und die Postmütze seien Vorschrift gewesen.

Warum er dann aber die volle Uniform getragen habe, ließ der Russe den Dolmetscher fragen.

»Niemals habe ich auf meinen Dienstgängen Uniform getragen«, erklärt er seelenruhig, weil er seiner Sache so sicher ist. »Selbst die Postmütze, die eigentlich vorgeschrieben war, habe ich schon nach dem dritten oder vierten Tage mit meinem Baschlik vertauscht, weil er viel weicher, wärmer und dazu bequemer ist.«

»Wir besitzen aber Dokumente«, sagt der in der Mitte, der, wie es scheint, der Vorsitzende ist. »Sie sind ein Lügner!« fährt er fort. »Sie wollen verheimlichen, daß Sie für Ihr Leben gern Uniformen tragen. Sie sind Militarist und ein tüchtiger Wegbereiter Hitlers gewesen.«

»Das ist nicht wahr!« schreit Lerbs los. »Alle meine Bestellgänge habe ich so gut wie in Zivil gemacht!«

Die drei Kommissare lassen ihn reden und abstreiten, soviel er will. Sie lächeln nur mitleidig. Und jetzt greift der Vorsitzende nach dem, was da vor ihm auf der

Mappe liegt, und hält es Lerbs unter die Augen: ein Sechs-mal-neun-Foto.

Lerbs traut seinem Verstande nicht: Da sieht er sich in voller Uniform. Da sind die Schaftstiefel, die er nur mit Ach und Krach vor dem betrunkenen Russen hat retten können. Da ist die große lederne Posttasche vor seiner Brust. Von Päckchen und Zeitungen quillt sie geradezu über. Da sieht er seine Postmütze wieder, die er kaum getragen hat. Aber es ist doch die seine. Nur der Uniformrock ist es nicht. Den hat ihm der alberne Neumann am Tag seines Dienstantritts nur einmal kurz übergezogen, um so ein Motiv für das letzte Filmfeld in der Kamera zu haben, das vor dem Entwickeln noch schnell verknipst werden muß.

Lerbs versucht zu erklären, wie es zu diesem Foto gekommen ist, daß er sich anfänglich gegen diese Aufnahme gesträubt, sie albern gefunden und sich erst nach einigem Zureden dazu bereit erklärt habe – nur, um nicht als Spielverderber zu gelten.

Die drei Offiziere und der jüdische Dolmetscher lächeln. Und Lerbs fühlt sich wie eine zappelnde Fliege im Spinnennetz. Er möchte aufschreien. Und doch bleibt er still. Er sieht, daß es keinen Zweck hat, sich zu wehren. Er ist zu müde.

Wie auf Befehl setzen die drei Russen strenge Gesichter auf. Sie besprechen sich kurz und lassen Lerbs das Urteil durch den Dolmetscher verkünden: Für den Posthelfer Rudolf Lerbs fünf Jahre Straflager wegen Beihilfe zum Angriff auf friedliebende Völker.

Während er abgeführt wird, schwankt Lerbs der Boden unter den Füßen. Im Augenblick, da er mit dem Posten den vorgebauten Windfang verläßt, öffnet sich die Notausgangstür des Tanzsaales, der zum Dorfgasthaus gehört. Durch diese Tür zerrt ein Russischer Soldat zwei Frauen ins Freie. Weil die sich sträuben, gebärdet sich der Russe wie ein Wilder. Jetzt stößt er die Frauen vor sich her. Lerbs sieht – die eine ist Lisa, die andere Klara Turowski. Er sieht das wie im Traum. Er ruft und winkt Lisa zu. Die erkennt ihn.

Schon beginnt Lerbs zu laufen.

Auch Lisa vergißt, daß sie von einem Russen bewacht wird. Sie stürzt ihrem Lerbs entgegen.

Gleich darauf zerreißen zwei MPi-Feuerstöße die eisige Luft. Aber nur einer der Offiziere in der überheizten Gaststube horcht – und sieht einmal kurz aus seinen Papieren auf.

Als er durch einen Posten erfährt, was draußen geschehen ist, läßt er für Lisa Lerbs die Kriegerwitwe Klara Turowski vorführen.

Fünf Fuhrwerkslängen . . .

Inzwischen war Onkel Wilhelms Schlitten auf das Vorgelände des großen Lazarettes gekommen. Hier wimmelte es nun von Fahrzeugen und Menschen, von Soldaten und Zivilisten. Feldgendarmen sorgten für reibungslosen Ablauf des Andranges.

»Eine Flugzeugfabrik soll das gewesen sein?« fragte einer von hinten aus dem Kasten.

»Ja«, sagte ein anderer, »das stimmt: eine Flugzeugfabrik mit einem Flugplatz daneben. Vor dem Kriege bin ich doch hier auf der Reichsstraße 1 oft genug mit dem Motorrad vorbeigefahren. Da war immer ein Bombenbetrieb. Nun braucht unsere Luftwaffe wohl keine Flugzeuge mehr. Jetzt flicken sie hier Menschenleiber zusammen.«

Schneller, als Onkel Wilhelm in letzter Stunde erwartet hatte, rückte sein Schlitten nun vor die Tür, über der in großer Schrift das Wort *Aufnahme* stand.

Während er seinen Pferden die Wolldecken überwarf und die Hafersäcke umhängte, leerten flinke Krankenträger den Schlitten. Nur mit dem Mädchen wußten sie nichts anzufangen. Ursula blieb im Kastenstroh zurück und weinte dort still vor sich hin.

»Weine nicht, kleine Ursula«, sagte Onkel Wilhelm tröstend, »ich fahre den Schlitten nur etwas zur Seite, damit die anderen Fuhrwerke nachrücken können. Dann bringe ich dich auch ins Warme.«

Als sie dann den Vorraum betraten, kam ihnen eine Frau im weißen Kittel entgegen. Hier im Lazarett auch eine Ärztin? schoß es Onkel Wilhelm durch den Kopf, eine Ärztin, noch bevor ich einen Arzt zu sehn bekomme? Ihm schien das ein gutes Zeichen zu sein. »Ich suche für Ursula ein Unterkommen«, sprach er die Frau im weißen Kittel also kurzerhand an.

Sie zeigte sich auch sofort entgegenkommend, beugte sich zu Ursula nieder und sprach mütterlich auf sie ein: »Natürlich haben wir für dich ein Bett und etwas zu essen. Gedulde dich nur einen Augenblick!«

Darauf wendete sich die Frau plötzlich an Onkel Wilhelm: »Sind Sie etwa der Fahrer, der Unteroffizier Thimm und die übrigen vier Verwundeten hierher ins Lazarett brachte. Ihn, diesen Fahrer suche ich gerade.«

»Der bin ich! Was verschafft mir die Ehre?« sagte Onkel Wilhelm weltmännisch-gewandt.

»Ich bin Ärztin«, erklärte die Frau. »Ich stehe vor der Aufgabe, einen Verwundetentransport über das Haffeis zu bringen . . .«

Das Haffeis beschwor schlimme Erinnerungen in Onkel Wilhelm herauf.

»Zu diesen Verwundeten«, so fuhr die Ärztin fort, »zählen auch – Sie werden es kaum für möglich halten – mein fußamputierter Mann und unsere elfjährige Tochter Elke. Elke, ebenfalls verwundet, besteht nun darauf, die weite Reise an der Seite ihres Vaters zu machen. Keins unserer Fahrzeuge ist dazu aber breit genug. Herr Thimm meint, Ihr Schlitten sei es. Ich will nicht lange drum herumreden und Sie deshalb gradheraus fragen: Könnten Sie sich wohl dazu entschließen, uns – also meinen Mann, Elke und mich – bis Kahlberg oder gar Danzig zu fahren?«

»Kahlberg – Danzig«, drehte es sich in Onkel Wilhelms Kopf. Aber er fand nicht die Kraft, das Ansinnen der Ärztin abzulehnen. Sein Mut reichte gerade noch dazu aus, sich für die Pferde eine längere Pause auszubedingen.

Darauf ging die Doktorin sofort ein. »Natürlich«, sagte sie, »so viel Zeit muß dasein. Also eine Erholungspause für Sie und Ihre Tiere – sagen wir: eine Stunde – wenn nötig, meinetwegen auch zwei. Das paßt sogar ausgezeichnet. Inzwischen kann der Arm des Unteroffiziers versorgt werden, wie sich's gehört. Herr Thimm will sich unserem Transport nämlich anschließen. Er gehörte zur Kompanie meines Mannes. Nun möchten beide zusammenbleiben – ist ja gut zu verstehen.

Sie fahren übrigens nicht allein, sondern an der Spitze von fünf Fuhrwerken.

Und jetzt bringe ich die liebe Ursel erst mal in unsere Frauen- und Kinderabteilung. Dann will ich sofort veranlassen, daß Ihre Pferde in einen warmen Stall gebracht werden. Bitte, lassen Sie sich hier für einige Minuten nieder! Sobald ich zurückkomme, nehme ich Sie zu einem Imbiß mit ins Ärztezimmer.«

Onkel Wilhelm setzte sich auf eine der Kisten, die an den Wänden des Vorraumes standen, und beobachtete das ständige Kommen und Gehen der Krankenträger – mit gewichtiger Trage herein und mit leerer wieder hinaus vor die Halle, und das immer wieder von neuem.

An der Art, wie die Männer gelegentlich miteinander sprachen, erkannte er, daß es Franzosen waren, die hier unermüdlich Dienst taten. Die Klangfarbe ihrer Sprache erinnerte ihn an Jean Etienne. Wo mochte der Krajebieter jetzt mit seiner Bemannung segeln? Der ständige Nordost hätte das Boot ein gutes Stück westwärts bringen müssen. Er stellte sich vor, es steuerte schon auf die Küste der Insel Rügen zu. Ob die Russen inzwischen auch schon bis dorthin vorgestoßen waren? Er hatte schon lange keine Radionachrichten mehr gehört. Vielleicht – nein, ganz gewiß – hatten die Ärzte in ihrem Zimmer einen Rundfunkempfänger.

Als zehn Minuten später die Doktorin das Ärztezimmer mit Onkel Wilhelm betrat, konnte aus dem Radiohören nichts werden. Oberstabsarzt Emritz sprach dort mit Leutnant Gardau über dessen Fußamputation. Die beiden unterbrachen ihr Gespräch und blickten auf den Fremdling, den die Doktorin mit ins Zimmer brachte. Sobald sie die neue Lage erklärt hatte, ging sie auf den Hilfsdienst der Bauern über.

»Es ist erstaunlich, Herr Oberstabsarzt«, sagte sie, »wie viele Bauernfuhrwerke sich heute zum Hilfsdienst eingestellt haben. Leider alle nur mit sehr kleinen Wagen, alle nur für einen Verwundeten. Für meinen Mann und Elke habe ich deshalb Onkel Wilhelm und seinen großen Schlitten verpflichten müssen.«

»Verehrte Kollegin«, begann der Oberstabsarzt aufatmend, »Sie ahnen ja nicht, warum die Bauern plötzlich so liebesdienstwillig geworden sind. Sie werden sich sehr wundern, wenn ich Ihnen verrate, wie dieses Wunder zustande kam:

Meldet sich da vorgestern doch ein versprengter Obersturmführer bei mir und fragt – jawohl, Sie haben richtig gehört: ein Obersturmführer! –, er fragt, ob er sich bei unserem Haufen irgendwie nützlich machen könne.

Was ich da im ersten Aufwallen meines Gemüts gedacht und empfunden haben mag, können Sie sich gewiß ausmalen: Ein SS-Offizier hier in unserem Freigeisterverein? Alles andere – nur das nicht!

Zum Glück denke ich dieses scharfe Nein aber nur und spreche es nicht aus. Denke dabei an die hinlänglich bekannte Kraft, ›die stets das Böse will und doch das Gute schafft‹.

Dieser SS-Offizier – so blitzt's in mir auf –, er wird endlich der richtige Mann sein, den Bauern auf die Sprünge zu helfen – jenen wenigstens, die unserem Unternehmen hier gar zu gleichgültig gegenüberstehn.«

»Ein Kabinettstück, Herr Oberstabsarzt«, fiel ihm die Doktorin ins Wort.

»Kurz und gut«, fuhr Emritz fort, »seit heute früh war unser Obersturmführer im Auto unterwegs und klapperte die Umgebung nach Bauern ab, die beschlossen hatten zu bleiben und nicht nach dem Westen fliehen wollen. Sie verpflichtete unser Helfershelfer ganz einfach für eine Rote-Kreuz-Fuhre. Die Größe des Wagens und die Anzahl der Pferde zu bestimmen, hat er allerdings vergessen. Mit Bauernschläue hat er nicht gerechnet. Von morgen an wird's aber auch damit klappen. Verlassen Sie sich darauf!

Heute, jetzt zur Stunde, ist er dabei zu kontrollieren, wer von den verpflichteten Bauern seinem Fahrbefehl etwa nicht nachgekommen ist. Aber ich möchte wetten: alle, alle kamen!«

»Einfach ein Kabinettstück, Herr Oberstabsarzt«, applaudierte die Doktorin noch einmal. »Nur schade, daß die Liegeflächen der Fahrzeuge durchweg zu klein sind. Ich hätte zu gern immer zwei Mann zusammengelegt. Der einzelne kommt sich gar zu verloren vor und kühlt zudem auch viel früher aus.«

»Seien wir froh«, sagte Emritz, »daß sich die Bauern überhaupt noch zum Fahren bewegen lassen. Schwer genug wird es ihnen schon fallen, ihre Frau und womöglich auch ihre Familie zurückzulassen, während sie in der Weltgeschichte umherkutschieren und vielleicht ihre Haut dabei noch zu Markte tragen.«

»Das finde ich auch«, sagte die Ärztin. »Trotz des unaufhaltsamen Endes, das schon jetzt an vielen Stellen sichtbar wird, ist die Bereitschaft, seinem Nächsten zu helfen, bei den meisten erhalten geblieben. Das beste Beispiel bieten uns da wohl die französischen Kriegsgefangenen.«

»An sie dachte ich auch«, sagte Leutnant Gardau mit matter Stimme. »Die armen Kerle«, fuhr er fort,

»hätten sie nicht Grund genug, alles stehn- und liegenzulassen und zum Russen überzulaufen, um bald in ihre befreite Heimat zurückkehren zu können?«

»Ich will die Hilfsbereitschaft unserer französischen Kriegsgefangenen nicht etwa in Frage stellen«, sagte Oberstabsarzt Emritz. »Daß ihr tapferes Ausharren hier aber allein ihrer Liebe zu uns Deutschen zu verdanken sei, das möchte ich in Abrede stellen. Richtig aber ist, daß sie eindringlichen Nachhilfeunterricht durch ihre russischen Leidensgenossen bekommen haben.«

»Wie soll ich das verstehen?« fragte die Doktorin.

»Die Franzosen hatten genug Gelegenheit, sich mit den russischen Kriegsgefangenen zu verständigen – während der Feldarbeit und auch sonst ... Die gefangenen Russen sehen ihrer Befreiung durch die siegestrunkenen Kameraden jedenfalls mit Angst und Sorge entgegen. Den russischen Frauen und Mädchen, die jahrelang auf ostpreußischen Bauernhöfen gearbeitet haben, geht es nicht besser.«

»Das ist ja furchtbar«, warf die Doktorin ein.

»Das ist es«, fuhr Emritz fort, »leider ... Aber gut ist es andererseits, daß sich die große Masse der französischen Kriegsgefangenen hier im Osten keinen Illusionen hingibt. Zu guter Stunde spreche ich mit unseren Franzosen auch mal über solche Dinge. Weil ich das in ihrer Muttersprache tun kann, glaube ich, ungetrübte Einsicht in ihre Gedankenwelt zu haben.

Sie alle, wie sie jetzt hier im Lazarett unverdrossen helfen, standen noch vor kurzem auf ostpreußischen Bauernhöfen ihren Mann. Die meisten von ihnen taten es, wie ich heraushören konnte, sogar gern: mit der Besitzersfrau um den Fortbestand der Wirtschaft sorgen, den an der Front stehenden Bauern vertreten und ihn, wo er gefallen, womöglich sogar ersetzen.

Viele haben dadurch gelernt, ihre Heimat in einem

größeren Rahmen zu sehen. Und daß dieses Größere heute mehr bedroht ist, als es der Westen einst durch Attila oder Dschingis Chan gewesen ist, das dürfte den Weitblickenden unter ihnen nicht verborgen geblieben sein.«

Hauptfeldwebel Krauskopf betrat den Raum und unterbrach das Gespräch. Während er seinem Chef eine Reihe Sanitätsausweise zur Unterschrift vorlegte, meldete er ihm beiläufig den telefonischen Anruf der Sägemühle Karl Stolt, Heiligenbeil: »Die ersten sieben Pferdeschlitten sind fertig, Herr Oberstabsarzt. Gegen sechs Uhr können sie abgeholt werden.«

»Pferdeschlitten? Abholen?« Doktorin Gardau horchte auf.

Emritz schien das zu merken. Und während er seiner Kollegin die unterzeichneten Ausweise und die gestempelten Armbinden für ihre Helfer überreichte, brachte er Licht in die Geschichte mit den Pferdeschlitten: Vorgestern erst hatte er mit dem Divisionskommandeur über die Misere um die Fahrzeuge zum Abtransport der Verwundeten gesprochen. Und heute standen nun Wagen und Schlitten nahezu im Überfluß vor der Tür. Was ein SS-Offizier und ein Divisionär doch alles zuwege bringen können ...

»Verehrte Kollegin«, sagte Emritz, einem plötzlichen Einfall folgend, »wollen Sie Ihre Abreise nicht doch besser auf morgen verschieben? Sie können Ihren Treck dann von vorn bis hinten mit Schlitten ausrüsten, auf die Panjewagen verzichten und, wie Sie's sehr richtig wünschten, auf jeden Schlitten zwei Verwundete nehmen. In noch manch anderer Hinsicht halte ich das für vernünftiger. Der Wetterbericht sagt für morgen bedeckten Himmel und diesiges Wetter voraus. Heute sind Sie vor Fliegerbesuch nicht ganz sicher.«

Das mit den Fliegern genügte der Doktorin, um sich für den nächsten Tag zu entscheiden. »Ja«, sagte sie.

»Wir fahren erst morgen. Man sollte keine Vorsicht außer acht lassen, keinen Schritt tun, ohne ihn erst zu bedenken.«

In diesem Augenblick führte ein Sanitäter Unteroffizier Thimm herein. Thimm trug seinen Arm nun nicht mehr in der schwarzen Schlinge, sondern im Gipsverband auf einem sperrigen Gestell wie auf einem Präsentierteller vor sich her. Onkel Wilhelm wollte diese Haltung im ersten Augenblick recht theatralisch vorkommen, zumal Anton Thimm ein großer stattlicher Mann war. Dann erinnerte er sich aber, solche Verbände auch auf den Straßen Liebstadts schon gesehen zu haben.

»Sanitäter, bitte, sorgen Sie dafür, daß mein Mann wieder in unser Barackenzimmer gelegt wird! Unser Transport geht erst morgen ab. Und Sie, Herr Thimm und Onkel Wilhelm, Sie bitte ich herzlich, meinem Manne Gesellschaft zu leisten. Ich werde nicht umhinkönnen, die Kandidaten für meinen Transport zu besuchen und sie auf morgen zu vertrösten. Zudem sind noch fünf weitere auszuwählen, die unser Transport durch die Schlitten nun mehr mitnehmen kann. Es dürfen nur solche sein, deren Kreislauf noch keine zu große Schwäche aufweist.

Außerdem muß ich mich auch in der Frauen- und Kinderabteilung noch einmal sehen lassen.«

Als sie am späten Abend todmüde aus den Fabrikhallen kam und hinüber zu ihrer Baracke schwankte, glühte der Himmel an allen Enden beängstigender als in den Nächten zuvor. Gott sei Dank: bis ins Schlafzimmer drang dieser bedrohliche Schein nicht. Die Fenster waren nach strenger Vorschrift verdunkelt. Das dumpfe, eintönige Wummern der Kanonen, das Tag und Nacht nicht schwieg, wiegte sie auch heute wieder in einen traumlosen Schlaf.

Die Wettervorhersage hatte diesmal richtig getippt. Am nächsten Morgen hing der Himmel voller Wolken und schien Neuschnee bringen zu wollen. Die Kälte hatte etwas nachgelassen. Flugwetter war in der Tat nicht. Dafür war es später hell geworden. Und das Zusammenstellen des Transportes dauerte länger, als die Doktorin gerechnet hatte. Obendrein lehnten sich einige Bauern auf. Sie wollten ihren Wagen nicht unbewacht zurücklassen und ihr Pferd – ebenfalls nicht – mit einem fremden zusammen vor einen fremden Schlitten spannen, einen von jenen, die die Sägemühle Stolt so überaus schnell zusammengezimmert hatte.

Als der Schlittentreck endlich so weit stand, daß er hätte losfahren können, wurde die Abfahrt noch einmal verzögert: Feldwebel Krauskopf kam aus der Halle gestürmt und beschwor die Ärztin, noch ein paar Minuten zu warten. Womöglich käme noch Nachricht für sie.

Dem Funker, den die Division vorgestern hierher ins Lazarett abkommandiert hatte, war es gelungen, Verbindung mit dem Lazarettschiff »Heimat« in Danzig Schichau-Werft aufzunehmen.

Sofort stieg Doktorin Gardau vom Bock, ging zu Mutter Vera, die neben dem Fahrer des letzten Schlittens saß, und besprach sich mit ihr. Als Andreas und Brigitte merkten, daß es mit der Abfahrt noch gute Weile hatte, stiegen auch sie ab und traten hinzu, nestelten an ihren neuen Armbinden umher und wollten wissen, was es gäbe.

Inzwischen wurde vor der Nase der Wartenden ein anderer Verwundetentransport zusammengestellt. Er sollte, wie es hieß, nach Pillau gehen.

Als dieser Treck fort war und ein weiterer zusammengestellt werden sollte, erst dann kam Feldwebel Krauskopf zurück und meldete: »Die Reparatur der Schiffsmaschine dauert noch etwa vier Tage. Mit dem Auslaufen des Lazarettschiffes kann kaum vor sechs Tagen gerechnet werden.«

»In einer Woche?« seufzte die Ärztin. »Könnte es

über Pillau nun etwa doch schneller gehn?« Sollte sie sich im letzten Augenblick doch noch dorthin umdirigieren lassen? Nein! sagte sie sich. Das kannst du Vera und Bertram nicht antun. Jetzt nur keinen Schritt machen, ohne ihn genau zu bedenken.

Henri, einer der französischen Helfer, machte den Zweifeln der Doktorin ein Ende. Er kam mit einem Stück Brett aufgeregt herangelaufen und nagelte es, ohne zu fragen, in großer Eile über die rechte Ecke des Schlittenkastens, in dem Elke und ihr Vater lagen. »Für Unteroffisier!« sagte er in seinem Deutsch und sah dabei Thimm strahlend an. Er war Zeuge gewesen, wie Thimm es abgelehnt hatte, einen Platz anzunehmen, der einem Verwundeten hätte zugute kommen können. Als Armverletzter wollte er marschieren und möglichst in der Nähe seines Leutnants sein. Nun, da ihm Henri einen Notsitz gezimmert hatte, ging es los.

Die Pferde schritten tapfer aus. Durch das lange Stehen waren sie unruhig geworden. Bereits hinter Heiligenbeil holten sie jenen Transport ein, der kurze Zeit vor ihnen abgefahren war. Hin und wieder wendete die Doktorin ihren Blick. Die Schlittenreihe blieb so gut beieinander, als sei es geübt. Es ging zügig vorwärts.

Nur Andreas, der neben dem Kutscher des zweiten Schlittens saß, sah nicht, was um ihn herum vorging. Ihn beschäftigte die geisterhafte Botschaft, die, wie er meinte, vom Schiff seines Vaters zu ihnen ins Heiligenbeiler Lazarett gekommen war – blitzschnell, nahezu über Zeit und Raum hinweg. Obschon er von der Schule her ungefähr wußte, wie so etwas funktionierte, kam es ihm heute doch wie ein Wunder vor.

Ihm gingen seltsame Gedanken durch den Kopf: Vielleicht hat es bei solchem Wunder an Schnelligkeit nicht einmal sein Bewenden. Womöglich prägt sich da sogar jedes Wort einer solchen Nachricht irgendwo unverlöschbar ein, ja, vielleicht sogar schon jeder unausgesprochene Gedanke, und hilft mit am Gestalten unserer so geheimnisvollen Welt ...

Kurz vor Preußisch Bahnau kam Andreas wieder zu sich und in die rauhe Wirklichkeit zurück. Es gab einen Ruck, und sein Schlitten stand. Er stand in einer Wirrnis von Schlitten, Wagen, Autos und Menschen, solchen, die zum Haff hinab wollten, und solchen, die zur Front befohlen waren. Flüchtlingswagen stoßen hier auf Munitionskolonnen, die von einem brüllenden Offizier angetrieben werden. Zwischen das Grau der Wehrmacht mischen sich das Braun der Partei und das Olivgrün der Jungen und Mädel vom Arbeitsdienst.

Fünf Feldgendarmen rücken mit sichtbarem Schneid heran und beginnen, das Fahrzeugknäuel zu entwirren.

»Hier werden wir wohl eine Weile warten müssen«, sagte Onkel Wilhelm zu seiner Nachbarin. Dann begann er den Feldwebel zu beobachten, der da mit einer Gruppe von Verwundeten ganz in der Nähe stand und mit seinen Leuten etwas besprach. »Daß sich mir nicht etwa einer verpißt!« sagte er jetzt ziemlich laut und holte einen von dem Notsitz, den Henri für Thimm gezimmert hatte. Thimm war gerade etwas abseits und sprach ein paar Worte mit Mutter Vera.

»Hallo, Kam'rad!« rief Onkel Wilhelm dem Feldwebel zu. »Du bist doch erst gestern mit mir ins Heiligenbeiler Lazarett gefahren. Und nun sehe ich dich hier schon wieder?«

»Ja«, sagte der Feldwebel, »mein Kopf ist frisch verbunden. Nun bin ich mit fünfzehn Verwundeten auf dem Marsch nach Pillau. Fährst du etwa auch nach Pillau?«

»Nein«, sagte Onkel Wilhelm, »unser Transport geht über Kahlberg nach Danzig.«

»Das soll bedeutend günstiger sein – Danzig«, meinte der Feldwebel, »zu Fuß nur ein bißchen weit.

Aber in Pillau geht ja vor lauter Flüchtlingen und Verwundeten kein Apfel mehr zur Erde – so sagten mir zwei Bauern, die dort gewesen sind.«

Während sich die beiden Männer so besprachen, betrachtete die Doktorin die Verwundeten, wie sie dort standen, wie sich in ihren Gesichtern die Hoffnung spiegelte, nun bald aus dem Schlamassel herauszukommen. Jetzt fiel ihr Blick auch auf das berühmte Fähnchen, das jedem Verwundeten oder Kranken an die Brust geheftet werden mußte, ohne das er nicht ins Hinterland kam, das jedem soviel wie eine Heimatfahrkarte bedeutete. Bei jedem der Männer dort prangte es auf der Brust – bei jedem aber nur *eins*, selbst bei dem Feldwebel. »Wie kommt es«, fragte die Doktorin, »daß man Ihnen nur ein Fähnchen angeheftet hat? Laut Armeebefehl sollen es doch von heute an zwei sein. Unsere Verwundeten tragen jedenfalls jeder schon zwei.«

Thimm, der gerade dazugekommen war, wies mit der gesunden Linken auf seine beiden Anhänger an der Brust und witzelte: »Ein Pessimist versieht seine Frachtgutstücke besser mit *zwei* Fähnchen.«

»Wozu denn so was Verrücktes?« fragte der mit dem verbundenen Kopf.

»Kannst du dir's nicht denken, Kam'rad?« sagte Thimm. »Die Landser haben das zweite Ding schon Torpedofahrkarte getauft. Es wird ihnen nämlich abgenommen, sobald sie das Lazarettschiff betreten.«

»Ach, jetzt dämmert's in meinem angeschlagenen Köpfchen: Die wollen daran sehen, mit welchem Schiff du abgesoffen bist. Gar nicht schlecht ausgedacht – das mit dem Torpedo-Fahrschein. Am Ende nehmen sie uns nun gar nicht mit, weil wir noch keinen haben«, frotzelte er, sagte mit komischem Unterton *Heil Hitler* und machte sich mit seinen Leuten auf den Weg. Von einem der Feldgendarmen hatte er den ermunternden Wink dazu bekommen.

Als daraufhin auch Onkel Wilhelm losfahren wollte, winkten die Feldjäger energisch ab. Sie hätten noch nicht Luft genug geschaffen, meinten sie. Ungeduldig geworden, ging Anton Thimm jetzt zu ihnen hinüber und besprach mit einem von ihnen die besonderen Umstände, daß sich auf ihren fünf Schlitten nur Arm- und Beinamputierte befänden und daß man den Zug deshalb etwas eiliger abfertigen müsse. Daraufhin kam er zurück und erklärte, man könnte jetzt losfahren, müßte aber südlich von Preußisch Bahnau über das freie Feld trecken.

Thimm versuchte vorwegzugehen, um Weg und Richtung anzugeben. Der Schnee ging ihm dabei aber zuweilen bis über die Knie. Bald hockte er sich auf seinen Notsitz und dirigierte den Zug von dort aus, an den verstopften Straßen vorbei, in Richtung Leysuhnen, wie es ihm der ortskundige Feldjäger erklärt hatte. Leysuhnen war das Ziel aller, die hier froren und warteten, daß es vorwärts ging. Leysuhnen war das Tor, durch das jedes Fuhrwerk mußte, um auf die abgesteckte Eisstraße zur rettenden Nehrung hinüber zu kommen.

»Wie geht's, Herr Leutnant?« fragte Thimm teilnehmend, indem er sich dem Liegenden etwas mehr zuwandte.

»Danke«, kam es, durch das Wollvisier des vermummten Kopfes gedämpft, wie aus einem tiefen Stollen hervor. »An den schlimmen Umständen gemessen, geht es mir wirklich gut«, fuhr der Verwundete fort.

»Und wie sieht's bei dir aus, Elke?« fragte er nun das Mädel. »Ist dir noch warm?«

»Ja«, sagte Elke und bewegte dabei unwillig den Kopf mit der dicken Pelzmütze. »Ich möchte mich aber mal 'rumdrehn«, fuhr sie weinerlich fort.

»In Leysuhnen, Elke«, tröstete Thimm. »Gedulde dich bis dahin. Wir sind bald dort.«

Dann wandte sich Thimm wieder seinem Leutnant zu: »Die Papiersäcke des Oberstabsarztes bewähren sich also«, sagte er, als habe er von jeher gewußt, daß Papier sehr warm hält.

»Ich meine – sie bewähren sich sogar sehr. Mir ist es noch immer reichlich warm«, sagte Gardau. »Die heißen Ziegelsteine und das Gerstenstroh tun ihr übriges. Am schlimmsten ist wohl das ewige Still-liegen-Müssen.«

Onkel Wilhelm war inzwischen in eine gut ausgefahrene Schneespur geraten. Sie schien direkt nach Leysuhnen zu führen.

»Mir ist, als kämen wir bald wieder an die verstopfte Straße«, sagte die Ärztin zu Onkel Wilhelm. »Dort linkerhand, hinter dem dunklen Streifen Buschwerk, scheint sie zu verlaufen. Da und dort werden Wagen und Pferde sichtbar – und Menschen auch. Soviel ich sehe, geht es dort auch wieder vorwärts.«

»Wie dann aber wieder eine Lücke finden, um in die Reihe zu kommen?« klagte Onkel Wilhelm.

Und als es schließlich soweit war, als er an die kleine Brücke kam, über die seine tiefe Schneespur auf die überfüllte Chaussee mündete, wollte er seinen eigenen Augen nicht trauen: Dort an der gefürchteten Stelle hielt ein alter Mann sein Fuhrwerk so lange zurück, bis sich die fünf Schlitten des Sanitätszuges in die Schlange eingereiht hatten.

Andreas und Brigitte dankten, indem sie mit ihren Rote-Kreuz-Fähnchen winkten. Auch die Doktorin gab dem Alten mit erhobenen, fest aneinandergepreßten Händen Zeichen des Dankes.

»Es gibt also doch noch Menschen, die nicht nur allein an sich denken«, sagte die Ärztin zu Onkel Wilhelm – so laut, daß sich Elke und ihr Vater fragten, was da auf der Straße wohl los gewesen sein könnte. Nach langem dankte die Doktorin im stillen wieder einmal Gott. Wer hätte ihnen denn helfen sollen, wenn sich der alte Mann nicht erbarmte, der nun um mehr als fünf Fuhrwerkslängen zurückgefallen war in der unendlich langen Reihe.

Fünf Fuhrwerkslängen – begann sie zu überlegen. Wer kann wissen, ob diese fünf Längen . . . Sie kam mit ihren Gedanken aber nicht zu Ende. Ihre Blicke verfingen sich in den Trümmern zusammengeschossener Bauernwagen. Es schien, als habe man sie sehr eilig von der Fahrbahn geräumt, um den Weg frei zu machen für jene, die es diesmal noch nicht getroffen hatte.

Otto Pörschke Reichwalde Kreis Pr. Holland, verkündete ein unversehrt gebliebenes Wagenschild, das sich an einer Drahtschlaufe am gesplitterten Leiterholm langsam hin und her bewegte, als habe es hier eine wichtige Aufgabe zu erfüllen.

Die fünf Fuhrwerkslängen drängten sich der Doktorin von neuem auf. Ein Schauer lief ihr über den Rükken. Das Haffabenteuer schien zu beginnen.

Feldgendarmen kamen heran und leiteten eine Anzahl von Fuhrwerken nach rechts aus der Reihe heraus. Auch der Sanitätszug mußte halten. »Sie befördern Verwundete«, sagte der Gendarm, der an Onkel Wilhelm herantrat. »Es tut mir leid. Aber es ist zu oft vorgekommen, daß sich in solchen Transporten Fahnenflüchtige verbergen. Ihre Papiere bitte! Es wird dann bald weitergehen.«

Die Doktorin kramte die verlangten Unterlagen aus ihrer Umhängetasche und reichte sie über den Schoß Onkel Wilhelms hin. Der Gendarm wunderte sich sichtlich, die Papiere aus den Händen einer Frau zu bekommen.

Während der Mann genau kontrollierte, beobachtete die Doktorin, wie zwei seiner Kameraden den Bauernwagen aufs Korn nahmen, der, bis über seine Leitern hinweg mit allerlei Kram und sogar mit Möbeln bepackt, die letzte Zeit vor Onkel Wilhelms Schlitten dahingeschwankt war.

Dieser Wagen, der auf der ausgefahrenen Straße zuweilen gedroht hatte, ein Möbelstück abzuwerfen, schien es den Kettenhunden angetan zu haben. Aufgeregt umkreisten sie das turmhohe Gefährt, blieben vor dem ängstlich dreinschauenden Bauern stehen und befahlen: »Abladen!«

»Sofort abladen!« bekräftigte einer von ihnen diesen Befehl, während der andere mit weit von sich gestrecktem Arm auf das Brett wies, das vorige Woche gewiß noch als Kuchenbrett gedient hatte: *Nur Selbstmordkandidaten haben mehr als 20 Zentner auf ihrem Wagen.*

Und während die ersten Möbelstücke krachend vom Wagen flogen, starrte die Doktorin auf das von ungelenker Hand beschriftete Kuchenbrett am Apfelbaum: *Nur Selbstmordkandidaten* . . .

Der mißtrauische Kettenhund hatte seine Arbeit beendet. Er gab der Ärztin die Papiere zurück und schickte sich an, den Treck persönlich an den übrigen Kontrollstellen vorbeizuleiten. »Damit Sie keine Verzögerung mehr haben«, sagte er und wollte schon nach dem Zügel des Handpferdes greifen.

»Einen Augenblick bitte!« sagte die Ärztin. »Bevor wir aufs Eis fahren, muß ich meinen Patienten noch einen Schluck warmen Tee geben und ein Butterbrot anbieten!«

»Tun Sie, was Sie für richtig halten«, sagte der Kettenhund sichtlich beleidigt und ging seiner Wege.

»Richtig wäre gewesen, ich hätt's getan, während Sie kontrollierten, Herr Feldjäger«, sagte sie unwillig laut – und etwas gedämpfter dann zu Onkel Wilhelm, der inzwischen auch abgestiegen war: »Aber mit Praktiken, wie sie hier gehandhabt werden, raubt man einem ja den Verstand.«

Die Pause wurde etwas länger, als es die Doktorin anfänglich angenommen hatte. Elke wollte sich nun nicht nur umdrehn, sondern sich auch einmal entleeren. Mit einer Bettschüssel war das bei ihr nicht zu machen. Sie mußte aus ihrem Papiersack herausgenommen werden. Auch bei dem beinamputierten Heinz Kraus, der auf Mutter Veras Schlitten lag, ließ es sich nicht anders machen. Aber dann zitterte der Mann wie Espenlaub und war nicht mehr warm zu bekommen. Die Fahrt schien ihm gar nicht zuträglich zu sein. Gestern wollte ihn die Ärztin wieder von der Liste streichen. Aber durch sein unaufhörliches Bitten hatte sie sich schließlich erweichen lassen. Jetzt tat es ihr leid.

»Frau Doktor«, so meldete sich ein Volkssturmmann bei der Ärztin, »wenn Sie fertig sind, soll ich Ihren Sanitätstreck über die Rampe aufs Eis bringen! Der Feldjäger dort hat mir das aufgetragen.« Er wies dabei auf jenen mißtrauischen Kettenhund. »Ihr Transport kommt dann bevorzugt über die Rampe.«

Als alle aufgestiegen waren, ging es weiter – vorbei an Bergen von Möbeln und Gerümpel. Manches davon hatte der Schnee schon mildtätig zugedeckt. Zum Teil war erst kürzlich abgeladen worden – unter militärischer Aufsicht, versteht sich. Eine Anzahl von Arbeitsdienstlern war damit beschäftigt, die Stücke, die wütende Bauern nur vom Wagen geworfen hatten, aus dem Wege zu räumen und etwas weiter hinüber aufs Feld zu schleppen.

»Man sollte den Krempel anbrennen«, sagte einer von ihnen zum Volkssturmmann, der neben Onkel Wilhelms Schlitten ging.

»Anbrennen und damit die russischen Flieger anlocken«, antwortete der und winkte ab.

»Bei solchem Wetter kommt kein Flieger«, meinte Onkel Wilhelm und sah dabei prüfend zum Himmel empor.

»Ich glaube, es wird sich bald aufklären«, sagte der andere, während Onkel Wilhelm schon etwas weiter dachte und mit seiner Peitsche auf das Schwarze wies, das ihm da linkerhand am Wegrande ins Auge fiel.

»Ein Klavier«, sagte der vom Volkssturm. »Die Bäuerin hat geweint, als sie's abladen mußte – vor einer Stunde erst. Ich mußte dabei helfen.«

»Haben Sie etwa auch die Wachstuchdecke so fürsorglich drübergelegt?« fragte die Ärztin.

»Nein«, antwortete der Mann. »Die hat die Bäuerin geopfert. Ich habe nur den Kupferkessel drübergestülpt, damit die Decke nicht vom nächsten Windstoß 'runtergeblasen wird.

Gute Fahrt, Frau Doktor!« sagte der Volkssturmmann plötzlich, indem er Onkel Wilhelms Schlitten über die Rampe aufs Eis brachte. »Heute, bei dem Wind, könnte es auf Eismitte etwas Stauwasser geben. Erschrecken Sie nicht! Das ist gar nichts Schlimmes. Also – noch einmal – gute Fahrt!« rief er, blieb stehen, drehte sich um und ging zurück.

Als die Doktorin sah, wie sich ihr Schlitten mehr und mehr vom Ufer entfernte, beschlich sie ein unangenehmes Gefühl. Sie vermißte das dumpfe Poltern, das bisher die unebene Straße im Schlittenkasten verursacht hatte. Das lautlose Dahingleiten der Kufen ängstigte sie. Zudem war ihr das mit dem Stauwasser in die Glieder gefahren. Es dauerte eine Zeit, bis sie wieder zu sprechen wagte.

Dann fragte sie ängstlich: »Stauwasser – was ist das eigentlich?«

»Ich bin ja auch kein Haffmensch, Frau Doktor. Aber ein Fischer hat mir die Sache mit dem komischen Wasser einmal erklärt. Es ist ganz einfach: Das Haff ist ein großes Becken. Dieses Becken hat Zufluß und Abfluß. Der Zufluß kommt von Pregel, Baude, Passarge und Elbing – von vier Stellen also. Abfließen aber kann das Wasser doch nur durch das Pillauer Tief. Stellt sich dort dem Abfluß etwas entgegen, muß das Wasser im Becken also steigen . . .«

»Was könnte sich dem abfließenden Wasser bei Pillau entgegenstellen?« fragte die Doktorin. »Soviel ich weiß, gibt es doch dort keine Schleusentore.«

»Das nicht«, entgegnete Onkel Wilhelm. »Aber Wind kann auch wie ein Hemmschuh, wie eine Bremse, wirken. Bläst Nord- oder Nordwestwind längere Zeit von See her gegen das Pillauer Tief, dann können die Wassermassen nicht so abfließen wie gewöhnlich. Das Wasser wird gestaut. Es steigt im gesamten Haff. Im Sommer fällt das naturgemäß niemandem unangenehm auf. Bei zugefrorenem Haff dagegen kommt es dann zu dem sogenannten Stauwasser, das manchmal sehr lästig werden kann.«

»Wieso denn lästig?« fragte die Doktorin. »Wenn das Wasser im Haff steigt, hebt es doch die Eisdecke mit sich in die Höhe. Denn Eis ist doch bekanntlich leichter als Wasser und muß demzufolge auf ihm schwimmen.«

»Das ist auch richtig«, sagte Onkel Wilhelm. »Nun ist aber unsere Eisfläche hier durch den Frost fest mit dem Haffufer verankert und läßt sich nur unbedeutend in die Höhe heben. Wenn das Wasser aber nun unablässig drückt und drückt . . .«

»Aha, jetzt verstehe ich«, sagte die Doktorin. »Das Wasser zersprengt die Eisfläche und steigt dann in die Höhe.«

»Sie denken gleich ans Allerschlimmste, Frau Doktor. Sich einen Ausweg zu sprengen, hat das Wasser gar nicht nötig. Da sind schon allein die Hunderte von Wunen, die für die Fische offengehalten werden müssen . . .«

»Nun weiß ich genug«, wehrte die Doktorin ab. »Das andere kann ich mir an den fünf Fingern abzählen . . .« Sie dachte an das Loch, das die russische Bombe vor Kamstigall ins Haffeis gerissen hatte. Ein Schauer lief ihr über den Rücken. Und nur um irgend etwas zu sagen, fragte sie Onkel Wilhelm, wie tief das Haff hier an dieser Stelle wohl sein könne.

»Zwei bis drei Meter – schätze ich«, sagte er und ermunterte seine Pferde, ein Schrittchen zuzulegen. Der Abstand zwischen seinem Schlitten und dem Planwagen vor ihm war etwas zu groß geworden. »Das Haff ist ein flaches Gewässer«, fuhr Onkel Wilhelm fort. »Die Fahrrinne allerdings, die von Elbing bis Pillau geht, die ist tiefer. Die ist ausgebaggert, damit auch größere Schiffe drin fahren können. Denn was in der Schichau-Werft gebaut wird, muß ja schließlich erst mal durchs Haff, wenn es in die offene See will. Auch der Schnelldampfer *Columbus* hat seine Jungfernfahrt hier durchs Haff machen müssen. Ich war damals gerade in Elbing und habe das Riesenschiff gesehen. Es ist glatt durch . . .«

Ein scharfer klatschender Knall riß ihm die Rede ab. Zwei Schritte von seinem Schlitten entfernt brach ein großer Bernhardiner zusammen und streckte sofort alle viere von sich. Der alte Mann, der den Hund getötet hatte, stand einen Augenblick still, bückte sich dann nieder, klopfte das Tier liebkosend, steckte die Pistole ein und ging dem Fuhrwerk eilig nach, von dem er sich auf zwei Minuten entfernt hatte.

»Wer schießt hier?« fragte Leutnant Gardau durch das Wollvisier seines dicken Schals hindurch.

Die Doktorin wickelte sich aus ihren Decken und stieg vom Bock, ging neben dem Schlitten her und gab ihrem Mann auf seine Frage Bescheid, indem sie sich zu ihm hinabbeugte. »Ein Flüchtling hat seinen Hund erschossen«, sagte sie. »Wahrscheinlich hatte sich das Tier die Pfoten durchgelaufen und kam deshalb nicht mehr mit.«

»War es denn ein größerer Hund«, fragte Gardau mitleidig.

»Ja, ein großer, schöner Bernhardiner«, gab seine Frau zu. »Du hättest deine Freude an ihm gehabt, Helmut.«

»Ach, Judith, dieses ewige Stilliegen! Wie weit ist es denn noch bis Kahlberg?«

»Bis morgen früh wirst du dich noch gedulden müssen, Liebster. Aber dann machen wir einen halben Tag Pause. In Kahlberg wird für die Verwundeten gut gesorgt.«

»Judith, kann man denn von hier aus die Nehrung schon sehn?« fragte ihr Mann ungeduldig.

»Bis jetzt noch nicht, Liebster«, sagte sie, ohne sich von neuem zu überzeugen. »Aber das Festland ist nun schon in so weite Ferne gerückt, daß es nur noch als matter Strich zu sehen ist. Es wird nicht lange dauern, und es verschwindet ganz.«

»Mutti«, bat Elke, »richte mich doch mal einen Augenblick auf! Ich möchte wissen, wo wir sind und wie es auf dem Haff hier aussieht.«

»Liebe Elke«, entgegnete die Mutter, »das schlag dir mal schnell aus dem Kopf! Was du hier siehst, hast du schon vor Pillau zu sehn bekommen: Ringsum Eis – Eis – unendliche glatte Fläche – und dann Wagen hinter Wagen, Schlitten hinter Schlitten und dazwischen Menschen zu Fuß, solche, die bepackte Fahrräder neben sich führen, und solche, die hochbeladene Handwagen, Kinderwagen oder -schlitten hinter sich herziehen. Es ist trostlos, so etwas mit anzusehen, Elke. Bleib liegen, wie du liegst!«

Von den toten Pferden sprach die Mutter verständlicherweise nicht, auch nicht von den zusammengeschossenen Wagen, die von nun an den Weg mehr und mehr säumten und ihre Ladung auf der Eisfläche zerstreut hatten. Nur gut, daß die Wagenschilder aus dieser

Entfernung nur zu sehen, aber nicht zu entziffern waren. Das von Otto Pörschke hatte ihr arg genug zugesetzt.

Ob Otto Pörschke wohl wußte, daß sein Wagen bei Leysuhnen von russischen Fliegern zusammengeschossen wurde und das weiße Schild nun aller Welt seinen Namen verkündete? Vielleicht war Pörschke aber längst bei Stalingrad oder sonstwo gefallen und sein Namensschild rein zufällig nach Leysuhnen gekommen ...

Die Doktorin schreckte zusammen. Jemand berührte ihren Arm. Mutter Vera ging plötzlich neben ihr, tat sehr geheimnisvoll und zog sie mit sich nach hinten. »Eben ist unser Heinz Kraus gestorben«, sagte sie. »Kurz vorher verlangte er noch etwas zu trinken. Aber ich glaube, er hatte gar nicht mehr Kraft genug, etwas aus dem Schnuller zu saugen. Das Schlimmste: der Krüger neben ihm, der will ihn nun weg haben. Er will nicht neben einem Toten liegen.«

»Du hättest ihn nicht merken lassen sollen, daß sein Nachbar tot ist«, rügte die Doktorin und ging an den Schlitten heran, machte sich am Lager Heinz Krauses zu schaffen, nestelte den Papiersack des Toten auf und sagte: »Was willst du denn, Vera? Das Herz arbeitet doch. Der Atem ist zwar sehr unregelmäßig – aber er ist doch da. Der Mann kriegt eine Spritze. Sie deckte ihn flüchtig zu, ging hastig fort und winkte die betretene Vera zu sich heran, um unter vier Augen mit ihr sprechen zu können. »Der Tote wird bis Kahlberg mitgenommen!« sagte sie sehr leise, aber mit großer Bestimmtheit. »Den legen wir doch nicht etwa still und verstohlen an den Wegrand. Ich mache das jedenfalls nicht. Da ist mir eine faustdicke Lüge dann schon lieber. Gib Krüger eine Beruhigungstablette!«

Während sich die Ärztin beeilte, um wieder zu ihrem Schlitten nach vorn zu kommen, geriet der Zug plötzlich ins Stocken. Von einer Minute zur andern blieb schließlich Wagen für Wagen, Schlitten für Schlitten stehen. Nur die Fußgänger und jene, die bepackte Fahrräder schoben oder sich mit Kinderwagen und Handschlitten abquälten, sie besannen sich bald und treckten weiter – einfach rechts und links an den Fuhrwerken vorbei –, nur erst 'runter von dem schrecklichen Eis.

»Was mag da sein?« murmelte Onkel Wilhelm, ohne eigentlich auf eine Antwort zu rechnen.

»Vielleicht sind die da vorn schon ins Stauwasser geraten«, versuchte die Doktorin, eine Erklärung zu geben.

»Stauwasser?« sagte der andere zweifelnd. »Stauwasser dürfte den Fuhrwerken nichts ausmachen. Die Fußgänger müßten davor zurückschrecken. Die aber marschieren ja unverdrossen weiter. Nein, am Stauwasser kann's nicht liegen.«

»Etwa Flieger?« fragte die Ärztin ängstlich. »Aber die hätten wir doch wohl gehört, nicht wahr?«

»Von Fliegern kann überhaupt keine Rede sein«, sagte Onkel Wilhelm und stieg ab, um seinen Pferden Decken überzuwerfen.

»Warum geht's denn nicht weiter?« fragte Leutnant Gardau mit gequälter Stimme von seinem unbequemen Lager aus.

Seine Frau stieg daraufhin vom Bock und tröstete ihren Mann. Sie zog dazu einen Handschuh ab, griff durch das Wollvisier und streichelte die bärtige Wange. Gardau bat wieder um eine schmerzstillende Tablette. Kurz darauf bekam er sie in den Mund geschoben.

Die Ärztin benutzte das Halten, um auch gleich noch einmal nach ihren übrigen Patienten zu sehen. Sie war froh, daß keiner über Kälte klagte. Deshalb war sie bei der Ausgabe von begehrten Medikamenten etwas freigebiger als gewöhnlich. Nur Krüger auf dem letzten Schlitten vertröstete sie auf später, weil er seinen Teil vor kaum einer Viertelstunde erst bekommen hatte.

Warum hatte sie Heinz Kraus gestern nur nicht von der Liste gestrichen? Das begann sie sich aufs neue vorzuwerfen.

»Frau Doktor, es geht weiter!« rief ihr Onkel Wilhelm von weitem zu. Er hatte sich inzwischen die Beine etwas vertreten. »Da, sehen Sie! Da vorn bewegt sich die Schlange schon wieder. Wir können gleich loszockeln«, fügte er hinzu und nahm den Pferden die Decken vom Rücken.

Als es dann wieder zügig vorwärts ging, überlegte die Ärztin, ob sie Onkel Wilhelm sagen sollte, daß hinten auf dem letzten Schlitten ein Toter mitführe. Im letzten Augenblick entschloß sie sich aber, darüber zu schweigen. Dafür wurde ihr ganz plötzlich bewußt, daß sie am Rande der Eisstraße alles mögliche – bis jetzt aber keinen Toten gesehen hatte.

Diese Tatsache schien ihr auf einmal sehr wichtig zu sein. Sie sprach mit Onkel Wilhelm darüber. Und der meinte ebenfalls, daß das merkwürdig genug sei. »Wenn die russischen Flieger so viele Pferde und Wagen zur Strecke gebracht haben«, sagte er, »dann sind dabei auch Menschen getötet worden – ganz klar.«

Noch während die beiden an diesen Dingen herumrätselten, wies Onkel Wilhelm plötzlich mit der Peitsche auf eine zerstreute Gruppe von Männern, die sich zwischen den umherliegenden toten Pferden und zerschlagenen Wagen zu schaffen machten. »Wissen Sie, Frau Doktor, was die da treiben? Die suchen, weiß Gott, die Toten aus den Trümmern und laden sie auf jenen Leiterwagen mit den Pferden davor. Sehn Sie doch! Zwei gehn den Leichen sogar mit der Spitzhacke zu Leibe. Anders bekommen sie die Eissäulen wahrscheinlich nicht los.

Hat uns etwa dieses Räumkommando vorhin so lange aufgehalten?«

»Ausgeschlossen ist das nicht«, bekräftigte die

Doktorin Onkel Wilhelms Verdacht. Aber Thimm, der das Gespräch mit angehört hatte, meinte: »Ein paar Tote hätten auch übernommen werden können, ohne das Ganze fast eine Viertelstunde lang aufzuhalten.«

Thimms Worte waren der Ärztin ein willkommener Fingerzeig. Plötzlich war sie entschlossen, die beiden Männer ins Vertrauen zu ziehn. Und hätte Thimm in diesem Augenblick nicht auf das Motorengeräusch eines Fliegers aufmerksam gemacht, dann wäre das, was von Heinz Kraus übriggeblieben war, gewiß mit auf den Leiterwagen jener Sanitäter gekommen. Denn daß es Sanitäter der Wehrmacht waren, die dort die Toten aufsammelten, das war nun an den Uniformen und den Genfer Abzeichen schon deutlich zu erkennen.

So war nun das beängstigende Geknatter des russischen Fliegers dazwischengekommen. Schon wurde es stärker und stärker. Es benahm der Doktorin die Fähigkeit, klar zu denken. Sie ließ alles gehen, wie es ging. Sie schwieg betreten und hätte am liebsten die Augen zugekniffen. Und die günstige Gelegenheit, den Toten loszuwerden, war verstrichen, noch ehe sie es sich versah.

Der sowjetische Flieger dagegen zog inzwischen seelenruhig seine Bahnen: zuerst kreuz und quer übers Haff, dann ein ganzes Stück die Nehrung hinauf in Richtung Kaddighaken. Auf halbem Wege drehte er in einer Schleife um und kehrte zurück. Als er dann das Haff und dabei den Gardauschen Treck überflog, glaubte die Ärztin, vor Angst zu vergehn. Aber der Russe zog darüber hinweg, ohne sich auch nur im geringsten feindselig zu zeigen. Er entschwand über die Trunzer Berge, über die er gekommen war.

Erst als das laute Motorengeknatter verebbt und der ferne dumpfe Kanonendonner wieder allein zu hören war, atmete die Doktorin auf – Onkel Wilhelm aber nicht minder. »Die Lorbasse können's doch nicht lassen«, sagte er wie zu seiner Entschuldigung. »Kaum hat sich der Himmel etwas aufgeklart, da werden sie neugierig. Ob sie meinen, die Deutschen schaffen im letzten Augenblick doch noch Wunderwaffen oder Reserven in den Kessel?«

»Neugier?« fragte die Ärztin. »Meinen Sie, das sei ein Aufklärer gewesen? Dann müssen wir ja gewärtig sein, daß hinterher andere kommen und die Ziele beschießen, wenn der Aufklärer welche entdeckt haben sollte.«

»*Wenn* ... Was sollte der schon entdeckt haben?« fragte Onkel Wilhelm. »Und zudem ist es ja in einer Viertelstunde dunkel. Und daß sie nachts kommen, das habe ich noch nicht gehört.«

Den ganzen Tag war die Sonne von schweren Wolken verhüllt gewesen. Jetzt, da es Nacht wurde, brach sie aber für eine Minute durch einen Spalt am Horizont. Und eine Minute lang geisterten riesenhafte Schattengebilde neben den Menschen, Tieren und Wagen her. Dann senkte sich ein graublauer Schleier auf das Haff herab. Es wurde mit einemmal spürbar kälter.

»Hat sich der Wind nicht wieder etwas mehr nach Osten gedreht?« fragte die Ärztin. Das Stauwasser stand wieder wie ein Schreckgespenst vor ihr: Nachts bis zum Knöchel oder tiefer durch Eiswasser waten zu müssen, um zu einem Verwundeten zu kommen ... Der Gedanke erschreckte sie mörderisch. »Nach Ihrer Rechnung müßte doch das Haffwasser bei Ostwind wieder gut abfließen und somit das Stauwasser beseitigen«, fuhr sie zu fragen fort.

»So ist das auch«, antwortete Onkel Wilhelm. »Nur wird sich das nicht so schnell bemerkbar machen, wie Sie sich das vorstellen, Frau Doktor. Bedenken Sie doch die ungeheuer große Wasserfläche – und nur ein einziger schmaler Abfluß.«

Am liebsten hätte er der Doktorin jetzt das Rechenexempel aufgetischt, mit dem ihn vor Jahren Kurt

Melizkat einmal so maßlos verblüfft hatte: Die gesamte Menschheit unseres Planeten findet auf der Eisfläche des Frischen Haffs einen bequemen Stehplatz, hatte der ihm klipp und klar vorgerechnet.

Aber er schwieg. Die eisige Nachtluft zwickte schmerzhaft an Mund und Nase. Zudem geriet der Zug wieder ins Stocken. Die Pferde mußten zum Stehen gebracht werden. Sie wären beinah auf den vorderen Wagen aufgelaufen.

Wie schon beim vorigen Halt: Das Fußvolk benutzte diese Gelegenheit, die Fuhrwerke zu überholen, an ihnen vorbeizuziehen – nur weiter nach Westen, dem letzten roten Schimmer des verglühenden Tages nach.

Sofort hatte die Doktorin wieder das Stauwasser in Verdacht, wagte das aber nicht auszusprechen. Denn die Fußgänger drängten ja noch hurtig vorwärts. So stieg sie vom Bock. Von Wasser war noch nichts zu spüren. Elke wollte wieder etwas anders gelegt werden. Ihr Mann schlief. Krüger, der Nebenmann von Heinz Kraus, wollte diesmal etwas zu trinken und dazu wieder eine Tablette haben. Die Ärztin wies Andreas und Brigitte an, jedem, der danach verlangte, von dem mitgebrachten Tee zu geben – auch den Fahrern und Helfern.

Andreas bemächtigte sich des Teekanisters und füllte die Becher, die ihm Brigitte und Mutter Vera heranbrachten. Dank der dicken Wollwickel, mit denen Henri den Behälter verpackt hatte, war das Getränk sogar noch warm. Und jeder, der davon trank, fühlte sich wie neu belebt. So kam es, daß Andreas mit doppelter Vorsicht füllte – die Schnullerflaschen für die Liegenden sogar mit einem kleinen Trichter.

Daß Doktorin Gardau dabei um ihren Anteil kam, war eine Sache für sich. Sie hatte als letzte trinken wollen und schließlich gar nichts abbekommen.

Das Bitten und Flehen vorbeikommender Fußgänger hatte Andreas bewegt, zwei Fremden einen Becher seines Getränkes abzugeben. Ein dritter und vierter ließen es dann aber nicht mehr beim Bitten bewenden. Sie griffen zu und rissen dem armen Andreas Kanister und Trichter aus den Händen. Der Behälter stürzte dabei zu Boden und ergoß seinen Inhalt während des entstandenen Handgemenges aufs Eis.

Daß er der Tolpatsch gewesen war, beschämte Andreas bis tief ins Innere. Am liebsten wäre er davongelaufen. Seinetwegen hatte Tante Judith nicht einen Tropfen Tee abbekommen. Irgend etwas mußte er jetzt tun – möglichst etwas Gefahrvolles, Heldenhaftes. Und als er seine Leute orakeln hörte, was wohl da vorn los sein könnte, erbot er sich, das zu ergründen. Er lief los, ehe seine Mutter auch nur ein Wort hätte dazu sagen können. Er stürzte davon, überholte einige Fußgänger, stieß im Dunkel gegen eine Frau und ging erst dann im Schritt weiter, als er glaubte, mit sich allein zu sein.

Er erschrak deshalb nicht wenig, als sich jemand bei ihm einhakte. Brigitte. Sie also war ihm nachgelaufen, sie, derentwegen er die Flucht unternommen hatte. Irgendwie tat ihm das wohl.

»Hab dich nicht so, Andreas!« wies ihn Brigitte zurecht, indem sie ihn am Arm schüttelte. »Das hätte auch jedem andern passieren können. Bitte, komm doch zurück!«

Sie weiß also sehr genau, warum ich ihnen davongelaufen bin, sagte er sich und gewann sein Selbstvertrauen langsam zurück. Es war das erste Mal, daß ihn ein Mädchen so dringend um etwas bat.

»Wir kommen doch sowieso bald an Land«, fuhr Brigitte fort, »da lassen wir uns eben den Kanister wieder vollfüllen, und dann kann Mutti ja so viel trinken, wie sie will. Außerdem hat sie noch gar nicht so großen Durst, wie sie sagt. Komm jetzt, Andreas! Laß uns zurückgehen!« bat Brigitte, gerade, als ob sie Schlimmes ahnte.

»Geh doch zurück, wenn du willst«, sagte Andreas trotzig. »Ich habe versprochen nachzusehen, was da vorn los ist. Und was ich versprochen habe, das halte ich auch!«

»Drüben auf der Nehrung, in Narmeln und Neukrug zum Beispiel«, fuhr Brigitte nun fort, »da sollen jetzt für die Flüchtlinge überall Küchen eingerichtet sein. Eine Frau erzählte mir das. Da gehen wir eben mal an Land – wir beide – und holen etwas Warmes 'rüber Komm jetzt, Andreas, wir drehen um!«

»Geh doch!« antwortete er ebenso trotzig wie vorhin.

»Na, ein Stückchen will ich noch mitgehn«, gab sie nach. »Dann müssen wir aber zu unseren Leuten zurückgehn, damit wir sie nicht etwa noch verlieren.«

»Wenn's wieder losgeht«, erklärte Andreas, »das merken wir doch auch hier – sogar noch etwas früher, als es die Unseren merken. Dann bleiben wir ganz einfach stehen und warten, bis unser Sani-Treck angezokkelt kommt. Die weißen Armbinden und die hellen neuen Schlitten können wir doch unmöglich übersehen – auch nicht im Dunkeln.«

»Ein Stückchen will ich noch mitgehn«, gab Brigitte noch einmal nach. »Dann müssen wir aber ganz bestimmt zurück.«

Die meisten von denen, die sie nun befragten, zuckten nur die Schultern. Ein alter Bauer hatte die Brücke in Verdacht, die Brücke über die aufgebrochene Fahrrinne, mit der sei wohl irgend etwas nicht in Ordnung.

Ein anderer wollte wissen, daß da vorn ein Wagen eingebrochen sei. Im Haff gäbe es nun einmal eine Reihe von warmen Stellen, die nur dünnes Eis über sich bilden. Und wenn man dann auch noch die halbe Wirtschaft auf dem Wagen habe, da könnte so was schließlich passieren. Nun müßte die Fahrbahn erst umgeleitet und wieder neu abgesteckt werden. »Das dauert natürlich seine Zeit«, sagte der Bauer und tat, als stünde er mit dem Haff auf du und du.

Eine Bauersfrau meinte sogar, Fuhrwerke dürften erst bei Tageslicht weiterfahren, wußte aber keinen triftigen Grund dafür anzuführen, als Andreas danach fragte. »Wozu denn erst bei Tageslicht?« fragte auch Brigitte. »Was jeder sehen muß, sieht er doch auch bei Sternenlicht. Einer braucht doch nur hinter dem andern herzufahren.«

Schließlich zuckte auch die Frau mit den Schultern und kroch wieder in die Wagenhöhle zu ihren Kindern.

»Du siehst doch, Andreas, es hat keinen Zweck«, sagte Brigitte und schmiegte sich etwas an ihn. »Komm, laß uns nun zurückgehn.« Sie brachte ihre Bitte so rührend vor, daß Andreas schon halb und halb bereit war, auf Brigitte zu hören und ihr zu folgen.

Plötzlich blieb sie aber wie angewurzelt stehen und horchte angestrengt ins Dunkel.

»Was ist?« fragte Andreas eindringlich.

»Hörst du das nicht?« fragte sie erregt zurück.

Nun horchte auch Andreas aufmerksam zum Himmel empor. Und während er die Sterne dort oben glitzern sah, wurde ihm klar, daß Brigitte Flieger fürchtete. Sofort löste sich nun auch für sein Ohr das Knattern von Motoren aus dem ständigen Wummern und Donnern heraus.

Noch ehe er weiterdenken kann, zerplatzt die graublaue Hülle, die ihn und Brigitte bisher umgeben hat. Mit einemmal steht alles um sie herum in schmerzhaft-grellem Licht: die wartenden Wagen und Schlitten dort in der Reihe, die vermummten Menschen, die mit Kinderwagen und Handschlitten vorbeihasten, vorbei an toten Pferden und zerschlagenen Leiterwagen. Es dauert seine Zeit, bis Andreas begreift, woher die unheimliche Fülle des Lichtes kommt: Am Himmel hängen Kronleuchter mit Hunderten von strahlenden Kerzen.

»Schnell, Andreas, schnell! Wir müssen zurück!« ruft Brigitte ihm weinend zu.

Ihr Rufen geht aber in ohrenbetäubendem Getöse unter, in mörderischem Sausen und Hämmern, in Sturm und Donner. Mit ganzer Kraft reißt Andreas Brigitte vor durchgehenden Pferden zur Seite. In ihrer Angst rasen die Tiere in ein anderes Fuhrwerk hinein. Sofort wirbeln Menschen, Wagenteile, Kisten, Fässer und Federbetten durch die Luft und lösen Schreie von Schmerz und Schrecken aus.

Andreas und Brigitte laufen und laufen. Ein neues mörderisches Brausen, Hämmern und Donnern löst das erste ab. Schneestaub peitscht ihnen das Gesicht und macht sie für Augenblicke blind. Aber sie laufen, damit sie zu ihrem Treck zurückkommen.

Da sehen sie plötzlich den großen Schlitten Onkel Wilhelms dicht an sich vorbeijagen. In gestrecktem Galopp rasen die Pferde davon.

Aus! Aus! durchfährt's Brigitte. Sie bleibt einen Augenblick stehen. Auch Andreas macht halt. Ein dritter und vierter Orkan donnert mit Feuersturm über ihre Köpfe hinweg. Zehn Schritte vor ihnen rasen zwei Fuhrwerke ineinander. Deichseln spießen Pferde auf. Einer der beiden Wagen schlägt um und überschüttet Andreas und Brigitte mit seiner Ladung. Zwischen Koffern, Säcken, Kleidern und Kisten finden sich die beiden wieder.

»Ich kann nicht mehr, Andreas!« stöhnt Brigitte, indem sie sich aufrappelt und gleich wieder niedersinkt.

Mit letzter Kraft richtet Andreas das Mädchen wieder auf. Mit einer Hand und der Hilfe eines Fußes stellt er einen umgestürzten Plüschsessel auf die Beine und läßt sich mit Brigitte darauf nieder.

»Ich kann nicht mehr, Andreas!« stöhnt Brigitte und hängt sich an ihn. Gleich folgen zwei dumpfe Detonationen und erschüttern das Eis.

Ein Höllenschlund speit plötzlich zwei mächtige Fontänen aus. Sie schießen zum grellen Licht am Himmel empor.

Die Eisdecke beginnt auf und ab zu schwanken.

Brigitte preßt sich fester an den Gefährten.

Halb empfindet er das als Wollust – halb aber ist es Todesangst.

Todesängste warfen Andreas selbst erst vor Tagen in die Arme der Mutter. Wie soll er heute einem andern Trost und Schutz geben können?

Der Vater ist weit, der das gewiß könnte ...

Weit?

Nein – der Vater ist doch ganz nahe. Über Zeit und Raum hinweg vermag er ja seine Gedanken auszustrahlen ...

Weiter kommt Andreas nicht. Ein Pferdefuhrwerk, das vorbeirast, reißt ihn samt dem Sessel und Brigitte mit sich fort.

Er spürt einen dröhnenden Schlag gegen den Kopf.

Langsam schwinden dem Jungen die Sinne. Das schmerzend-grelle Licht am Himmel erlischt.

Andreas vernimmt ein unbekanntes Rauschen, in das sich eine menschliche Stimme mischt – die Stimme seines Vaters, die nicht an Raum und Zeit gebunden ist.

Jedes einzelne Wort ist zu verstehen. Er hört die seltsamen Worte, die der Vater damals beim Tode der Großmutter den Trauernden zugeflüstert – rätselhafte Worte, die der Junge zwar nicht verstanden aber auch niemals vergessen hatte.

Jetzt glaubt er's zu verstehen: »Alles Vergängliche ist nur ein Gleichnis.«

0 10 20 30 40 50 60 70 80 90 100 km
Ostsee
Schwarzort
Nidden
Rossitten
Kurisches Haff
Sarkau
Cranz
Rauschen
Schaaken
Labiau
Königsberg
Pillau
Neutief
Frisches Haff
Hela
Gotenhafen
Zoppot
Danzig
Narmeln
Neukrug
Kahlberg
Frauenburg
Braunsberg
Heiligenbeil
Zinten
Tharau
Domnau
Pr. Eylau
Landsberg
Mehlsack
Bartenstein
Neukirch
Tolkemit
Mühlhausen
Tiegenhof
Elbing
Pr. Holland
Wormditt
Sommerfeld
Heilsberg
Podangen
Guttstadt
Seeburg
Liebstadt
Marienburg
Stuhm
Mohrungen
Allenstein
Marienwerder
Osterode
Hohenstein
Dtsch. Eylau
Graudenz
Neidenburg
Soldau
Mlawa
Thorn